D0813627

DÔME

Aux Éditions Albin Michel

DÔME, tome 2, 2011

STEPHEN KING

DÔME

Tome 1

ROMAN

Traduit de l'anglais (États-Unis)
par William Olivier Desmond

Albin Michel

Édition originale :
UNDER THE DOME
Publiée en 2009 par Scribner

À la mémoire de Surendra Dahyabhai Patel.
Tu nous manques, mon amie.

Celui que tu cherchais
c'était quoi son nom déjà
tu dois pouvoir le trouver
au match de foot
c'est une petite ville
tu sais ce que je veux dire
une petite ville, fiston,
et on soutient tous l'équipe

JAMES MCMURTRY

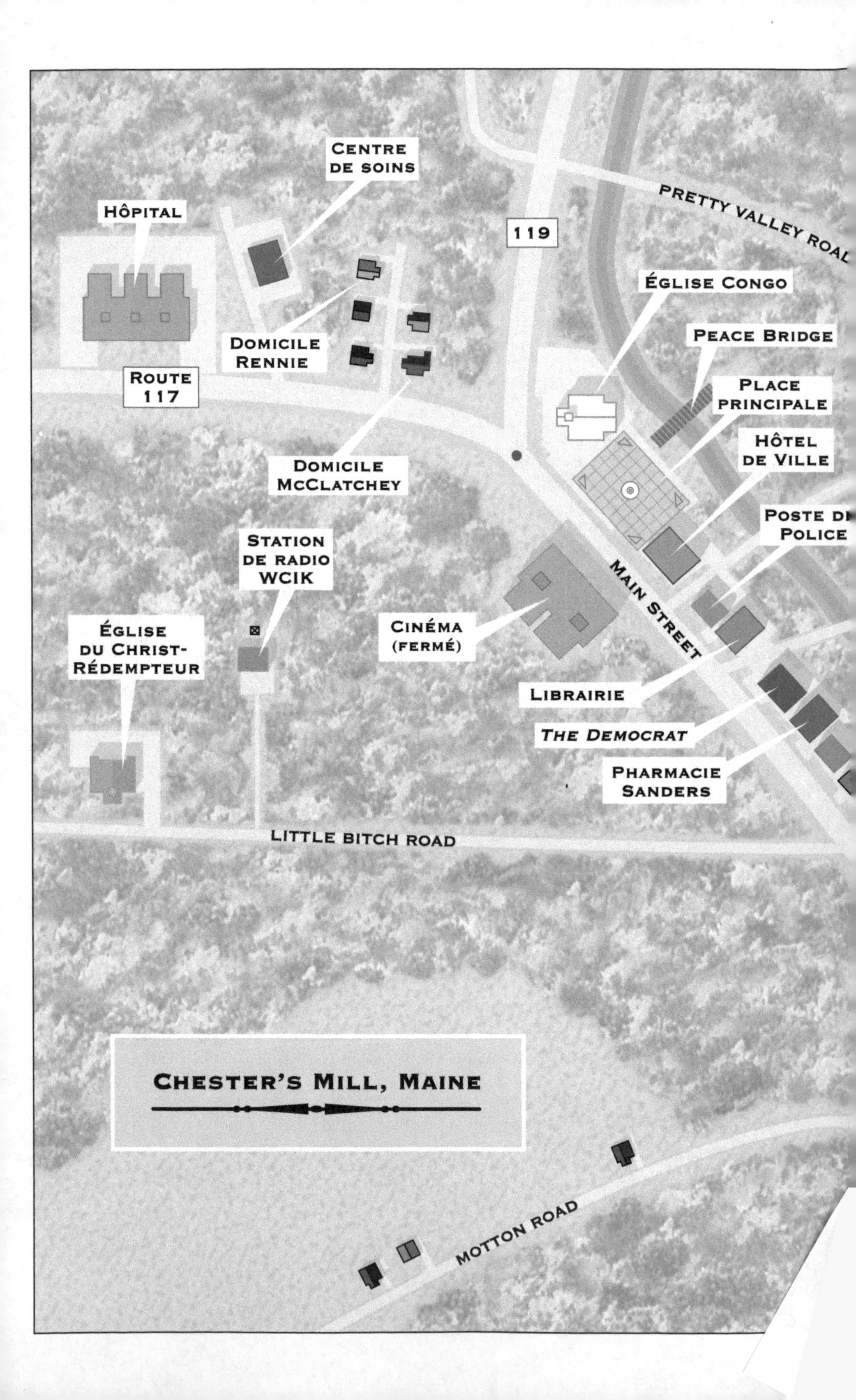
Centre de soins
Hôpital
Pretty Valley Roa
119
Église Congo
Peace Bridge
Domicile Rennie
Route 117
Place principale
Hôtel de Ville
Domicile McClatchey
Poste de Police
Station de radio WCIK
Main Street
Église du Christ-Rédempteur
Cinéma (fermé)
Librairie
The Democrat
Pharmacie Sanders
Little Bitch Road
Chester's Mill, Maine
Motton Road

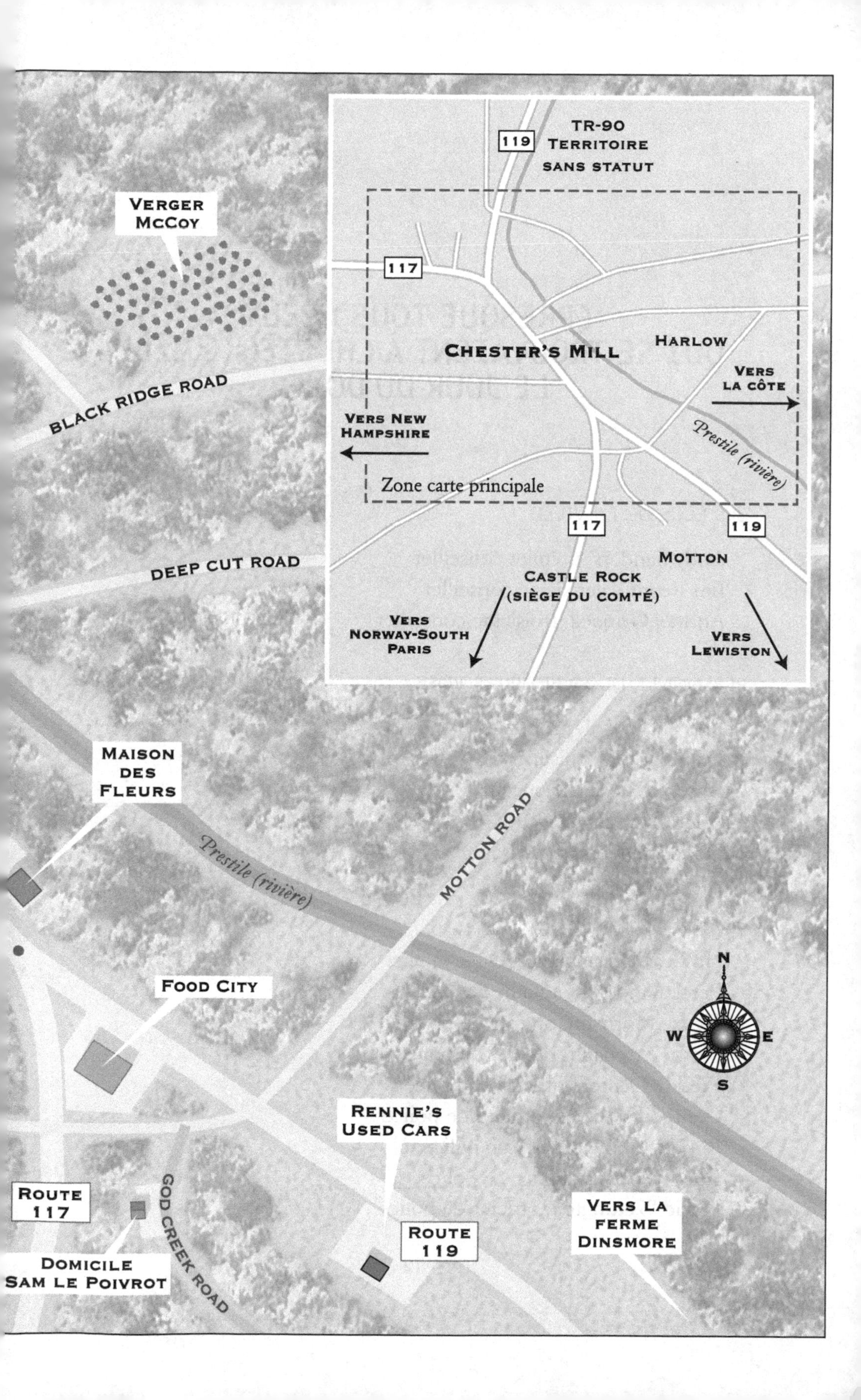
TR-90
Territoire
sans statut
119
117
Chester's Mill
Harlow
Vers
la côte
Vers New
Hampshire
Prestile (rivière)
Zone carte principale
117
119
Motton
Castle Rock
(siège du comté)
Vers
Norway-South
Paris
Vers
Lewiston
Verger
McCoy
Black Ridge Road
Deep Cut Road
Maison
des
Fleurs
Prestile (rivière)
Motton Road
N
W
E
S
Food City
Rennie's
Used Cars
Route
117
God Creek Road
Domicile
Sam le Poivrot
Route
119
Vers la
ferme
Dinsmore

(PRESQUE TOUS) CEUX QUI SE TROUVAIENT À CHESTER'S MILL LE JOUR DU DÔME

LES ÉLUS DE LA VILLE

Andy Sanders, premier conseiller
Jim Rennie, deuxième conseiller
Andrea Grinnell, troisième conseiller

PERSONNEL DU SWEETBRIAR ROSE

Rose Twitchell, propriétaire
Dale Barbara, cuisinier
Anson Wheeler, plongeur
Angie McCain, serveuse
Dodee Sanders, serveuse

DÉPARTEMENT DE POLICE

Howard Perkins, dit « Duke », chef
Peter Randolph, adjoint du chef
Henry Morrison, officier de police
Marty Arsenault, officier de police
Freddy Denton, officier de police
George Frederick, officier de police
Rupert Libby, officier de police
Toby Whelan, officier de police
Jackie Wettington, officier de police

Linda Everett, officier de police
Stacey Moggin, officier de police/dispatcher
Junior Rennie, adjoint de police
Georgia Roux, adjointe
Frank DeLesseps, adjoint
Melvin Searles, adjoint
Carter Thibodeau, adjoint

PASTEURS

Révérend Lester Coggins, église du Christ-Rédempteur
Révérend Piper Libby, première église congrégationaliste (« Congo »)

ÉQUIPE MÉDICALE

Ron Haskell, médecin
Rusty Everett, assistant médical
Ginny Tomlinson, infirmière
Dougie Twitchell, infirmier
Gina Buffalino, aide-soignante volontaire
Harriet Bigelow, aide-soignante volontaire

LES GAMINS ET GAMINES

Joe McClatchey, dit « l'Épouvantail »
Norrie Calvert
Benny Drake
Judy et Janelle Everett
Ollie et Rory Dinsmore

PRINCIPAUX PERSONNAGES DE LA VILLE

Tommy et Willow Anderson, propriétaires-gérants de Dipper's Roadhouse
Stewart et Fernald Bowie, propriétaires-gérants du salon funéraire Bowie
Joe Boxer, dentiste

Romeo Burpee, propriétaire-gérant du grand magasin Burpee's
Phil Bushey, personnage à la réputation douteuse
Samantha Bushey, son épouse
Jack Cale, gérant du supermarché
Ernie Calvert, ancien gérant (à la retraite) du supermarché
Johnny Carver, patron de la quincaillerie
Alden Dinsmore, éleveur de vaches laitières
Roger Killian, éleveur de poulets
Melissa Jamieson, bibliothécaire de la ville
Claire McClatchey, maman de l'Épouvantail
Alva Drake, maman de Benny
Stubby Norman, brocanteur
Brenda Perkins, épouse du chef Perkins
Julia Shumway, propriétaire et rédactrice en chef du journal local, *The Democrat*
Tony Guay, reporter sportif
Pete Freeman, photographe de presse
Sam Verdreaux dit « le Poivrot », ivrogne de la ville

NE SONT PAS DE LA VILLE

Alice et Aidan Appleton, les orphelins du Dôme (« Dorphelins »)
Thurston Marshall, personnage cultivé ayant quelques connaissances médicales
Carolyn Sturges, étudiante

CHIENS REMARQUABLES

Horace, le corgi de Julia Shumway
Clover, le berger allemand de Piper Libby
Audrey, le golden retriever des Everett

L'AVION ET LA MARMOTTE

1

À deux mille pieds d'altitude, Claudette Sanders prenait une leçon de pilotage. La petite ville de Chester's Mill étincelait dans la lumière du matin, pimpante comme si elle venait juste d'être créée. Des voitures roulaient au pas dans Main Street, renvoyant les clins d'œil du soleil. Le clocher de la première église congrégationaliste paraissait assez effilé pour transpercer le ciel sans nuages. Le soleil courait à la surface de la Prestile, suivant la progression du Seneca V ; avion et cours d'eau coupaient la ville selon la même diagonale.

« Hé, Chuck, il y a deux garçons à côté du pont, on dirait ! En train de pêcher ! » Claudette en riait de ravissement. Les leçons de pilotage étaient un cadeau de son mari, premier conseiller de la ville[1]. Si Dieu avait voulu que l'homme volât, il lui aurait donné des ailes, estimait Andy, mais comme c'était un type facile à convaincre, Claudette avait fini par obtenir ce qu'elle voulait. Elle y avait pris plaisir dès le début. Aujourd'hui, cependant, ce n'était plus simplement du plaisir, mais de la jubilation. Pour la première fois, elle com-

---

1. Stephen King emploie le terme de « *First selectman* » en usage dans beaucoup de petites villes de Nouvelle-Angleterre ; les attributions de ce « *premier élu* » (la personne qui a réuni le plus de voix sur son nom) sont variables selon les endroits mais, de toute façon, pratiquement identiques à celles d'un maire. (Toutes les notes sont du traducteur.)

prenait vraiment ce qu'il y avait de sensationnel à voler. Ce qui rendait l'expérience géniale.

Chuck Thompson, son instructeur, effleura le manche à balai, puis indiqua les instruments du tableau de bord. « Oui, c'est vrai, dit-il, mais il faut tout de même garder le cap, Claudie – d'accord ?

– Désolée, désolée.

– Mais non. »

Cela faisait des années que Chuck donnait des leçons de pilotage et il aimait avoir des élèves comme Claudie, des élèves ayant envie d'apprendre des choses nouvelles. Voilà qui risquait de coûter fort cher à Andy ; elle adorait le Seneca et avait exprimé le désir d'en posséder un identique, mais neuf. Cela devait aller chercher pas loin du million de dollars. Sans être exactement une femme gâtée, Claudie Sanders avait incontestablement des goûts de luxe qu'Andy, l'heureux homme, paraissait ne pas avoir de mal à satisfaire.

Chuck aimait aussi des journées comme celle-ci : visibilité totale, pas de vent, des conditions parfaites pour enseigner. Le Seneca oscilla néanmoins un peu quand elle corrigea son cap.

« Restez concentrée. C'est indispensable. Prenez au vingt et un. Direction la Route 119. Et descendez à neuf cents pieds. »

Elle fit la manœuvre, et le Seneca reprit docilement son assiette. Chuck se détendit.

Il passèrent au-dessus de l'établissement de Jim Rennie (voitures d'occasion), puis la petite ville fut derrière eux. Il y avait des champs de part et d'autre de la Route 119 et des arbres couleur d'incendie. L'ombre cruciforme du Seneca courait sur le macadam, et une aile jeta un instant son voile sur un homme-fourmi avec un sac sur le dos. L'homme-fourmi leva les yeux et les salua de la main. Chuck lui répondit, tout en sachant que le type ne pourrait pas le voir.

« La journée est absolument magnifique ! » s'exclama Claudie.

Chuck rit.

Il leur restait quarante secondes à vivre.

2

La marmotte se dandinait sur le bas-côté de la Route 119 en direction de Chester's Mill, alors que la ville était encore à plus de deux kilomètres et que le parc de voitures d'occasion de Jim Rennie se réduisait à des alignements de reflets brillants, là où la route tournait à gauche. La marmotte avait prévu (si tant est qu'une marmotte puisse prévoir quoi que ce soit) de retourner dans les bois bien avant la banlieue. Pour l'instant, le bas-côté lui allait très bien. Elle s'était éloignée de son terrier plus qu'elle n'en avait eu l'intention, mais le soleil était chaud sur son dos et les odeurs fraîches dans ses narines, suscitant des images rudimentaires – mais étaient-ce vraiment des images ? – dans son cerveau.

Elle s'arrêta et se redressa un instant sur ses pattes arrière. Ses yeux n'étaient plus aussi bons qu'avant, mais assez, tout de même, pour distinguer une silhouette humaine qui se dirigeait dans sa direction, sur l'autre bas-côté.

La marmotte décida néanmoins de continuer encore un peu. Il arrivait que les humains abandonnent derrière eux des choses excellentes à manger.

Plus toute jeune, elle était grassouillette. Elle avait fait de nombreuses descentes dans les poubelles, au cours de sa vie, et connaissait aussi bien le chemin conduisant à la décharge de Chester's Mill que les tunnels de son terrier ; et il y avait toujours de bonnes choses dans la décharge. Elle avançait de son pas tranquille, alourdi par l'âge, surveillant l'homme qui marchait de l'autre côté de la chaussée.

L'homme s'arrêta. La marmotte comprit qu'elle avait été repérée. Sur sa droite, juste devant elle, il y avait un bouleau tombé au sol. Elle allait attendre qu'il soit passé, puis partirait à la recherche d'un morceau…

La marmotte n'alla pas plus loin dans ses pensées – même si elle avança encore de trois pas – car elle venait d'être coupée en deux. Elle s'effondra sur le bas-côté. Du sang jaillit par à-coups ; ses entrailles se répandirent sur le sol ; ses pattes postérieures s'agitèrent rapidement deux fois, puis s'immobilisèrent.

Sa dernière pensée, avant de plonger dans les ténèbres où nous sombrons tous, marmottes comme êtres humains, fut : *Qu'est-ce qui s'est passé ?*

3

Toutes les aiguilles des instruments de contrôle s'immobilisèrent net.

« Qu'est-ce que... ? » dit Claudie Sanders. Elle se tourna vers Chuck ; elle avait les yeux écarquillés, mais on n'y lisait pas de panique, seulement de la stupéfaction. Elle n'eut pas le temps d'avoir peur.

Chuck ne vit même pas le tableau de bord. Ce qu'il vit, ce fut le nez du Seneca lui foncer dessus. Puis les deux hélices se désintégrèrent.

Il n'eut pas le temps d'en voir davantage. Plus de temps du tout. Le Seneca explosa au-dessus de la Route 119 et retomba en pluie de feu dans le paysage. Il y avait aussi des fragments de corps dans cette pluie. Un avant-bras fumant – celui de Claudette – atterrit avec un bruit sourd à côté de la marmotte impeccablement coupée en deux.

C'était le 21 octobre.

BARBIE

1

Barbie commença à se sentir mieux dès qu'il eut dépassé Food City, le supermarché, et laissé le centre-ville derrière lui. Quand il vit le panneau sur lequel on lisait : VOUS QUITTEZ LA VILLE DE CHESTER'S MILL, **REVENEZ BIEN VITE !** il se sentit encore mieux. Il était content d'être en route, et pas seulement parce qu'il avait pris une sacrée raclée à Chester's Mill. C'était le bon vieux fait de marcher qui lui avait redonné le moral. Il se déplaçait sous son petit nuage gris personnel depuis au moins deux semaines, lorsqu'on l'avait brutalement ramené à la réalité dans le parking du Dipper's.

« Fondamentalement, je suis un vagabond, dit-il à haute voix en se mettant à rire. Un vagabond en route sous le vaste ciel. » Et bon sang, pourquoi pas ? Le Montana ! Ou le Wyoming. Ou Rapid City la nullissime, Dakota du Sud. N'importe où sauf ici.

Il entendit un moteur approcher, se retourna – en marchant à reculons – et tendit le pouce. Ce qu'il vit avait quelque chose de délicieux : la combinaison d'un vieux pick-up Ford et d'une jeune blonde toute fraîche derrière le volant. Blond cendré, nuance de blondeur qu'il préférait entre toutes. Barbie arbora son sourire le plus engageant. La blonde réagit en souriant aussi et, oh Seigneur, si elle avait plus de dix-neuf ans, il acceptait de bouffer le dernier chèque qu'il avait reçu au Sweetbriar Rose. Trop jeune pour un gentleman de trente printemps, certes, mais parfaitement libre de marcher légalement dans la rue, comme on disait au temps de sa jeunesse nourrie au maïs, dans l'Iowa.

Le véhicule ralentit (Barbie commença à se diriger vers lui)... puis accéléra à nouveau. Elle lui jeta un bref coup d'œil en passant à sa hauteur.

Elle souriait toujours, mais son sourire exprimait du regret. *J'ai eu un court-jus dans les neurones pendant un instant,* semblait dire le sourire, *mais maintenant j'ai repris mes esprits.*

Et Barbie eut vaguement l'impression de la reconnaître, sans pouvoir en être certain ; car c'était la folie au Sweetbriar Rose les dimanches matin. Il croyait pourtant se souvenir de l'avoir vue avec un homme plus âgé, sans doute son père, tous deux le nez plongé dans le *Sunday Times* dont ils s'étaient partagé les pages. S'il avait eu le loisir de lui adresser la parole, il lui aurait dit : *Vous m'avez fait confiance pour faire cuire votre bacon et vos œufs, vous pourriez certainement me faire confiance le temps de quelques kilomètres comme passager.*

Mais, bien entendu, il n'en eut pas l'occasion, et il se contenta donc de lever la main avec un geste qui disait, *sans rancune*. Les feux de stop du pick-up s'allumèrent un instant, comme si la jeune fille revenait sur sa décision. Puis ils s'éteignirent et le véhicule accéléra.

Au cours des jours suivants, alors que les choses allaient de mal en pis à Chester's Mill, il passa et repassa sans fin dans sa tête la petite scène qui s'était déroulée par une chaude matinée d'octobre. C'était surtout à cette seconde pendant laquelle avaient brillé les feux de stop qu'il repensait... comme si elle l'avait reconnu, finalement. *C'est le cuistot du Sweetbriar Rose, j'en suis presque sûre. Je devrais peut-être...*

Mais ce *peut-être* était un gouffre dans lequel des hommes meilleurs que lui étaient tombés. Si elle s'était arrêtée, le cours de sa vie en aurait été bouleversé. Car elle avait dû s'en sortir. Il ne revit jamais la jolie jeune fille blonde ni la vieille Ford crasseuse F-150. Elle devait avoir franchi la ligne de démarcation du territoire communal de Chester's Mill quelques minutes (sinon quelques secondes) avant sa brutale fermeture. S'il avait été avec elle, il aurait été dehors, sain et sauf.

Sauf, bien entendu, pensait-il souvent par la suite, lorsque le sommeil ne voulait pas venir, *si elle avait perdu trop de temps en s'arrêtant pour me faire monter. Auquel cas, je ne serais probablement plus ici. Ni elle. Parce que la vitesse, sur la 119, est limitée à quatre-vingts kilomètres à l'heure. Et à quatre-vingts kilomètres à l'heure...*

À ce stade, il pensait toujours à l'avion.

2

L'avion était passé au-dessus de lui lorsqu'il se trouvait à la hauteur du parc de voitures d'occasion, le *Jim Rennie's Used Cars*, endroit pour lequel Barbie n'éprouvait aucune affection. Non parce qu'il y avait acheté une caisse pourrie (cela faisait plus d'un an qu'il n'avait pas de voiture, ayant vendu la dernière à Punta Gorda, en Floride), mais parce que Jim Rennie Junior avait fait partie des types du parking du Dipper's, ce soir-là. Un chien de meute ayant quelque chose à prouver et qui, ne pouvant prouver seul, prouvait en groupe. C'était ainsi que tous les Jim Junior du monde réglaient leurs comptes, d'après l'expérience de Barbie.

Tout cela était à présent derrière lui. Jim Rennie et ses caisses d'occase, Jim Junior, le Sweetbriar Rose (*spécialité de praires frites ! Toujours entières !*), Angie McCain, Andy Sanders. Tout ce bazar – y compris le Dipper's (*spécialités de passages à tabac sur le parking ! Premier choix !*) – Oui, tout était derrière lui. Et devant lui ? Eh bien, les portes de l'Amérique. À la revoyure, bled minable du Maine, salut, vaste ciel !

Ou peut-être – pourquoi pas ? – allait-il piquer une fois de plus au sud. Il faisait certes un temps splendide aujourd'hui, mais l'hiver rôdait à quelques pages d'éphéméride. Le Sud, ce ne serait peut-être pas mal. Il n'avait jamais poussé jusqu'à Muscle Shoals, mais déjà le nom lui plaisait. C'était vraiment de la poésie, un nom comme ça, *Muscle Shoals*, et l'idée l'enthousiasmait tellement que, lorsqu'il entendit approcher le petit avion, il leva les yeux et lui adressa un grand salut. Il espéra un battement d'aile en réponse mais n'en eut pas, bien que l'appareil volât à une faible altitude. Barbie se dit que les passagers admiraient le paysage – c'était pour cela une journée idéale, avec tous les arbres qui flamboyaient –, à moins qu'il n'ait eu affaire à un apprenti pilote, redoutant trop une connerie pour faire plaisir à un rampant comme Dale Barbara. Il leur souhaita néanmoins bon vent. Des admirateurs de paysage ou un gosse à six semaines de son premier vol en solo, Barbie ne leur voulait que du bien. C'était une belle journée, une journée rendue meilleure à chaque pas qui l'éloignait de Chester's Mill. Trop de trous-du-cul de première à Chester's Mill – sans compter que voyager est bon pour l'âme.

Déménager en octobre devrait être obligatoire, se dit-il. *La nouvelle devise nationale :* TOUT LE MONDE SE BARRE EN OCTOBRE. *Passez votre permis de déménager en août, donnez votre préavis de départ à la mi-septembre et…*

Il s'arrêta. Pas très loin devant lui, sur le talus de l'autre côté de la route, il venait de voir une marmotte. Une sacrée balèze. Peinarde et pas dégonflée, en plus. Au lieu de se faufiler discrètement au milieu des hautes herbes, elle empruntait le bas-côté. Un bouleau tombé à terre dépassait en partie du talus côté marmotte, et Barbie aurait parié que l'animal allait s'y réfugier, en attendant que le grand méchant bipède ait passé son chemin. Sinon, ils se croiseraient tels les deux vagabonds qu'ils étaient, le quadrupède en direction du nord, le bipède en direction du sud. Barbie aimait bien cette idée. Il aurait trouvé cela sympa.

Ces pensées traversèrent l'esprit de Barbie en un instant ; l'ombre de l'avion était encore entre lui et la marmotte, croix noire courant sur le macadam. Puis deux choses se produisirent presque simultanément.

D'abord la marmotte. Elle était entière, l'instant suivant en deux morceaux. Les deux tressaillaient et saignaient. Barbie s'immobilisa, bouche bée, mâchoire quasi décrochée. C'était à croire qu'une guillotine invisible venait de tomber. Et c'est alors que, directement au-dessus de la marmotte coupée en deux, le petit avion explosa.

3

Barbie leva les yeux. Dégringolant du ciel, il vit une version déglinguée, digne d'une bande dessinée, du joli petit appareil qui venait de le survoler. Des torsades de feu rouge orangé restaient suspendues dans l'air au-dessus de lui, fleur n'ayant pas fini de s'ouvrir – Désastre Américain en cours. De la fumée montait de l'appareil en chute libre.

Quelque chose heurta bruyamment la chaussée et en fit jaillir des fragments d'asphalte avant d'aller retomber avec des zigzags d'ivrogne au milieu des hautes herbes, sur la gauche. Une hélice.

Si jamais elle avait rebondi dans ma direction...

Barbie se vit un instant coupé en deux – comme la malheureuse marmotte – et fit demi-tour en courant. Un objet tomba lourdement devant lui et il poussa un hurlement. Ce n'était pas la seconde hélice, mais une jambe d'homme habillée de son jean. Il ne voyait pas de sang, mais la couture latérale avait craqué et exhibait une chair blanche et d'épais poils noirs.

Pas de pied.

Barbie avait l'impression de courir au ralenti. Il vit l'un de ses pieds, pris dans une de ses vieilles bottes éraflées, s'avancer, se poser sur la route et disparaître derrière lui alors qu'apparaissait son autre pied. Tout cela lentement, lentement. Comme à la télé, quand on repasse au ralenti l'un des moments clés d'une partie de baseball.

Il y eut un vacarme métallique assourdissant dans son dos, suivi d'un *boum !* d'une deuxième explosion, suivie à son tour d'une onde de chaleur qui l'enveloppa de la nuque aux talons. Elle le poussa telle une main brûlante. Puis, toute pensée abolie, il ne fut plus qu'un corps et son besoin brut de survivre.

Dale Barbara se mit à courir comme s'il avait le diable à ses trousses.

4

Au bout d'une centaine de mètres, la grande poigne brûlante n'était plus qu'une main de fantôme, bien que l'odeur de l'essence qui brûlait – à quoi s'ajoutait une puanteur sans doute faite d'un mélange de plastique en fusion et de chairs calcinées – fût puissante, apportée par une brise légère. Barbie courut sur encore une soixantaine de mètres, puis s'arrêta et se retourna. Il haletait. Ce n'était pas d'avoir couru ; il ne fumait pas et il était en bonne forme (enfin, en assez bonne forme : il avait toujours mal au côté droit, suite à la raclée qu'il s'était prise dans le parking du Dipper's). Il pensait que c'était de terreur et de consternation. Il aurait pu être tué par l'un des morceaux de l'avion – pas seulement l'hélice folle – ou brûler vif. Un pur coup de chance s'il s'en était tiré.

Puis il vit quelque chose qui lui coupa la respiration, interrompant ses halètements. Il se redressa, et regarda le lieu de l'accident. La route était jonchée de débris – c'était vraiment un miracle qu'il n'ait pas été au moins blessé. Une aile tordue gisait sur la droite ; l'autre dépassait d'un pré dont le foin n'avait pas encore été coupé, sur la gauche, non loin de l'endroit où l'hélice folle avait échoué. Outre la jambe dans son jean, il voyait une main et un bras arrachés. La main paraissait montrer la direction d'une tête, comme pour dire, *c'est la mienne.* Une tête de femme, à en juger par les cheveux. Les lignes électriques qui couraient le long de la route avaient été coupées. Les fils se tordaient et crépitaient sur le bas-côté.

Au-delà de la tête et du bras gisait le fuselage défoncé de l'avion. On pouvait encore lire dessus **NJ3**. Le reste de l'identification avait été déchiqueté.

Mais ce n'était pas ça, cependant, qui lui avait coupé la respiration et donné l'air hagard. La Rose du Désastre s'était évanouie, mais il y avait toujours du feu dans le ciel. Du kérosène qui brûlait, certainement. Néanmoins…

Néanmoins, il s'écoulait vers le bas, formant une sorte de fine flaque verticale. Au travers, Barbie voyait le paysage du Maine – toujours paisible, toujours sans réaction, mais pourtant en mouvement. Agité d'un miroitement comme l'air au-dessus d'un incinérateur ou d'un brasero. Comme si quelqu'un avait arrosé un panneau de verre avec de l'essence et y avait mis le feu.

Presque hypnotisé – voilà ce qu'il ressentait, en tout cas – Barbie revint en marchant vers la scène de l'accident.

5

Son premier mouvement fut de recouvrir les débris humains, mais ils étaient trop nombreux. Il voyait maintenant une autre jambe (gainée d'un pantalon vert) et un buste de femme pris dans un buisson de genièvre. Il aurait pu enlever sa chemise et dissimuler la tête de la femme, mais après ? Eh bien, il avait deux chemises de rechange dans son sac à dos…

Voici qu'un véhicule arrivait de Motton, le bourg suivant, au sud. Un SUV – un petit modèle – qui roulait vite. Quelqu'un avait entendu ou vu l'accident. De l'aide. Grâce à Dieu, de l'aide. Les pieds de part et d'autre de la ligne blanche et se tenant à bonne distance du feu qui dévalait toujours du ciel le long de l'invraisemblable vitrage invisible, Barbie se mit à agiter les bras au-dessus de sa tête, formant de grands X.

Le conducteur donna un coup d'avertisseur en réponse, puis enfonça la pédale de freins, laissant de la gomme sur une douzaine de mètres derrière lui. Il jaillit hors de la petite Toyota verte à peine arrêtée ; c'était un grand gaillard noueux, aux longs cheveux gris cascadant sous une casquette de baseball des Sea Dogs. Il courut sur le bas-côté, pour éviter le débris principal qui brûlait encore.

« Qu'est-ce qui s'est passé ? s'écria-t-il. Bon Dieu de… »

Sur quoi, il heurta quelque chose. Brutalement. Il n'y avait rien, mais Barbie vit le nez du type s'aplatir de côté, cassé. L'homme rebondit sur ce rien, la bouche, le nez et le front en sang. Il tomba à la renverse, puis se mit en position assise. Il regardait Barbie, l'air sonné, une expression de perplexité dans le regard, tandis que le sang dégoulinait sur le devant de son épaisse chemise de travail, et Barbie le regardait aussi.

JUNIOR ET ANGIE

1

Les deux garçons qui pêchaient près du Peace Bridge ne levèrent pas la tête quand passa l'avion, mais Junior Rennie, si. Il était à un coin de rue plus loin, sur Prestile Street, et avait reconnu le bruit. Le Seneca V de Chuck Thompson. Il vit l'avion, mais baissa immédiatement la tête, car un rayon de soleil, passant entre les arbres, lui avait lancé un éclair douloureux dans les yeux. Encore ce mal de tête. Il revenait souvent, depuis quelque temps. Parfois, les pilules en venaient à bout. À d'autres moments, et en particulier depuis ces trois ou quatre derniers mois, elles restaient sans effet.

Des migraines, lui avait expliqué le Dr Haskell. Tout ce que savait Junior, c'était qu'elles faisaient mal comme si c'était la fin du monde et qu'une lumière éclatante les rendait encore plus douloureuses, surtout au moment de l'apparition des premiers symptômes. Parfois, il pensait aux fourmis que lui et Frank DeLesseps avaient brûlées quand ils étaient gamins. À l'aide d'une loupe, on concentrait le soleil dessus au moment où elles entraient ou sortaient de la fourmilière. Le résultat était une fricassée formicante. Sauf que ces temps-ci, quand une de ses migraines couvait, son cerveau était la fourmilière et ses yeux deux loupes.

Il avait vingt et un ans. Allait-il devoir supporter cela jusqu'à quarante-cinq ans, l'âge auquel elles pourraient enfin disparaître, d'après le Dr Haskell ?

Possible. Mais ce matin, ce n'était pas une migraine qui allait l'arrêter. La vue du 4 × 4 de Henry McCain ou de la Prius de LaDonna McCain dans l'allée l'aurait pu ; dans ce cas-là, il aurait fait demi-tour, serait rentré chez lui, aurait pris un autre Imitrex et se serait allongé sur son lit, stores baissés, une serviette humide et froide sur le front. Pour sentir la douleur diminuer, la migraine reculer, mais pas forcément. Une fois que l'une de ces araignées noires s'était introduite dans la place…

Il regarda de nouveau en l'air, plissant fortement les yeux cette fois, pour lutter contre cette détestable lumière ; mais le Seneca était déjà loin et même le ronronnement de ses moteurs (facteur aggravant : tous les bruits l'étaient quand il se chopait une de ces saloperies de crises) s'éloignait. Chuck Thompson et un (ou une) de ses élèves se croyant doué(e) pour le pilotage. Et alors que Junior n'avait rien contre Thompson, qu'il connaissait à peine, il se prit à souhaiter, avec une soudaineté enfantine et féroce, que l'élève de Chuck fasse une grosse connerie et plante l'avion.

De préférence au milieu du parc de voitures d'occase de son père.

Un autre élancement douloureux zigzagua sous son crâne, mais il n'en monta pas moins les marches du perron des McCain. Il le fallait. L'affaire n'avait que trop traîné, bon Dieu. Angie avait besoin d'une bonne leçon.

D'une petite leçon. Ne perds pas les pédales.

Comme s'il l'avait appelée, la voix de sa mère répliqua. Sa voix exaspérante d'autosatisfaction. *Junior a toujours été coléreux, mais il se contrôle mieux, aujourd'hui. N'est-ce pas, Junior ?*

Oui, bon. Un peu, d'accord. Le football l'avait aidé. Mais aujourd'hui, le football était terminé. Aujourd'hui, il n'y avait même pas l'université. À la place, il avait droit aux maux de tête. Et ils lui donnaient l'impression d'être un enfoiré de première.

Ne perds pas les pédales.

Non. Mais il allait lui parler, migraine ou pas.

Et, comme disait le proverbe, il faudrait peut-être lui parler avec les mains. Comment savoir ? Il se sentirait peut-être mieux si Angie se sentait moins bien.

Junior appuya sur la sonnette.

2

Angie McCain venait juste de sortir de la douche. Elle enfila un peignoir, serra la ceinture et enveloppa ses cheveux mouillés d'une serviette. « J'arrive ! » cria-t-elle en descendant l'escalier à pas pressés. Elle arborait un petit sourire. C'était Frankie, elle était pratiquement sûre que c'était Frankie. Les choses rentraient finalement dans l'ordre. Cette petite ordure de cuistot (beau gosse mais une ordure tout de même) avait quitté la ville ou allait la quitter, et ses parents étaient sortis. Combinez les deux, et vous aviez un signe de Dieu : les choses rentraient dans l'ordre. Elle et Frankie allaient pouvoir laisser toute cette merde derrière eux et se remettre ensemble.

Elle savait exactement comment s'y prendre : ouvrir la porte puis ouvrir son peignoir. Ici même, dans la lumière du samedi matin, alors que n'importe quel passant pourrait la voir. Elle s'assurerait tout d'abord qu'il s'agissait bien de Frankie, évidemment – elle n'avait aucune intention de faire le coup à ce vieux gros Mr Wicker, s'il sonnait pour livrer un colis ou du courrier recommandé – mais le facteur n'était pas censé passer avant une bonne demi-heure.

Non, c'était Frankie. Elle en était sûre.

Elle ouvrit la porte, son petit sourire s'élargissant en un plus grand de bienvenue – ce qui n'était peut-être pas une très bonne idée, vu que ses dents se chevauchaient et avaient la taille de touches de piano. Une main sur le nœud de sa ceinture. Mais elle ne le défit pas. Parce que ce n'était pas Frankie. C'était Junior, et il avait l'air drôlement *en colère…*

Elle lui avait déjà vu une mine sinistre – souvent, en fait – mais jamais aussi sinistre depuis la fois où Junior, en cinquième, avait cassé le bras du petit Dupree. Ce petit pédé avait osé ramener son cul de gonzesse sur le terrain de basket communal et demander à jouer. Et elle supposa que Junior devait avoir le même avis de tempête scotché sur la figure, ce soir-là, dans le parking du Dipper's, mais évidemment elle n'y était pas, elle en avait juste entendu parler. Tout le monde, à Chester's Mill, en avait entendu parler. Le chef Perkins l'avait convoquée pour l'interroger, ce fichu Barbie s'était trouvé là et finalement, la nouvelle avait fait le tour du pays.

« Junior ? Qu'est-ce que... »

Il la gifla, et elle arrêta presque complètement de penser.

3

Il n'avait pas frappé très fort car il se trouvait sur le seuil et était limité dans son élan ; il avait le bras à moitié plié. Il aurait d'ailleurs pu ne pas la frapper (du moins pour commencer) si elle ne lui avait pas adressé un sourire – bon Dieu, ces dents, elles lui foutaient les boules déjà en terminale – et si elle ne l'avait pas appelé Junior.

Bien sûr, *tout le monde* l'appelait Junior ; lui-même se désignait ainsi, mais il n'avait jamais pris conscience à quel point il haïssait ça, à quel point cela le faisait chier à en crever de s'appeler Junior, jusqu'à cet instant où *Junior* lui sauta à la figure à travers les dents inquiétantes, larges comme des pierres tombales, de cette salope – cette salope qui lui avait valu toutes ces emmerdes. Le surnom s'enfonça dans sa tête comme le rayon de soleil aveuglant quand il avait voulu regarder l'avion.

Mais pour un coup de poing raté, c'était pas si mal. Elle partit à reculons en vacillant, heurta le pilastre de la rampe et la serviette qui retenait ses cheveux tomba. Des tortillons bruns humides se déroulèrent sur ses joues, lui faisant une tête de Méduse. Son sourire avait été remplacé par une expression de surprise totale, et Junior vit un filet de sang couler au coin de ses lèvres. C'était chouette. C'était parfait. Cette salope méritait de saigner pour ce qu'elle avait fait. Toutes ces *emmerdes*, pas seulement pour lui, mais aussi pour Frankie, et Mel, et Carter.

La voix de sa mère dans sa tête : *Ne perds pas ton sang-froid, mon chéri.* Elle était morte, mais ça ne l'empêchait pas de l'abreuver de conseils. *Donne-lui une leçon, mais une petite.*

Et il aurait peut-être réussi à s'en tenir là, mais à ce moment-là le peignoir s'ouvrit ; elle était nue en dessous. Il voyait le sombre triangle de poils, au-dessus de sa ferme à ovules, sa putain de ferme à ovules qui la démangeait et qui était la cause de tout ce bordel, si on y réfléchissait un peu – d'ailleurs ces fermes étaient la cause de tout le putain de bordel dans le monde et sa tête l'élançait, cognait, martelait, se fendait en deux. Il avait l'impression que le stade de la fission nucléaire était proche. Un nuage en forme de champignon lui sortirait de chaque oreille juste avant qu'explose tout ce qui se trouvait au-dessus de son cou et Junior Rennie (qui ignorait souffrir d'une tumeur au cerveau – le vieux et asthmatique Dr Haskell n'avait jamais envisagé cette possibilité, pas chez un jeune homme à peine sorti de l'adolescence par ailleurs en pleine forme) piqua sa crise. Ça n'avait pas été un jour de chance pour Chuck Thompson ou Claudette Sanders ; mais en vérité, ce ne fut un jour de chance pour personne à Chester's Mill.

Peu furent aussi malchanceux, cependant, que l'ex-petite amie de Frank DeLesseps.

4

Elle eut encore deux pensées à peu près cohérentes, tandis qu'adossée au pilastre de la rampe elle regardait les yeux exorbités de Junior et la manière dont il se mordait la langue – la mordait au point de se faire saigner.

Il est cinglé. Faut que j'appelle la police avant qu'il me fasse vraiment mal.

Elle fit demi-tour pour courir le long du couloir, jusqu'à la cuisine, là elle décrocherait le téléphone mural, composerait le 911 et se mettrait à hurler. Elle fit deux pas, puis trébucha sur la serviette qui avait retenu ses cheveux. Elle reprit très vite l'équilibre – majorette pendant ses études secondaires, elle était toujours aussi leste – mais c'était de toute façon trop tard. Sa tête fut brutalement renversée en arrière tandis que ses pieds décollaient du sol. Il l'avait attrapée par les cheveux.

Il la plaqua brutalement contre lui. Il avait le corps bouillant, comme en proie à une forte fièvre et elle pouvait entendre les battements ultra-rapides de son cœur – ça s'emballait là-dedans.

« *Putain de menteuse !* » lui hurla-t-il droit dans l'oreille. Ce cri strident lui transperça la tête. Elle hurla à son tour, mais le son qu'elle émit lui parut faible et insignifiant par rapport au sien. Puis il lui passa les bras autour de la taille et elle se trouva propulsée le long du couloir à une vitesse invraisemblable, ses orteils seuls effleurant la moquette. Une vague image (elle était transformée en bouchon de radiateur à l'avant d'une voiture folle) lui traversa l'esprit, et ils se retrouvèrent dans la cuisine inondée d'un soleil éclatant.

Junior hurla à nouveau. Pas de rage, cette fois-ci, mais de douleur.

5

La lumière le tuait, faisait frire son cerveau torturé, mais ça ne l'arrêta pas pour autant. Il était trop tard, à présent.

Il courut droit à la table de cuisine, sans ralentir. Angie heurta le plateau en Formica. La table glissa et alla heurter le mur. Le sucrier, la salière, le poivrier, tout valsa. L'air fut éjecté de ses poumons, bruyamment – *wouf !* La tenant par la taille d'une main et par les tortillons de ses cheveux de l'autre, Junior la fit pivoter et la plaqua contre le frigo. Elle le heurta avec un bruit sourd et la plupart des magnets collés dessus dégringolèrent. Son visage, blanc comme un linge, avait l'air abasourdi. Elle saignait du nez et de la lèvre inférieure. Le sang brillait, contrastant avec son teint pâle. Il la vit jeter un coup d'œil vers les couteaux de cuisine plantés dans leur bloc de bois, sur le comptoir, et quand elle voulut se redresser, il lui donna un coup de genou en pleine figure. Violemment. Il y eut le bruit assourdi de quelque chose qui se brise, comme si on venait de casser un gros objet en porcelaine – un plat de service, par exemple – dans la pièce voisine.

Voilà ce que j'aurais dû faire à Dale Barbara, pensa-t-il, et il recula d'un pas en pressant la paume de ses mains contre ses tempes douloureuses. Des larmes débordaient de ses yeux et glissaient sur ses joues. Il s'était salement mordu la langue – le sang coulait sur son menton et gouttait sur le sol – mais Junior n'en avait pas conscience. La douleur sous son crâne était trop intense.

Angie gisait à plat ventre au milieu des magnets du frigo. Sur le plus gros, on lisait : VINGT SECONDES DE PLAISIR, VINGT KILOS SUR TES HANCHES DEMAIN. Alors qu'il se disait qu'elle était dans les pommes, tout son corps se mit soudain à frissonner. Ses doigts s'agitaient comme si elle s'apprêtait à jouer un morceau difficile au piano (*Sauf que le seul instrument dont a joué cette salope est la flûte à un trou*, pensa-t-il). Puis ses jambes se mirent à se tendre et se détendre spasmodiquement, bientôt imitées par ses bras. On aurait dit qu'elle essayait de s'éloigner de lui à la nage. Angie faisait une foutue crise d'épilepsie.

« Arrête ça ! » hurla-t-il. Puis, tandis qu'elle rendait tripes et boyaux : « Arrête ça ! *Arrête de faire ça, salope !* »

Il se laissa tomber à genoux de part et d'autre de la tête d'Angie maintenant agitée de mouvements convulsifs. Son front heurtait rythmiquement le carrelage – on aurait dit un fou d'Allah saluant son dieu.

« Arrête ça ! *Arrête ça, putain !* »

Elle se mit à émettre des grognements. Étonnamment sonores. Bordel, et si quelqu'un l'entendait ? S'il était surpris ici ? Ce ne serait pas aussi simple que d'expliquer à son père pourquoi il avait laissé tomber ses études (détail que Junior n'avait pas encore pu se résoudre à lui révéler). Cette fois-ci, ce serait pire que de devoir renoncer aux trois quarts de son argent de poche du mois à cause de cette connerie de bagarre avec le cuistot – bagarre à l'origine de laquelle se trouvait justement cette pétasse. Cette fois-ci, Big Jim Rennie ne pourrait pas baratiner le chef Perkins et sa bande de pieds nickelés pour qu'ils laissent tomber. Cela pourrait signifier...

Une image des sinistres murailles verdâtres de la prison d'État, Shawshank, lui vint soudain à l'esprit. Il ne pouvait pas aller là-bas, alors qu'il avait toute sa vie devant lui. Mais ça ne ferait pas un pli. Même si elle la fermait maintenant, ça ne ferait pas un pli. Parce qu'elle finirait par parler. Et parce que son visage – qui paraissait dans un état bien pire que celui de Barbie après la bagarre dans le parking – parlerait pour elle de toute façon.

Sauf s'il la faisait taire définitivement.

Junior empoigna Angie à nouveau par les cheveux et l'aida à se cogner la tête contre le carrelage. Il espérait l'assommer de façon à pouvoir tranquillement… oui, bon, bref… mais la crise ne fit que s'intensifier. Les pieds d'Angie se mirent à heurter le frigo et il y eut une nouvelle averse de magnets.

Il lui lâcha les cheveux et la saisit à la gorge. « Désolé, Angie, dit-il, mais ce n'était pas ce que j'avais prévu, au départ. » Sauf que désolé, il ne l'était pas. Il avait peur, il avait mal, et il avait la conviction que jamais cette bagarre dans la cuisine horriblement inondée de soleil ne se terminerait. Il sentait déjà la fatigue dans ses doigts. Jamais non plus il n'aurait pensé qu'il était si difficile d'étrangler quelqu'un.

Quelque part, très loin au sud, il y eut une explosion. Comme si on avait tiré un coup de feu avec un très gros calibre. Junior n'y prêta pas attention. Il serra encore plus fort, et Angie commença à se débattre de plus en plus mollement. Quelque part, mais beaucoup plus près – dans la maison, ici, au rez-de-chaussée –, un tintement assourdi l'alerta. Il se redressa, les yeux écarquillés, tout d'abord certain que c'était la sonnette de la porte. Quelqu'un avait entendu le tapage et les flics débarquaient. Sa tête explosait, il avait l'impression d'avoir tous les doigts foulés, et tout cela pour rien. Une image terrible lui traversa la tête : Junior Rennie escorté jusqu'au tribunal du comté de Castle pour se faire signifier son inculpation, la veste de sport d'un flic lui dissimulant la tête.

Puis il reconnut le bruit. Il était identique à celui que produisait son ordinateur quand il y avait une coupure de courant et qu'il passait sur batterie.

Bing… Bing… Bing…

Room service, pensa-t-il tout en continuant à étrangler Angie. Elle était immobile, à présent, mais il serra pendant encore une minute, tête tournée de côté pour essayer de ne pas sentir l'odeur de sa merde. C'était typique de lui laisser un cadeau de départ de ce genre ! Toutes les mêmes ces bonnes femmes avec leurs fermes à ovules ! Rien que des fourmilières recouvertes de poils ! Et elles prétendaient que le problème, c'étaient les hommes !

6

Il se tenait au-dessus du corps ensanglanté, souillé de merde et incontestablement mort, se demandant ce qu'il devait faire à présent, lorsqu'il y eut une nouvelle explosion lointaine en provenance du sud. Ce n'était pas une arme à feu ; bien trop fort. Peut-être le petit avion tape-à-l'œil de Chuck s'était-il écrasé, finalement. Voilà qui n'était pas impossible ; un jour où on avait simplement prévu d'aller engueuler une nana – de lui secouer un peu les puces, rien de plus – et où elle finissait par *vous obliger* à la tuer, tout était possible.

Une sirène de police commença à hululer. Junior fut certain que c'était pour lui. Quelqu'un avait regardé par la fenêtre et l'avait vu étrangler la fille. Cela le fit réagir sur-le-champ. Il fonça dans le couloir avec la porte d'entrée pour objectif, arriva à hauteur de la serviette tombée quand il lui avait donné sa première baffe et s'immobilisa. Ils allaient arriver par là, c'était évidemment par là qu'ils allaient se pointer. Ils s'arrêteraient devant la maison, avec leurs gyrophares flambant neufs qui perceraient la matière grise hurlante de son pauvre cerveau –

Il fit volte-face et retourna dans la cuisine. Il ne put s'empêcher de regarder le cadavre d'Angie avant de l'enjamber. À la petite école, lui et Frankie avaient parfois tiré sur ses nattes, à quoi elle avait répliqué en leur tirant la langue et en louchant. À présent, ses yeux paraissaient près de jaillir de leurs orbites comme de vieilles billes, et elle avait la bouche pleine de sang.

C'est moi qui ai fait ça ? Vraiment moi ?

Oui. C'était lui. Et ce simple coup d'œil suffisait à expliquer pourquoi : ses putains de dents. Son monstrueux clavier.

Une deuxième sirène se joignit à la première. Mais elles s'éloignaient. Dieu merci, elles s'éloignaient. Elles prenaient au sud, par Main Street, vers les explosions.

Malgré tout, Junior ne ralentit pas. Il se faufila par le jardin, derrière la maison des McCain, sans se rendre compte que son attitude en faisait un coupable idéal pour quiconque le verrait (ce n'était pas le cas). Au-delà des plants de tomates de LaDonna, il y avait une haute barrière en planches avec un portail. Le portail comportait bien un cadenas, mais celui-ci pendait à son crochet, ouvert. De toute son enfance, quand il lui était arrivé de traîner par là, il ne l'avait jamais vu une seule fois fermé.

Il poussa le portail. Au-delà s'étendait un bois traversé par un sentier qui rejoignait le cours babillant de la Prestile. Une fois, alors qu'il avait treize ans, Junior avait surpris Frank et Angie qui s'embrassaient sur ce chemin ; elle avait passé ses bras autour du cou de Frank et il lui tenait un sein. Junior avait alors compris que l'enfance était presque terminée.

Il se pencha et vomit dans l'eau. Les taches de lumière à la surface étaient méchantes, horribles. Puis sa vision s'éclaircit et il put apercevoir le Peace Bridge, sur sa droite. Les petits pêcheurs étaient partis, mais il vit deux voitures de police passer en direction de la place principale.

La sirène municipale se déclencha. Le générateur de l'hôtel de ville s'était mis en route, exactement comme il devait le faire en cas de coupure de courant, pour que la sirène puisse lancer son message annonciateur de désastre avec force décibels. Junior gémit et se couvrit les oreilles des mains.

Le Peace Bridge n'était en réalité qu'une passerelle couverte, en mauvais état, qui commençait même à fléchir. Son véritable nom était passerelle Alvin-Chester, mais elle était devenue le Peace Bridge en 1969, lorsque des gosses (des rumeurs coururent, à l'époque, sur l'identité des coupables) avaient peint un grand signe de la paix en bleu, sur un de ses côtés. Il y était toujours, décoloré, presque fantomatique. Depuis dix ans, la passerelle était condamnée. Des rubans de la police entrecroisés, marqués NE PAS TRAVERSER, fermaient les deux accès, ce qui n'empêchait évidemment pas certains de l'utiliser. Deux ou trois soirs par semaine, des membres de la Brigade des Demeurés du chef Perkins y pointaient le rayon de leur lampe torche, toujours d'un côté ou de l'autre, jamais des deux à la fois. Ils ne tenaient pas à arrêter les gamins qui picolaient et se pelotaient, juste à les faire fuir. Chaque année, à la réunion du conseil municipal, il y avait quelqu'un pour proposer la destruction du Peace Bridge, quelqu'un d'autre pour suggérer qu'on le réparât, et les deux propositions étaient mises en attente. La ville avait apparemment une volonté secrète, et celle-ci était de voir demeurer le pont en l'état.

Aujourd'hui, cela faisait l'affaire de Junior Rennie.

Il remonta par la rive nord de la Prestile et, une fois sous le pont (les sirènes des voitures de police étaient de plus en plus lointaines, celle de l'hôtel de ville toujours aussi assourdissante), il escalada la berge pour gagner Strout Lane. Il regarda des deux côtés, puis passa en courant devant le panneau VOIE SANS ISSUE PONT FERMÉ. Il se baissa sous les rubans entrecroisés de la police et se glissa dans l'ombre. Le soleil brillait par les trous du toit, constellant le plancher usé de petits ronds irisés, et après l'éclat aveuglant de la cuisine infernale, cette pénombre était une bénédiction. Des pigeons roucoulaient doucement entre les poutres. Des canettes de bière et des bouteilles d'Allen's Coffee Flavored Brandy jonchaient les côtés de la passerelle.

Ce coup-ci je ne m'en tirerai pas. Je ne sais pas si j'ai laissé quelque chose sous ses ongles, je ne me rappelle plus si elle m'a griffé ou non, mais il y a mon sang là-bas. Et mes empreintes digitales. Je n'ai que deux solutions, en fin de compte : fuir ou me rendre.

Non, il y en avait une troisième. Il pouvait se suicider.

Il fallait qu'il retourne chez lui. Qu'il tire les rideaux de sa chambre et la transforme en grotte. Qu'il prenne encore un Imitrex, qu'il s'allonge, qu'il dorme un peu, peut-être. Et si on venait le chercher pendant qu'il dormait ? Eh bien, cela lui épargnerait le souci de choisir entre les solutions n° 1, n° 2 ou n° 3.

Junior traversait la place principale lorsqu'un homme – un vieux type qu'il reconnut à peine – le prit par le bras et lui demanda, « Qu'est-ce qui est arrivé, Junior ? Qu'est-ce qui se passe ? ». Junior se contenta de secouer la tête, de se dégager et de poursuivre son chemin.

Derrière lui, la sirène de l'hôtel de ville hululait comme si c'était la fin du monde.

GRANDES ROUTES
ET CHEMINS DE TRAVERSE

1

Il y avait un journal à Chester's Mill, l'hebdomadaire *The Democrat*. Ce qui était trompeur, puisque la propriétaire et rédactrice en chef – une double casquette portée par la redoutable Julia Shumway – était républicaine jusqu'à la moelle. Son titre se présentait ainsi :

THE CHESTER'S MILL DEMOCRAT
Fondé en 1890
Au service de « la petite ville en forme de botte » !

Mais cette devise aussi était trompeuse. Chester's Mill n'avait pas l'aspect d'une botte ; son territoire ressemblait à une chaussette de sportif tellement crasseuse qu'elle pouvait tenir debout toute seule. Bien que bordée par la ville beaucoup plus importante et prospère de Castle Rock au sud-ouest (vers le talon de la chaussette), Chester's Mill était entourée de quatre agglomérations couvrant des secteurs plus vastes, mais moins peuplés : Motton, au sud et au sud-est ; Harlow, à l'est et au nord-est ; le TR-90, territoire sans statut au nord ; et Tarker's Mills à l'ouest. On désignait parfois collectivement Chester's Mill et Tarker's Mills comme « Les Fabriques[1] » et, à l'époque où

1. « Mill » qui veut dire « moulin » s'applique en fait à de nombreuses industries et en particulier aux manufactures de textiles de la Nouvelle-Angleterre ; quant

l'industrie textile du Maine battait son plein, elles avaient à elles deux transformé la rivière Prestile en un cloaque pollué et sans poissons qui changeait de couleur presque quotidiennement en fonction de l'endroit. On pouvait partir en canoë de Tarker's Mills sur une eau verte qui devenait d'un jaune éclatant en sortant de Chester's Mill et avant d'arriver à Motton. Sans compter que si jamais votre canoë était en bois, la peinture risquait d'avoir disparu en dessous de la ligne de flottaison.

Toutefois, la dernière de ces juteuses manufactures avait fermé ses portes en 1979. La Prestile avait retrouvé sa couleur et ses poissons, même si on débattait toujours pour déterminer s'ils étaient comestibles (pour *The Democrat* : Et comment !)

La population de la ville était saisonnière. Entre le Memorial Day et le Labour Day – entre le printemps et l'automne –, elle tournait autour de quinze mille résidents. Le reste de l'année, elle se situait à un poil au-dessus ou au-dessous de deux mille personnes, en fonction du rapport entre décès et naissances au Catherine-Russell, considéré comme le meilleur hôpital au nord de Lewiston.

Si on avait demandé aux estivants de dire combien de routes desservaient Chester's Mill, la plupart auraient répondu deux : la Route 117, qui conduit à Norway-South Paris, et la Route 119, qui traverse Castle Rock avant de rejoindre Lewiston.

Ceux qui habitaient Chester's Mill depuis environ dix ans auraient pu en désigner au moins huit de plus – toutes des routes à deux voies en dur – de la Black Ridge et la Deep Cut allant à Harlow jusqu'à la Pretty Valley Road (la « route de la jolie vallée » méritait son nom) dont les sinuosités s'aventuraient, au nord, dans le TR-90.

Les résidents de trente ans ou plus, eux, si on leur avait laissé le temps d'y réfléchir un peu (dans l'arrière-salle du Brownie's Store, peut-être, où il y avait encore un poêle à bois à l'ancienne) en auraient sans doute ajouté une douzaine avec des noms relevant du sacré (God

---

aux territoires sans statut, cela concerne des régions pratiquement sans population, et donc sans structure communale ni shérif attitré, notamment.

Creek Road) ou du profane (Little Bitch Road[1], laquelle ne figurait sur les cartes locales que sous un numéro).

Le plus vieil habitant de Chester's Mill, lors de ce qui resta connu sous le nom de « Jour du Dôme », s'appelait Clayton Brassey. Il était aussi le plus ancien résident de tout le comté de Castle, et à ce titre le détenteur de la canne du *Boston Post*. Malheureusement, il n'avait plus aucune idée de ce qu'était la canne du *Boston Post*, ni même précisément de qui il était. Il prenait souvent son arrière-arrière-petite-fille Nell pour sa femme, morte depuis quarante ans, et *The Democrat* avait cessé depuis trois ans de le solliciter pour son interview annuelle du « plus ancien habitant ». (La dernière fois, à la question rituelle sur le secret de sa longévité, il avait répondu, « Mais où est mon repas de baptême ? ») Il avait été gagné par la sénilité peu après l'anniversaire de ses cent ans ; en ce 21 octobre, il en avait cent cinq. Il avait jadis été un menuisier de talent spécialisé dans le mobilier, les rampes d'escalier, les moulures. Sa spécialité aujourd'hui était d'arriver à manger sa gelée sans s'en fourrer dans le nez ou d'atteindre les toilettes sans avoir semé, en chemin, quelques crottes striées de sang.

Dans son jeune temps, néanmoins (vers quatre-vingt-cinq ans, disons), il aurait été capable de désigner toutes les routes desservant Chester's Mill et le total aurait été de trente-quatre. En terre pour la plupart, nombre d'entre elles allaient se perdre au milieu des fourrés épais d'une forêt secondaire, propriété de plusieurs exploitants forestiers, Diamond Match, Continental Paper Company et American Timber.

Et peu avant midi le Jour du Dôme, toutes ces voies se retrouvèrent soudain fermées.

2

Sur la plupart d'entre elles, rien ne se produisit d'aussi spectaculaire que l'explosion du Seneca V et l'accident du camion de grumes qui s'ensuivit, mais les incidents furent nombreux. Bien entendu. Quand

1. *Bitch* : *chienne* mais aussi *salope*.

l'équivalent d'un mur de pierre s'érige en un clin d'œil autour de toute une ville, il ne peut pas ne pas y avoir d'incidents.

À l'instant même où la marmotte se retrouva coupée en deux, un épouvantail subit le même sort dans le champ de citrouilles d'Eddie Chalmers, non loin de la Pretty Valley Road. L'épouvantail se dressait exactement sur la frontière séparant le territoire de Chester's Mill du TR-90. Voilà qui avait toujours amusé Eddie, qui avait surnommé son dispositif anticorbeaux l'Épouvantail sans Frontière, Mister ESF, en raccourci. Une moitié de Mister ESF tomba dans Chester's Mills, l'autre « dans le TR », comme auraient dit les gens du coin. Quelques secondes plus tard, un vol de corbeaux en route pour le champ de citrouilles d'Eddie (les corbeaux n'avaient jamais eu peur de Mister ESF) se heurta à quelque chose là où il n'y avait rien auparavant. La plupart se rompirent le cou et tombèrent en tas noirs sur la Pretty Valley Road et les champs avoisinants. Partout des oiseaux, des deux côtés du Dôme, s'écrasèrent ainsi et dégringolèrent, raides morts ; leurs cadavres allaient d'ailleurs devenir l'une des manières de déterminer l'emplacement de la nouvelle barrière.

Sur la God Creek Road, Bob Roux avait interrompu le ramassage des pommes de terre. Il rentrait déjeuner en chevauchant son vieux tracteur Deere, branché sur son iPod flambant neuf, cadeau de sa femme pour ce qui serait à jamais son dernier anniversaire. Sa maison n'était même pas à un kilomètre de son champ, mais, malheureusement pour lui, ce champ se trouvait à Motton et sa maison à Chester's Mill. Il heurta la barrière à exactement vingt-trois kilomètres à l'heure pendant qu'il écoutait James Blunt chanter « You're Beautiful ». À peine tenait-il son volant, la route étant visible devant lui jusqu'à sa maison et parfaitement dégagée. Si bien que lorsque le tracteur s'immobilisa brutalement, lorsque la machine à ramasser les pommes de terre, à l'arrière, se souleva puis retomba et se brisa, Bob fut expédié direct dans le Dôme par-dessus le moteur de sa machine. L'iPod explosa dans la poche de poitrine de sa salopette, mais il ne le sut jamais. Il se rompit le cou et se fractura le crâne contre le rien avec lequel il était entré en collision et mourut peu après sur la route de terre, près de l'une des grandes roues arrière de son tracteur, qui tournait encore au ralenti. Rien de plus costaud, vous savez, que ces bons vieux Deere.

3

La Motton Road ne rejoignait nullement Motton ; elle s'arrêtait aux limites de Chester's Mill, dans un secteur résidentiel récent qui avait porté le nom d'Eastchester jusqu'en 1975 à peu près. Les propriétaires étaient des trentenaires ou des quadragénaires qui allaient tous les jours travailler pour un bon salaire, la plupart dans des bureaux de la zone industrielle de Lewiston-Auburn. Toutes les maisons se trouvaient dans Chester's Mill, mais bon nombre de leurs jardins s'étendaient jusque dans Motton. C'était le cas chez Jack et Myra Evans, au 379, Motton Road. Myra avait un potager dans son jardin, derrière la maison, et si la plupart des légumes avaient déjà été ramassés, il y avait encore des courges de la variété Blue Hubbard, derrière les dernières citrouilles (au pourrissement avancé). Elle s'apprêtait à cueillir une courge lorsque le Dôme descendit ; mais si ses genoux étaient bien dans Chester's Mill, la Blue Hubbard vers laquelle elle tendait la main avait poussé à une trentaine de centimètres au-delà de la frontière avec Motton.

Elle ne cria pas, car elle ne sentit rien – sur le coup. La coupure avait été trop rapide, trop nette et trop propre pour cela.

Jack Evans se trouvait dans sa cuisine, battant des œufs pour l'omelette de midi. La stéréo jouait « North American Scum » et Jack chantait en même temps, lorsqu'une petite voix l'appela derrière lui. Il ne reconnut pas tout de suite celle de son épouse depuis quatorze ans ; on aurait dit la voix d'une enfant. Mais lorsqu'il se tourna il vit que c'était effectivement Myra. Elle se tenait debout dans l'encadrement de la porte, serrant son bras droit contre son ventre. Elle avait laissé une traînée de terre derrière elle, ce qui ne lui ressemblait pas du tout. D'habitude, elle enlevait ses sabots sur le perron. Sa main gauche, prise dans un gant de jardinage sale, tenait sa main droite et un truc rouge coulait entre ses doigts pleins de terre. Il pensa tout d'abord *jus d'airelles*, mais seulement une seconde. C'était du sang. Jack laissa tomber son bol. Le bol s'écrasa sur le sol.

Myra répéta son nom de la même voix minuscule, tremblante, enfantine.

« Qu'est-ce qui s'est passé ? Qu'est-ce qui t'est arrivé, Myra ?

– J'ai eu un accident », répondit-elle.

Et elle lui montra sa main droite. Sauf qu'il ne vit pas de gant droit sali de terre pour faire pendant à l'autre, ni de main droite. Seulement un moignon sanguinolent. Elle lui adressa un faible sourire et dit « Oups… ». Ses yeux roulèrent et devinrent blancs. L'entrejambe de son jean de travail s'assombrit de l'urine qu'elle ne pouvait retenir. Puis ses genoux cédèrent à leur tour et elle s'effondra. Le sang qui jaillissait de son poignet à vif – une découpe de leçon d'anatomie – se mélangea aux œufs battus répandus sur le sol.

Lorsque Jack se laissa tomber à côté d'elle, un fragment du bol s'enfonça profondément dans l'un de ses genoux. À peine le remarqua-t-il, alors qu'il allait boiter tout le temps qu'il lui restait à vivre du fait de cette blessure. Il saisit le bras de Myra et le comprima. Les terribles jets de sang de son poignet diminuèrent mais ne s'arrêtèrent pas. Il arracha alors sa ceinture des passants et en entoura l'extrémité de l'avant-bras de sa femme. Ce fut plus efficace, mais il ne pouvait bloquer la ceinture ; le premier trou était beaucoup trop loin de la boucle.

« Bordel, dit-il à la cuisine vide, bordel de Dieu ! »

Il remarqua qu'il faisait plus sombre qu'avant. Une coupure de courant. Il entendait l'ordinateur, dans le bureau, émettre son couinement rythmique de détresse. La musique continuait à jouer car la petite stéréo posée sur le comptoir était à piles. Non pas qu'il y prêtât attention ; Jack venait de perdre tout goût pour la techno.

Il y avait tellement de sang. Tellement.

La question n'était plus de savoir comment elle avait perdu sa main. Il avait un souci plus immédiat. Impossible de lâcher le garrot improvisé pour aller décrocher le téléphone. Elle se remettrait à saigner, et qui sait si elle n'avait pas déjà perdu trop de sang ? Elle allait devoir venir avec lui. Il essaya de l'entraîner par son T-shirt, mais quand il tira dessus, le vêtement sortit du pantalon, puis le col commença à étrangler Myra – il entendit sa respiration devenir rauque. Finalement, il l'empoigna par ses cheveux bruns et la tira jusqu'au téléphone, style homme des cavernes.

C'était un portable et il fonctionnait. Il composa le 911. Le 911 était occupé.

« C'est pas possible ! » s'écria-t-il dans la cuisine où toutes les lumières étaient éteintes (mais la stéréo continuait à le bombarder de musique). « Ce putain de 911 ne *peut pas* être occupé ! »

Il recommença.

Occupé.

Il s'assit, adossé au comptoir, tenant le garrot improvisé aussi serré qu'il le pouvait, regardant le sang et le fouet à battre les œufs sur le sol au milieu des débris du bol, recomposant régulièrement le 911 pour avoir droit tout aussi régulièrement au même stupide *tut-tut-tut*. Quelque chose explosa, pas très loin, mais à peine le remarqua-t-il à cause de la musique – le son était à fond et il n'entendit pas l'accident du Seneca. Il aurait voulu arrêter la stéréo, mais, pour atteindre l'appareil, il lui aurait fallu soulever Myra. La soulever, ou bien lâcher la ceinture deux ou trois secondes. Il ne voulait faire ni l'un ni l'autre. Il resta donc assis et « North American Scum » laissa la place à « Someone Great », puis « Someone Great » à « All My Friends » sur lequel le CD, intitulé *Sound of Silver*, s'acheva. Dans le silence qui suivit, alors qu'il entendait au loin les sirènes de la police et que l'ordinateur continuait de couiner à côté, Jack se rendit compte que sa femme ne respirait plus.

Mais j'allais préparer le déjeuner, pensa-t-il. *Un chouette déjeuner, un déjeuner auquel tu n'aurais pas eu honte d'inviter Martha Stewart.*

Adossé au comptoir, agrippant toujours la ceinture (desserrer les doigts allait se révéler atrocement douloureux), la jambe droite de son pantalon s'assombrissant du sang qui coulait de sa blessure au genou, Jack Evans tint la tête de sa femme serrée contre sa poitrine comme on tient un nouveau-né et se mit à pleurer.

4

Pas très loin, sur un sentier abandonné dans les bois dont même le vieux Clay Bassey ne se serait pas souvenu, un cerf broutait de jeunes pousses en bordure du marais de la Prestile. Il se trouva qu'il avait le cou tendu au-dessus de la frontière avec Motton, et quand le Dôme tomba, sa tête dégringola. Tranchée si impeccablement qu'une guillotine n'aurait pas fait mieux.

5

Nous avons fait le tour de la forme en chaussette qui constitue Chester's Mill et nous voilà de retour Route 119. Et, grâce à la magie de la narration, il ne s'est pas écoulé une seconde depuis que le sexagénaire à la Toyota s'est jeté tête la première contre un obstacle invisible mais très dur et s'est cassé le nez. Le cul par terre, il lève sur Dale Barbara des yeux exprimant la plus grande perplexité. Une mouette, probablement sur son itinéraire quotidien entre le goûteux buffet de la décharge de Motton et les non moins succulentes poubelles de Chester's Mill, tombe comme une pierre et atterrit avec un bruit sourd à moins d'un mètre de la casquette des Sea Dogs du sexagénaire, lequel ramasse son couvre-chef, le secoue et se le remet sur la tête.

Les deux hommes lèvent les yeux pour voir d'où vient l'oiseau et voient une chose incompréhensible de plus, dans une journée qui ne sera faite que de ça.

6

Barbie crut tout d'abord qu'il voyait une image rémanente de l'avion en train d'exploser – de même que l'on voit flotter une grande forme bleue après un flash d'appareil photo déclenché trop près de soi. Sauf qu'il ne s'agissait pas d'une grande forme, qu'elle n'était pas bleue, et qu'au lieu de flotter de-ci de-là quand il regardait dans une autre direction – dans ce cas précis, vers l'homme dont il venait de faire connaissance –, la tache suspendue en l'air restait exactement au même endroit.

Sea Dogs, tête levée, se frottait les yeux. Il paraissait avoir oublié son nez cassé, ses lèvres qui enflaient, son front qui saignait. Il se remit debout, manquant de s'étaler à nouveau tant il redressait la tête.

« Qu'est-ce que c'est que ce truc ? dit-il. Dites, monsieur, c'est quoi ce truc ? »

Une grande tache noirâtre – en forme de flamme de bougie, avec un effort d'imagination – maculait le ciel bleu.

« C'est… c'est un nuage ? » demanda-t-il. Son ton dubitatif suggérait qu'il n'y croyait pas lui-même.

« Je crois… », commença Barbie. Il n'avait pas trop envie de s'entendre prononcer la suite. « Je crois que c'est ce que l'avion a heurté.

– Quoi ? » fit Sea Dogs.

Mais avant que Barbie ait le temps de répondre, une grue de bonne taille se présenta à moins de vingt mètres au-dessus d'eux. Elle ne heurta rien – rien de visible, en tout cas – et tomba non loin de la mouette.

« Vous avez vu ça ? » dit Sea Dogs.

Barbie hocha la tête, puis montra du foin qui brûlait sur sa gauche. En deux ou trois autres endroits, l'herbe se consumait aussi à droite de la route, envoyant une épaisse colonne de fumée noire rejoindre celle qui montait du Seneca démembré, mais l'incendie ne gagnait pas ; il y avait eu de fortes pluies la veille et l'herbe était imprégnée d'humidité. Encore heureux, sans quoi il y aurait eu des feux de prairie courant dans les deux directions.

« Vous voyez *ça* ? demanda à son tour Barbie à Sea Dogs.

– J'en suis sur le cul », répondit Sea Dogs après avoir pris le temps de bien regarder.

Le feu avait dévoré une parcelle d'environ dix mètres carrés en s'avançant vers la ligne devant laquelle Barbie et Sea Dogs se faisaient face. Et à partir de là, il s'étendait à l'ouest vers la route et à l'est vers un pâturage d'environ un hectare, mais pas avec une ligne de front irrégulière, comme avancent normalement les feux de prairie, progressant plus vite ici, prenant du retard là – non, il suivait un axe rectiligne.

Une autre mouette vola dans leur direction, avec pour objectif Motton plutôt que Chester's Mill.

« Attention, dit Sea Dogs, faites gaffe à l'oiseau.

– Il va peut-être s'en tirer, dit Barbie, se protégeant les yeux pour mieux voir. Ils ne sont peut-être arrêtés que lorsqu'ils viennent du sud.

– À en juger par l'état de l'avion là-bas, j'en doute », observa Sea Dogs.

Son ton dubitatif trahissait une profonde perplexité.

La mouette heurta la barrière et tomba directement dans le plus gros débris de l'appareil, qui brûlait toujours.

« Ça les arrête des deux côtés », dit Sea Dogs. Cette fois-ci, il avait parlé du ton de celui qui vient d'avoir confirmation d'une conviction bien ancrée mais qui jusqu'ici manquait de preuves. « C'est un truc genre champ de force, comme dans le film *Star Trick*.

– *Star Trek*, le corrigea Barbie.

– Hein ?

– Oh, merde, dit Barbie, qui regardait par-dessus l'épaule de Sea Dogs.

– Hein ? répéta Sea Dogs, regardant lui aussi par-dessus son épaule. Nom de Dieu ! »

Un camion chargé de bois arrivait. Un gros, plein de troncs énormes, dépassant largement le tonnage légal. Il roulait également au-dessus de la vitesse maximale autorisée. Barbie essaya de calculer la distance qu'il faudrait à un tel mastodonte pour s'arrêter, puis y renonça.

Sea Dogs sprinta jusqu'à sa Toyota, qu'il avait laissée garée en travers, sur la ligne médiane en pointillé. Le type au volant du bahut – shooté aux petites pilules, ou enfumé à la méthadone, ou tout simplement jeune, pressé et se croyant immortel – le vit et fit hurler son avertisseur. Il ne ralentit pas.

« Ah le con ! » cria Sea Dogs en se jetant derrière le volant. Il lança le moteur et démarra en marche arrière, sa portière battant encore. Le petit SUV alla s'effondrer dans le fossé, son museau carré tourné vers le ciel. Sea Dogs en bondit l'instant suivant. Il trébucha, atterrit sur un genou, se releva et fila à toutes jambes dans le champ voisin.

Barbie, pensant à l'avion et aux oiseaux – pensant à cette bizarre tache noire qui était peut-être le point d'impact de l'appareil –, se précipita aussi vers le pré, courant d'abord au milieu de flammèches courtes et indolentes, en soulevant de petits nuages de cendre. Il vit une chaussure de sport d'homme – trop grande pour appartenir à une femme – avec le pied encore dedans.

Le pilote, pensa-t-il. Puis : *Faut que j'arrête de courir comme ça.*

« *RALENTIS, ESPÈCE DE CRÉTIN !* » hurla Sea Dogs à l'intention du camion, d'une voix étranglée par la panique, mais le conseil arrivait trop tard. Barbie, qui ne put s'empêcher de regarder par-dessus son épaule, pensa que le cow-boy au volant avait peut-être essayé de freiner à la dernière minute. Il avait probablement vu les débris de l'avion. Toujours est-il que cela ne suffit pas. Il heurta le côté Motton du Dôme à plus de cent kilomètres à l'heure, avec un chargement de grumes dépassant les quinze tonnes. La cabine se désintégra lors de l'impact. La remorque surchargée, victime des lois de la physique, continua à avancer. Les réservoirs de gazole se retrouvèrent sous les troncs, déchiquetés, au milieu de gerbes d'étincelles. Quand ils explosèrent, le chargement était déjà en l'air, valsant par-dessus ce qui avait été la cabine (un grand accordéon aplati, à présent). Les troncs se dispersèrent en hauteur, percutèrent la barrière invisible et rebondirent dans toutes les directions. Des flammes et une fumée noire montèrent en torsades épaisses et bouillonnantes. Le bruit, terrifiant, roula comme un énorme rocher dévalant une pente. Puis les troncs retombèrent en pluie côté Motton, jonchant la route et les champs alentour tel un gigantesque jeu de mikado. L'un d'eux atterrit sur le toit du SUV de Sea Dogs et l'aplatit, dans une averse de verre brisé qui roula sur le capot comme des fragments de diamants. Un autre retomba tout près de Sea Dogs.

Barbie s'arrêta de courir, tétanisé par le spectacle.

Sea Dogs se mit debout, tomba, s'appuya au tronc qui avait failli lui ôter la vie et se releva. Il resta là, oscillant sur place, l'œil fou. Barbie commença à se diriger vers lui mais, au bout d'une douzaine de pas, il se cogna contre quelque chose qui lui fit l'effet d'un mur de brique. Il rebondit dessus, titubant, et sentit une cascade chaude couler de son nez et sur ses lèvres. Il s'essuya, se retrouva la paume pleine de sang, regarda sa main, incrédule, et la frotta à sa chemise.

Des véhicules arrivaient maintenant des deux directions – Motton et Chester's Mill. Trois silhouettes lancées au pas de course, encore distantes, coupaient par la prairie depuis une ferme, de l'autre côté. Plusieurs voitures klaxonnèrent, comme si cela allait résoudre les problèmes. La première arrivée côté Motton se gara sur le bas-côté, loin du camion en train de brûler. Deux femmes en descendirent et observèrent, bouche bée, la colonne de feu et de fumée, s'abritant les yeux de la main.

7

« Merde, alors », dit Sea Dogs d'une petite voix essoufflée. Il s'approcha de Barbie à travers champs, mais selon une diagonale prudente qui le maintenait éloigné du brasier. Le camion avait peut-être roulé trop vite et en surcharge, pensa Barbie, mais au moins son chauffeur avait-il droit à des funérailles de chef viking. « Vous avez vu où le foutu tronc a atterri ? J'ai bien failli me faire tuer. Me faire écraser comme une punaise.

– Vous n'auriez pas un téléphone portable ? demanda Barbie, obligé de hausser la voix à cause de l'incendie du camion qui faisait rage.

– Si, dans ma caisse, répondit Sea Dogs. Je vais essayer de le retrouver, si vous voulez.

– Non, attendez. »

Il venait de prendre conscience, avec un soudain soulagement, que tout cela devait n'être qu'un rêve, dans le genre de ceux où on trouve normal de rouler à bicyclette sous l'eau ou de parler de sa vie sexuelle dans une langue dont on ne connaît pas un traître mot.

La première personne à arriver de son côté de la barrière fut un type rondouillard qui conduisait un vieux pick-up. Barbie le connaissait pour l'avoir vu au Sweetbriar Rose : Ernie Calvert, l'ancien gérant, aujourd'hui à la retraite, de Food City, le magasin d'alimentation. Ernie regardait l'amas en feu sur la route, les yeux écarquillés, mais il tenait son téléphone portable à la main et parlait à toute vitesse. Barbie avait du mal à distinguer ses paroles, à cause du grondement montant de l'incendie, mais il crut entendre « … paraît très grave … » et supposa qu'Ernie avait appelé la police. Ou les pompiers. S'il s'agissait des pompiers, Barbie espéra que c'était ceux de Castle Rock. Il y avait bien deux voitures-pompes dans la petite baraque toute propre de Chester's Mill, mais Barbie soupçonnait que si elles venaient ici, le mieux qu'elles pourraient faire serait de noyer les restes d'un feu de prairie déjà en train de mourir de sa belle mort. Le camion de grumes était tout proche, mais Barbie ne pensait pas qu'ils pourraient l'atteindre.

C'est un rêve, songea-t-il. *Si tu continues de te dire ça, tu pourras rester opérationnel.*

Les deux femmes côté Motton venaient d'être rejointes par une demi-douzaine d'hommes, tous s'abritant les yeux de la main. Des voitures se garaient sur les deux bas-côtés. De nouveaux arrivants en descendirent et se joignirent à la foule. La même chose se produisait du côté de Barbie. À croire que deux vide-greniers, en compétition pour les affaires les plus juteuses, venaient de s'ouvrir simultanément : l'un côté Motton, l'autre côté Chester's Mill, de part et d'autre de la frontière communale.

Le trio venant de la ferme arriva – le fermier et ses deux fils. Les adolescents nettement moins essoufflés que leur père qui haletait, tout rouge.

« Nom de Dieu ! » s'exclama le plus grand des ados, sur quoi son père lui appliqua une bonne taloche sur la nuque. Le garçon ne parut pas y faire attention. Il avait les yeux exorbités. Le plus jeune tendit la main et, lorsque son frère la lui prit, se mit à pleurer.

« Qu'est-ce qui s'est passé, ici ? » demanda le fermier à Barbie, prenant le temps d'avaler une grande bouffée d'air entre *passé* et *ici.*

Barbie l'ignora. Il s'avança d'un pas lent vers Sea Dogs, main tendue devant lui comme pour dire *stop*. Sans un mot, Sea Dogs fit de même. En approchant de l'endroit où il savait que se dressait la barrière – pour cela, il suffisait de regarder l'étrange ligne droite le long de laquelle s'arrêtait le feu – il ralentit. Il s'était déjà à moitié assommé ; il ne tenait pas à recommencer.

Il fut soudain pris d'horripilation, au sens médical : il avait la chair de poule des chevilles jusqu'à la nuque, même ses cheveux parurent vouloir se hérisser. Ses couilles le picotèrent avec une vibration de diapason et, un court instant, un goût âcre et métallique envahit sa bouche.

À un mètre cinquante de lui – un mètre cinquante et se rapprochant –, les yeux déjà écarquillés de Sea Dogs s'agrandirent encore. « Vous avez senti ça ?

– Oui, répondit Barbie. Mais c'est fini, maintenant.

– C'est vrai. »

Leurs mains tendues ne se rejoignirent pas tout à fait, et Barbie pensa une fois de plus à une vitre, quand on s'amuse à poser la main dessus d'un côté pour qu'elle se superpose à celle d'un ami situé de l'autre côté, sans que les doigts puissent se toucher.

Il retira sa main. C'était celle avec laquelle il s'était essuyé le nez, si bien qu'il vit la forme rougie de ses doigts suspendue en l'air. Sous ses yeux, le sang commença à perler. Exactement comme il l'aurait fait sur une vitre.

« Bonté divine, qu'est-ce que ça veut dire ? » murmura Sea Dogs.

Barbie ne répondit pas. Et, avant qu'il ait eu le temps de réagir, Ernie Calvert lui tapa sur l'épaule. « J'ai appelé les flics, dit-il. Ils arrivent. Mais il n'y avait personne chez les pompiers. Un répondeur m'a demandé d'appeler Castle Rock.

– OK, faites-le. »

Sur quoi Barbie vit un nouvel oiseau tomber à quelques mètres d'eux et disparaître au milieu des herbes de la prairie. Ce qui lui donna une nouvelle idée, peut-être liée au fait qu'il avait passé un certain temps les armes à la main de l'autre côté du globe. « Mais tout d'abord, il me semble que vous devriez appeler la Garde nationale aérienne, à Bangor. »

Ernie le regarda, bouche bée. « La *Garde* ?

– Ce sont les seuls à pouvoir ordonner une interdiction de survol de Chester's Mill, répondit Barbie. Et je crois qu'il vaudrait mieux le faire tout de suite. »

DES TAS D’OISEAUX MORTS

1

Bien qu'il soit à l'extérieur, occupé à ratisser les feuilles mortes devant sa maison de Morin Street, le chef de la police de Chester's Mill n'avait pas entendu l'explosion, lui non plus. Sa radio à batterie était posée sur le capot de la Honda de sa femme et diffusait un programme de musique sacrée sur WCIK (les trois dernières lettres voulaient dire *Christ Is King*, la station étant connue des gens du coin comme Radio-Jésus). Sans compter que son ouïe n'était plus ce qu'elle avait été. À soixante-sept ans, c'est le cas de tout le monde, non ?

Il entendit cependant la première sirène quand elle déchira l'air ; il avait les oreilles sensibles à ce son, tout comme une mère l'est aux cris de son bébé. Howard Perkins savait même de quelle voiture il s'agissait et qui la conduisait. La 3 et la 4 étaient les seules à avoir l'ancien hululeur[1], mais Johnny était parti à Castle Rock au volant de la 3 avec les pompiers, pour leur foutue journée de formation. « Contrôle d'un incendie », comme ils l'appelaient, même si cela se résumait en réalité à une bande d'adultes prenant du bon temps. C'était donc la 4, l'une des deux Dodge restantes, et Henry Morrison devait être au volant.

Il s'immobilisa et resta la tête inclinée, tendant l'oreille. La sirène diminua, et il se remit au travail. Brenda sortit sur le perron. Presque

1. « *Warbler* » : émetteur d'un cri rythmique rappelant les youyous ou les hululements.

tout le monde, à Chester's Mill, l'appelait Duke – cela remontait à l'époque où, adolescent, il ne ratait jamais un film avec John Wayne dès qu'il passait au Star – mais Brenda s'était empressée de lui donner un autre surnom après leur mariage. Un surnom qu'il n'aimait pas.

« Howie ? Le courant est coupé. Et il y a eu des explosions. »

Howie, toujours Howie. Comme dans *Ça, c'est bien de Howie.* Ou : *C'est un tour à la Howie.* Ou encore : *Avec les compliments de Howie.* Il essayait de se montrer charitablement chrétien sur ce sujet – et chrétien, il l'était, nom d'un chien ! – mais parfois, il se demandait si ce diminutif n'était pas au moins en partie responsable du petit gadget qu'il trimbalait dans sa poitrine.

« Quoi ? »

Elle leva les yeux au ciel, fonça droit sur la radio posée sur le capot de la voiture et enfonça la touche marche/arrêt, interrompant net le Norman Luboff Choir au beau milieu de « What a Friend we Have in Jesus ».

« Combien de fois t'ai-je dit de ne pas me coller ce truc sur ma voiture ? Tu vas finir par la rayer et elle perdra de la valeur à la revente.

– Désolé, Bren. Qu'est-ce que tu disais ?

– Y'a plus de *courant* ! Et quelque chose a *explosé*. C'est probablement Johnny Trent qui est en route.

– Non, Henry. Johnny est parti à Castle Rock avec les pompiers.

– Oui, peu importe… »

Une autre sirène se déclencha, une sirène de la nouvelle génération, celle qui évoquait à Perkins le gazouillis de Titi le canari. La 2, sans doute, Jackie Wettington. C'était forcément Jackie, vu que Randolph gardait la boutique, sans doute renversé dans son fauteuil, pieds sur le bureau, en train de lire *The Democrat*. Ou assis sur les chiottes. Peter Randolph était un flic correct et pouvait se montrer aussi dur qu'il le fallait, au besoin, mais Duke ne l'aimait pas. En partie parce qu'il était manifestement l'homme de Jim Rennie, en partie parce que Randolph était parfois plus dur que nécessaire, mais surtout parce qu'il jugeait Randolph paresseux, et Duke Perkins ne supportait pas qu'un policier le fût.

Brenda le regardait, ouvrant de grands yeux. Cela faisait trente-trois ans qu'elle était la femme d'un policier et elle n'ignorait pas que deux explosions, deux sirènes et une coupure d'électricité n'auguraient rien de bon. Si la pelouse se trouvait débarrassée de ses feuilles avant la fin du week-end – ou si Howie arrivait à suivre à la radio la partie de ses bien-aimés Wildcats de Chester's Mill contre l'équipe de foot de Castle Rock –, elle serait bien étonnée.

« Tu ferais mieux d'y aller, lui dit-elle. Il s'est passé quelque chose de sérieux. J'espère que personne n'est mort. »

Il prit le téléphone portable accroché à sa ceinture. Ce fichu truc était collé là comme une sangsue du matin au soir, mais il devait reconnaître que c'était bien pratique. Il ne composa aucun numéro, se contentant de regarder l'appareil en attendant qu'il sonne.

C'est alors qu'un autre Titi se mit à gazouiller : la voiture 1. Randolph était de la partie, en fin de compte. Ce qui signifiait que quelque chose de très sérieux était arrivé. Duke se dit que le téléphone n'allait pas sonner et il s'apprêtait à le remettre à sa ceinture lorsque, justement, il sonna. C'était Stacey Moggin.

« *Stacey ?* » Il savait bien qu'il était inutile de gueuler dans ce foutu machin, Brenda le lui avait dit cent fois, mais on aurait dit qu'il ne pouvait pas faire autrement. « Qu'est-ce que tu fabriques au poste un samedi ma…

– Je n'y suis pas, j'appelle de chez moi. Peter m'a demandé de vous dire qu'il était sorti pour un 911 et que c'est mauvais. Il a dit… qu'un avion et un camion de grumes étaient entrés en collision. » Elle avait parlé d'un ton dubitatif. « Je ne vois pas très bien comment cela peut arriver, mais… »

Un avion, bon Dieu ! Dix minutes plus tôt, alors qu'il ratissait les feuilles en chantant avec le chœur « How Great Thou Art… »

« Stacey ? C'était Chuck Thompson ? J'ai vu passer son nouveau Piper. Plutôt bas.

– Je ne sais pas, chef. C'est tout ce que Pete m'a dit. »

Brenda, qui n'était pas une empotée, déplaçait déjà sa Toyota pour qu'il puisse sortir la voiture de patrouille vert forêt. Le véhicule du patron de la police. Elle avait posé la radio portable à côté de son petit tas de feuilles.

« D'accord, Stace. Pas de courant non plus, de ton côté de la ville ?

– Non, et pas de téléphone. Je vous appelle de mon portable. C'est probablement grave, vous ne croyez pas ?

– J'espère que non. Peux-tu aller sur place et garder la boutique ? Je parie qu'il n'y a personne et que ce n'est même pas fermé à clef.

– J'y suis dans cinq minutes. Appelez-moi sur le circuit de l'unité.

– Entendu. »

Alors que Brenda remontait l'allée à pied, la sirène de la ville se mit à donner de la voix, une voix dont les hauts et les bas ne manquaient jamais de provoquer chez le chef de la police une contraction du ventre. Il prit malgré tout le temps de passer un bras autour des épaules de Brenda. Ensuite, elle n'oublia jamais qu'il avait pris le temps de le faire. « Ne te laisse pas impressionner, Bren. C'est automatique en cas de coupure d'électricité généralisée. Ça va s'arrêter dans trois minutes. Ou quatre. Je ne m'en souviens plus.

– Je sais, mais n'empêche, j'ai toujours ça en horreur. Cet idiot de Sanders l'a déclenchée pour le 11 Septembre, tu te rappelles ? Comme si c'était nous les suivants sur la liste des attaques suicide. »

Duke acquiesça. Andy Sanders était un idiot. Malheureusement, il était aussi le premier conseiller, la joyeuse marionnette assise sur les genoux de son ventriloque, Big Jim Rennie.

« Faut que j'y aille, ma chérie.

– Je sais. » Mais elle le suivit jusqu'à la voiture. « Qu'est-ce qui s'est passé ? Tu le sais ?

– Stacey m'a raconté que, d'après un 911, un camion et un avion seraient entrés en collision. »

Brenda eut un sourire hésitant. « C'est une blague, non ?

– Pas si l'avion avait des ennuis de moteur et essayait d'atterrir sur la route », répondit Duke.

Le petit sourire s'effaça du visage de Brenda et son poing fermé vint s'appuyer entre ses seins, langage corporel qu'il connaissait bien. Il se mit au volant, et le véhicule du chef avait beau être relativement neuf, le siège n'en prit pas moins la forme de ses fesses. Duke Perkins n'était pas un poids plume.

« Ton jour de congé ! s'exclama-t-elle. Vraiment, c'est dommage ! Quand je pense que tu pourrais déjà prendre une retraite complète !

– Faudra qu'ils m'acceptent comme je suis, en tenue de jardinier », dit-il en se forçant à sourire. Quelque chose lui disait que la journée serait longue. « Comme je suis, Seigneur, comme je suis. Mets-moi un sandwich ou deux dans le frigo, tu veux bien ?

– Un seul, alors. Tu as pris trop de poids. Même le Dr Haskell le dit, et pourtant il est plutôt coulant avec tout le monde.

– Un seul, alors. »

Il passa la marche arrière… puis se remit au point mort. Il se pencha par la vitre ouverte et elle comprit qu'il voulait un baiser. Elle lui en donna un appuyé, alors que la sirène municipale cisaillait l'air limpide d'octobre, et il lui caressa le cou pendant que leurs bouches se joignaient, geste qui la faisait frissonner de plaisir et qu'il faisait de plus en plus rarement.

Sa main sur son cou ; là, dans le soleil : elle ne l'oublia jamais non plus.

Tandis que la voiture roulait dans l'allée, elle cria quelque chose. Il n'en saisit qu'une partie. Il devait vraiment faire vérifier son ouïe. Et se laisser appareiller, s'il fallait en passer par là. Même si c'était sans doute l'ultime prétexte qu'attendaient Randolph et Big Jim pour virer son vieux cul du fauteuil de chef de la police.

Duke freina et passa à nouveau la tête par la fenêtre. « Faire attention *à quoi ?*

– *À ton pacemaker !* » répondit-elle, criant presque. Riant. Exaspérée. Sentant toujours le contact de sa main contre son cou, caressant une peau qui était fine et ferme – lui semblait-il – hier encore. Ou peut-être avant-hier, quand ils écoutaient KC et le Sunshine Band au lieu de Radio-Jésus.

« Oh, tu peux être tranquille ! » répliqua-t-il, en s'éloignant enfin.

Quand elle le revit, il était mort.

2

Billy et Wanda Debec n'entendirent pas la double explosion parce qu'ils se trouvaient sur la Route 117 et qu'ils se disputaient. La prise de bec avait commencé de la manière la plus banale : Wanda avait observé que la journée était belle et Billy avait réagi en disant qu'il avait mal à la tête et qu'il ne comprenait pas, de toute façon, pourquoi il fallait absolument qu'ils aillent au marché aux puces du samedi à Oxford Hills ; ils n'y trouveraient que les petites merdes habituelles.

Wanda répliqua en lui faisant remarquer qu'il n'aurait pas mal au crâne s'il n'avait pas descendu une douzaine de bières la veille.

Billy lui demanda si elle avait recompté les boîtes dans la poubelle à recycler (quand il se bourrait la gueule, il le faisait toujours chez lui et mettait toujours les boîtes dans la poubelle *ad hoc*, c'était sa fierté, ça et son métier d'électricien).

Elle rétorqua que oui, il pouvait être tranquille, évidemment qu'elle l'avait fait. De plus…

Ils étaient arrivés ainsi jusqu'à la hauteur du Patel's Market à Castle Rock, franchissant les étapes classiques : *Tu bois trop, Billy,* et *Tu me casses les pieds, Wanda,* et *Ma mère m'avait dit de ne pas t'épouser, Billy,* et *T'es vraiment qu'une garce, Wanda.* Échange d'amabilités qui commençait à s'user à force d'avoir pas mal servi au cours des deux dernières années d'un mariage de quatre ans mais, ce matin-là, Billy eut soudain le sentiment qu'il avait atteint les limites du supportable. Il s'engagea dans le vaste parking du supermarché sans mettre son clignotant ni ralentir et repartit en sens inverse sur la 117 sans jeter un coup d'œil dans son rétroviseur ni même regarder par-dessus son épaule. Derrière lui, Nora Robichaud protesta d'un coup d'avertisseur. Sa meilleure amie et passagère, Elsa Andrews, émit un bruit de réprobation. Les deux femmes, l'une et l'autre infirmières à la retraite, échangèrent un regard, mais pas un mot. Elles étaient amies depuis trop longtemps pour avoir besoin de commenter une situation de ce genre.

En attendant, Wanda demandait à Billy où il pensait qu'il allait.

Billy répondit, à la maison, faire un petit somme. Elle n'avait qu'à y aller toute seule, à sa foire de merde.

Wanda fit observer qu'il avait failli avoir un accident avec les deux vieilles dames (lesquelles vieilles dames étaient maintenant très loin ; Nora Robichaud considérait que, sauf circonstances exceptionnelles, une vitesse supérieure à soixante à l'heure était l'œuvre du démon).

Billy fit observer que Wanda ressemblait de plus en plus à sa mère et qu'elle parlait comme elle.

Wanda lui demanda de préciser ce qu'il voulait dire par là.

Billy répondit que mère et fille avaient des gros culs et des langues de vipère.

Wanda répliqua qu'il était encore bourré.

Billy dit à Wanda qu'elle était moche.

C'était donc un échange à cœur ouvert, sincère, et le temps qu'ils passent de Castle Rock à Motton, en route pour la barrière invisible qui s'était mise en place peu de temps après que Wanda avait provoqué cette discussion pleine de verve en faisant remarquer que la journée était belle, Billy roulait à plus de cent dix à l'heure, le maximum que pouvait atteindre la caisse pourrie de Wanda.

« C'est quoi cette fumée ? demanda soudain Wanda en pointant le doigt vers le nord-est, c'est-à-dire vers la Route 119.

– Je sais pas, répondit Billy. Est-ce que ma belle-mère aurait pété ? »

Sa réplique le réjouit et il se mit à rire.

Wanda Debec se rendit compte, à son tour, qu'elle en avait vraiment assez. Voilà qui clarifiait le monde et son avenir d'une manière quasiment magique. Elle se tournait déjà vers lui, les mots *Je vais demander le divorce* sur le bout de la langue, lorsqu'ils atteignirent la frontière entre Motton et Chester's Mill et percutèrent la barrière. La petite Chevy merdique était équipée d'airbags, mais celui de Billy ne fonctionna pas et celui de Wenda ne se déploya que partiellement. Le volant écrasa la poitrine de Billy et la colonne de direction lui broya le cœur ; il mourut presque sur le coup.

La tête de Wanda entra en collision avec le pare-brise et la brutale et catastrophique délocalisation du bloc-moteur lui cassa une jambe (la gauche) et l'un des bras (le droit). Elle ne ressentait aucune douleur, ayant seulement conscience du klaxon qui retentissait, de la voiture en travers de la chaussée, l'avant complètement démoli et pratiquement aplati, tandis qu'elle voyait tout en rouge.

Lorsque Nora Robichaud et Elsa Andrews débouchèrent du virage juste au sud (elles discutaient avec animation à propos de la fumée qui s'élevait au nord-est depuis plusieurs minutes, maintenant, et se félicitaient d'avoir emprunté une route moins fréquentée en cette fin de matinée), Wanda Debec se traînait sur la bande blanche centrale, rampant sur les coudes. Elle avait le visage couvert de sang au point d'en être méconnaissable. Un fragment du pare-brise défoncé l'avait à moitié scalpée, et un énorme pan de peau retombait sur sa joue gauche.

Nora et Elsa se regardèrent, sourcils froncés.

« Bon sang de bonsoir », dit Nora, et ce furent les seules paroles prononcées entre elles. Elsa descendit de la voiture dès qu'elle fut arrêtée et courut jusqu'à la femme qui rampait. Pour une personne de son âge (elle venait juste d'avoir soixante-dix ans), elle était remarquablement alerte.

Nora laissa le moteur tourner au ralenti et alla rejoindre son amie. Ensemble, elles soutinrent Wanda jusqu'à la vieille Mercedes parfaitement entretenue. La veste de Wanda, marron à l'origine, avait pris une nuance ocre rouge terreuse ; et l'on aurait dit qu'elle avait plongé les mains dans un pot de peinture rouge.

« Où est Billy ? » demanda-t-elle d'une voix pâteuse. Nora se rendit compte que la pauvre femme avait perdu presque toutes ses dents. Trois d'entre elles étaient restées collées sur le devant de sa veste ensanglantée. « Où est Billy, il est a'ivé ?... c'qui s'est passé ?

– Billy va bien et vous aussi », répondit Nora, adressant un regard interrogatif à Elsa.

Elsa acquiesça et se rendit rapidement jusqu'à la Chevy, laquelle disparaissait à moitié dans la vapeur qui s'échappait de son radiateur crevé. Un regard par la portière du passager, qui pendait sur ses gonds, suffit à Elsa, qui avait été infirmière pendant presque quarante ans (dernier employeur : Ron Haskell, MD – ce qui signifie Médecin Déficient et non Docteur en Médecine) pour estimer que Billy n'allait pas bien du tout. La jeune femme dont la moitié des cheveux pendaient de son crâne était veuve.

Elsa retourna à la Mercedes et monta à l'arrière, à côté de la blessée qui avait à moitié perdu connaissance. « Il est mort et elle le sera aussi si tu ne fonces pas plein pot au Cathy-Russell, dit-elle à Nora.

– Alors accroche-toi », répondit Nora en enfonçant l'accélérateur.

La Mercedes avait un gros moteur et bondit. Nora contourna habilement l'épave de la Chevrolet des Debec et se jeta dans la barrière invisible alors qu'elle accélérait encore. Pour la première fois en vingt ans, Nora avait négligé d'attacher sa ceinture et elle partit à travers le pare-brise avant de se rompre le cou contre le néant, comme Bob Roux. La blessée partit tel un boulet entre les sièges avant, franchit le pare-brise explosé et atterrit à plat ventre sur le capot, ses jambes ensanglantées écartées. Elle était pieds nus. Elle avait perdu ses chaussures à talons hauts (achetées au marché aux puces d'Oxford Hills, la dernière fois) dans l'accident précédent.

Elsa Andrews heurta le siège de la conductrice et rebondit, sonnée mais à peu près indemne. Sa porte refusa de s'ouvrir, sur le moment, mais céda sous un coup d'épaule. Elle descendit et regarda autour d'elle. Les débris qui jonchaient la chaussée. Les flaques de sang. La Chevy réduite à un amas de ferraille, qui fumait toujours.

« Qu'est-ce qui s'est passé ? » demanda-t-elle. Ce qui avait aussi été la question de Wanda, mais Elsa ne s'en souvenait pas. Elle se tenait au milieu de débris épars de chrome et de verre tachés de sang ; elle porta la main à son front, comme si elle vérifiait qu'elle n'avait pas la fièvre. « Qu'est-ce qui s'est passé ? Mais qu'est-ce qui a pu se passer ? Nora ? Nora, ma cocotte ? Où es-tu, Nora ? »

Puis elle vit son amie et laissa échapper un cri de chagrin et d'horreur. Un corbeau, perché en haut d'un grand pin, côté Chester's Mill, croassa une fois, son évoquant un rire méprisant.

Elle sentit que ses genoux allaient la trahir. Elle recula jusqu'à ce que ses fesses heurtent l'avant embouti de la Mercedes. « Nora, ma cocotte… oh, Nora… » Quelque chose la chatouilla à hauteur de la nuque. Elle n'en était pas sûre, mais elle pensa que c'était une mèche de cheveux de la jeune femme blessée. Sauf que maintenant, c'était la jeune femme *morte.*

Et la pauvre et adorable Nora, avec qui elle avait parfois partagé en douce un coup de gin ou de vodka dans la lingerie de l'hôpital, pouffant comme des gamines en colonie de vacances. Nora avait les yeux ouverts, tournés vers le grand soleil de midi, sa tête de travers selon un angle affreux, comme si elle était morte en essayant de regarder pardessus son épaule pour s'assurer qu'Elsa allait bien.

Elsa qui *allait* bien – seulement « un peu secouée », comme on disait de certains survivants chanceux à l'époque où elles travaillaient aux urgences – se mit à pleurer. Elle se laissa glisser contre la carrosserie (déchirant son manteau sur le métal déchiqueté) et s'assit sur l'asphalte de la Route 117. Elle était toujours dans cette position lorsque Barbie et son nouvel ami à la casquette des Sea Dogs arrivèrent à sa hauteur.

3

Sea Dogs qui s'appelait en fait Paul Gendron, ancien vendeur de voitures dans le nord de l'État, avait pris sa retraite deux ans auparavant, réinvestissant la ferme de ses parents défunts, à Motton. Barbie avait appris cela, et bien d'autres choses sur Gendron, entre leur départ de la scène de l'accident sur la Route 119 et leur arrivée sur celle de la Route 117, là où elle franchissait la limite avec Chester's Mill. Barbie aurait bien volontiers serré la main de Gendron, mais ces civilités devraient attendre le moment où ils trouveraient l'endroit où se terminait la barrière invisible.

Ernie Calvert avait réussi à joindre la Garde nationale aérienne à Bangor, mais on l'avait mis en attente sans lui laisser la possibilité de donner la raison de son appel. Pendant ce temps, le bruit de sirènes qui se rapprochaient annonçait l'arrivée imminente des représentants locaux de la loi.

« Faut pas s'attendre à voir les pompiers », dit le fermier accouru à travers champs avec ses fils. Il s'appelait Alden Dinsmore, et il était encore essoufflé. « Ils sont à Castle Rock, où ils ont fichu le feu à une maison pour s'entraîner. Ils auraient aussi bien pu le faire ici... » Sur quoi, il vit le plus jeune de ses fils s'approcher de l'endroit où l'on voyait encore l'empreinte sanglante, en train de sécher, de la main de Barbie, paraissant tenir toute seule dans l'air ensoleillé. « Rory, reste pas là ! »

Rory, dévoré de curiosité, n'obtempéra pas. Il tendit la main et frappa l'air juste à droite de l'empreinte. Mais avant, Barbie vit l'avant-bras du gamin se couvrir de chair de poule, sous la manche déchiquetée de son sweat-shirt des Wildcats. Il y avait quelque chose, là, quelque chose qui se déclenchait quand on s'approchait trop. Le seul endroit où Barbie avait connu une sensation similaire était le gros générateur d'Avon, en Floride, un jour qu'il s'y était réfugié pour peloter une fille.

Le bruit que produisirent les articulations du garçon rappelait celui qu'elles auraient fait en frottant contre un plat en Pyrex. Il fit taire les bavardages du petit groupe qui contemplait les restes en feu du camion (certains d'entre eux en prenaient des photos avec leur téléphone portable).

« J'veux bien bouffer mon chapeau », dit quelqu'un.

Alden Dinsmore agrippa son fils par le col de son sweat-shirt effiloché, le tira à lui et lui donna une claque sur la nuque, comme il l'avait fait avec son fils aîné un peu plus tôt. « Faut jamais faire ça ! cria le fermier en secouant le garçon. Faut jamais faire ça, quand tu sais pas ce que c'est !

– Mais p'pa, c'est comme un mur de verre ! On di... »

Dinsmore secoua encore son fils. Il haletait, et Barbie se mit à craindre pour le cœur du fermier. « Fais jamais ça ! répéta celui-ci en poussant le gamin vers son grand frère. Surveille-moi cet imbécile, Ollie.

– Oui, m'sieur ! » répondit Ollie avec une grimace pour son cadet.

Barbie regarda en direction de Chester's Mill. On voyait approcher le gyrophare d'une voiture de police mais, largement devant lui – comme s'il escortait le flic en vertu de quelque plus haute autorité –, avançait un gros véhicule noir qui avait tout du cercueil ambulant : le Hummer de Big Jim Rennie. Les bosses et les plaies de Barbie datant de la bagarre dans le parking du Dipper's se mirent à l'élancer, comme par sympathie devant ce spectacle.

Rennie Senior n'y avait pas assisté, bien sûr, mais son fiston en avait été l'instigateur et Big Jim avait couvert Junior. Et si cela signifiait rendre plus difficile, à Chester's Mill, la vie d'un certain chef de cuisine itinérant – assez difficile pour que le cuistot en question décide de lever le camp et de quitter le patelin –, c'était encore mieux.

Barbie n'avait aucune envie d'être là quand arriverait Big Jim Rennie. En particulier s'il était en compagnie de flics. Le chef Perkins l'avait traité correctement, mais l'autre – Randolph – l'avait regardé comme si Dale Barbara n'était qu'une crotte de chien sur une chaussure de bal.

Barbie se tourna vers Sea Dogs et dit : « Ça vous dirait, une petite marche ? Vous de votre côté, moi du mien ? Pour voir jusqu'où va ce truc ?

– Et pour se tirer avant qu'arrive la grande gueule que je vois se pointer ? » Gendron, lui aussi, avait reconnu le Hummer. « C'est parti, mon ami. Par l'est ou par l'ouest ? »

4

Ils prirent la direction de l'ouest, celle de la Route 117, sans jamais trouver la fin de la barrière, mais ils virent les merveilles qu'elle avait provoquées lorsqu'elle s'était mise en place. Des branches d'arbres avaient été sectionnées, créant des échappées vers le ciel. Des troncs avaient été fendus en deux. Et on voyait partout des cadavres emplumés.

« Un paquet d'oiseaux morts », constata Gendron. Il enfonça sa casquette sur sa tête avec des mains qui tremblaient légèrement. Il était pâle. « Je n'en ai jamais vu autant.

– Vous vous sentez bien ? demanda Barbie.

– Physiquement ? Ouais, je crois. Mentalement – j'ai l'impression de commencer à perdre les pédales, bon Dieu. Et vous ?

– Pareil », répondit Barbie.

À trois kilomètres à l'ouest de la 119, ils tombèrent sur la God Creek Road et le corps de Bob Roux, allongé à côté de son tracteur qui continuait à tourner au ralenti. Barbie se dirigea instinctivement vers l'homme à terre mais heurta une fois de plus la barrière… même si ce coup-ci, il y pensa à la dernière seconde et put éviter de se mettre le nez en sang une deuxième fois.

Gendron s'agenouilla et toucha le cou grotesquement déformé du fermier. « Mort.

– C'est quoi, ces débris autour de lui ? Ces trucs blancs ? »

Gendron ramassa le plus gros morceau. « Je crois que ça vient d'un de ces machins pour avoir de la musique à partir d'un ordinateur. L'a dû se casser quand il a percuté ce… (il fit un geste vers la barrière invisible)… vous savez quoi. »

Un hululement, rauque et plus fort encore que la sirène de la ville, leur parvint à ce moment-là du bourg.

Gendron releva brièvement la tête. « Les pompiers. Pour le bien que ça peut nous faire…

– Ils arrivent de Castle Rock, dit Barbie.

– Ah bon ? Vos oreilles sont meilleures que les miennes, alors. Rappelez-moi votre nom, mon ami.

– Dale Barbara. Barbie pour les amis.

– Eh bien, Barbie, qu'est-ce qu'on fait maintenant ?

– On continue, il me semble. On ne peut plus rien faire pour ce type.

– Non, répondit Gendron, la mine sombre. Surtout avec mon portable qu'est resté là-bas. J'imagine que vous n'en avez pas ? »

Barbie en avait eu un, mais il l'avait laissé dans l'appartement abandonné, ainsi que des chaussettes, des T-shirts, des jeans et quelques sous-vêtements. Il avait mis les voiles vers de nouveaux territoires avec ce qu'il avait sur le dos parce qu'il n'y avait rien venant de Chester's Mill qu'il ait envie d'emporter avec lui. Mis à part quelques bons souvenirs pour lesquels il n'avait pas besoin d'une valise, ni même d'un sac à dos.

Tout cela était trop compliqué à expliquer à un étranger et il se contenta de secouer la tête.

Il y avait une couverture sur le siège du tracteur. Gendron coupa le moteur, prit la couverture et en recouvrit le corps.

« J'espère qu'il écoutait quelque chose qui lui plaisait quand c'est arrivé, fit-il observer.

– Ouais.

– Repartons. Allons jusqu'au bout de ce j'sais-pas-quoi. J'aimerais bien vous serrer la main. Je pourrais même me laisser aller et vous serrer dans mes bras. »

5

Peu après avoir découvert le corps de Roux et alors qu'ils étaient, sans le savoir, très près de l'accident de la 117, ils tombèrent sur un petit cours d'eau. Les deux hommes restèrent là un moment, chacun de son côté de la barrière invisible, l'air perplexe, silencieux.

C'est finalement Gendron qui prit la parole. « Sainte mère de Dieu…

– À quoi ça ressemble, de votre côté ? » demanda Barbie.

Tout ce qu'il pouvait voir, du sien, c'était l'eau qui montait et se répandait dans le sous-bois. Comme si la rivière s'était heurtée à un barrage invisible.

« Je ne sais pas comment vous décrire ça. J'ai jamais rien vu de pareil. » Gendron se tut un instant, se grattant les deux joues et étirant son visage déjà long dans le style de la peinture d'Edvard Munch, *Le Cri*. « Si, une fois. Si l'on veut. Quand j'ai ramené à la maison deux poissons rouges pour ma fille, pour ses six ans. Ou ses sept ans. Bref, ils étaient dans un sac en plastique, et cela faisait à peu près le même effet – de l'eau dans le fond d'un sac en plastique. Sauf que c'est plat, au lieu d'être affaissé. L'eau s'élève contre ce… ce truc, et part dans les deux sens, de votre côté.

– Il n'en passe pas du tout ? »

Gendron se baissa, mains sur les genoux, et plissa les yeux. « Si, un peu, on dirait. Mais vraiment pas beaucoup, juste un filet. Et aucune des saletés que transporte l'eau, d'habitude. Vous savez, les débris végétaux, les trucs comme ça. »

Ils continuèrent, Gendron de son côté, Barbie du sien. Pour le moment, aucun des deux ne pensait en termes d'intérieur et d'extérieur. Il ne leur était pas venu à l'esprit que la barrière pouvait ne pas avoir de fin.

6

Puis ils avaient débouché sur la Route 117, où il y avait encore eu un sale accident – deux voitures et au moins deux morts, d'après ce qu'avait vu Barbie. Il devait y en avoir un autre, écrasé derrière son volant, dans une vieille Chevrolet dont il ne restait pas grand-chose. Sauf que, cette fois, il y avait aussi une survivante, assise contre la carrosserie d'une Mercedes accidentée, tête baissée. Paul Gendron se précipita vers elle, Barbie étant obligé de rester planté où il était et de regarder. La femme vit Gendron et essaya de se lever.

« Non, madame, il faut pas, il vaut mieux pas faire ça, dit-il.

– Je crois que je n'ai rien, dit-elle. C'est juste… vous savez. Secouée. »

Pour Dieu sait quelle raison, cela la fit rire, alors qu'elle avait le visage bouffi d'avoir pleuré.

À ce moment-là se présenta une autre voiture qui se traînait, conduite par un vieux type en tête d'un cortège de trois ou quatre autres dont les conducteurs devaient sans aucun doute commencer à s'impatienter. Le premier s'arrêta en voyant l'accident, imité par les autres.

Elsa Andrews s'était remise debout et avait suffisamment retrouvé ses esprits pour poser la question qui allait devenir celle du jour : « Qu'est-ce que nous avons percuté ? Ce n'était pas l'autre voiture, Nora avait fait le tour de l'autre voiture. »

C'est avec une totale honnêteté que Gendron répondit :

« On sait pas, madame.

– Demandez-lui si elle a un portable », suggéra Barbie, qui se tourna vers les nouveaux arrivants transformés en badauds. « Hé ! Qui a un téléphone portable ?

– Moi, monsieur », répondit une femme.

Mais avant qu'ils puissent en dire plus, ils entendirent les *whoup-whoup-whoup* d'un hélicoptère qui approchait.

Barbie et Gendron échangèrent un regard désespéré.

L'appareil bleu et blanc volait bas. Il se dirigeait vers la colonne de feu qui montait du camion accidenté, sur la 119, mais l'air était d'une limpidité absolue, produisant cet effet de loupe qui caractérise les plus belles journées au nord de la Nouvelle-Angleterre, et Barbie n'avait pas de mal à lire le gros chiffre 13, sur le côté. Ni à voir le logo de CBS. L'hélico appartenait à une chaîne d'info et venait sans doute de Portland. Il devait déjà se trouver dans le secteur, pensa Barbie. La journée était idéale pour tourner quelques plans juteux d'un accident pour le bulletin de dix-huit heures.

« Oh, non ! » gémit Gendron, s'abritant les yeux. Puis il cria : « *Barrez-vous, bande de cinglés, barrez-vous d'ici !* »

Barbie se joignit à lui. « *Non ! Arrêtez ! Repartez !* »

Efforts inutiles, bien entendu. Encore plus inutilement, il agitait les bras, faisant de grands gestes signifiant *partez-partez.*

Elsa regarda Gendron, puis Barbie, une expression d'incompréhension sur les traits.

L'hélico plongea jusqu'à la hauteur des arbres et se mit en vol stationnaire.

« Je crois que ça va aller, dit Gendron dans un souffle. Les gens là-bas ont dû leur faire signe de s'écarter, eux aussi. La pilote a dû voir... »

Sur quoi, l'appareil vira au nord, le pilote se proposant d'observer la scène d'un nouvel angle, sans doute depuis la prairie d'Alden Dinsmore, et il percuta la barrière sous les yeux de Barbie. Un des rotors cassa. L'hélicoptère pencha, plongea et zigzagua, tout cela en même temps. Puis il explosa, faisant tomber une nouvelle pluie de feu et de débris sur la route et les champs, de l'autre côté de la barrière.

Le côté de Gendron.

L'extérieur.

7

Junior Rennie s'introduisit comme un voleur dans la maison où il avait grandi. Ou comme un fantôme. Elle était vide, bien entendu ; son père devait se trouver dans son dépôt géant de voitures d'occasion, sur la Route 119 – lieu que Frank, l'ami de Junior, appelait parfois le Temple du Crédit Total ; quant à Francine Rennie, elle était, depuis quatre ans, locataire permanente du cimetière de Pleasant Ridge. La sirène de la ville s'était tue et celles de la police s'étaient éloignées quelque part vers le sud. Il régnait un calme bienfaisant dans la maison.

Il prit deux Imitrex, se déshabilla et passa sous la douche. Quand il en ressortit, il constata qu'il y avait du sang sur son T-shirt et son pantalon. Il n'avait pas le temps de s'en occuper pour le moment. Il poussa les vêtements sous le lit d'un coup de pied, abaissa les stores, se glissa dans son pieu et tira les couvertures par-dessus sa tête, comme lorsqu'il était môme et avait peur des monstres dans le placard. Il resta là, frissonnant, toutes les cloches de l'enfer résonnant sous son crâne.

Il somnolait lorsque la sirène des pompiers le réveilla en sursaut. Il se remit à frissonner, mais il avait moins mal à la tête. Il allait dormir encore un peu, puis il réfléchirait à ce qu'il convenait de faire. Se suicider paraissait de loin la meilleure solution. Parce qu'ils allaient l'avoir. Il ne pouvait même pas retourner sur place pour nettoyer ; il n'aurait pas le temps, avant le retour de Henry ou LaDonna McCain de leurs courses du samedi. Certes, il pouvait s'enfuir, mais il fallait attendre que sa migraine s'arrête. Et évidemment, il fallait s'habiller d'abord. Pas question d'entamer une vie de fugitif nu comme un ver.

Tout bien considéré, le suicide était probablement ce qu'il y avait de mieux. Sauf que cela voulait dire que le cuistot aurait gagné. Et quand on regardait les choses en face, toute l'affaire était de la faute de ce con de cuistot.

Puis la sirène des pompiers s'arrêta. Junior dormit encore, couvertures remontées sur la tête. Quand il se réveilla, il était vingt et une heures. Sa migraine avait disparu.

Et la maison était toujours vide.

SAC D'EMBROUILLES

1

Lorsque Big Jim Rennie s'arrêta en faisant crisser les pneus de son Hummer H3 Alpha (couleur : perle noire, accessoires : la totale), il avait trois bonnes minutes d'avance sur les flics, et rien ne lui plaisait davantage. Avoir constamment une longueur d'avance sur les autres, telle était la devise de Rennie.

Ernie Calvert était toujours pendu au téléphone, mais il leva la main dans une esquisse de salut. Il avait les cheveux en désordre et paraissait quasiment fou d'excitation. « Ouais, Big Jim, j'ai réussi à les joindre !

– À joindre qui ? » demanda Rennie, peu intéressé.

Il contemplait le bûcher encore en flammes à quoi était réduit le camion de grumes et l'épave en morceaux de ce qui avait été manifestement un avion. C'était la cata, une cata qui n'allait pas faire de publicité à la ville, en particulier avec les deux dernières voitures de pompiers parties en exercice à Castle Rock. Pour une formation qu'il avait approuvée… à ce détail près que c'était la signature d'Andy Sanders qui figurait sur le formulaire, vu qu'Andy était le premier conseiller. Parfait. Rennie croyait beaucoup en ce qu'il appelait le Quotient de Non-Responsabilité et le fait de n'être que le deuxième conseiller était un excellent exemple de l'application de ce Quotient ; on détenait tout le pouvoir (du moins tant que le premier conseiller était une lavette comme Sanders), sans, la plupart du temps, être la cible des reproches quand quelque chose allait de travers.

Et voilà que Rennie – qui, à seize ans, avait donné son cœur à Jésus et n'employait jamais de gros mots – devait affronter une situation qu'il appelait « un sac d'embrouilles ». Des décisions allaient devoir être prises. Il allait falloir imposer des contrôles. Et il ne pouvait pas compter sur ce vieux chnoque de Howard Perkins pour faire le boulot. Perkins avait peut-être été un chef de la police correct vingt ans plus tôt, mais on avait changé de siècle.

Le froncement de sourcils de Rennie s'accentua au fur et à mesure qu'il parcourait la scène des yeux. Trop de badauds. Certes, il y en avait toujours trop, dans des situations de ce genre ; les gens aimaient le sang et le chaos. Et certains d'entre eux paraissaient se livrer à un jeu bizarre : s'amuser à voir jusqu'où ils pouvaient se pencher ou un truc comme ça.

Bizarre.

« Reculez, tout le monde, reculez ! » cria-t-il. Il avait une voix à donner des ordres, une voix puissante et pleine d'assurance. « C'est une scène d'accident ! »

Ernie Calvert – encore un crétin, il y en avait plein la ville, chacune avait les siens, supposait Rennie – le tira par la manche. Il paraissait plus excité que jamais. « J'ai réussi à joindre l'ANG, Big Jim, et…

– Qui ça ? De quoi vous parlez ?

– L'Air National Guard ! »

C'était le bouquet. Les gens qui s'amusaient à de petits jeux, et ce fou qui appelait la…

« Mais bon sang, Ernie, pourquoi les as-tu appelés ?

– Parce qu'il a dit… le type a dit… » Mais Ernie ne se souvenait pas exactement de ce que Barbie lui avait dit et il sauta donc cette étape. « Bref, toujours est-il qu'ils m'ont mis en relation avec le bureau de la Sécurité intérieure du territoire, à Portland. En relation *directe* ! »

Rennie se frappa les deux joues à la fois, geste qu'il faisait souvent quand il était exaspéré. Ce qui lui donnait un faux air de Jack Benny qui se serait pris au sérieux. Il racontait parfois des blagues, pourtant, comme Jack Benny, mais jamais obscènes. Il plaisantait parce qu'il vendait des voitures et que dans sa conception des choses, les politiciens étaient supposés plaisanter, en particulier quand on approchait de l'époque des élections. Si bien qu'il avait un stock de ce qu'il appelait ses « tordantes » (« tordantes » comme dans : « Vous voulez que je vous en raconte une tordante ? »). Il les mémorisait tout à fait comme un touriste en terre étrangère apprend des phrases du genre : *Pouvez-vous m'indiquer les toilettes ?* ou bien : *Est-ce qu'il y a un hôtel avec Internet ici ?*

Mais il ne plaisantait pas, en ce moment. « La Sécurité du territoire ! Mais pourquoi diable *appeler* cette bande de cueilleurs de coton[1] ? » *Cueilleurs de coton* et ses variantes faisaient partie des expressions préférées de Rennie.

« Parce que le type, le jeune, m'a dit qu'il y avait quelque chose en travers de la route. Et c'est vrai, Jim ! Un truc qu'on peut pas voir ! On peut s'appuyer dessus ! Regarde, les gens le font… ou… si on lance une pierre dessus, elle rebondit ! Regarde ! » Ernie ramassa une pierre et la lança. Rennie ne se soucia pas de voir vers où elle rebondissait ; si elle avait frappé l'un des badauds, le type aurait forcément crié. « Le camion s'est écrasé dessus… sur ce… ce machin… et l'avion aussi ! Et c'est pourquoi le type m'a dit…

– Ralentis, tu veux bien ? De quel type parles-tu, exactement ?

– Un jeune, intervint Rory Dinsmore. Il est cuistot au Sweetbriar Rose. Si vous demandez votre steak médium, vous l'avez médium. Mon père dit qu'on peut pratiquement jamais avoir un steak médium, parce que personne sait comment le cuire, mais ce type, lui, il y arrive. » Un sourire d'une extraordinaire douceur vint éclairer son visage. « Je connais son nom.

– La ferme, Roar », l'avertit son frère.

Le visage de Mr Rennie s'était assombri. D'après l'expérience d'Ollie Dinsmore, c'était la tête d'un prof juste avant qu'il vous colle une semaine de retenue.

Mais Rory n'y fit pas attention. « Il a un nom de fille ! *Baaarbara !* »

Juste au moment où je pensais ne plus en entendre parler, voilà que le cueilleur de coton rapplique, pensa Rennie. *Ce pauv'type, cette nullité.*

1. Terme péjoratif avec sous-entendu raciste, les cueilleurs de coton étant autrefois les Noirs esclaves.

Il se tourna vers Ernie Calvert. La police était sur le point d'arriver, mais Rennie pensait avoir le temps de mettre un terme à cette dernière lubie provoquée par Barbara. Pourtant, Rennie ne le voyait pas dans le secteur. Il ne s'y attendait pas du reste. C'était bien du Barbara tout craché, ça, de raconter des histoires, de flanquer la pagaille et de filer.

« Ernie, dit-il, on t'a raconté n'importe quoi. »

Alden Dinsmore s'avança d'un pas. « Mr Rennie, je ne vois pas comment vous pouvez être aussi affirmatif, alors que vous n'avez aucune information. »

Rennie lui sourit. Ou du moins, ses lèvres s'étirèrent. « Je connais Dale Barbara, Alden ; je dispose au moins de cette information. » Il se tourna vers Ernie Calvert : « Et maintenant, si tu veux bien…

– Chut ! dit Calvert avec un geste de la main. J'ai quelqu'un. »

Big Jim Rennie n'aimait pas trop qu'on lui coupe la parole. En particulier quand celui qui la lui coupait était un épicier à la retraite. Il prit le téléphone des mains d'Ernie comme si celui-ci avait été un quelconque assistant qui l'aurait tenu jusqu'ici sur son ordre.

Une voix s'éleva dans le portable. « Qui est à l'appareil ? » Moins d'une demi-douzaine de mots, mais cela suffisait à Rennie pour comprendre qu'il avait affaire à un crétin de fonctionnaire. Le Seigneur savait qu'il avait eu souvent affaire à eux, depuis trente ans qu'il était un élu de la ville, et les fédéraux étaient les pires.

« James Rennie, premier adjoint de Chester's Mill. Et vous, monsieur ?

– Donald Wozniak, Sécurité du territoire. J'ai cru comprendre que vous aviez un problème sur la Route 119. Une interdiction d'un genre ou d'un autre. »

Une interdiction ? *Une interdiction ?* C'était quoi, ce jargon fédéral ?

« On vous a mal informé, monsieur, dit Rennie. Ce qui s'est passé, c'est qu'un avion – un avion civil, un petit appareil du coin – qui essayait de se poser sur la route a percuté un camion. La situation est complètement sous contrôle. Nous n'avons pas besoin de l'aide de la Sécurité du territoire.

– Mr Rennie ? dit le fermier. Ce n'est pas comme ça que les choses se sont passées. »

Rennie eut un geste méprisant de la main et commença à se diriger vers la première voiture de patrouille. Hank Morrison en descendait. Un grand gaillard de plus d'un mètre quatre-vingt-dix, mais un vrai incapable. Et derrière lui marchait la nana avec les gros nénés. Wettington, elle s'appelait Wettington, et elle était pire que nulle : une grande gueule commandée par un cerveau de piaf. Mais derrière elle, Peter Randolph venait d'arriver. Randolph était le premier adjoint du chef, un homme selon le cœur de Big Jim Rennie. Un homme qui savait y faire. Si Randolph avait été de service le soir où Junior avait eu ses ennuis dans ce boui-boui infernal, Big Jim doutait que Mr Dale Barbara ait pu se promener tranquillement aujourd'hui et foutre la pagaille. En fait, Mr Barbara serait probablement derrière les barreaux, à Castle Rock. Ce qui aurait parfaitement convenu à Rennie.

En attendant, le type de la Sécurité du territoire – avaient-ils le culot de se parer du titre d'agent ? – continuait à jacasser.

Rennie l'interrompit. « Merci pour votre sollicitude, Mr *Wozner*, mais nous maîtrisons la situation. » Il coupa la communication sans même dire au revoir. Puis il lança le téléphone à Ernie Calvert.

« Je crois que ce n'était pas très malin, Jim. »

Rennie regarda alors Randolph s'arrêter derrière la voiture de Wettington ; sur le toit du véhicule, toutes les lumières clignotaient. Son premier mouvement fut de se diriger vers Randolph, mais il y renonça avant même que l'idée ait fini de se former dans son esprit. Que Randolph vienne à lui. C'était comme ça que les choses devaient se passer. Et comme ça qu'elles se passeraient, Dieu lui en était témoin.

2

« Qu'est-ce qui est arrivé, Big Jim ? demanda Randolph.

– Je crois que c'est évident. L'avion de Chuck Thompson a eu une petite explication avec un camion. On dirait qu'ils ont fait match nul. »

Il entendait à présent des sirènes en provenance de Castle Rock. Certainement des pompiers (Rennie espérait bien que leurs deux véhicules flambant neufs, qui leur avaient coûté les yeux de la tête, se trouvaient parmi eux ; mieux valait que personne ne se rende compte que les nouvelles bagnoles n'étaient pas sur place quand tout ce délire avait commencé). Les ambulances et la police n'allaient pas tarder à suivre.

« C'est pas ce qui est arrivé, insista Alden Dinsmore avec entêtement. J'étais dehors dans mon jardin, et j'ai vu l'avion qui…

– Vous feriez peut-être bien de faire reculer tous ces gens, non ? » dit Rennie à Randolph, avec un geste vers les badauds. Il y en avait pas mal du côté du camion, se tenant prudemment à l'écart de l'épave en feu, et encore plus du côté Chester's Mill. Ça commençait à avoir l'air d'une assemblée.

Randolph s'adressa à Morrison et Wettington : « Hank », dit-il avec un geste vers les spectateurs de Chester's Mill. Certains avaient commencé à fouiller les débris épars de l'appareil de Thompson. Il y avait des cris d'horreur chaque fois qu'on retrouvait des restes humains.

« Vu », répondit Morrison qui s'éloigna aussitôt.

Randolph dirigea Wettington vers les badauds côté camion : « Jackie, tu vas aller… » Mais la voix de Randolph mourut.

Les fans de désastres côté sud de l'accident s'étaient regroupés en deux clans, dans la prairie d'un côté de la route, et au milieu des buissons de l'autre. Ils restaient bouche bée, ce qui leur donnait une expression d'intérêt stupide que Rennie connaissait très bien ; il la voyait s'afficher individuellement tous les jours – et en masse lors de l'assemblée municipale annuelle de mars. Sauf que ce n'était pas le camion en feu que regardaient tous ces gens. Et maintenant Peter Randolph, qui n'était certainement pas un idiot (pas une flèche non plus, il s'en fallait de beaucoup, mais qui savait au moins de quel côté sa tartine était beurrée), regardait dans la même direction, avec cette même expression de stupéfaction qui laissait tout le monde bouche bée. Jackie Wettington aussi.

La fumée était l'objet de cette fascination. Celle qui montait du camion de grumes.

Elle était noire, huileuse. Tous ceux qui étaient sous le vent auraient dû s'étouffer, mais non. Et Rennie voyait pourquoi. Difficile à croire, mais il l'avait sous les yeux. Le vent poussait la fumée vers le nord, du moins au début, sur quoi sa trajectoire faisait un coude – presque un angle droit – et s'élevait tout droit, comme dans un conduit de cheminée. Laissant derrière elle un résidu brun foncé. Une longue salissure qui paraissait tenir toute seule en l'air.

Jim Rennie secoua la tête, comme pour chasser cette image, mais elle était toujours là quand il s'arrêta.

« Qu'est-ce que c'est que ça ? » demanda Randolph d'une voix douce, émerveillée.

Dinsmore, le fermier, vint se planter devant le policier. « Ce type, dit-il avec un geste vers Ernie Calvert, avait la Sécurité du territoire en ligne et ce type (il montra Rennie d'un geste théâtral de prétoire qui n'émut en rien le deuxième conseiller) lui a pris le téléphone des mains et a raccroché ! Il aurait pas dû faire ça, Pete. Parce que ça n'a pas été une collision. L'avion volait normalement. Je l'ai vu. J'étais en train de pailler des plants en prévision du gel et je l'ai vu.

– Moi aussi… », commença Rory, et cette fois ce fut son frère Ollie qui lui allongea une taloche derrière la tête.

Rory se mit à geindre.

Alden Dinsmore reprit la parole : « Il a *percuté* quelque chose. La même chose que celle que le camion a percutée. C'est là, on peut même la toucher. Le jeune type, le cuistot, il a dit qu'il devrait y avoir une interdiction de vol dans le secteur et il avait raison. Mais Mr Rennie (avec de nouveau un geste vers Rennie comme s'il se prenait pour Perry Mason et n'était pas simplement un type qui gagnait sa vie en attachant tous les jours sa trayeuse à des pis de vache) n'a même pas voulu leur parler. Il a raccroché. »

Rennie ne s'abaissa même pas à répondre. « Vous perdez votre temps », dit-il à Randolph. Il se rapprocha un peu plus du policier et ajouta à voix basse : « Le chef arrive. Mon conseil est de faire vite et de contrôler cette scène avant qu'il soit sur place. » Il jeta un regard froid au fermier. « Vous pourrez interroger les témoins ensuite. »

Mais – c'était exaspérant – ce fut le fermier Dinsmore qui eut le dernier mot : « C'est ce type, Barber, qui avait raison. Il avait raison, et Rennie se trompe. »

Rennie n'oublia pas de prendre en note qu'il faudrait s'occuper par la suite d'Alden Dinsmore. Tôt ou tard, un fermier finit toujours par venir voir le premier conseiller avec son chapeau à la main – pour un arrangement, une exception dans le plan d'occupation des sols, quelque chose – et lorsque Mr Dinsmore se pointerait, on l'enverrait promener, si Rennie avait son mot à dire. Ce qui était en général le cas.

« Contrôlez la scène ! dit-il à Randolph.

– Jackie, fais reculer tous ces gens, dit l'adjoint, en montrant les badauds côté camion de l'accident. Établis un périmètre.

– Monsieur, je crois que ces gens sont sur le territoire de Motton…

– Je m'en fiche. Fais-les reculer. »

Randolph regarda par-dessus son épaule ; le chef Howard Perkins descendait pesamment de sa voiture de patron de la police – une voiture qu'il tardait à Randolph de voir dans sa propre allée. Et qu'il y verrait, avec l'aide de Big Jim Rennie. Dans trois ans au plus tard. *Les policiers de Castle Rock te remercieront ce jour-là, crois-moi.*

« Et pour ce… »

Jackie montra la salissure de fumée qui ne cessait de s'étaler. Au travers, les arbres aux couleurs de l'automne devenaient d'un gris uniforme et le ciel prenait une nuance jaunâtre malsaine.

« Ne t'en approche pas », répondit Randolph, s'apprêtant à rejoindre Hank Morrison pour établir le périmètre côté Chester's Mill. Mais il fallait auparavant mettre Perkins au courant.

Jackie Wettington s'approcha des badauds qui entouraient le camion. La foule ne cessait de grossir, de ce côté-là, les premiers arrivants étant tous pendus à leur téléphone portable. Certains avaient éteint les courtes flammes en piétinant les buissons en feu, ce qui était une bonne chose, mais ils se contentaient maintenant de rester plantés où ils étaient, bouche bée, l'œil rond. Jackie employa les mêmes gestes que ceux que faisait Hank côté Chester's Mill, récitant les mêmes incantations.

« Reculez, m'sieurs-dames, c'est terminé, y'a rien de plus à voir que ce que vous avez déjà vu, dégagez la route pour laisser passer les pompiers et la police, reculez, dégagez, retournez chez vous, re… »

Elle heurta quelque chose. Rennie ne comprit pas quoi, mais il voyait le résultat. Le bord du chapeau de Wettington s'était cogné le premier. Il se plia et tomba derrière elle. Un instant plus tard, ces insolents nénés qu'elle trimbalait – deux satanés obus – s'aplatirent. Puis son nez s'écrasa et il en jaillit une giclée de sang qui macula quelque chose… et commença à couler en longs filets, comme de la peinture sur un mur. La flic se retrouva sur son postérieur bien rembourré, une expression choquée sur la figure.

Le maudit fermier vint mettre son grain de sel : « Vous voyez ? Qu'est-ce que je vous avais dit ? »

Randolph et Morrison n'avaient rien vu. Pas plus que Perkins ; les trois hommes conféraient devant le capot de la voiture du chef. Rennie songea un instant à s'approcher de Wettington, mais d'autres s'en occupaient déjà – sans compter qu'elle était encore un peu trop près, à son goût, de la chose qu'elle venait de heurter. Il dirigea donc rapidement vers les policiers son visage fermé et son imposante et solide bedaine, l'incarnation même de l'autorité. Il jeta un regard noir au fermier au passage.

« Chef, dit-il en forçant le chemin entre Randolph et Morrison.

– Big Jim, répondit Perkins avec un mouvement de tête. Je vois que vous n'avez pas perdu de temps. »

C'était peut-être une provocation, mais Rennie, en vieux briscard qu'il était, ne mordit pas à l'hameçon. « J'ai bien peur que ce soit encore pire que ce qu'on peut en voir, dit-il. Je crois qu'il vaudrait mieux entrer en contact avec la Sécurité du territoire. » Il marqua une pause, la mine conformément grave. « Je ne voudrais pas affirmer qu'il y a un attentat terroriste là-dessous… mais pas le contraire non plus. »

3

Duke Perkins regardait derrière l'épaule de Big Jim. Ernie Calvert et Johnny Carver (le gérant du Mill Gas & Grocery) aidaient Jackie à se remettre debout. Elle était sonnée et son nez saignait mais, sinon, ça semblait aller. Malgré tout, la situation était délicate. Certes, n'importe quel accident avec des morts donnait plus ou moins cette impression, mais les choses lui faisaient ici l'effet d'être particulièrement embrouillées.

Tout d'abord, l'avion n'avait nullement essayé de se poser. Il y avait trop de pièces éparpillées sur une superficie trop grande pour qu'il puisse prendre cette hypothèse en considération. Et les badauds. Là aussi, quelque chose clochait. Ils auraient dû se présenter en une grande masse mobile. C'était toujours comme ça, sans doute pour se rassurer mutuellement en présence de la mort. Sauf qu'ici, on avait affaire à deux groupes et celui du côté Motton de la frontière se tenait très près du camion toujours en feu. Ils ne couraient aucun danger, pour autant qu'il pouvait en juger… mais pourquoi ne se réunissaient-ils pas ?

Les premiers véhicules de pompiers débouchèrent du virage, au sud. Ils étaient trois. Duke fut soulagé de constater que le deuxième avait CHESTER'S MILL FIRE DEPARTMENT PUMPER N° 2 imprimé en lettres d'or sur son flanc. La foule recula de quelques mètres au milieu des buissons pour leur laisser la place de manœuvrer. Duke se tourna vers Rennie : « Qu'est-ce qui s'est passé ? Vous le savez ? »

Le deuxième conseiller ouvrit la bouche pour répondre, mais Ernie Calvert ne lui en laissa pas le temps. « Il y a une barrière en travers de la route. On ne peut pas la voir mais elle est bien là, chef. Le camion l'a percutée. L'avion aussi.

– C'est exactement ça ! confirma Dinsmore.

– L'officier Wettington s'est rentrée dedans aussi, ajouta Johnny Carver. Encore heureux, elle ne marchait pas trop vite. »

Il tenait Jackie par les épaules ; celle-ci avait encore l'air sonné. Duke remarqua du sang sur la manche de la veste J'AI FAIT LE PLEIN AU MILL DISCOUNT de Carver.

Côté Motton, le troisième camion de pompiers arrivait. Les deux premiers avaient bloqué la route en se disposant en V. Les pompiers avaient déjà sauté à terre et déroulaient leurs tuyaux. Duke entendit la sirène d'une ambulance qui venait de la direction de Castle Rock. *Où sont les nôtres ?* se demanda-t-il. Étaient-elles aussi allées à ce stupide exercice de formation ? Il espérait que non. Quel crétin aurait l'idée d'envoyer une ambulance assister à l'incendie d'une maison vide ?

« Il semble qu'il y ait une barrière invisible…, commença Rennie.

– Ouais, ça, j'ai pigé, le coupa Duke. Je ne comprends pas comment un truc pareil est possible, mais j'ai pigé. »

Il laissa Rennie pour rejoindre sa subordonnée au nez en sang, et ne vit pas les joues du deuxième conseiller s'empourprer devant la rebuffade.

« Jackie ? demanda Duke, en la prenant doucement par l'épaule. Ça ira ?

– Ouais. » Elle se toucha le nez. Le sang coulait déjà plus lentement. « Est-ce qu'il a l'air cassé ? Il me donne pas la *sensation* d'être cassé.

– Il n'est pas cassé, sauf qu'il va enfler. Mais je crois que tout sera rentré dans l'ordre pour le bal de la Moisson. »

Elle lui répondit par un faible sourire.

« Chef, dit Rennie, je crois qu'on devrait demander des renforts. Sinon à la Sécurité du territoire – en y réfléchissant, je me dis que c'est sans doute un peu exagéré – du moins à la police d'État. »

Duke le repoussa. D'un geste sans brutalité, mais sans équivoque non plus. Rennie serra les poings, puis les ouvrit à nouveau. Il avait consacré toute sa vie à devenir celui qui bousculait les autres plutôt qu'à être celui qu'on bousculait, mais ça n'empêchait pas que les poings, c'était pour les idiots. Il suffisait de voir son propre fils. N'empêche aussi, ce genre d'affront méritait d'être gardé au chaud en attendant la revanche. À prendre un peu plus tard… c'était même parfois mieux ainsi.

Plus suave.

« Peter ! lança Duke à Randolph. Appelle le centre médical et demande-leur ce qu'ils fabriquent avec leurs ambulances ! Je les veux ici !

– Morrison peut s'en charger », répondit Randolph.

Il avait pris son appareil photo dans sa voiture et mitraillait la scène.

– C'est toi qui vas le faire, et tout de suite.

– Chef, je ne crois pas que Jackie soit vraiment blessée et personne d'autre…

– Quand j'aurai besoin de ton avis, Pete, je te le demanderai. »

Randolph commença à regarder le chef de travers, puis il vit l'expression de son supérieur. Il jeta l'appareil photo sur le siège avant de sa caisse et y prit son téléphone portable.

« Qu'est-ce que c'était, Jackie ?

– Je sais pas. Ça a commencé par une sensation de bourdonnement comme de l'électricité, quand on touche un truc par accident. C'est passé, puis je me suis cognée… bon sang, j'sais pas contre quoi je me suis cognée. »

Un grand soupir monta de la foule des badauds. Les pompiers avaient dirigé leurs lances sur le camion en feu mais au-delà, une partie des jets rebondissaient. Frappaient quelque chose et se pulvérisaient en gerbes, créant un arc-en-ciel. Duke n'avait rien vu de pareil de toute sa vie… sauf peut-être lorsqu'il était dans une station de lavage de voitures, regardant le système à haute pression asperger son pare-brise.

Puis il vit un arc-en-ciel, plus petit, côté Chester's Mill. L'un des badauds – Lissa Jamieson, la bibliothécaire de la ville – se dirigea vers le phénomène.

« Lissa ! cria Duke, n'y allez pas ! »

Elle l'ignora. Elle paraissait hypnotisée. Elle se tenait les mains tendues, à moins d'un mètre d'un jet d'eau à haute pression qui se heurtait à l'air et repartait dans l'autre sens. Perkins vit des minuscules gouttelettes étinceler dans ses cheveux qu'elle portait tirés et noués en chignon sur la nuque. Le petit arc-en-ciel se fragmenta, puis se reforma derrière elle.

« C'est rien qu'un brouillard ! s'écria-t-elle, l'air aux anges. Toute cette eau de l'autre côté, et rien qu'un brouillard ici ! Comme ce qui sort d'un humidificateur. »

Peter Randolph brandit son téléphone et secoua la tête. « J'ai bien le signal, mais je n'arrive pas à passer. À mon avis, tous ces gens (son bras décrivit un grand arc) doivent saturer le réseau. »

Duke ignorait si cela était possible, mais il était exact que presque tous ceux qu'ils voyaient jacassaient dans leur portable ou prenaient des photos avec. Sauf Lissa, qui continuait à faire son numéro de nymphe des bois.

« Va la chercher, dit Duke à Randolph. Et ramène-là avant qu'elle décide de nous faire une danse de la pluie. »

À son expression, il était clair que Randolph considérait une telle mission comme très en dessous de son grade, mais il y alla tout de même. Duke laissa échapper un rire bref. Bref, mais authentique.

« Au nom du ciel, qu'est-ce que vous voyez ici qui peut prêter à rire ? » demanda Rennie. D'autres voitures de police du comté de Castle Rock arrivaient, côté Motton. Si Perkins n'y veillait pas, c'était Castle Rock qui allait prendre le contrôle des choses. Et qui en tirerait tous les fichus honneurs.

Duke s'était arrêté de rire, mais il souriait toujours. Sans complexes. « C'est un sac d'embrouilles, répondit-il. C'est bien comme ça que vous dites, Big Jim, non ? Et si j'en crois mon expérience, rire est parfois la seule manière de réagir face à un sac d'embrouilles.

– Je ne comprends rien à ce que vous racontez ! » cria presque Rennie. Les fils Dinsmore s'écartèrent du deuxième conseiller et vinrent se réfugier derrière leur père.

« Je sais, dit doucement Duke. Et c'est très bien. Tout ce que vous devez comprendre pour le moment, c'est que le patron des forces de l'ordre sur le terrain, c'est moi, au moins jusqu'au moment où arrivera le shérif du comté, et que vous, vous n'êtes qu'un conseiller municipal. Autrement dit, un citoyen comme les autres. C'est pourquoi j'aimerais que vous reculiez. »

Duke éleva alors la voix et indiqua du doigt l'endroit où Henry Morrison déroulait le ruban jaune et contournait pour ce faire les deux plus gros morceaux du fuselage de l'avion : « *Tout le monde* recule et nous laisse faire notre boulot ! Tout le monde ! Suivez le deuxième conseiller Rennie. Il va vous conduire de l'autre côté du ruban jaune.

– Je n'apprécie pas beaucoup ça, Duke, dit Rennie.

– Dieu vous bénisse, mais j'en ai rien à foutre. Sortez de mon périmètre, Big Jim. Et faites bien attention en passant sous le ruban. Inutile que Henry soit obligé d'en remettre un second.

– Chef Perkins, vous avez intérêt à vous rappeler comment vous m'avez parlé aujourd'hui. Parce que moi je ne l'oublierai pas. »

Rennie partit d'un pas raide vers le ruban jaune. Les autres badauds le suivirent, la plupart regardant par-dessus leur épaule pour voir l'eau rebondir sur la barrière noircie d'un dépôt huileux et se déposer en flaque rectiligne sur la route. Deux ou trois des plus malins (Ernie Calvert, par exemple) avaient déjà remarqué que cette ligne était exactement celle de la frontière qui délimitait les territoires de Motton et de Chester's Mill.

Rennie fut pris de l'envie enfantine de rompre, avec sa poitrine, le ruban jaune soigneusement posé par Morrison, mais il se contint. Il ne ferait pas non plus le détour qui l'aurait conduit à passer au milieu d'un fouillis de bardanes, pour que son pantalon Land's End, qui lui avait coûté soixante dollars, s'en retrouve couvert. Il passa donc sous le ruban, soulevant celui-ci de la main. Son ventre l'aurait empêché de vraiment se baisser.

Derrière lui, Duke se dirigea lentement vers l'endroit où Jackie s'était cognée. Il tendit la main devant lui, comme un aveugle cherchant son chemin dans une pièce qu'il ne connaît pas.

C'était ici qu'elle était tombée… et *ici*…

Il ressentit le bourdonnement électrique qu'elle lui avait décrit, mais au lieu de passer, il se transforma en une douleur intense au creux de son épaule gauche. Il eut juste le temps de se rappeler les derniers mots que lui avait dits Brenda – de faire attention à son pacemaker – et l'appareil explosa dans sa poitrine avec suffisamment de force pour faire un trou dans son sweat-shirt des Wildcats qu'il avait enfilé ce matin en l'honneur du match de l'après-midi. Du sang, des débris de coton et des fragments de chair heurtèrent la barrière.

La foule émit un *aaaaah*.

Duke essaya de prononcer le prénom de sa femme, n'y parvint pas, mais vit clairement son visage en esprit. Elle souriait.

Puis les ténèbres.

4

Le gamin, c'était Benny Drake, quatorze ans, un Razor. Les Razors était un club de skateboard, réduit en nombre mais enthousiaste, vu d'un mauvais œil par les autorités mais toléré en dépit des demandes réitérées de Rennie et Anders pour qu'il soit interdit (à la réunion du conseil municipal de mars dernier, ce même duo de choc avait réussi à faire passer à la trappe une ligne du budget qui aurait permis la création d'une piste de skate sur le terrain municipal, derrière le kiosque à musique).

Quant à l'adulte, c'était Eric Everett, dit Rusty, trente-sept ans, assistant médical travaillant avec le Dr Ron Haskell – auquel Rusty pensait souvent comme au Merveilleux Magicien d'Oz – *le Wiz*, en abrégé. *Parce que*, aurait expliqué Rusty (s'il avait pu confier un tel secret à quelqu'un d'autre qu'à sa femme), *il reste si souvent dans les coulisses pendant que je fais le boulot.*

Il vérifiait en ce moment où en était le jeune Drake de son vaccin contre le tétanos. Automne 2009, excellent. En particulier si on prenait en compte le fait que le jeune Drake avait pris une belle gamelle (un « *Wilson* », pour les spécialistes) sur du béton et qu'il s'était esquinté le mollet. Pas à en rester éclopé pour la vie, mais assez sérieusement tout de même.

« Le courant est rétabli, vieux, dit le jeune Drake.

– C'est le générateur, vieux, répliqua Rusty. Il alimente l'hôpital *et* le centre médical. Radical, hein ?

– La vieille école », admit le jeune Drake.

Un instant, l'adulte et le gamin étudièrent sans dire mot la plaie ouverte dans le mollet de Benny Drake. Débarrassée des saletés et du sang, elle avait toujours son aspect déchiqueté mais était moins impressionnante. La sirène de la ville s'était arrêtée mais, au loin, on en entendait d'autres. C'est alors que celle des pompiers se déclencha, les faisant sursauter tous les deux.

L'ambulance va rouler, pensa Rusty. *Couru d'avance. Twitch et Everett sont repartis pour un tour. Je ferais mieux de pas traîner.*

Si ce n'est que le gamin était blanc comme un linge et que Rusty croyait voir des larmes dans ses yeux.

« T'as la trouille ?

– Un peu, répondit Benny Drake. Ma mère va me passer un de ces savons…

– Et c'est ça qui te fiche la trouille ? » Parce Rusty pensait que question savons, Benny en avait vu d'autres. Et même beaucoup d'autres.

« Eh bien… ça va faire mal ? »

Jusqu'ici Rusty avait caché sa seringue. Il injecta trois centimètres cubes d'un composé de Xylocaïne et d'épinéphrine – un anesthésiant local qu'il appelait encore de la Novocaïne. Il prit le temps d'insensibiliser la blessure, afin que ce soit le moins douloureux possible pour le gamin. « Pas plus que ça, en gros.

– Houlà. Alerte rouge ! »

Rusty se mit à rire. « T'as fini ton tunnel avant de te viander ? » Lui-même ancien pratiquant de skate, il était sincèrement curieux.

« Seulement la moitié, mais c'était craignos ! répondit Benny, dont le visage s'éclaira. Combien de points, à votre avis. Il a fallu en poser douze à Norrie Calvert quand elle s'est ramassée à Oxford, l'été dernier.

– Pas autant », dit Rusty.

Il connaissait Norrie, une gamine genre gothique qui ne rêvait, apparemment, que de se tuer sur son skateboard avant de se faire mettre en cloque pour la première fois. Il appuya sur le bord de la plaie de la pointe de la seringue. « Tu sens quelque chose ?

– Ouais, net et clair, vieux. Vous auriez pas entendu un truc comme une détonation, là-dehors ? »

Benny indiqua vaguement le sud, assis en boxer-short sur la table d'examen, tandis que son sang gouttait sur la protection en papier.

« Hé non », dit Rusty. En fait, il avait entendu deux détonations, et pas des petites, mais il avait peur des explosions. Fallait qu'il fasse ça vite. Et où était passé le Wiz ? Il faisait la tournée des malades, d'après Ginny. Ce qui signifiait sans doute qu'il piquait un petit somme dans la salle des médecins de l'hôpital. C'était là que le Merveilleux Mage faisait la plupart de ses tournées ces temps-ci.

« Et maintenant, tu sens quelque chose ? demanda Rusty en piquant à nouveau Benny avec l'aiguille. Ne regarde pas. Regarder, c'est tricher.

– Non, vieux, rien. Vous vous fichez de moi.

– Pas du tout. Tu es anesthésié. » *Et de plusieurs manières*, songea Rusty. « C'est bon, on y va. Allonge-toi, détends-toi et profite du vol sur Cathy Russell Airlines. »

Rusty acheva de nettoyer la plaie avec une solution saline stérile, la débrida et l'égalisa avec son fidèle scalpel n° 10. « Six points avec mon super-fil de nylon quatre-zéro.

– Génial », dit le gamin. Puis : « Je crois que je vais gerber. »

Rusty lui tendit le bassin, qui, pour la circonstance, fut rebaptisé dégueuloir. « Gerbe là-dedans. Tombe dans les pommes et tu seras tranquille. »

Mais Benny ne s'évanouit pas. Ne gerba pas non plus. Rusty était occupé à placer une compresse stérile sur la plaie lorsque, après avoir frappé pour la forme, Ginny Tomlinson passa la tête par l'entrebâillement de la porte. « Je peux te parler une minute ?

– Ne vous gênez pas pour moi, lui lança Benny. J'suis qu'un radical libre ici. »

Et un petit rigolo, avec ça.

« Dans le couloir, Rusty, dit Ginny, sans adresser un seul regard au gamin.

– Je reviens tout de suite, Benny. Reste ici et tiens-toi tranquille.

– J'bougerai pas. Pas de problème. »

Rusty suivit Ginny dans le couloir. « On sort l'ambulance ? » demanda-t-il. Un peu plus loin derrière Ginny, la maman de Benny, l'air sinistre, tenait un livre de poche à la couverture mêlant violence et sexe.

Ginny acquiesça. « Oui, pour la 119, à la démarcation avec Tarker. Il y a un autre accident à une autre limite de la ville – Motton – mais j'ai entendu dire que toutes les personnes impliquées étaient DSS. » *Décédées sur la scène*. « Une collision entre un avion et un camion. L'avion essayait de se poser.

– Sans déconner ? Tu te fous de moi ! »

Alva Drake leva les yeux, fronça les sourcils puis retourna à son livre de poche. Ou du moins essaya de se concentrer dessus tout en continuant à se demander si son mari la soutiendrait pour interdire le skateboard à leur fils jusqu'à ses dix-huit ans.

« Non, je ne déconne pas, Rusty. On m'a signalé d'autres accidents, en plus…

– Bizarre.

– … mais le type de Tarker est encore en vie. Il conduisait un camion de livraison, si j'ai bien compris. Magne-toi, mon gars. Twitch attend.

– Tu finiras, avec le gosse ?

– Oui. Fonce, fonce.

– Le Dr Rayburns ?

– En consultation au Stephen Memorial. » Il s'agissait de l'hôpital de Norway-South Paris. « Il est en route, Rusty. Fonce ! »

Rusty prit le temps de dire à Mrs Drake que son fils allait très bien. L'information ne parut pas réjouir particulièrement Alva, mais elle le remercia. Dougie Twitchell, dit Twitch, était assis sur le pare-chocs de son ambulance, une antiquité que Jim Rennie et les autres conseillers municipaux n'avaient toujours pas remplacée, fumant une cigarette au soleil. Il avait sa cibi portable avec lui et celle-ci jacassait sans interruption : les voix sautaient les unes au-dessus des autres comme du pop-corn dans une poêle chaude.

« Éteins-moi ta saloperie à cancer et bougeons-nous, dit Rusty. Tu sais où nous allons, hein ? »

Twitch jeta le mégot d'une pichenette. En dépit de son surnom[1], il était l'infirmier le plus calme qu'ait jamais connu Rusty, ce qui en disait déjà long. « Je sais ce que t'a dit Gin-Gin – la limite Tarker-Chester's Mill, hein ?

– Oui. Un camion renversé.

– Ouais, mais les ordres ont changé. On va de l'autre côté. » Il montra le sud. À l'horizon on voyait s'élever une colonne de fumée noire. « T'as jamais eu envie de voir un avion qui vient de s'écraser ?

– Déjà fait. Pendant mon service, répondit Rusty. Deux types. T'aurais pu étaler ce qu'il en restait sur une tartine. Ça m'a largement suffi, camarade. Ginny m'a dit qu'ils étaient tous morts là-bas, alors…

– Peut-être que oui, peut-être que non. Mais en plus, il est arrivé quelque chose à Perkins et il est peut-être encore en vie, lui.

---

1. *Twitch* : saccade.

– Le chef Perkins ?

– En personne. Je pense que le pronostic est mauvais si le pacemaker lui a bien explosé dans la poitrine – c'est ce que prétend Peter Randolph –, mais c'est le patron de la police. Mister Sans-peur-et-sans-reproche.

– Voyons, Twitch, mon vieux. Un pacemaker, ça n'explose pas. C'est parfaitement impossible.

– Alors il est peut-être encore en vie, et on a peut-être une chance de faire quelque chose », répondit Twitch.

Il n'avait pas encore fait le tour du capot qu'il tirait une autre cigarette de son paquet.

« On ne fume pas dans une ambulance », lui fit remarquer Rusty.

Twitch le regarda, l'air sombre.

« Sauf si tu m'en donnes une. »

Twitch soupira et lui tendit le paquet.

« Ah, des Marlboro, dit Rusty. Mes saloperies préférées.

– T'es tuant », dit Twitch.

5

Ils brûlèrent le feu rouge au carrefour entre la 117 et la 119, sirène hurlante, fumant tous deux comme des malades (fenêtres ouvertes, procédure habituelle), écoutant les interventions qui se chevauchaient sur la cibi. Rusty n'y comprenait presque rien, mais une chose, au moins, était claire : il ne serait pas à quatre heures chez lui.

« Vraiment, je ne sais pas ce qui s'est passé, dit Twitch, mais ce qui est sûr et certain, c'est que nous allons sur le site d'un authentique crash. D'accord, on arrive après le crash, mais à cheval donné…

– Twitch, t'es qu'un charognard. »

Il y avait beaucoup de circulation, la plupart des véhicules roulant vers le sud. Parmi tous ces gens, quelques-uns avaient sans doute une bonne raison d'être là, mais Rusty estimait que la majorité étaient autant de mouches humaines attirées par l'odeur du sang. Twitch doubla sans difficulté une file de quatre voitures ; la direction nord de la 119 était étrangement déserte.

« Regarde ! dit Twitch en tendant le bras. Un hélico de la télé ! On va nous voir aux infos de six heures, Big Rusty ! Deux héroïques infirmiers se sont battus pour… »

Mais Twitch n'alla pas plus loin dans la description de son fantasme. Devant eux – sur le site de l'accident, supposa Rusty –, l'hélico fit un crochet. Un instant, le numéro 13 fut lisible sur le flanc de l'appareil à côté du sigle de CBS. Puis il explosa, projetant une pluie de feu dans le ciel sans nuages du début de l'après-midi.

Twitch s'écria : « Bon Dieu, je suis désolé ! J'parlais pas sérieusement ! » Puis, d'un ton enfantin qui fit mal au cœur à Rusty en dépit de l'état de choc dans lequel il était lui-même, l'infirmier ajouta : « Je retire ce que j'ai dit ! »

6

« Faut que j'y retourne », dit Gendron. Il retira sa casquette des Sea Dogs et s'en servit pour essuyer son visage blême à l'expression sévère, couvert de sang. Son nez avait enflé et ressemblait à un pouce géant. Deux cercles noirs entouraient ses yeux. « Je suis désolé, mais mon pif me fait un mal de chien et… puis, je suis plus très jeune… Aussi… » Il leva les bras, les laissa retomber. Les deux hommes se faisaient face et Barbie l'aurait bien serré dans ses bras pour lui donner une tape dans le dos, si cela avait été possible.

« C'est le choc, c'est ça ? » demanda-t-il.

Gendron eut un rire sec. « L'hélico, ç'a été la touche finale. » Ils regardèrent en direction de la nouvelle colonne de fumée.

Barbie et Gendron avaient poursuivi leur exploration, après avoir franchi la 117, non sans s'être assurés auparavant que les témoins se chargeraient de demander de l'aide pour Elsa Andrews, la seule survivante. Au moins n'était-elle pas gravement blessée, même si elle avait manifestement le cœur brisé par la mort de son amie.

« Alors, allez-y. Lentement. Prenez votre temps. Reposez-vous chaque fois qu'il le faudra.

– Et vous, vous continuez ?

– Oui.

– Vous espérez toujours en trouver le bout ? »

Barbie garda quelques instants le silence. Au début, il en avait été sûr. Mais maintenant…

« Oui, je l'espère.

– Alors bonne chance. » Gendron inclina sa casquette vers Barbie avant de la remettre. « J'espère bien vous serrer la main avant la fin de la journée.

– Moi aussi », dit Barbie. Il se tut un instant. Il venait de penser à quelque chose. « Pouvez-vous me rendre un service ?

– Bien sûr.

– Vous allez appeler la base aérienne de Fort Benning. Demandez l'officier de liaison, et qu'il vous mette en rapport avec le colonel James O. Cox. Dites-leur que c'est urgent, que vous appelez de la part du capitaine Dale Barbara. Vous vous en souviendrez ?

– Dale Barbara, c'est vous. James Cox, c'est lui. Pigé.

– Si vous parvenez à le joindre… je n'en suis pas certain, mais si jamais… dites-lui ce qui se passe ici. Dites-lui que si personne n'a encore contacté la Sécurité du territoire, qu'il le fasse. Ça vous paraît possible ? »

Gendron acquiesça. « Si je peux, je le ferai. Bonne chance, soldat. »

Barbie se serait bien passé de se faire appeler de nouveau ainsi, mais il porta un index à son front. Puis il se lança à la recherche de ce qu'il ne croyait plus pouvoir trouver.

7

Barbie déboucha sur un chemin forestier à peu près parallèle à la barrière. Abandonné, envahi de végétation, il était cependant beaucoup plus facile de le suivre que de marcher au milieu des broussailles. De temps en temps il obliquait pour aller vérifier la présence du mur entre Chester's Mill et le monde extérieur. La barrière était toujours là.

Lorsqu'il arriva à l'endroit où la 119 traversait la limite avec la ville jumelle de Tarker's Mill, il s'arrêta. Le conducteur du camion de livraison renversé avait été pris en charge par quelque bon Samaritain, de l'autre côté de la barrière, mais le camion lui-même bloquait toujours la route, tel un gros animal crevé. Les portes arrière s'étaient ouvertes sous l'impact. La chaussée était jonchée de sucreries Devil Dog, Ho Ho, Ring Ding, Twinkies et de crackers au beurre de cacahuètes. Un jeune homme en T-shirt de George Strait, assis sur une souche, grignotait un de ces derniers. Il tenait un portable à la main. Il leva les yeux sur Barbie. « Salut. Est-ce que vous venez de... » Il eut un geste vague. Il avait l'air fatigué, inquiet, sans illusions.

« De l'autre côté de la ville, oui.

– Un mur invisible tout le long ? Frontière fermée ?

– Oui. »

Le jeune homme hocha la tête et appuya sur un bouton de son téléphone. « Dusty ? Toujours en ligne ? » Il écouta quelques secondes, puis dit, « OK », et coupa la communication. « Mon copain Dusty et moi, nous nous sommes séparés il y a un moment. Lui est parti vers le sud. On est restés en contact par téléphone. Quand ça veut bien passer. Il est en ce moment là où l'hélicoptère s'est écrasé. Il dit qu'il commence à y avoir du monde. »

Pas étonnant, songea Barbie. « Aucune interruption de ce truc de votre côté ? »

Le jeune homme secoua la tête. Il n'en dit pas davantage – il n'avait pas besoin de le faire. Ils avaient pu manquer des interruptions dans la barrière, Barbie savait que c'était toujours possible – des trous de la taille d'une fenêtre ou d'une porte –, mais il en doutait.

Il réalisa qu'ils étaient coupés du monde extérieur.

TOUT LE MONDE
SOUTIENT L'ÉQUIPE

1

Barbie revint à pied vers le bourg en empruntant la Route 119, soit un parcours d'environ cinq kilomètres. Le temps d'arriver, il était dix-huit heures. Main Street était pratiquement déserte, mais bruissait du ronronnement des générateurs ; il y en avait des douzaines, rien qu'à l'oreille. Les feux ne fonctionnaient plus à l'intersection des Routes 119 et 117 ; quant au Sweetbriar Rose, il était éclairé et archicomble. Toutes les tables, comme le vit Barbie à travers les vitres, étaient occupées. Mais quand il entra, il n'entendit pas la rumeur des grandes discussions habituelles : la politique, les matchs de baseball, l'économie locale, les Patriots, les nouvelles voitures et utilitaires, les Celtics, le prix de l'essence, les Bruins, les nouvelles perceuses et autres outils, les Wildcats de Chester's et Tarker's Mill. Ni les rires en fond sonore.

Tout le monde avait les yeux rivés au poste de télé au-dessus du comptoir. Avec le sentiment d'incrédulité et de dislocation que doit éprouver quiconque se trouve sur le site d'une catastrophe sans précédent, Barbie observa Anderson Cooper, le célèbre journaliste de CNN, faisant son rapport devant l'immense carcasse fumante du camion renversé sur la Route 119.

Rose elle-même servait aux tables, filant de temps en temps au comptoir prendre une commande. Des boucles de cheveux s'échappaient de leur filet et retombaient sur ses joues. Elle avait l'air fatigué, surmené. Le comptoir était en principe le territoire d'Angie McCain, de seize heures jusqu'à la fermeture, mais Barbie ne vit aucun signe de sa présence. Elle était peut-être hors du territoire de la ville quand la barrière était tombée. Si tel était le cas, on risquait de ne pas la voir à son comptoir avant un bon moment.

Anson Wheeler – que Rosie se contentait d'ordinaire d'appeler simplement « le gamin », même si le gamin en question avait au moins vingt-cinq ans – était aux fourneaux et Barbie préféra ne pas penser à ce que ferait Anse s'il s'attaquait à des choses un peu plus compliquées que le traditionnel haricots blancs-saucisses en promo tous les samedis soir au Sweetbriar Rose. Malheur à celui ou celle qui commandait un petit déj' complet et se retrouvait face aux œufs frits à la cuisson nucléaire d'Anson. C'était une bonne chose, cependant, qu'il soit là, parce que, outre Angie, Barbie ne voyait aucun signe de Dodee Sanders non plus. Même si la godiche en question n'avait pas besoin d'une catastrophe naturelle pour ne pas venir travailler. Elle n'était pas paresseuse, non, pas exactement – disons qu'elle se laissait facilement distraire. Et quant à ses capacités intellectuelles... bon sang, que pouvait-on en dire ? Son père – Andy Sanders, premier conseiller de Chester's Mill – ne serait jamais membre de la Mensa, mais, comparé à Dodee, c'était Einstein.

À la télé, on voyait des hélicoptères atterrir derrière Anderson Cooper, réduisant à néant le savant brushing de ses cheveux gris argenté et noyant presque complètement sa voix. Les appareils paraissaient être des Pave Lows. Barbie en avait emprunté plus d'un pendant son séjour en Irak. Un officier de l'armée s'avança vers l'écran, couvrit le micro du reporter de sa main gantée et lui parla à l'oreille.

Les consommateurs réunis au Sweetbriar Rose se mirent à murmurer. Barbie n'avait pas de mal à comprendre leur inquiétude. Il éprouvait la même. Lorsqu'un homme en uniforme se permettait de couper la parole à un journaliste aussi célèbre sans même un mot d'excuse, c'était sans doute que la fin du monde était proche.

Le militaire – un colonel, mais pas *son* colonel, car pour Barbie voir Cox lui aurait donné l'impression que toutes ses structures mentales étaient vraiment détruites – finit de dire ce qu'il avait à dire. Sa main gantée fit un bruit de frottement lorsqu'elle lâcha le micro. Il sortit du cadre, son visage aussi impénétrable que celui d'une statue. Barbie reconnut cette expression : le *motus et bouche cousue* militaire.

Cooper reprit la parole : « On vient de me dire que la presse était priée de reculer d'un kilomètre, jusqu'à un endroit du nom de Raymond's Roadside Store. » Nouveau murmure des clients du Sweetbriar Rose. Tous connaissaient le Raymond's Roadside de Motton, établissement où l'on pouvait lire dans la vitrine : BIÈRES FRAÎCHES SANDWICHS CHAUDS APPÂTS FRAIS.

« Ce secteur, à moins de cent mètres de ce que nous avons appelé la barrière – par manque d'un terme plus adéquat – vient d'être déclaré zone de sécurité nationale. Nous reprendrons notre reportage dès que nous le pourrons, mais pour l'instant je rends l'antenne à Washington. À vous, Wolf. »

Sur le bandeau rouge défilant au bas de l'écran on lisait : **DERNIÈRE MINUTE UNE VILLE DU MAINE COUPÉE DU MONDE LE MYSTÈRE S'ÉPAISSIT**. Et dans le coin en haut à gauche un encadré clignotant proclamait **GRAVISSIME** ! telle une pub dans un bar : *Buvez la bière Gravissime*, pensa Barbie.

Wolf Blitzer vint remplacer Anderson Cooper à l'écran. Rose avait le béguin pour Blitzer et il n'était pas question de brancher la télé sur autre chose que *The Situation Room*, pendant les après-midi de la semaine ; elle l'appelait « mon Wolfie ». Wolfie portait ce soir une cravate, mais elle était mal nouée et Barbie trouvait que le reste de sa tenue sentait diablement les vieilles frusques du samedi.

« Pour récapituler ce qui s'est passé, dit le Wolfie de Rose, vers approximativement treize heures, cet après-midi…

– Deux heures auparavant, mon gros, le corrigea quelqu'un.

– C'est vrai, pour Myra Evans ? demanda une autre voix. Elle est vraiment morte ?

– Oui », répondit Fernald Bowie. Le frère aîné de Fern, Stewart Bowie, était l'unique entrepreneur de pompes funèbres de Chester's Mill. Fern lui donnait parfois un coup de main quand il était à jeun, et ce soir il était à jeun. Anormalement à jeun. « Et maintenant la ferme, qu'on puisse écouter. »

Barbie voulait écouter, lui aussi, parce que Wolfie en venait à la question qui importait le plus à Barbie et disait ce qu'il avait envie d'entendre : que l'espace aérien au-dessus de Chester's Mill était déclaré interdit de survol. En réalité, c'était tout le Maine occidental et l'est du New Hampshire, à partir de Lewiston-Auburn jusqu'à North Conway, qui était interdit de survol. Le Président venait d'être mis au courant. Et, pour la première fois en neuf ans, la couleur du niveau de menace diffusée par le National Threat Advisory était passée de l'orange au rouge.

Julia Shumway, propriétaire et rédactrice en chef du *Democrat*, jeta un coup d'œil à Barbie quand il passa devant sa table. Sur quoi elle lui décocha un petit sourire pincé et entendu, sa spécialité, quasiment sa marque de fabrique. « On dirait bien que Chester's Mill ne veut pas vous laisser partir, Mr Barbara.

– On dirait », répondit Barbie.

Qu'elle ait su qu'il partait et pour quelle raison, voilà qui ne le surprenait pas. Il avait passé suffisamment de temps à Chester's Mill pour avoir appris que Julia Shumway était au courant de tout ce qui méritait d'être connu.

Rose l'aperçut alors qu'elle était en train de servir des platées de haricots blancs-saucisses (avec une relique fumante qui ressemblait vaguement à une côtelette de porc) à six clients serrés à une table pour quatre. Elle s'immobilisa, une assiette dans chaque main et deux autres en équilibre sur l'avant-bras, les yeux écarquillés. Puis elle eut un large sourire, débordant de soulagement et de joie sincère qui lui alla droit au cœur.

Voilà l'impression que l'on a quand on est chez soi, pensa-t-il. *Du diable si ce n'est pas exactement ça.*

« Nom d'un chien, je m'attendais pas à te revoir, Dale Barbara !

– Tu as toujours mon tablier ? » demanda Barbie.

Un peu timidement. Il faut dire que Rose l'avait engagé alors qu'il n'était qu'un vagabond avec quelques références griffonnées dans son sac à dos. Elle lui avait dit qu'elle comprenait parfaitement les raisons pour lesquelles il devait ficher le camp de la ville, personne n'avait envie d'avoir pour ennemi le père de Junior Rennie, mais Barbie avait encore l'impression de l'avoir laissée tomber à un mauvais moment.

Rose déposa les assiettes au petit bonheur la chance, là où il y avait de la place, et se dépêcha de rejoindre Barbie. C'était une petite femme rondelette et elle dut se mettre sur la pointe des pieds pour l'embrasser, mais elle y arriva.

« Je suis fichtrement contente de te revoir ! » murmura-t-elle. Barbie la serra contre lui et l'embrassa sur le sommet du crâne.

« Big Jim et Junior Rennie n'en diront pas autant. » Mais aucun des deux Rennie n'était là ; c'était toujours ça de pris. Barbie se rendit compte que, du moins pour le moment, il était devenu aussi intéressant aux yeux des citoyens de Chester's Mill assemblés ici que leur propre ville en vedette sur une chaîne nationale.

« Big Jim Rennie peut aller se faire voir ! » dit Rose. Barbie se mit à rire, ravi de sa férocité mais content aussi de sa discrétion car elle continuait à murmurer : « Je croyais que tu étais parti ?

– J'étais sur le point, mais j'ai été retardé.

– Tu... tu l'as vu, ce truc ?

– Oui. Je te raconterai plus tard. »

Il la relâcha, la tint à bout de bras et pensa : *Si tu avais dix ans de moins, Rose... ou peut-être même cinq...*

« Alors, tu me rends mon tablier ? »

Elle s'essuya le coin de l'œil et hocha affirmativement la tête. « Je *t'en supplie*, reprends-le ! Vire-moi Anson de la cuisine avant qu'il nous ait tous empoisonnés. »

Barbie lui adressa un petit salut et contourna le comptoir pour entrer dans la cuisine où il renvoya Anson Wheeler en salle, lui demandant de prendre les commandes et de s'occuper du nettoyage, puis d'aider Rose à servir. Anson s'éloigna du gril avec un soupir de soulagement. Avant de retourner au comptoir, il serra la main droite de Barbie dans les deux siennes. « Merci mon Dieu, vieux – j'ai jamais vu une telle cohue. J'étais largué.

– Ne t'inquiète pas. Nous allons faire manger les cinq mille convives. »

Anson, qui n'était pas un fervent lecteur de la Bible, ne comprit pas. « Hein ?

– Laisse tomber. »

La clochette retentit, dans le coin du passe-plat. « Une commande ! » lança Rose.

Barbie s'empara d'une spatule avant de prendre le bon de commande – le gril était dans un état inimaginable, comme toujours lorsque c'était Anson qui se lançait dans les transformations cataclysmiques provoquées par la chaleur qu'il appelait cuisson – puis il enfila son tablier, le noua dans son dos et ouvrit le placard au-dessus de l'évier. Il était plein de casquettes de baseball, lesquelles servaient de toques de chef aux cuistots du Sweetbriar Rose quand ils maniaient le gril. Il en choisit une des Sea Dogs en l'honneur de Paul Gendron (actuellement dans les bras de sa chère et tendre, espéra-t-il), tourna la visière vers l'arrière et fit craquer ses articulations.

Puis il prit la première commande et se mit au boulot.

2

À vingt et une heures quinze, soit longtemps après l'heure habituelle de fermeture, Rose mettait les derniers clients dehors. Barbie ferma à clef et retourna le panneau OUVERT sur FERMÉ. Il suivit des yeux le dernier groupe de quatre ou cinq personnes qui traversaient la rue pour rejoindre la place principale où s'était créé un attroupement d'une cinquantaine d'hommes et de femmes, et les conversations allaient bon train. Tous étaient tournés vers le sud où une grande lumière blanche formait une bulle au-dessus de la 119. Ce n'était pas les projecteurs des télés, estima Barbie, mais ceux de l'armée américaine noyant de clarté un périmètre de sécurité. Car comment sécurisait-on un secteur de nuit ? Eh bien, en y postant des sentinelles et en l'éclairant *a giorno*, bien entendu.

Zone interdite. Voilà qui ne lui plaisait pas trop.

En revanche, il faisait anormalement sombre dans Main Street. Quelques ampoules électriques anémiques brillaient dans certains des bâtiments – ceux dotés de générateurs – et les éclairages de sécurité sur batterie fonctionnaient dans les magasins, le Burpee's, le Gas & Grocery, la librairie de Chester's Mill, et le Food City (le supermarché), en bas de Main Street Hill, ainsi que dans une demi-douzaine d'autres bâtiments, mais les lampadaires étaient éteints et on voyait des bougies à la plupart des fenêtres, au premier étage des maisons, là où se trouvaient les appartements.

Rose s'assit à une table au milieu de la salle, une cigarette aux lèvres (ce qui était interdit dans un établissement public, mais Barbie se garderait bien de le lui faire remarquer). Elle retira le filet de ses cheveux et esquissa un sourire à l'adresse de son cuistot quand il s'assit à son tour devant elle. Derrière eux, Anson briquait le comptoir, ses cheveux, libérés de leur casquette des Red Sox, lui retombant jusque sur les épaules.

« J'ai toujours redouté l'affluence les jours de fête nationale, mais c'était bien pire aujourd'hui, dit Rose. Si tu n'étais pas arrivé, je serais roulée en boule dans un coin en train d'appeler ma maman.

– J'ai vu une blonde dans un F-150, dit Barbie, souriant à ce souvenir. Elle a failli me faire monter. Si elle m'avait pris, je serais peut-être dehors. Mais par ailleurs, ce qui est arrivé à Chuck Thompson et à son élève dans l'avion aurait pu nous arriver aussi. »

Le nom de Thompson avait été cité dans le reportage de CNN ; la femme n'avait pas été identifiée.

Rose, elle, savait de qui il s'agissait. « C'était Claudette Sanders. J'en suis pratiquement certaine. Dodee m'a dit hier que sa mère devait prendre aujourd'hui une leçon de pilotage. »

Il y avait une assiette de frites entre eux, sur la table. Barbie tendit la main pour en prendre une. Puis arrêta son geste. Tout d'un coup, il n'avait plus envie de frites. Il n'avait plus envie de rien. Et la flaque rouge, sur un côté de l'assiette, lui faisait penser davantage à du sang qu'à du ketchup.

« C'est pour ça que Dodee n'est pas venue. »

Rose haussa les épaules. « C'est possible. Mais je ne sais pas. Elle ne m'a pas donné de nouvelles. D'ailleurs, je n'en attendais pas vraiment, avec le téléphone coupé. »

Barbie supposa qu'elle parlait des lignes fixes, mais depuis la cuisine, il avait pu entendre des gens se plaindre de ne pouvoir utiliser leur portable. Tous ou presque pensaient que c'était parce que tout le monde essayait de s'en servir en même temps, saturant le réseau. D'autres estimaient que l'afflux des gens de la télé – probablement des centaines, à l'heure actuelle, tous équipés de Nokia, de Motorola, de iPhone et de BlackBerry – était à l'origine du problème. Barbie, lui, nourrissait des soupçons plus inquiétants ; il s'agissait d'une situation de sécurité nationale, après tout, à une époque où le terrorisme rendait tout le pays parano. Certains appels passaient, mais ils étaient de plus en plus rares au fur et à mesure que la soirée avançait.

« Bien entendu, dit Rose, cette écervelée de Dodee peut très bien avoir décidé de ne pas venir travailler pour aller traîner au centre commercial d'Auburn.

– Mr Sanders sait-il que c'était sa femme, dans l'avion ?

– Je ne peux pas le dire avec certitude, mais ça m'étonnerait qu'il ne soit pas au courant à l'heure qu'il est. »

Sur ce, elle se mit à chanter, d'une voix légère, mais mélodieuse : « C'est une petite ville, ici, tu vois ce que je veux dire ? »

Barbie sourit et chanta à son tour la suite de la chanson : « Rien qu'une petite ville, mon chou, et tout le monde soutient l'équipe. » Paroles tirées d'une chanson ancienne de James McMurtry qui avait connu un mystérieux regain de faveur pendant deux mois, l'été précédent, sur deux stations du Maine spécialisées dans le country & western. Pas sur WCIK, bien entendu, James McMurtry n'était pas le genre d'artiste que Radio-Jésus soutenait.

Rose montra les frites : « Tu en mangeras encore ?

– Non. J'ai perdu l'appétit. »

Barbie n'éprouvait pas d'affection particulière pour Andy Sanders et son éternel sourire, ni pour Dodee la dondon, laquelle avait certainement contribué avec sa bonne amie Angie à répandre la rumeur qui avait valu à Barbie ses ennuis au Dipper's, mais l'idée que ces fragments de corps humain (c'était à l'image de la jambe dans le pantalon vert que son esprit ne cessait de revenir) avaient appartenu à *la mère* de Dodee… à *l'épouse* du premier conseiller…

« Moi aussi », dit Rose en enfonçant sa cigarette dans le ketchup. Le mégot émit un sifflement et, pendant un moment affreux, Barbie crut qu'il allait vomir. Il détourna la tête et regarda par la fenêtre ; mais d'ici, il n'y avait rien à voir sur Main Street. D'ici, la rue était plongée dans l'obscurité.

« Le Président va prendre la parole à minuit », leur lança Anson depuis le comptoir. Le grondement bas et régulier du lave-vaisselle résonnait derrière lui. Barbie songea que c'était peut-être la dernière fois que le bon vieil Hobart faisait son boulot, au moins pour un moment. Il devait en convaincre Rose. Elle allait renâcler, mais elle avait du bon sens. C'était une femme intelligente et pratique.

La mère de Dodee Sanders. Nom de Dieu. Quelle était la probabilité ?

Il se rendit compte qu'elle n'était pas si extraordinaire. Si cela n'avait pas été Mrs Sanders, il aurait très bien pu s'agir de quelqu'un d'autre qu'il aurait connu aussi. *C'est une petite ville, mon chou, et tout le monde soutient l'équipe.*

« Je me passerai du Président ce soir, dit Rose. Il faudra qu'il bénisse l'Amérique sans moi. Cinq heures, c'est de bonne heure. » Le Sweetbriar Rose n'ouvrait qu'à sept heures, les dimanches matin, mais il y avait toute la préparation. Toujours la préparation. Et le dimanche, cela incluait les rouleaux à la cannelle. « Vous n'avez qu'à rester et regarder si ça vous chante, les gars. Vérifiez simplement que c'est bien fermé avant de partir. Devant *et* derrière. » Elle commença à se lever.

« Nous devons parler de demain, Rose, dit Barbie.

– Tra-la-la, demain est un autre jour. Laisse tomber pour le moment, Barbie. Chaque chose en son temps. » Mais sans doute détecta-t-elle quelque chose sur son visage, car elle se rassit. « Bon, c'est quoi cette expression sinistre ?

– À quand remonte ta dernière livraison de propane ?

– À la semaine dernière. C'est presque plein. C'est tout ce qui t'inquiète ? »

Non, ce n'était pas tout, mais c'était la première chose de la liste. Il fit un calcul. Le Sweetbriar Rose possédait deux réservoirs en réseau. Chacun avait une capacité de trois cent vingt-cinq ou trois cent cinquante gallons, soit 1 323 litres dans le meilleur des cas, il ne s'en souvenait plus exactement. Il vérifierait demain matin, mais si Rose ne se trompait pas, elle disposait de plus de six cents gallons de gaz. C'était bien. Un peu de chance dans une journée qui s'était révélée spectaculairement calamiteuse pour toute la ville. Mais il n'y avait aucun moyen d'anticiper les coups du sort qui les attendaient. Et six cents gallons de propane, de toute façon, ne dureraient pas éternellement.

« Quelle est la consommation journalière ? demanda-t-il. Tu en as une idée ?

– Pourquoi ? C'est important ?

– Parce que pour l'instant, c'est le générateur qui nous fournit l'énergie. Pour les lumières, les feux, les frigos, les pompes. Et aussi pour la chaudière ; s'il fait trop froid cette nuit, il va démarrer. Et pour ça, le générateur bouffe du propane. »

Ils gardèrent un moment le silence, écoutant le ronronnement régulier du générateur Honda presque neuf, derrière le restaurant.

Anson Wheeler vint s'asseoir avec eux. « La gégène siffle deux gallons de propane à l'heure à un taux d'utilisation de soixante pour cent, dit-il.

– Comment tu sais ça ? demanda Barbie.

– C'est écrit sur l'étiquette. Quand elle fait tout marcher, comme à midi, au moment où il n'y a plus eu de courant, elle en consomme probablement trois à l'heure. Ou un peu plus. »

La réaction de Rose fut immédiate : « Anse, va tout éteindre dans la cuisine. Tout de suite. Et baisse le thermostat de la chaudière à dix degrés. » Elle réfléchit. « Non, arrête-la. »

Barbie sourit et brandit son pouce. Elle avait pigé. Ce n'était pas tout le monde à Chester's Mill qui aurait compris. Pas tout le monde à Chester's Mill qui aurait *voulu* comprendre.

« D'accord, dit Anson, l'air toutefois dubitatif. Vous ne pensez pas que demain matin… ou dans l'après-midi, au plus tard… ?

– Le Président des États-Unis va faire une déclaration à la télé, dit Barbie. À minuit. Qu'est-ce que cela t'inspire, Anse ?

– Je crois qu'il vaut mieux que j'aille tout éteindre, répondit-il.

– Et la chaudière, n'oublie pas la chaudière », ajouta Rose. Tandis qu'Anson s'éloignait rapidement, elle se tourna vers Barbie : « Je vais faire pareil chez moi dès que je serai montée. »

Veuve depuis dix ans, elle habitait au-dessus du restaurant.

Barbie répondit d'un hochement de tête. Il avait retourné l'un des sets de table en papier (« Avez-vous visité ces vingt sites spectaculaires du Maine ? ») et faisait des calculs dessus. Entre vingt-sept et trente gallons de propane avaient brûlé depuis la mise en place de la barrière. Il en restait donc dans les cinq cent soixante-dix. Si Rose parvenait à ramener sa consommation à vingt-cinq gallons par jour, le restaurant pourrait théoriquement tenir pendant trois semaines. En la ramenant à vingt gallons par jour – ce qui pourrait probablement se faire en fermant entre le petit déjeuner et le déjeuner et de nouveau entre le déjeuner et le dîner –, elle pourrait tenir jusqu'à un mois.

Ce qui est bien suffisant, pensa-t-il, *vu que si la ville est toujours fermée dans un mois, il n'y aura plus rien à faire cuire, de toute façon.*

« À quoi penses-tu ? demanda Rose. Et c'est quoi, tous ces chiffres ? Je n'arrive pas à comprendre…

– C'est parce que tu les vois à l'envers », dit Barbie, se rendant alors compte que tout le monde, à Chester's Mill, allait avoir tendance à faire de même.

C'était des chiffres que personne n'avait envie de voir à l'endroit.

Rose tourna le rectangle de papier vers elle. Elle refit les calculs. Puis leva les yeux sur Barbie, stupéfaite. À ce moment-là, Anson éteignit presque partout et ils se retrouvèrent plongés dans une pénombre qui était – au moins pour Barbie – horriblement convaincante. Ils étaient peut-être vraiment dans la merde.

« Vingt-huit jours ? Tu penses que nous devons prévoir sur *quatre semaines* ?

– J'ignore si c'est ou non ce qu'il faut faire, mais quand j'étais en Irak, un copain m'a donné un exemplaire du *Petit Livre rouge* de Mao. Je l'ai trimbalé sur moi et je l'ai lu en entier. L'essentiel de ce qu'il dit est encore plus juste que ce que racontent nos hommes politiques les jours où ils déconnent le moins. Un de ces aphorismes m'est resté : *Souhaite le soleil, mais construis des digues*. Je crois que c'est ce que nous – euh, toi, je veux dire…

– Non, nous », dit-elle en lui touchant la main.

Il prit celle de Rose et la serra.

« D'accord, nous. Je crois que nous devons prévoir des digues. Ce qui signifie fermer entre les repas, réduire l'utilisation des fours – pas de rouleaux à la cannelle, même si je les aime autant que tout le monde – et pas de lave-vaisselle. Il est vieux et gourmand en énergie. Je sais bien que l'idée de faire la vaisselle à la main ne va pas enchanter Anson et Dodee…

– J'ai bien peur que nous ne puissions compter sur Dodee avant un bon moment, si elle revient jamais. Avec la mort de sa mère. » Rose soupira. « J'espère presque qu'elle se trouvait au centre commercial d'Auburn. De toute façon, ce sera demain dans les journaux.

– Peut-être. »

Barbie ignorait quelles seraient les informations qui entreraient dans Chester's Mill ou en sortiraient, si la situation ne se dénouait pas rapidement avec quelque explication rationnelle. Probablement pas beaucoup. Il craignait que le célèbre *Cône de silence* de Maxwell Smart[1] ne s'installe rapidement, si ce n'était déjà fait.

Anson revint vers eux. Il avait enfilé sa veste. « Je peux y aller maintenant, Rose ?

– Bien sûr. Six heures, demain matin ?

– Ce n'est pas un peu tard ? » Il sourit et ajouta : « Même si je ne m'en plains pas.

– On va ouvrir plus tard. » Rose hésita. « Et nous fermerons entre les repas.

– Ah bon ? » Chouette, dit Anson en se tournant vers Barbie. « Tu sais où tu vas coucher, ce soir ? Parce que tu peux venir chez moi. Sada est allé à Derry rendre visite à ses parents. »

Sada était la femme d'Anson.

En fait, Barbie avait un logement juste de l'autre côté de la rue.

« Merci, mais je vais retourner dans mon appartement. Il est payé jusqu'à la fin du mois, alors autant en profiter, non ? J'ai laissé les clefs

---

1. Célèbre série américaine, parodie des James Bond.

à Petra Searles à la pharmacie, ce matin avant de partir, mais j'ai toujours le double sur moi.

– Très bien. Alors à demain matin, Rose. Tu seras ici, Barbie ?

– Je voudrais pas manquer ça. »

Le sourire d'Anson s'agrandit. « Génial. »

Quand il fut parti, Rose se frotta les yeux et regarda Barbie d'un air lugubre. « Combien de temps ce truc-là va durer ? D'après toi ?

– Je n'en ai pas la moindre idée, Rose. Parce que j'ignore ce qui est arrivé. Et donc quand ça va cesser.

– Tu me fais peur, Barbie, dit-elle d'une voix très basse.

– Je me fais peur à moi-même. Nous devons tous les deux aller au lit. Les choses devraient se présenter un peu mieux demain matin.

– Après une telle discussion, je vais sans doute avoir besoin de mes petites pilules pour dormir en dépit de ma fatigue, dit-elle. Mais grâce à Dieu, tu es revenu. »

Barbie se rappela ce qu'il avait pensé à propos des approvisionnements.

« Encore une chose. Si Food City ouvre demain…

– C'est toujours ouvert le dimanche. De dix à dix-huit heures.

– *S'il est ouvert* demain matin, il faudra aller faire des courses.

– Mais j'ai une livraison de Sysco… » Elle s'interrompit et le regarda, affichant de nouveau son expression lugubre. « … mardi prochain, mais on ne peut pas compter dessus, n'est-ce pas ? Évidemment pas.

– Non, on ne peut pas. Même si jamais tout revenait tout d'un coup à la normale, il y a des chances pour que l'armée mette l'agglomération en quarantaine, au moins un certain temps.

– Qu'est-ce qu'il faut acheter ?

– De tout, mais en particulier de la viande. De la viande, de la viande. Si le magasin ouvre. Ce qui n'est pas certain. Jim Rennie persuadera peut-être le gérant actuel…

– Jack Cale. Il a repris le magasin quand Ernie Calvert est parti en retraite, l'an dernier.

– Eh bien, Rennie peut le persuader de fermer pour un certain temps. Ou obliger le chef Perkins à le faire fermer.

– Tu n'es pas au courant ? » demanda Rose, ajoutant, devant son regard d'incompréhension : « Duke Perkins est mort, Barbie. Il est mort là-bas. »

Elle eut un geste vers le sud.

Barbie la regarda fixement, stupéfait. Anson n'avait pas éteint la télévision et, derrière eux, le Wolfie de Rose expliquait une fois de plus à l'univers qu'une force inconnue isolait le territoire d'une petite ville du Maine occidental, que les chefs d'état-major des différentes armées étaient en réunion à Washington, et que le Président allait s'adresser à minuit à la nation, mais qu'en attendant, il demandait à tous les Américains d'unir leurs prières aux siennes pour les gens de Chester's Mill.

3

« Papa ? *Papa ?* »

Junior Rennie se tenait en haut des marches, tête inclinée, tendant l'oreille. Il n'y eut aucune réaction, et la télé était silencieuse. À cette heure, son père était toujours de retour du boulot et collé devant la télé. Les samedis soir, il laissait tomber CNN ou FOX News pour Animal Planet ou la chaîne Histoire. Mais pas ce soir. Junior écouta sa montre pour vérifier si elle fonctionnait toujours. Elle fonctionnait, et l'heure qu'elle affichait était cohérente avec l'obscurité qui régnait dehors.

Une pensée terrible lui vint à l'esprit : son père était peut-être avec le chef Perkins. En cet instant même, qui sait si les deux hommes n'étaient pas en train de décider comment l'arrêter en faisant le moins de vagues possible ? Et pourquoi avaient-ils attendu aussi longtemps ? Pour pouvoir le faire disparaître de la ville à la faveur de la nuit. Le conduire à la prison du comté, à Castle Rock. Après quoi, un procès. Et ensuite ?

Ensuite, Shawshank. Au bout de quelques années, il appellerait la prison le Shank, comme les autres, les meurtriers, les voleurs, les sodomites.

« C'est stupide », murmura-t-il – mais l'était-ce vraiment ? Il s'était réveillé en pensant n'avoir tué Angie qu'en rêve, qu'il ne pouvait que l'avoir rêvé, parce que jamais il n'aurait tué quelqu'un. Battre, à la rigueur, mais *tuer* ? Ridicule. Il était… il était… une personne *normale* !

Puis il avait regardé les vêtements repoussés sous le lit, vu le sang qui les imbibait et tout lui était revenu. La serviette lui tombant de la tête. Sa chatte, qui d'une certaine manière l'avait aiguillonné. Les craquements de son visage quand il l'avait cogné d'un coup de genou. La pluie de magnets tombant du frigo, les spasmes qui l'avaient agitée.

Mais ce n'était pas moi. C'était…

« C'était la migraine. » Oui. C'était ça. Qui allait avaler un truc pareil, cependant ? Il aurait plus de chances d'être cru s'il disait que c'était le maître d'hôtel.

« Papa ? »

Rien. Il n'était pas là. Et pas non plus au poste de police à conspirer contre lui. Pas son père. Il ne ferait jamais ça. Son père disait toujours que la famille passait en premier.

Mais la famille passait-elle vraiment toujours en premier ? Certes, il l'affirmait ; il était chrétien, après tout, et propriétaire de la moitié de la WCIK – mais quelque chose disait à Junior que pour son papa, les Jim Rennie's Used Cars passaient peut-être avant la famille ; et qu'être le patron de la municipalité pouvait même passer avant le Temple du Crédit Total.

Si bien que Junior ne figurait peut-être – allez savoir – qu'en troisième ligne.

Il prit conscience (pour la première fois de sa vie, ce qui lui fit l'effet d'une révélation) qu'il ne s'agissait que de suppositions. Qu'il pouvait très bien ignorer complètement qui était en réalité son père.

Il retourna dans sa chambre et alluma le plafonnier. Celui-ci se mit à diffuser une lumière bizarre et vacillante, variant d'intensité. Un moment, Junior crut qu'il avait un problème avec ses yeux. Puis il se rendit compte qu'il entendait tourner le générateur dehors. Et pas seulement le leur. La ville était privée de courant. Il éprouva une bouffée de soulagement. Une grande panne d'électricité, voilà qui expliquait tout. Cela signifiait que son père se trouvait probablement à l'hôtel de ville, dans la salle de réunion, discutant de la question avec les deux autres idiots, Sanders et Grinnell. Peut-être même plantaient-ils de petites épingles sur la grande carte du territoire municipal, comme George Patton en Normandie. Engueulant les types de la Western Maine Power et les traitant de flemmards de cueilleurs de coton.

Junior attrapa ses vêtements ensanglantés, récupéra les conneries qu'il avait dans son jean – portefeuille, monnaie, clefs, peigne, réserve de pilules antimigraine – et les redistribua dans les poches de son pantalon propre. Il se précipita au rez-de-chaussée, enfourna les pièces à conviction dans la machine à laver, régla celle-ci sur un programme chaud – puis changea d'avis, se souvenant de ce que lui avait dit sa mère alors qu'il n'avait pas plus de dix ans : de l'eau froide pour les taches de sang. Tandis qu'il déplaçait le bouton de commande vers LAVAGE FROID/RINÇAGE FROID, il se demanda vaguement si son père se tapait déjà sa secrétaire à l'époque ou bien s'il gardait encore son pénis de cueilleur de coton bien au chaud à la maison.

Il mit le lave-linge en marche et commença à réfléchir à ce qu'il allait faire. La migraine partie, il *arrivait* à réfléchir.

Il parvint à la conclusion que, tout bien considéré, il devait retourner à la maison d'Angie. Il n'en avait aucune envie – Dieu tout-puissant, c'était bien la dernière chose qu'il eût envie de faire – mais il lui fallait prendre la mesure des choses sur place. Il passerait devant la maison et verrait combien il y avait de voitures de police. Verrait aussi si la police scientifique de Castle Rock était déjà arrivée. La police scientifique, c'était la clef. Il le savait, à force de regarder les feuilletons policiers à la télé, comme CSI. Il avait déjà vu leur grand van bleu et blanc le jour où il avait visité le tribunal du comté avec son père. Et si le véhicule était devant chez les McCain…

Je foutrais le camp.

Oui. Aussi vite et aussi loin qu'il le pourrait. Mais auparavant, il repasserait par ici faire un petit tour par le coffre-fort de son père, dans le bureau. Son père ignorait que Junior connaissait la combinaison. Tout comme il ignorait que fiston connaissait le mot de passe de son ordinateur et connaissait donc aussi le goût prononcé de Big Jim pour les sites porno mettant en scène ce que Junior et Frank DeLesseps appelaient l'Oreo-cul : deux nanas noires et un mec blanc. Il y avait plein de fric dans ce coffre : des milliers de dollars.

Et si jamais le van est là-bas et que ton père est de retour quand tu reviens ?

L'argent d'abord, l'argent tout de suite.

Il se rendit dans le bureau et, un instant, crut voir son père assis dans le fauteuil d'où il regardait les informations ou les programmes sur la nature. Il s'était endormi… et s'il avait eu une crise cardiaque ? Big Jim avait eu des problèmes de cœur à plusieurs reprises, ces trois dernières années, surtout de l'arythmie. Il allait alors en général à l'hôpital Cathy-Russell, Doc Haskell ou Doc Rayburn lui donnaient un truc et tout rentrait dans l'ordre. Haskell aurait été ravi de continuer comme ça jusqu'à la fin des temps, mais Rayburn (que son père appelait le cueilleur de coton trop futé) avait insisté pour que Big Jim consulte un cardiologue à l'hôpital de Lewiston. Le cardiologue lui avait expliqué qu'il fallait suivre un traitement pour se débarrasser définitivement de cette arythmie. Big Jim (que terrifiaient les hôpitaux) dit qu'il devait s'adresser à Dieu auparavant, ce traitement s'appelait une prière. En attendant, il prenait ses pilules et n'avait connu aucune alerte, ces derniers mois ; mais à présent… peut-être…

« Papa ? »

Pas de réponse. Junior alluma. Le plafonnier diffusa la même lumière affaiblie et hésitante, mais fit aussi disparaître l'ombre que Junior avait prise pour la tête de son père. Il n'aurait pas exactement eu le cœur brisé si son paternel avait avalé son extrait de naissance, mais dans l'ensemble il était plutôt content que cela ne soit pas arrivé ce soir. La situation était déjà bien assez compliquée comme ça.

Il ne s'en rendit pas moins jusqu'au coffre-fort mural en faisant de grandes enjambées prudentes de dessin animé, s'attendant à tout instant à voir par la fenêtre les phares annonçant l'arrivée de son père balayer la pièce. Il posa de côté le tableau qui cachait le coffre (*Le Sermon sur la montagne*) et composa les chiffres de la combinaison. Il dut s'y reprendre à deux fois pour faire tourner la poignée tant sa main tremblait.

Le coffre était bourré de billets de banque et de piles de feuilles, semblables à des parchemins, portant les mots **BON AU PORTEUR** gravés dessus. Junior laissa échapper un sifflement. La dernière fois qu'il l'avait ouvert – pour piquer un billet de cinquante en vue de la foire de Fryeburg – il y avait beaucoup de liquide, certes, mais pas autant, et de loin. Et aucun **BON AU PORTEUR**. Il pensa à la plaque qui ornait le bureau de son père, dans son magasin de voitures d'occase : JÉSUS APPROUVERAIT-IL CETTE AFFAIRE ? Même au milieu de son affolement et de sa détresse, Junior eut le temps de se demander si Jésus approuverait les sombres magouilles auxquelles se livrait son père en douce ces temps derniers.

« T'occupe pas de ses affaires, pense aux tiennes », dit-il à voix basse. Il prit cinq cents dollars en coupures de cinquante et de vingt, s'apprêta à refermer le coffre, réfléchit et s'empara de quelques billets de cent. Étant donné le tas obscène de fric qu'il y avait là-dedans, son père ne s'en apercevrait peut-être jamais. S'il s'en rendait compte, il était possible qu'il comprenne que le voleur était son fils. Et qu'il l'approuve. Comme Big Jim aimait à le dire : « Aide-toi, le Ciel t'aidera. »

C'est dans cet esprit que Junior s'aida en piochant quatre cents dollars de plus. Puis il referma le coffre, brouilla la combinaison et remit Jésus prêchant à sa place. Il prit une veste dans le placard de l'entrée, l'enfila et sortit pendant que le générateur ronronnait et que le lave-linge extrayait le sang d'Angie de ses vêtements.

4

Il n'y avait personne chez les McCain.

Personne, nom de Dieu.

Junior resta prudemment de l'autre côté de la rue, sous une averse modérée de feuilles d'érable, se demandant s'il pouvait prêter foi à ce que voyaient ses yeux : une maison plongée dans l'obscurité, le 4 × 4 de Henry McCain et la Prius de LaDonna McCain visibles nulle part. Voilà qui paraissait trop beau pour être vrai, beaucoup trop beau.

Ils étaient peut-être sur la place principale. Beaucoup de gens s'y étaient réunis ce soir. Sans doute pour discuter de la coupure d'électricité, même si Junior ne se rappelait pas qu'une panne de courant ait déjà suscité un tel rassemblement ; les gens, pour la plupart, rentraient chez eux et se mettaient au lit, convaincus que la lumière – sauf s'il y avait eu un cyclone annoncé – serait de retour le lendemain pour le petit déjeuner.

À moins que cette coupure ait été provoquée par quelque accident spectaculaire, le genre d'événement que couvraient systématiquement les télés pour les informations. Junior avait le vague souvenir d'un vieux chnoque lui demandant s'il savait ce qui se passait, peu de temps après le malheureux accident arrivé à Angie. Le fait était que Junior avait bien pris soin de n'adresser la parole à personne en venant ici. Il avait emprunté Main Street, la tête inclinée, le col remonté (il avait même failli heurter Anson Wheeler au moment où celui-ci sortait du Sweetbriar Rose). Les lampadaires étaient en rideau, ce qui avait contribué à préserver son anonymat. Autre cadeau des dieux.

Et maintenant, ça. Un troisième cadeau. Un cadeau *gigantesque.* Était-il possible que le corps d'Angie n'ait toujours pas été découvert ? Ou bien s'agissait-il d'un piège ?

Junior n'avait pas de mal à imaginer le chef de la police de Castle Rock ou un inspecteur de police disant, *Il suffit que nous restions invisibles et attendions, les gars. Un tueur retourne toujours sur la scène du crime. C'est bien connu.*

Des conneries de séries télé, oui. Junior traversa néanmoins la rue (attiré, semblait-il, par une force extérieure), s'attendant à voir à tout instant les projecteurs s'allumer, le clouant sur place comme un papillon sur du carton ; s'attendant à entendre quelqu'un crier – sans doute à travers un porte-voix : « *N'avancez plus ! Mains en l'air !* »

Rien de tel ne se passa.

Une fois au début de l'allée des McCain il s'arrêta un instant, le cœur cognant follement, le sang battant à ses tempes (mais toujours pas de migraine, c'était bon signe), et vit que la maison restait obscure et silencieuse. On n'entendait même pas tourner le générateur alors que celui des Grinnell fonctionnait, à la porte voisine.

Junior regarda par-dessus son épaule et découvrit alors une vaste bulle de lumière blanche s'élevant au-dessus des arbres. Il se passait quelque chose au sud de la ville, ou peut-être même à Motton. La cause de l'accident à l'origine de la coupure de courant ? Sans doute.

Il contourna la maison. La porte de devant devait être ouverte si personne n'était revenu depuis l'accident d'Angie, mais il n'avait pas envie de passer par cette entrée. Il l'emprunterait s'il le fallait, mais ce ne serait peut-être pas nécessaire. Il avait quelque chose à faire, après tout.

La poignée tourna.

Junior passa la tête par l'entrebâillement de la porte donnant sur la cuisine et fut immédiatement agressé par l'odeur du sang – une odeur qui lui rappelait celle de l'amidon en bombe, mais rance. Il lança : « Salut ? Y'a quelqu'un ? » pratiquement sûr qu'il n'y avait personne ; mais si quelqu'un était là, si par quelque hasard dément Henry ou LaDonna étaient revenus à pied depuis la place (et n'avaient pas encore découvert leur fille morte, gisant sur le sol de la cuisine), il hurlerait. Oui ! Il hurlerait et « découvrirait le corps ». Voilà qui ne changerait rien, après l'arrivée tant redoutée du van de la police scientifique, mais il gagnerait un peu de temps.

« Mr McCain ? Mrs McCain ? Vous êtes là ? » Puis, pris d'une soudaine inspiration : « Angie ? Tu es là, Angie ? »

L'aurait-il appelée ainsi, s'il l'avait tuée ? Bien sûr que non ! C'est alors qu'une idée terrifiante le traversa : et si elle répondait ? Si elle répondait de l'endroit où elle gisait sur le sol ? Si elle répondait, la gorge pleine de sang ?

« Reprends-toi, vieux », marmonna-t-il. Oui, il devait se reprendre, mais c'était dur. En particulier avec cette obscurité. Sans compter que, dans la Bible, des trucs comme ça arrivaient tout le temps. Dans la Bible, des morts retournaient à la vie comme les zombies dans *La Nuit des morts vivants*.

« Y'a quelqu'un dans la maison ? »

Niet. Nada.

Ses yeux s'étaient habitués à la pénombre, mais pas assez. Il lui fallait une lumière. Il aurait dû emporter une lampe torche de chez lui, mais il était facile d'oublier ce genre de détail quand on était habitué à simplement appuyer sur un interrupteur. Junior traversa la cuisine, enjamba le corps d'Angie et ouvrit la première des deux portes, de l'autre côté de la pièce. C'était un placard. Il distinguait à peine les pots et les boîtes de conserves sur les étagères. Il essaya l'autre porte et eut plus de chance. C'était la lingerie. Et à moins qu'il ne se trompe sur la forme de l'objet posé sur l'étagère, juste à sa droite, les choses continuaient à bien tourner pour lui.

Il avait vu juste ; il s'agissait effectivement d'une lampe torche, une chouette, en plus. Il allait devoir faire attention quand il l'allumerait dans la cuisine – baisser les stores serait une très bonne idée – mais dans la lingerie, il pouvait la braquer partout tant que ça lui plaisait. Pas de problème.

Du savon en poudre. De la javel. De l'adoucissant. Un seau et un balai à franges. Bien. Sans générateur, il n'y aurait que ce qui restait d'eau froide dans les tuyaux, mais il en coulerait probablement assez des robinets pour remplir le seau et il y avait aussi, bien sûr, les réservoirs des toilettes. Et il voulait de l'eau froide de toute façon. Pour le sang, de l'eau froide.

Il allait tout nettoyer et briquer comme la ménagère démoniaque qu'avait été sa mère, dans le respect de l'exhortation de son mari : « Maison propre, mains propres, cœur propre. » Il nettoierait le sang. Puis il essuierait tout ce qu'il se rappelait avoir touché et tout ce qu'il aurait pu toucher sans s'en souvenir. Mais tout d'abord…

Le corps. Il fallait qu'il s'occupe du corps.

Junior estima que pour le moment, l'arrière-cuisine suffirait. Il tira le corps par les bras, puis les lâcha : *vlouf*. Après quoi, il se mit au travail. Il commença, tout en chantonnant, par remettre les magnets sur le frigo et par baisser les stores. Il avait rempli le seau presque jusqu'en haut avant que le robinet ne se mette à crachouiller. Encore une chance.

Il était toujours occupé à briquer le sol et était loin d'en avoir terminé lorsqu'on frappa à la porte de devant.

Junior redressa la tête, les yeux écarquillés, les lèvres étirées en un rictus d'horreur dépourvu de tout humour.

« Angie ? » C'était une voix de fille qui sanglotait. « Angie, t'es là ? » Nouveaux coups frappés à la porte, puis le battant s'ouvrit. Sa série de coups gagnants, semblait-il, était terminée. « Je t'en prie, Angie, réponds ! J'ai vu ta voiture dans le garage… »

Merde. Le garage ! Il n'avait pas pensé à vérifier ce putain de garage !

« Angie ? » Nouveaux sanglots. La voix lui disait quelque chose. Oh, bon Dieu, et si c'était cette gourde de Dodee Sanders ? C'était bien elle. « Angie, on m'a dit que ma mère était morte ! Ms Shumway m'a dit qu'elle était *morte* ! »

Junior espéra qu'elle commencerait par monter au premier pour aller voir dans la chambre d'Angie. Mais voilà qu'elle empruntait le couloir en direction de la cuisine, se déplaçant à pas prudents et hésitants dans l'obscurité.

« Angie ? T'es dans la cuisine ? J'ai cru voir de la lumière. »

Junior avait de nouveau mal à la tête, et tout ça c'était la faute de cette connasse de fumeuse d'herbe qui la ramenait. Tout ce qui pourrait lui arriver maintenant… eh bien, tout serait de sa faute, aussi.

5

Dodee Sanders était encore un peu pétée et un peu soûle ; elle avait mal au crâne ; sa mère était morte ; elle avançait à tâtons dans l'obscurité du couloir, chez sa meilleure amie ; elle marcha sur quelque chose qui glissa sous son pied et faillit tomber. Elle s'agrippa à la rampe de l'escalier, se retourna douloureusement deux doigts et poussa un cri. Elle comprenait plus ou moins ce qui lui arrivait, mais cela lui paraissait en même temps impossible à croire. Elle avait l'impression de s'être aventurée dans un film de science-fiction.

Elle se pencha pour voir sur quoi elle avait failli tomber. On aurait dit une serviette. Quel était l'idiot qui avait laissé traîner une serviette par terre, au pied de l'escalier ? Puis elle crut entendre bouger devant elle, dans l'obscurité. Dans la cuisine.

« Angie ? C'est toi ? »

Rien. Elle avait encore l'impression qu'il y avait quelqu'un, mais en était moins sûre.

« Angie ? » Elle s'avança de nouveau prudemment, tenant sa main droite douloureuse – ses doigts allaient enfler, elle avait l'impression qu'ils avaient déjà enflé – contre elle. Elle tendait devant elle, dans le noir, une main gauche tâtonnante. « Angie ! Réponds, je t'en prie ! Ma mère est morte, c'est pas une blague, Ms Shumway me l'a dit et c'est pas quelqu'un qui raconte des blagues, j'ai besoin de toi ! »

Dire que la journée avait si bien commencé. Elle s'était levée tôt (euh… à dix heures – dix heures, c'était tôt pour elle) et n'avait pas eu l'intention de ne pas aller travailler. Sur quoi Samantha Bushey l'avait appelée pour lui annoncer qu'elle avait acheté une série de poupées Bratz sur eBay ; elle voulait savoir si ça plairait à Dodee de les torturer avec elle. Torturer les Bratz était une activité à laquelle elles avaient commencé à se livrer alors qu'elles étaient encore lycéennes – elles les achetaient à l'occasion de vide-greniers, les pendaient, enfonçaient des clous dans leurs stupides petites têtes, les arrosaient d'essence à briquet et y mettaient le feu – et Dodee savait que ces jeux n'étaient plus de leur âge, qu'elles étaient maintenant adultes, ou presque. C'était un truc de gosses. Et ça fichait aussi un peu les boules, quand on y pensait vraiment. Mais voilà, Sammy avait son domicile à elle, sur la route de Motton – juste un mobile home, mais entièrement à elle, depuis que son mari avait pris ses cliques et ses claques, au printemps – et Little Walter dormait presque tout le temps. Sans compter que Sammy avait toujours un sacré stock d'herbe. Dodee la soupçonnait de se la faire offrir par l'un des types avec qui elle sortait. Son mobile home était un endroit fréquenté, les week-ends. Le hic, c'était que Dodee avait juré de ne plus toucher à l'herbe. Plus jamais, depuis cette histoire avec le cuistot. *Plus jamais* durait depuis un peu plus d'une semaine quand Sammy avait appelé.

« Tu pourras avoir Jade et Yasmin, avait-elle dit d'une voix enjoleuse. J'ai aussi une super-tu-sais-quoi. » Elle disait toujours ça, comme si quelqu'un qui l'aurait écoutée n'aurait pas compris de quoi il s'agissait. « Aussi, on pourra tu-sais-quoi. »

Dodee savait également ce que signifiait ce *tu-sais-quoi*-là, et elle éprouva un léger picotement là en bas (dans son tu-sais-quoi), alors même que c'était *aussi* des trucs de gosse qu'elles auraient dû abandonner depuis longtemps.

« Je crois pas, Sammy. Il faut que je sois au boulot à deux heures, et... »

Sammy l'avait coupée :

« Yasmin attend. Et tu sais combien tu détestes cette salope. »

C'était vrai. Yasmin était la plus salope des Bratz, de l'avis de Dodee. Et il restait quatre heures à tirer jusqu'à deux heures. Et puis si elle arrivait en retard, c'était pas si grave. Rose la ficherait-elle à la porte ? Sûrement pas. Qui d'autre voudrait ce boulot de naze ?

« Bon, d'accord. Mais pas trop longtemps. Et seulement parce que je hais Yasmin. »

Sammy pouffa.

« Mais tu-sais-quoi, c'est fini pour moi. Les deux tu-sais-quoi.

– C'est pas un problème, répondit Sammy. Ramène-toi vite. »

Dodee avait donc pris sa voiture et, bien entendu, elle avait découvert que torturer des Bratz n'était pas très marrant sans avoir fumé, si bien que les deux amies avaient allumé un pétard. Elles avaient ensuite fait ensemble un peu de chirurgie esthétique sur Yasmin à coups de débouche-chiottes, ce qu'elles avaient trouvé plutôt hilarant. Puis Sammy avait voulu lui montrer la nouvelle petite chose vaporeuse qu'elle avait trouvée au Deb, et même si elle commençait à avoir un peu de ventre, Dodee la trouvait encore bien fichue, peut-être parce qu'elles étaient toutes les deux un peu stone – carrément pétées, disons-le – et comme, de plus, Little Walter dormait toujours (son père avait tenu à lui donner le nom d'un vieux bluesman et, à cette façon qu'il avait de dormir presque tout le temps, Dodee se doutait que Little Walter était retardé, ce qui n'avait rien d'étonnant vu la quantité de dope que Sammy s'était envoyée pendant qu'elle était enceinte), elles se retrouvèrent dans le lit de Sammy pour une petite séance nostalgique de tu-sais-quoi. Après laquelle elles s'étaient endormies. Lorsque Dodee s'était réveillée, Little Walter braillait comme un malade – un miracle, vite appeler NewsCenter 6 – et il était cinq heures passées.

Carrément trop tard pour aller travailler, d'autant que Sammy avait sorti une bouteille de Johnnie Walker étiquette noire, et elles en avaient bu un coup, puis un deuxième, puis un troisième, puis un quatrième, sur quoi Sammy avait été prise de l'envie de voir ce qui arrivait à une Bratz dans un micro-ondes, sauf qu'il n'y avait plus de courant.

Dodee était retournée dans l'agglomération en roulant à vingt-cinq kilomètres à l'heure, encore shootée et parano comme l'enfer, guettant sans cesse l'apparition des flics dans son rétroviseur et sachant que, si jamais cela arrivait, ce serait cette salope de rouquine, Jackie Wettington. Ou bien son père, qui aurait quitté un moment sa boutique et sentirait l'alcool de son haleine. Ou bien elle angoissait à l'idée de tomber sur sa mère, à la maison, qui, trop fatiguée après sa leçon de pilotage, aurait décidé de ne pas aller s'éclater à l'Eastern Star Bingo.

Je vous en prie mon Dieu, pria-t-elle. *Je vous en prie, évitez-moi tout ça et je ne ferai plus jamais tu-sais-quoi. Les deux tu-sais-quoi. Plus jamais de toute ma vie.*

Dieu avait entendu sa prière. Il n'y avait personne à la maison. Ici aussi, l'électricité était coupée, mais dans son état second, Dodee s'en était à peine rendu compte. Elle était montée le plus silencieusement possible jusqu'à sa chambre, s'était débarrassée de son pantalon et de son T-shirt et s'était couchée. Juste quelques minutes, s'était-elle dit. Ensuite elle se relèverait, mettrait ses vêtements qui puaient la ganja dans le lave-linge et prendrait une douche. Elle empestait aussi le parfum que son amie devait acheter au litre à prix cassé au Burpee's.

Seulement, elle n'avait pu régler l'alarme de son réveil (il était électrique), et c'était les coups frappés à sa porte qui l'avaient réveillée, beaucoup plus tard : il faisait déjà noir. Elle avait enfilé sa robe de chambre et était descendue, brusquement convaincue que ce serait la flic rouquine aux gros nénés venue l'arrêter pour conduite en état d'ivresse. Et peut-être aussi pour les autres trucs. Dodee ne pensait pas que ce tu-sais-quoi-là était interdit par la loi, mais elle n'en était pas sûre.

Ce n'était pas Jackie Wettington. Mais Julia Shumway, la rédactrice en chef du *Democrat*. La journaliste tenait une lampe torche. Elle l'avait braquée sur le visage de Dodee – sans doute gonflé de sommeil, les yeux certainement encore rouges et les cheveux en bataille – puis l'avait abaissée. Il y avait assez de lumière pour qu'elle puisse distinguer le visage de Julia et Dodee y lut une compassion qui la rendit perplexe et l'effraya un peu.

« Pauvre petite, dit-elle. Tu n'es pas au courant, n'est-ce pas ?

– Au courant de quoi ? » avait demandé Dodee. À ce moment-là elle avait eu la sensation d'être passée dans un univers parallèle. « Au courant de *quoi* ? »

Et Julia Shumway le lui avait dit.

6

« Angie ? Angie, *je t'en prie !* »

Avançant à tâtons dans le couloir. Mal à la main. Mal à la tête, un mal de chien. Elle aurait pu aller retrouver son père – Ms Shumway lui avait proposé de la conduire, en passant tout d'abord par le salon funéraire Bowie – mais son sang s'était glacé à l'évocation de ce seul nom. De plus, c'était avec Angie qu'elle voulait être. Angie la serrerait fort contre elle et sans arrière-pensée de tu-sais-quoi. Angie était sa meilleure amie.

Une ombre sortit de la cuisine et s'approcha d'elle.

« Ah te voilà, grâce à Dieu ! » Elle se mit à sangloter encore plus fort et se précipita vers la silhouette, les bras tendus. « Oh, c'est affreux ! J'ai été punie parce que j'ai été une mauvaise fille, j'en suis sûre ! »

L'ombre tendit les bras à son tour, mais ce n'était pas pour l'étreindre tendrement. Non, les mains qui étaient à l'extrémité de ces bras se refermèrent sur sa gorge.

LE BIEN DE LA VILLE,
LE BIEN DE TOUS

1

Andy Sanders se trouvait effectivement au salon funéraire Bowie. Il y était venu à pied, écrasé par un lourd fardeau : stupéfaction, chagrin, cœur brisé.

Il était assis dans le salon du souvenir, avec pour seule compagnie le cercueil qui se trouvait au milieu de la pièce. Gertrude Evans était morte d'une crise cardiaque à l'âge de quatre-vingt-sept (ou quatre-vingt-huit) ans deux jours plus tôt. Andy avait envoyé ses condoléances, même si Dieu seul savait qui finirait par les recevoir ; le mari de Gert était mort dix ans auparavant. Peu importait. Il envoyait systématiquement ses condoléances lorsque décédait l'un de ses administrés, rédigées à la main sur du papier à en-tête : BUREAU DU PREMIER CONSEILLER. Il estimait que cela faisait partie de ses devoirs.

Big Jim ne s'embarrassait pas de ce genre de détails. Big Jim était bien trop occupé à gérer ce qu'il appelait « notre petite entreprise », voulant dire par là Chester's Mill. À la vérité, il la gérait comme si c'était sa ligne de chemin de fer privée, mais Andy ne s'en offusquait pas ; il comprenait que Big Jim était *malin*. Andy comprenait aussi autre chose : sans Andrew DeLois Sanders, Big Jim n'aurait jamais été élu, même pas pour gérer la fourrière. Big Jim savait vendre des voitures d'occasion en promettant des affaires en or, des taux de financement ridicules et des bonus genre aspirateur coréen de pacotille, mais lorsqu'il avait essayé d'obtenir la concession Toyota, la dernière fois, le fabricant lui avait préféré Will Freeman. Étant donné son chiffre d'affaires et sa situation privilégiée sur la Route 119, Big Jim n'avait jamais compris comment Toyota avait pu se montrer aussi stupide.

Andy, lui, l'avait compris. Il n'était peut-être pas l'ours le plus malin du bois, mais il savait que Big Jim n'avait rien de chaleureux. Qu'il était un homme dur (certains – parmi ceux qui s'étaient fait avoir par ses prétendus financements à taux privilégié, par exemple – auraient même dit sans cœur) et savait se montrer persuasif, mais qu'il était aussi glacial. Andy, en revanche, était tout ce qu'il y avait de plus chaleureux. Quand il faisait ses tournées préélectorales, Andy disait aux gens que lui et Big Jim étaient comme les jumeaux Doublemint, ou Click et Clack, ou le beurre et la tartine, et que Chester's Mill ne serait plus Chester's Mill sans leur tandem (avec le numéro trois temporaire qui pouvait être n'importe qui – en ce moment la sœur de Rose Twitchell, Andrea Grinnell). Andy avait toujours apprécié son association avec Big Jim. Financièrement, oui, en particulier durant les deux ou trois dernières années, mais aussi dans son cœur. Big Jim savait comment faire avancer les choses, savait *pourquoi* il fallait que les choses soient faites. *On est sur le coup pour le long terme,* disait-il. *Nous faisons ça pour la ville. Pour les gens. Pour leur propre bien.* Et c'était bien. Faire le bien était bien.

Mais aujourd'hui… ce soir…

« J'ai tout de suite détesté l'idée de ces leçons de pilotage », dit-il en se remettant à pleurer. Il ne tarda pas à sangloter bruyamment, mais ce n'était pas un problème, car Brenda Perkins était partie, en larmes mais silencieuse, après avoir vu les restes de son mari, et les frères Bowie étaient en bas. Ils avaient beaucoup de travail (Andy avait compris, de manière vague, qu'il s'était passé quelque chose d'absolument terrible). Fern Bowie était aller manger un morceau au Sweetbriar Rose et Andy pensait que Fern le mettrait à la porte à son retour, mais Fern passa dans le couloir sans même un regard pour Andy qui se tenait assis les mains serrées entre ses genoux, la cravate en berne, les cheveux en désordre.

Fern était descendu dans ce que lui et son frère appelaient « la salle de travail ». (Horrible ! horrible !) Duke Perkins s'y trouvait. Il y avait aussi ce fichu Chuck Thompson, l'homme qui avait peut-être convaincu la femme d'Andy de prendre ces leçons de pilotage, mais qui l'avait encore plus radicalement convaincue d'arrêter. Il y en avait peut-être d'autres, là en bas.

Claudette, en tout cas.

Andy émit un grognement mouillé et serra ses mains encore plus fort. Il ne pourrait pas vivre sans elle. Il lui serait impossible de vivre sans elle. Et pas seulement parce qu'il l'aimait plus que sa propre vie. C'était Claudette (outre des versements réguliers en liquide, au noir, de plus en plus considérables, de la part de Jim Rennie) qui faisait tourner la pharmacie. S'il avait été seul, Andy l'aurait conduite à la faillite avant la fin du siècle. Sa spécialité, c'était les gens, pas les livres de comptes ni les chiffres. Sa femme était la spécialiste des chiffres. Ou plutôt, l'avait été.

Lorsque ce passage au plus-que-parfait retentit dans son esprit, il gémit à nouveau.

Claudette et Big Jim avaient même collaboré à la préparation des livres de comptes de la ville en vue de l'audit commandité par l'État. L'audit aurait dû être une surprise, mais Big Jim avait été averti à l'avance. De peu. Juste assez pour qu'ils aient le temps de mettre en route le programme d'ordinateur que Claudette appelait *Mister Propre*. Ils lui avaient donné ce nom parce qu'il produisait toujours des résultats impecs. Ils sortiraient de cet audit côté pile immaculé au lieu d'aller en prison (ce qui n'aurait pas été juste, vu que la plus grande partie de ce qu'ils faisaient – presque tout, en fait – était pour le bien de la ville).

La vérité, en ce qui concernait Claudette Sanders, était celle-ci : elle avait été une Jim Rennie en plus joli, une Jim Rennie en plus aimable, une femme avec qui il couchait et à qui il racontait tous ses petits secrets, et la vie sans elle était impensable.

Andy fondit de nouveau en larmes et c'est à ce moment-là que Big Jim lui mit une main sur l'épaule. Andy ne l'avait pas entendu arriver, mais il ne sursauta pas. Il avait presque attendu cette main, car son propriétaire avait le don d'apparaître chaque fois qu'Andy avait le plus besoin de lui.

« Je pensais bien te trouver ici, dit Big Jim. Andy, mon vieux… je suis tellement désolé, tellement désolé. »

Andy se mit debout, chancelant, passa maladroitement ses bras autour de la masse imposante de Big Jim et se mit à sangloter de plus belle contre la veste de son deuxième conseiller. « *Je lui avais dit que ces leçons de pilotage, c'était risqué ! Je lui avais dit que Chuck Thompson était une bourrique, comme son père !* »

Big Jim lui frotta le dos d'une main apaisante. « Je sais. Mais elle est dans un monde meilleur, à présent, Andy – elle partage le repas de Jésus ce soir – rôti de bœuf, petits pois frais, purée au jus ! Est-ce que c'est pas une idée formidable ? Accroche-toi à ça. Tu penses pas que nous devrions prier ?

– Si ! sanglota Andy. Si, Big Jim ! Prie avec moi ! »

Ils se mirent à genoux et Big Jim pria longtemps et avec ferveur pour l'âme de Claudette Sanders. (En dessous, dans la salle de travail, Stewart Bowie entendit, leva les yeux vers le plafond et fit observer : « Ce type-là chie par les deux bouts. »)

Après quatre ou cinq minutes de *Nous voyons à travers un verre obscur* et de *Quand j'étais un enfant je parlais comme un enfant* (Andy ne voyait pas trop ce que cette deuxième prière avait comme rapport avec la mort de Claudette, mais il s'en fichait ; le seul fait d'être agenouillé à côté de Big Jim était réconfortant), Rennie termina par un *Au-nom-de-Jésus-amen* et aida Andy à se relever.

Face à face, bedaine contre bedaine, Big Jim prit Andy par les épaules et le regarda dans les yeux. « Bon, collègue », dit-il. Il appelait toujours Andy ainsi quand la situation était sérieuse. « Tu es prêt à te mettre au boulot ? »

Andy le regarda, l'air stupide.

Big Jim hocha la tête comme si le premier conseiller venait de lui présenter une objection raisonnable (étant donné les circonstances). « Je sais que c'est dur. Pas juste. Que ce n'est vraiment pas le moment de te le demander. Et Dieu sait que tu aurais tous les droits du monde de me balancer ton poing de cucilleur de coton dans la figure. Mais des fois, il faut faire passer le bien-être des autres avant le sien – pas vrai ?

– Le bien de la ville », dit Andy.

Pour la première fois depuis qu'il avait appris pour Claudie il entrevoyait un rayon de lumière.

Big Jim acquiesça. Il arborait une expression grave, mais ses yeux brillaient. Une idée bizarre vint à l'esprit d'Andy : *Il a l'air d'avoir dix ans de moins.* « Exactement. Nous sommes les gardiens, collègue. Les gardiens du bien commun. Pas toujours facile, mais jamais inutile. J'ai envoyé Wettington chercher Andrea. Je lui ai dit de la ramener à la salle de conférences. Menottes aux poignets, s'il le fallait. » Big Jim rit. « Elle sera là. Et Pete Randolph est en train d'établir la liste de tous les flics disponibles de la ville. Il n'y en a pas assez. Nous devons régler le problème, collègue. Si cette situation perdure, la question de l'autorité sera cruciale. Alors, qu'est-ce que tu en dis ? Tu peux faire ça pour moi ? »

Andy hocha la tête. Il se dit que cela lui permettrait peut-être de penser à autre chose. Et même si ce n'était pas le cas, il lui fallait bouger, s'occuper. La vue du cercueil de Gert Evans commençait à lui foutre les boules. Les larmes silencieuses de la veuve du shérif lui avaient aussi foutu les boules. D'autant que ce ne serait pas bien dur. Tout ce qu'il aurait à faire se réduirait à rester assis dans la salle de conférences et à lever la main à chaque fois que Big Jim lèverait la sienne. Andrea Grinnell, qui n'avait jamais l'air tout à fait réveillée, ferait de même. S'il fallait prendre des mesures d'urgence d'un genre ou d'un autre, Big Jim s'en occuperait. Big Jim s'occuperait de tout.

« Allons-y », répondit Andy.

Big Jim lui donna une claque dans le dos, passa un bras autour des frêles épaules du premier conseiller et l'entraîna hors du salon du souvenir. C'était un bras lourd. Charnu. Mais ça faisait du bien.

Il ne pensa même pas à sa fille. Dans son chagrin, Andy Sanders l'avait complètement oubliée.

2

Julia Shumway marchait à pas lents sur Commonwealth Street, la rue des résidents fortunés de Chester's Mill, en direction de Main Street. Divorcée (et heureuse de l'être) depuis dix ans, elle habitait au-dessus des bureaux du *Democrat* en compagnie de son chien Horace, un vieux corgi. Elle lui avait donné ce nom en l'honneur du célèbre Horace Greeley – célèbre pour un seul bon mot : « Partez pour l'Ouest, jeune homme, partez pour l'Ouest » – mais dont le véritable mérite, selon Julia, avait été son talent comme rédacteur en chef d'un journal. Si elle arrivait à faire à moitié aussi bien que Greeley au *New York Tribune* elle aurait le sentiment d'avoir réussi.

Bien entendu, son Horace à elle considérait qu'elle était une réussite, ce qui en faisait le chien le plus sympa de la terre, selon les critères de Julia. Elle lui ferait faire sa promenade dès qu'elle serait arrivée chez elle, puis l'amadouerait en ajoutant quelques restes de steak à sa pâtée. Cela leur ferait du bien à tous les deux, et pour une raison ou pour une autre, elle avait besoin de se faire du bien – parce qu'elle était troublée, ce soir.

Ce qui n'avait rien de nouveau pour elle. Cela faisait quarante-trois ans qu'elle habitait Chester's Mill et, depuis dix ans, elle aimait de moins en moins ce qui se passait dans sa ville natale. Elle s'inquiétait de l'inexplicable détérioration du réseau d'égouts et de l'usine de traitement des eaux usées, en dépit de tout l'argent qui avait été mis dedans ; elle s'inquiétait de la fermeture prochaine de Cloud Top, la station de ski de la ville ; elle craignait que Jim Rennie ne pille davantage les caisses de la municipalité que ce qu'elle soupçonnait déjà (et elle le soupçonnait de s'en mettre plein les poches depuis des années). Et elle était bien entendu inquiète à cause des derniers éléments, qui lui paraissaient trop énormes pour être compréhensibles. Chaque fois qu'elle essayait de les analyser, son esprit se rabattait sur un élément secondaire, mais concret : par exemple, la difficulté croissante qu'elle avait à utiliser son téléphone portable. Et elle n'avait pas reçu un seul appel, ce qui était des plus troublants. Sans même parler des parents et amis à l'extérieur de la ville qui avaient certainement tenté de la joindre, elle aurait dû être noyée sous les appels des autres journaux : le *Lewiston Sun*, le *Press Herald* de Portland et peut-être même le *New York Times*.

Tout le monde avait-il le même problème à Chester's Mill ?

Elle devrait se rendre jusqu'à la ligne de démarcation de Motton et voir par elle-même ce qu'il en était. Si elle n'arrivait pas à joindre Pete Freeman, son meilleur photographe, au téléphone, elle pourrait prendre quelques clichés avec son appareil numérique, qu'elle appelait son Nikon de secours. Elle avait entendu dire que des zones de quarantaine avaient été établies côté Motton et Tarker's Mill de la barrière – et probablement du côté de toutes les autres villes mitoyennes – mais il était possible de s'en approcher, de l'intérieur. On pourrait bien lui crier tout ce qu'on voudrait, si la barrière était aussi imperméable qu'on le disait, cela n'irait pas plus loin.

« Bâtons et pierres me jetteront à terre, jamais les mots ne seront source de maux », dit-elle à voix haute. Tout à fait vrai. Si les mots avaient pu la blesser, Jim Rennie l'aurait expédiée depuis longtemps en soins intensifs, après l'article qu'elle avait pondu sur la mascarade de l'audit ordonné par l'État, trois ans auparavant. Certes, il s'était beaucoup répandu en menaces de procès, mais ce n'était que des menaces ; elle avait même un instant envisagé un éditorial sur la question, surtout parce qu'elle avait trouvé une manchette sensationnelle : OÙ SONT DU PROCÈS LES MENACES PASSÉES ?

Si bien que oui, elle avait des raisons de s'inquiéter. Des raisons inhérentes à son boulot. Elle avait moins l'habitude de s'inquiéter de son propre comportement ; mais aujourd'hui, alors qu'elle se tenait à l'angle de Main Street et de Commonwealth Street, c'était le cas. Au lieu de tourner à gauche sur Main, elle regarda le chemin qu'elle venait de parcourir. Et murmura, du ton qu'elle employait d'ordinaire avec Horace : « Je n'aurais pas dû laisser cette gamine tout seule. »

Ce que n'aurait pas fait Julia si elle avait été en voiture. Mais elle était à pied et, de plus, Dodee avait beaucoup insisté. Elle dégageait une odeur, aussi. De l'herbe ? On aurait bien dit. Non pas que Julia y fût foncièrement opposée. Elle avait pas mal fumé elle-même, dans le temps. Et cela aurait peut-être un effet calmant sur la fille. Émousserait un peu un chagrin si aigu qu'elle risquait de s'y blesser.

« Ne vous inquiétez pas pour moi, lui avait dit Dodee, je trouverai mon papa. Mais il faut tout d'abord que je me change. » Elle avait montré la robe qu'elle portait.

« Je vais t'attendre », avait répondu Julia… qui n'en avait aucune envie. La journée était loin d'être terminée, à commencer par le chien qu'il fallait promener. Horace devait être sur le point d'exploser, n'ayant pas pu sortir à cinq heures, et il devait avoir faim. Quand cette question serait réglée, il lui faudrait aller voir ce que les gens appelaient la barrière. Aller la voir de ses propres yeux. Photographier ce qu'il y avait à photographier.

Elle n'en aurait pas fini pour autant. Elle allait devoir prévoir une édition spéciale du *Democrat*. C'était important pour elle, et cela pouvait être important pour la ville. Certes, toute l'affaire risquait d'être terminée dès demain, mais Julia avait l'impression – que ce soit dans sa tête ou dans son cœur – qu'il n'en serait rien.

N'empêche. Dodee Sanders n'aurait pas dû se retrouver toute seule. Elle avait paru tenir le coup, mais ce n'était peut-être que le choc et le déni passant pour du calme. Et l'herbe, bien sûr. Cependant, elle s'était montrée cohérente.

« Ce n'est pas la peine, avait-elle répondu. Je ne veux pas que vous m'attendiez.

– Je ne suis pas sûre qu'il soit très sage que tu restes toute seule, mon petit.

– Je vais aller chez Angie », avait répondu Dodee. Elle avait paru se rasséréner un peu à cette idée, même avec les larmes qui continuaient à couler sur sa figure. « Elle m'accompagnera pour chercher papa. » Elle avait hoché la tête. « C'est avec Angie que j'ai envie d'être. »

De l'avis de Julia, la petite McCain n'avait guère plus de jugeote que la petite Sanders, laquelle avait hérité du physique de sa mère mais, hélas, des capacités intellectuelles de son père. Angie était une amie, cependant, et s'il y avait jamais eu amie ayant besoin d'une amie, ce soir, c'était bien Dodee Sanders.

« Je pourrais vous accompagner… » Sauf qu'elle n'en avait pas envie et que la fille, en dépit de son chagrin tout neuf, devait sans doute s'en rendre compte.

« Non, c'est juste à quelques coins de rue.

– Eh bien…

– Ms Shumway… êtes-vous *certaine* ? Êtes-vous certaine que ma mère… »

À contrecœur, Julia avait acquiescé. C'était Ernie Calvert qui lui avait donné confirmation du numéro, sur la queue de l'avion. Il lui avait donné aussi un autre élément, quelque chose qu'il aurait davantage convenu de confier à la police. Julia aurait peut-être insisté pour qu'Ernie le fasse, s'il n'y avait eu cette nouvelle affligeante que Duke Perkins était mort et que c'était cette fouine incompétente de Randolph qui le remplaçait.

Ce qu'Ernie avait donné à Julia était le permis de conduire taché de sang de Claudette. Il était dans sa poche au moment où elle se tenait sur le porche des Sanders, et dans sa poche il était resté. Elle le restituerait à Andy ou à cette gamine pâle aux cheveux frisottés le moment venu… car ce n'était pas le moment.

« Merci », avait dit Dodee d'une voix polie et triste. Et maintenant, partez. Je n'ai pas envie d'être désagréable, mais… »

Et qu'avait fait Julia Shumway ? Obéi à l'ordre d'une jeune fille bourrelée de chagrin qui était peut-être trop shootée pour être entièrement responsable d'elle-même. Mais Julia avait, elle aussi, des responsabilités à prendre ce soir, aussi délicate qu'eût été la situation. Horace, déjà. Et le journal. Les gens pouvaient bien rigoler des photos granuleuses en noir et blanc de Pete Freeman, ou bien des longs articles que *The Democrat* consacrait à des événements comme la fête de l'école (« Le bal de la nuit enchantée du collège de Chester's Mill ») ; ils pouvaient bien prétendre que la seule utilité pratique de ce canard était de servir de litière pour les chats, ils en avaient besoin, en particulier quand il se passait quelque chose de dramatique. Julia entendait bien livrer le journal le lendemain, même si elle devait rester debout toute la nuit pour ça. C'était d'autant plus probable que les deux reporters qu'elle employait régulièrement se trouvaient hors de la ville pour le week-end.

En fait, il tardait à Julia de relever ce défi, et le visage affligé de Dodee Sanders commença à s'effacer de son esprit.

3

Quand elle entra, Horace lui adressa un regard de reproche. Mais il n'y avait aucune tache humide sur le tapis ni de petits paquets marron sous la chaise de l'entrée – endroit magique que le chien paraissait croire invisible aux yeux humains. Elle lui passa sa laisse, le sortit et attendit patiemment pendant qu'il pissait dans son caniveau préféré, oscillant un peu sur place ; Horace avait quinze ans, ce qui était vieux pour un corgi. Pendant ce temps, Julia regarda la bulle blanche de lumière à l'horizon. Elle lui faisait l'effet d'une image sortie tout droit d'un film de science-fiction de Steven Spielberg. Son éclat était plus puissant que jamais, et Julia entendait les bourdonnements des hélicoptères, lointains mais permanents. Elle aperçut même la silhouette de l'un d'eux, traversant l'immense arc illuminé. Combien de fichus projecteurs étaient donc branchés là-bas ? Motton-nord donnait l'impression d'être devenu un terrain d'atterrissage militaire en Irak.

Horace décrivait maintenant des cercles paresseux, reniflant partout afin de déterminer l'endroit parfait pour le rituel d'élimination de ce soir, effectuant la si populaire danse canine, le tango-crotte. Julia en profita pour essayer une fois de plus son portable. Comme cela s'était produit trop souvent depuis le début de la soirée, elle eut droit à la série normale des bips… puis rien que le silence.

Je vais devoir photocopier le journal. Ce qui signifie que je ne pourrai pas le tirer à plus de sept cent cinquante exemplaires.

Depuis vingt ans, *The Democrat* n'était plus imprimé sur place. Jusqu'en 2002, Julia avait apporté chaque semaine la maquette à une imprimerie de Castle Rock, mais aujourd'hui elle n'avait même plus à se déplacer. Elle envoyait les pages par courriel tous les jeudis soir, le journal imprimé étant livré par View Printing avant sept heures le lendemain matin, maintenu par du plastique en liasses impeccables. Pour Julia, qui avait connu les corrections faites à la main et les copies tapées à la machine striées de ratures, cela relevait de la magie. Et, comme toute magie, pas tout à fait digne de confiance.

Méfiance justifiée ce soir : elle réussirait peut-être à envoyer la maquette à View Printing, mais personne ne pourrait livrer les exemplaires demain matin. Elle avait bien l'impression que demain matin, personne ne pourrait s'approcher à moins de huit kilomètres des limites de Chester's Mill. Heureusement pour elle, il y avait un superbe et gros générateur dans l'ancienne salle d'imprimerie, la photocopieuse était un monstre, et elle disposait de plus de cinq cents rames de papier dans la réserve du fond. Si elle pouvait demander un coup de main à Pete Freeman… ou à Tony Guay, qui couvrait les sports…

Horace, pendant ce temps, avait enfin pris position. Quand il eut terminé, elle entra en action avec un petit sac vert étiqueté *Doggie Doo*, se demandant ce que Horace Greeley aurait pensé d'un monde dans lequel recueillir les crottes de chien dans le caniveau était non seulement socialement recommandé, mais imposé par la loi. Il se serait tiré une balle dans la tête, pensa-t-elle.

Une fois le sac rempli et fermé, elle essaya de nouveau son téléphone.

Rien.

Elle fit rentrer Horace et lui donna à manger.

4

Son portable sonna pendant qu'elle boutonnait son manteau, s'apprêtant à se rendre en voiture jusqu'à la barrière. Elle avait son appareil photo en bandoulière et faillit le laisser tomber en farfouillant nerveusement dans sa poche. Elle regarda le numéro et ne vit que les mots APPEL PRIVÉ.

« Allô ? » dit-elle, avec sans doute une certaine tension dans la voix car Horace – qui attendait près de la porte, plus que prêt pour une expédition nocturne à présent qu'il était soulagé et rassasié – dressa les oreilles et la regarda.

« Mrs Shumway ? » Une voix d'homme. Nette. Un ton officiel.

« *Ms* Shumway, le corrigea-t-elle. Qui est à l'appareil ?

– Colonel James Fox, Ms Shumway. Armée de terre des États-Unis.

– Et à quoi dois-je l'honneur de cet appel de l'armée de terre des États-Unis ? »

Elle entendit le sarcasme dans sa voix et le regretta aussitôt – ce n'était pas professionnel – mais elle avait peur, et la raillerie était toujours sa première réaction dans ces cas-là.

« J'ai besoin d'entrer en contact avec un homme du nom de Dale Barbara. Est-ce que vous le connaissez ? »

Bien entendu, qu'elle le connaissait. Et elle avait été étonnée de le voir au Sweetbriar Rose, un peu plus tôt dans la soirée. Il était cinglé d'être resté en ville – et Rose ne lui avait-elle pas dit elle-même, hier, qu'il lui avait rendu son tablier ? L'histoire de Barbara était l'une des centaines que Julia connaissait mais qu'elle n'avait jamais écrites. Lorsqu'on publie un journal dans une petite ville, on laisse le couvercle sur bon nombre de pots nauséabonds. Il faut choisir ses combats. À la manière dont Junior Rennie et ses amis avaient choisi le leur, elle en était certaine. Et elle doutait beaucoup que les rumeurs concernant Barbara et la bonne amie de Dodee, Angie, fussent vraies, de toute façon. Ne serait-ce que parce qu'elle pensait que Barbara avait meilleur goût.

« Ms Shumway ? » Voix sèche, officielle. Une voix de l'extérieur. Elle en voulait à son correspondant rien que pour cela. « Vous êtes encore en ligne ?

– Oui, toujours. Oui, je connais Dale Barbara. Il est cuisinier au restaurant de Main Street. Pourquoi ?

– Il n'a pas de téléphone, semble-t-il, et le restaurant ne répond pas.

– Il est fermé…

– Et les lignes fixes ne fonctionnent évidemment pas.

– Rien dans cette ville ne semble très bien fonctionner, ce soir, colonel Cox. Y compris les portables. Je remarque cependant que vous n'avez eu aucun mal à me joindre, ce qui me fait me demander si vos petits camarades ne sont pas responsables de cet état de fait. » Sa fureur – née de sa peur, comme son ton sarcastique – la surprit elle-même. « Qu'avez-vous fait ? Qu'est-ce que vous *nous* avez fait ?

– Rien. Pour autant que je le sache, rien. »

Elle était tellement stupéfaite qu'aucune répartie ne lui vint à l'esprit. Ce qui ne ressemblait vraiment pas à la Julia Shumway que les résidents de Chester's Mill connaissaient.

« Sauf pour les téléphones portables, en effet, dit-il. Les appels en provenance de ou vers Chester's Mill sont à peu près tous coupés. Pour des questions de sécurité nationale. Et avec tout le respect que je vous dois, madame, vous auriez pris la même décision, si vous aviez été à notre place.

– Vous me permettrez d'en douter.

– Vraiment ? » Il paraissait intéressé, pas en colère. « Dans une situation sans précédent dans l'histoire du monde, alors que nous sommes en présence, semble-t-il, d'une technologie allant bien au-delà de ce que nous ou n'importe qui d'autre serait capable de comprendre ? »

Une fois de plus, elle se trouva à court de réplique.

« Il est de la plus haute importance que je parle avec le capitaine Barbara », reprit le colonel, revenant à son point de départ.

D'une certaine manière, Julia fut surprise qu'il se soit autant écarté de son message initial.

« Le *capitaine* Barbara ?

– À la retraite. Pouvez-vous le trouver ? Emportez votre portable. Je vais vous donner un numéro pour me rappeler. Ça passera.

– Et pourquoi moi, colonel Cox ? Pourquoi ne pas avoir appelé la police de Chester's Mill ? Ou l'un des conseillers municipaux ? Je crois que le premier conseiller et ses deux adjoints sont sur place.

– Je n'ai même pas essayé. J'ai grandi dans une petite ville, Ms Shumway…

– C'est pas de chance…

– Et d'après mon expérience, les politiciens locaux ne savent pas grand-chose, les flics du patelin en savent un peu plus, mais le rédacteur en chef du journal local est au courant de tout. »

Elle ne put s'empêcher de rire.

« Pourquoi prendre la peine de téléphoner alors que vous pouvez vous voir en face à face ? Avec moi comme chaperon, bien entendu. Je vais aller de mon côté de la barrière – j'étais d'ailleurs sur le point d'y partir lorsque vous m'avez appelée. Je vais chercher Barbie…

– Ah, on l'appelle encore comme ça ? dit Cox, l'air amusé.

– Je vais le chercher et je vous l'amène. Nous pourrons avoir une mini-conférence de presse.

– Je ne me trouve pas dans le Maine, mais à Washington. Avec les chefs d'état-major.

– Et ça devrait m'impressionner ? demanda-t-elle – elle l'était un peu, en vérité.

– Ms Shumway, je suis très occupé et vous aussi, probablement. C'est pourquoi, dans l'intérêt de nos efforts pour résoudre ce problème…

– Parce que vous croyez cela possible ?

– Arrêtez ça, dit-il. Vous avez certainement été reporter avant de diriger un journal, et je ne doute pas que poser des questions soit une seconde nature chez vous, mais le temps presse. Pouvez-vous faire ce que je vous demande ?

– Oui. Mais si vous le voulez, lui, vous m'aurez aussi, moi.

– Non.

– Parfait, dit-elle d'un ton charmant. J'ai eu beaucoup de plaisir à parler avec vous, colo…

– Laissez-moi finir. Votre côté de la 119 est totalement FUBAR[1]. Cela veut dire…

– Je connais l'expression, colonel, j'ai lu Tom Clancy, autrefois. Et dans le cas précis de la Route 119, qu'est-ce que cela veut dire ?

– Cela veut dire, pardonnez mon langage, que le coin ressemble à une soirée portes ouvertes dans un bar à putes. La moitié de la ville a garé ses bagnoles et ses pick-ups de part et d'autre de la route et dans les champs de la ferme voisine. »

---

1. Acronyme venu de l'armée : *Fucked Up Beyond Any Repair* – foutu au-delà du réparable.

Elle posa son appareil photo sur le sol, prit le carnet de notes qu'elle avait dans la poche de son manteau et griffonna *Col James Fox* et *soirée portes ouvertes dans un bar à putes*. Puis elle ajouta, *la ferme Dinsmore ?* Oui, il faisait probablement allusion aux champs d'Alden Dinsmore.

« Très bien, dit-elle. Qu'est-ce que vous proposez ?

– Eh bien, je ne peux pas vous empêcher de venir, vous avez tout à fait raison sur ce point. » Il soupira d'une manière qui suggérait que ce monde était vraiment trop injuste. « Et je ne peux pas non plus vous empêcher d'imprimer ce que vous voulez dans votre journal, même si je pense que c'est sans importance, puisque personne, en dehors des citoyens de Chester's Mill, ne pourra le lire. »

Le sourire de Julia s'effaça. « Cela vous ennuierait-il de m'expliquer pourquoi ?

– Je n'y verrais pas d'inconvénient, mais il faudra que vous compreniez toute seule. Ma proposition est que, si vous voulez voir la barrière – ce qui est une façon de parler, car elle est invisible, on a certainement dû vous le dire –, vous allez vous rendre avec le capitaine Barbara à l'endroit où elle coupe le chemin vicinal n° 3. Connaissez-vous le chemin vicinal n° 3, Ms Shumway ? »

Un instant, elle ne vit pas de quoi il parlait. Puis cela lui revint et elle eut un petit rire.

« Quelque chose d'amusant, Ms Shumway ?

– Ici, les gens l'appellent Little Bitch, le chemin de la Petite Garce. Parce que à la mauvaise saison, c'est le genre bourbier traître.

– Très imagé.

– Personne du côté de la Petite Garce, si je comprends bien ?

– Personne, pour le moment.

– Très bien. »

Elle remit le carnet de notes dans sa poche et reprit son appareil photo. Horace attendait toujours patiemment près de la porte.

« Parfait. Quand pensez-vous me rappeler ? Ou plutôt, quand Barbie pourra-t-il me rappeler sur votre portable ? »

Elle consulta sa montre, il était dix heures à peine passées. Comment était-il possible, au nom du Ciel, qu'il soit déjà si tard ? « On devrait y être vers dix heures et demie, en supposant que je le trouve tout de suite. Ce qui me paraît possible.

– C'est très bien. Dites-lui qu'il a le bonjour de Ken. C'est…

– Une blague entre vous, j'ai compris. Quelqu'un sera-t-il là pour nous accueillir ? »

Il y eut un silence. Quand le colonel reprit la parole, elle sentit qu'il hésitait : « Il y aura des lumières, des sentinelles, des soldats pour contrôler le barrage routier. Mais ils ont pour instructions de ne pas parler aux résidents de Chester's Mill.

– De ne pas… pourquoi ? mon Dieu, pourquoi ?

– Si cette situation se prolonge, Ms Shumway, tout cela deviendra clair pour vous. Mais vous trouverez la plupart des réponses toute seule – vous me faites l'effet d'une femme particulièrement intelligente.

– Eh bien allez vous faire foutre, colonel ! » s'écria-t-elle, vexée.

Horace dressa les oreilles.

Cox éclata de rire, un grand rire nullement offensé. « Oui madame, je vous reçois cinq sur cinq. Vingt-deux heures trente ? »

Elle fut tentée de lui répondre non, mais c'était bien entendu hors de question.

« Soit vous, soit lui, mais c'est à lui que j'ai besoin de parler. J'attendrai une main sur le téléphone.

– Alors donnez-moi le numéro magique. »

Elle coinça l'appareil contre son oreille et reprit son carnet de notes. Car bien entendu, on a toujours besoin de reprendre son carnet de notes dès qu'on vient de le ranger ; c'est un fait de la vie, quand on est reporter, ce qu'elle était maintenant. À nouveau. Le numéro qu'il lui donna l'effraya encore plus que tout ce qu'il avait pu lui dire. Le code de zone était 000.

« Une dernière chose, Ms Shumway : avez-vous un pacemaker ? Un appareil auditif ? Rien de cette nature ?

– Non. Pourquoi ? »

Elle crut qu'il allait de nouveau refuser de répondre, mais pas du tout. « Une fois que vous êtes proche du Dôme, il se produit certaines interférences. Elles ne sont pas dangereuses pour la plupart des gens ;

ils ne ressentent qu'un léger choc électrique de faible puissance qui disparaît au bout d'une ou deux secondes, mais qui fout en l'air les appareils électroniques. Il en arrête certains – comme les téléphones portables, par exemple, quand on en est à moins de deux mètres, environ, et fait exploser les autres. Il arrêtera par exemple un magnétophone. Mais amenez un truc plus sophistiqué, comme un iPod ou un BlackBerry, et il y a des chances pour qu'il explose.

– Est-ce que le pacemaker du chef Perkins a explosé ? C'est ça qui l'a tué ?

– Vingt-deux heures trente. Amenez Barbie et n'oubliez pas de lui dire qu'il a le bonjour de Ken. »

Il coupa la communication, laissant une Julia silencieuse devant sa porte. Elle essaya d'appeler sa sœur à Lewiston. Les numéros bipèrent… puis plus rien. Silence sur la ligne, comme avant.

Le Dôme, pensa-t-elle. *Il ne l'a pas appelé la barrière, à la fin. Il l'a appelé le Dôme.*

5

Barbie avait déjà enlevé sa chemise et était assis au bord de son lit pour délacer ses chaussures lorsqu'on frappa à sa porte – une porte que l'on gagnait en escaladant une volée de marches extérieures, sur le côté de la pharmacie Sanders. Son visiteur n'était pas le bienvenu. Barbie avait marché pendant une bonne partie de la journée, puis enfilé son tablier de cuistot et tenu les fourneaux pendant le plus clair de la soirée. Il était claqué.

Et si jamais c'était Junior et quelques-uns de ses amis, prêts à lui organiser une petite réception en l'honneur de son retour ? On pouvait toujours prétendre que c'était improbable, sinon parano, mais la journée avait été un festival d'événements improbables. De plus, Junior, Frank DeLesseps et le reste de leur bande faisaient partie des rares personnes qu'il n'avait pas vues au Sweetbriar Rose ce soir. Il supposa qu'ils traînaient sur la 119 ou la 117, jouant les voyeurs, mais quelqu'un leur avait peut-être dit qu'il était de retour en ville, et qui sait s'ils n'avaient pas un petit projet pour plus tard dans la soirée ? Plus tard comme maintenant, par exemple.

On frappa à nouveau. Barbie se leva et posa la main sur la petite télé portable. Ce n'était pas grand-chose en guise d'arme, mais elle pourrait faire des dégâts sur le premier ou les deux premiers qui essaieraient de forcer sa porte. Il y avait bien la barre du placard, mais les trois pièces étaient minuscules et il aurait manqué de place pour la manœuvrer efficacement. Ou bien son couteau suisse, mais il était tout juste bon à faire des égratignures. À moins qu'il…

« Mr Barbie ? » C'était une voix de femme. « Barbie ? Vous êtes là ? »

Il lâcha la poignée de la télé et traversa la kitchenette. « Qui est-ce ? » Mais le temps de poser la question, il avait reconnu la voix.

« Julia Shumway. J'ai un message de la part de quelqu'un qui veut vous parler. Il m'a dit de vous dire que vous aviez le bonjour de Ken. »

Barbie ouvrit la porte et la fit entrer.

6

Dans la salle de réunion lambrissée de pin, au sous-sol de l'hôtel de ville de Chester's Mill, le grondement du générateur (un Kelvinator d'un certain âge) était réduit à un murmure sourd. La table, au milieu de la pièce, en érable rouge de première qualité, polie et brillante comme un miroir, mesurait quatre mètres de long. Ce soir la plupart des fauteuils qui l'entouraient étaient vides. Les quatre personnes présentes à ce que Big Jim appelait la Réunion d'Évaluation d'Urgence étaient regroupées à une extrémité. Big Jim lui-même, bien que deuxième conseiller, était assis au bout de la table. Derrière lui était accrochée une carte où l'on voyait le territoire en forme de chaussette de sport de Chester's Mill.

Outre Big Jim il y avait donc Peter Randolph, shérif par intérim, et les deux autres conseillers. Le seul qui semblait avoir gardé son sang-froid était Rennie. Randolph paraissait sous le choc, effrayé. Andy Sanders était bien entendu assommé de chagrin. Quant à Andrea Grinnell

– version grisonnante et en surpoids de sa sœur cadette, Rose –, elle donnait l'impression d'être hébétée. Ce n'était pas nouveau.

Quatre ou cinq ans auparavant, par un matin de janvier, Andrea avait glissé dans son allée verglacée en allant relever sa boîte aux lettres. Elle était tombée si lourdement qu'elle s'était rompu deux disques intervertébraux (peser trente ou quarante kilos de trop n'avait pas dû aider). Le Dr Haskell lui avait prescrit la dernière merveille en matière de médicament, l'OxyContin, pour soulager ce qui était sans aucun doute des douleurs insupportables. Et il continuait à lui en administrer depuis. Grâce à son excellent ami Andy, patron de la pharmacie de la ville, Big Jim savait qu'Andrea avait commencé à quarante milligrammes par jour et en était arrivée au chiffre astronomique de quatre cents. L'information était utile.

« Du fait du deuil terrible que connaît Andy, commença Big Jim, je vais présider cette réunion, si personne ne soulève d'objection. Nous sommes tous profondément désolés, Andy.

– Et comment, monsieur, dit Randolph.

– Merci », répondit Andy.

Et lorsque Andrea posa brièvement sa main sur la sienne, les larmes lui montèrent à nouveau aux yeux.

« Bon. Nous commençons tous à avoir une petite idée de ce qui s'est passé ici, reprit Big Jim, bien que personne parmi nous n'y comprenne quoi que ce soit…

– Ni personne de l'autre côté, je parie », le coupa Andrea.

Big Jim l'ignora. « … et les militaires présents sur place n'ont pas jugé bon d'entrer en contact avec les élus de la ville.

– On a des problèmes avec le téléphone, monsieur », intervint Randolph.

Il appelait toutes les personnes présentes par leur prénom et considérait même Big Jim comme un ami ; mais, pour une telle réunion, il trouvait judicieux de s'en tenir aux *madame* et aux *monsieur*. Perkins faisait de même et au moins, là-dessus, le vieux avait sans doute eu raison.

Big Jim balaya l'objection d'un geste de la main, comme on chasse une mouche importune. « Quelqu'un aurait pu s'approcher, du côté de Motton ou de Tarker's Mill, pour qu'on vienne me – nous – chercher, mais personne n'a jugé bon de le faire.

– Monsieur, la situation est encore très… euh, instable.

– Je n'en doute pas, je n'en doute pas. Et il est tout à fait possible que ce soit pour cette raison que personne n'ait encore fait appel à nous. Cela se pourrait, oh oui, et je prie que ce soit pour cette raison. J'espère que vous avez tous prié. »

Toutes les têtes opinèrent avec componction.

« Mais pour le moment… » Big Jim regarda autour de lui, la mine grave. Il se *sentait* grave. Mais aussi excité. Et *prêt.* Il ne pensait pas impossible que sa photo fasse la couverture de *Time Magazine* avant la fin de l'année. Les désastres – en particulier ceux déclenchés par des terroristes – n'avaient pas toujours que des retombées néfastes. Regardez le bénéfice qu'en avait tiré Rudy Giuliani, le maire de New York au moment du 11 Septembre. « Pour le moment, madame et messieurs, nous devons envisager comme une possibilité sérieuse d'être entièrement livrés à nous-mêmes. »

Andrea porta une main à sa bouche. Ses yeux brillaient, soit de peur, soit de l'abus de came. Voire des deux. « C'est impossible, Jim !

– Espérer le mieux, se préparer au pire, c'est ce que dit toujours Claudette », Andy avait parlé sur le ton de la plus profonde méditation. « Disait, je veux dire. Elle a préparé un petit déjeuner extra, ce matin. Des œufs brouillés avec un reste de tacos au fromage. Nom d'un chien ! »

Le flot de larmes, qui avait ralenti, repartit de plus belle. Andrea posa de nouveau sa main sur celle d'Andy. Cette fois-ci, Andy la serra. *Andy et Andrea*, songea Big Jim, un léger sourire venant creuser les plis du bas de son visage poupin. *Les jumeaux Crétinos.*

« Espérer le mieux, se préparer au pire, répéta-t-il, quel bon conseil. Le pire, dans ce cas, pourrait vouloir dire plusieurs jours coupés du reste du monde. Une semaine. Ou même un mois. » En fait, il n'y croyait pas mais ils fileraient plus doux s'ils avaient peur.

Andrea répéta : « C'est impossible !

– Nous n'en savons tout simplement rien », lui fit remarquer Big Jim. C'était, sans conteste, la vérité sans fard. « Comment le pourrions-nous ?

– Nous devrions peut-être faire fermer le Food City, dit Randolph. Au moins pour le moment. Sinon, les gens vont s'y précipiter comme avant un blizzard. »

Rennie fut agacé. Il avait un programme, cette mesure y figurait, mais pas parmi les priorités.

« Ce n'est peut-être pas une bonne idée, au fond, dit Randolph en voyant l'expression du deuxième conseiller.

– Exact, Pete, je ne pense pas que ce soit une bonne idée. C'est le même principe que de ne pas fermer la banque quand on est à court de liquidités. Ça ne fait que déclencher une panique.

– Vous voulez qu'on ferme les banques, aussi ? demanda Andy. Et qu'est-ce qu'on fait pour les distributeurs automatiques ? Il y en a un au Brownie's Store… au Mill Gas & Grocery… à ma pharmacie, bien entendu… » Son expression devint vague, puis son visage s'éclaira. « Je crois que j'en ai vu un au centre de soins, mais je ne suis pas très sûr pour celui-là… »

Rennie se demanda si Andrea n'avait pas offert quelques-unes de ses pilules à son pharmacien. « Ce n'était qu'une métaphore, Andy. » Il avait parlé à voix basse, gentiment. C'était exactement le genre de choses auxquelles il fallait s'attendre quand les gens se mettaient à divaguer. « Dans une situation comme celle-ci, la nourriture, c'est de l'argent, d'une certaine manière. Ce que je dis, c'est que les choses devraient continuer comme d'habitude. De cette façon, les gens garderont leur calme.

– Ah », fit Randolph. Ça il le comprenait. « Bien vu.

– Mais il faudra que tu parles au gérant du supermarché – c'est quoi son nom, déjà ? Cade ?

– Non, Cale, répondit Randolph. Jack Cale.

– Également à Johnny Carver, à l'épicerie, et à… qui diable est le gérant du Brownie's, depuis la mort de Dil Brown ?

– Velma Winter, intervint Andrea. Elle n'est pas d'ici, mais elle est très gentille. »

Rennie fut satisfait de voir que Randolph écrivait tous ces noms dans son calepin. « Tu diras à tous ces gens que la vente de bière et d'alcool est interdite jusqu'à nouvel ordre. » Son visage se plissa, adoptant une expression de plaisir qui était effrayante. « Quant au Dipper's, il est *fermé*.

– Des tas de gens ne vont pas apprécier, fit remarquer Randolph. À commencer par Sam Verdreaux. »

Verdreaux était l'ivrogne le plus notoire de Chester's Mill ; son existence était la preuve parfaite – du point de vue de Big Jim – qu'il n'aurait jamais fallu abroger la Prohibition.

« Sam et ses semblables devront se faire une raison quand leurs réserves de bière et de gnôle seront épuisées. On ne peut pas se permettre d'avoir la moitié de la ville ivre comme si on était la veille du nouvel an.

– Pourquoi pas ? demanda Andrea. Quand ils auront tout bu, la question sera réglée.

– Et s'ils flanquent la pagaille, en attendant ? »

Andrea garda le silence. Elle ne voyait pas pour quelle raison les gens flanqueraient la pagaille – pas s'ils avaient de quoi manger – mais discuter avec Rennie, avait-elle découvert, était en général stérile et toujours usant.

« Je vais envoyer deux de mes hommes pour leur parler, dit Randolph.

– Va voir *en personne* Tommy et Willow Anderson. » Les Anderson étaient les gérants du Dipper's. « Ils peuvent faire des histoires. » Il ajouta, d'un ton plus bas : « Ce sont des extrémistes. »

Randolph acquiesça. « Des extrémistes *de gauche*. Ils ont la photo de Tonton Barack au-dessus du bar.

– Exactement. » *Et* – ce n'était même pas utile de le dire – *Duke Perkins avait laissé ces deux hippies de cueilleurs de coton faire leur trou ici, avec leurs danses de sauvages, leur rock and roll tapageur et les gens qui picolaient jusqu'à une heure du matin. Il les protégeait. Et regardez ce qui est arrivé à mon fils et à ses amis.* Il se tourna vers Andy Sanders. « Il faudra aussi que tu mettes tous les médicaments sur ordonnance sous clef. Bon, pas le Nasonex ou le Lyrica, ni les trucs de ce genre. Tu sais ce que je veux dire.

– Tout ce que les gens peuvent prendre pour se droguer est déjà sous clef », répondit Andy.

Il parut mal à l'aise. Rennie savait pourquoi, mais, pour le moment, il ne se souciait pas de la régularité des ventes de la pharmacie ; ils avaient bien d'autres chats à fouetter.

« Mieux vaut renforcer les précautions, de toute façon. »

Andrea parut inquiète. Andy lui tapota la main. « Ne t'inquiète pas, j'ai assez de réserves pour les personnes qui en ont vraiment besoin. »

Andrea lui sourit.

« En un mot, Chester's Mill va rester au régime sec jusqu'à la fin de la crise, dit Big Jim. Nous sommes d'accord ? Levez la main. »

Les mains se levèrent.

« Je peux en venir à ce par quoi je voulais commencer, à présent ? » Rennie regarda Randolph, qui ouvrit les mains en un geste qui voulait dire à la fois *bien sûr* et *désolé*.

« Nous devons bien reconnaître que les gens ont tendance à avoir la frousse. Et lorsque les gens ont la frousse, ils sont capables de n'importe quoi, alcool ou pas. »

Andrea eut un coup d'œil pour la console située à la droite de Big Jim : c'était de celle-ci qu'on contrôlait la télé, la radio AM/FM et le magnétoscope intégré, une innovation que Big Jim détestait. « On ne devrait pas brancher ce truc ?

– Je n'en vois pas la nécessité. »

Ce fichu système d'enregistrement (lointain héritage de Richard Nixon) avait été l'idée d'un assistant médical du nom d'Eric Everett, un casse-bonbons fouineur d'une trentaine d'années connu dans le patelin sous le surnom de Rusty. Everett avait proposé cette absurdité de magnétophone deux ans auparavant, lors d'une réunion du conseil municipal, le présentant comme un progrès considérable. Proposition qui avait été une surprise désagréable pour Rennie, lequel se laissait pourtant rarement surprendre, en particulier par des amateurs en politique.

Rennie avait commencé par objecter que le coût serait prohibitif. Tactique en général efficace auprès de ces radins de Yankees, mais pas cette fois ; Everett avait présenté des chiffres (peut-être fournis par Duke Perkins) qui montraient que le gouvernement fédéral en paierait quatre-vingts pour cent. Au motif que c'était un système de prévention des catastrophes, un truc comme ça. Héritage, cette fois, des années de folles dépenses de l'ère Clinton. Rennie s'était bien fait avoir.

Ce n'était pas le genre de chose qui arrivait souvent, et cela ne lui avait pas plu, mais il faisait de la politique depuis bien plus longtemps que Rusty Everett ne chatouillait des prostates et n'ignorait pas qu'il existait une grande différence entre perdre une bataille et perdre la guerre.

« Ou au moins que quelqu'un prenne des notes ? demanda timidement Andrea.

– Je crois qu'il faut mieux que cette réunion reste informelle, pour le moment, dit Big Jim. Juste entre nous quatre.

– Bon... si c'est ce que tu penses...

– Deux personnes peuvent garder un secret si l'une d'elles est morte, dit alors Andy d'un ton rêveur.

– Tout juste, vieux », fit remarquer Big Jim comme si c'était le bon sens même. Puis il se tourna vers Randolph. « Je dirais que notre premier souci – notre première responsabilité vis-à-vis de cette ville – est le maintien de l'ordre pendant la durée de la crise. Autrement dit, la police.

– Fichtrement vrai ! s'exclama Randolph.

– Je suis certain que le chef Perkins nous regarde de là-haut –

– Avec ma femme, dit Andy. Avec Claudie. »

Il poussa un hennissement embourbé de morve dont Big Jim se serait volontiers passé. Il n'en tapota pas moins la main libre d'Andy.

« Tu as raison, Andy, tous les deux ensemble, baignant dans la gloire de Jésus. Mais pour nous autres, ici-bas sur terre... Pete, de combien de personnes disposes-tu, en matière de personnel ? »

Big Jim Rennie connaissait la réponse. Il connaissait la réponse à la plupart des questions qu'il posait. Voilà qui rendait la vie plus facile. Il y avait dix-huit officiers de police salariés par Chester's Mill, douze à plein temps et six à temps partiel (ces derniers avaient tous plus de soixante ans, si bien qu'ils revenaient délicieusement peu cher). Sur les dix-huit, il était à peu près certain que cinq se trouvaient hors de la ville ; soit qu'ils aient été assister à la partie de football du jour, avec leur épouse et leur famille, soit qu'ils se soient rendus à l'exercice d'incendie de Castle Rock. Un sixième, le chef Perkins, était mort. Certes, Rennie n'aurait jamais dit du mal d'un mort, mais il était convaincu que la ville se porterait mieux avec Perkins au Ciel qu'ici-bas, essayant de gérer un sac d'embrouilles très au-delà de ses capacités limitées.

« Je vais vous dire quelque chose, les gars, commença Randolph. La situation n'est pas fameuse. Il y a Henry Morrison et Jackie Wettington, les deux qui ont réagi en même temps que moi au premier Code 3. Il y a aussi Rupe Libby, Fred Denton et George Frederick – sauf que George est tellement asthmatique que je ne garantis pas qu'il puisse être bien utile. Il envisageait de prendre sa retraite dès la fin de l'année.

– Pauvre vieux George, dit Andy. Il ne survit que grâce à l'Advair.

– Et comme vous le savez, on ne peut pas tellement compter sur Marty Arsenault et Toby Whelan, ces temps-ci. Le seul temps-partiel en état de servir, c'est Linda Everett. Entre ce fichu exercice d'incendie et le match de foot, ça n'aurait pas pu plus mal tomber.

– Linda Everett ? demanda Andrea. La femme de Rusty ?

– *Bah !* » s'exclama Big Jim. Big Jim disait souvent *Bah !* quand il était irrité. « C'est tout juste si elle est capable de faire traverser les enfants devant l'école.

– Oui, monsieur, mais elle a passé le concours d'adjoint à Castle Rock, l'an dernier, et elle a une autorisation de port d'arme. Elle n'a aucune raison de ne pas la porter et de ne pas prendre son service. Peut-être pas à temps plein, les Everett ont deux enfants, mais elle peut faire sa part. N'oublions pas que nous sommes en temps de crise.

– Pas de doute, pas de doute », grommela Rennie. Mais qu'il soit pendu s'il laissait l'un ou l'autre Everett jaillir devant lui comme un diable de sa boîte à chaque fois qu'il ferait un pas. En un mot : il ne voulait pas de cette bonne femme cueilleuse de coton dans son équipe de choc. Pour commencer elle était jeune, elle n'avait pas plus de trente ans, et elle était belle comme le diable. Il était sûr qu'elle aurait une mauvaise influence sur les hommes. C'est toujours le cas avec les jolies femmes. Wettington et ses nénés en obus suffisaient largement.

« Si bien, reprit Randolph, que nous ne disposons que de huit personnes sur dix-huit.

– Tu as oublié de te compter », lui fit observer Andrea.

Randolph se donna un coup sur la tête de la paume de la main, comme s'il essayait de mettre son cerveau en route. « Oh. Ouais. Exact. Neuf.

– Ce n'est pas assez, dit Rennie. Nous devons prévoir des renforts. Sur une base temporaire, bien sûr ; jusqu'à ce que la situation s'éclaircisse.

– À qui pensiez-vous, monsieur ? demanda Randolph.

– À mon fils, pour commencer.

– Junior ? s'étonna Andrea, sourcils levés. Il n'est même pas en âge de voter… si ? »

Big Jim se représenta brièvement le cerveau d'Andrea : quinze pour cent étaient consacrés à ses sites d'achat en ligne préférés ; quatre-vingts pour cent étaient des récepteurs de came ; deux pour cent constituaient sa mémoire et les trois pour cent restants se chargeaient de penser. Et c'était avec *ça* qu'il devait travailler. Toutefois, se rappela-t-il, *la stupidité des collègues vous simplifie l'existence.*

« Il a vingt et un ans, en fait. Il en aura vingt-deux en novembre prochain. Et soit par chance, soit par la grâce de Dieu, il est revenu de la fac pour le week-end. »

Peter Randolph savait que Junior était rentré de façon permanente à la maison – il l'avait vu écrit en toutes lettres sur le carnet de notes du téléphone, dans le bureau du chef de la police, un peu plus tôt dans la semaine ; mais il n'avait aucune idée du canal par lequel Duke avait obtenu cette information et ne voyait pas non plus en quoi elle était assez importante pour qu'on l'ait notée. Il y avait eu aussi autre chose d'écrit dessous : *Troubles du comportement ?*

Néanmoins, ce n'était probablement pas le temps de partager cette information avec Big Jim.

Rennie continuait, avec l'enthousiasme du bonimenteur dans un spectacle télévisé, et annonça le super-super-bonus : « De plus, Junior a trois amis qui conviendraient parfaitement : Frank DeLesseps, Melvin Searles et Carter Thibodeau. »

Encore une fois, Andrea eut l'air mal à l'aise. « Heu... est-ce que ce ne sont pas... les jeunes gens... qui ont été impliqués dans l'altercation du Dipper's ? »

Big Jim lui adressa un sourire empreint d'une telle joviale férocité qu'Andrea eut un mouvement de recul.

« Cette affaire a été exagérée. Et elle a été déclenchée par l'alcool, comme presque toujours. Sans compter que celui par qui tout a commencé est ce type, Barbara. Raison pour laquelle aucune plainte n'a été déposée. Ce n'était rien. À moins que je me trompe, Peter ?

– Absolument pas, répondit Randolph qui paraissait néanmoins mal à l'aise lui aussi.

– Tous ces gaillards ont dépassé vingt et un ans, et je crois que Carter Thibodeau en a même vingt-trois. »

Thibodeau, âgé effectivement de vingt-trois ans, travaillait depuis peu comme mécanicien à temps partiel au Mill Gas & Grocery. Il s'était déjà fait mettre à la porte de deux jobs auparavant – pour des manifestations de colère, avait entendu dire Randolph – mais il paraissait s'être calmé à l'épicerie-station-service. Johnny lui avait dit qu'il n'avait jamais eu meilleur ouvrier pour ce qui était des pots d'échappement et des circuits électriques.

« Ils ont tous chassé ensemble, ils savent tirer.

– À Dieu ne plaise qu'on mette leur expérience à l'épreuve, observa Andrea.

– Personne ne se fera tirer dessus, Andrea, et personne ne suggère de faire de ces jeunes gens des policiers à plein temps. Ce que je dis, c'est que nous sommes devant la nécessité de remplumer un effectif très sérieusement diminué, et *vite.* Alors, qu'en pensez-vous, chef ? Ils peuvent servir jusqu'à la fin de la crise, et nous les paierons sur les fonds spéciaux. »

L'idée de voir Junior se balader avec une arme dans les rues de Chester's Mill déplaisait à Randolph – Junior et ses éventuels *troubles du comportement* – mais il lui déplaisait tout autant de contrarier Big Jim. Et cela pourrait être une bonne idée de disposer d'un petit groupe de suppléants. Même s'ils étaient jeunes. Il ne prévoyait pas d'agitation particulière, dans sa juridiction, mais il pouvait leur faire contrôler les endroits où les routes principales se heurtaient à la barrière. Si la barrière était toujours là demain. Et si elle n'y était pas ? Question réglée.

Il afficha le sourire du bon coéquipier. « Vous savez, monsieur, je pense que c'est une excellente idée. Envoyez-les-moi au poste demain à dix heures…

– Neuf heures serait peut-être mieux, Pete.

– Neuf heures, très bien, intervint Andy de sa voix rêveuse.

– Des remarques ? » demanda Rennie.

Il n'y en eut pas. Andrea eut l'air d'avoir peut-être quelque chose à dire, mais de ne plus se rappeler quoi.

« Alors je mets aux voix, dit Rennie. Le conseil doit-il demander au chef Randolph de prendre comme adjoints, avec un salaire de base, Junior, Frank DeLesseps, Melvin Searles et Carter Thibodeau ? Avec pour période de service le temps que cette fichue affaire soit réglée ? Ceux qui votent pour font comme d'habitude. »

Tous levèrent la main.

« La mesure est approu… »

Rennie fut interrompu par deux détonations qui faisaient nettement penser à des coups de feu. Tous sursautèrent. Puis il y en eut une troisième, et Rennie, qui avait travaillé toute sa vie au milieu de moteurs, comprit de quoi il s'agissait.

« Détendez-vous, les gars. C'est juste un raté. Le générateur se racle la gorge… »

L'antique machine lança une dernière détonation, puis mourut. Les lumières s'éteignirent, les laissant quelques instants dans les ténèbres. Andrea poussa un cri.

Sur sa gauche, Andy s'écria, « Ah mon Dieu, le propane… »

Rennie tendit la main et saisit par le bras Andy, qui se tut. Tandis que Rennie relâchait son étreinte, la lumière revint timidement dans la longue salle lambrissée de pin. Non pas le brillant éclairage de la suspension, mais celui des boîtiers de secours installés aux quatre coins. Dans leur faible lueur, les visages regroupés à la pointe nord de la table de conférences paraissaient jaunâtres et plus âgés de plusieurs années.

Ils avaient aussi l'air effrayés. Big Jim Rennie lui-même paraissait effrayé.

« Pas de problème, dit Randolph avec une jovialité qui sonnait faux. Le réservoir est sans doute à sec, c'est tout. Les bonbonnes ne manquent pas dans la remise de la ville. »

Andy adressa un coup d'œil à Big Jim. Ce ne fut qu'un léger mouvement oculaire, mais Rennie eut l'impression qu'Andrea l'avait remarqué. Ce qu'elle pouvait en déduire, en fin de compte, concernait tout autre chose.

Elle l'aura oublié avec son prochain cachet d'Oxy, se dit-il. *Ou demain matin, c'est certain.*

Pour le moment, les réserves en propane de la ville – ou leur absence – ne l'inquiétaient pas plus que cela. Il s'occuperait du problème quand cela serait nécessaire.

« OK, les amis, je sais qu'il vous tarde autant qu'à moi de sortir d'ici, alors passons à l'autre point de l'ordre du jour. Je crois que nous devrions déclarer officiellement Peter Randolph chef de la police de Chester's Mill.

– Oui, pourquoi pas ? » demanda Andy.

Il paraissait fatigué.

« S'il n'y a pas de discussion, reprit Rennie, je mets aux voix. »

Tout le monde vota selon le souhait de Big Jim.

Comme toujours.

7

Junior était assis sur les marches, devant la grande maison des Rennie de Mill Street, quand les phares du Hummer de son père vinrent inonder l'allée. Junior se sentait en paix. La migraine n'était pas revenue. Andie et Dodee étaient remisées dans l'arrière-cuisine des McCain, où elles seraient très bien – du moins pour le moment. Il avait remis dans le coffre paternel l'argent qu'il y avait pris. Il avait un pistolet dans sa poche – le calibre 38 à crosse de nacre que son père lui avait offert pour ses dix-huit ans. Ils allaient parler, tous les deux.

Junior allait écouter très attentivement ce que le Roi du Crédit Total avait à lui dire. S'il avait l'impression que son père savait ce que lui, Junior, avait fait – il ne voyait pas comment c'était possible, mais son père savait tant de choses – alors Junior le tuerait. Après quoi, il retournerait l'arme contre lui. Parce qu'il n'y aurait aucun moyen de fuir. Pas cette nuit. Ni demain, probablement. À son retour de chez les McCain, il s'était arrêté sur la place principale, et avait écouté les conversations. Ce qu'il avait entendu relevait du délire, mais la grande bulle de lumière au sud – et la plus petite au sud-ouest, là où la 117 passe sur le territoire de Castle Rock – lui avaient laissé à penser que ce soir, c'était les trucs délirants qui étaient vrais.

La portière du Hummer s'ouvrit puis claqua. Big Jim Rennie marcha vers Junior, son porte-documents claquant contre sa cuisse. Il ne paraissait ni soupçonneux, ni sur ses gardes, ni en colère. Il s'assit sans un mot sur les marches à côté de son fils. Puis, avec un geste qui prit complètement Junior par surprise, il posa la main sur la nuque du jeune homme et la serra doucement.

« Tu es au courant ? demanda-t-il.

– En partie, oui, répondit Junior. Mais je n'y comprends rien.

– Personne ne comprend. Je crois que des jours difficiles nous attendent jusqu'à ce que tout rentre dans l'ordre. C'est pourquoi j'ai quelque chose à te demander.

– C'est quoi ? »

La main de Junior se referma sur la crosse de son pistolet.

« Jouerez-vous votre rôle ? Toi et tes amis ? Frankie, Carter et le fils Searle ? »

Junior attendit en silence. Qu'est-ce que c'était que ces conneries ?

« Pete Randolph est le chef de la police, à présent. Il va avoir besoin d'hommes pour compléter ses effectifs. Des types bien. Veux-tu servir comme adjoint jusqu'à ce qu'on en ait terminé avec ce fichu sac d'embrouilles ? »

Junior se sentit pris d'un besoin presque irrépressible de hurler de rire. Ou de triomphe. Ou des deux. La main de Big Jim était encore posée sur sa nuque. Sans serrer. Sans le pincer. Presque… caressante.

Junior lâcha la crosse de son arme, dans sa poche. Il se rendit compte que ça marchait comme sur des roulettes pour lui. Comme sur des super-roulettes.

Aujourd'hui, il avait tué deux filles qu'il connaissait depuis l'enfance.

Demain, il serait policier de la ville.

« Bien sûr, p'pa. Si tu as besoin de nous, nous serons *là.* »

Et, pour la première fois depuis peut-être quatre ans (sinon davantage), il embrassa son père sur la joue.

PRIÈRES

1

Barbie et Julia Shumway ne parlèrent pas beaucoup ; il n'y avait pas grand-chose à dire. Leur voiture, pour autant que Barbie pût en juger, était la seule sur la route ; cependant, lorsqu'ils eurent quitté l'agglomération, il vit que toutes les fenêtres des fermes étaient éclairées. Dans la campagne, où il fallait s'occuper tous les jours des animaux et où les gens n'accordaient qu'une confiance limitée à la compagnie d'électricité Western Maine Power, presque tout le monde avait un générateur. Lorsqu'ils passèrent non loin de l'antenne de WCIK, les deux lumières rouges, à son sommet, clignotaient comme toujours. La croix électrique au-dessus du petit studio de la station était aussi allumée, telle une balise éclatante dans la nuit. Au-dessus, les étoiles constellaient le ciel avec leur extravagante profusion ordinaire, cataracte d'énergie n'ayant nul besoin d'un générateur pour fonctionner.

« Il m'arrivait de venir pêcher par ici, dit Barbie. L'endroit est tranquille.

– Ça mordait ?

– Oui, beaucoup, mais parfois l'air empestait les sous-vêtements sales des dieux. Les fertilisants, ou un truc comme ça. Je n'ai jamais osé manger ce que je pêchais.

– C'était pas les fertilisants – connerie. C'était l'odeur de sainteté.

– Pardon ? »

Elle lui montra la silhouette sombre d'un clocher qui cachait les étoiles. « L'église du Christ-Rédempteur, dit-elle. Ils possèdent la station WCIK, un peu en arrière de la route. Connue aussi sous le nom de Radio-Jésus. Ça ne vous dit rien ? »

Il haussa les épaules. « Si, j'ai vu le clocher. Et je connais la station. Le contraire serait difficile quand on habite ici et qu'on a la radio. Des fondamentalistes ?

– À côté d'eux, les baptistes radicaux sont des petits rigolos. Je vais moi-même à la Congo. Peux pas supporter Lester Coggins et son baratin – *ha-ha, vous irez tous en enfer et pas nous*. Caresses dans le sens du poil pour des poils différents. Mais je me suis tout de même souvent demandé comment ils ont pu se payer une radio qui émet à cinquante mille watts.

– Dons des fidèles ? »

Elle eut un petit reniflement. « Je devrais peut-être poser la question à Jim Rennie. Il y est diacre. »

Julia roulait dans une pimpante Prius Hybrid, un choix de véhicule qui étonnait de la part d'une républicaine affirmée, propriétaire d'un journal (mais, supposa Barbie, la Prius convenait peut-être assez bien à une paroissienne de la première église congrégationaliste, dite la Congo). La voiture roulait en silence, radio branchée. Le seul problème était que WCIK émettait un signal si puissant, de ce côté-ci de la ville, qu'il effaçait toutes les autres stations de la bande FM. Et ce soir, la station diffusait il ne savait quelle sainte connerie jouée à l'accordéon qui lui donnait mal à la tête. On aurait dit des polkas massacrées par un orchestre se mourant de la peste bubonique.

« Essayez la bande AM, voulez-vous ? » demanda-t-elle.

Ce qu'il fit, mais il tomba sur les habituels baratineurs nocturnes avant de trouver une station de sport, près de la fin de la bande passante. On y racontait qu'avant le match entre les Red Sox et les Mariners, à Fenway Park, tout le monde avait observé une minute de silence à la mémoire des victimes de ce que le présentateur appela « l'événement du Maine occidental ».

« L'événement, reprit Julia. Typique du vocabulaire des commentateurs sportifs. Autant arrêter ça. »

À un ou deux kilomètres de l'église, ils commencèrent à voir les premières lueurs entre les arbres. Et en débouchant d'un virage, ils furent inondés de lumière par des projecteurs presque aussi imposants que ceux de la défense antiaérienne. Deux pointaient dans leur direction ; deux autres étaient braqués à la verticale. Le moindre nid-de-poule de la route ressortait de manière démesurée. Les troncs des bouleaux faisaient penser à des spectres efflanqués. Barbie avait l'impression de se retrouver dans un film noir des années 1940.

« Stop, stop, stop ! dit-il. Il vaut mieux ne pas s'approcher davantage. On dirait qu'il n'y a rien en face de nous, mais croyez-moi sur parole, il y a quelque chose. Ça bousillerait toute l'électronique de votre petite voiture, pour commencer. »

Elle s'arrêta et ils descendirent. Ils restèrent un moment devant la Prius, plissant les yeux tant la lumière était puissante. Julia leva une main en visière.

Au-delà des lumières, garés nez à nez, on devinait deux camions militaires bâchés. On avait disposé en travers de la chaussée, pour faire bonne mesure, des chevaux de frise calés par des sacs de sable. Des moteurs tournaient sur un mode régulier dans la pénombre – pas un générateur, mais plusieurs. Barbie vit des câbles électriques serpenter depuis les projecteurs jusque dans les bois, où d'autres lumières brillaient entre les arbres.

« Ils vont éclairer tout le périmètre », dit-il en faisant tourner un doigt en l'air, tel un arbitre de baseball signalant un point marqué. Il va y avoir des lumières tout autour du territoire de Chester's Mill, braquées sur nous et braquées vers le ciel.

– Vers le ciel ? Pourquoi ?

– Pour le trafic aérien, si jamais un appareil s'aventurait jusqu'ici. Je crois que c'est surtout pour cette nuit qu'ils sont inquiets. Dès demain, tout l'espace aérien au-dessus de Chester's Mill sera aussi hermétique que les sacs d'argent d'Oncle Picsou. »

Dans la pénombre qui régnait derrière les projecteurs, mais visibles grâce à leur réfraction, se tenaient une demi-douzaine de soldats l'arme au pied, en position de repos, leur tournant le dos. Ils avaient dû entendre arriver la voiture, aussi silencieuse qu'elle fût, mais pas un seul ne se retourna.

Julia les interpella :

« Hé, les gars ! »

Aucun ne bougea. Barbie ne s'attendait pas à ça. En chemin, Julia lui avait rapporté ce que lui avait dit Cox, mais il fallait tout de même essayer. Et comme il distinguait leurs insignes, il savait comment il devait s'y prendre. C'était peut-être l'armée qui avait la responsabilité du spectacle (ce que suggérait la participation de Cox) mais ces gaillards-là n'appartenaient pas à l'armée.

« Hé, les marines ! » lança-t-il à son tour.

Rien. Barbie s'avança un peu plus. Il vit une ligne horizontale noire suspendue en l'air, mais l'ignora pour le moment. Il était plus intéressé par les hommes en faction devant la barrière. Le Dôme, plutôt. Shumway avait dit que Cox l'appelait le Dôme.

« Hé, les gars des forces de reconnaissance, quelle surprise de vous voir sur le territoire national, dit-il en se rapprochant. Est-ce qu'il serait par hasard réglé, votre petit problème en Afghanistan ? »

Rien. Il fit deux pas de plus. Le crissement des gravillons, sous ses chaussures, lui parut amplifié.

« C'est fou le nombre de gonzesses qu'on trouve dans les forces de reconnaissance – c'est du moins ce que j'ai entendu dire. C'est un soulagement, en vérité. Si la situation avait été vraiment mauvaise, on nous aurait envoyé les Rangers.

– Cause toujours », marmonna l'un d'eux.

Ce n'était pas grand-chose, mais Barbie se sentit encouragé. « Vous énervez pas, les gars. Vous énervez pas et parlons tranquillement de tout ça. »

Rien, une fois de plus. Et il se tenait aussi près de la barrière (ou du Dôme) qu'il osait s'en approcher. La chair de poule ne lui hérissa pas la peau et ses cheveux ne se dressèrent pas sur sa nuque, mais il savait que la chose était là. Il la sentait.

De plus, il était possible de la visualiser : la bande noire suspendue en l'air. Il ne savait pas de quelle couleur elle serait à la lumière du jour, mais il aurait penché pour le rouge, la couleur du danger. Elle était peinte à la bombe, et il aurait parié toutes ses économies à la banque (qui s'élevaient à un peu plus de cinq mille dollars) qu'elle faisait tout le tour de la barrière.

Comme une rayure horizontale sur une manche de chemise, songea-t-il.

Il ferma son poing et cogna de son côté de la bande, produisant un bruit d'articulations contre du verre, comme la première fois. L'un des marines sursauta.

« Je ne suis pas certaine que ce soit une bonne… », commença Julia.

Barbie l'ignora. Il sentait la colère monter. Il y avait en lui quelque chose qui avait attendu de se mettre en colère depuis le début de la journée, et voici que l'occasion se présentait. Il savait que ça ne servirait à rien de s'en prendre à ces types – ils n'étaient que des hallebardiers – mais c'était dur de ne pas relâcher un peu la soupape. « Hé, les marines ! Donnez donc un coup de main à un frère.

– Va donc, branleur ! »

Celui qui avait répondu ne s'était pas tourné, mais Barbie comprit qu'il s'agissait du chef de ce joyeux petit détachement. Il avait reconnu le ton. Il l'avait lui-même employé. Souvent. « Nous avons nos ordres, alors c'est *toi* qui nous donnes un coup de main. Ailleurs, un autre jour, je demanderais pas mieux que te payer une bière ou te botter les fesses. Mais pas ici, pas ce soir. Qu'est-ce que t'en dis ?

– Je dis d'accord, répondit Barbie. Mais quand je vois que nous sommes tous du même bord, me demande pas en plus que ça me plaise. » Il se tourna vers Julia. « Vous avez votre téléphone ? »

Elle le sortit. « Vous devriez en avoir un. C'est à la mode.

– J'en ai un. Un Best Buy jetable spécial. Je ne m'en suis presque jamais servi. Il est resté dans un tiroir quand j'ai essayé de quitter la ville. J'ai pas vu de raison de ne pas l'y laisser ce soir. »

Elle lui tendit le sien. « Faudra composer le numéro vous-même, j'en ai peur. J'ai du boulot, moi. » Elle éleva la voix pour que les soldats qui se tenaient au-delà de la lumière aveuglante puissent l'entendre. « Je suis la rédactrice en chef du journal local, après tout, et j'ai besoin de quelques clichés. » Elle éleva encore la voix. « En particulier d'une photo de soldats montant la garde en tournant le dos à une communauté en détresse.

– Madame, j'aimerais autant que vous vous absteniez », dit le chef du détachement.

C'était un type trapu au dos large.

« Venez m'en empêcher, l'invita Julia.

– Je crois que vous savez que c'est impossible, répondit le marine. Pour ce qui est de nos dos tournés, ce sont les ordres.

– Marine, rétorqua Julia, prenez vos ordres, roulez-les bien serrés penchez-vous en avant et collez-vous-les là où la qualité de l'air laisse à désirer. »

Dans la lumière brillante, Barbie vit quelque chose de remarquable : Julia Shumway implacable, les lèvres serrées, les yeux embués de larmes.

Tandis que Barbie composait le numéro au code zone bizarre, elle prit son appareil photo et commença à mitrailler. Le flash n'était pas très puissant, comparé aux projecteurs alimentés par les générateurs, mais Barbie vit les soldats tressaillir chaque fois. *Ils doivent sans doute espérer que leurs foutus insignes n'apparaîtront pas.*

2

Le colonel de l'armée américaine James O. Fox avait dit qu'il attendrait, la main sur le téléphone, à vingt-deux heures trente. Barbie et Julia avaient pris un peu de retard et Barbie ne l'appela qu'à onze heures moins vingt, mais la main de Cox n'avait pas dû bouger car le téléphone ne sonna qu'une fois, avant que l'ancien patron de Barbie ne lançât : « Allô, Ken à l'appareil. »

Barbie était toujours furieux, mais ça ne l'empêcha pas de rire. « *Yes, sir.* Et je suis toujours la garce qui ramasse la mise. »

Cox rit aussi, pensant sans aucun doute qu'ils partaient d'un bon pied. « Comment allez-vous, capitaine Barbara ?

« *Sir*, je vais très bien, *sir*. Mais sauf votre respect, je suis juste Dale Barbara, maintenant. La seule compagnie que je commande à l'heure actuelle, ce sont les grils et les friteuses du restaurant du coin, et je ne suis pas d'humeur à plaisanter plus longtemps. Je suis perplexe, colonel, et étant donné que je contemple les dos d'une bande de marines à la noix qui refusent de se retourner et de me regarder dans les yeux, je vous avoue que j'en ai ras le bol.

– Ça peut se comprendre. Mais de mon point de vue il y a une chose que vous devez aussi comprendre. S'il y avait quoi que ce soit que ces hommes puissent faire pour vous aider ou mettre un terme à cette situation, ce seraient leurs yeux que vous regarderiez et non leurs culs. Vous admettez ça ?

– Je vous ai bien entendu, colonel. »

Ce n'était pas exactement une réponse.

Julia continuait à mitrailler. Barbie se déplaça vers le bord de la route. De là, il apercevait des tentes, au-delà des camions. Également ce qui pouvait être la guitoune d'un mess et un parking avec d'autres camions. Les marines étaient en train d'installer un camp, et probablement d'autres plus importants sur les Routes 119 et 117, là où elles quittaient la ville. Ce qui suggérait une situation permanente. Son cœur se serra.

« La femme du journal est ici ? demanda Cox.

– Oui. Elle prend des photos. Et, colonel, je vais être franc avec vous : quoi que vous me disiez, je le lui rapporterai. Je suis de son côté, maintenant. »

Julia s'arrêta, le temps d'adresser un sourire à Barbie.

« Bien compris, capitaine.

– Colonel, vous ne gagnez rien à m'appeler ainsi.

– Très bien. Ce sera juste Barbie. Ça vous va ?

– Oui monsieur.

– Et en ce qui concerne ce que la dame en question décidera de publier… pour le bien des habitants de votre patelin, j'espère qu'elle a assez de bon sens pour faire des choix judicieux.

– Il me semble que c'est le cas.

– Et si jamais elle envoie des photos à qui que ce soit à l'extérieur – à un hebdomadaire ou au *New York Times*, par exemple –, vous risquez de vous retrouver avec une liaison Internet dans le même état que vos lignes téléphoniques terrestres.

– Ça c'est vraiment dégueu…

– La décision serait prise à un échelon supérieur. Je ne fais que transmettre. »

Barbie soupira. « Je le lui dirai.

– Vous me direz quoi ? demanda Julia.

– Que si vous essayez de transmettre des photos, ils useront de représailles contre la ville en fermant l'accès au réseau Internet. »

Julia eut un geste de la main que Barbie n'aurait jamais pensé voir faire par une charmante dame républicaine. Il revint à la communication.

« Qu'est-ce que vous pouvez me dire ?

– Tout ce que je sais, répondit Cox.

– Merci, monsieur. »

Barbie doutait cependant que le colonel tînt parole. L'armée ne fait jamais état de tout ce qu'elle sait. Ou croit savoir.

« Nous l'appelons le Dôme, reprit Cox, mais ce n'est pas un dôme. Du moins, nous ne pensons pas que c'en soit un. Nous pensons qu'il s'agit d'une capsule dont les limites respectent exactement celles du territoire communal de Chester's Mill. Et quand je dis exactement, c'est exactement.

– Savez-vous jusqu'à quelle altitude il s'élève ?

– Apparemment, à quinze mille mètres environ. Nous ignorons si le sommet est rond ou plat. Pour le moment. »

Barbie ne dit rien. Il était sidéré.

« Et quant à la profondeur… qui sait ? Tout ce que nous pouvons dire, pour le moment, est qu'elle dépasse trente mètres. C'est la profondeur de l'excavation que nous sommes en train de creuser sur la ligne de démarcation entre Chester's Mill et la zone sans statut au nord.

– Le TR-90. »

Barbie sentit le ton déprimé, sinistre de sa voix.

« Peu importe. Nous sommes partis d'une gravière qui était déjà profonde d'une dizaine de mètres. J'ai vu des images spectrographiques qui m'ont laissé sans voix. Notamment de grands pans de roches métamorphiques qui ont été coupés en deux. Il n'y a pas de rupture, mais on voit un léger changement de direction là où la plaque rocheuse plonge au nord. Nous avons vérifié les relevés sismiques de la station météo de Portland, et bingo : on a constaté une secousse à onze heures quarante-quatre. De 2,1 sur l'échelle de Richter. C'est à ce moment-là que ça s'est produit.

– Génial », dit Barbie.

Il se voulait sarcastique, mais il était trop stupéfait et perplexe pour être sûr de l'avoir été.

« Rien de tout cela n'est très concluant, mais c'est persuasif. D'accord, les explorations ne font que commencer, mais pour le moment, on dirait que le truc s'enfonce autant qu'il monte. Et s'il s'élève à plus de cinq nautiques…

– Et ça, comment le savez-vous ? Le radar ?

– Négatif. Ce truc-là n'apparaît pas sur les écrans radar. Il n'y a aucun moyen de savoir que c'est là tant qu'on ne le heurte pas, ou qu'on en est pas tellement proche qu'on ne peut l'éviter. Les victimes humaines, au moment où ce machin s'est mis en place, sont remarquablement peu nombreuses, mais pour les oiseaux ç'a été un vrai massacre. Aussi bien à l'extérieur qu'à l'intérieur.

– Je sais. Je les ai vus. »

Julia avait terminé de prendre des photos. Elle se tenait à côté de Barbie, écoutant la conversation. « Dans ce cas, comment savez-vous l'altitude à laquelle il monte ? Laser ?

– Non. Les lasers passent aussi au travers. Nous nous servons de missiles dépourvus de tête explosive. Nous avons fait effectuer plusieurs sorties à des F-15A, depuis la base de Bangor, à partir de seize heures. Je suis étonné que vous ne les ayez pas entendus.

– Je les ai peut-être entendus, mais j'avais l'esprit occupé à autre chose. »

L'avion de tourisme, par exemple. Le camion de grumes. Les morts sur la Route 117. Faisaient partie du nombre *remarquablement réduit de victimes.*

« Les missiles rebondissaient dessus… puis à un peu plus de quinze mille mètres, plus rien, ils sont passés comme dans du beurre et ont filé de l'autre côté. Entre vous et moi, je suis surpris que nous n'ayons pas perdu un seul de nos acrobates.

– A-t-il été déjà survolé ?

– Oui. Il y a moins de deux heures. Mission réussie.

– Qui a fait ce truc, colonel ?

– Nous ne savons pas.

– Ce n'est pas nous ? Une expérience qui aurait mal tourné ? Ou bien, Dieu m'en garde, une sorte de test ? Vous me devez la vérité. Vous devez la vérité à cette ville. Les gens sont fichtrement terrifiés, ici.

– Je comprends. Mais ce n'était pas nous.

– Le sauriez-vous, si c'était le cas ? »

Cox hésita. Quand il reprit la parole, ce fut à voix plus basse : « Nous avons d'excellentes sources, dans mon département. Quand quelqu'un pète à la NSA, nous l'entendons. Pareil pour le Group Nine de la CIA, à Langley, et pour une ou deux autres cellules du même genre dont vous n'avez même pas entendu parler. »

Il était possible que Cox dît la vérité. Il était possible qu'il ne la dît pas. Le personnage était fidèle à sa vocation : aurait-il été en faction ici, en compagnie des autres clowns de marines, que Cox lui aurait tourné le dos. Cela ne lui aurait pas plu, mais les ordres sont les ordres.

« Est-ce qu'il pourrait s'agir d'un phénomène naturel ?

– Un phénomène naturel qui respecterait exactement la frontière arbitraire, tracée par les hommes pour délimiter le territoire d'une agglomération ? Jusque dans ses moindres recoins ? À votre avis ?

– Je devais poser la question. La barrière est-elle perméable ? Le savez-vous ?

– L'eau passe. Au moins un peu.

– Comment est-ce possible ? »

Il avait posé la question alors qu'il avait lui-même constaté avec Gendron le comportement bizarre de l'eau.

« Nous n'en savons rien – comment pourrions-nous le savoir ? répondit Cox d'un ton exaspéré. Cela fait moins de douze heures que nous travaillons sur la question. Nos grosses têtes se donnent des claques dans le dos rien que pour avoir découvert à quelle altitude le phénomène s'interrompait. Nous allons peut-être le découvrir, mais pour le moment, nous l'ignorons.

– Et l'air ?

– L'air passe un peu mieux. Nous avons installé un système de contrôle là où votre patelin a sa frontière avec… mmm … » Barbie entendit, lointain, le froissement de feuilles que l'on tournait. « … Harlow. Ils ont conduit ce qu'ils ont appelé des *tests de bouffées*. Je crois qu'ils mesurent la proportion d'air qui passe par rapport à celle qui rebondit. Bref, l'air passe, et beaucoup plus facilement que l'eau, mais pas complètement, d'après les scientifiques. Voilà qui va sérieusement foutre le bordel dans le temps qu'il fera chez vous, mon vieux, sauf que personne ne peut dire dans quelle mesure ni comment il sera bouleversé. Si ça se trouve, Chester's Mill va se retrouver avec le climat de Palm Spring. »

Il rit, mais sans conviction.

« Et les particules ?

– Non. Les particules de matière ne passent pas. Du moins, c'est ce qui nous semble. Et cela vous intéressera de savoir que ça vaut pour les deux sens. Si les particules de matière n'entrent pas, elle ne sortent pas non plus. Ce qui signifie que les polluants émis par les autos…

– Personne ne va bien loin, ici. Chester's Mill ne fait pas plus de six kilomètres à l'endroit le plus large. Si l'on prend la diagonale… » Il regarda Julia.

« Huit, maximum », dit-elle.

Cox reprit : « Nous ne pensons pas que les polluants issus de la combustion de produits pétroliers vont constituer un gros problème. Je suis sûr que tout le monde a chez soi une magnifique chaudière – ces temps-ci, ils ont des autocollants sur leurs bagnoles, en Arabie Saoudite, où on lit *J'aime la Nouvelle-Angleterre* –, mais les chaudières à gazole modernes ont besoin d'électricité pour faire fonctionner leur brûleur. Vos réserves de gazole sont sans doute importantes, si l'on considère que la saison du chauffage n'a pas encore commencé, mais je ne crois pas qu'elles vous seront d'une grande utilité. À long terme, c'est peut-être une bonne chose, du point de vue de la pollution.

– Ah, vous pensez ? Venez donc par ici quand il fait moins quinze et que le vent souffle à… » Il s'interrompit un instant. « Est-ce que le vent va souffler ?

– Nous n'en savons rien, dit Cox. Redemandez-le-moi demain matin, j'aurai peut-être au moins une hypothèse là-dessus.

– Nous pouvons brûler du bois, intervint Julia. Dites-le-lui.

– Ms Shumway dit que nous pouvons brûler du bois.

– Va falloir que les gens se montrent prudents avec ça, capitaine Barbara-Barbie. Certes, ce ne sont pas les bois qui vous manquent et là, pas besoin d'électricité pour allumer un feu et continuer à le faire brûler, mais le bois produit des cendres, des particules cancérigènes.

– On commence à chauffer ici… »

Barbie regarda Julia.

« Vers le 15 novembre.

– Vers la mi-novembre, me dit Ms Shumway. J'aimerais vous entendre dire que le problème sera réglé d'ici là.

– Tout ce que je peux vous répondre, c'est que nous allons nous battre comme de beaux diables pour qu'il le soit. Ce qui m'amène au point important de cette discussion. Les grosses têtes – du moins celles que nous avons pu réunir jusqu'ici – sont toutes d'accord pour dire que nous avons à faire à un champ de force…

– Exactement comme dans *Star Trek*, dit Barbie. Téléporte-moi, Snotty.

– Pardon ?

– Rien. Continuez, colonel.

– Mais aussi pour dire qu'un champ de force n'apparaît pas comme ça, *ex nihilo*. Il doit y avoir quelque chose de proche du champ, ou à l'intérieur, pour le générer. Nos grosses têtes pensent que l'hypothèse du centre est la plus probable. *Comme la poignée d'un parapluie*, a dit l'un d'eux.

– Vous pensez que ça vient de l'intérieur ?

– Nous pensons que c'est une possibilité. Et il se trouve justement que nous avons un soldat décoré dans ce patelin… »

Un ex-soldat, pensa Barbie. *Quant aux décorations, elles sont au fond du golfe du Mexique depuis dix-huit mois.* Quelque chose lui disait cependant que son temps de service venait d'être prolongé, que cela lui plût ou non. *À la demande générale*, comme le dit la sagesse populaire.

« … dont la spécialité en Irak était de repérer les usines de bombes d'al-Qaida. De les repérer et de les fermer. »

Bon. En gros, rien qu'un générateur de plus. Il pensa à tous ceux devant lesquels Julia et lui étaient passés, rien que pour venir ici, ronronnant dans l'obscurité pour produire chaleur et électricité. Consommant pour cela du propane. Il prit soudain conscience que le propane et les batteries, encore plus que la nourriture, allaient devenir le nouvel étalon-or de Chester's Mill. Une chose était certaine : les gens allaient brûler du bois. Bois dur, résineux, bois de récup. Et rien à foutre des cancérigènes.

« Ce truc n'aura rien à voir avec les générateurs qui tournent ce soir dans votre petit paradis, reprit Cox. L'engin capable de produire ça… nous n'avons aucune idée de ce à quoi il peut ressembler, ou de qui pourrait construire un truc pareil.

– Mais l'Oncle Sam aimerait bien mettre la main dessus », dit Barbie. Il serrait tellement fort le téléphone qu'il était sur le point de le broyer. « En réalité, c'est ça la priorité, n'est-ce pas, colonel ? Vu qu'une pareille machine pourrait changer le monde. Les habitants de ce patelin – leur sort est strictement secondaire. Rien que des dommages collatéraux.

– Oh, ne soyez pas aussi mélodramatique, répliqua Cox. Sur ce point, nos intérêts coïncident. Trouvez le générateur, s'il en existe un. Trouvez-le de la même manière que vous trouviez les usines de bombes et arrêtez-le. Problème résolu.

– S'il y en a un.

– S'il y en a un, exact. Allez-vous essayer ?

– J'ai le choix ?

– Pas que je sache, mais je suis militaire de carrière. Pour nous, le libre arbitre n'est pas de mise.

– Ken, c'est une mission foutrement pourrie. »

Cox mit du temps à répondre. En dépit du silence qui régnait sur la ligne (exception faite d'un léger bourdonnement aigu, signifiant peut-être que la conversation était enregistrée), Barbie l'entendait presque réfléchir. « C'est vrai, dit finalement le colonel, mais c'est toi qui auras la part belle, ma garce. »

Barbie se mit à rire. Il ne put s'en empêcher.

3

Sur le chemin du retour, alors qu'ils passaient devant la masse sombre de l'église du Christ-Rédempteur, il se tourna vers Julia Shumway. Dans l'éclairage du tableau de bord, elle paraissait fatiguée et soucieuse.

« Je ne vais pas vous demander le silence sur tout ça, dit-il, mais je pense qu'il y a une chose que vous ne devriez pas publier.

– L'histoire du générateur qui est ou n'est pas dans Chester's Mill. »

Sa main gauche quitta le volant et alla caresser la tête d'Horace, à l'arrière, pour le rassurer.

« Oui.

– Parce que s'il existe un générateur qui produit le champ qui crée ce que votre colonel appelle le Dôme, il y a alors quelqu'un qui le fait fonctionner. Quelqu'un *ici*.

– Cox ne l'a pas dit, mais je suis sûr que c'est ce qu'il pense.

– Je n'en parlerai pas. Et je n'enverrai pas mes photos par Internet.

– Bien.

– Elles paraîtront de toute façon en primeur dans *The Democrat*, bon Dieu. » Julia continua à caresser son chien. Les gens qui conduisaient d'une main avaient tendance à rendre Barbie nerveux, mais pas ce soir. Ils avaient le chemin de Little Bitch et la 119 pour eux tout seuls. « De plus, j'estime que, parfois, le bien général est plus important qu'un article retentissant. Contrairement au *New York Times*.

– Et toc.

– Et si vous trouvez le générateur, je n'aurai pas besoin d'aller faire trop longtemps mes courses au Food Center. Je déteste ce supermarché. » Elle parut soudain prise de court. « Vous croyez qu'il sera ouvert, demain ?

– Je dirais que oui. Les gens peuvent mettre un certain temps à comprendre toutes les implications de cette nouvelle situation.

– Je crois que je serais bien inspirée en faisant quelque courses dominicales, dit-elle, songeuse.

– Donnez le bonjour de ma part à Rose Twitchell. Elle aura probablement son fidèle Anson Wheeler en remorque. » Se souvenant du conseil qu'il avait donné à Rose un peu plus tôt, il se mit à rire et dit : « De la viande, de la viande, de la viande.

– Pardon ?

– Si vous avez un générateur dans votre maison…

– Évidemment, j'habite au-dessus du journal. Ce n'est pas une maison, seulement un appartement, mais il est superbe. J'ai pu déduire le générateur de mes impôts, ajouta-t-elle avec fierté.

– Alors, achetez de la viande. De la viande et des conserves, des conserves et de la viande. »

Cela la fit réfléchir. Ils approchaient du centre de l'agglomération. Il y avait beaucoup moins de lumières que d'ordinaire, mais il en restait encore pas mal. *Pour combien de temps ?* s'interrogea Barbie. Sur quoi Julia lui demanda : « Est-ce que votre colonel vous a donné une idée sur la manière de mettre la main sur ce générateur ?

– Non. Trouver ce genre de conneries était mon boulot, autrefois. Il le sait. » Il se tut un instant. « Pensez-vous que nous pourrions dégoter un compteur Geiger dans Chester's Mill ?

– Je sais où il y en a un. Dans le sous-sol de l'hôtel de ville. Dans le deuxième sous-sol, pour être précise. Il y a un abri antiatomique là-dessous.

– Sans déconner ! »

Elle rit. « Sans déconner, Sherlock. J'ai même fait un article dessus, il y a trois ans. Pete Freeman a pris les photos. Dans le sous-sol, on trouve une grande salle de conférences et une petite cuisine. La demi-volée de marches qui descend dans l'abri part de la cuisine. Il est d'assez belle taille. Il a été construit dans les années 1950, quand on consacrait tout notre fric à trouver le moyen de faire sauter la planète.

– *On the Beach*, dit Barbie.

– Ouais, faut voir ça – on se croirait plutôt dans *Alas Babylon*[1]. C'est plutôt déprimant. Les photos de Pete faisaient penser au bunker du Führer peu de temps avant la fin. Il y a une sorte de réserve – des étagères et des étagères de conserves – et une demi-douzaine de couchettes. Ainsi que du matériel fourni par le gouvernement. Dont un compteur Geiger.

– Les trucs en boîte doivent être délicieux, au bout d'un demi-siècle.

– En fait, les conserves sont remplacées régulièrement. On a même ajouté un petit générateur après le 11 Septembre. Si vous consultez le rapport des comptes de la ville, vous verrez une dotation pour l'abri tous les quatre ans, quelque chose comme ça. Elle se montait autrefois à trois cents dollars. Elle est de six cents aujourd'hui. Vous l'avez, votre compteur Geiger. » Elle lui jeta un bref coup d'œil. « Bien entendu, James Rennie considère que tout ce qui se trouve dans l'hôtel de ville, du grenier au deuxième sous-sol, est sa propriété personnelle et il va donc vouloir savoir pourquoi vous en avez besoin.

– Big Jim Rennie ne sera pas mis au courant… »

Elle accepta cela sans faire de commentaire. « Voulez-vous venir avec moi au bureau ? Pour regarder le discours du Président pendant que je commence à composer le journal ? Le boulot va être fait à la va-vite, je peux vous le dire. Juste un article, une demi-douzaine de photos pour la consommation locale et pas de pub pour les soldes d'automne au Burpee's. »

Barbie réfléchit à la proposition. Il serait occupé, demain, et pas seulement en cuisine ; il aurait des questions à poser. Il allait reprendre le bon vieux collier, revenir à son ancien boulot. Par ailleurs, s'il retournait chez lui, au-dessus de la pharmacie, arriverait-il à dormir ?

« D'accord. Et je ne devrais peut-être pas vous le dire, mais je suis assez doué comme homme à tout faire. Et je fais du bon café.

– Cher monsieur, vous êtes engagé. »

Elle leva la main droite et il lui claqua la paume.

1. Allusion aux livres postapocalyptiques de Nevile Shute (« Sur la plage ») traduit sous le titre *Le Dernier Rivage*, Éd. Stock et 10/18, et de Pat Frank, *Alas Babylon* (non traduit à notre connaissance).

« Est-ce que je peux vous poser une autre question ? Strictement confidentielle ?

– Bien sûr.

– Ce générateur de science-fiction… pensez-vous que vous le trouverez ? »

Barbie réfléchit à la question pendant qu'elle se garait devant l'immeuble qui abritait les bureaux du *Democrat*.

« Non, dit-il finalement. Ce serait trop facile. »

Elle soupira et acquiesça. Puis elle lui prit la main.

« Cela aiderait-il, croyez-vous, si je priais pour votre réussite ?

– Ça peut pas faire de mal », répondit Barbie.

4

Il n'y avait que deux églises sur le territoire de Chester's Mill, le Jour du Dôme ; l'une et l'autre fortifiaient les bonnes âmes protestantes (bien que de manière très différente). Quand ils éprouvaient un besoin de consolation spirituelle, les catholiques devaient aller à Notre-Dame-des-Eaux-Sereines, à Motton, et la douzaine (environ) de juifs que comptait la ville se rendaient à la synagogue Beth Shalom de Castle Rock. Il y avait eu autrefois une église unitarienne, mais elle était morte de sa belle mort au cours des années 1980. Tout le monde reconnaissait qu'elle avait eu un petit côté hippie déjanté, de toute façon. Son bâtiment abritait aujourd'hui la seule librairie de Chester's Mill, Mill New & Used Books – neuf et occasion.

Les deux pasteurs de Chester's Mill étaient ce soir tous deux *genoux en terre*, comme aimait à le dire Big Jim Rennie, mais leur manière de prier, leur état d'esprit et leurs attentes étaient très différents.

La révérende Piper Libby, qui admonestait son troupeau depuis la chaire de la première église congrégationaliste, ne croyait plus en Dieu, une information qu'elle n'avait pas encore partagée avec ses paroissiens. Lester Coggins, de son côté, vivait cette variante de la foi qui conduit au martyre ou à la folie (les deux termes voulant peut-être dire la même chose).

La révérende Libby, encore dans sa tenue décontractée du samedi – et toujours fort jolie, à quarante-cinq ans – était agenouillée devant son autel dans une obscurité presque totale (la Congo était dépourvue de générateur) ; Clover, son berger allemand, couché derrière elle, se tenait museau sur les pattes avant, l'œil des plus vagues.

« Salut, l'Absent », dit Piper. *L'Absent*, ou *Le Grand Absent*, était depuis peu sa manière personnelle d'appeler Dieu. Un peu auparavant, à la fin de l'été, il avait été le Grand Peut-Être. Au début de l'été, l'Omnipotentiel. Elle avait bien aimé celui-là ; il sonnait bien. « Tu sais dans quelle situation je suis – Tu devrais, je t'ai assez corné aux oreilles à ce propos – mais ce n'est pas de ça que je veux Te parler ce soir. Ce qui doit être un soulagement pour Toi. »

Elle soupira :

« Nous sommes dans la panade, mon Ami. J'espère que Tu y comprends quelque chose, parce que moi, pas. Rien. Nous savons cependant tous les deux que ce lieu sera plein de monde demain matin, plein de gens à la recherche d'un secours céleste devant ce désastre. »

Le calme régnait à l'intérieur de l'église, le calme régnait à l'extérieur. « Un calme inquiétant », comme on disait dans les vieux films. Un tel silence avait-il jamais régné sur Chester's Mill un samedi soir ? Il n'y avait pas de circulation, et les coups assourdis de la rythmique, quel que fût l'orchestre qui jouait au Dipper's (toujours présenté comme **EN DIRECT DE BOSTON !**), ne résonnaient pas.

« Je ne vais pas Te demander de me dire Ta volonté, n'étant plus du tout convaincue que Tu disposes d'une volonté, en réalité. Mais dans l'hypothèse peu vraisemblable où Tu existerais – car c'est encore une possibilité, je suis plus qu'heureuse de le reconnaître –, je T'en prie, aide-moi à trouver quelque chose d'intelligent à dire. Pas pour dans l'Au-delà, mais pour ici-bas, sur terre. Parce que... » Elle se rendit compte, sans surprise, qu'elle pleurait. Elle fondait souvent en larmes, ces temps-ci, mais toujours en privé. Les citoyens de la Nouvelle-Angleterre réprouvent fermement les manifestations de ce genre de la part des ministres du culte et des politiciens.

Clover, sentant sa détresse, se mit à gémir. Piper lui dit de la fermer, puis revint à l'autel. Elle pensait souvent au symbole de la croix comme étant la version religieuse du Bowtie, le logo cruciforme de la marque Chevrolet, lequel devait son existence à la fantaisie d'un type qui disait l'avoir vu sur un papier peint à Paris et qu'il lui avait plu. Pour trouver quelque chose de divin à ce genre de symbole, il fallait être cinglé, non ?

Malgré tout, elle persévérait :

« Parce que, comme je suis certaine que Tu le sais, la Terre est tout ce que nous avons. La seule chose dont nous sommes sûrs. Je veux aider mes paroissiens. C'est mon boulot, et je tiens à continuer à le faire. En supposant que Tu sois là et que cela Te préoccupe – des pétitions de principe bien faibles, je l'admets –, alors aide-moi. Amen. »

Elle se releva. Elle n'avait pas de lampe torche, mais ne pensait pas avoir du mal à retrouver son chemin vers la sortie sans se cogner les tibias. Elle connaissait tous les recoins de cet endroit, tous ses obstacles. Elle l'aimait aussi. Elle ne se faisait aucune illusion sur son manque de foi, ni sur son amour entêté de l'idée elle-même.

« Viens, Clover, dit-elle. Le Président parle dans une demi-heure. L'autre Grand Absent. On l'écoutera sur la radio de la voiture. »

Clover la suivit, placide, nullement troublé par des questions de foi.

5

Du côté de la route de Little Bitch (que les ouailles de l'église du Christ-Rédempteur n'appelaient que la Numéro 3), se déroulait une scène infiniment plus dynamique, éclairée, de plus, par de puissantes lumières électriques. Le lieu du culte de Lester Coggins possédait un générateur d'un modèle tellement récent que les étiquettes de transport étaient encore collées sur son flanc d'un orange brillant. L'engin disposait de son propre cabanon, également peint en orange, à côté de la remise, à l'arrière de l'église.

Lester avait la cinquantaine très bien conservée – grâce à la génétique, mais aussi à ses efforts acharnés pour prendre soin du temple qui abritait son âme (quoique de judicieuses applications sur ses cheveux de la teinture *Just For Men* ne fussent pas non plus sans effet à cet égard). Il ne portait sur lui, ce soir-là, qu'un short de gym avec ORAL ROBERTS GOLDEN EAGLES imprimé sur la cuisse gauche ; presque tous les muscles de son corps saillaient.

Pendant les services religieux (il en conduisait cinq par semaine), Lester priait avec dans la voix des trémolos extatiques de télévangéliste, transformant le nom du Grand Costaud en quelque chose qui paraissait sortir tout droit d'une pédale wah-wah en surchauffe : non pas Dieu, mais *DI-I-EUUH* ! Dans ses prières privées, il retombait parfois dans le même genre de travers sans même s'en rendre compte. Mais lorsqu'il était profondément troublé, lorsqu'il avait vraiment besoin de prendre conseil auprès du Dieu de Moïse et d'Abraham, Lui qui voyageait tel un pilier de fumée de jour et tel un pilier de feu la nuit, Lester formulait ses répliques d'une voix de basse grondante qui n'était pas sans rappeler les grognements d'un chien prêt à se jeter sur un intrus. Il n'en avait pas conscience, car il n'y avait personne, dans sa vie, pour l'entendre prier. Piper Libby était veuve depuis qu'elle avait perdu son mari et leurs deux jeunes fils dans un accident de voiture, trois ans auparavant ; Lester Coggins était depuis toujours célibataire ; adolescent, il avait connu les affres de la masturbation et vu Marie-Madeleine se profiler dans l'encadrement de sa porte.

L'église, construite en coûteux érable rouge, était presque aussi récente que le générateur. Elle était par ailleurs si sobre qu'elle frisait l'austérité. Derrière le dos nu de Lester, s'alignaient trois rangées de bancs sous un plafond de poutres apparentes. En face de lui, la chaire, réduite à un lutrin sur lequel était posée une bible, se dressait devant une grande croix en séquoia avec pour fond une draperie de pourpre royale. La tribune du chœur se trouvait à mi-hauteur sur la droite, les instruments de musique – comprenant la guitare Stratocaster dont Lester jouait lui-même – étaient regroupés à l'une de ses extrémités.

« Dieu, entends ma prière », psalmodiait Lester de sa voix chevrotante spéciale prières. Il tenait à la main une lourde corde comportant douze nœuds, un par disciple. Le neuvième – Judas – était peint en noir. « Dieu, entends ma prière, je T'en prie au nom de Jésus Ton Fils crucifié et ressuscité. »

Il se mit à se fouetter le dos avec la corde, une fois par-dessus l'épaule gauche, une fois par-dessus l'épaule droite, son bras se levant et fléchissant sans peine. Ses biceps bien développés et ses deltoïdes commencèrent à se couvrir de sueur. Lorsqu'elle frappait sa peau déjà couturée de cicatrices, la corde à nœuds produisait le bruit d'un tapis que l'on bat. Il s'était déjà souvent soumis à cet acte de contrition, mais jamais avec autant de force.

« Dieu, entends ma *prière* ! Dieu, entends *ma* prière ! Dieu, *entends* ma prière ! *Dieu*, entends ma prière ! »

Vlan ! et *vlan !* et *vlan !* et *vlan* ! Cela brûlait comme du feu, comme des orties. S'enfonçait dans les boulevards et les chemins secondaires de son misérable système nerveux humain. À la fois terrible et terriblement satisfaisant.

« Seigneur, nous avons péché dans cette ville et je suis le premier de tous ces pécheurs. J'ai écouté Jim Rennie et j'ai cru en ses mensonges. Ouais, j'y ai cru et voici que nous en payons le prix, et il en est maintenant comme il en était jadis. Ce n'est pas seulement le coupable qui paie pour son péché, mais la multitude. Tu retardes le moment de Ta colère, mais quand elle se déchaîne, Ton courroux est comme la tempête qui balaie un champ de blé, ne couchant pas seulement une tige ni même une dizaine, mais les abattant toutes. J'ai semé le vent et récolté la tempête, non pas pour un seul mais pour la multitude. »

Il y avait d'autres péchés et d'autres pécheurs à Chester's Mill – il le savait, il n'était pas naïf, ils juraient, dansaient, copulaient et se droguaient, il ne le savait que trop – et ils méritaient sans aucun doute d'être punis, d'être *flagellés*, mais cela était vrai de n'importe quelle ville, certainement, or celle-ci était la seule et unique à devoir subir cette malédiction divine.

Et cependant… et cependant… était-il possible que cette étrange malédiction ne fût pas la conséquence de *ses* péchés ? Oui. C'était possible. Mais peu probable.

« Seigneur, j'ai besoin de savoir ce que je dois faire. Me voici à la croisée des chemins. Si c'est par Ta volonté que je vais me tenir devant ce lutrin demain matin et confesser les actes que cet homme m'a poussé à faire – les péchés que nous avons commis ensemble, les péchés que j'ai commis seul – alors, je le ferai. Mais cela signifierait la fin de mon ministère et il m'est difficile de croire que cela soit Ta volonté, en un moment aussi crucial. Si c'est Ta volonté que j'attende… que j'attende et que je voie ce qui se passe… que j'attende et prie avec mes ouailles que ce fardeau nous soit ôté… alors, je le ferai. Que Ta volonté soit faite, Seigneur. Aujourd'hui et à jamais. »

Il interrompit sa flagellation (il sentait de chauds et réconfortants filets de sang couler dans son dos nu ; plusieurs nœuds de la corde étaient rougis) et tourna son visage mouillé de larmes vers les poutres du plafond.

« Parce que ces gens ont besoin de moi, Seigneur. Tu sais qu'ils ont besoin de moi, maintenant plus que jamais. Alors… si c'est Ta volonté que cette coupe soit éloignée de mes lèvres… je T'en prie, envoie-moi un signe. »

Il attendit. Et voyez ! Le Seigneur Dieu s'adressa à Lester Coggins : « Je vais t'envoyer un signe. Fais ce que tu faisais quand tu étais un enfant, après un de tes mauvais rêves, va consulter ta bible.

– Tout de suite, dit Lester. À l'instant ! »

Il suspendit la corde à nœuds à son cou ; elle imprima un fer à cheval sanglant sur son torse et ses épaules. Il passa derrière le lutrin tandis que du sang coulait encore le long de sa colonne vertébrale et venait imbiber l'élastique de son short.

Il se tint devant le pupitre comme s'il allait prêcher (bien que même dans ses pires cauchemars il ne se fût jamais vu prêchant dans une telle tenue), referma la bible restée ouverte et ferma les yeux. « Seigneur, que Ta volonté soit faite – je Te le demande au nom de Ton fils, crucifié dans la honte et élevé dans la gloire. »

Et le Seigneur répondit : « Ouvre Mon Livre, et vois ce que tu vois. »

Lester fit ce qui lui était prescrit (prenant soin de ne pas ouvrir la grosse bible trop près du milieu – pour être sûr de tomber sur l'Ancien Testament). Il plongea le doigt dans une page sans regarder, puis rouvrit les yeux et se pencha sur le texte. Il était tombé sur le deuxième chapitre du Deutéronome, 28e verset. Il lut :

L'Éternel te frappera de délire, d'aveuglement, d'égarement d'esprit.

L'égarement d'esprit, ça il arrivait à comprendre, mais dans l'ensemble, ce n'était pas encourageant. Ni clair. Sur quoi le Seigneur prit à nouveau la parole, et dit : « Ne t'arrête pas, Lester. »

Lester lut le verset suivant :

...et tu tâtonneras en plein midi...

« Oui, Seigneur, oui », dit-il dans un souffle, continuant à lire.

... comme l'aveugle dans l'obscurité, tu n'auras point de succès dans tes entreprises, et tu seras tous les jours opprimé, dépouillé, et il n'y aura personne pour venir à ton secours[1].

« Vais-je être frappé de cécité ? » demanda Lester, sa voix grondante s'élevant quelque peu. « Oh, mon Dieu, je T'en prie, ne fais pas ça – bien que, si c'est Ta volonté... »

Et le Seigneur lui parla de nouveau, disant : « Te serais-tu par hasard levé du pied gauche, ce matin, Lester ? »

Il écarquilla brusquement les yeux. Toujours la voix de Dieu, mais l'une des sentences préférées de sa mère. Un vrai miracle. « Non, Seigneur, non.

– Alors regarde encore. Qu'est-ce que je te montre ?

– Il est question de folie. Ou d'aveuglement.

– D'après toi, lequel des deux est le plus probable ? »

Lester parcourut les deux versets. Le seul mot répété était « aveugle ».

« Est-ce que... Seigneur, est-ce que c'est mon signe ? »

Le Seigneur répondit et dit : « Oui, en vérité, mais non celui de ta cécité ; car tes yeux voient à présent plus clairement. Va et cherche l'aveugle qui est devenu fou. Quand tu l'auras vu, tu devras dire à ta congrégation à quoi Rennie s'est livré là-bas, et le rôle que tu y as joué. Vous devrez le dire tous les deux. Nous en reparlerons mais pour le moment, Lester, va te coucher. Tu salis le plancher. »

Lester obéit, mais commença par nettoyer les gouttes de sang qui avaient éclaboussé le parquet, derrière le lutrin. Il le fit à genoux. Il ne pria pas en travaillant, mais il médita les versets. Il se sentait beaucoup mieux.

---

1. Traduction française : Louis Segond (La Maison de la Bible). Les autres citations bibliques sont tirées de la même traduction.

Pour le moment, il ne parlerait qu'en termes généraux des péchés qui avaient pu provoquer l'installation de cette barrière entre Chester's Mill et le monde extérieur ; mais il chercherait le signe. Un homme ou une femme aveugle et devenu fou, ouais, en vérité.

6

Brenda Perkins écoutait WCIK parce que son mari aimait bien cette radio (*l'avait* bien aimée), mais jamais elle n'aurait mis les pieds dans l'église du Christ-Rédempteur. Elle était Congo jusqu'à la moelle et veillait à ce que son mari vînt avec elle.

Avait veillé. Howie allait se retrouver dans l'église de la Congo une dernière fois. Il serait là, gisant, sans plus rien savoir, pendant que Piper Libby prononcerait son éloge funèbre.

Cette prise de conscience – avec ce qu'elle avait de brutal et définitif – fit mouche. Pour la première fois depuis qu'elle avait appris la nouvelle, Brenda s'effondra et éclata en sanglots. Peut-être le pouvait-elle maintenant. Maintenant, elle était seule.

À la télévision, le Président – la mine solennelle et paraissant terriblement vieux – était en train de dire : « Mes chers compatriotes, vous voulez des réponses. Je m'engage à vous les donner dès que je les aurai. Il n'y aura aucun secret autour de cette question. Mon éclairage sur ces évènements sera votre éclairage. Je m'y engage solennellement – »

« Ouais – et vous n'auriez pas aussi un pont à me vendre ? » dit Brenda qui se mit à pleurer de plus belle, car c'était l'une des plaisanteries favorites de Howie.

Elle coupa la télé, puis laissa tomber la télécommande à terre. Elle fut prise de l'envie de la piétiner et de la démolir mais s'en abstint, avant tout parce qu'elle imaginait Howie secouant la tête et lui disant de ne pas faire l'idiote.

Elle alla dans son petit bureau, désirant, en quelque sorte, le toucher pendant que sa présence était encore palpable. Elle en avait besoin. Dehors, le générateur ronronnait. *Repu et content*, aurait dit Howie. Elle avait jugé cette dépense scandaleuse lorsque Howie l'avait commandé, après le 11 Septembre (par simple souci de sécurité, lui avait-il dit), mais elle regrettait à présent toutes les critiques acerbes auxquelles elle s'était livrée. Devoir vivre son deuil dans le noir aurait été encore plus terrible, l'impression de solitude aurait été encore plus grande.

Sur le bureau de Howie, il n'y avait que l'ordinateur portable, resté ouvert. Une photo, prise il y avait longtemps, lors d'une partie de baseball de la Petite Ligue, servait de fond d'écran. Howie et Chip (alors âgé de onze ou douze ans) portaient le maillot des Sanders Hometown Drug Monarchs ; le cliché avait été pris l'année où Howie et Rusty Everett avaient permis à l'équipe des Sanders d'atteindre les finales de l'État. Chip avait les bras autour de la taille de son père et Brenda les siens autour des deux. Une bien belle journée. Mais les choses sont tellement fragiles. Aussi fragiles que le cristal. Comment aurait-on pu le savoir, à l'époque, quand il aurait peut-être été possible de la prolonger un peu ?

Elle n'avait pas encore pu joindre Chip et la seule idée de ce coup de téléphone – en supposant qu'elle puisse le donner – l'acheva. Sanglotant de plus belle, elle tomba à genoux à côté du bureau de son mari. Elle ne se serra pas les mains ni ne les joignit comme elle le faisait lorsqu'elle était enfant, agenouillée dans son pyjama en flanelle à côté de son petit lit et répétant comme un mantra : *Dieu bénisse maman, Dieu bénisse papa, Dieu bénisse mon poisson rouge qui n'a pas encore de nom…*

« Mon Dieu, c'est Brenda. Je ne Te demande pas de le ressusciter… enfin, si, mais je sais que Tu ne peux pas le faire. Donne-moi seulement la force de supporter tout ça, d'accord ? Et je me demande si Tu ne pourrais pas, peut-être… je ne sais pas si c'est blasphémer ou non, sans doute que oui, mais je me demande si Tu ne pourrais pas le laisser me parler une dernière fois. Peut-être le laisser me toucher une dernière fois, comme il a fait ce matin. »

À cette idée – les doigts de Howie sur sa peau, dans la lumière du soleil –, elle pleura encore plus fort.

« Je sais que les esprits, c'est pas Ton truc, sauf le Saint-Esprit, bien sûr, mais dans un rêve, peut-être, hein ? Je sais que c'est demander beaucoup, mais… oh, mon Dieu, il y a un tel vide en moi, ce soir. Jamais je n'aurais pensé qu'on puisse avoir un tel vide en soi, j'ai peur de tomber dedans. Si Tu fais cela pour moi, je ferai quelque chose pour Toi. Il Te suffira de me le demander. Je T'en prie, mon Dieu, rien qu'un effleurement. Ou un mot. Même si c'est dans un rêve. » Elle eut un grand soupir enchifrené. « Merci, mon Dieu. Que Ta volonté soit faite, bien sûr. Qu'elle me plaise ou non. » Elle eut un tout petit rire. « Amen. »

Elle ouvrit les yeux et se leva, s'appuyant de la main sur le bureau. Ce faisant, elle poussa légèrement l'ordinateur et l'écran s'éclaira aussitôt. Il oubliait toujours de l'éteindre, mais au moins le laissait-il toujours branché sur le secteur, pour que la batterie reste chargée. Et son bureau était nettement mieux rangé que celui de son portable à elle – constamment encombré de fichiers qu'elle avait téléchargés et de notes électroniques. Sur l'écran de Howie, on ne voyait jamais que trois dossiers, sous l'icône du disque dur : le premier, intitulé COURANT, concernait les rapports sur les enquêtes en cours ; le deuxième, TRIBUNAL, établissait la liste de tous ceux (lui-même compris) qui devaient aller témoigner devant les tribunaux, avec le lieu et la date. Le troisième dossier, MORIN STREET, comprenait tout ce qui touchait à la maison. Il lui vint à l'esprit que si elle l'ouvrait, elle trouverait peut-être quelque chose sur le générateur ; il fallait qu'elle sache comment le faire tourner le plus longtemps possible. Certes, Henry Morrison changerait volontiers la bonbonne de propane, mais si elle n'en avait pas en réserve ? Si tel était le cas, elle allait devoir en acheter une au Burpee's ou au Gas & Grocery avant qu'il n'y en ait plus une seule.

Elle posa un doigt sur le tapis de souris, puis s'arrêta. Il y avait une quatrième icône sur l'écran, rôdant dans le coin, en bas à gauche. Elle ne l'avait jamais vue auparavant. Brenda essaya de se rappeler à quand remontait la dernière fois qu'elle avait regardé l'écran de cet ordinateur, mais en vain.

VADOR – tel était le nom du dossier.

Il n'y avait qu'une seule personne en ville que Howie surnommait Vador, comme dans *Dark Vador* : Big Jim Rennie.

Sa curiosité éveillée, elle plaça le curseur de la souris dessus et fit un double clic, se demandant si le dossier ne serait pas protégé par un mot de passe.

Il l'était. Elle essaya WILDCATS, celui qui protégeait le dossier COURANT (Perkins n'avait pas pris la peine de protéger TRIBUNAL). Le dossier contenait deux fichiers. L'un avait pour titre *ENQUÊTE EN COURS* et l'autre était un document en PDF, une lettre intitulée SMAG. En Howie-Perkins dans le texte, *SMAG* était l'acronyme de *State of Maine Attorney General* (Procureur général du Maine). Elle cliqua dessus.

Brenda parcourut la lettre du procureur général avec une stupéfaction grandissante, tandis que les larmes séchaient sur ses joues. La première chose sur quoi tomba son œil fut la formule de politesse : non pas *Cher chef Perkins*, mais *Mon cher Duke*.

Bien que la lettre eût été rédigée en jargon judiciaire plutôt qu'en Howie-Perkins, certaines phrases lui sautèrent aux yeux comme si elles étaient imprimées en gras. **Détournement de biens et de services de la ville** fut la première. **L'implication du premier conseiller Sanders semble être certaine** fut la deuxième. Puis il y eut **Ces malversations sont plus vastes et vont plus loin que ce que l'on aurait pu imaginer il y a trois mois**.

Et près de la fin, cette fois-ci lui paraissant non pas écrit seulement en gras, mais aussi en capitales : **FABRICATION ET VENTE DE DROGUES ILLÉGALES**.

Sa prière n'était pas restée sans réponse, apparemment, et d'une manière totalement inattendue. Brenda s'assit dans le fauteuil de Howie, cliqua sur ENQUÊTE EN COURS dans le dossier VADOR, et laissa feu son époux lui parler.

7

Le discours du Président – disert en propos rassurants, maigre en informations – se termina à minuit vingt et un. Rusty Everett le suivit depuis la salle de garde, au deuxième étage de l'hôpital, consulta une dernière fois les graphiques et rentra chez lui. Il avait terminé certaines journées encore plus fatigué, au cours de sa carrière médicale, mais jamais aussi découragé ou inquiet pour l'avenir.

La maison était plongée dans l'obscurité. Il avait discuté avec Linda de l'éventuel achat d'un générateur, l'année dernière (et les années précédentes), car Chester's Mill connaissait quatre ou cinq pannes de courant chaque hiver, sans parler d'une ou deux de plus, en général, pendant la belle saison ; Western Maine Power n'était pas une compagnie d'électricité des plus fiables. Le résultat de ces discussions avait toujours été le même : ils n'en avaient pas les moyens. Si Linda prenait un poste de flic à plein temps, cet achat serait peut-être possible, mais elle ne le voulait pas tant que les filles étaient petites.

Au moins, nous avons un bon poêle et une sacrée réserve de bois. Si nécessaire.

Il avait une lampe torche dans la boîte à gants ; mais lorsqu'il l'alluma, elle n'émit qu'un rayon faiblard qui mourut au bout de cinq secondes. Rusty marmonna une obscénité et nota de se procurer des piles neuves demain – ou plutôt aujourd'hui. En supposant que les magasins soient ouverts.

Si je suis pas fichu de trouver mon chemin ici au bout de douze ans, c'est que je suis un singe.

Oui, tiens. Il *se sentait* un peu comme un singe ce soir – un singe qui viendrait d'être capturé et jeté dans la cage d'un zoo. Et il en avait incontestablement l'odeur. Peut-être que s'il prenait une douche avant de se coucher –

Mais non : pas d'électricité, pas de douche.

La nuit était claire et, en l'absence de lune, il y avait un milliard d'étoiles au-dessus de la maison, des étoiles qui avaient le même aspect que d'habitude. La barrière n'existait peut-être pas au-dessus de leurs têtes. Le Président n'avait pas abordé cette question, si bien que les responsables de l'enquête ne le savaient peut-être pas eux-mêmes. Si Chester's Mill se trouvait au fond d'un puits récemment créé et non pas complètement sous cloche – une cloche de verre démentielle –, les choses pourraient peut-être s'arranger. Le gouvernement pourrait les approvisionner par la voie des airs. Un pays qui avait les moyens de dépenser des centaines de milliards de dollars pour renflouer ses banques devait tout de même pouvoir larguer un peu de bouffe et quelques foutus générateurs.

Il escalada les marches du porche et sortit ses clefs, mais lorsqu'il arriva à la porte, il vit quelque chose pendre au loquet. Il se pencha, plissant les yeux, et sourit. C'était une mini-lampe torche. Lors des grands soldes de fin d'été, au Burpee's, Linda en avait acheté six pour le prix de cinq. Il avait trouvé sur le moment que la dépense n'avait pas de sens, et se rappelait même avoir pensé, *Les femme achètent des trucs en solde pour la même raison que les hommes escaladent les montagnes – parce qu'ils sont là.*

Il y avait un petit anneau métallique à l'autre extrémité de la lampe torche. Un lacet provenant d'une de ses vieilles paires de tennis était passé dedans. Un mot était accroché au lacet. Il le prit et braqua le rayon de la torche dessus.

Salut beau gosse. J'espère que tu vas bien. Les deux J sont finalement au lit. Étaient inquiètes et bouleversées toutes les deux, mais elles ont fini par s'écrouler. Je suis de service demain toute la journée, et quand je dis toute la journée, c'est de 7 à 19 h, d'après Peter Randolph (notre nouveau chef, GRRRR). Marta Edmunds est d'accord pour prendre les filles demain – Dieu bénisse Marta. Essaie de ne pas me réveiller. Sauf que pas sûr que je dorme. On va avoir des journées difficiles, mais on surmontera ça. On a plein de réserves, Dieu merci.

Mon cœur, je sais que tu es fatigué, mais peux-tu sortir Audrey ? Elle n'arrête pas de pousser ces gémissements bizarres qu'elle fait des fois. Est-il possible qu'elle ait vu ce truc venir ? On dit que les chiens sentent l'arrivée d'un tremblement de terre, alors peut-être... ?

Judy et Jannie disent qu'elles aiment leur papa. Moi aussi.

On trouvera bien un moment pour parler demain, d'accord ? Pour parler et évaluer la situation.

J'ai un peu la frousse.

Lin.

Il avait peur, lui aussi, et il n'était guère enchanté à l'idée que sa femme travaillait douze heures d'affilée demain, alors que de son côté l'attendait une journée de travail de seize heures, sinon plus. Pas enchanté non plus à l'idée que Judy et Janelle passent toute la journée avec Marta alors qu'elles aussi étaient certainement effrayées.

Mais ce qui l'enchantait moins que tout, c'était d'avoir à sortir leur golden retriever. À son avis il était possible que leur chienne ait senti venir la barrière ; il savait les chiens sensibles à nombre de phénomènes sur le point de se produire, et pas seulement les tremblements de terre. Sauf que, si c'était le cas, comment se faisait-il qu'Audrey n'ait pas arrêté de pousser ce que Linda appelait ses gémissements bizarres, hein ? Les autres chiens de la ville avaient été muets comme des tombes tout le long du chemin du retour, cette nuit. Pas un aboiement, pas un hurlement. Et il n'avait pas entendu parler d'autres chiens pris d'une crise de gémissements.

Elle dort peut-être dans son coin, près du poêle, se dit-il pendant qu'il tournait la clef dans la serrure de la cuisine.

Audrey ne dormait pas. Elle vint tout de suite à lui, non pas en bondissant de joie, comme elle le faisait d'habitude – *T'es à la maison ! T'es à la maison ! Grâce à Dieu, t'es à la maison !* – mais en marchant de côté, rampant presque, la queue entre les pattes comme si elle s'attendait à recevoir un coup (ce qui ne lui était jamais arrivé) et non pas une caresse sur la tête. Et oui, elle poussait encore ses gémissements bizarres. Cela avait en fait commencé bien avant l'installation de la barrière. Puis elle s'était arrêtée pendant deux semaines, et Rusty avait espéré qu'on n'en reparlerait plus, après quoi elle avait remis ça, parfois doucement, parfois plus fort. Ce soir, le gémissement était sonore – ou peut-être était-ce seulement une impression, à cause de l'obscurité de la cuisine : les écrans numériques de la cuisinière et du micro-ondes étaient éteints et la veilleuse que Linda laissait allumée pour lui au-dessus de l'évier aussi.

« Arrête, ma fille, dit-il, tu vas réveiller toute la maison. »

Mais Audrey ne s'arrêta pas. Elle cala doucement sa tête contre le genou de Rusty et leva les yeux vers lui, dans l'étroit mais brillant faisceau de lumière qui partait de sa main droite. Il aurait juré que c'était un regard suppliant.

« Très bien, dit-il, très bien. On va faire un tour. »

La laisse était accrochée à une cheville, juste à côté de la porte de la réserve. Lorsqu'il voulut aller la chercher (laissant la lampe torche pendre autour de son cou, au bout du lacet), Audrey se faufila devant lui, d'un mouvement plus félin que canin. Sans le rayon de la lampe tournée vers le bas, il aurait pu trébucher sur elle. Voilà qui aurait mis un point final grandiose à cette journée de merde. « Juste une seconde, juste une seconde, attends un peu. »

Elle aboya vers lui et recula.

« Tais-toi, Audrey, tais-toi ! »

Mais au lieu de se taire, elle aboya à nouveau, bruit qui paraissait d'autant plus fort dans le silence de la maison endormie. Rusty en sursauta de surprise. Audrey se jeta sur lui, le saisit par son pantalon et recula, comme pour l'entraîner dans le couloir.

Soudain intrigué, Rusty se laissa faire. Quand elle vit qu'il la suivait, la chienne le lâcha, courut jusqu'à l'escalier, monta deux marches, regarda derrière elle et aboya à nouveau.

Une lumière s'alluma à l'étage, dans leur chambre. « Rusty ? » C'était Linda, la voix ensommeillée.

« Ouais, c'est moi, répondit-il, s'efforçant de ne pas parler trop fort. En fait, c'est Audrey. »

Il suivit la chienne dans l'escalier. Au lieu de se livrer à ses gambades habituelles, Audrey se retournait constamment pour regarder derrière elle. Les propriétaires de chien savent en général très bien déchiffrer les attitudes de leur animal, et c'était de l'anxiété que Rusty lisait chez elle. Audrey avait les oreilles couchées, la queue entre les pattes. S'il s'agissait de la même chose que les gémissements, le phénomène venait de passer à un stade supérieur. Rusty se demanda soudain s'il n'y aurait pas un intrus dans la maison. La cuisine était fermée à clef et Linda faisait en général bien attention à tout barricader, en particulier quand elle était seule avec les filles. Mais…

Linda arriva en haut des marches, serrant la ceinture de sa robe de chambre en tissu-éponge. Audrey la vit et aboya à nouveau. Genre, *sors de mon chemin.*

« Arrête ça, Audrey ! » Mais la chienne passa en force, heurtant suffisamment fort la jambe droite de Linda pour la repousser contre le mur. Puis le golden retriever courut jusqu'au bout du couloir, vers la chambre des filles où tout était encore calme.

Linda prit la lampe torche miniature qu'elle avait dans la poche de sa robe de chambre. « Mais au nom du ciel, qu'est-ce que...

– Je crois que tu ferais mieux de retourner dans la chambre, dit Rusty.

– Compte là-dessus ! » répliqua-t-elle, courant devant lui dans le couloir tandis que dansait le rayon brillant de sa lampe.

Les filles avaient sept et cinq ans et venaient d'entrer récemment dans ce que Linda appelait « la période de l'intimité féminine ». Audrey, arrivée à leur porte, se dressa sur ses pattes arrière et commença à gratter avec les pattes avant.

Rusty rattrapa Linda au moment où celle-ci ouvrait. Audrey bondit à l'intérieur, sans même jeter un coup d'œil vers le lit de Judy. La cadette dormait profondément, de toute façon.

Janelle, elle, ne dormait pas. Mais n'était pas éveillée non plus. Rusty comprit ce qui se passait dès l'instant où les rayons des deux lampes convergèrent sur elle et il se maudit de ne pas avoir pris conscience plus tôt de ce qui arrivait ; le phénomène avait dû commencer vers le mois d'août, peut-être même de juillet. Parce que le comportement d'Audrey – ses crises de gémissements – lui était parfaitement connu. Il n'avait tout simplement rien compris à ce qui se passait sous son nez.

Janelle avait les yeux ouverts, mais on n'en voyait que le blanc ; elle n'était pas prise de convulsions – Dieu merci – mais elle tremblait de tout son corps. Elle avait repoussé les couvertures à ses pieds, probablement dès le début et, dans le double rayon de lumière, on voyait la tache plus sombre qui mouillait le fond de son pyjama. Elle agitait les doigts comme si elle s'apprêtait à jouer du piano.

Audrey s'assit à côté du lit, contemplant sa jeune maîtresse avec une attention intense.

« *Mais qu'est-ce qui se passe ?* » s'écria Linda.

Dans l'autre lit, Judy bougea et marmonna : « Maman ? Faut se lever ? J'ai manqué le bus ?

– Elle a une crise d'épilepsie, répondit Rusty.

– *Eh bien, fais quelque chose ! Aide-la ! Elle va mourir, c'est ça ?*

– Non. »

La partie de son esprit qui restait froide et analytique lui disait qu'il s'agissait presque certainement d'une crise de *petit mal**[1] – comme avaient dû être les autres, sans quoi il aurait compris depuis longtemps. Mais nos réactions sont différentes quand il s'agit des nôtres.

Judy s'assit toute droite dans son lit, envoyant balader toutes ses peluches. Elle ouvrait de grands yeux terrifiés et ne fut pas particulièrement rassurée quand sa mère l'eut arrachée aux draps pour la serrer dans ses bras.

« *Calme-la, Rusty ! Calme-la !* »

Si c'était une crise de petit mal, elle s'arrêterait toute seule.

Mon Dieu, je vous en prie, faites que ça s'arrête tout de suite, pensa-t-il.

Il prit le visage tremblant et frissonnant de sa fille entre ses mains et essaya de faire pivoter sa tête vers le haut, voulant s'assurer que ses voies aériennes n'étaient pas obstruées par sa langue. Au début, dans le mauvais éclairage, il ne vit rien, gêné de surcroît par le foutu oreiller. Il le jeta sur le plancher. L'oreiller toucha Audrey au passage, mais elle ne broncha même pas, continuant à regarder la fillette avec la même intensité.

Rusty put renverser légèrement la tête de sa fille en arrière et l'entendre respirer. Une respiration normale ; aucune raucité anormale comme quand on cherche désespérément son oxygène.

« Maman, qu'est-ce qu'elle a, Jan-Jan ? demanda Judy en fondant en larmes. Elle est folle ? Elle est malade ?

– Non, elle n'est pas folle, juste un peu malade, répondit Rusty, étonné lui-même par le calme dont il faisait preuve. Je crois qu'il vaut mieux que tu laisses maman t'amener…

– *Non !* s'exclamèrent-elles d'une seule voix.

– Bon, mais taisez-vous. Ne lui faites pas peur quand elle va se réveiller, parce qu'il y a des chances pour qu'elle ait déjà peur. Au

1. Les mots en italique suivis d'un astérisque sont en français dans le texte.

moins *un peu* peur, se corrigea-t-il. Audrey, t'es un bon chien, un très bon chien, tu sais. »

Ce genre de compliment lançait d'ordinaire la chienne dans d'exubérantes manifestations de joie, mais pas ce soir. Elle n'agita même pas la queue. Puis, soudain, elle émit un simple « ouah » et s'allongea, le museau sur une patte. Deux secondes plus tard, les tremblements de Janelle cessaient et ses yeux se fermaient.

« J'veux bien être pendu, dit Rusty.

– Quoi ? demanda Linda, qui s'était assise sur le bord du lit de Judy, tenant toujours la fillette contre elle. Qu'est-ce qu'il y a ?

– C'est fini », dit Rusty.

Pas tout à fait, cependant. Quand Janelle rouvrit les yeux, ils étaient revenus à leur place habituelle mais elle ne le voyait pas.

« La Grande Citrouille ! s'exclama-t-elle. C'est la faute de la Grande Citrouille ! Il faut arrêter la Grande Citrouille ! »

Rusty la secoua doucement. « C'est juste un rêve, Jannie. Tu viens de faire un mauvais rêve, j'en ai peur. Mais c'est terminé et tout va bien. »

Pendant quelques instants encore, Janelle ne fut pas totalement là, même si ses yeux bougeaient et qu'elle le voyait et l'entendait, il s'en rendait bien compte. « Il faut arrêter Halloween, papa ! Il faut que tu arrêtes Halloween !

– D'accord, ma chérie, je vais l'arrêter. Halloween, c'est terminé. Complètement. »

Elle cilla, puis leva une main pour repousser la masse de cheveux, collés par la sueur, qui retombait sur son front. « Quoi ? *Pourquoi ?* J'allais être la princesse Leia ! Pourquoi il faut que tout tourne mal dans ma vie ? » Elle se mit à pleurer.

Linda s'approcha – Judy accrochée à elle par la robe de chambre – et prit Janelle dans ses bras. « Tu peux toujours devenir la princesse Leia, mon amour. Je te le promets. »

La fillette regarda ses parents, tout d'abord l'air étonné, soupçonneux, puis comme prise d'une peur croissante. « Qu'est-ce que vous faites ici ? Et pourquoi elle est debout ? ajouta-t-elle avec un geste vers sa petite sœur.

– T'as fait pipi au lit », dit Judy d'un ton suffisant qui donna envie à Rusty de la gifler.

Il se considérait en règle générale comme un père éclairé (en particulier s'il se comparait à ceux qu'il voyait se couler en rasant les murs dans le centre de santé, avec leur gosse au bras cassé ou à l'œil au beurre noir), mais pas ce soir.

« Ça ne fait rien, dit Rusty en prenant Janelle dans ses bras. Ce n'est pas ta faute. Tu as eu un petit problème, mais c'est terminé maintenant.

– Il va falloir qu'elle aille à l'hôpital ? demanda Linda.

– Non, seulement au centre, et pas ce soir. Demain matin. Je vais arranger ça avec le bon médicament.

– JE VEUX PAS DE PIQÛRE ! » hurla Janelle en se mettant à pleurer plus fort que jamais.

Voilà qui fit plaisir à Rusty. C'était un bruit qui respirait la santé. Puissant.

« Mais non, pas de piqûre, mon cœur. Juste des pilules.

– Tu es sûr ? » demanda Linda.

Rusty regarda leur chienne, à présent tranquillement allongée le museau sur la patte, oublieuse du drame.

« Audrey en est *sûre*, elle, en tout cas. Mais il vaut mieux qu'elle dorme ici ce soir, avec les filles.

– Ouais ! » s'écria Judy.

Elle se mit à genoux et serra Audrey dans ses bras de manière extravagante.

Rusty passa un bras autour des épaules de sa femme qui posa sa tête contre lui comme si elle était trop lourde et qu'elle ne pouvait plus la porter.

« Pourquoi maintenant ? demanda-t-elle. Pourquoi aujourd'hui ?

– Je ne sais pas. C'est déjà bien que ce ne soit que le petit mal. »

Sur ce point, ses prières avaient été entendues.

FOLIE, AVEUGLEMENT,
CŒUR FRAPPÉ DE STUPEUR

1

Joe l'Épouvantail ne s'était levé ni tôt, ni tard : il était resté debout toute la nuit, en fait.

Joe l'Épouvantail, c'était Joseph McClatchey, treize ans, connu aussi sous le sobriquet de Super-neurones, ou encore de Skeletor, demeurant au 119 Mill Street. Mesurant un mètre quatre-vingt-six pour moins de soixante kilos, il était effectivement squelettique. Et question neurones, il était suréquipé. S'il restait en quatrième, c'était parce que ses parents étaient foncièrement opposés au principe de « sauter une classe ».

Joe s'en fichait. Ses amis (il en avait un nombre surprenant, pour un petit génie décharné de son âge) étaient là. Quant au boulot, c'était du gâteau et il y avait plein d'ordinateurs avec lesquels s'amuser ; dans le Maine, tous les lycéens en possédaient un. Certains des meilleurs sites web étaient bloqués, bien entendu, mais Joe n'avait pas mis longtemps à venir à bout d'inconvénients aussi mineurs. Il ne demandait qu'à partager l'information avec ses potes, notamment les deux intrépides rois de la planche de surf qu'étaient Norrie Calvert et Benny Drake (Benny aimait particulièrement surfer sur le site Blondes en Petites Culottes Blanches pendant ses passages quotidiens à la bibliothèque). Ce sens du partage expliquait sans doute en partie la popularité de Joe, mais pas entièrement ; les autres le trouvaient tout simplement cool. L'autocollant qu'il avait sur son sac à dos expliquait peut-être pourquoi : **LUTTEZ CONTRE LES POUVOIRS INSTALLÉS.**

Joe l'Épouvantail était un abonné aux meilleures notes, un joueur de basket brillant sur lequel on pouvait compter (dans l'équipe de l'université à treize ans !) et un joueur de football rusé comme un renard. Il n'était pas maladroit au piano et, deux ans auparavant, il avait remporté le second prix, lors de la compétition de Noël (« Les Talents de la Ville ») avec une parodie hilarante de danse sur la chanson de Gretchen Wilson, « Redneck Woman ». Les adultes qui y assistaient avaient applaudi et hurlé de rire. Lissa Jamieson, la responsable de la bibliothèque de la ville, prétendait qu'il aurait pu gagner sa vie à faire le clown comme ça s'il avait voulu, mais devenir un nerd style Napoleon Dynamite ne faisait pas partie des ambitions de Joe.

« Les dés étaient pipés », avait déclaré Sam McClatchey, tout en manipulant la médaille d'argent de son fils, la mine sombre. Il avait probablement raison ; le gagnant, cette année-là, avait été Dougie Twitchell – qui se trouvait être par hasard le frère de la troisième conseillère. Twitchell avait jonglé avec une demi-douzaine de gourdins indiens tout en chantant « Moon River ».

Joe se fichait que les dès eussent été pipés. Il avait perdu tout intérêt pour la danse comme il perdait tout intérêt pour une chose dès qu'il commençait à la maîtriser. Même son amour du basket, qu'il aurait cru éternel quand il avait dix ans, commençait à diminuer.

Seule sa passion pour Internet, la galaxie électronique des possibilités infinies, paraissait rester toujours aussi vive.

Son ambition secrète (qu'il n'avait jamais exprimée, même devant ses parents) était de devenir président des États-Unis. *Peut-être que je ferai le numéro de Napoleon Dynamite le jour de mon inauguration*, pensait-il parfois. *Cette connerie resterait sur YouTube pour l'éternité.*

Joe passa toute la nuit qui suivit l'installation du Dôme sur Internet. Les McClatchey n'avaient pas de générateur, mais la batterie de son portable était gonflée à bloc – sans compter qu'il en avait une demi-douzaine en réserve. Il avait incité les sept ou huit autres membres de son club informatique informel à avoir des pièces de rechange de côté et il savait où en trouver d'autres en cas de besoin. Ce ne serait peut-être pas la peine ; le lycée possédait un supergénérateur et il pensait pouvoir y recharger ses batteries sans problème. Même si le lycée de Chester's Mill était fermé, Mr Allnut, le concierge, le laisserait certainement se brancher. Mr Allnut était lui aussi grand amateur de blondesenculottesblanches.com. Sans parler des téléchargements de musique country qu'il pouvait faire gratos grâce à Joe l'Épouvantail.

Joe fit chauffer son Wi-Fi à blanc cette première nuit, sautant de blog en blog avec l'agilité fébrile d'une grenouille sur des rochers brûlants. Chaque blog était plus nul que le précédent. Les faits étaient bien minces, les théories de la conspiration foisonnaient. Joe était d'accord avec ses parents, quand ils appelaient les théoriciens du complot les plus illuminés « les types à la passoire sur la tête », mais il croyait aussi à l'idée que si l'on voyait du crottin partout, c'est qu'il y avait un poney pas loin.

Alors que le Jour du Dôme devenait le Deuxième Jour, tous les blogs suggéraient la même chose : le poney, dans ce cas-là, n'était ni les terroristes, ni les envahisseurs venus de l'espace, ni le Grand Cthulhu de Lovecraft, mais le bon vieux complexe militaro-industriel. Les détails variaient d'un site à l'autre, mais les analyses se ramenaient en fait à trois théories. La première voulait que le Dôme fût une expérience menée sans états d'âme, la population de Chester's Mill servant de cobaye. La deuxième estimait que c'était une expérience, en effet, mais qu'elle avait mal tourné et était devenue incontrôlable (« exactement comme dans *The Mist* », avait écrit l'un des blogueurs). La troisième contestait que ce fût une expérience et affirmait qu'il s'agissait d'un prétexte créé de toutes pièces, froidement, pour justifier une guerre aux ennemis déclarés des États-Unis. « ET NOUS GAGNERONS ! écrivait ToldjaSo87. CAR AVEC CETTE NOUVELLE ARME, QUI PEUT S'OPPOSER À NOUS ? Mes amis, NOUS SOMMES DEVENUS LES NOUVEAUX PATRIOTES DES NATIONS !!!! »

Joe ignorait laquelle de ces théories était la vraie. Il ne s'en souciait pas vraiment. Ce qui l'inquiétait était qu'elles avaient un dénominateur commun expressément désigné : à savoir le gouvernement.

Il était temps d'organiser une manifestation dont, bien entendu, Joe prendrait la tête. Pas dans l'agglomération, mais sur la Route 119, où ils pourraient s'adresser directement aux détenteurs de l'autorité – *The Man*, en argot américain. Il n'y aurait peut-être que la bande de Joe, au début, mais d'autres les rejoindraient. Il n'en doutait pas. *The Man* devait probablement toujours tenir la presse à l'écart, mais même à treize ans, Joe était assez malin pour savoir que cela n'était pas nécessairement important. Parce qu'il y avait des gens, sous ces uniformes, et des cerveaux en état de fonctionner derrière au moins quelques-uns de ces visages dénués d'expression. La présence militaire dans son ensemble constituait *The Man*, mais des individus se cachaient dans cet ensemble, et certains d'entre eux devaient être des blogueurs secrets. Ils feraient passer le mot et ils joindraient parfois à leur rapport des photos prises avec leur portable : Joe McClatchey et ses amis brandissant des pancartes sur lesquelles on lirait : FIN DU SECRET, ARRÊTEZ L'EXPÉRIENCE, LIBÉREZ CHESTER'S MILL et ainsi de suite.

« Il faudra dresser des pancartes tout autour de la ville, aussi », murmura-t-il. Ce ne serait pas un problème. Tous ses potes avaient des imprimantes. Et des bécanes.

Joe l'Épouvantail commença à envoyer ses premiers courriels aux premières lueurs de l'aube. Il allait bientôt faire sa tournée sur sa propre bicyclette et enrôler Benny Drake. Peut-être aussi Norrie Calvert. Les membres de sa bande étaient plutôt des lève-tard les week-ends, en général, mais Joe se disait que tout le monde serait debout de bonne heure aujourd'hui. *The Man* allait sans aucun doute fermer rapidement l'accès à Internet, comme il l'avait fait pour les téléphones, mais pour le moment, c'était l'arme de Joe, l'arme du peuple.

Il était temps de lutter contre le pouvoir.

2

« Levez la main droite, les gars », dit Peter Randolph. Il était fatigué et avait des poches sous les yeux, alors qu'il se tenait devant ses nouvelles recrues, mais il ressentait aussi une certaine joie sinistre. La voiture verte du chef était garée dans le parking de la police, le plein fait et prête à rouler. C'était *sa* voiture à présent.

Les nouvelles recrues – Randolph avait l'intention de les désigner sous l'appellation « adjoints spéciaux » dans son rapport aux conseillers – levèrent docilement la main. Il y en avait cinq et l'un d'eux n'était pas un gars mais une jeune femme boulotte du nom de Georgia Roux. Coiffeuse au chômage, elle était la petite amie de Carter Thibodeau. Junior avait soufflé à son père l'idée d'engager aussi une fille, pour que tout le monde soit content, et Big Jim l'avait aussitôt adoptée. Randolph avait tout d'abord refusé, pour finalement céder lorsque Big Jim lui avait adressé son sourire le plus féroce.

Et, devait-il admettre tandis qu'il leur faisait prêter serment, en présence de quelques-uns des membres officiels de la force, ils avaient sans conteste des mines de coriaces. Junior avait perdu un peu de poids au cours de l'été ; il était encore loin de son poids de forme, quand il jouait dans l'équipe de football de son lycée, et il aurait eu besoin de se remplumer un peu, mais les autres, même la fille, étaient sacrément balèzes.

Ils répétèrent les mots après lui, phrase après phrase : Junior tout à gauche, à côté de son ami Frankie DeLesseps ; puis Thibodeau et la fille Roux ; Melvin Searles à l'autre bout. Searles arborait un sourire niais, genre je vais faire un tour à la foire. Randolph le lui aurait fait disparaître le temps de le dire, s'il avait disposé de trois semaines pour former ces gosses (bon sang, même une seule), mais il s'abstint.

Le seul point qu'il n'avait pas concédé à Big Jim concernait le port d'arme. Rennie était pour, insistant sur le fait que ces jeunes gens « avaient la tête froide et craignaient Dieu », ajoutant qu'il serait heureux de les leur fournir lui-même, si nécessaire.

Randolph avait secoué la tête. « La situation est beaucoup trop instable. Voyons tout d'abord comment ils s'en sortent.

– S'il arrive quelque chose à l'un d'eux pendant que… »

Randolph l'avait coupé :

« Il n'arrivera rien à personne, Big Jim. Nous sommes à Chester's Mill. Si nous étions à New York, les choses seraient différentes. »

Il espérait ne pas se tromper.

3

« Et je m'engage à faire de mon mieux pour protéger et servir les habitants de cette ville », disait maintenant Randolph.

Tous répétèrent la formule aussi docilement que les enfants au catéchisme le Jour des Parents. Même Searles, avec son sourire idiot, le fit sans faute. Et ils avaient fière allure. Pas d'arme – pas encore –, mais ils étaient équipés de talkies-walkies. De bâtons fluo, également. Stacey Moggin (qui devait elle-même assurer un quart de nuit) avait trouvé des chemises réglementaires pour tout le monde sauf pour Carter Thibodeau. Rien ne lui allait, tant il avait les épaules larges, mais la chemise de toile bleue qu'il avait rapportée de chez lui allait très bien. Pas réglo, mais propre. Et de toute façon, le badge argenté épinglé audessus de sa pochette gauche faisait passer le message qui devait passer.

Cela allait peut-être marcher.

« Et que Dieu me vienne en aide, dit Randolph.

– Et que Dieu me vienne en aide », répétèrent-ils tous.

Du coin de l'œil, Randolph vit la porte s'ouvrir. C'était Big Jim. Il rejoignit Henry Morrison, George Frederick et son asthme, Fred Denton et une Jackie Wettington à l'air peu convaincu au fond de la salle. Randolph comprit que Rennie était venu voir son fils prêter serment. Et, comme il se sentait encore mal à l'aise d'avoir refusé de donner une arme à ses nouvelles recrues (refuser quoi que ce soit à Big Jim allait à l'encontre de la stratégie toujours politiquement correcte de Randolph), le nouveau chef fit traîner les choses, avant tout pour le bénéfice du deuxième conseiller.

« Et je ne laisserai personne me faire chier.

– Et je ne laisserai personne me faire chier », reprirent-ils tous en chœur.

Avec enthousiasme. Souriant tous. D'attaque. Prêts à prendre la rue.

Big Jim hocha la tête et leva le pouce, en dépit du gros mot. Randolph se sentit le cœur plus léger, sans savoir que la formule allait revenir le hanter : *Et je ne laisserai personne me faire chier.*

4

Lorsque Julia Shumway entra au Sweetbriar Rose ce matin-là, la plupart des personnes venues prendre le petit déjeuner étaient déjà reparties, soit pour l'église, soit pour tenir une réunion impromptue sur la place principale. Il était neuf heures. Barbie était seul ; ni Dodee Sanders ni Angie McCain ne s'étaient montrées, ce qui ne surprit personne. Rose s'était rendue au Food City. Anson l'avait accompagnée. Avec un peu de chance, ils reviendraient avec des provisions, mais Barbie ne le croirait que lorsqu'ils les verrait.

« Nous sommes fermés jusqu'au déjeuner, dit-il, mais il reste du café.

– Et pas un rouleau à la cannelle ? » demanda Julia avec une note d'espoir.

Barbie secoua la tête. « Rose n'en a pas préparé. Il faut faire tenir le générateur le plus longtemps possible.

– C'est logique, admit Julia. Du café, alors. »

Il avait apporté le pot avec lui et il la servit. « Vous avez l'air fatiguée.

– Barbie, tout le monde a l'air fatigué, ce matin. Et mort de peur.

– Et le journal ?

– J'espérais qu'il serait prêt pour dix heures, mais je crains que ce soit plutôt trois heures de l'après-midi. Le premier numéro exceptionnel du *Democrat* depuis l'inondation de la Prestile.

– Des problèmes de production ?

– Pas tant que mon générateur continuera à tourner. Je voudrais simplement aller jusqu'à l'épicerie voir si les gens ne s'y sont pas précipités en masse. Et s'ils ont quelque chose à raconter. Pete Freeman y est déjà pour prendre des photos. »

Barbie n'aima pas trop l'expression « en masse ». « Bon Dieu, j'espère qu'ils resteront tranquilles.

– Mais oui. Nous sommes à Chester's Mill, ici, pas à New York. »

Barbie n'était pas aussi convaincu qu'elle qu'il y eût autant de différence entre les rats des villes et les rats des champs, en cas de stress, mais il garda sa réflexion pour lui. Elle connaissait mieux que lui les gens du coin.

Comme si elle avait lu dans ses pensées, Julia dit alors : « Je peux me tromper, évidemment. C'est pourquoi j'ai envoyé Pete. » Elle regarda autour d'elle. Il restait encore quelques clients, au comptoir, qui finissait leurs œufs et vidaient leur tasse de café, et bien entendu la grande table du fond – la table aux foutaises, en langage yankee – était entièrement occupée par les vieux habitués qui remâchaient les évènements récents et discutaient de ce qui risquait de se produire ensuite. Mais Barbie et Julia avaient le centre du restaurant pour eux.

« J'ai une ou deux choses à vous dire, reprit-elle un ton plus bas. Et arrêtez de me tourner autour comme un maître d'hôtel, asseyez-vous. »

Barbie s'exécuta et se servit une tasse de café. C'était le fond du pot et il avait un arrière-goût de caoutchouc, mais… c'était évidemment le fond du pot qui était le plus chargé en caféine.

Julia sortit son portable de la poche de sa robe et le poussa vers lui. « Votre copain Fox m'a rappelée à sept heures ce matin. Quelque chose me dit qu'il n'a pas dû beaucoup dormir la nuit dernière, lui non plus. Il m'a demandé de vous le donner. Il ne sait pas que vous en avez un. »

Barbie ne toucha pas le téléphone. « S'il s'attend à un premier rapport, c'est qu'il surestime sérieusement mes capacités.

– Il n'a pas dit ça. Simplement qu'il avait besoin de vous parler et qu'il voulait pouvoir vous joindre. »

Cela décida Barbie. Il repoussa le téléphone vers elle. Elle le prit sans paraître étonnée. « Il a aussi dit que si vous n'aviez pas de nouvelles de lui à cinq heures de l'après-midi, vous devriez l'appeler. Pour une mise à jour. Vous voulez que je vous donne son numéro de code bizarre ?

Il soupira. « Bien sûr. »

Elle l'écrivit sur une serviette en papier, en petits chiffres bien nets. « Je crois qu'ils vont tenter quelque chose.

– Quoi ?

– Il ne l'a pas précisé ; j'ai juste eu l'impression qu'ils envisageaient un certain nombre de possibilités.

– Tiens, pardi ! Et qu'est-ce qui vous avez encore dans la tête ?

– Qui vous dit qu'il y a quelque chose ?

– Juste une impression, répondit-il avec un sourire.

– OK, le compteur Geiger.

– J'avais pensé en parler à Al Timmons. »

Al était le concierge de l'hôtel de ville et un habitué du Sweetbriar Rose. Barbie s'entendait bien avec lui.

Julia secoua la tête.

« Non ? Pourquoi non ?

– Vous voulez savoir qui a consenti un prêt personnel sans intérêt à Al pour qu'il puisse envoyer son plus jeune fils à l'université Heritage Christian, en Alabama ?

– Ne serait-ce pas Jim Rennie, par hasard ?

– Tout juste. Et maintenant, histoire de faire monter un peu plus la mayonnaise, devinez à qui appartient le camion dont se sert Al ?

– Quelque chose me dit que ce doit être encore Rennie.

– Bingo. Et vu que vous êtes la crotte de chien que le deuxième conseiller ne parvient pas à enlever complètement de ses chaussures, s'adresser à des gens qui lui doivent tout risque de ne pas être une bonne idée. » Elle se pencha un peu plus vers lui. « Mais il se trouve que je sais qui détient un jeu complet des clefs du royaume : de l'hôtel de ville, de l'hôpital, du centre de soins, des écoles, tout ce que vous voulez.

– Qui ?

– Feu notre patron de la police. Et il se trouve aussi que je connais très bien sa femme – sa veuve. Elle n'aime pas du tout Jim Rennie. De plus, elle sait garder un secret si on arrive à la persuader de le garder.

– Julia, le cadavre de son mari n'est pas encore froid. »

Julia évoqua un instant le sinistre petit salon funéraire de Bowie et eut une grimace de chagrin et de dégoût. « Peut-être pas, mais il est probablement descendu à la température de la pièce. J'accepte votre réserve, cependant, et j'applaudis à votre compassion. Mais… » Elle lui prit la main. Le geste surprit Barbie mais ne lui déplut pas. « … Les circonstances ne sont pas ordinaires. Et aussi brisé que soit le cœur de

Brenda Perkins, elle en aura conscience. Vous avez un boulot à faire. De ça, je peux la convaincre. Vous êtes leur taupe, Barbie.

– Leur taupe », répéta-t-il.

Il fut soudain envahi de souvenirs désagréables : un gymnase à Falludjah et un Irakien nu, mis à part son turban à moitié déroulé. Après ce jour-là et ce gymnase, il n'avait plus voulu faire ce genre de boulot. Et voilà que ça recommençait.

« Alors est-ce que je devrais… »

Il faisait anormalement chaud pour une matinée d'octobre, et si la porte était fermée (les gens pouvaient sortir, mais personne ne pouvait entrer), les fenêtres étaient ouvertes. Par celles donnant sur Main Street, venait de leur parvenir un tintement métallique creux accompagné d'un cri de douleur. Suivis par d'autres, de protestation cette fois.

Barbie et Julia se regardèrent par-dessus leurs tasses avec une même expression de surprise et d'appréhension.

Ça commence, se dit Barbie. Il savait que c'était faux – que tout avait commencé hier, quand le Dôme était tombé – mais en même temps il était *sûr* que c'était vrai.

Les gens au comptoir s'étaient précipités jusqu'à la porte. Barbie en fit autant, suivi de Julia.

Au bout de la rue, au nord de la place principale, la cloche de la première église congrégationaliste se mit à sonner, appelant les fidèles à se rassembler.

5

Junior Rennie se sentait en grande forme. Pas même l'ombre d'un mal de tête, ce matin, et son petit déjeuner ne lui pesait pas sur l'estomac. Il se sentait même capable de déjeuner. Excellent, ça. Cela faisait un bon moment qu'il ne mangeait presque plus rien ; la moitié du temps, la seule vue de la nourriture lui donnait envie de dégobiller. Pas ce matin, cependant. Des Flapjacks et du bacon, rien que ça.

Si c'est l'apocalypse, dommage qu'elle ne se soit pas produite avant, pensa-t-il.

Chaque adjoint spécial devait faire équipe avec un officier à plein temps. Junior s'était retrouvé avec Freddy Denton, et cela aussi était parfait. Denton, qui perdait ses cheveux mais était très en forme à cinquante ans, avait la réputation de ne pas être un tendre… sauf qu'il y avait des exceptions. Il avait été président de l'équipe de football – les Wildcats Boosters Club – à l'époque où Junior jouait, et la rumeur courait qu'il n'avait jamais donné le moindre carton jaune à un joueur. Junior ne pouvait parler au nom de tout le monde, mais il savait que Frankie DeLesseps s'était fait remonter une fois les bretelles par Freddy et il avait lui-même eu droit par deux fois au « je ne vais pas t'en coller un cette fois, mais calme-toi un peu, hein ? ». Junior aurait pu se retrouver en équipe avec Wettington, qui se serait peut-être fait des idées. Elle avait beaucoup de monde au balcon, d'accord, mais parlez-moi d'une gourde. Et il n'avait rien eu à foutre du regard froid qu'elle lui avait adressé après la prestation de serment, tandis que lui et Freddy passaient devant elle pour sortir.

Il me reste encore un peu de place dans le placard pour toi, si tu déconnes avec moi, Jackie, pensa-t-il en se mettant à rire. Bon Dieu, comme la chaleur et le soleil sur son visage lui faisaient du bien ! Depuis combien de temps ne s'était-il pas senti aussi bien ?

Freddy se tourna vers lui. « Quelque chose de drôle, Junior ?

– Rien en particulier, juste que ça baigne pour moi. »

Leur boulot – pour ce matin, du moins – consistait à patrouiller Main Street à pied (« pour faire acte de présence », leur avait dit Randolph), tout d'abord dans un sens, puis dans l'autre. Une mission qui n'avait rien de désagréable dans le chaud soleil d'octobre.

Ils passaient devant le Mill Gas & Grocery lorsqu'ils entendirent des éclats de voix en provenance de l'intérieur. L'une d'elles était celle de Johnny Carver, gérant et propriétaire de parts dans l'épicerie ; l'autre vociférait de manière trop indistincte pour que Junior distingue les mots, mais Freddy Denton leva les yeux au ciel.

« Sam Verdreaux le Poivrot, aussi sûr que je respire et vis, dit-il. Merde ! Et il n'est même pas neuf heures et demie.

– Sam Verdreaux ? Qui c'est ? » demanda Junior.

La bouche de Freddy se pinça – une ligne blanche incurvée vers le bas que Junior avait déjà vue à l'époque où il jouait au football. C'était l'expression qui disait, *Ah, merde, on est à la traîne*. Mais aussi, *Ah, merde, pas de pot que ça tombe sur nous*. « Tu as sauté quelques cours sur la bonne société de Chester's Mill, Junior. Petite leçon de rattrapage. »

Carver disait : « Je *sais* qu'il est neuf heures passées, Sammy, je vois que tu as de l'argent, mais je peux tout de même pas te vendre de vin. Pas ce matin, ni cet après-midi, ni ce soir. Et probablement pas demain non plus, à moins que ce bordel ne soit terminé. Décrété par Randolph lui-même. C'est le nouveau chef.

– Mon cul qu'il est chef ! » rétorqua l'autre voix, mais elle était tellement pâteuse que ça donnait plutôt quelque chose comme *Mon-cu-y-est-sef !* « Pete Randolph, c'est d'la merde à côté de Duke Perkins.

– Duke est mort et Randolph a dit, pas de vente d'alcool. Désolé, Sam. »

Alors Sam se mit à geindre :

« Rien qu'une bouteille de T-Bird – *Rin-qua-bouille-e-tibeur !* J'en ai besoin et j'ai le fric. Allez ! Ça fait combien d'années que j'suis client ici ?

– Ah, merde. »

Bien qu'ayant l'air dégoûté de lui-même, Johnny se tournait déjà vers le mur où s'étageaient bières et boissons alcoolisées au moment où Freddy et Junior s'avancèrent dans l'allée. Il avait probablement décidé qu'une bouteille de Bird n'était pas cher payé pour débarrasser le magasin de ce vieux sac à vin, en particulier alors que les autres clients regardaient la scène, l'air avide, se demandant comment les choses allaient tourner.

Écrit à la main sur un carton placé bien en évidence, on pouvait lire : PAS DE VENTE D'ALCOOL JUSQU'À NOUVEL ORDRE, mais cette lavette tendait tout de même déjà la main vers la gnôle, les bouteilles du milieu. Là où trônaient les tord-boyaux bon marché. Cela faisait moins de deux heures que Junior était flic, mais il savait que c'était une mauvaise idée. Si Carver cédait à un ivrogne hirsute, d'autres clients d'aspect moins répugnant exigeraient le même privilège.

Apparemment, Freddy Denton était d'accord. « Non, ne faites pas ça », dit-il à Johnny Carver. Puis il se tourna vers Verdreaux, qui le regardait avec les yeux rougis d'une taupe prise dans un incendie de broussailles. « Je suis pas sûr qu'il te reste assez de neurones en état de marche pour lire ce qui est écrit, mais je sais en tout cas que tu as entendu ce qu'on t'a dit : pas d'alcool aujourd'hui. Alors du balai. Ça commence à schlinguer un peu trop ici.

– Vous pouvez pas m'obliger, officier », dit Sam, se redressant de toute la hauteur de son mètre soixante-cinq. Il portait des pantalons de toile crasseux, un T-shirt des Led Zeppelin et de vieilles tatanes aux talons écrasés. Il avait dû passer chez le coiffeur à l'époque où Bush II était au top dans les sondages. « J'ai mes droits. C'est un pays libre. C'est écrit dans la Constitution.

– La Constitution n'a plus cours à Chester's Mill, répliqua Junior, n'ayant pas idée à quel point il était prophète. Alors mets-la dans ta poche et ton mouchoir par-dessus et dégage. » Bon Dieu, qu'il se sentait bien ! En moins de vingt-quatre heures il était passé du fin fond de la cata à roi de la baraka !

« Mais… »

Sam hésitait, lèvre inférieure tremblante, s'efforçant de trouver de nouveaux arguments. Avec dégoût et fascination, Junior vit les yeux du vieux chnoque devenir humides. Sam tendit ses mains, lesquelles tremblaient beaucoup plus nettement que sa lèvre inférieure. Il ne lui restait qu'un seul et unique argument, mais c'était dur de devoir en faire état en public. Comme il n'avait pas le choix, il s'y résigna.

« J'en ai vraiment besoin, Johnny. Sans déconner. Juste un peu, pour que j'arrête de trembler. Je la ferai durer. Et je ferai pas d'histoires. Promis. Je le jure sur le nom de ma mère. Je rentrerai chez moi. »

Le chez-soi de Sam le Poivrot était un cabanon installé dans une arrière-cour pelée, sinistre, où traînaient des pièces d'automobiles rouillées.

« Je devrais peut-être… », commença Johnny Carver.

Freddy l'ignora. « De ta vie, t'as jamais fait durer une seule bouteille, Sam le Poivrot.

– M'appelez pas comme ça ! » protesta Sam Verdreaux.

Les larmes débordèrent et coulèrent sur ses joues.

« Ta braguette est ouverte, l'ancien », dit Junior.

Et lorsque Sam baissa les yeux vers son falzar cradingue, Junior mit un doigt sous son menton pendouillant et lui pinça le nez. Une blague de cour d'école, d'accord, mais elle n'avait rien perdu de son charme. Junior alla même jusqu'à dire ce qu'ils disaient à l'époque, avec une légère variante : « Fringues crado, pif d'alcoolo ! »

Freddy Denton se mit à rire, imité par deux ou trois autres. Même Johnny Carver sourit, bien que n'ayant pas tellement l'air d'en avoir envie.

« Fiche-moi le camp d'ici, Sam, dit Freddy. C'est une belle journée. Tu voudrais pas la passer au trou, hein ? »

Toutefois quelque chose – le fait d'être traité de poivrot, ou peut-être de se faire pincer le nez, ou peut-être les deux – avait rallumé un peu de la rage qui avait tant impressionné et effrayé les potes bûcherons de Sam quand il était un as du débardage, quarante ans auparavant, sur la rive canadienne de la Merimachee. Le tremblement de ses lèvres et de ses mains s'arrêta, du moins temporairement. Ses yeux se portèrent sur Junior et il s'éclaircit la gorge, émettant un son gras, enchifrené, indéniablement chargé de mépris. Et quand il parla, il n'avait plus la voix pâteuse :

« Va chier, morveux. T'es pas un flic, et t'as jamais été un vrai joueur de football. Même pas foutu d'entrer dans l'équipe B de ton collège, d'après ce que j'ai entendu dire. »

Il se tourna vers Denton.

« Et toi, l'adjoint Duchnoque. Il est parfaitement légal d'acheter après neuf heures du matin les dimanches. C'est comme ça depuis les années 1970, un point, c'est tout. »

À présent, il regardait Johnny Carver. Johnny ne souriait plus et les clients qui assistaient à la scène ne disaient plus un mot. Une femme avait porté une main à sa gorge.

« J'ai du fric, du bon fric, et je prends ce qui est à moi. »

Il voulut contourner le comptoir. Junior le saisit par le col de sa chemise et le fond de son pantalon, le fit pivoter et le poussa en courant jusqu'à l'entrée du magasin.

« *Hé !* cria Sam tandis que ses pieds pédalaient vainement au-dessus du vieux plancher huilé. *Hé ! Bas les pattes ! J'veux pas de tes sales pattes sur moi !* »

Une fois la porte franchie, en bas des marches, Junior tenait toujours le vieil homme devant lui. Il était aussi léger qu'un sac de plumes. Et, bon Dieu, il *pétait* ! Pan-pan-pan, une vraie mitrailleuse !

Le camion de Stubby Norman était garé le long du trottoir. Facilement reconnaissable avec MOBILIER ACHAT VENTE et ANTIQUITÉS AU MEILLEUR PRIX écrits sur les côtés. Stubby lui-même se tenait non loin, bouche bée. Junior n'hésita pas. Il poussa le vieil ivrogne qui le couvrait de jurons la tête la première contre le flanc du véhicule. Le métal peu épais émit un *BONNNG !* sourd.

Junior ne réalisa qu'il aurait pu tuer l'odorant enfoiré que lorsque Sam le Poivrot tomba comme une pierre, en partie sur le trottoir, en partie dans le caniveau. Il fallait cependant davantage qu'un contact un peu rugueux avec la tôle molle d'un vieux bahut pour tuer Sam Verdreaux. Ou le faire taire. Il poussa un cri, puis se mit à pleurer. Il se hissa sur les genoux. Un liquide écarlate coulait de la peau fendue de son crâne et lui inondait le visage. Il en essuya une partie, regarda sa main avec incrédulité, puis tendit ses doigts d'où gouttait le sang.

Les piétons qui passaient s'étaient immobilisés, tous, et si complètement qu'on aurait pu croire qu'ils jouaient au jeu des statues. Ils regardaient, les yeux écarquillés, l'homme agenouillé qui tendait une main pleine de sang.

« *Je vais poursuivre toute cette putain de ville pour brutalités policières !* brailla Sam. *ET JE GAGNERAI !* »

Freddy descendit les marches du magasin et vint près de Junior.

« Allez, dites-le, lui dit Junior.

– Quoi donc ?

– J'ai exageré.

– Putain oui. Mais tu as entendu ce qu'a dit Pete : on ne laisse personne nous faire chier. Collègue, c'est ici et maintenant que ce truc entre en vigueur. »

Collègue ! Junior sentit son cœur se soulever de joie.

« *Vous avez pas le droit de me jeter dehors alors que j'ai de l'argent !* hurlait Sam. *Vous avez pas le droit de me frapper ! Je suis un citoyen américain ! Je vous traînerai devant la cour !*

– Eh bien bonne chance, dit Freddy. Parce que la cour siège à Castle Rock et que d'après ce que j'ai entendu dire, la route vers là-bas est fermée. »

Il remit le vieil homme sur ses pieds. Sam saignait aussi du nez, et le devant de son T-shirt était tout rouge. Freddy passa une main dans son dos pour prendre un jeu de menottes en plastique (*Faut que je m'en procure*, songea Junior, admiratif). L'instant suivant, elles entouraient les poignets de Sam.

Freddy parcourut des yeux la foule des témoins – les passants comme ceux qui s'entassaient dans l'entrée du magasin. « Cet homme est arrêté pour trouble à l'ordre public, résistance à des officiers de police et tentative d'agression ! » déclara-t-il de la voix de stentor que Junior n'avait pas oubliée. Quand lui-même jouait au football et qu'il se faisait remonter les bretelles depuis le banc de touche par Freddy. À l'époque, elle l'irritait. Aujourd'hui, elle le ravissait.

Je crois que je grandis, songea-t-il.

« Il est aussi arrêté pour violation du nouveau règlement sur l'alcool, institué par le chef Randolph. Prenez-en de la graine ! » Freddy secoua Sam. Du sang vola de son nez et de ses cheveux crasseux. « Nous sommes en situation de crise, m'sieurs-dames, nous avons un nouveau chef de la police et il a bien l'intention de la contrôler. Faudra s'y habituer, faire avec, et même aimer ça. C'est mon conseil. Suivez-le et je suis sûr qu'on s'en sortira sans problème. Ne le suivez pas, et… »

Il se contenta de montrer les mains de Sam, menottées dans son dos.

Deux personnes applaudirent – applaudirent vraiment. Pour Junior Rennie, ce fut comme une eau bien fraîche par une chaude journée. Puis, tandis que Freddy entraînait un Sam titubant et en sang, Junior sentit un regard tomber sur lui. La sensation était forte, presque comme si deux doigts s'enfonçaient dans sa nuque. Il se tourna et vit Dale Barbara. À côté de la femme du journal, qui l'observait d'un regard dépourvu d'expression. Barbara, qui lui avait flanqué une sacrée raclée l'autre soir dans le parking. Qui les avait même esquintés tous les trois, avant qu'il ne soit finalement écrasé sous le nombre.

Les impressions agréables de Junior commencèrent à s'évanouir. Presque comme si elles s'envolaient par le haut de sa tête, comme des oiseaux. Ou comme des chauves-souris chassées d'un beffroi.

« Qu'est-ce que *vous* fabriquez ici ? demanda-t-il à Barbara.

– J'ai une meilleure question », intervint Julia Shumway. Elle arborait un petit sourire dur. « Qu'est-ce qui vous prend, *vous*, de brutaliser un homme qui fait le quart de votre poids et qui a trois fois votre âge ? »

Junior fut à court de réponse. Il sentit le sang lui monter aux joues et s'y déployer. Il imagina soudain cette salope de journaliste dans le placard des McCain, tenant compagnie à Angie et Dodee. Barbara, aussi. Peut-être allongé sur la salope de journaliste, comme pour une bonne vieille partie de jambes en l'air.

Freddy vola au secours de Junior. Il parla calmement. Arborant le masque autoritaire du flic, bien connu dans le monde entier. « Toutes les questions concernant les méthodes de la police doivent être adressées au nouveau chef, madame. En attendant, vous feriez mieux de ne pas oublier que nous sommes livrés à nous-mêmes. Parfois, quand les gens sont livrés à eux-mêmes, il n'est pas mauvais de faire des exemples.

– Parfois, lorsque les gens sont livrés à eux-mêmes, ils font des choses qu'ils regrettent par la suite, rétorqua Julia. Quand commencent les enquêtes, en général. »

Les coins de la bouche de Freddy s'affaissèrent. Puis il entraîna Sam sur le trottoir.

Junior regarda Barbie encore quelques instants. « T'as intérêt à faire gaffe à ce que tu me dis. Et à où tu mets les pieds. » Il caressa du pouce son badge flambant neuf. « Perkins est mort et je représente la loi.

– Tu n'as pas très bonne mine, Junior. Serais-tu malade, par hasard ? »

Junior le regarda avec des yeux légèrement trop écarquillés. Puis il fit demi-tour pour rejoindre son collègue. Il avait les poings serrés.

6

En période de crise, pour se rassurer, les gens ont tendance à se réfugier dans ce qui leur est familier. Ce qui vaut aussi bien pour les croyants que pour les païens. Il n'y eut aucune surprise pour les fidèles de Chester's Mill ce matin-là ; Piper Libby parla d'espoir à la Congo, tandis que Lester Coggins évoquait les feux de l'enfer à l'église du Christ-Rédempteur. Les deux églises étaient pleines.

Le texte qui avait servi de point de départ à Piper était tiré de l'évangile de Jean : *Je vous donne un commandement nouveau : aimez-vous les uns les autres ; comme je vous ai aimés, aimez-vous les uns les autres.* Elle expliqua aux ouailles massées sur les bancs de la Congo que la prière était importante en temps de crise – le réconfort de la prière, la puissance de la prière –, mais qu'il était également important de s'aider mutuellement, de pouvoir compter les uns sur les autres et de s'aimer les uns les autres.

« Dieu nous met à l'épreuve avec des choses que nous ne comprenons pas. Parfois, c'est la maladie. Parfois, c'est la mort inattendue d'une personne aimée. » Elle eut un regard plein de sympathie pour Brenda Perkins, assise la tête inclinée et les mains serrées sur ses genoux, habillée d'une robe noire. « Et aujourd'hui, reprit-elle, c'est une barrière inexplicable qui nous coupe du reste du monde. Nous ne la comprenons pas, mais nous ne comprenons pas non plus la maladie, ni la souffrance, ni la mort inattendue des bonnes personnes. Nous demandons à Dieu pourquoi et, dans l'Ancien Testament, il y a cette réponse que Dieu fit à Job : *Où étais-tu quand je fondais la terre ?* Mais dans le Nouveau Testament – nouveau et plus éclairé – c'est la réponse que Jésus donne à ses disciples : *Aimez-vous les uns les autres, comme je vous ai aimés.* C'est ce que nous devons faire aujourd'hui et tous les jours, jusqu'à ce que cette chose soit terminée : nous aimer les uns les autres. Nous aider les uns les autres. Et attendre que l'épreuve finisse, comme finissent toujours les épreuves imposées par Dieu. »

La citation retenue par Lester Coggins provenait des Nombres (partie de la Bible guère connue pour son optimisme) : *Mais si vous ne faites pas ainsi, vous péchez contre l'Éternel ; sachez que votre péché vous atteindra*[1].

Comme Piper, Lester évoqua le concept d'épreuve – un grand classique ecclésiastique à chacun des grands sacs d'embrouilles de l'Histoire – mais l'essentiel de son prêche fut consacré à l'aspect infectieux du péché, à la manière dont Dieu traitait ce genre d'infection, qu'il paraissait broyer entre ses doigts comme on écrase un bouton importun jusqu'à ce qu'on en ait fait jaillir le pus, tel du divin Colgate.

Et étant donné que, même dans la lumière limpide de cette belle matinée d'octobre, il restait encore largement convaincu que le péché pour lequel était châtiée la ville était le sien, Lester fut particulièrement éloquent. Il y avait des larmes dans beaucoup d'yeux, et des cris « *Oui, Seigneur !* » s'élevaient entre deux « *Amen !* » d'un endroit à l'autre. Lorsqu'il était ainsi inspiré au cours d'un prêche, des idées nouvelles lui venaient parfois à l'esprit. Et il en eut une ce jour-là qu'il formula sur-le-champ, sans prendre un instant pour y réfléchir. Il n'avait pas besoin de réfléchir. Certaines choses ont un tel éclat, une telle aura, qu'elles ne peuvent pas ne pas être justes.

« Cet après-midi, je vais aller là où la Route 119 se heurte à la barrière mystérieuse de Dieu, dit-il.

– Oui, Jésus ! » s'écria une femme en pleurs.

D'autres frappèrent des mains ou les levèrent en manière de témoignage.

« J'irai vers deux heures. J'irai me mettre à genoux là, dans le champ de la ferme, ouais, et je supplierai Dieu de nous enlever cette affliction. »

Cette fois, les cris de *Oui Seigneur, Oui Jésus* et *Dieu le sait* furent plus forts.

« Mais tout d'abord… » Lester leva la main avec laquelle il avait flagellé son dos nu au plus noir de la nuit. « Tout d'abord, je vais prier pour le *PÉCHÉ* qui a provoqué cette *SOUFFRANCE* et ce *CHAGRIN* et cette *AFFLICTION* ! Si je suis seul, Dieu ne m'entendra peut-être

---

1. Nombres, 32, 23.

pas. Si je suis avec deux ou trois autres croyants, ou même cinq, Dieu risque toujours de ne pas m'entendre, pouvez-vous dire *amen* ? »

Ils pouvaient. Ils le firent. Tous levaient les mains à présent, se balançant d'un côté et de l'autre, dans une transe mystique.

« Mais si *TOUS* vous venez, si nous prions en cercle à genoux dans l'herbe du bon Dieu, sous le ciel bleu du bon Dieu... au su et au vu des soldats qui, paraît-il, montent la garde devant l'œuvre de la main implacable de Dieu... si *TOUS* vous venez, si *TOUS* nous prions ensemble, alors nous pourrons peut-être aller jusqu'à la racine du péché, l'exposer à la lumière pour le faire mourir et provoquer un miracle digne de notre Dieu tout-puissant ! *VIENDREZ-VOUS ? VIENDREZ-VOUS VOUS AGENOUILLER AVEC MOI ?* »

Bien sûr que oui, ils viendraient. Bien sûr que oui, ils se mettraient à genoux. Les gens apprécient une bonne, une honnête réunion de prière quand les temps sont heureux comme quand ils sont durs. Et quand l'orchestre attaqua en swinguant « Whatever My God Ordains is Right » (en *si*, Lester à la première guitare), ils chantèrent à en soulever le toit.

Jim Rennie était là, bien entendu ; ce fut Big Jim qui prit les dispositions pour les transports.

7

LE SECRET ÇA SUFFIT !

LIBÉREZ CHESTER'S MILL !

MANIFESTEZ !!!

OÙ ? Ferme Dinsmore sur la Route 119 (il suffit de trouver l'épave du camion et les agents militaires de l'oppression !).

QUAND ? À 14 heures.

QUI ? Vous, et tous les amis que vous pourrez amener ! Dites-leur qu'il faut raconter ce qui nous arrive aux médias ! Dites-leur que nous voulons savoir qui nous a fait ça !

ET POURQUOI !

Et avant tout, que nous voulons SORTIR DE LÀ !!!

C'est notre ville ! Nous devons nous battre pour elle !

NOUS DEVONS LA REPRENDRE !!!

Des panneaux seront préparés, mais il vaut mieux amener les vôtres (et rappelez-vous que les grossièretés sont contre-productives).

DRESSEZ-VOUS CONTRE LE POUVOIR !

HARCELEZ LE GOUVERNEMENT !

Le comité de libération de Chester's Mill

8

S'il y avait quelqu'un en ville qui aurait pu adopter la célèbre formule nietzschéenne « Ce qui ne me tue pas me rend plus fort » comme devise personnelle, c'était bien Romeo Burpee, un dégourdi avec une mèche à la Elvis et des bottes pointues à côtés élastiques. Il devait son prénom à une mère franco-américaine romantique ; son nom de famille à un père yankee pure laine, un radin qui en aurait remontré à Harpagon lui-même. Romeo avait survécu à une enfance de sarcasmes impitoyables – sans parler de quelques corrections – pour devenir l'homme le plus riche de la ville (pas tout à fait… Big Jim était l'homme le plus riche de la ville mais, par nécessité, une bonne partie de sa richesse était dissimulée). Rommie possédait le plus vaste – et le plus rentable – grand magasin de tout l'État. Dans les années 1980, ses investisseurs potentiels lui avaient dit qu'il était cinglé de vouloir afficher un nom aussi moche que Burpee[1]. La réaction de Romeo avait été de dire que si le grainetier Burpee Seed avait très bien fait avec, il devait pouvoir en faire autant. Et aujourd'hui leurs meilleures ventes de l'été étaient des T-shirts sur lesquels on lisait quelque chose comme VIENS BOIRE DU ROTEUX AU ROT HEUREUX. Qu'est-ce que vous dites de ça, les banquiers dépourvus d'imagination ?

Il avait réussi, dans une large mesure, grâce à son discernement et à son opiniâtreté impitoyable. Vers dix heures, ce dimanche matin-là – peu de temps après avoir vu Sam le Poivrot traîné jusqu'à la Casa Flicos –, une nouvelle occasion s'était présentée à lui. Comme cela arrive toujours quand on est en alerte permanente.

Rommie avait observé les enfants qui collaient des affiches. Conçues par ordinateur et d'un aspect très professionnel. Les gosses – la plupart à bicyclette, deux en planche à roulettes – avaient très bien couvert Main Street. Appel à manifester sur la 119. Romeo se demanda qui avait eu cette idée.

Il en arrêta un et lui posa la question.

« Moi, lui répondit Joe McClatchey.

– Sans déconner ?

– Sans déconner. Vraiment. »

Rommie donna un billet de cinq au grand échalas, en dépit de ses protestations, l'enfonçant profondément dans sa poche-revolver. Rommie se dit que les gens iraient à la manifestation du gosse. Ils étaient prêts à faire n'importe quoi pour exprimer leur peur, leur frustration, leur légitime colère.

Peu après avoir renvoyé Joe l'Épouvantail à sa tâche, Romeo entendit des gens parler d'un rendez-vous de prière devant se tenir en début d'après-midi, sous la direction du pasteur Coggins. Même bon Dieu d'heure, même bon Dieu de lieu.

Un signe du ciel, aucun doute. Qui disait : BELLE OCCASION COMMERCIALE.

1. *Burp* = rot.

Romeo retourna dans son magasin où les clients ne se bousculaient pas. Les gens qui faisaient leurs courses aujourd'hui s'étaient plutôt rendus au Food City ou au Mill Gas & Grocery. Sans compter qu'ils étaient minoritaires. La plupart des citoyens de la ville étaient à l'église ou chez eux, collés aux bulletins d'informations de la télé. Toby Manning, assis derrière la caisse, regardait lui-même CNN sur une petite télé à batterie.

« Arrête-moi ce truc et ferme ta caisse, lui dit Romeo.

– Sérieusement, Mr Burpee ?

– Oui. Et sors la grande tente de la remise. Fais-toi aider par Lily.

– Celle pour les super-soldes de l'été ?

– Exactement. Nous allons l'installer au milieu de l'herbe à vaches, là où l'avion de Chuck Thompson s'est écrasé.

– Le champ d'Alden Dinsmore ? Il risque de vous demander quelque chose.

– Eh bien, on lui paiera quelque chose. »

Romeo calculait déjà. Son magasin vendait de tout, y compris des produits d'épicerie à bas prix, et il avait actuellement un bon millier de paquets de saucisses de Francfort Happy Boy à solder ; elle attendaient dans son grand congélateur, derrière le magasin. Il les avait achetées à la maison mère de Happy Boy à Rhode Island (société défunte depuis, suite à un petit problème microbien, mais grâce à Dieu, pas d'*E. coli*) et avait envisagé de les vendre aux touristes et aux gens du coin pour le pique-nique de la fête nationale. Les ventes n'avaient pas marché aussi bien qu'il l'avait prévu, merci la foutue récession, mais il les avait néanmoins gardées, ces saucisses, s'y accrochant avec un entêtement de singe tenant une noix. Et maintenant, peut-être…

On n'aura qu'à les présenter sur les petits bâtonnets de Taiwan, songea-t-il. *J'en ai encore un million, de ces saloperies. Et faudra leur donner un nom sympa, genre Frank-A-Ma-Bob.* Sans compter qu'il avait aussi une centaine de cartons de limonade Yummy Tummy et de poudre Limeade, autres articles sur lesquels il s'attendait à avoir des pertes.

« On va aussi emporter tous les Blue Rhino. » Son esprit tournait comme une machine à calculer, à présent, exactement comme Romeo aimait qu'il tournât.

Toby commençait à s'exciter. « Qu'est-ce que vous avez en tête, Mr Burpee ? »

Rommie continua à inventorier tous les trucs qu'il avait et qu'ils s'étaient attendus à devoir passer par pertes et profits. Ces moulins à vent de merde pour les gosses… les pétards et les feux de Bengale qui lui restaient du 4-Juillet… les bonbons frelatés qu'il avait conservés en vue de Halloween…

« Toby, dit-il, nous allons organiser le plus grand pique-nique campagnard jamais vu dans ce patelin. Bouge-toi. On a du boulot. »

9

Rusty faisait la tourné des malades en compagnie du Dr Haskell, à l'hôpital, quand le talkie-walkie que Linda avait tenu à lui faire emporter sonna dans sa poche.

Sa voix était lointaine mais claire. « Rusty ? Va falloir que j'y aille, en fin de compte. D'après Randolph, la moitié de la ville va se retrouver près de la barrière de la 119, cet après-midi – les uns pour une assemblée de prières, les autres pour manifester. Romeo Burpee va monter une tente et vendre des hot-dogs, alors attends-toi à un pic de gastro-entérites dans la soirée. »

Rusty poussa un grognement.

« Je vais être obligée de laisser les filles à Marta, ajouta Linda, sur la défensive et inquiète, en femme qui se rend compte qu'elle ne peut pas se couper en deux pour faire tout ce qu'elle a à faire. Je vais l'avertir, pour Jannie.

– D'accord. »

Il savait que s'il lui avait demandé de rester à la maison, elle l'aurait fait… mais que tout ce qu'il aurait obtenu aurait été de l'angoisser davantage à un moment où leurs inquiétudes commençaient à s'apaiser. Et si une telle foule s'amassait là-bas, elle y serait utile.

« Merci, dit-elle. Merci de comprendre.

– Simplement, n'oublie pas que le chien doit accompagner les filles chez Marta. Tu sais ce qu'a dit le Dr Haskell. »

Ce matin le Dr Haskell – le Wiz – avait joué un rôle important pour les Everett. Il avait joué un rôle important depuis le début de la crise, en réalité. Rusty ne s'y serait jamais attendu, mais il appréciait. Et à voir les poches sous ses yeux et les plis autour de sa bouche, il était clair que le Dr Haskell le payait au prix fort. Il était trop âgé pour affronter une crise médicale ; faire un petit somme dans le salon du deuxième étage était davantage dans ses cordes, ces temps-ci. Sauf que, avec la seule aide de Ginny Tomlinson et de Twitchell, c'était le Dr Haskell et Rusty qui tenaient la boutique. La malchance avait voulu que le foutu Dôme dégringole par une belle matinée de week-end, quand tous ceux qui pouvaient aller se promener l'avaient fait.

Le Dr Haskell, bientôt soixante-dix ans, était néanmoins resté avec Rusty à l'hôpital jusqu'à onze heures, la veille au soir ; Rusty avait dû littéralement le pousser dehors et il avait été de retour dès sept heures, ce matin, au moment où Rusty et Linda arrivaient aussi avec leurs deux filles. Ainsi qu'avec Audrey, qui paraissait accepter avec beaucoup de calme cet environnement nouveau pour elle. Judy et Janelle s'étaient tenues de part et d'autre de la grosse chienne, la touchant pour se rassurer. Janelle paraissait morte de peur.

« C'est quoi, ce chien ? » avait demandé le Dr Haskell. Lorsque Rusty lui eut expliqué ce qui s'était passé, le médecin avait hoché la tête et dit à Janelle : « On va t'examiner, mon lapin.

– Ça va faire mal ? demanda la petite pleine d'appréhension.

– Non – sauf si tu avales de travers le bonbon que je te donnerai quand j'aurai regardé tes yeux. »

L'examen terminé, les adultes avaient laissé les deux filles et la chienne dans la salle d'examen et étaient passés dans le couloir. Haskell se tenait voûté. On aurait dit que ses cheveux avaient blanchi dans la nuit.

« Quel est ton diagnostic, Rusty ? avait demandé Haskell.

– Petit mal. Je dirais qu'il a été provoqué par l'excitation et l'angoisse, mais cela fait des mois qu'Audi a ses crises de gémissements.

– Bien. Nous allons commencer par du Zarontin. Tu es d'accord ?

– Absolument.

Rusty fut touché qu'il lui demande son avis. Il commençait à regretter ce qu'il avait pu dire ou penser de ce brave Dr Haskell.

– Est-ce qu'elle va bien maintenant, Ron ? » avait demandé Linda.

Il n'était pas question qu'elle aille travailler à ce moment-là ; elle avait prévu de passer une journée tranquille avec les filles.

« Elle *va* bien, avait répondu Haskell. Les crises de petit mal sont fréquentes chez les enfants. La plupart n'en ont qu'une ou deux dans leur vie. D'autres en ont un peu plus, pendant un certain nombre d'années, puis le phénomène s'arrête. Il est rare qu'elles provoquent des dommages durables. »

Linda parut soulagée. Rusty espéra qu'elle ne serait jamais obligée d'apprendre ce que le Dr Haskell n'avait pas jugé bon d'ajouter : qu'au lieu de trouver une issue dans le maquis neurologique où ils erraient, certains enfants malchanceux ne faisaient que s'y enfoncer davantage et finissaient par faire des crises de haut mal. Et que les crises de haut mal pouvaient, elles, entraîner des dommages. Et qu'elles pouvaient tuer.

Et maintenant, alors qu'il achevait la visite matinale (seulement une demi-douzaine de patients dont une accouchée ayant eu des complications) et qu'il espérait pouvoir prendre un café avant de filer au centre de soins, cet appel de Linda.

« Je suis sûre que Marta ne verra aucun inconvénient à prendre Audrey, dit-elle.

– Bien. Tu auras ton talkie-walkie pendant que tu seras en service, n'est-ce pas ?

– Oui. Bien sûr.

– Alors donne ton appareil personnel à Marta. Mettez-vous d'accord sur une fréquence. S'il arrive quelque chose à Janelle, je viendrai tout de suite.

– Très bien. Merci, mon chéri. Est-ce qu'il y a une chance pour que tu puisses t'absenter, cet après-midi ? »

Tandis que Rusty réfléchissait, il vit Dougie Twitchell s'engager dans le couloir. Il avait une cigarette calée derrière l'oreille et avançait de son pas nonchalant habituel, mais Rusty lut de l'inquiétude sur son visage.

« Je pourrai peut-être jouer les filles de l'air pendant une heure. Je peux rien promettre.

– Je comprends, mais ça me ferait du bien de te voir.

– Moi pareil. Fais gaffe, là-bas. Et dis aux gens de ne pas bouffer les hot-dogs de Burpee. Il doit les avoir dans son congélo depuis la dernière glaciation.

– Ce sont sans doute des steaks de mammouth, répondit Linda. Bon, terminé, mon ange. J'espère bien te voir. »

Rusty remit le talkie-walkie dans la poche de sa blouse blanche et se tourna vers Twitchell. « Qu'est-ce qui se passe ? Et enlève-moi cette cigarette de derrière ton oreille. On est dans un hôpital, ici. »

Twitchell retira la cigarette de l'endroit où il l'avait coincée et la regarda. « Je voulais aller la fumer à côté du hangar.

– C'était pas une bonne idée. Vu que c'est là qu'il y a les bonbonnes de propane de réserve.

– Justement. C'était ce que j'étais venu te dire. La plupart ont disparu.

– C'est des conneries. Ces machins-là pèsent des tonnes. Je ne me souviens même pas combien elles contiennent, si c'est trois mille ou cinq mille gallons chacune.

– Qu'est-ce que tu es en train de me dire ? Que j'ai oublié de regarder derrière la porte ? »

Rusty se mit à se frotter les tempes. « S'ils les ont prises – et je me demande qui sont ces *ils* – et si cela demande plus de trois ou quatre jours pour venir à bout de ce champ de force, nous allons sérieusement manquer de gaz.

– Tu m'étonnes ! dit Twitchell. D'après le relevé d'inventaire sur la porte, il aurait dû y avoir sept de ces bonbonnes, mais il n'en reste que deux. » Il rangea finalement la cigarette dans la poche de sa blouse. « J'ai vérifié l'autre remise, juste pour être sûr, au cas où quelqu'un les aurait déplacées…

– Mais pourquoi vouloir faire un truc pareil ?

– J'sais pas, Grand Maître. Bref, l'autre remise sert aux fournitures vraiment importantes pour l'hôpital : matériel de jardinage et d'entretien. Il n'y manque ni une pelle ni un râteau, mais le fertilisant a disparu. »

Rusty se moquait bien du fertilisant ; c'était le propane qui l'inquiétait. « Bon, si la situation devient vraiment sérieuse, nous ferons appel aux réserves de la ville.

– Va falloir se bagarrer avec Rennie.

– Alors que l'hôpital Cathy-Russell sera sa seule et unique possibilité si jamais son palpitant se met à faire des siennes ? J'en doute. Tu crois que je vais avoir le temps de m'éclipser un moment, cet après-midi ?

– Faudra voir avec le Wiz. On dirait que c'est lui le patron, maintenant.

– Où est-il ?

– Il dort dans le salon. Ronfle comme un sonneur de cloches. Tu veux le réveiller ?

– Non, répondit Rusty. Laissons-le dormir. Et on va arrêter de l'appeler le Wiz. Au vu de tout le boulot qu'il a abattu depuis que cette connerie nous est tombée dessus, j'estime qu'il mérite mieux.

– Ah, bien, *sensei.* Tu viens d'atteindre un niveau supérieur d'illumination.

– Lâche-moi les baskets. Punaise !

10

Et maintenant, imaginez ceci ; imaginez-le bien.

Il est deux heures et demie de l'après-midi à Chester's Mill, par une journée d'automne somptueuse à vous faire sortir les yeux de la tête. Si la presse ne se trouvait pas confinée ailleurs, les photographes seraient au paradis du grand-angle – et pas seulement à cause du flamboiement des arbres. Les séquestrés de Chester's Mill avaient migré en masse jusqu'aux pâturages de la ferme Dinsmore. Alden avait conclu un marché avec Romeo Burpee : six cents dollars pour la location de son champ. Les deux hommes étaient contents, le fermier parce qu'il avait obligé l'homme d'affaires à réévaluer considérablement sa proposition initiale (deux cents dollars), et Romeo parce qu'il serait monté jusqu'à mille dollars s'il avait été poussé dans ses derniers retranchements.

Des manifestants et des Adorateurs de Jésus, Alden n'avait pas tiré le moindre sou. Ce qui ne signifiait pas qu'il n'avait pas trouvé le moyen de se rattraper ; Alden Dinsmore était certes né par temps de pluie, mais pas de la dernière. Ayant évalué l'occasion qui se présentait, il avait délimité une grande zone de parking juste au nord de l'endroit où les débris de l'avion de Thompson s'étaient éparpillés la veille ; il y avait mis en poste sa femme, Shelley, son fils aîné, Ollie (vous vous souvenez d'Ollie) et son employé (Manuel Ortega, un Yankee d'importation des plus assimilés). Alden prélevait cinq dollars par véhicule, une fortune pour un éleveur de vaches laitières qui se cramponnait par la peau des dents à sa ferme pour l'empêcher de tomber entre les mains de la Keyhole Bank. Ce tarif lui valut quelques récriminations, mais pas tellement ; il en coûtait davantage pour se garer à la foire de Fryeberg et, à moins de vouloir se ranger sur les accotements – lesquels étaient de toute façon occupés des deux côtés par les premiers arrivants – puis d'accepter de faire près d'un kilomètre à pied pour arriver à l'endroit intéressant, ils n'avaient pas le choix.

Et quel spectacle étrange et varié ! Un vrai cirque à trois pistes, avec les citoyens ordinaires de Chester's Mill dans les rôles-titres. Lorsque Barbie arrive avec Rose et Anse Wheeler (le restaurant est à nouveau fermé, réouverture pour le dîner – rien que des sandwichs, zéro plat chaud), ils restent bouche bée, silencieux. Julia Shumway et Peter Freeman prennent des photos. Julia s'arrête un instant, le temps d'adresser à Barbie un sourire qui, bien que séduisant, est comme tourné vers l'intérieur.

« Drôle de spectacle, hein ? »

Barbie sourit. « Et comment. »

Sur la première des trois pistes du cirque sont rassemblés les habitants ayant répondu à l'appel des affichettes posées par l'Épouvantail et son équipe. La manifestation est un succès, avec près de deux cents personnes, et les soixante panneaux fabriqués par les gamins (le plus populaire : **LAISSEZ-NOUS SORTIR, BORDEL !**) ont disparu en un tournemain. Heureusement, nombreux sont ceux qui ont fabriqué le leur. Le préféré de Joe est celui qui représente la carte de Chester's Mill derrière des barreaux de prison. Lissa Jamieson ne se contente pas de brandir le sien, elle l'agite agressivement. Jack Evans est là, pâle, le visage fermé. Son panneau est un collage de photographies representant la femme qui s'est vidée de son sang hier, avec une question pour toute légende : **QUI A TUÉ MA FEMME ?** Joe l'Épouvantail est désolé pour Mr Evans... mais son panneau est sensationnel ! Si les journalistes pouvaient le voir, ils en chieraient de bonheur.

Joe a organisé les manifestants de manière à ce qu'ils tournent au plus près du Dôme, dont les limites sont matérialisées par les oiseaux morts côté Chester's Mill (ceux du côté de Motton ont été enlevés par les militaires). Le fait de décrire un cercle donne l'occasion à chacun de ses manifestants (*mes manifestants*, pense Joe) d'agiter son panneau en direction des gardes postés là, le dos résolument tourné (exaspérant). Joe a également distribué des textes de chansons. Il les a écrites avec Norrie Calvert, l'idole de Benny Drake, question planche à roulettes. Norrie n'est pas seulement la reine du skate d'enfer, elle est capable de trouver des rimes simples mais fortes, vu ? L'un de ses refrains dit : *Ha-ha-ha ! Hé-hé-hé ! Chester's Mill faut libérer !* Un autre : *Bande de fous ! Bande de fous ! Avouez donc que c'est vous !* Joe – à contrecœur – avait rejeté un autre chef-d'œuvre de Norrie qui disait : *Bas les bâillons ! Bas les bâillons, c'est la presse que nous voulons, bande de couillons !* « Nous devons rester politiquement corrects », lui avait-il dit. En même temps, il se demande si Norrie Calvert a l'âge d'être embrassée. Et s'il serait capable de mettre la langue, dans ce cas. Il n'a jamais embrassé de fille, mais s'ils doivent tous crever de faim comme des insectes coincés sous un Tupperware, il devrait peut-être embrasser cette nana tant qu'il est encore temps.

Sur la deuxième piste, on trouve l'assemblée de prières du pasteur Coggins. Ce sont les vrais envoyés de Dieu. Et, dans une remarquable manifestation de détente ecclésiastique, une douzaine d'hommes et de femmes du chœur de la Congo ont été rejoindre celui du Christ-Rédempteur. Ils chantent « Une puissante forteresse est notre Dieu », et un bon nombre de non-affiliés qui connaissent cette hymne se sont joints à eux. Leurs voix s'élèvent vers le ciel d'un bleu immaculé, dominées par les exhortations glapissantes de Lester et les cris d'encouragement montant de l'assemblée – les *amen* et les *alléluia* qui viennent ponctuer le chant en un contrepoint parfait (mais pas harmonieux, ce serait aller trop loin). L'assemblée de prières ne cesse de s'élargir, d'autres habitants la rejoignent, tombent à genoux et posent temporairement leur panneau à terre pour pouvoir tendre leurs deux mains suppliantes. Les soldats leur ont tourné le dos ; Dieu, peut-être pas.

Mais c'est la piste centrale du cirque qui est la plus vaste et la plus spectaculaire. Romeo Burpee a dressé sa grande tente des super-soldes d'été nettement en arrière du Dôme et à une soixantaine de mètres de l'assemblée de prières, choix d'emplacement effectué après avoir vérifié d'où vient le peu de brise qui souffle. Il est impératif que la fumée de son bataillon de plaques Hibachi atteigne ceux qui prient comme ceux qui manifestent. Sa seule concession à l'aspect religieux de l'après-midi est d'avoir obligé Toby Manning à arrêter sa sono (McMurtry vociférant de sa voix nasillarde) ; ça ne s'accordait pas très bien avec « Que Tu es Grand, Seigneur » ou avec « Quand Jésus viendra ». Les affaires vont bon train et ne pourront que s'améliorer. De cela Romeo est sûr. Les hot-dogs – qui dégèlent directement pendant la cuisson – vont peut-être tordre quelques boyaux, plus tard, mais ils diffusent une odeur *parfaite* dans le chaud soleil de l'après-midi ; des odeurs de fête foraine et non de tambouille carcérale. Les gosses courent dans tous les sens en brandissant leurs moulins à vent et menacent de mettre le feu à l'herbe du champ avec leur pétards datant du 4-Juillet. Des gobelets en carton vides, ayant contenu soit une boisson à base de poudre de citron (ignoble) soit du café (plus ignoble encore) jonchent le sol. Plus tard, Romeo enverra Toby payer un gamin, peut-être l'un des fils Dinsmore, pour tout ramasser – dix dollars devraient faire l'affaire. Toujours important d'entretenir de bonnes relations avec les gens de la communauté. Pour le moment, cependant, Romeo Burpee est totalement concentré sur sa caisse enregistreuse de fortune, un simple carton (ayant contenu des rouleaux de papier toilette) posé sur un autre. Il prend les bons gros billets verts et rend de la petite monnaie argentée : c'est comme ça que les Américains font des affaires, mon lapin. Il demande quatre dollars par hot-dog et bon sang, ça marche. Il s'attend à en avoir déstocké dans les trois mille avant ce soir, peut-être beaucoup plus.

Et regardez ! Voici Rusty Everett ! Il a réussi à s'échapper, en fin de compte ! On est content pour lui ! Il regrette presque de ne pas avoir pris le temps de passer chercher les filles – elles se seraient certainement amusées et la vue de tous ces gens en train de prendre du bon temps aurait peut-être atténué leur peur – l'excitation, cependant, aurait peut-être été trop forte pour Jannie.

Il repère Linda en même temps qu'elle le repère, et elle se met à lui adresser des signes frénétiques, sautant pratiquement sur place. Ses courtes tresses – la coiffure Fliquette Sans Peur qu'elle adopte généralement pour travailler – lui donnent l'air d'une majorette. Elle est en compagnie de Rose, la sœur de Twitchell, et du cuistot du restaurant. Rusty est un peu surpris ; il pensait que Barbara avait quitté la ville. L'homme avait pris Big Jim Rennie à rebrousse-poil. Une bagarre de bar, voilà ce que Rusty a entendu dire, mais il n'était pas de service lorsque ses participants sont venus se faire retaper. C'était aussi bien : il avait eu son compte d'amochés du Dipper's.

Il prit sa femme dans ses bras, l'embrassa sur la bouche, embrassa Rose sur la joue. Serra la main du cuistot, les présentations faites.

« Regardez-moi ces hot-dogs, gémit Rusty. Oh là là...

– Vous pouvez préparer vos pots de chambre, Doc », dit Barbie, et tous se mettent à rire.

C'est stupéfiant de pouvoir rire dans de telles circonstances, mais ils ne sont pas les seuls et, mon Dieu, pourquoi pas ? Si vous ne pouvez pas rire quand les choses vont mal – rire et faire un peu le clown –, c'est que vous êtes mort ou souhaiteriez l'être.

« C'est amusant », dit Rose, sans se douter que ce qui l'amuse ne va pas durer bien longtemps. Un Frisbee fend paisiblement l'air dans leur direction. Rose le saisit et le renvoie à Benny Drake, qui doit sauter pour l'attraper, tourne sur lui-même et le réexpédie à Norrie Calvert, laquelle s'en empare dans son dos – quel cinéma ! L'assemblée de prières prie. Le chœur recomposé, ayant à présent trouvé sa voix, vient d'entonner l'hymne qui cartonne depuis toujours : « En avant, soldats du Christ ». Une fillette, à peine plus âgée que Judy, passe en sautillant, tenant une allumette japonaise dans une main et un gobelet de l'infâme limonade dans l'autre. Les manifestants continuent à tourner, décrivant des cercles de plus en plus larges, chantant sur l'air des lampions : *Ha-ha-ha ! Hé-hé-hé ! Chester's Mill faut libérer !* Haut dans le ciel, voguent des nuages rebondis au ventre plus sombre, en provenance de Motton… des nuages qui se divisent à l'approche des soldats pour contourner le Dôme. Directement au-dessus, le ciel est sans nuages, d'un bleu parfait. Certains, dans le champ de Dinsmore, étudient ces nuages et se demandent ce que l'avenir réserve à Chester's Mill en matière de pluie, mais personne ne fait part à haute voix de ses réflexions.

« Je me demande si nous nous amuserons autant dimanche prochain », dit Barbie.

Linda Everett le regarde. Un regard qui n'a rien d'amical. « Vous ne pensez tout de même pas que d'ici là… »

Rose lui coupe la parole. « Regardez ! Le gamin ne devrait pas rouler aussi vite ! Il va se retourner. Je déteste ces quads. »

Tous regardent le petit véhicule aux gros pneus ballon lancé dans une diagonale au milieu du foin desséché d'octobre. Il roule non pas vers eux, pas exactement, mais en direction du Dôme. Il va trop vite. Deux soldats l'entendent approcher et, finalement, se retournent.

« Oh, bon Dieu, faites qu'il ne s'écrase pas ! » s'exclame Linda Everett.

Rory Dinsmore ne s'écrase pas. Il aurait mieux valu.

11

Une idée, c'est comme un microbe en sommeil : tôt ou tard, quelqu'un finit par l'attraper. L'état-major général conjoint l'avait déjà eue ; elle avait été avancée à plusieurs reprises lors des réunions auxquelles avait assisté l'ancien patron de Barbie, le colonel James O. Fox. Tôt ou tard, quelqu'un de Chester's Mill allait finir par être gagné par la même infection ; on ne sera pas tout à fait surpris que cette idée soit venue à l'esprit de Rory Dinsmore, de loin l'outil le mieux affûté de la boîte familiale (« Je me demande de qui il tient ça », avait déclaré Shelley Dinsmore lorsque son fils aîné lui avait ramené de l'école ses premières et excellentes notes… et elle avait parlé avec plus d'inquiétude que de fierté dans la voix). S'il avait habité en ville – et possédé un ordinateur, ce qui n'était pas le cas – Rory aurait sans aucun doute fait partie de l'équipe de Joe McClatchey.

Rory s'était vu interdire de participer à la manifestation-foire-assemblée de prières ; si bien qu'au lieu d'aller manger des hot-dogs au goût bizarre et d'aider à garer les voitures, il avait reçu l'ordre de son père de rester à la ferme pour s'occuper des vaches. Après leur avoir donné du foin, il devait graisser leurs tétines avec du Bag Balm, une corvée qu'il détestait. « Et une fois qu'elles auront les tétines bien propres et bien brillantes, avait dit son père, tu balaieras les granges et tu descendras des bottes de foin. »

Il était puni pour s'être approché du Dôme, la veille, alors que son père le lui avait expressément interdit. Et pour avoir *tapé* dessus, pour l'amour du Ciel ! Rory avait appelé sa mère à la rescousse – c'était souvent efficace – mais en vain cette fois. « Tu aurais pu ête tué, avait répondu Shelley. Et en plus, il paraît que tu as dit des gros mots.

– Je leur ai juste donné le nom du cuistot ! » avait protesté Rory et pour ça, son père lui avait collé une taloche de plus sous les yeux d'un Ollie qui jubilait et approuvait en silence.

« T'es trop malin pour ton propre bien », avait dit Alden.

Bien à l'abri dans le dos de son père, Ollie avait tiré la langue. Mais Shelley l'avait vu… et aligné une taloche à Ollie. Sans cependant lui interdire les plaisirs que pourrait lui procurer cette fête foraine improvisée.

« Et pas question que tu touches à ce fichu quad », avait ajouté Alden avec un geste vers le tout-terrain rangé dans l'ombre entre les granges 1 et 2. « Si tu dois déplacer du foin, tu le porteras. Ça te fera les muscles. » Peu de temps après, les Dinsmore bas de plafond étaient partis ensemble par le champ, en direction de la tente de Romeo. Laissant le seul des quatre ayant un cerveau s'escrimer avec une fourche et un pot de Bag Balm de la taille d'un tonnelet.

Rory se mit au travail, morose, mais avec application ; son esprit délié lui valait parfois des ennuis, mais c'était néanmoins un bon fils, et l'idée de laisser tomber une corvée parce que c'était une punition ne lui traversa même pas l'esprit. Sur le coup, d'ailleurs, rien ne lui traversa l'esprit. Il se trouvait dans cet état de grâce où l'on a la tête vide et qui peut être parfois un sol fertile ; le sol d'où peuvent soudain jaillir tout armés les rêves les plus fous, les idées les plus brillantes (les bonnes comme les plus spectaculairement mauvaises). Ces idées sont cependant toujours précédées par un enchaînement d'associations.

Alors que Rory balayait l'allée centrale de la grange 1 (il avait décidé de garder pour la fin la détestable corvée de graisser les pis), il entendit une série de détonations qui ne pouvaient venir que de pétards. Elles rappelaient un peu celles d'un fusil. Il pensa à la carabine 30-30 de son père, rangée dans le placard de l'entrée. Les garçons avaient interdiction d'y toucher, sauf sous une stricte supervision – soit pour tirer sur une cible, soit pendant la saison de chasse – mais l'arme n'était pas sous clef et les cartouches étaient posées sur l'étagère, au-dessus.

Et c'est là que l'idée lui vint. Rory pensa : *Je pourrais faire un trou dans ce truc. Peut-être même le faire exploser.* L'image qui lui vint, brillante et claire, était celle d'une allumette qu'on approche d'un ballon de baudruche.

Il laissa tomber son balai et courut jusqu'à la maison. Comme beaucoup de gens intelligents (et en particulier d'enfants intelligents), il fonctionnait davantage à l'inspiration qu'à la réflexion. Si son frère aîné avait eu la même idée (peu vraisemblable) Ollie aurait pensé : *Si un avion n'a pas pu passer au travers, si un camion chargé lancé plein pot n'a pas pu non plus, quelle chance aura une balle de passer ?* Il aurait aussi pu se faire ce raisonnement : *J'ai déjà des emmerdes pour avoir désobéi et ce truc-là, c'est des emmerdes à la puissance neuf.*

Eh bien… non, Ollie n'aurait probablement pas pensé tout cela. Les capacités mathématiques d'Ollie s'arrêtait à la première virgule d'une multiplication.

Rory, en revanche, avait des rudiments d'algèbre et s'en sortait très bien. Si on lui avait demandé comment une balle pourrait accomplir ce qu'un avion et un camion n'étaient pas parvenus à faire, il aurait répondu que l'impact d'une balle tirée par une Winchester Elite XP était de beaucoup supérieur. C'était démontrable. La vitesse, déjà, était beaucoup plus élevée. De plus, le point d'impact serait concentré sur la pointe d'une balle de cent vingt grammes. Il était sûr que ça marcherait. Son raisonnement avait l'élégance d'une équation algébrique.

Rory imaginait déjà son visage souriant (modestement) en couverture de *USA Today* ; se voyait interviewé dans l'émission *Nightly News with Brian Williams* ; installé sur un char de parade couvert de fleurs en son honneur, entouré d'une ribambelle de filles dans le genre Reines de la Promo (probablement en robes décolletées, peut-être même en maillots de bain) tandis qu'il saluait la foule et que des averses de confettis pleuvaient sur lui. Il serait LE GARÇON QUI A SAUVÉ CHESTER'S MILL.

Il s'empara de la carabine, déploya l'escabeau et prit à tâtons une boîte de cartouches sur l'étagère du haut. Il enfourna deux cartouches dans le chargeur (la deuxième à tout hasard) puis courut dehors, tenant la carabine au-dessus de la tête tel un rebelle conquérant (mais – accordons-lui ça – après avoir mis la sûreté sans même y réfléchir). La clé du quad Yamaha que son père lui avait interdit de prendre était accrochée à un clou de la grange 1. Il garda le porte-clés entre ses dents pendant qu'il attachait la carabine à l'arrière du quad avec des tendeurs. Il se demanda s'il y aurait du bruit lorsque le Dôme éclaterait. Il aurait dû prendre l'un des protège-oreilles qui se trouvaient aussi sur l'étagère du haut, dans le placard, mais retourner en chercher un était impensable ; il devait faire vite.

C'est toujours comme ça, avec les grandes idées.

Il contourna la grange 2 avec le quad, ralentissant juste le temps d'évaluer la foule rassemblée dans le pré. En dépit de son excitation, il comprenait qu'il valait mieux ne pas se diriger sur l'endroit où le Dôme coupait la route (et où les traces des collisions de la veille restaient suspendues en l'air comme des souillures sur un vitrage jamais lavé). Quelqu'un risquait de l'arrêter avant qu'il ait pu faire exploser le Dôme. Si bien que dans ce cas, au lieu d'être LE GARÇON QUI A SAUVÉ CHESTER'S MILL il serait LE GARÇON QUI A GRAISSÉ

DES PIS DE VACHE PENDANT UN AN. Oui, sans compter que, pendant la première semaine, il faudrait le faire accroupi, vu qu'il aurait trop mal au cul pour s'asseoir. Et quelqu'un d'autre s'attribuerait le mérite et la gloire de *son* idée.

Il partit donc selon une diagonale qui devait le conduire à environ cinq cents mètres de la tente, où le foin écrasé lui indiquerait quand il devrait s'arrêter. Ces trous dans le foin, comme il le savait, avaient été faits par les oiseaux. Il vit les soldats de garde dans le secteur se retourner au bruit du moteur du quad. Il entendit les cris inquiets des gens venus prier ou s'amuser. Le chœur s'arrêta progressivement, avec quelques couacs.

Pis que tout, il aperçut son père qui agitait sa casquette John Deere crasseuse dans sa direction et hurlait à pleins poumons : « RORY OH, BON DIEU, ARRÊTE ! »

Mais Rory était allé trop loin pour s'arrêter maintenant et – bon fils ou pas – il n'avait *aucune envie* de s'arrêter. Le quad heurta une taupinière et il décolla du siège, s'agrippant aux poignées et rigolant comme un dément. Sa casquette (également une John Deere) était à l'envers mais il ne se souvenait pas l'avoir mise ainsi. Le quad s'inclina, puis décida de se redresser. Il y était presque, à présent, et l'un des soldats en tenue de combat lui hurla à son tour de s'arrêter.

Ce que fit Rory, et si soudainement qu'il faillit faire un saut périlleux par-dessus le guidon du quad. Il oublia de passer au point mort et, du coup, la foutue machine repartit en avant, heurtant le Dôme avant de caler. Rory entendit le grincement du métal et le verre des phares qui se brisaient.

Les soldats, effrayés à l'idée d'être heurtés par le quad (un œil qui ne voit rien pour arrêter un objet se précipitant vers lui déclenche de puissants réflexes), s'éparpillèrent des deux côtés, épargnant à Rory le souci de leur demander de s'écarter pour éviter une éventuelle explosion. Il voulait bien être un héros, mais sans tuer ou blesser quelqu'un pour cela.

Il devait se dépêcher. Les gens les plus proches de lui étaient ceux qui se trouvaient dans le parking et autour de la tente de Burpee, et tous couraient dans sa direction comme des dératés. Son père et son frère se trouvaient parmi eux, lui hurlant l'un comme l'autre de renoncer à faire ce qu'il voulait faire, quoi que ce fût.

Rory libéra la carabine des tendeurs, épaula et visa la barrière invisible, à un mètre cinquante au-dessus d'un trio de moineaux morts.

« *Non, gamin, c'est une mauvaise idée !* » lui cria un soldat.

Rory ne lui prêta pas attention, parce que c'était une *bonne* idée. Les gens accourus de la tente et du parking n'étaient plus très loin. Quelqu'un – Lester Coggins, dont le jeu de jambes était nettement supérieur à son jeu à la guitare – lui cria : « *Au nom de Dieu, mon fils, ne fais pas ça !* »

Rory appuya sur la détente. Non – il ne fit qu'essayer. Le cran de sécurité était encore mis. Il jeta un coup d'œil par-dessus son épaule et vit le grand et maigre prédicateur de l'église des Exaltés dépasser son père, lequel était hors d'haleine, le visage écarlate. Un pan de sa chemise flottait derrière lui. Il avait les yeux écarquillés. Le cuistot du Sweetbriar Rose arrivait juste derrière Alden Dinsmore. Ils n'étaient même pas à soixante mètres de lui, maintenant, et le révérend était en train d'accélerer le mouvement.

Rory rabattit le cran de sûreté.

« *Non, gamin, non !* » hurla à nouveau le soldat tout en s'accroupissant de l'autre côté du Dôme, mains tendues.

Rory n'y fit pas attention. C'est comme ça, avec les grandes idées. Il fit feu.

Ce fut, malheureusement pour le garçon, un coup parfait. La balle atteignit le Dôme selon un angle on ne peut plus droit, ricocha et repartit telle une balle en caoutchouc au bout d'une ficelle. Rory ne ressentit pas la douleur, sur le coup, mais sa tête se remplit d'un vaste rideau de lumière blanche lorsque le plus petit des deux fragments de la balle s'enfonça dans son œil gauche et se logea dans son cerveau. Du sang jaillit puis se mit à couler entre ses doigts tandis qu'il tombait à genoux, se tenant le visage.

12

« J'suis aveugle ! J'suis aveugle ! » se mit à hurler le garçon ; Lester pensa aussitôt au passage des Saintes Écritures sur lequel avait atterri son doigt : *L'Éternel te frappera de délire, d'aveuglement, d'égarement d'esprit.*

« J'suis aveugle ! J'suis aveugle ! »

Lester détacha les doigts du garçon et vit l'orbite rouge dont le sang coulait. Ce qui restait de l'œil de Rory pendait sur sa joue. Lorsqu'il releva la tête pour regarder le pasteur, les débris sanguinolents se détachèrent et tombèrent dans l'herbe.

Lester eut un instant pour tenir l'enfant dans ses bras avant que son père n'arrive et ne le lui arrache. C'était juste. Il devait en être ainsi. Lester avait péché et demandé au Seigneur de le guider. Un avis lui avait été envoyé, une réponse lui avait été donnée. Il savait à présent ce qu'il devait faire en ce qui concernait le péché qu'il avait été conduit à commettre sous l'influence de James Rennie.

Un enfant aveugle lui avait montré la voie.

LE PIRE,
C'EST QU'ON N'A PAS
ENCORE VU LE PIRE

1

De tout cela Rusty Everett garderait le souvenir d'une grande confusion. La seule image d'une absolue clarté serait celle du pasteur Coggins avec son torse nu, à la peau blanche comme un ventre de poisson, et ses côtes saillantes et décharnées.

Barbie, en revanche – peut-être parce que le colonel Cox lui avait fait de nouveau endosser sa tenue d'enquêteur –, vit tout. Et son souvenir le plus précis, par la suite, ne fut pas Coggins torse nu, mais Melvin Searles pointant un doigt vers lui et inclinant légèrement la tête de côté : *on n'en a pas fini avec toi, Beau Gosse.*

Ce dont tous les autres se souvenaient – ce qui leur fit saisir la situation réelle de Chester's Mill comme rien n'aurait sans doute pu le faire – c'étaient les cris du père qui tenait son enfant pissant le sang dans ses bras et ceux de la mère hurlant : « *Il va bien, Alden ? IL VA BIEN ?* » tandis qu'elle trimbalait ses vingt kilos de trop jusque sur les lieux.

Barbie vit Rusty Everett s'ouvrir un chemin au milieu du cercle qui se rassemblait autour du garçon et rejoindre les deux hommes agenouillés, Alden et Lester. Alden tenait son fils dans ses bras sous le regard du pasteur Coggins, mâchoire pendante comme un portail sur des gonds disjoints. La femme de Rusty était juste derrière lui. Rusty se mit à genoux entre Alden et Lester et essaya de décoller les mains du garçon, qui les avait de nouveau portées à son visage. Alden – ce qui ne surprit pas Barbie – lui balança un coup de poing. Le nez de Rusty se mit à couler.

« Non ! Laissez-le l'aider ! » cria la femme de l'assistant médical.

Linda, pensa Barbie. *Elle s'appelle Linda, et elle est flic.*

« Non, Alden ! Non ! » Linda posa une main sur l'épaule du fermier et celui-ci se tourna, apparemment prêt à la frapper, elle aussi. Il n'y avait plus rien d'humain dans son visage ; on aurait dit un animal protégeant son petit. Barbie s'avança pour intercepter le poing si le fermier passait à l'acte, puis il eut une meilleure idée.

« C'est un médecin ! cria-t-il en se penchant vers Alden pour essayer de lui cacher Linda. Un médecin ! Un méde… »

Barbie se sentit brutalement tiré en arrière par le col de son T-shirt, puis obligé de pivoter. Il eut tout juste le temps de reconnaître Mel Searles (l'un des potes de Junior) et de remarquer sa chemise bleue et son badge. *Ça ne pouvait pas être pire*, eut-il le temps de songer mais, comme pour lui prouver qu'il se trompait, Searles lui donna un coup de poing en pleine figure, exactement comme il l'avait fait l'autre soir, dans le parking du Dipper's. Il rata le nez de Barbie – sa cible, très certainement – mais lui écrasa les lèvres contre les dents.

Searles brandit son poing pour recommencer mais Jackie Wettington – binôme bien malgré elle de Mel ce jour-là – l'attrapa par le bras. « Ne faites pas ça ! Officier, *ne faites pas ça !* »

Un instant, on put tout craindre. Puis deux personnes – Ollie Dinsmore, suivi de près par sa mère en larmes, haletante – passèrent entre eux, bousculant Searles au passage.

Le flic abaissa le poing. « Très bien. Mais t'es sur une scène de crime, trouduc. Scène d'enquête de la police, tout ce que tu voudras. »

Barbie essuya sa bouche en sang d'un revers de main et pensa : *Le pire n'est pas arrivé. Le pire, c'est qu'on n'a pas encore vu le pire.*

2

La seule chose que Rusty entendit fut Barbie criant *médecin*.

« Je suis l'assistant médical, Mr Dinsmore. Rusty Everett. Vous me connaissez. Laissez-moi examiner votre fils.

– Laisse-le, Alden ! cria Shelley. Laisse-le s'occuper de Rory ! »

Le fermier relâcha sa prise sur le garçon qui se balançait d'avant en arrière sur les genoux, son blue-jean imbibé de sang. Rory se cachait toujours la figure de ses mains. Rusty les lui prit – doucement, tout doucement – et les abaissa. Il avait espéré que ce ne serait pas aussi grave qu'il le craignait, mais l'orbite était à vif, vide et pissait le sang. Et le cerveau, derrière cette orbite, avait subi de sérieux dégâts. La seule nouveauté était la manière dont son œil restant, tourné vers le ciel, sans expression, s'exorbitait vers le néant.

Rusty voulut enlever son T-shirt, mais le pasteur lui tendait déjà sa chemise. Le torse en sueur de Coggins, sa poitrine décharnée et livide, son dos strié de cicatrices rouges.

« Non, dit Rusty, il faut la déchirer. En faire des lanières. »

Un instant, Lester le regarda sans comprendre. Puis il déchira sa chemise par le milieu. Le reste du contingent de police venait d'arriver pendant ce temps, et certains des vrais flics – Henry Morrison, George Frederick, Jackie Wettington et Freddy Denton – criaient aux nouvelles recrues de faire reculer la foule, de ménager un peu d'espace. Les nouveaux s'exécutèrent, et avec enthousiasme. Certains des badauds furent renversés, y compris la célèbre tortionnaire de Bratz, Samantha Bushey, qui se retrouva le cul par terre. Sammy portait Little Walter à l'indienne, dans son dos, et la mère et le fils se mirent à hurler. Junior Rennie l'enjamba sans même un regard et agrippa Shelley Dinsmore ; il s'apprêtait à l'obliger à se relever lorsque Freddy Denton intervint :

« Non, Junior, non ! C'est la mère du gosse ! Laisse-la !

– *Brutalités policières !* » hurla Sammy affalée dans l'herbe. Brutalités polic... »

Georgia Roux, la dernière reçue dans ce qui était maintenant l'effectif de Peter Randolph, arriva avec Carter Thibodeau (qui lui tenait la main, en plus). Georgia appuya une botte contre l'un des seins de Sammy – ce n'était pas tout à fait un coup de pied – et dit : « La ferme, sale gouine. »

Junior lâcha la mère de Rory et alla rejoindre Mel, Carter et Georgia. Tous trois regardaient Barbie. Junior joignit sa paire d'yeux à celle des autres, l'air de penser que le cuistot était une foutue épine dans le pied qui n'arrêtait pas de se replanter. Il se dit que *Baaarbie* ferait très bien dans une cellule, celle à côté de Sam le Poivrot, par exemple. Junior pensait aussi que son destin avait toujours été de devenir flic ; rien ne l'avait jamais aussi bien soulagé de ses maux de tête.

Rusty prit la moitié de la chemise déchirée de Lester et la déchira à nouveau. Il roula le lambeau en boule et commença à le poser sur la plaie béante, puis changea d'idée et la tendit au père. « Tenez-le contre… »

Les mots purent à peine sortir de sa bouche qu'il avait pleine de sang à cause de son nez écrasé. Il retint la boule gluante, détourna la tête et cracha un glaviot à moitié coagulé dans l'herbe avant de recommencer : « Tenez ça contre la plaie, papa, et appuyez bien. L'autre main sur la nuque, et pressez. »

En état de sidération mais plein de bonne volonté, Alden Dinsmore obtempéra. Le tampon improvisé se teinta aussitôt de rouge, mais l'homme paraissait néanmoins plus calme. Faire quelque chose l'aidait. C'était en général le cas.

Rusty lança le morceau de chemise restant à Lester. « Encore ! » dit-il. Et le pasteur se mit à déchirer la chemise en lambeaux plus petits. Rusty enleva la main de Dinsmore pour retirer le premier tampon, à présent complètement imbibé de sang et inutile. Shelley Dinsmore hurla quand elle vit l'orbite vide de son fils. « Oh, mon petit ! *Mon p'tit gars !* »

Peter Randolph arriva alors au petit trot, soufflant comme un phoque. Il n'en avait pas moins distancé Big Jim qui – soucieux de ménager son palpitant de seconde catégorie – remontait au pas la pente herbeuse en suivant le large tracé créé par la foule. Il pensait au sac d'embrouilles qu'était devenue la situation. Ce genre de rassemblement devrait à l'avenir faire l'objet d'une autorisation – c'était trop tard pour aujourd'hui. Et s'il avait son mot à dire (il l'avait ; il l'avait toujours), les permis seraient difficiles à obtenir.

« Fais-moi reculer encore ces gens ! » cracha Randolph à Morrison. Et comme ce dernier se tournait pour s'exécuter, il ajouta : « *Reculez, tout le monde ! Donnez-leur de l'air !* »

Morrison hurla à son tour : « *Officiers, tous en ligne ! Repoussez-les ! S'il y en a qui résistent, les menottes !* »

La foule commença à battre lentement en retraite. Barbie s'attarda. « Mr Everett… Rusty… avez-vous besoin d'aide ? Ça ira ?

– Ça ira », répondit Rusty.

Et son visage dit à Barbie tout ce qu'il avait besoin de savoir : l'assistant allait bien, il n'avait qu'un nez en sang. Le gosse, lui, n'allait pas bien du tout, et n'irait plus jamais bien, même s'il s'en sortait. Rusty posa un nouveau tampon sur l'orbite sanguinolente du gamin et remit la main du père dessus. « La nuque. Appuyez fort. *Fort.* »

Barbie commença à reculer, mais Rory, à ce moment-là, se mit à parler.

3

« C'est Halloween. Vous ne pouvez pas… on ne peut pas… »

Rusty, qui roulait un nouveau morceau de chemise en boule pour en faire une compresse, resta pétrifié. Il se retrouva soudain dans la chambre de sa fille, entendant Janelle crier, *C'est la faute de la Grande Citrouille !*

Il regarda Linda. Elle avait entendu, elle aussi. Elle ouvrait de grands yeux dans un visage qui avait perdu toutes ses couleurs.

« Linda ! aboya Rusty. Ton talkie-walkie ! Appelle l'hôpital ! Dis à Twitchell de prendre l'ambulance…

– *Le feu !* » hurla Rory Dinsmore d'une voix suraiguë, tremblante. Lester le regardait comme Moïse avait sans doute dû regarder le Buisson ardent. « *Le feu ! Le bus est en feu ! Tout le monde crie ! Faites gaffe à Halloween !* »

Le silence s'était fait dans la foule qui écoutait le garçon délirer. Big Jim lui-même l'entendit alors qu'il rejoignait l'attroupement et commençait à se frayer un chemin au milieu.

« Linda ! hurla Rusty, ton talkie-walkie ! *On a besoin de l'ambulance !* »

Elle sursauta et décrocha le talkie-walkie de sa ceinture.

Rory tomba tête la première dans l'herbe, secoué par des spasmes.

« *Qu'est-ce qui lui arrive ?* » (Le père.)

– *Oh Seigneur Jésus, il va mourir !* » (La mère.)

Rusty retourna le corps agité de tremblements et de secousses (essayant de ne pas penser à sa fille, ce faisant, mais c'était bien entendu impossible) et lui redressa le menton pour dégager les voies aériennes.

« Allez, papa, dit Rusty. Ne me laissez pas tomber maintenant. Appuyez sur la nuque. Compression de la plaie. Il faut arrêter l'hémorragie. »

La compression risquait d'enfoncer encore plus le fragment qui avait emporté l'œil du gamin, mais Rusty s'en occuperait plus tard. À condition, bien entendu, que le gosse ne meure pas avant, là, dans l'herbe.

De tout près – et pourtant de si loin –, l'un des soldats finit par dire quelque chose. Il avait à peine vingt ans et paraissait terrifié et désolé. « On a essayé de l'arrêter. Il ne nous a pas écoutés. Nous ne pouvions rien faire. »

Pete Freeman, son Nikon pendant contre son genou au bout de sa lanière, adressa un sourire plein d'une singulière amertume au jeune guerrier. « Je crois que nous le savons. Et si nous ne le savions pas avant, maintenant on en est sûrs. »

4

Avant que Barbie ait le temps de se fondre dans la foule, Mel Searles l'avait empoigné par le bras.

« Lâchez-moi », dit Barbie d'un ton calme.

Searles montra les dents – sa façon de sourire. « Dans tes rêves, branleur. » Puis il éleva la voix : « Chef, hé, chef ! »

Peter Randolph se tourna d'un geste impatient vers lui, sourcils froncés.

« Ce type s'est interposé pendant que j'essayais de sécuriser la scène. Je peux l'arrêter ? »

Randolph ouvrit la bouche, peut-être pour dire *ne me fais pas perdre mon temps*. Puis il regarda autour de lui. Jim Rennie avait finalement rejoint le petit groupe qui entourait Rusty Everett. Rennie eut pour Barbie le regard d'un reptile qu'on vient de réveiller sur sa pierre, puis il se tourna vers Randolph et hocha légèrement la tête.

Mel s'en aperçut. Son sourire s'élargit. « Jackie ? Officier Wettington, je veux dire. Je peux t'emprunter une paire de menottes ? »

Junior et le reste des auxiliaires souriaient aussi. C'était mieux que de regarder le gosse qui pissait le sang, beaucoup mieux que de rembarrer des chanteurs d'hymnes tarés et des excités porteurs de panneaux. « Remboursé avec tous les intérêts, *Baaarbie* », dit Junior.

Jackie Wettington paraissait mal à l'aise. « Pete – chef, je veux dire –, je crois que ce type ne faisait qu'essayer d... »

Randolph la coupa :

« Mets-lui les menottes. On verra plus tard ce qu'il essayait de faire ou pas. En attendant, je veux qu'on ferme tout ce cirque. Vous vous êtes bien amusés et voyez ce qui est arrivé ! Et maintenant, rentrez chez vous ! »

Jackie détachait une paire de menottes en plastique de sa ceinture (elle n'avait aucune intention de les confier à Mel Searles, elle les passerait elle-même à Barbie) lorsque Julia Shumway éleva la voix. Elle se tenait juste derrière Randolph et Big Jim (en fait, Big Jim l'avait même bousculée pour arriver sur le lieu où se déroulait l'action).

« Je m'abstiendrais de faire ça, chef Randolph, à moins que vouliez voir le département de police de Chester's Mill épinglé en première page du *Democrat*. » Elle arborait son sourire de Joconde. « Alors que vous venez juste de prendre vos fonctions.

– De quoi vous parlez ? » demanda Randolph.

Son froncement de sourcils s'était accentué et son visage offrait une série de plis du plus mauvais effet.

Julia brandit son appareil photo – une version un peu plus ancienne de celui de Peter Freeman. « J'ai un bon nombre de photos de Mr Barbara venant à l'aide de Rusty Everett pour s'occuper de l'enfant blessé, deux ou trois de l'officier Searles éjectant Mr Barbara sans la moindre raison valable… et une de l'officier Searles donnant un coup de poing à Mr Barbara. Également sans la moindre raison valable. Je ne suis pas une très grande photographe, mais celle-là est particulièrement réussie. Voulez-vous la voir, chef Randolph ? Vous pouvez ; il s'agit d'un appareil numérique. »

L'admiration que Barbie éprouvait déjà pour Julia ne fit qu'augmenter, parce qu'il était à peu près sûr qu'elle bluffait. Si elle avait bien pris des photos, pourquoi tenait-elle encore le cache dans sa main gauche, comme si elle venait juste de l'enlever ?

« Elle ment, chef, protesta Mel. Il a essayé de me frapper. Demandez à Junior.

– Je crois que mes photos montreront que le jeune Mr Rennie était occupé à contrôler la foule et vous tournait le dos quand vous avez frappé Mr Barbara », répliqua Julia.

Randolph la foudroyait du regard. « Je pourrais saisir cet appareil, dit-il. En tant que preuve matérielle.

– Vous le pourriez certainement, admit-elle d'un ton joyeux, et Pete Freeman vous immortaliserait en train de le faire. Après quoi, vous pourriez prendre *aussi* l'appareil de Pete… mais toutes les personnes présentes ici en seraient témoins.

– De quel côté êtes-vous dans cette affaire, Julia ? » intervint Big Jim.

Il arborait son sourire féroce – le sourire du requin sur le point d'arracher une bonne bouchée de quelque fesse rebondie de nageur. Julia lui rendit sourire pour sourire, ses yeux aussi innocents et candides que ceux d'une enfant.

« Pourquoi, il y aurait des côtés, James ? Mis à part ici et (elle montra les soldats) là-bas ? »

Big Jim hésita, lèvres maintenant tournées vers le bas, un sourire à l'envers. Puis il eut un geste dégoûté de la main en direction de Randolph.

« Je crois que nous allons laisser tomber, Mr Barbara, dit Randolph. Il y a eu de la confusion dans le feu de l'action.

– Merci », répondit Barbie.

Jackie prit par le bras son jeune collègue à la figure cramoisie. « Venez, officier Searles. Cette affaire est terminée. Faisons dégager le secteur. »

Searles l'accompagna, mais non sans se tourner auparavant vers Barbie, un doigt braqué sur lui, tête renversée en arrière : *On n'en a pas fini avec toi, Beau Gosse.*

Toby Manning et Jack Evans, les assistants de Burpee, firent alors leur apparition avec une civière improvisée, fabriquée à l'aide de deux poteaux de tente et de la toile. Romeo ouvrit la bouche, sur le point de leur demander pour qui ils se prenaient, puis la referma. Les festivités venaient d'être annulées, de toute façon, alors à quoi bon s'énerver ?

5

Ceux qui avaient des voitures rembarquèrent. Et tout le monde voulut partir en même temps.

Prévisible, pensa Joe McClatchey, *parfaitement prévisible.*

Le gros de l'effectif de police s'escrima pour réduire l'embouteillage, mais même les trois gosses (Joe se tenait avec Benny Drake et Norrie Calvert) se rendaient très bien compte que la nouvelle brigade, bien que numériquement reconstituée, n'avait aucune idée de ce qu'elle faisait. Les imprécations et les jurons fusaient dans l'air calme à la température estivale (« *Hé, tu peux pas reculer ta saloperie de quatre-quatre* ? »). En dépit de la pagaille, personne ne paraissait songer à klaxonner. La plupart des gens étaient probablement trop accablés pour ça.

Benny prit la parole : « Regarde-moi ces crétins. Combien de litres d'essence ils vont brûler ? Qu'est-ce qu'ils croient ? Que nos réserves sont inépuisables ?

– Très juste », dit Norrie.

La gamine était du genre garçon manqué, une petite bagarreuse de province, les cheveux en brosse sur le devant et longs derrière, pour l'heure pâle comme un linge et qui paraissait effrayée. Elle prit la main de Benny. Le cœur de Joe l'Épouvantail se brisa, puis se remit instantanément à battre quand elle prit aussi la sienne.

« Tiens, voilà le type qui a failli être arrêté », dit Benny avec un geste de sa main libre. Barbie et la femme du journal traversaient le champ en compagnie de plusieurs dizaines d'autres personnes qui marchaient toutes en direction du parking improvisé, certaines traînant derrière elles des panneaux, l'air démoralisé.

« Miss Journal n'a pas pris une seule photo, vous savez ? dit Joe l'Épouvantail. J'étais juste à côté d'elle. Rusée, la dame.

– Ouais, dit Benny, mais je ne voudrais pas être à la place du type. Tant que cette connerie ne sera pas terminée, les flics pourront faire à peu près tout ce qu'ils voudront. »

Exact, se dit Joe. D'autant que les nouveaux flics n'étaient pas des personnages particulièrement sympathiques. Junior Rennie, par exemple. L'histoire de l'arrestation de Sam le Poivrot avait déjà fait le tour du patelin.

« Qu'est-ce que tu veux dire ? demanda Norrie à Benny.

– Rien de spécial pour le moment. C'est encore tranquille. » Il réfléchit deux secondes. « Relativement tranquille. Mais si ça continue… tu te rappelles, dans *Sa Majesté des mouches* ? »

Ils l'avaient lu tous les trois pour leur cours d'anglais.

Benny récita : « "*Tuez le cochon. Tranchez-lui la gorge. Écrabouillez-le.*" Les gens appellent les flics des cochons, mais je vais vous dire ce que je pense, moi. Je pense que les flics *trouvent* des cochons, quand la merde devient sérieuse. Peut-être parce qu'ils ont peur aussi. »

Norrie Calvert fondit en larmes. Joe l'Épouvantail passa un bras autour des épaules de la gamine. Il le fit avec prudence, comme si ce simple geste pouvait les faire exploser tous les deux, mais elle se tourna vers lui et enfouit son visage contre le T-shirt de Joe, le serrant dans ses bras. Ou plutôt avec un bras, vu qu'elle tenait toujours la main de Benny. Joe songea qu'il n'avait jamais rien senti de plus bizarrement excitant de toute sa vie que les larmes de Norrie mouillant son T-shirt. Par-dessus la tête de l'adolescente, il adressa un regard de reproche à Benny.

« Désolé, ma vieille, dit Benny en tapotant le dos de Norrie. T'en fais pas.

– Il n'avait plus d'œil ! » gémit-elle, ses mots assourdis par la poitrine de Joe. Elle le lâcha. « Ce n'est plus drôle du tout. Ce n'est *pas* drôle.

– Non, répondit Joe comme s'il venait de découvrir une grande vérité. Ce n'est pas drôle.

– Regardez », dit Benny.

L'ambulance arrivait. Twitchell cahotait dans le champ de Dinsmore, son gyrophare lançant des éclairs rouges. Sa sœur – la propriétaire du Sweetbriar Rose – marchait devant lui pour lui faire éviter les trous les plus profonds. Une ambulance dans un champ de foin, sous un ciel d'octobre éclatant : c'était la touche finale.

Soudain, Joe l'Épouvantail n'eut plus envie de protester. Mais il n'avait pas vraiment envie, non plus, de rentrer chez lui.

À cet instant, la chose qu'il désirait le plus au monde était de sortir de la ville.

6

Julia se glissa derrière son volant mais ne lança pas le moteur ; ils allaient devoir patienter un bon moment, inutile de gaspiller l'essence. Elle se pencha devant Barbie, ouvrit la boîte à gants et en sortit un vieux paquet de cigarettes. « Réserve pour les cas d'urgence, lui dit-elle d'un ton d'excuse. Vous en voulez une ? »

Il secoua la tête.

« Si ça vous gêne, je peux attendre. »

Il secoua à nouveau la tête. Elle alluma une cigarette et souffla la fumée par la fenêtre ouverte. Il faisait encore tiède – une véritable journée d'été indien, pas de doute –, mais ça n'allait pas durer. Encore une ou deux semaines et le mauvais temps allait arriver, comme disaient les anciens. *Ou peut-être pas*, pensa-t-elle. *Qui diable pourrait le dire ?* Si le Dôme restait en place, il ne faisait pas de doute que les météorologues allaient se perdre en conjectures sur le climat qu'il allait faire à l'intérieur – oui, et alors ? Les grands manitous de la chaîne météo n'étaient même pas fichus de prédire le trajet d'une tempête de neige et, de l'avis de Julia, il ne fallait pas leur faire davantage confiance qu'aux petits génies politiques qui passaient la journée à délirer à la table aux foutaises du Sweetbriar Rose.

« Merci d'avoir parlé pour moi, là-bas. Vous m'avez sauvé la mise.

– Flash infos, mon chou – votre mise est toujours sur le tapis. Qu'est-ce que vous allez faire, la prochaine fois ? Demander à votre copain Cox d'appeler l'ACLU[1] ? Votre cas pourrait les intéresser, mais j'ai bien peur que personne ne puisse rendre visite à Chester's Mill avant un bon moment.

– Ne soyez pas aussi pessimiste. Le Dôme peut être entraîné jusqu'à la mer cette nuit. Ou juste disparaître, comme ça. Nous n'en savons rien.

– Cause toujours. C'est un coup du gouvernement – ou *d'un* gouvernement – et je vous parie que votre colonel Cox le sait. »

Barbie garda le silence. Il avait cru Cox, lorsqu'il lui avait dit que les États-Unis n'étaient pas responsables du Dôme. Non pas parce que Cox était spécialement digne de confiance, mais parce que Barbie estimait que les États-Unis n'avaient tout simplement pas la technologie. Ni qu'aucun autre pays ne l'avait, d'ailleurs. Mais qu'en savait-il ? Son dernier boulot, dans l'armée, avait consisté à menacer des Irakiens apeurés. En leur collant parfois un revolver sur la tempe.

Frankie DeLesseps, l'ami de Junior, était sur la Route 119 et aidait à régler la circulation. Il portait une chemise d'uniforme bleue par-dessus des jeans – sans doute n'y avait-il eu aucun pantalon à sa taille au poste. C'est qu'il était grand, l'abruti. Et, observa Julia avec un mauvais pressentiment, il portait une arme de poing à la hanche. Plus petite que les Glock réglementaires de la police de Chester's Mill, sans doute une arme personnelle, mais c'était un pistolet, point final.

---

1. *American Civil Liberties Union* : Syndicat américain pour les libertés civiles.

« Qu'est-ce que vous allez faire, si les Jeunesses hitlériennes s'en prennent à vous ? demanda-t-elle avec un coup de menton en direction de Frankie. Vous pourrez gueuler tant que vous voudrez aux brutalités policières, s'ils vous fichent en cabane et décident de terminer ce qu'ils ont commencé. Il n'y a que deux avocats en ville. Le premier est sénile et l'autre roule au volant d'une bagnole que Jim Rennie lui a vendue à un prix d'ami. C'est du moins ce qu'on m'a dit.

– Je peux me défendre tout seul.

– Ooooh, macho.

– Et votre journal, où en êtes-vous ? Je croyais qu'il était prêt quand je suis parti, hier au soir.

– Techniquement parlant, vous êtes parti ce matin. Et oui, il est prêt. Pete, moi et quelques amis allons faire en sorte qu'il soit distribué. Simplement, je n'ai pas jugé utile de me lancer alors que la ville était aux trois quarts vide. Volontaire pour participer à la distribution ?

– Je ne demanderais pas mieux, mais je vais avoir des millions de sandwichs à préparer. On ne va servir que des repas froids au restaurant, ce soir.

– Je passerai peut-être. »

Elle jeta sa cigarette, dont elle n'avait fumé que la moitié, par la fenêtre. Puis, après un moment de réflexion, elle descendit et l'écrasa. Provoquer un feu de prairie ici, voilà qui ne serait pas très malin, sans parler des voitures de pompiers en rade à Castle Rock.

« J'ai fait un détour par la maison du chef Perkins avant de venir ici, dit-elle en remontant derrière le volant. Sauf qu'il n'y a plus que Brenda, à présent.

– Comment va-t-elle ?

– C'est affreux. Mais lorsque je lui ai expliqué que vous vouliez la voir et que c'était important – et sans même que je lui dise de quoi il s'agissait – elle a accepté. Il vaudrait sans doute mieux vous y rendre après la tombée de la nuit. Je suppose que votre ami est impatient…

– Arrêtez de l'appeler mon ami. Cox n'est pas mon ami. »

En silence, ils regardèrent les infirmiers qui chargeaient le blessé à l'arrière de l'ambulance. Les soldats regardaient, eux aussi. Ils contrevenaient probablement aux ordres, et Julia, du coup, leur en voulut un peu moins. L'ambulance recommença à cahoter dans le champ, son gyrophare jetant toujours des éclairs.

« C'est terrible », dit-elle d'une petite voix.

Barbie passa un bras autour de ses épaules. Elle se crispa un instant, puis se laissa aller. Regardant droit devant elle, c'est-à-dire vers l'ambulance qui s'avançait dans une voie dégagée au milieu de la Route 119, elle dit : « Et s'ils me font fermer, mon ami ? Et si Rennie et la police qui est à sa botte décidaient de me faire fermer boutique ?

– Non, ça n'arrivera pas », répondit Barbie.

Mais il se posait la question. Si cela se prolongeait assez longtemps, chaque journée à Chester's Mill allait devenir le Jour du Tout-peut-arriver.

« Il y avait quelque chose d'autre qui la tracassait, reprit Julia Shumway.

– Mrs Perkins ?

– Oui. Notre conversation a été très étrange à plus d'un titre.

– Elle porte le deuil de son mari, lui fit remarquer Barbie. Le chagrin rend les gens étranges. J'ai dit bonjour à Jack Evans – il a perdu sa femme hier, à cause du Dôme – et il m'a regardé comme s'il ne me connaissait pas, alors que je lui sers mon célèbre *meatloaf* du mercredi depuis le printemps dernier.

– J'ai connu Brenda Perkins alors qu'elle s'appelait encore Brenda Morse, dit Julia. Cela fait presque quarante ans. J'ai cru qu'elle allait me dire ce qui la troublait… mais elle ne l'a pas fait. »

Barbie désigna la route. « Je crois qu'on peut y aller, maintenant. »

Le téléphone de Julia joua sa petite musique au moment où elle lançait le moteur. Dans sa précipitation, elle faillit laisser tomber son sac. Elle écouta, puis tendit l'appareil à Barbie avec un sourire ironique. « C'est pour vous, patron. »

C'était Cox et, Cox avait quelque chose à lui dire. Beaucoup de choses, en réalité. Barbie l'interrompit le temps de lui raconter ce qui était arrivé au gamin actuellement en route pour l'hôpital, mais soit l'histoire de Rory Dinsmore était sans rapport avec ce que le colonel avait à dire, soit il n'avait pas envie qu'elle le soit. Il écouta poliment, puis reprit où il en était. Quand il eut terminé, il posa à Barbie une question qui aurait été un ordre, si Barbie avait encore porté l'uniforme et été placé sous son commandement.

« Monsieur, je comprends ce que vous me demandez, mais vous n'avez pas idée de… je crois que vous diriez de la *situation politique*, ici. Ni du petit rôle que j'y joue. J'ai eu quelques ennuis avant l'affaire du Dôme et…

– Nous savons tout ça, le coupa Cox. Une altercation avec le fils du deuxième conseiller et quelques-uns de ses amis. Vous avez failli être arrêté, d'après ce que je vois dans mon dossier. »

Un dossier. À présent, il a un dossier. Dieu nous vienne en aide.

« Vous êtes bien renseigné, d'accord, mais permettez-moi de compléter. Votre dossier. Un, le chef de la police qui a fait que je *n'ai pas* été arrêté est mort sur la Route 119, pas loin de l'endroit dont je vous parle, en fait… »

Au loin, dans un monde dans lequel il ne pouvait se rendre, Barbie entendit un bruissement de papiers. Il eut soudain l'impression qu'il aurait aimé étrangler le colonel James Cox de ses propres mains, simplement parce que le colonel James Cox, s'il en avait envie, pouvait aller faire un tour au MacDo n'importe quand alors que lui, Dale Barbara, ne le pouvait pas.

« De ça aussi nous sommes au courant, dit Cox. Un problème de pacemaker.

– Et de deux, enchaîna Barbie, le nouveau chef, qui est copain comme cochon avec le deuxième conseiller, l'homme qui détient en réalité le pouvoir ici, a engagé de nouveaux adjoints. Et ces adjoints sont les types qui ont essayé de m'arracher la tête, dans le parking de la boîte de nuit locale.

« Vous allez devoir surmonter ces obstacles, n'est-ce pas, colonel ?

– Pourquoi m'appelez-vous colonel ? C'est *vous*, le colonel.

– Félicitations, répondit Cox. Non seulement vous vous trouvez de nouveau engagé sous les drapeaux de votre pays, mais vous avez eu droit à une promotion éclair stupéfiante.

– Non ! » protesta Barbie. Julia le regardait avec une certaine inquiétude, mais il en avait à peine conscience. « Non, j'en veux pas !

– Peut-être, mais vous l'avez, dit Cox d'un ton calme. Je vais envoyer une copie de la nomination à l'adresse courriel de votre amie éditrice de journal avant que nous ne fermions le réseau Internet de votre malheureuse petite ville. »

Abasourdi, Barbie ne répondit pas.

« Vous allez devoir rendre visite aux conseillers municipaux et au chef de la police, reprit Cox. Il faudra leur dire que le Président a proclamé la loi martiale à Chester's Mill et que vous en êtes l'officier responsable. Je ne doute pas que vous allez rencontrer une certaine résistance, mais l'information que je viens juste de vous donner devrait vous aider à vous imposer comme le patron de cette ville vis-à-vis du monde extérieur. Je sais quel est votre pouvoir de persuasion. Je l'ai vu moi-même à l'œuvre en Irak.

– Monsieur, dit Barbie, vous vous faites une idée complètement fausse de la situation ici. » Il passa la main dans ses cheveux. Ce foutu téléphone portable lui faisait mal à l'oreille. « C'est comme si vous compreniez ce que signifie le Dôme, mais pas les conséquences qu'il a sur la vie ici. Et ça ne remonte même pas à trente heures.

– Alors aidez-moi à comprendre.

– Vous me dites que cette nomination est la volonté du Président. Imaginez juste un instant que je l'appelle et que je lui dise qu'il peut embrasser mon joli cul tout rose ? »

Julia le regarda, horrifiée, et cette expression donna des idées à Barbie.

« Supposons carrément que je sois un agent dormant d'al-Qaida et que je prépare un attentat contre lui – *pan* dans la tête. Qu'est-ce que vous en dites ?

– Lieutenant Bar… – pardon, colonel Barbara, vous en avez assez dit. »

Barbie n'en avait pas l'impression. « Est-ce qu'il pourrait envoyer le FBI pour m'arrêter ? Les services secrets ? Cette bonne vieille Armée rouge ? Mon, m'sieur, il pourrait pas.

– Nous avons des plans pour remédier à cela, comme je viens de vous l'expliquer. »

Cox avait perdu son ton décontracté et plein de bonne humeur ; c'était plutôt celui d'un vieux briscard grognon parlant à un autre.

« Et si ça marche, n'hésitez pas à envoyer l'agence fédérale de votre choix pour m'arrêter. Mais si nous continuons à être coupés du reste du monde qui m'écoutera ici, d'après vous ? Mettez-vous bien ça dans la tête : *cette ville a fait sécession.* Non pas seulement des États-Unis, mais du monde entier. Il n'y a rien que nous puissions y faire, il n'y a rien que vous puissiez y faire.

– Nous essayons de vous aider, dit calmement Cox.

– À vous entendre, je vous croirais presque. Mais les autres, ici, le croiront-ils ? Quand ils cherchent à savoir quel genre de soutien ils reçoivent en échange de leurs impôts, qu'est-ce qu'ils voient ? Des soldats qui montent la garde en leur tournant le dos. C'est un sacré message, non ?

– Vous parlez beaucoup pour quelqu'un qui dit non.

– Je ne *dis pas* non. Mais je suis à deux doigts d'être arrêté, et me proclamer commandant temporaire ne va pas m'aider.

– Supposons que j'appelle le premier conseiller… comment s'appelle-t-il, déjà… Sanders… et que je lui explique…

– C'est exactement ce que je vous dis – vous ne comprenez rien à la situation. C'est, encore une fois, comme en Irak, sauf que ce coup-ci vous êtes à Washington au lieu d'être sur le terrain et que la situation vous échappe aussi complètement qu'aux autres ronds-de-cuir. Écoutez-moi bien, monsieur : disposer de *quelques* renseignements est pire que de ne disposer d'aucun.

– Les leçons mal apprises sont les plus dangereuses, intervint Julia d'une voix rêveuse.

– Si ce n'est pas Sanders qu'il faut appeler, qui ?

– James Rennie. Le *deuxième* conseiller. C'est lui le chef de meute, ici. »

Il y eut un silence. Puis Cox reprit la parole : « On pourrait vous rendre Internet. Certains d'entre nous estiment que l'avoir coupé était une réaction intempestive.

– Pourquoi estimez-vous ça ? demanda Barbie. Est-ce que vous ne savez pas, vous et vos potes, que si vous nous laissez l'accès au Net, la recette de pain aux airelles de tante Sarah va finir par sortir à un moment ou un autre ? »

Julia se redressa et articula en silence : *Ils essaient de couper Internet ?* Barbie tendit un doigt vers elle – *attendez.*

« Écoutez-moi un instant, Barbie. Supposez que nous appelions ce Rennie et que nous lui disions que nous jugeons préférable de couper Internet, désolés, situation de crise, mesures extrêmes et tout le baratin. Vous pourriez alors le convaincre de votre utilité en nous faisant changer d'avis. »

Barbie réfléchit. Ça pouvait marcher. Un moment, en tout cas. Ou pas.

« De plus, ajouta Cox avec enthousiasme, vous pourriez leur donner l'autre information que je vous ai confiée. Pour sinon sauver des vies, au moins épargner aux gens la peur de leur vie, sans aucun doute.

– On rétablit aussi les lignes téléphoniques, dit Barbie.

– Ça sera difficile. Je vais peut-être pouvoir vous maintenir Internet, mais… écoutez, mon vieux. Il y a au moins cinq paranos graves, genre Curtis LeMay[1], qui siègent au comité supposé présider ce bordel et pour eux, tous les habitants de Chester's Mill sont et resteront des terroristes jusqu'à ce qu'on ait prouvé le contraire.

– Et quelles attaques pourraient bien lancer ces supposés terroristes contre les États-Unis ? Un attentat suicide pendant la messe à la Congo ?

– Vous prêchez un converti, Barbie. »

Ce qui était très probablement la vérité, bien entendu.

« Acceptez-vous ?

– Il faudra attendre que je vous rappelle. Ne faites rien avant. Je dois d'abord avoir un entretien avec la veuve de l'ancien chef de la police. »

Mais Cox insista. « Garderez-vous pour vous notre discussion de marchands de tapis ? »

Une fois de plus, Barbie fut stupéfait de constater à quel point même un Cox – quasiment un libre-penseur, selon les normes militaires –

1. Général d'aviation, responsable du *Strategic Air Command* pendant la guerre froide et quelque peu tête brûlée.

comprenait mal les transformations qu'avait déjà provoquées le Dôme. Ici, la culture du secret à la sauce Cox n'avait plus aucun sens.

Les États-Unis contre nous, pensa Barbie. *C'est eux contre nous, maintenant. À moins que leur idée de dingue n'aboutisse.*

« Il va de toute façon falloir que je vous rappelle plus tard, monsieur. Je n'ai plus de batterie. » Mensonge qu'il fit sans le moindre remords. « Et vous attendrez d'avoir de mes nouvelles avant de parler à qui que ce soit d'autre.

– N'oubliez pas, le Big Bang est prévu pour treize heures, demain. Si vous voulez vous maintenir en état de marche, vous avez intérêt à rester à l'écart. »

Se maintenir en état de marche… encore une phrase dépourvue de sens sous le Dôme. Sauf si c'était pour continuer à alimenter son générateur en propane.

« On en reparle », dit Barbie. Il referma le téléphone avant que Cox puisse ajouter quelque chose. La 119 était presque complètement dégagée, à présent, mais DeLesseps était toujours là, adossé, bras croisés, à sa Chevrolet Nova de collection. Lorsque Julia passa devant la Nova, Barbie remarqua un autocollant sur lequel on lisait : AU CUL, À L'HERBE OU AU PÉTROLE, PERSONNE NE ROULE GRATOS. Il y avait aussi un gyrophare de police posé sur le tableau de bord. Le contraste, pensa-t-il, résumait tout ce qui allait maintenant de travers à Chester's Mill.

Pendant le trajet, Barbie raconta à Julia tout ce que Cox lui avait dit.

« Ce qu'ils veulent faire n'est pas tellement différent de ce que le gosse vient d'essayer, dit Julia d'un ton consterné.

– *Un peu* différent, tout de même, observa Barbie. Le gamin a essayé avec un fusil. Eux, ils vont balancer un missile de croisière. Une sorte de Big Bang, comme ils disent. »

Elle eut un sourire. Mais pas son sourire habituel : hésitant, empreint de stupéfaction, celui-ci lui donnait soixante ans au lieu de quarante-trois. « Je crois que je vais préparer un nouveau tirage plus tôt que je ne pensais. »

Barbie acquiesça : « Édition spéciale ! Tout sur le Big Bang ! »

7

« Salut, Sammy, dit quelqu'un. Comment ça va ? »

Samantha Bushey ne reconnut pas la voix et se retourna, sur ses gardes, remontant Little Walter contre elle dans le porte-bébé. Little Walter qui dormait et pesait une tonne. Elle avait encore mal aux fesses, depuis sa chute, et elle était aussi atteinte dans sa dignité – cette garce de Georgia Roux qui s'était permis de la traiter de gamine ! Georgia Roux, qui était venue l'emmerder plus d'une fois dans son mobile home pour lui soutirer trois grammes de coke, pour elle et le frappadingue de muscu avec lequel elle sortait.

C'était le père de Dodee. Sammy lui avait parlé mille fois, mais elle n'avait pas reconnu sa voix ; elle ne le reconnaissait d'ailleurs qu'à peine. Il paraissait vieux et triste – brisé, en quelque sorte. Il ne loucha même pas sur ses nichons, ce qui était une première.

« Bonjour, Mr Sanders. Bon sang, je ne vous ai même pas vu à... » Elle eut un geste de la main en direction du champ de foin aplati et de la grande tente, à présent à moitié effondrée et donnant une impression d'abandon. Mais pas autant que Mr Sanders.

« J'étais assis à l'ombre. » Toujours la même voix hésitante, accompagnée d'un sourire d'excuse qui faisait mal au cœur. « J'ai bu quelque chose, tout de même. Est-ce qu'il ne fait pas trop chaud, pour un mois d'octobre ? Fichtre, oui. Je pensais qu'on passerait une bonne journée – une vraie journée de fête – jusqu'à ce que ce garçon... »

Oh, saperlipopette, voilà qu'il chialait, maintenant.

« Je suis vraiment désolée pour votre femme, Mr Sanders.

– Merci, Sammy. C'est très gentil de ta part. Tu veux que je porte le bébé pour toi jusqu'à la voiture ? Je crois que tu peux y aller. C'est presque complètement dégagé. »

Voilà une proposition que Sammy ne se sentit pas capable de refuser, même s'il pleurait. Elle sortit Little Walter du porte-bébé – c'était comme si elle tenait un gros morceau de pâte à pain tiède – et le lui tendit. Little Walter ouvrit les yeux, eut un sourire vitreux, rota et se rendormit.

« Je me demande s'il n'a pas un paquet dans ses couches, dit Mr Sanders.

– Ouais, c'est une vraie machine à merde, ce bon vieux Little Walter.

– Walter est un nom ancien très joli.

– Merci. »

Lui expliquer que le véritable prénom de Walter était *Little* lui parut ne pas en valoir la peine… et elle était certaine d'avoir déjà eu cette conversation avec lui. Il l'avait oubliée, c'est tout. Marcher ainsi à côté de lui – et même s'il portait le bébé – était le parfait bouquet final à la con, pour un après-midi à la con. Il avait en tout cas raison, pour ce qui était de l'embouteillage ; le capharnaüm de mécaniques avait finalement été dégagé. Sammy se demanda combien de temps il faudrait pour que tout le monde recommence à rouler à bicyclette.

« J'ai jamais aimé l'idée de ces leçons de pilotage », dit Mr Sanders. Il paraissait reprendre le fil de quelque monologue intérieur. « Parfois, je me demande même si Claudie ne couchait pas avec ce type. »

La mère de Dodee couchant avec Chuck Thompson ? Sammy fut à la fois scandalisée et intriguée.

« Probablement pas, reprit-il avec un soupir. De toute façon, ça n'a plus d'importance, maintenant. Tu n'as pas vu Dodee ? Elle n'est pas rentrée à la maison, hier au soir. »

Sammy faillit bien répondre, *Bien sûr, hier après-midi*. Mais si la Dodee-dodue n'avait pas couché chez elle la nuit dernière, cela ne ferait qu'inquiéter un peu plus son dindon de paternel. Et engagerait Sammy dans une conversation qui n'en finirait pas avec un type au visage inondé de larmes et de morve coulant d'une de ses narines. Pas cool.

Ils arrivèrent à la voiture de Sammy, une vieille Chevrolet atteinte du cancer de la carrosserie. Elle reprit Little Walter et l'odeur la fit grimacer. C'était pas juste une lettre, dans ses couches, mais un paquet d'UPS et un de Federal Express combinés.

« Non, Mr Sanders, je ne l'ai pas vue. »

Il hocha la tête, puis s'essuya le nez du revers de la main. La chandelle disparut, ou du moins passa ailleurs. Ce fut un soulagement.

« Elle est probablement allée au centre commercial avec Angie McCain, puis chez sa tante Peg, à Sabattus. Et du coup, elle n'a pas pu rentrer à la maison.

– Ouais, c'est sans doute ça. »

Et lorsque Dodee pourrait revenir ici, à Chester's Mill, il aurait une agréable surprise. Dieu sait qu'il la méritait. Sammy ouvrit la portière de sa voiture et posa Little Walter sur le siège du passager. Elle avait laissé tomber le siège auto des mois auparavant. Trop casse-bonbons. Sans compter qu'elle conduisait très prudemment.

« Ça m'a fait plaisir de te voir, Sammy. » Un silence. « Tu prieras pour ma femme ?

– Euh… oui bien sûr, Mr Sanders. Pas de problème. »

Elle s'apprêtait à monter dans la voiture lorsqu'elle se rappela deux choses : que Georgia Roux l'avait repoussée avec l'une de ses lourdes bottes – assez brutalement pour lui faire un bleu au sein, elle en était sûre – et que Andy Sanders, cœur brisé ou pas, était le premier conseiller de la ville.

« Mr Sanders ?

– Oui, Sammy ?

– Certains des flics se sont montrés plutôt brutaux, cet après-midi. Il faudrait peut-être faire quelque chose contre ça. Avant que, eh bien, avant que ça n'aille trop loin. »

Le sourire affligé de Sanders ne changea pas. « Je comprends ce que les jeunes gens comme toi ressentent vis-à-vis de la police, Sammy – moi aussi, j'ai été jeune – mais nous avions une situation assez critique. Et plus rapidement on rétablit l'autorité, mieux tout le monde s'en porte. Tu comprends ça, n'est-ce pas ?

– Bien sûr. » Ce qu'elle comprenait, surtout, c'était qu'aussi authentique que fût son chagrin, cela ne l'empêchait pas de débiter les conneries habituelles des politiciens. « Bon, au revoir.

– Ils forment une bonne équipe, dit Sanders sans conviction. Pete Randolph veillera à les souder. À ce qu'ils portent tous la même casquette. À ce qu'ils… euh… jouent tous la même partition. Protéger et servir, tu sais.

– Bien sûr », répéta Samantha.

Le petit couplet protéger-servir – avec juste le petit coup de pied bien senti à l'occasion, hein ? Quand elle démarra, Little Walter ronflait, une fois de plus. L'odeur de merde était asphyxiante. Elle baissa les vitres, puis regarda dans le rétroviseur. Mr Sanders était toujours planté au même endroit, dans le parking improvisé presque entièrement déserté, à présent. Il la salua de la main.

Sammy leva aussi la sienne, se demandant où Dodee avait bien pu aller dormir la nuit dernière, si elle n'était pas rentrée chez elle. Puis elle chassa cette pensée – après tout, ça ne la regardait pas – et mit la radio. La seule station qu'elle put capter fut Radio-Jésus. Elle coupa aussitôt.

Quand elle leva de nouveau les yeux, Frankie DeLesseps se tenait au beau milieu de la route, main levée, comme un vrai flic. Elle dut écraser le frein pour ne pas le heurter tout en posant la main sur le bébé pour l'empêcher de tomber. Little Walter se réveilla et se mit à brailler.

« Regarde ce que t'as fait ! » cria-t-elle à Frankie (avec qui elle avait couché deux jours, pendant qu'Angie était à une sortie de l'orchestre). Le bébé a failli tomber par terre !

– Et où est son siège ? » demanda Frankie. Il se pencha par la vitre, faisant saillir son biceps. Gros-muscles-petite-queue, tel était Frankie DeLesseps. En ce qui concernait Sammy, elle le laissait volontiers à Angie.

« C'est pas tes oignons. »

Un vrai flic lui aurait peut-être dressé une contravention – pour son écart de langage autant que pour l'absence du siège bébé obligatoire – mais Frankie se contenta de ricaner. « T'as pas vu Angie ?

– Non. » Cette fois, c'était la vérité. « Elle s'est probablement retrouvée coincée hors de la ville. »

Même s'il lui semblait que c'était plutôt *eux*, en ville, qui se retrouvaient coincés.

« Et Dodee ? »

Sammy répondit à nouveau non. Elle était pratiquement obligée de le faire, parce que Frankie parlerait peut-être à Mr Sanders.

« La voiture d'Angie n'a pas bougé, dit Frankie. J'ai été voir, elle est au garage.

– La belle affaire. Elles sont sans doute parties quelque part dans la Kia de Dodee. »

Frankie parut réfléchir. Il n'y avait pratiquement plus personne. L'embouteillage n'était plus qu'un souvenir. Puis il demanda : « Georgia t'a fait mal aux miches, ma biche ? » Avant qu'elle ait pu répondre, il tendit la main et lui saisit un sein. Et pas doucement. « Tu veux que je te guérisse en l'embrassant ? »

Elle lui donna une claque sur la main. Sur sa droite, Little Walter braillait, braillait. Elle se demandait parfois pourquoi Dieu avait cru bon de faire les hommes. Vraiment. Toujours à fanfaronner ou à vous tripoter, à vous tripoter ou à fanfaronner.

Frankie ne souriait plus. « T'as intérêt à faire gaffe, dit-il. Les choses ont changé, ici.

– Et qu'est-ce que tu vas faire ? M'arrêter ?

– J'essaierai de trouver quelque chose de mieux que ça. Tire-toi. Fiche le camp d'ici. Et si tu vois Angie, dis-lui que je veux la voir. »

Elle redémarra, furieuse et – il ne lui plut pas de l'admettre – un peu effrayée. Au bout d'un kilomètre, elle rangea la voiture et changea la couche de Little Walter. Elle avait un sac pour les couches usagées, dans le coffre, mais elle était trop en colère pour se donner la peine d'aller le chercher. Elle jeta la Pampers pleine de merde sur le bas-côté de la route, non loin du grand panneau sur lequel on lisait :

JIM RENNIE'S USED CARS
VOITURES AMÉRICAINES ET ÉTRANGÈRES
NOU$ FAION CRÉDIT !
VOUS ROULEREZ
GRÂCE À BIG JIM !

Elle dépassa des gamins à bicyclette et se demanda à nouveau combien de temps il faudrait avant que tout le monde ne soit condamné à ressortir son vélo. Mais on n'allait pas en arriver là. Quelqu'un allait bien comprendre ce qui se passait avant, comme dans l'un de ces films catastrophe qu'elle adorait regarder à la télé pendant qu'elle était stone : un volcan en éruption à Los Angeles, des zombies à New York.

Et lorsque les choses seraient revenues à la normale, Frank DeLesseps et Carter Thibodeau redeviendraient ce qu'ils étaient avant : des péquenots de la cambrousse, sans un rond en poche. En attendant, elle ferait bien de garder profil bas.

Dans l'ensemble, elle était contente de l'avoir fermée à propos de Dodee.

8

Rusty écoutait le moniteur contrôlant la pression sanguine qui bipait de plus en plus frénétiquement et savait qu'ils perdaient le garçon. En réalité, il était déjà perdu quand ils l'avaient chargé dans l'ambulance – fichtre, déjà perdu quand la balle avait ricoché dans son œil, oui – mais les bips du moniteur annonçaient la nouvelle haut et fort. Il aurait fallu l'évacuer tout de suite par hélico à l'hôpital de Chester's Mill, de l'endroit même où il avait été touché si grièvement. Au lieu de cela, il se retrouvait dans une salle d'opération sous-équipée, surchauffée (le climatiseur avait été coupé pour économiser le générateur), opéré par un médecin qui aurait dû prendre sa retraite depuis des années, un assistant médical qui n'avait jamais travaillé en neurochirurgie et une infirmière harassée. C'est elle qui prit la parole :

« Fibrillation ventriculaire, Dr Haskell. »

Le moniteur cardiaque venait d'entrer dans la danse. C'était un ballet, maintenant.

« Je sais, Ginny. Je ne suis pas mour… sourd, je veux dire. Bon Dieu. »

L'espace d'un instant, lui et Rusty se regardèrent au-dessus du corps du garçon enveloppé dans un drap. Le médecin avait le regard clair, présent – ce n'était plus l'espèce de fonctionnaire apathique qui avait traîné tel un fantôme maussade dans les salles et les couloirs du Cathy-Russell, un stéthoscope autour du cou, au cours des deux dernières années – mais il paraissait terriblement vieux et frêle.

« Nous avons essayé », dit Rusty.

À la vérité, le Dr Haskell avait fait plus qu'essayer ; il avait rappelé à

Rusty l'une de ces histoires de sportif qu'il adorait étant gosse, dans lesquelles un joueur de baseball vieillissant venait sur le diamant pour un dernier coup de batte dans la septième, et faisait remporter le championnat du monde à son équipe. Mais il n'y avait eu que Rusty et Ginny Tomlinson dans les tribunes pour assister à l'exploit, et cette fois le vieux cheval de retour ne connaîtrait pas de *happy end.*

Rusty avait installé le goutte-à-goutte de sérum, y ajoutant du mannitol pour réduire la pression intracrânienne. Haskell avait quitté la salle d'op au pas de course pour aller procéder à une analyse complète de sang au laboratoire, au fond du couloir. Seul le Dr Haskell pouvait la faire ; Rusty n'était pas qualifié pour ce travail, et il n'y avait aucun technicien de labo. Le Catherine-Russell était à présent terriblement en sous-effectif. Rusty songea que le petit Dinsmore risquait de n'être qu'une avance sur le prix que la ville aurait finalement à payer pour ce manque de personnel.

La situation se dégrada. Le garçon était A négatif, et il n'y avait aucune poche de sang de ce type. Ils disposaient par contre de O négatif – le donneur universel – et en avaient déjà donné quatre unités à Rory, si bien qu'en tout et pour tout il leur en restait neuf. Les donner au garçon était probablement revenu à les vider dans l'évier, mais personne n'en avait fait la remarque. Pendant que le sang courait encore dans les veines de Rory, Haskell avait envoyé Ginny dans la pièce de la taille d'un placard qui faisait office de bibliothèque à l'hôpital. Elle était revenue avec un exemplaire en piteux état du *Bref précis de neurochirurgie*, et le médecin avait opéré le bouquin maintenu ouvert à côté de lui à l'aide d'un otoscope. Rusty s'était dit que jamais il n'oublierait le gémissement de la scie, l'odeur de la poudre d'os dans l'air anormalement chaud, ni le caillot de sang coagulé qui jaillit une fois le fragment d'os dégagé de la plaie.

Pendant quelques minutes, Rusty s'était même autorisé à espérer. La pression de l'hématome une fois soulagée par le trou pratiqué par le Dr Haskell, les signes vitaux de Rory s'étaient stabilisés – ou du moins, avaient essayé. Puis, alors que Haskell s'efforçait de déterminer si le fragment de balle était à sa portée, la débandade générale avait commencé, tournant vite à la déroute.

Rusty pensa alors aux parents, qui attendaient et espéraient contre tout espoir. Au lieu de faire tourner le brancard de Rory vers la gauche, c'est-à-dire vers les soins intensifs, là où ses parents auraient pu être autorisés à entrer pour le voir, il semblait bien qu'il allait devoir prendre à droite, vers la morgue.

« Si nous étions dans une situation ordinaire, je le maintiendrais en assistance respiratoire et demanderais à ses parents de penser à un don d'organes, dit le Dr Haskell. Mais évidemment, si la situation était ordinaire, il ne serait même pas ici. Et même s'il y était, je n'essaierais pas de l'opérer à l'aide d'un… d'un foutu manuel pour Toyota. » Il prit l'otoscope et le jeta dans la salle d'op. L'appareil métallique atterrit contre le carrelage vert et entama un carreau.

« Est-ce qu'on lui administre de l'épinéphrine, docteur ? » demanda Ginny. Calme, sereine, se contrôlant bien – mais épuisée, semblait-il, à la limite de l'effondrement.

« N'ai-je pas été clair ? Je ne prolongerai pas l'agonie de ce gamin. » Le médecin tendit la main vers l'interrupteur rouge, à l'arrière de l'appareil de respiration assistée. Un petit malin – Twitchell, peut-être – avait placé, en dessous, un autocollant sur lequel on lisait À COUPER LE SOUFFLE ! « Souhaitez-vous exprimer une opinion contraire, Rusty ? »

Rusty réfléchit à la question, puis secoua lentement la tête. Le résultat positif du test de Babinsky indiquait la présence de dommages majeurs au cerveau, mais le point déterminant était qu'il n'y avait plus aucune chance. Qu'il n'y en avait jamais eu la moindre, en réalité.

Haskell abaissa l'interrupteur. Rory Dinsmore inspira laborieusement tout seul, essaya une seconde fois, puis renonça.

« Je l'ai fait…, dit le Dr Haskell en regardant la grosse horloge murale, à dix-sept heures quinze. Voulez-vous noter l'heure de la mort, Ginny ?

– Oui docteur. »

Haskell abaissa son masque et Rusty remarqua avec inquiétude que le vieil homme avait les lèvres bleues. « Sortons d'ici, dit-il. Cette chaleur me tue. »

Mais ce n'était pas la chaleur ; c'était son cœur. Il s'effondra à mi-chemin du couloir, alors qu'il allait annoncer la mauvaise nouvelle à Alden et Shelley Dinsmore. Rusty dut procéder à une injection d'épinéphrine, en fin de compte, mais elle ne servit à rien. Pas plus que le massage cardiaque. Ou le stimulateur cardiaque.

Heure de la mort, dix-sept heures quarante-cinq. Ron Haskell avait survécu exactement une demi-heure à son dernier patient. Rusty était assis sur le sol, adossé au mur. C'était Ginny qui s'était chargée d'avertir les parents ; d'où il était assis, la tête dans les mains, Rusty entendait les cris de chagrin de la mère. Ils résonnaient dans les couloirs de l'hôpital presque vide. On aurait dit qu'elle n'allait jamais s'arrêter.

9

Barbie se dit que la veuve du chef de la police avait dû être d'une très grande beauté. Même aujourd'hui, avec les cernes noirs qui soulignaient ses yeux et des vêtements choisis au petit bonheur la chance (des jeans délavés et un haut qui devait être celui d'un pyjama, Rusty en était presque certain), Brenda Perkins sortait de l'ordinaire. Il se dit aussi que les personnes intelligentes, peut-être, ne perdent que rarement leur beauté – à condition d'avoir été belles au départ, bien sûr – et il vit la finesse d'esprit briller dans son œil. Quelque chose d'autre, aussi. Elle était peut-être en deuil, mais cela n'avait pas tué sa curiosité pour autant. Et pour l'instant, l'objet de sa curiosité, c'était lui.

Par-dessus l'épaule de Barbie, elle regarda la voiture de Julia qui repartait en marche arrière dans l'allée. Elle leva les mains en un geste qui disait : *mais où vas-tu ?*

Julia se pencha par la fenêtre et lança : « Je dois vérifier que le journal sort bien ! Il faut aussi que je passe par le Sweetbriar Rose et fasse part de la mauvaise nouvelle à Anson Wheeler – il est de corvée de sandwichs, ce soir. Ne t'inquiète pas, tu peux lui faire confiance ! » Et, avant que Brenda ait pu répondre ou protester, Julia roulait déjà dans Morin Street, à croire qu'elle partait en croisade. Barbie aurait préféré être avec elle, et avoir pour seul objectif la préparation de quarante sandwichs jambon-fromage et quarante sandwichs au thon.

Julia partie, Brenda reprit son inspection. Ils étaient de part et d'autre de l'écran de la moustiquaire. Barbie avait l'impression d'être en entretien d'embauche face à un DRH peu commode.

« C'est vrai ? demanda Brenda.

– Je vous demande pardon, madame ?

– On peut vous faire confiance ? »

Barbie réfléchit. Deux jours auparavant, il aurait répondu oui, bien sûr que oui, mais aujourd'hui, il se sentait davantage soldat à Falludjah que cuistot à Chester's Mill. Il s'en tira en répondant qu'il était un chien à qui on avait appris où était sa niche, ce qui la fit sourire.

« Eh bien, il faudra que je me contente d'en juger par moi-même, dit-elle. Même si, en ce moment, mon jugement n'est pas à son meilleur niveau. Je viens de subir une perte terrible.

– Je sais, madame. Vous m'en voyez tout à fait désolé.

– Merci. L'enterrement est pour demain. La cérémonie aura lieu dans ce salon funéraire minable de Bowie qui vivote comme il peut, si je puis dire, alors que presque tout le monde a recours aux services du Crosman's, à Castle Rock. Les gens appellent l'établissement de Stewart Bowie la grange à cercueils. Stewart est un idiot et son frère Fernald est encore pire, mais c'est tout ce que nous avons, maintenant. Tout ce que j'ai. »

Elle soupira comme si elle était confrontée à une corvée dépassant ses forces. *Et pourquoi pas ?* se dit Barbie. *La mort d'un être aimé peut engendrer bien des choses, et le travail est certainement l'une d'elles.*

Elle prit Barbie par surprise en sortant le rejoindre sous le porche. « Faisons le tour, Mr Barbara. Il est possible que je vous invite plus tard à entrer, mais pas tant que je ne me sentirai pas en confiance avec vous. En temps ordinaire, je prendrais pour argent comptant une recommandation faite par Julia, mais ce ne sont pas des temps ordinaires. » Elle l'entraîna le long de la maison, sur un gazon parfaitement entretenu et débarrassé des feuilles d'automne. Sur la droite, une palissade de planches séparait le domicile des Perkins de celui de leurs voisins ; sur la gauche, il y avait des massifs de fleurs tout aussi bien entretenus que le gazon.

« Les fleurs, c'était le passe-temps de mon mari. J'imagine que vous devez trouver que c'est un loisir bizarre, pour un représentant de l'ordre.

– En fait, pas du tout.

– Moi non plus. Mais nous sommes minoritaires, vous et moi. Les petites villes abritent de petites imaginations. Grace Metalious et Sherwood Anderson[1] avaient raison sur ce point. »

Ils tournèrent à l'angle de la bâtisse et entrèrent dans un jardin agréablement agencé. « De plus, reprit-elle, je me retrouve sans lumière. J'ai bien un générateur, mais il s'est arrêté ce matin. Panne sèche, j'imagine. Il y a bien une bonbonne de rechange, mais je ne sais pas comment on l'installe. Howie m'agaçait, avec son générateur. Il voulait m'apprendre comment l'entretenir. J'ai refusé. Avant tout par dépit. » Une larme déborda d'un de ses yeux et roula sur sa joue. Elle l'essuya sans y penser. « Je m'excuserais auprès de lui maintenant, si je pouvais. Je reconnaîtrais qu'il avait raison. Mais ce n'est pas possible, n'est-ce pas ? »

Barbie savait faire la part entre une question rhétorique et une vraie. « Si c'est simplement la bonbonne, proposa-t-il, je peux vous la changer.

– Merci, dit-elle en l'entraînant jusqu'à une table à côté de laquelle il y avait une glacière Igloo. J'allais demander à Henry Morrison de le faire et j'avais aussi l'intention d'acheter d'autres bonbonnes au Burpee's, mais le temps que j'aille jusqu'à Main Street, en début d'après-midi, le magasin était fermé et Henry était parti pour la ferme Dinsmore, comme tout le monde. Pensez-vous que je pourrai encore m'en procurer une ou deux demain ?

– Possible, répondit Barbie, qui en en réalité en doutait.

---

1. Auteurs de deux best-sellers respectivement des années 1950 et 1930 sur la vie dans la banlieue américaine.

– J'ai appris, pour le petit garçon. C'est Gina Buffalino, ma voisine, qui est venue me le dire. Je suis terriblement désolée. Est-ce qu'il survivra ?

– Je l'ignore. » Et, parce qu'il voyait intuitivement dans la sincérité le chemin le plus direct pour gagner la confiance de cette femme (aussi provisoire que cela puisse être), il ajouta : « Mais je ne crois pas.

– Oui. » Elle soupira, s'essuya à nouveau les yeux. « Oui, ça paraissait désespéré, à l'entendre. » Elle ouvrit l'Igloo. « J'ai de l'eau et du Coca Light. Le seul soda que je laissais Howie boire. Qu'est-ce que vous préférez ?

– De l'eau, madame. »

Elle ouvrit deux bouteilles de Poland Spring et ils burent. Elle le regarda de ses yeux tristement curieux. « Julia m'a dit que vous aviez besoin de la clef de l'hôtel de ville. J'ai compris pourquoi vous la vouliez. J'ai aussi compris pourquoi vous ne voulez pas que Jim Rennie sache que…

– Il le faudra peut-être. La situation a changé. Voyez-vous… »

Elle leva la main et secoua la tête. Barbie s'interrompit.

« Avant que vous m'expliquiez ça, j'aimerais que vous me racontiez les ennuis que vous avez eus avec Junior et ses amis.

– Madame, est-ce que votre mari ne vous a pas… ?

– Howie me faisait rarement des confidences sur ses affaires, mais il m'a parlé de celle-ci. Quelque chose le troublait. J'aimerais vérifier si votre version des faits est conforme à la sienne. Si c'est le cas, nous pourrons aborder d'autres questions. Sinon, je vous inviterai à partir, et vous pourrez emporter la bouteille avec vous, si vous voulez. »

Barbie montra le petit cabanon rouge à l'angle gauche de la maison. « C'est le générateur ?

– Oui.

– Si je change la bonbonne tout en parlant, m'écouterez-vous ?

– Oui.

– Et vous voulez tous les détails, n'est-ce pas ?

– Exactement. Et si vous m'appelez encore une fois madame, je vais finir par vous taper sur la tête. »

La porte du petit cabanon abritant le générateur était fermée par une targette en laiton bien astiquée. L'homme qui avait habité ici jusqu'à hier prenait soin des choses… bien qu'on puisse déplorer qu'il n'y eût qu'une seule bonbonne de rechange. Barbie décida que, quelle que soit la manière dont cette conversation tournerait, il prendrait sur lui d'essayer d'en procurer à Brenda deux ou trois autres le lendemain.

En attendant, se dit-il, *raconte-lui tout ce qu'elle veut savoir sur ce soir-là.* Mais ce serait plus facile de le faire en lui tournant le dos. Il était gêné de lui expliquer que le fait d'avoir été considéré comme un jouet sexuel (un peu hors d'âge) par Angie McCain était ce qui avait déclenché ses ennuis.

Sunshine Rule[1], se rappela-t-il à lui-même ; et il raconta son histoire.

10

Le souvenir le plus clair qu'il gardait de l'été dernier était la chanson de James McMurtry qu'on entendait apparemment partout, « Talkin' at the Texaco ». Et le passage qu'il se rappelait le mieux était celui où il était question d'une petite ville « où nous devons tous connaître notre place ». Lorsque Angie avait commencé à se tenir trop près de lui pendant qu'il faisait la cuisine, ou pressait un sein contre son bras pour attraper quelque chose qu'il aurait très bien pu lui passer, la phrase lui était revenue à l'esprit. Il savait qui était son petit ami et savait aussi que Frankie DeLesseps faisait partie de la pyramide du pouvoir à Chester's Mill, ne fût-ce que par ses liens d'amitié avec le fils de Big Jim Rennie. Dale Barbara, de son côté, n'était guère plus qu'un vagabond. Dans l'ordre des choses tel qu'il était conçu à Chester's Mill, il n'avait *aucune* place.

Un soir, elle avait passé une main autour de sa hanche et lui avait légèrement pressé l'entrejambe. Il avait réagi et vu, à son sourire malicieux, qu'elle l'avait senti réagir.

---

1. Loi sur « la transparence » passée en 1975 par le Sénat américain, exigeant que les débats des commissions soient tenus en public (« en plein soleil »).

« Tu peux me faire pareil, si tu veux », avait-elle dit. Ils se trouvaient dans la cuisine et elle avait légèrement remonté sa jupe, une jupe courte, le temps qu'il puisse jeter un coup d'œil à une petite culotte rose à fanfreluches. « Donnant, donnant.

– Je préfère pas », avait-il répondu.

Elle lui avait tiré la langue.

Ce n'était pas la première fois qu'il vivait une scène du même genre dans la cuisine d'un restaurant et il lui était arrivé de céder à la tentation une fois sur deux. Les choses auraient pu en rester là, au béguin passager d'une jeune femme pour un collègue de travail plus âgé et pas trop mal conservé. Mais Frankie et Angie avaient rompu et, un soir que Barbie vidait les poubelles dans la benne à ordures à l'arrière du restaurant, après la fermeture, elle lui avait carrément sauté dessus.

Il s'était retourné et elle était là, passait les bras autour de ses épaules et lui tendait ses lèvres. Il lui avait rendu son baiser, sur le coup. Angie l'avait lâché d'un bras, le temps de lui prendre la main et de la poser sur son sein gauche. Le geste l'avait réveillé. C'était un sein délicieux, jeune et ferme. C'était aussi un sein synonyme d'ennuis. *Elle* était synonyme d'ennuis. Il avait essayé de reculer, et lorsqu'elle avait voulu le retenir d'une main (ses ongles s'enfonçaient maintenant dans la nuque de Barbie) et essayé de frotter ses hanches aux siennes, il l'avait repoussée avec plus de force qu'il ne l'aurait voulu. Elle avait trébuché, heurté la benne en le foudroyant du regard, touché le fond de son jean, et l'avait foudroyé encore plus sévèrement du regard.

« Merci ! Maintenant j'ai de la merde plein le pantalon !

– Tu devrais savoir quand tu dois laisser tomber, lui avait-il répondu doucement.

– Ça te plaisait !

– Peut-être, admit-il, mais toi, tu ne me plais pas. » Et lorsqu'il avait vu qu'il l'avait blessée dans son amour-propre et que sa colère montait, il s'était repris : « Non, je veux dire que je t'aime bien, mais pas comme ça. »

Mais évidemment, on dit souvent un peu trop clairement ce qu'on pense quand on est secoué.

Quatre jours plus tard, un soir, au Dipper's, il avait senti qu'on lui renversait de la bière dans le dos. Il s'était tourné et trouvé face à Frankie DeLesseps.

« Ça t'a plu, *Baaarbie* ? Parce que je peux recommencer – c'est la soirée à deux balles la chope. Bien entendu, si t'as pas aimé, on peut aller régler ça dehors.

– Je ne sais pas ce qu'elle t'a raconté, mais c'est faux. »

Le juke-box jouait – pas la chanson de McMurtry, mais c'était pourtant celle qui lui trottait dans la tête. *Nous devons tous connaître notre place.*

« Ce qu'elle m'a *dit*, c'est qu'elle t'avait répondu non et que tu as continué et que tu l'as quand même baisée. Tu pèses combien de plus qu'elle ? Trente kilos ? C'est à un viol que ça fait penser.

– Je ne l'ai pas violée. »

Sachant que c'était sans espoir.

« Tu veux sortir, enculé, ou t'as trop les chocottes ?

– J'ai trop les chocottes », avait répondu Barbie.

À sa grande surprise, Frankie était parti. Barbie avait décidé qu'il avait eu assez de musique et de bière pour la soirée et se levait pour partir lorsque Frankie était revenu, tenant cette fois non pas un verre, mais une chope *king size*.

« Ne fais pas ça », dit Barbie. Mais bien entendu, Frankie ne l'écouta pas. *Splatch*, en pleine figure. Une douche à la Budweiser Light. Plusieurs personnes bien imbibées avaient ri et applaudi.

« Et maintenant tu sors, qu'on règle ça ? dit Frankie. Ou j'attends, si tu préfères. Dernier appel, *Baaarbie*. »

Barbie l'avait suivi. Il avait compris que si ce n'était pas maintenant, ce serait plus tard et estimait que s'il matait Frankie tout de suite, avant que trop de gens assistent à la bagarre, les choses en resteraient là. Il pourrait même s'excuser et lui répéter qu'il n'avait jamais couché avec Angie. Il n'ajouterait pas que c'était en fait Angie qui l'avait harcelé, même s'il pensait que beaucoup le savaient (Rose et Anson, sans aucun doute). Avec un nez en sang pour lui remettre les idées en place, peut-être que Frankie comprendrait ce qui était si évident aux yeux de Barbie : c'était ainsi que cette petite gourde pensait se venger.

D'abord, il lui sembla que l'affaire allait se passer ainsi. Frankie se tenait les pieds bien à plat sur le gravier, avec deux ombres bien nettes dans le dos (les deux lampadaires qui éclairaient le parking), brandissant les poings comme le boxeur John Sullivan. Mauvais, costaud et stupide : rien qu'un bagarreur de village. Habitué à descendre son adversaire d'un seul grand coup de poing, avant de le ramasser et de lui en donner une série de petits jusqu'à ce que l'autre crie grâce.

Il s'avança d'un pas glissant et attaqua avec sa botte pas si secrète : un uppercut que Barbie évita de la manière la plus élémentaire, en écartant légèrement sa tête. Il contra par un direct au plexus solaire. Frankie s'effondra, une expression de surprise sur la figure.

« On n'est pas obligés de… », avait commencé Barbie, mais c'est alors que Junior l'avait frappé par-derrière, dans les reins, probablement les mains croisées pour faire un poing plus gros. Barbie était parti en avant. Carter Thibodeau, s'avançant entre deux voitures, était là pour l'accueillir, ce qu'il avait fait avec un grand swing. Le coup aurait pu casser la mâchoire de Barbie s'il avait porté, mais Barbie avait levé le bras à temps. Il avait gardé du contact le bleu le plus marqué de la bagarre, un bleu qui tournait au jaunâtre au moment où il s'était apprêté à quitter la ville, le Jour du Dôme.

Il avait pivoté de côté. Il venait de tomber dans une embuscade et il savait qu'il fallait dégager avant que quelqu'un ne fût sérieusement blessé. Pas forcément lui. Il ne demandait qu'à courir ; il n'était pas orgueilleux. Il avait déjà fait trois pas lorsque Melvin Searles lui avait fait un croc-en-jambe. Barbie s'était étalé sur le gravier et les coups de pied avaient commencé. Il s'était protégé la tête avec les bras, mais une grêle de coups de pieds bottés de cuir avait plu sur ses jambes, ses fesses, son dos. L'un d'eux l'avait atteint dans les côtes, juste avant qu'il réussisse à se faufiler à genoux derrière le camion de Stubby Norman (MOBILIER ACHAT VENTE et ANTIQUITÉS AU MEILLEUR PRIX).

Il avait alors perdu son calme, et n'avait plus pensé à fuir. Il s'était relevé et leur avait fait face, tendant les mains vers eux paume ouverte, agitant les doigts. *Venez, mes petits.* L'espace dans lequel il se tenait était étroit. Ils seraient obligés d'y passer l'un après l'autre.

Junior avait été le premier ; son enthousiasme avait été récompensé par un coup de pied au ventre. Barbie portait des Nike et non pas des bottes, mais il avait frappé fort et Junior s'était plié en deux à côté du camion, le souffle coupé. Frankie s'était précipité à son tour et Barbie lui en avait collé deux en pleine figure – des coups destinés à faire mal, mais pas tout à fait assez durs pour lui casser quelque chose. Son bon sens avait fait sa réapparition.

Crissement du gravier. Il s'était retourné à temps pour recevoir le poing de Thibodeau qui arrivait derrière lui. Il avait été touché à la tempe. Il avait vu des étoiles. (« Ou c'était peut-être une comète », dit-il à Brenda en ouvrant le robinet de la nouvelle bonbonne.) Thibodeau s'était avancé. Barbie lui avait porté un coup de pied à la cheville. Le sourire de Thibodeau s'était transformé en grimace. Il était tombé sur un genou, l'air d'un joueur de football tenant le ballon. Sauf qu'en général, le porteur de ballon n'est pas agrippé à sa cheville.

Stupidement, Thibodeau avait crié : « Putain de tricheur !

– Regarde ce que t'as… »

Barbie n'avait pas été plus loin, crocheté au cou par Melvin Searles. Barbie avait expédié son coude dans l'estomac de Searles et entendu le grognement produit par l'air qui s'échappait. Senti des odeurs, aussi : bière, cigarette, whisky. Il s'était retourné, se doutant que Thibodeau se jetterait probablement encore sur lui avant qu'il ait pu sortir de l'étroit passage entre les véhicules où il avait battu en retraite, se fichant désormais de tout. Une douleur lancinante irradiait dans son visage, dans ses côtes et il avait décidé – la chose lui paraissant tout à fait raisonnable – d'expédier le quatuor à l'hôpital. Ils auraient tout le temps de discuter de ce qu'était un combat à la loyale ou une tricherie en signant mutuellement leurs plâtres.

C'était à ce moment-là que le chef Perkins – appelé par Tommy ou Willow Anderson, l'un des deux propriétaires de la boîte – était arrivé dans le parking, tous ses gyrophares en action, phares allumés. Les combattants s'étaient trouvés aussi illuminés que des acteurs sur une scène.

Perkins avait lancé une fois la sirène, juste un hululement. Puis il était descendu du véhicule et avait remonté son ceinturon autour de sa taille considérable.

« Un peu tôt dans la semaine pour ces petits jeux, n'est-ce pas, les gars ? »

À quoi Junior avait répondu…

11

Mais Brenda n'avait pas besoin que Barbie lui raconte la suite ; elle la tenait de Howie et n'avait pas été étonnée. Déjà, enfant, Junior avait été un affabulateur impénitent, en particulier quand ses intérêts étaient en jeu.

« À quoi il a répondu, *c'est le cuistot qui a commencé*. C'est bien ça ?

– C'est bien ça. »

Barbie appuya sur le bouton du générateur qui se mit aussitôt à ronronner. Il sourit à Brenda, en dépit de la rougeur qui lui montait aux joues. Ce qu'il venait de lui raconter n'était pas son histoire de prédilection. Même s'il supposait qu'il préférerait toujours raconter celle-ci plutôt que celle d'un certain jour dans un gymnase de Falludjah. « Et voilà, dit-il. Lumière, moteur, action.

– Merci. J'en ai pour combien de temps ?

– Deux jours seulement, mais la situation sera peut-être réglée d'ici là.

– Ou pas. Je suppose que vous savez qui vous a épargné de vous retrouver au violon du comté, ce soir-là ?

– Bien sûr, répondit Barbie. Votre mari a été témoin de la fin. Quatre contre un. C'était difficile de ne pas s'en rendre compte.

– N'importe quel autre flic aurait pu *ne pas* s'en rendre compte, même si ça s'était passé sous son nez. Et c'était juste un coup de chance si Howie était de service ce soir-là ; normalement, c'était le tour de George Frederick, mais il s'était fait porter pâle. La grippe… On pourrait peut-être parler de Providence plutôt que de chance.

– On pourrait, admit Barbie.

– Voulez-vous entrer, Mr Barbara ?

– Et si nous restions assis dehors ? Si vous n'y voyez pas d'inconvénient. Il fait bon.

– Ça me va aussi. Le temps va se rafraîchir bien assez vite. Ou pas, hein ? »

Barbie répondit qu'il ne savait pas.

« Quand Howie vous a eu tous ramenés au poste, DeLesseps a raconté que vous aviez violé Angie McCain. Ce n'est pas comme ça que les choses se sont passées ?

– C'était sa première version. Puis il a dit que ce n'était peut-être pas tout à fait un viol, mais que quand elle s'était mise à avoir peur et m'avait demandé d'arrêter, je n'avais pas voulu. Un viol au second degré, en quelque sorte. »

Elle eut un bref sourire. « Surtout, ne dites jamais devant une féministe qu'il existe des degrés dans le viol.

– Ce serait plus prudent, en effet. Bref, votre mari m'a installé dans la salle d'interrogatoire – sans doute le placard à balais, de jour… »

Brenda, cette fois, rit carrément.

« … puis il a fait venir Angie. Il l'a fait asseoir de manière à ce qu'elle soit obligée de me regarder dans les yeux. Nous nous touchions presque. Il faut une vraie préparation psychologique pour mentir sur un sujet important, en particulier quand on est jeune. J'ai découvert ça à l'armée. Votre mari le savait, lui aussi. Il lui a dit que cela finirait devant le tribunal. Il lui a expliqué quelles étaient les sanctions quand on mentait à un juge. Pour la faire courte, elle est revenue sur sa déclaration. Elle a admis qu'il n'y avait pas eu de relation sexuelle, et donc pas de viol.

– Howie avait une devise : La raison avant la loi. C'était en fonction d'elle qu'il traitait les choses. Ce ne sera pas *comme ça* que fera Peter Randolph, en partie parce qu'il n'a pas les idées bien claires, mais surtout parce qu'il sera incapable de tenir tête à Rennie. Mon mari le pouvait, lui. Howie m'a dit que lorsque la nouvelle de… de votre altercation… est arrivée aux oreilles de Rennie, il a exigé qu'on vous fasse un procès pour *quelque chose*. Il était furieux. Le saviez-vous ?

– Non. »

Mais Barbie n'était pas étonné.

« Howie a répondu à Rennie que si quoi que ce soit devait aller devant le tribunal, il veillerait à ce que *tout* y soit déballé, y compris les quatre contre un du parking. Il a ajouté qu'un bon avocat de la défense ne manquerait pas de rappeler les incartades de Frankie et de Junior pendant qu'ils étaient au lycée. Rien d'aussi grave que ce qui vous est arrivé, mais il y en a eu plusieurs. »

Elle secoua la tête.

« Gamin, Junior Rennie n'a jamais été bien sympathique, mais il était relativement inoffensif. Depuis quelque chose comme un an, il a changé. Howie s'en était rendu compte, et ça l'inquiétait. J'ai découvert que mon mari savait des choses, sur le père comme sur le fils… »

Elle n'acheva pas sa phrase. Barbie comprit qu'elle hésitait à en dire davantage ; finalement elle y renonça. Elle avait appris la discrétion, en tant qu'épouse du patron de la police locale dans un petit patelin, une habitude dont on ne se défaisait pas du jour au lendemain.

« Howie vous avait conseillé de quitter la ville avant que Rennie ne trouve un moyen ou un autre de s'en prendre à vous, n'est-ce pas ? J'imagine que vous vous êtes retrouvé prisonnier de ce machin, le Dôme, avant.

– Oui aux deux questions. Puis-je avoir ce Coca Light, maintenant, Mrs Perkins ?

– Appelez-moi donc Brenda. Et je vous appellerai Barbie, si c'est comme ça que tout le monde vous appelle. Servez-vous, je vous en prie. »

Ce que fit Barbie.

« Vous avez besoin de la clef de l'abri antiatomique afin de récupérer le compteur Geiger, si j'ai bien compris. Là-dessus, je peux faire quelque chose pour vous. Mais j'ai cru aussi comprendre que vous alliez peut-être devoir mettre Jim Rennie au courant, et cette idée me dérange. C'est peut-être le chagrin qui m'embrume l'esprit, mais je n'arrive pas à comprendre que vous puissiez avoir envie d'affronter ce type bille en tête. Big Jim pète les plombs dès que quelqu'un remet son autorité en question ; en plus, il a une dent contre vous. Enfin, il ne vous doit aucune faveur. Si mon mari était encore le chef, vous auriez peut-être pu aller voir Rennie ensemble. Je crois que cela m'aurait bien amusée. » Elle se pencha vers lui, le regarda de ses yeux cerclés de noir, d'un air des plus sérieux. « Mais Howie n'est plus là et vous avez davantage de chances de vous retrouver au fond d'une cellule que de partir à la recherche d'un mystérieux générateur.

– Je sais tout cela, mais il y a un élément nouveau. L'Air Force va tirer un missile de croisière contre le Dôme demain, à treize heures.

– Oh Seigneur Jésus…

– Ils ont déjà tiré des missiles dessus, mais seulement pour déterminer jusqu'à quelle altitude montait la barrière. Le radar ne la détecte pas. Jusqu'ici, c'étaient des tirs sans charge explosive. Demain, ce sera une vraie bombe. Spéciale destruction de bunkers. »

Brenda pâlit.

« Vers quelle partie de la ville vont-ils tirer ?

– Le point d'impact devrait être situé à la hauteur du chemin de Little Bitch. Julia et moi nous y sommes allés hier au soir. L'explosion aura lieu à un mètre cinquante du sol. »

Elle resta bouche bée, de manière peu élégante. « Ce n'est pas possible !

– J'ai bien peur que si. Le missile sera lancé depuis un B-52 et suivra un itinéraire préprogrammé. Vraiment programmé. En tenant compte du moindre accident de terrain une fois qu'il sera à hauteur de sa cible. C'est un truc hallucinant. S'il explose sans passer au travers, cela signifie que tout le monde, en ville, en sera quitte pour une grosse frayeur. Le bruit va être comme la fin du monde. Mais si jamais il passe… »

Elle avait porté la main à sa gorge. « Quels seront les dégâts ? Nous n'avons même pas nos voitures de pompiers, Barbie !

– Je suis sûr qu'ils auront du matériel anti-incendie à proximité. Quant aux dégâts… (il haussa les épaules). Tout le secteur devra être évacué, c'est certain.

– Est-ce que c'est bien judicieux ? Est-ce qu'un tel projet est bien judicieux ?

– Question sans objet, Mrs… Brenda. Ils ont pris leur décision. Mais il y a pire, j'en ai peur. » Devant son expression, il ajouta : « Pour moi, pas pour la ville. J'ai été promu colonel. Par décision du Président. »

Elle écarquilla les yeux. « Quel honneur pour vous.

– En principe, je dois proclamer la loi martiale et prendre la direction des affaires, à Chester's Mill. Jim Rennie va être ravi d'apprendre ça, n'est-ce pas ? »

Elle surprit Barbie en éclatant de rire. Et Barbie se surprit à rire avec elle.

« Vous voyez mon problème, maintenant ? La ville n'a pas besoin de savoir que je lui emprunte un vieux compteur Geiger, mais il faut qu'elle sache qu'un missile de croisière perceur de bunkers va être tiré sur elle. Julia Shumway va répandre la nouvelle si je ne fais rien, mais c'est moi qui dois l'apprendre aux patrons de la ville, parce que…

– Je sais pourquoi. » Grâce au rougeoiement du soleil, le visage de Brenda avait perdu sa pâleur. Elle se frottait les bras, cependant, l'air absent. « Si c'est votre mission d'établir une nouvelle autorité ici, ce que vos supérieurs veulent que vous fassiez…

– Je pense que Cox est plutôt mon collègue, à présent. »

Elle soupira. « Andrea Grinnell. C'est à elle qu'il faut s'adresser. Ensuite, nous parlerons à Rennie et à Andy Sanders ensemble. Cela nous donnera au moins l'avantage numérique. Trois contre deux.

– La sœur de Rose ? Pourquoi ?

– Vous ne savez pas qu'elle est troisième conseiller ? (Barbie secoua la tête.) Ne faites pas cette tête. Beaucoup de gens d'ici ne le savent pas, alors qu'elle occupe ce poste depuis plusieurs années. En général, elle se contente de jouer le rôle de paillasson des deux hommes – autrement dit pour Rennie, Andy Sanders étant lui-même un paillasson – et elle a… des problèmes… mais elle a aussi une réelle capacité à résister, ou avait.

– Quels problèmes ? »

Il crut un instant qu'elle allait garder cela pour elle, encore une fois, mais elle répondit : « Dépendance aux médicaments. Des antidouleur. J'ignore à quel point.

– Et je suppose que c'est la pharmacie Sanders qui exécute ses ordonnances ?

– Oui. Je suis consciente que c'est une solution imparfaite et que vous allez devoir faire très attention, mais... Jim Rennie sera peut-être obligé, par la force des choses, d'accepter votre intervention, au moins pendant quelque temps. Quant à vous laisser la réalité du pouvoir (elle secoua la tête), jamais. Il se torchera avec toute proclamation de loi martiale, signée ou non du Président. Je... »

Elle se tut. Ses yeux regardaient au loin, derrière Barbie, et s'agrandissaient.

« Mrs Perkins ? Brenda ? Qu'est-ce qui se passe ?

– Oh, oh mon Dieu... »

Barbie se tourna et ce qu'il vit le réduisit lui-même au silence. Le soleil descendait vers l'horizon, très rouge, comme c'est souvent le cas à la fin d'une journée chaude et belle qu'aucune averse n'est venue gâcher. Mais de sa vie, jamais il n'avait vu un tel coucher de soleil. Il se dit que les seules personnes en ayant contemplé de semblables étaient celles qui s'étaient trouvées au voisinage d'un volcan en éruption.

Non, même pas elles. Ce truc est totalement inédit.

Le soleil déclinant n'était pas une boule. Mais une forme rappelant un nœud papillon gigantesque, dont le centre circulaire irradiait. Le ciel occidental était encrassé comme par une pellicule de sang qui tournait à l'orange de plus en plus clair en prenant de l'altitude. L'horizon était presque invisible dans l'éclat aveuglant et brouillé.

« Seigneur Jésus, c'est comme lorsqu'on essaie de voir à travers un pare-brise sale quand on roule plein ouest », dit Brenda.

Et c'était exactement cela, bien entendu, à ceci près que le Dôme était le pare-brise. Pollens et poussières avaient commencé à se poser sur lui. Les particules de pollution aussi. Et cela ne ferait qu'empirer.

Va falloir nettoyer tout ça, songea-t-il, évoquant des armées de volontaires équipés de seaux et de chiffons. Absurde. Comment ferait-on au-delà de quelques mètres, sans parler de quelques centaines de mètres, ou de quelques milliers ?

« Il faut que ça cesse, murmura-t-elle. Appelez-les et dites-leur de tirer le plus gros de leurs missiles et tant pis pour les conséquences. Parce qu'il faut que ça cesse. »

Barbie ne dit rien. Ne sachant trop s'il aurait pu parler, même en ayant quelque chose à dire. Cette immense nappe aveuglante et encrassée le laissait sans voix. Il avait l'impression de voir l'enfer à travers un hublot.

NYUCK-NYUCK-NYUCK

1

Jim Rennie et Andy Sanders regardaient l'étrange coucher de soleil depuis les marches du salon funéraire Bowie. Il devait y avoir une nouvelle « réunion d'évaluation des urgences » à l'hôtel de ville à dix-neuf heures et Big Jim tenait à arriver en avance pour la préparer ; mais ils restaient cloués sur place, fascinés par cette tombée de la nuit au milieu des souillures du Dôme.

« C'est comme la fin du monde, dit Andy à mi-voix, d'un ton plein d'effroi.

– Quelle ânerie ! » répliqua Big Jim.

Et s'il y avait de la dureté dans sa voix (même pour lui), c'était parce qu'une pensée similaire lui avait traversé l'esprit. Pour la première fois depuis que le Dôme s'était abattu sur Chester's Mill, il prenait conscience que la situation risquait de dépasser leur capacité d'y faire face – sa capacité d'y faire face –, une idée qu'il rejetait furieusement. « Aurais-tu vu par hasard notre Seigneur Jésus-Christ descendre des cieux ?

– Non », reconnut Andy.

Ce qu'il voyait, c'étaient des gens qu'il connaissait depuis toujours réunis en petits groupes sur Main Street, silencieux, et qui se contentaient de regarder cet étrange coucher de soleil en s'abritant les yeux de la main.

« Tu me vois, *moi* ? » insista Big Jim.

Andy se tourna vers lui. « Bien sûr, répondit-il, perplexe. Bien sûr que je te vois.

– Ce qui signifie que je n'ai pas été emporté au ciel. J'ai donné mon cœur à Jésus il y a des années, et si c'était la Fin des Temps, je ne serais plus ici. Ni toi, d'ailleurs. D'accord ?

– J'imagine, oui », dit Andy.

Mais il était dubitatif. S'ils étaient sauvés – lavés par le Sang de l'Agneau –, pourquoi venaient-ils de parler avec Stewart Bowie de la perspective d'arrêter ce que Big Jim appelait « nos petites affaires » ? Et comment s'étaient-ils retrouvés en train de faire ces « petites affaires », au fait ? Quel rapport y avait-il entre faire tourner une usine de méthadone et être sauvé ?

S'il avait posé la question à Big Jim, Andy connaissait la réponse : la fin justifie parfois les moyens. La fin, dans ce cas, lui avait paru admirable : la nouvelle église du Christ-Rédempteur (l'ancienne n'avait été rien de plus qu'un cabanon en bois surmonté d'une croix, également en bois) ; la station de radio qui avait sauvé Dieu seul savait combien d'âmes ; la contribution de dix pour cent – faite prudemment, via un compte bancaire aux îles Caïmans – à la Société des missions du Seigneur Jésus, pour aider ceux que le pasteur Coggins appelait « les petits frères bruns ».

Mais à la vue de ce coucher de soleil gigantesque et brouillé qui semblait suggérer que toutes les affaires humaines étaient insignifiantes, sans importance, Andy devait admettre que ces fins n'étaient que des prétextes. Sans les revenus de la méthadone, sa pharmacie aurait été en faillite six ans auparavant. Pareil pour le salon funéraire. Et pareil aussi – sans doute, parce que l'homme qui se tenait à côté de lui n'aurait jamais voulu le reconnaître – pour le magasin de voitures d'occasion de Jim Rennie.

« Je sais ce que tu penses, mon vieux », dit Big Jim.

Andy le regarda timidement. Big Jim souriait… mais pas férocement. C'était un sourire gentil, plein de compréhension. Andy lui rendit son sourire, ou du moins essaya. Il devait beaucoup à Big Jim. Sauf que maintenant, la pharmacie et la BMW de Claudie lui paraissaient des choses beaucoup moins importantes. Quel intérêt avait une BMW, y compris avec son système pour se garer toute seule et sa radio à commande vocale, alors qu'il avait perdu sa femme ?

Quand tout cela sera terminé et que Dodee reviendra, décida Andy, *je lui donnerai la BMW. C'est ce qu'aurait voulu Claudie.*

Big Jim tendit un doigt au bout carré vers le soleil déclinant qui paraissait s'étaler sur tout l'horizon occidental, tel un grand jaune d'œuf empoisonné. « Tu penses que tout cela est de notre faute. Que Dieu nous punit parce que nous avons magouillé pour garder la ville à flot quand les temps étaient durs. Mais c'est tout simplement faux, mon vieux. Ceci n'est pas l'œuvre de Dieu. Si tu me disais que nous avons été battus au Vietnam par la volonté de Dieu – que Dieu nous avertissait ainsi que nous perdions notre spiritualité – je serais obligé d'être d'accord avec toi. Si tu me disais que le 11 Septembre était la réaction de l'Être suprême à la Cour suprême décrétant que les petits enfants ne commenceraient plus leur journée par une prière au Dieu qui les a créés, je serais aussi d'accord. Mais Dieu punissant Chester's Mill parce que nous avons fait en sorte qu'elle ne devienne pas une ville fantôme de plus sur la carte, comme Jay ou Millinocket ? (Il secoua la tête.) Non, m'sieur. Non.

– Nous avons aussi mis pas mal d'argent dans notre poche au passage », fit timidement remarquer Andy.

C'était vrai. Ils avaient fait bien plus que renflouer leurs propres commerces et offrir une main secourable aux petits frères bruns ; Andy avait un compte personnel aux îles Caïmans. Et pour chaque dollar qu'Andy avait là-bas – Andy ou les Bowie, d'ailleurs –, il était prêt à parier que Big Jim en avait trois. Sinon quatre.

« Car l'ouvrier mérite sa nourriture, répondit Big Jim d'un ton pédant. Matthieu, 10-10. » Il ne prit pas la peine de citer les lignes qui précédaient : « Vous avez reçu gratuitement, donnez gratuitement. Ne prenez ni or, ni argent, ni monnaie… »

Il consulta sa montre. « Et à propos de boulot, mon vieux, on ferait mieux d'y aller. On a pas mal de décisions à prendre. » Sur quoi, il se mit en marche. Andy lui emboîta le pas, mais sans quitter des yeux le coucher de soleil, encore assez brillant pour lui faire penser à des chairs avariées. Big Jim s'arrêta soudain.

« De toute façon, t'as entendu ce qu'a dit Stewart – la boutique ne tourne plus. *Tout fini et reboutonné*, comme dit le petit garçon la première fois qu'il fait pipi tout seul. Il l'a dit lui-même au chef.

– Ce type », gronda Andy.

Big Jim eut un petit rire. « Ne t'en fais pas pour Phil. Nous avons fermé et ça va rester fermé jusqu'à ce que la crise soit passée. En fait, c'est peut-être un signe que nous allons devoir fermer définitivement. Un signe du Tout-Puissant.

– Ce serait bien », dit Andy.

Mais il eut une intuition déprimante : si le Dôme disparaissait, Big Jim allait changer d'avis, et il suivrait. Stewart Bowie et son frère Fernald aussi. Avec enthousiasme. En partie à cause des gains considérables – et nets d'impôts – qu'ils en tiraient, en partie parce qu'ils étaient trop impliqués. Il se rappela un propos tenu par une ancienne star de cinéma, morte depuis longtemps : « Le temps que je découvre que je n'aimais pas tourner, j'étais trop riche pour laisser tomber. »

« Ne t'inquiète pas comme ça, reprit Big Jim. Nous commencerons à ramener les bouteilles de propane en ville dans deux semaines, que cette situation soit résolue ou non. Avec les camions de déneigement de la commune. Tu es capable de te servir d'un levier de vitesse, pas vrai ?

– Oui, répondit Andy d'un ton morose.

– Sans compter, ajouta Big Jim à qui l'idée rendit sa bonne humeur, que nous pouvons nous servir de l'ambulance des Bowie ! on pourra même les ramener plus vite ! »

Andy ne répondit rien. Il détestait l'idée d'avoir détourné (comme disait Big Jim) autant de bouteilles de propane des différents services de la ville, mais cela avait paru la voie la plus sûre. Ils produisaient à grande échelle, ce qui signifiait beaucoup de cuisson et beaucoup de ventilation pour les gaz toxiques. Big Jim avait fait observer qu'acheter de grandes quantités de gaz risquait de soulever des questions. Tout comme acheter de grandes quantités de médicaments autorisés pour les fourguer dans ce machin aurait pu être remarqué et engendrer des ennuis.

Le fait de posséder une pharmacie avait été utile sur ce plan, bien que les quantités de trucs comme le Robitussin et le Sudafed aient rendu Andy horriblement nerveux. Il s'était dit que cela serait leur perte, si jamais ils étaient pris. Il n'avait jamais pensé à l'énorme réserve de bonbonnes de propane planquée derrière le studio de WCIK, jusqu'à maintenant.

« Au fait, on ne manquera pas d'électricité à l'hôtel de ville, ce soir. » Big Jim avait parlé sur le ton de celui qui fait une agréable surprise. « J'ai demandé à Randolph d'envoyer mon fils et son copain Frankie prendre l'une des bonbonnes de l'hôpital pour notre générateur. »

Andy parut inquiet. « Mais nous avions déjà pris…

– Je sais, je sais ce que nous avons fait, dit Big Jim, adoptant un ton apaisant. Ne t'inquiète pas pour l'hôpital, ils en ont assez pour le moment.

– Tu aurais pu prendre celles de la station de radio… il y en a tellement là-bas…

– C'était plus près, dit Big Jim en guise d'explication. Et plus sûr. Peter Randolph est notre homme, mais ça ne veut pas dire que je veux le mettre au courant de nos petites affaires. Ni maintenant ni jamais. »

Voilà qui confirma, aux yeux d'Andy, que Big Jim n'avait en réalité aucune intention d'abandonner leur trafic.

« Mais dis-moi, Jim, si nous commençons à ramener en douce du gaz en ville, où dirons-nous qu'il était ? On ne va tout de même pas raconter aux gens que c'est la méchante fée Propane qui l'a emporté puis qui a changé d'avis et nous l'a rendu ? »

Rennie fronça des sourcils. « Tu trouves ça drôle ?

– Non, je trouve ça inquiétant !

– J'ai un plan. Nous annoncerons l'existence d'un dépôt de carburant et nous rationnerons le propane en fonction des besoins. Le fioul domestique aussi, si nous trouvons comment le faire fonctionner sans électricité. L'idée de rationner me fait horreur – c'est tellement peu américain – mais c'est comme l'histoire de la cigale et de la fourmi, tu sais. Il y a des chapardeurs, en ville, qui sont capables de tout liquider en un mois et de venir nous crier à la première vague de froid qu'il faut s'occuper d'eux.

– Tu ne penses tout de même pas que ce truc-là va durer un mois, si ?

– Bien sûr que non, mais tu sais ce que disaient les anciens : Espérer le meilleur, se préparer au pire. »

Andy envisagea un instant de faire remarquer qu'ils avaient déjà utilisé une bonne partie des réserves en question pour faire de la méthadone crystal, mais il savait d'avance ce que lui répondrait Big Jim : *Comment diable aurions-nous pu savoir ?*

Ils n'auraient pas pu, bien entendu. Quelle personne normale aurait pu s'attendre à une aussi soudaine diminution de toutes leurs ressources ? On prévoit toujours d'avoir *plus que ce qui est nécessaire.* C'est la façon d'agir américaine. *Pas tout à fait assez* était une insulte pour la raison et l'esprit.

« Tu n'es pas le seul qui ne va pas aimer l'idée d'un rationnement, observa Andy.

– Raison pour laquelle nous avons une force de police. Nous déplorons tous la mort de Henry Perkins, mais il est maintenant avec Jésus et c'est Peter Randolph qui a pris sa place. Et qui conviendra mieux à la ville, dans cette situation. Parce qu'il écoute, *lui.* (Il tendit un doigt vers Andy.) Les habitants d'une ville comme celle-ci – comme partout, d'ailleurs – ne sont guère plus que des enfants quand il s'agit de leur propre intérêt. Combien de fois l'ai-je répété ?

– Des tas de fois, répondit Andy avec un soupir.

– Et qu'est-on obligé de faire faire aux enfants ?

– Leur faire manger leurs légumes s'ils veulent avoir du dessert.

– Oui ! Et parfois, cela signifie qu'il faut faire claquer le fouet.

– Tiens, ça me rappelle autre chose, dit Andy. J'ai parlé avec Samantha Bushey, quand j'étais encore à la ferme Dinsmore – c'est l'une des amies de Dodee. Elle m'a dit que certains flics avaient été brutaux. Très brutaux. Il faudrait peut-être en parler avec le chef Randolph. »

Jim lui fit les gros yeux. « Et tu t'attendais à quoi, mon vieux ? À ce qu'ils prennent des gants ? C'est tout juste s'il n'y a pas eu d'émeute, là-bas. Nous avons failli avoir une émeute de cueilleurs de coton à Chester's Mill !

– Je sais, tu as raison, c'est juste que…

– Je la connais, la petite Bushey. Je connais toute la famille. Des drogués, des voleurs de voitures, toujours en délicatesse avec la loi, avec les banques, avec le fisc. Ce qu'on appelait la racaille blanche, jusqu'à ce que ça devienne politiquement incorrect. Ce sont les gens que nous devons surveiller, maintenant. Justement ceux-là. Ce sont ceux qui vont flanquer la pagaille dans la ville, si tu leur donnes la moitié d'une chance. C'est ça que tu veux ?

– Non, évidemment pas… »

Mais Big Jim était lancé plein pot : « Toutes les villes ont leurs fourmis, ce qui est bien, et leurs cigales, qui ne sont pas si bien mais qu'on peut supporter parce qu'on peut leur faire faire ce qui est dans leur propre intérêt, même si on doit un peu leur serrer la vis. Mais chaque ville a aussi ses sauterelles, comme dans la Bible, des gens dans le genre de Bushey. Pour ceux-là, il faut pas y aller avec le dos de la cuillère. Ça ne te plaît peut-être pas et ça ne me plaît peut-être pas, mais les libertés individuelles vont devoir aller faire un petit tour jusqu'à ce que ce truc-là soit terminé. Et nous aussi, nous ferons des sacrifices. À commencer par la fermeture de notre petite affaire, pas vrai ? »

Andy ne voulut pas lui faire remarquer qu'en réalité ils n'avaient pas le choix, étant donné qu'ils ne disposaient d'aucun moyen d'expédier leur came au-delà des limites de la ville, et s'en tint à un simple *oui*. Il n'avait aucune envie d'en discuter davantage, et il redoutait la réunion qui devait suivre et traînerait peut-être jusqu'à minuit. Tout ce dont il avait envie, c'était de rentrer chez lui, dans sa maison vide, d'avaler une bonne rasade, puis de se coucher, de penser à Claudie et de s'endormir à force de pleurer.

« Ce qui compte à présent, mon vieux, c'est de maintenir les choses en place. Ce qui est synonyme de loi, d'ordre, d'anticipation. *Notre* anticipation, parce que nous ne sommes pas des cigales, nous. Nous sommes des fourmis. Des fourmis soldats. »

Big Jim prit un temps de réflexion. Lorsqu'il parla à nouveau, il avait retrouvé son ton d'entrepreneur. « Je repense à notre décision de laisser le Food City continuer à ouvrir comme d'habitude. Je ne dis pas que nous allons le faire fermer – en tout cas pas tout de suite – mais nous allons surveiller de près ce qui s'y passe au cours des deux prochains jours. Le surveiller avec un œil de faucon. Pareil avec le Gas & Grocery. Et ce ne serait peut-être pas une si mauvaise idée de nous approprier une partie des denrées les plus périssables pour notre usage person... »

Il s'arrêta, les yeux plissés, scrutant les marches de l'hôtel de ville. Il avait du mal à croire à ce qu'il voyait et il leva une main pour bloquer la lumière du couchant. C'était toujours là : Brenda Perkins et ce casse-pieds de première de Dale Barbara. Pas côte à côte, d'ailleurs. Assise entre eux et parlant avec animation avec la veuve de l'ancien chef de la police, se trouvait Andrea Grinnell, troisième conseiller. Apparemment, ils échangeaient des feuilles de papier.

Big Jim n'aimait pas ça.

Pas du tout.

2

Il fonça, avec la ferme intention de mettre un terme à cette conversation, quel qu'en fût le sujet. Mais il n'avait pas fait une douzaine de pas qu'un gosse courut à lui. C'était l'un des fils Killian. On comptait une bonne douzaine de Killian, habitant une ferme délabrée d'élevage de poulets près de la limite entre Chester's Mill et Tarker's Mill. Aucun des gamins n'était bien brillant – ce qui n'était déjà pas si mal, si l'on considérait les parents minables dont ils étaient issus – mais tous étaient des membres ponctuels de l'église du Christ-Rédempteur ; en d'autres termes, ils étaient tous sauvés. Celui-ci, c'était Ronnie..., semblait-il à Rennie, car c'était difficile d'en être sûr. Ils avaient tous la même tête ronde aux sourcils saillants et au nez aquilin.

Le garçon portait un T-shirt en lambeaux de WCIK et tenait une note à la main. « Hé, Mr Rennie ! Sans blague, j'ai fait tout le tour de la ville pour vous trouver.

– J'ai bien peur de ne pas avoir le temps de parler, Ronnie », répondit Big Jim. Il regardait toujours le trio assis sur les marches de l'hôtel de ville. Les trois maudits comparses. « Demain peut...

– C'est Richie, Mr Rennie – Ronnie, c'est mon frère.

– Bien sûr, Richie. Si tu veux bien m'excuser, maintenant. »

Big Jim s'éloigna.

Andy prit la note des mains du garçon et rattrapa Rennie avant qu'il ait atteint les marches. « Tu ferais mieux de regarder ça. »

Ce que Big Jim vit tout d'abord fut la figure d'Andy, plus crispée et inquiète que jamais. Puis il prit la note.

James,

Il faut qu'on se voie ce soir même. Dieu m'a parlé. Je dois maintenant te parler à toi avant de parler à la ville. Je t'en prie, réponds. Richie Killian me portera ton message.

Révérend Lester Coggins

Il n'avait signé ni *Les*, ni même *Lester*. Mais *Révérend Lester Coggins*. Ça ne lui disait rien de bon. Pourquoi, mais pourquoi bon sang tout devait-il arriver en même temps ?

Le garçon se tenait devant la librairie, l'air d'un pauvre petit orphelin avec son T-shirt délavé et déchiré, son jean trop grand qui pochait et lui tombait sur les fesses. Big Jim lui fit signe. Le garçon accourut vivement. Le deuxième conseiller prit son stylo (sur lequel était écrit BIG JIM LE ROI DES BONNES AFFAIRES) et griffonna trois mots en réponse : *Minuit. Chez moi.* Il replia la note et la tendit au garçon.

« Porte-lui ça. Et ne lis pas.

– Je ne lirai pas ! Promis-juré ! Dieu vous bénisse, Mr Rennie.

– Toi aussi, fiston. »

Il regarda le gamin partir en courant.

« Qu'est-ce que ça veut dire ? » demanda Andy. Et avant que Big Jim ait le temps de répondre, il ajouta : « La fabrique ? est-ce que c'est la métha…

– La ferme. »

Andy recula d'un pas, choqué. Big Jim ne lui avait encore jamais parlé sur ce ton. C'était très mauvais signe.

« Une chose à la fois », dit Big Jim.

Sur quoi il repartit au pas de charge vers le problème suivant.

3

En regardant Rennie s'approcher, la première idée qui vint à l'esprit de Barbie fut : *il marche comme un malade qui ne sait pas qu'il l'est.* Il marchait aussi comme un homme qui avait passé sa vie à botter des fesses. Il arborait également son sourire mondain le plus carnivore lorsqu'il prit les mains de Brenda et les serra. Elle se laissa faire avec calme et de bonne grâce.

« Brenda, dit-il, mes plus sincères condoléances. Je serais passé vous voir plus tôt… et bien sûr j'assisterai aux funérailles… mais j'ai été un peu pris. Comme tout le monde.

– Je comprends, répondit Brenda.

– Duke nous manque tellement.

– C'est vrai, renchérit Andy, s'alignant derrière Big Jim tel un remorqueur derrière un transatlantique. Terriblement vrai.

– Je vous remercie beaucoup, tous les deux.

– Et je ne demanderai pas mieux que de parler de tout ce qui vous inquiète… je vois bien ce qu'il en est… » Le sourire de Big Jim s'élargit, mais n'approcha pas ses yeux d'un millimètre. « Nous avons une réunion très importante. Andrea, je me demande si tu ne pourrais pas aller devant et préparer les dossiers. »

Bien qu'approchant la cinquantaine, Andrea avait l'air d'une enfant surprise à voler un morceau de la tarte qui refroidit sur le bord de la fenêtre. Elle fit mine de se lever (la douleur dans son dos la faisant grimacer), mais Brenda la prit par le bras, fermement. Andrea se rassit.

Barbie se rendit compte que Grinnell comme Sanders étaient morts de frousse. Pas à cause du Dôme, du moins pas en ce moment ; mais à cause de Rennie. Et une fois de plus il pensa, *Et on n'a pas encore vu le pire.*

« Je crois qu'il faut que vous nous laissiez un peu de temps, James, dit Brenda d'un ton courtois. Vous comprendrez certainement que si ce n'était pas important – très important – je serais chez moi, à pleurer mon mari. »

Big Jim se trouva pour une (rare) fois à court de mots. Les gens restés dans la rue pour regarder le coucher de soleil observaient à présent la rencontre impromptue. Attribuant peut-être une importance qu'il n'avait pas à Barbie simplement parce qu'il était assis entre le troisième conseiller et la veuve du feu chef de la police. Les trois se passaient un document comme si c'était une bulle du pape lui-même. Qui avait eu l'idée de cette démonstration publique ? La petite mère Perkins, pardi ! Andrea n'était pas assez maligne pour ça. Ni assez courageuse pour le provoquer aussi publiquement.

« Bon, on peut peut-être vous laisser quelques minutes. Eh, Andy ?

– Bien sûr, dit Andy. Pour vous, on peut certainement attendre quelques minutes, Mrs Perkins. Je suis vraiment désolé pour Duke.

– Et je suis désolé pour votre femme », répondit Brenda d'un ton grave.

Leurs yeux se rencontrèrent. Ce fut un Instant de Tendresse Authentique, qui donna à Big Jim envie de lui arracher les cheveux. Il n'ignorait pas qu'il n'aurait pas dû se laisser envahir par de tels sentiments – c'était mauvais pour sa tension artérielle, et ce qui était mauvais pour sa tension artérielle était mauvais pour son cœur – mais c'était dur parfois. En particulier quand on venait de recevoir un mot d'un type qui en savait infiniment trop et qui s'imaginait que Dieu voulait qu'il parle à la ville. Si jamais Big Jim ne se trompait pas sur ce que Coggins s'était fourré dans la tête, le problème qu'il avait en ce moment n'était que roupie de sansonnet à côté.

Sauf que ce n'était peut-être pas de la roupie de sansonnet. Parce que Brenda Perkins ne l'avait jamais aimé et que Brenda Perkins était la veuve d'un homme considéré par tout Chester's Mill comme un héros maintenant, sans la moindre raison valable. La première chose qu'il devait faire…

« Entrons, dit-il. Nous serons mieux pour parler dans la salle de conférences. » Son regard se posa un instant sur Barbie. « Vous avez quelque chose à voir dans cette histoire, Mr Barbara ? Parce que, ma vie dût-elle en dépendre, je ne comprends pas pourquoi.

– Ceci vous aidera peut-être », répondit Barbie en lui tendant les documents qu'il tenait. « J'étais dans l'armée, autrefois. Lieutenant. Il semble que l'on m'ait fait rempiler. Et qu'on m'ait donné une promotion. »

Rennie prit les feuilles de papier, les tenant par un coin comme s'il craignait de se brûler. La lettre était considérablement plus élégante que la note chiffonnée que Richie Killian lui avait donnée, et provenait d'un correspondant nettement plus connu. L'en-tête disait simplement : **DE LA MAISON BLANCHE**. Elle portait la date du jour.

Rennie tâta le papier. Un profond sillon vertical s'était creusé entre ses sourcils broussailleux. « Ce n'est pas le papier de la Maison Blanche. »

Bien sûr que si, débile, fut tenté de rétorquer Barbie. *Il a été livré il y a une heure par la brigade des elfes de la FedEx. Ces braves petits branleurs l'ont téléporté à travers le Dôme, pas de problème.*

Pourtant il répondit en essayant de garder un ton enjoué :

« Non, bien sûr que non. Elle est arrivée par Internet, en dossier PDF. C'est Ms Shumway qui l'a reçue et qui l'a imprimée. »

Julia Shumway. Encore une enquiquineuse.

« Lisez-la, James, dit Brenda d'un ton calme. C'est important. »

Big Jim la lut.

4

Benny Drake, Norrie Calvert et Joe McClatchey dit l'Épouvantail se tenaient devant les bureaux du *Democrat*, le journal de Chester's Mill. Ils avaient tous une lampe torche. Benny et Joe tenaient la leur à la main ; celle de Norrie était au fond d'une vaste poche sur le devant de son sweat-shirt à capuche. Ils étaient tournés vers le haut de la rue et l'hôtel de ville devant lequel plusieurs personnes – dont les trois conseillers et le cuistot du Sweetbriar Rose – paraissaient tenir une réunion.

« Je me demande ce qui se passe, dit Norrie.

– Les bouffonneries habituelles des adultes », répondit Benny avec un manque absolu d'intérêt, avant de frapper à la porte du journal. En l'absence de réaction, Joe passa devant lui et essaya la poignée.

La porte s'ouvrit. Il comprirent sur-le-champ pourquoi Ms Shumway ne les avait pas entendus ; sa photocopieuse tournait à plein régime et elle-même s'entretenait avec son journaliste chargé des sports et le type qui, dans la journée, avait pris des photos de la ferme Dinsmore.

Julia vit les gamins et leur fit signe d'avancer. Les feuilles dégringolaient rapidement dans le bac de la photocopieuse. Pete Freeman et Tony Guay se chargeaient tour à tour de les prendre et de les empiler.

« Ah, vous voilà, dit-elle. J'avais peur que vous ne puissiez pas venir. Nous sommes presque prêts. Si la foutue machine ne chie pas dans les draps, bien sûr. »

Joe, Benny et Norrie approuvèrent silencieusement ce délicieux *bon mot**, chacun bien résolu à l'employer à la première occasion.

« Avez-vous l'autorisation de vos parents ? reprit Julia. Je ne tiens pas à voir débouler une bande de papas furieux.

– Oui madame. Nous l'avons tous », répondit Norrie.

Freeman colisait un paquet de feuilles avec de la ficelle. S'y prenant plutôt mal, observa Norrie. Elle était capable de faire cinq nœuds différents. Et de fabriquer des mouches pour la pêche. Son père lui avait montré. En échange, elle lui avait appris deux ou trois figures de base de skate. Elle considérait qu'elle avait le papa le plus génial au monde.

« Vous voulez que je le fasse ? demanda-t-elle à Pete.

– Si tu peux t'en sortir mieux que moi, bien volontiers », répondit-il en lui laissant la place.

Elle s'avança, suivie de ses deux copains et vit alors l'énorme manchette noire qui barrait la page de l'édition spéciale à une seule feuille. « Bon Dieu de merde ! »

Les mots à peine sortis de sa bouche, elle porta vivement les mains dessus, mais Julia se contenta d'un hochement de tête. « Et même un bon Dieu de merde garanti d'origine, indiscutablement. J'espère que vous avez pris vos bicyclettes et qu'elles ont toutes des paniers. Ce serait difficile de transporter ces trucs sur des planches à roulettes.

– Vous nous l'avez demandé, et c'est ce que nous avons fait, répondit Joe McClatchey. La mienne n'a pas de panier, seulement un porte-bagages.

– Mais c'est moi qui attacherai son paquet dessus, dit Norrie.

– Je veux, que ce soit toi, dit Pete Freeman qui regardait, admiratif, la gamine ficeler les piles (employant un nœud papillon coulissant, lui semblait-il). Tu t'en sors plus que bien.

– Ouais, je me débrouille, répondit Norrie sur le ton du constat.

– Vous avez vos torches ? demanda Julia.

– Oui, répondirent-ils en chœur.

– Parfait. *The Democrat* n'a plus de petits distributeurs de journaux depuis trente ans, et je ne voudrais pas que, pour fêter la réintroduction de cette pratique l'un de vous se faisant écraser au coin de Main Street et de Prestile.

– Ce serait la grosse tuile, sûr, dit Joe.

– Un exemplaire pour chacune des maisons et chacun des commerces de ces deux rues, d'accord ? Plus Morin et Saint-Anne Avenue. Après ça, à vous de voir. Faites pour le mieux mais à neuf heures, rentrez chez vous. Laissez ce qui vous restera au coin d'une rue. Avec un caillou dessus pour les retenir. »

Benny relut la manchette :

CHESTER'S MILL, ATTENTION !
TIR D'EXPLOSIF CONTRE LA BARRIÈRE !
LANCEMENT D'UN MISSILE DE CROISIÈRE
ÉVACUATION DE LA FRONTIÈRE OUEST RECOMMANDÉE

« Je parie que ce truc-là ne marchera pas », dit Joe d'un air sombre tout en examinant la carte, dessinée à la main, au bas de la page. La ligne de démarcation entre Chester's Mill et Tarker's Mill avait été surlignée en rouge. Il y avait un **X** noir à l'endroit où Little Bitch Road franchissait la limite. Avec écrit **point d'impact** sous le **X**.

« Fais gaffe à ce que tu dis, le gosse », lui lança Tony Guay.

5

DE LA MAISON BLANCHE

À l'attention des CONSEILLERS MUNICIPAUX DE CHESTER'S MILL
Andrew Sanders
James P. Rennie
Andrea Grinnell

Chère Madame, chers Messieurs,

Avant toute chose, je tiens à vous adresser mes meilleurs sentiments et à vous exprimer la profonde inquiétude de notre nation et tous les vœux qu'elle forme pour vous. J'ai déclaré la journée de demain journée nationale de prière ; sur tout le territoire, les églises seront ouvertes afin que les personnes de toutes confessions puissent prier pour vous et pour ceux qui travaillent à comprendre ce qui s'est passé aux limites de votre communauté et à y mettre un terme. Permettez-moi de vous assurer que nous ne connaîtrons pas le repos tant que la population de Chester's Mill n'aura pas été libérée et que les responsables de son confinement n'auront pas été retrouvés et châtiés. Cette situation sera réglée, et réglée rapidement, c'est la promesse solennelle que je vous fais, ainsi qu'à la population de Chester's Mill. Je parle ici avec toute l'autorité que me confère mon titre de commandant en chef.

En second lieu, cette lettre a pour but de vous présenter le colonel Dale Barbara, de l'armée des États-Unis. Le colonel Barbara a servi en Irak où il a été décoré de l'étoile de bronze, de la médaille du mérite militaire, et de deux Purple Hearts. Il a été rappelé dans les rangs de l'armée et promu afin de servir de lien entre vous et nous et entre nous et vous. Je ne doute pas qu'en citoyens loyaux, vous lui apporterez tous votre concours. De même que vous l'aiderez, nous vous aiderons.

Mon intention initiale, en accord avec les avis donnés par les chefs de l'état-major général, le secrétaire à la Défense et la Sécurité intérieure du territoire, était de proclamer la loi martiale à Chester's Mill et de nommer le colonel Barbara gouverneur militaire par intérim. Le colonel Barbara m'a assuré, cependant, que cela ne serait pas nécessaire. Il m'a dit qu'il s'attendait à une pleine coopération de la part des conseillers municipaux et de la police locale. Il considère que son poste consistera à « conseiller et approuver ». J'ai accepté son avis, me réservant le droit d'y revenir.

En troisième lieu, je sais que vous trouvez cruel et angoissant de ne pouvoir appeler parents et amis. Nous comprenons vos sentiments, mais il est impératif que nous maintenions un « blocus téléphonique » pour contrer le risque que des informations confidentielles circulent entre Chester's Mill et l'extérieur, dans un sens ou dans l'autre. Vous estimerez peut-être que l'argument est spécieux ; je vous assure que ce n'est pas le cas. Il est très possible que quelqu'un, dans Chester's Mill, ait des informations concernant la barrière qui vous entoure. Les appels locaux seront maintenus.

En quatrième lieu, nous continuerons à maintenir le black-out sur la presse, position qui pourra être revue à tout instant. Un moment viendra peut-être où il sera utile que les officiels de la ville et le colonel Barbara tiennent une conférence de presse, mais notre point de vue est qu'une fin rapide de la crise devrait rendre cette conférence inutile.

Mon cinquième point touche aux liaisons Internet. L'État-major général était très majoritairement en faveur d'un blocus temporaire des courriels et j'étais enclin à être d'accord avec eux. Le colonel Barbara, cependant, a vigoureusement plaidé en faveur d'un maintien du lien Internet avec l'extérieur, faisant valoir que le trafic électronique peut être légalement mis sous surveillance par le gouvernement par l'intermédiaire de la National Security Agency, la NSA, et qu'à toutes fins pratiques cette circulation peut être interrompue plus facilement que les communications par téléphone cellulaire. Étant donné qu'il est notre représentant sur le terrain, j'ai cédé sur ce point, en partie pour des raisons humanitaires. Cette décision pourra toutefois être soumise à révision et des changements de stratégie pourront avoir lieu. Le colonel Barbara sera toujours consulté dans ces cas-là et nous espérons bien que les relations entre lui et les autorités locales seront cordiales et confiantes.

En sixième lieu, je dois vous faire savoir qu'il est fortement possible que votre calvaire prenne fin dès demain à treize heures, heure locale. Le colonel Barbara vous expliquera l'opération militaire qui doit avoir lieu à ce moment-là et il m'a assuré que, grâce aux bons offices du conseil municipal et de Ms Shumway, qui possède et dirige le journal local, vous serez en mesure d'informer vos concitoyens de ce à quoi ils doivent s'attendre.

Enfin, je tiens à rappeler que vous êtes citoyens des États-Unis et que nous ne vous abandonnerons jamais. Notre promesse la plus ferme, se fondant sur nos plus grands idéaux, est simple : on ne laissera pas un homme, pas une femme, pas un enfant. Toutes les ressources nécessaires pour mettre un terme à votre confinement seront employées. Chaque dollar qu'il faudra dépenser sera dépensé. Ce que nous attendons de vous, en échange, est votre confiance et votre coopération. Je vous en prie, accordez-nous les deux.

Toutes nos prières et tous nos bons vœux vous accompagnent et je reste sincèrement votre

Président des États-Unis.

6

Quel qu'ait été le larbin de service qui avait griffonné ce truc, le salopard avait signé de son nom complet – son patronyme et ses deux prénoms, dont celui du terroriste, au milieu. Big Jim n'avait pas voté pour lui et, en cet instant, s'il avait par quelque miracle été téléporté en face de lui, il avait l'impression qu'il l'aurait étranglé avec jubilation.

Comme Barbara.

Le désir le plus violent du deuxième conseiller aurait été de pouvoir siffler Pete Randolph et de lui faire jeter le colonel Cuistot-de-mes-deux au fond d'une cellule. De lui dire qu'il pouvait mettre en œuvre sa fichue loi martiale à la noix depuis le sous-sol de la Casa Flicos avec Sam Verdreaux comme aide de camp. Sam le Poivrot serait peut-être même capable de contenir assez longtemps son *delirium tremens* pour saluer sans se foutre le pouce dans l'œil.

Mais pas maintenant. Pas encore. Certaines phrases du Négro-commandant en chef lui sautaient à la figure :

De même que vous l'aiderez, nous vous aiderons.

… les relations entre lui et les autorités locales seront cordiales et confiantes

Ce que nous attendons de vous, en échange, est votre confiance et votre coopération.

Cette décision pourra toutefois être soumise à révision.

Cette dernière était la plus révélatrice. Big Jim était certain que ce fils de pétasse pro-avortement n'y connaissait rien en foi – pour lui, ce n'était qu'un mot – mais que lorsqu'il parlait de coopération, il savait exactement ce qu'il voulait dire, tout comme Jim Rennie : *une main de fer dans un gant de velours, ne l'oubliez pas.*

Le Président offrait sa sympathie et son soutien (il vit que cette droguée de mère Grinnell avait les larmes aux yeux en lisant la lettre), mais entre les lignes, on devinait la vérité. C'était une lettre de menace, purement et simplement. Coopérez, sinon on vous coupe Internet.

Coopérez, parce que nous allons dresser la liste de ceux qui se comportent bien et de ceux qui se comportent mal, et vous n'aurez pas envie d'être dans la deuxième catégorie lorsque nous entrerons. Parce que nous ne l'oublierons pas.

Coopérez, les gars. Sinon…

Rennie pensa : *Pas question que je laisse ma ville à un cuistot qui a osé porter la main sur mon fils et remettre ensuite mon autorité en question. Ça n'arrivera jamais, espèce de macaque. Jamais.*

Il pensa aussi : *Du calme, en douceur.*

Laissons le colonel Cuistot-de-mes-deux expliquer le grand plan des militaires. S'il marche, parfait. S'il ne marche pas, le tout nouveau colonel de l'armée américaine va découvrir un sens inédit à l'expression : *faire une incursion profonde en territoire ennemi.*

Big Jim sourit et dit, « Entrons, voulez-vous ? On dirait qu'il y a beaucoup de choses dont nous devons parler. »

7

Junior s'assit dans le noir avec ses petites amies.

C'était étrange, même lui y pensait ainsi, de plus c'était apaisant.

Quand, avec les autres nouvelles recrues, Junior était revenu au poste de police après le colossal merdier à la ferme Dinsmore, Stacey Moggin (encore en uniforme et l'air fatigué) leur avait dit qu'ils pouvaient prendre un autre tour de service de quatre heures, s'ils en avaient envie. Il allait y avoir des heures sup comme s'il en pleuvait, au moins pour un temps, et quand le moment des comptes viendrait, avait ajouté Stacey, elle était sûre que la ville accorderait aussi des bonus… probablement de la part d'un gouvernement des États-Unis reconnaissant.

Carter, Mel, Georgia Roux et Frank DeLesseps, tous avaient accepté de faire ces heures sup. Ce n'était pas tellement pour l'argent ; le boulot les branchait. Il branchait aussi Junior, mais il couvait une nouvelle migraine. C'était déprimant, après s'être senti en pleine forme toute la journée.

Il dit à Stacey qu'il préférait laisser tomber, si elle était d'accord. Elle lui assura que oui, mais qu'il devrait se présenter au poste le lendemain matin à sept heures. « Il va y avoir beaucoup de boulot. »

Sur les marches, Frankie remonta sa ceinture et dit, « Je crois que je vais faire un tour par la maison d'Angie. Elle est probablement allée quelque part avec Dodee, mais je déteste l'idée qu'elle aurait pu glisser dans sa douche – et qu'elle soit là paralysée, ou un truc comme ça. »

Junior sentit un élancement lui traverser le crâne. Un petit point blanc se mit à danser devant son œil gauche. Il paraissait battre au rythme de son cœur, lequel venait juste d'accélérer.

« Je vais y passer, si tu veux, dit-il à Frankie. C'est sur mon chemin.

– Vraiment ? Ça t'embête pas ? »

Junior secoua la tête. Le point blanc s'agita en tous sens, démentiellement, lui donnant mal au cœur. Puis il revint à sa place.

Frankie reprit, un ton plus bas : « Sammy Bushey s'est foutue de ma gueule aujourd'hui, à la ferme Dinsmore.

– Cette conne.

– Un peu. Elle m'a dit, tu vas faire quoi, tu vas m'arrêter ? »

Frankie avait parlé d'une voix de fausset grinçante qui racla les nerfs de Junior. Le point blanc dansant parut devenir rouge et, pendant un instant, il fut pris de l'envie de mettre les mains autour du cou de son vieil ami et de serrer, jusqu'à ce que mort s'ensuive, pour ne plus jamais avoir à entendre cette voix de fausset.

« Ce que je me disais, continua Frankie, c'est qu'on pourrait y aller quand j'aurais terminé. Histoire de lui donner une leçon. Du genre Faut respecter sa police locale.

– C'est une salope. Doublée d'une gouine.

– Ça pourrait être encore plus marrant. » Frankie s'arrêta, regardant le coucher de soleil bizarre. « Ce truc du Dôme a peut-être un bon côté. On peut faire presque tout ce qu'on veut. Pour le moment, en tout cas. Pense à ça, mon pote. »

Il s'empoigna l'entrejambe.

« C'est vrai, reconnut Junior, mais je ne suis pas particulièrement excité. »

Sauf qu'à présent, il l'était. Plus ou moins. Non pas qu'il allait les baiser, ou leur faire des trucs, mais…

« Mais vous êtes toujours mes petites amies », dit Junior dans l'obscurité du placard. Il s'était éclairé avec sa lampe torche, au début, puis il l'avait éteinte. C'était mieux dans le noir. « Pas vrai ? »

Elles ne répondirent pas. *Si ça arrivait*, se dit Junior, *c'est un sacré miracle que j'aurais à raconter à mon paternel et au révérend Coggins.*

Il était assis adossé à un mur sur lequel couraient des étagères de boîtes de conserve. Il avait installé Angie à sa droite et Dodee à sa gauche. *Ménage à trois*[1], comme ils disent dans le forum de *Penthouse*. Elles n'avaient pas eu très bonne mine quand il avait braqué le rayon de sa torche sur elles, ses petites amies, avec leur bouille enflée et leurs yeux exorbités, partiellement cachés par leurs cheveux, mais une fois dans l'obscurité… hé ! Elles auraient pu être deux poulettes bien vivantes !

L'odeur mise à part, évidemment. Un mélange de vieille merde et de début de décomposition. Mais ce n'était pas si terrible parce qu'il y avait d'autres odeurs, agréables celles-ci, dans l'arrière-cuisine : café, chocolat, mélasse, fruits secs et – peut-être – sucre brun.

Ainsi que de légers arômes de parfum. Celui de Dodee ? D'Angie ? Il ne savait pas. Ce qu'il savait, c'est qu'il avait moins mal à la tête et que le désagréable point blanc avait disparu. Il tendit une main et y prit l'un des seins d'Angie.

« Ça ne t'embête pas, hein, Angie ? D'accord, je sais que t'es la petite amie de Frankie, mais vous avez plus ou moins rompu et, bon, c'est juste un petit pelotage. Sans compter – ça m'emmerde de te le dire mais je crois qu'il a l'intention de te faire un enfant dans le dos, ce soir. »

Il tâtonna et trouva la main de Dodee. Elle était glacée, mais il la posa néanmoins sur son entrejambe. « Oh bon sang, Dodee, tu manques pas d'air. Mais tu fais comme tu le sens, ma cocotte ; libère ton côté mauvais. »

1. Stephen King a écrit exactement : « ménagerie à trios »…

Il allait devoir les enterrer, bien sûr. Et vite. Le Dôme pouvait exploser n'importe quand comme une bulle de savon, ou les savants pouvaient trouver comment le dissoudre. Ce jour-là, la ville serait envahie d'enquêteurs. Et si le Dôme restait en place, il y aurait un truc dans le genre comité alimentaire qui passerait de maison en maison pour recenser les réserves.

Bientôt. Mais pas tout de suite. Parce que c'était apaisant.

Et aussi plus ou moins excitant. Les gens ne pourraient pas comprendre, bien entendu, mais ils n'auraient pas besoin de comprendre. Parce que...

« C'est notre secret, murmura Junior dans le noir. Pas vrai, les filles ? »

Il resta assis, les bras passés autour des épaules des filles qu'il avait assassinées, et finit par sombrer dans le sommeil.

8

Lorsque Barbie et Brenda Perkins quittèrent l'hôtel de ville à onze heures, la réunion se poursuivait encore. Ils descendirent Main Street à pied jusqu'à Morin Street sans beaucoup parler, au début. Il y avait encore quelques exemplaires de l'édition spéciale du *Democrat* au coin de Main Street et Maple Street. Barbie en dégagea un du caillou qui les retenait. Brenda avait une petite lampe-stylo dans son sac et elle braqua le rayon sur la manchette.

« On devrait le croire plus facilement en le voyant imprimé noir sur blanc, mais non, dit-elle.

– En effet, admit Barbie.

– Vous et Julia, vous vous êtes entendus pour faire en sorte que James ne puisse pas cacher ce truc, hein ? »

Barbie secoua la tête. « Il ne l'aurait pas fait, de toute façon, parce que c'est impossible. Quand le missile va frapper, ça va faire un sacré boucan. Julia voulait seulement que Rennie n'aille pas raconter l'histoire à sa façon, quelle qu'elle soit. » Il tapota la feuille. « Pour être parfaitement franc, je vois cela comme une assurance. Le conseiller

Rennie doit se dire, si Barbie est en avance sur moi là-dessus, sur quoi d'autre l'est-il aussi ?

– James Rennie peut être un adversaire très dangereux, mon ami. »

Ils reprirent leur marche. Brenda replia le journal et le mit sous son bras. « Mon mari faisait une enquête sur lui.

– À propos de quoi ?

– Je ne sais pas trop ce que je peux vous dire. J'ai l'impression que soit je vous dis tout, soit je ne peux rien vous dire. Et Howie ne détenait aucune preuve absolue – je sais au moins cela. Mais il n'en était pas loin.

– Ce n'est pas une question de preuves, lui fit remarquer Barbie. Il s'agit que je ne me retrouve pas en prison demain, si jamais les choses tournent mal. Si ce que vous savez peut m'aider…

– Si ne pas aller en prison est votre seul souci, vous me décevez, Barbie. »

Ce n'était pas le seul, et Barbie se doutait que la veuve Perkins le savait. Il avait écouté attentivement pendant la réunion, et Rennie avait eu beau faire beaucoup d'efforts pour se montrer charmant et des plus raisonnables, Barbie en était ressorti glacé. Il pensait qu'en dépit de tous ses substituts gentillets de gros mots, l'homme était un vrai rapace. Il garderait le contrôle jusqu'à ce qu'on le lui arrache ; il prendrait ce dont il avait besoin jusqu'à ce qu'on l'arrête. Ce qui le rendait dangereux pour tout le monde, pas seulement pour Dale Barbara.

« Mrs Perkins…

– Brenda, vous avez oublié ?

– Oui, Brenda. Voici comment je vois les choses, Brenda : si jamais le Dôme reste en place, cette ville va avoir besoin de l'aide de quelqu'un d'autre que celle d'un revendeur de voitures d'occasion pris de la folie des grandeurs. Je ne pourrai aider personne si je suis en cabane.

– Howie soupçonnait fortement Big Jim de s'en mettre plein les poches.

– Comment ? Par quel biais ? Et dans quelles proportions ?

– Voyons d'abord ce qui se passe avec le missile. S'il ne fait pas sauter le Dôme, je vous dirai tout. Sinon, j'irai voir le procureur général quand la poussière sera retombée. Et, pour reprendre le refrain de Ricky Ricardo, James Rennie aura quelques *s'plications* à donner.

– Vous n'êtes pas la seule à attendre ce qui va arriver avec le missile. Ce soir, Rennie a fait son numéro de charme. Si le missile rebondit au lieu de passer au travers, je crois que nous verrons le vrai Big Jim. »

Brenda éteignit sa lampe et leva les yeux. « Regardez les étoiles, dit-elle. Tellement brillantes… les Pléiades… la Grande Ourse… Cassiopée… Rien n'a changé. Je trouve cela réconfortant. Pas vous ?

– Si. »

Ils restèrent quelques instants sans rien dire, contemplant l'arc lumineux de la Voie lactée. « Mais elles me font toujours sentir très petite et très… très fugace. » Elle rit, puis ajouta – assez timidement : « Puis-je prendre votre bras, Barbie ?

– Bien sûr. »

Elle lui prit le coude. Il mit sa main sur la sienne, et il la raccompagna chez elle.

9

Big Jim suspendit la réunion à vingt-trois heures trente. Pete Randolph souhaita une bonne nuit à tout le monde et partit. Il prévoyait de commencer l'évacuation de l'ouest de la ville à sept heures précises, espérant avoir dégagé tout le secteur de Little Bitch Road vers midi. Andrea le suivit, marchant lentement, se tenant le bas du dos à deux mains. Une position que chacun lui connaissait bien.

Bien que très soucieux à l'idée de son rendez-vous avec Lester Coggins (et il avait sommeil aussi ; il aurait bien aimé pouvoir dormir un peu), Big Jim lui demanda si elle ne pouvait pas rester quelques minutes de plus.

Elle le regarda, l'air interrogatif. Derrière Big Jim, Andy Sanders rangeait ostensiblement les dossiers dans la grande armoire métallique grise.

« Et ferme la porte », ajouta Big Jim d'un ton jovial.

Inquiète à présent, elle fit ce qu'on lui demandait. Andy terminait ses rangements de fin de réunion, mais il se tenait les épaules voûtées, comme dans l'attente d'un coup. Quelle que fût la question que Big Jim voulait aborder, Andy était déjà au courant. Et son attitude n'augurait rien de bon.

« Qu'est-ce que tu as en tête, Jim ? demanda-t-elle.

– Rien de sérieux. » Ce qui voulait dire que ça l'était. « Mais j'ai eu l'impression, Andrea, que tu faisais pas mal copain-copain avec ce Barbara, avant la réunion. Et aussi avec Brenda, d'ailleurs.

– Avec Brenda ? Mais c'est… », elle commença à dire *ridicule*, mais cela lui parut un peu trop fort. « … c'est idiot. Je connais Brenda depuis trente ans…

– Et Mr Barbara depuis trois mois. Si tu considères, en plus, que manger ses gaufres et son bacon est une façon de le connaître.

– Je crois que c'est le colonel Barbara, à présent. »

Big Jim sourit. « C'est un peu difficile à prendre au sérieux, pour un type dont l'uniforme se réduit à un blue-jean et un T-shirt.

– Tu as vu la lettre du Président.

– J'ai vu quelque chose que Julia Shumway a très bien pu fabriquer sur son fichu ordinateur. Pas vrai, Andy ?

– Absolument », répondit Andy sans se retourner.

Il finissait son rangement. En fait, rangeait de nouveau ce qu'il venait de ranger.

« Et à supposer que cela vienne du Président ? » reprit Big Jim. Le sourire qu'elle haïssait se répandit sur le gros visage joufflu. Andrea se rendit compte, avec une certaine fascination, qu'elle voyait un début de chaume sur ses joues – peut-être pour la première fois ; et elle comprit pourquoi il se rasait aussi soigneusement. Cette barbe naissante lui donnait un sinistre air nixonien.

« Eh bien… » Son inquiétude virait à la panique. Elle aurait voulu dire à Big Jim qu'elle n'avait fait que se montrer polie, mais il y avait eu un peu plus que cela, et quelque chose lui disait que Big Jim s'en était rendu compte. Il se rendait compte de beaucoup de choses. « Eh bien, c'est le commandant en chef, tu sais. »

Big Jim eut un geste méprisant. « Tu veux savoir ce que c'est qu'un commandant, Andrea ? Je vais te le dire. Un commandant, c'est quelqu'un qui mérite la loyauté et l'obéissance parce qu'il est capable de procurer des ressources à ceux qui en ont besoin. En principe, c'est un accord honnête.

– Oui ! s'écria-t-elle. Des ressources comme le missile de croisière !

– Et si ça marche, ce sera parfait.

– Comment ça ne pourrait pas marcher ? Il a dit qu'il y avait une charge de mille livres !

– Étant donné le peu de choses qu'on sait sur le Dôme, qui peut en être sûr ? Comment savoir s'il ne fera pas exploser le Dôme et ne creusera pas un cratère d'un kilomètre de profondeur à l'emplacement de Chester's Mill ? »

Elle le regarda, l'air affligé. Ses mains dans le bas de son dos pétrissaient le siège de la douleur.

« Eh bien, c'est entre les mains de Dieu, dit-il. Et tu as raison, Andrea, ça marchera peut-être. Mais dans le cas contraire, nous nous retrouverons tout seuls et un commandant en chef qui est dans l'incapacité d'aider ses concitoyens ne vaut pas un jet de pisse chaude dans un pot de chambre froid, de mon point de vue. Si ça ne marche pas, et s'ils ne nous expédient pas tous dans la gloire de Dieu, quelqu'un va devoir prendre les commandes dans cette ville. Est-ce que tu veux que ce soit je ne sais quel vagabond que le Président aura touché de sa baguette magique, ou les représentants déjà élus du peuple ? Tu vois où je veux en venir ?

– Le colonel Barbara m'a paru très capable, murmura-t-elle.

– *Arrête de l'appeler comme ça !* » cria Big Jim.

Andy laissa tomber un dossier et Andrea recula d'un pas en poussant un petit cri apeuré.

Puis elle se redressa, retrouvant quelques instants un peu de cette résolution typiquement yankee qui lui avait donné le courage de se présenter au poste de conseiller municipal. « Tu n'as pas à élever la voix, Jim Rennie. Je te connais depuis la maternelle, quand tu découpais des images dans le catalogue Sears & Roebuck pour les coller sur tes constructions en papier, alors ne crie pas !

– Oh, nom d'un chien, elle est *offensée* ! » Le sourire féroce s'étalait à présent d'une oreille à l'autre, transformant la partie supérieure de sa figure en un masque de fausse jovialité dérangeant. « Est-ce que c'est pas mignon, ça ? Mais il est tard, je suis fatigué et j'ai épuisé toutes mes réserves de pommade pour la journée. Alors tu vas m'écouter, maintenant, et ne m'oblige pas à me répéter (il consulta sa montre). Il est onze heures trente-cinq et je veux être chez moi à minuit.

– *Je ne comprends pas ce que tu attends de moi !* »

Il leva les yeux au ciel comme s'il n'arrivait pas à croire qu'elle soit aussi stupide. « En deux mots ? En deux mots, je veux savoir si tu es de mon côté – le mien et celui d'Andy – au cas où cette idée de missile sortie d'un cerveau de piaf ne marcherait pas. Et pas de celui d'une arsouille d'arrière-cuisine qui vient de débarquer. »

Elle redressa les épaules. Elle fit l'effort de croiser le regard de Big Jim, mais ses lèvres tremblaient. « Et si j'estime que le colonel Barbara – ou Mr Barbara, si tu préfères – est mieux qualifié pour gérer les choses en situation de crise ?

– On dirait qu'il va falloir faire avec Jiminy Cricket, ma parole, dit Big Jim. D'accord, que ta conscience soit ton guide. » Sa voix s'était réduite à un murmure mais contenait plus de menaces que ses cris. « Mais pense un peu aux pilules que tu prends. Tes OxyContin. »

Andrea sentit sa peau se glacer. « Quoi, mes pilules ?

– Andy en a tout un stock de côté pour toi, mais si jamais tu misais sur le mauvais cheval dans cette course, elles pourraient disparaître, ces pilules. Pas vrai, Andy ? »

Andy avait entrepris de nettoyer la machine à café. Il paraissait malheureux et il évita de regarder les yeux pleins de larmes d'Andrea, mais il répondit sans hésiter. « Oui. Dans un cas comme celui-ci, je me verrai peut-être obligé de les balancer dans les toilettes. C'est dangereux d'avoir un tel stock dans une ville coupée du monde et tout le bazar.

– Tu n'as pas le droit de faire ça ! J'ai une ordonnance ! »

Big Jim intervint d'un ton patelin : « La seule ordonnance que tu dois respecter, c'est de te tenir aux côtés des personnes qui connaissent le mieux la ville, Andrea. Pour le moment, c'est la seule qui peut te faire du bien.

– J'ai besoin de mes pilules, Jim. » Elle se rendit compte qu'elle avait adopté un ton geignard – si semblable à celui de sa mère pendant ses dernières années, quand elle était clouée au lit – et eut horreur de ça. « J'en ai besoin !

– Je sais, dit Big Jim. Dieu t'a infligé un lourd fardeau de souffrances. » *Sans parler du bon gros singe que tu te trimbales sur le dos*[1].

« T'as qu'à faire ce qu'il faut », intervint Andy. On lisait de la tristesse et du sérieux dans ses yeux cernés de noir. « Jim sait mieux que personne ce qui est bon pour la ville. Comme toujours. Nous n'avons pas besoin qu'un étranger vienne se mêler de nos affaires.

– Et je pourrai toujours avoir mes pilules ? »

Le visage d'Andy s'éclaira légèrement. « Tiens, pardi ! Je pourrai peut-être même prendre sur moi d'augmenter un peu la dose. Disons cent milligrammes de plus par jour. Ça te conviendrait ? Tu n'as pas l'air d'aller très fort.

– Je suppose que ça me ferait du bien, oui », répondit Andrea d'un ton morose.

Elle baissa la tête. Elle n'avait pas bu d'alcool, pas même un verre de vin, depuis la soirée de remise des diplômes, à l'université, quand elle avait été malade ; elle n'avait jamais fumé un seul joint de sa vie et la seule cocaïne qu'elle avait jamais vue, c'était à la télé. Elle était une bonne personne. Une *très* bonne personne. Alors comment s'était-elle retrouvée coincée dans une situation pareille ? En faisant une mauvaise chute pendant qu'elle allait chercher son courrier ? C'était tout ce qu'il fallait, pour devenir accro à la drogue ? Dans ce cas, quelle injustice ! Quelle horreur… « Mais seulement quarante milligrammes. Quarante milligrammes de plus devraient suffire, je crois.

– Tu en es sûre ? » demanda Big Jim.

Elle ne s'en sentait pas sûre du tout. C'était ça qui était infernal.

1. Allusion à la dépendance d'Andrea à la drogue.

« Peut-être quatre-vingts », dit-elle, essuyant les larmes de son visage. Et dans un murmure, elle ajouta : « Vous me faites chanter. »

Elle avait parlé très bas, mais Big Jim l'avait entendue. Il tendit une main vers elle. Andrea eut un mouvement de recul, mais il se contenta de lui prendre la main. Avec douceur.

« Non, dit-il, ce serait un péché. Nous t'aidons. Et tout ce que nous voulons, en échange, c'est que tu nous aides. »

10

Il y eut un coup sourd.

Sammy se retrouva parfaitement réveillée dans son lit, en dépit de la moitié du pétard qu'elle avait fumé et des trois bières de Phil qu'elle avait ingurgitées avant de sombrer à dix heures. Elle avait toujours deux packs de six dans le frigo et pour elle c'était « les bières de Phil », même si Phil avait disparu depuis avril. Elle avait entendu dire qu'il était encore en ville, mais elle n'y croyait pas. S'il était resté dans le secteur, elle l'aurait forcément rencontré à un moment ou un autre au cours des six derniers mois, non ? C'était juste une petite ville, comme dans la chanson.

Boum !

Elle se dressa brusquement sur son séant, s'attendant à entendre Little Walter se mettre à brailler. Comme rien ne venait, elle se dit, *Oh, mon Dieu ! ce foutu berceau s'est renversé ! Et s'il ne peut pas pleurer…*

Elle rejeta les couvertures et courut jusqu'à la porte. Au lieu de cela, elle se cogna contre le mur, juste à gauche, et faillit tomber. Foutue nuit noire ! Foutue compagnie d'électricité ! Foutu Phil, qui l'avait laissée en plan comme ça, avec personne pour l'aider quand des types comme Frank DeLesseps étaient méchants avec elle et lui faisaient peur et…

Boum !

Elle chercha à tâtons sur la commode et trouva la lampe torche. Elle l'alluma et se précipita hors de la pièce. Elle voulut tourner à gauche, vers la chambre de Little Walter, mais il y eut encore un coup, qui ne venait pas de la gauche, mais du séjour devant elle. Il y avait quelqu'un à la porte du mobile home. Il y eut un rire étouffé. Ils étaient plusieurs et on aurait bien dit qu'ils avaient un coup dans l'aile.

Elle s'avança dans la pièce encombrée, le T-shirt qui lui servait de chemise de nuit battant sur ses cuisses potelées (elle avait pris un peu de poids depuis le départ de Phil, dans les dix-huit kilos, mais quand cette connerie du Dôme serait terminée, elle avait bien l'intention de suivre le régime NutriSystem et de retrouver le poids qu'elle avait à dix-huit ans) et ouvrit la porte.

Quatre lampes torches puissantes se braquèrent sur elle. On entendait d'autres rires. L'un d'eux était du genre *nyuck-nyuck-nyuck*, comme celui de Curly dans les Trois Stooges[1]. Celui-là, elle le reconnut pour l'avoir assez entendu pendant tout le secondaire : Mel Searles.

« Regarde-toi, dit Mel. Toute prête et personne à sucer. »

Nouveaux rires. Sammy leva un bras pour s'abriter les yeux, mais cela ne servit à rien ; ceux qui tenaient les lampes torches n'étaient que des silhouettes. L'un des rires lui parut féminin. C'était probablement bon signe.

« Éteignez-moi ça, vous m'aveuglez ! Et fermez-la, vous allez réveiller le bébé ! »

Les rires reprirent, plus forts que jamais, mais trois des lampes s'éteignirent. Elle braqua sa propre torche sur le groupe et ne fut pas rassurée par ce qu'elle vit : Frankie DeLesseps et Mel Searles, flanqués de Carter Thibodeau et de Georgia Roux. Georgia, la fille qui lui avait écrasé un néné l'après-midi même et l'avait traitée de gouine. Une femme, mais pas plus rassurante pour autant.

Ils portaient tous leur badge. Et étaient tous ivres, effectivement.

« Qu'est-ce que vous voulez ? Il est tard.

– De la dope, dit Georgia. Tu en vends, alors on veut t'en acheter.

– J'ai envie de me péter la tronche et de me sentir monter au ciel, ajouta Mel, avant de se mettre à rire : *nyuck-nyuck-nyuck*.

1. Trio de comiques du milieu du vingtième siècle dans la lignée du vaudeville et de la comédie.

– J'en ai pas, répondit Sammy.

– Déconne pas. Ça empeste, chez toi, dit Carter. Vends-nous-en un peu. Fais pas ta salope.

– Ouais », dit Georgia Roux. Dans la lumière de la lampe torche de Sammy, ses yeux prenaient un reflet argenté. « T'occupe pas si on est des flics. »

Ils hurlèrent tous de rire à cette saillie. Ils allaient réveiller le bébé, à tous les coups.

« Non ! » dit Sammy en voulant refermer la porte. Thibodeau repoussa le battant. Il s'y prit simplement avec le plat de la main – aussi facilement que ça –, mais Sammy, déséquilibrée, partit à reculons, trébucha sur un foutu jouet de Little Walter (le petit train) et tomba sur les fesses pour la seconde fois de la journée. Son T-shirt remonta.

« Ooh, une petite culotte rose – t'attends une de tes petites copines ? » demanda Georgia – ce qui les fit de nouveau tous éclater de rire. Ils rallumèrent leurs lampes et braquèrent les rayons sur elle.

Sammy tira si fort sur son T-shirt pour le rabattre qu'il faillit se déchirer au cou. Puis elle se remit debout, maladroitement, tandis que les rayons de lumière se promenaient sur son corps.

« Montre-toi une bonne hôtesse et invite-nous à entrer, dit Frankie en s'avançant carrément à l'intérieur. Merci. » Le rayon de sa lampe explora la pièce. « Quelle porcherie !

– Une porcherie pour une cochonne ! » s'écria Georgia, et tous éclatèrent une fois de plus de rire. « Si j'étais Phil, je serais capable de revenir des bois rien que pour te botter tes sales fesses ! »

Elle brandit le poing, et Carter Thibodeau lui fit un high five.

« Il est toujours planqué dans la station de radio ? demanda Mel. À se shooter au rock et à devenir complètement parano pour Jésus ?

– Je ne sais pas de quoi vous… » Elle n'était plus furieuse ; elle avait seulement peur. Tels étaient les discours sans suite que tenaient les gens dans les cauchemars, quand on fumait de l'herbe saupoudrée de PCP. « Phil est parti ! »

Ses quatre visiteurs se regardèrent et se mirent à rire. Le *nyuck-nyuck-nyuck* idiot de Mel dominait les autres.

« Parti ! L'a fait sa valise ! s'exclama Frankie.

– Sa putain de valise ! » ajouta Carter, et les deux garçons se firent un high five.

Georgia Roux s'empara d'une poignée de livres de poche, sur une étagère, et les examina. « Nora Roberts ? Sandra Brown ? Stephanie Meyer ? Tu lis ces trucs ? Tu connais pas le règlement Harry Potter ? » Elle tendit la main et laissa tomber les livres au sol.

Le bébé n'était toujours pas réveillé. C'était un miracle. « Si je vous vends de la came, vous partirez ?

– Bien sûr, dit Frankie.

– Et grouille-toi, ajouta Carter. On attaque de bonne heure, demain matin. De service pour l'éva-cua-tion. Alors bouge ton gros cul.

– Attendez ici. »

Elle passa dans la kitchenette et ouvrit le congélateur – à température ambiante à présent, tout devait être dégelé, ce qui lui donnait envie de pleurer – et en sortit un sac de dope. Il y en avait trois autres.

Elle voulut se retourner, mais des mains l'empoignèrent avant qu'elle en ait eu le temps et on lui arracha le sac. « J'ai bien envie de revoir cette petite culotte rose, lui souffla Mel dans l'oreille. Je voudrais voir s'il y a pas écrit PLEINE LUNE sur ton cul. » Il lui remonta le T-shirt jusqu'à la taille. « Non, je crois pas.

– Arrête ça ! Dégage ! »

Mel rit : *nyuck-nyuck-nyuck*.

Un rayon de lumière lui tomba dans les yeux, mais elle reconnut la tête étroite, derrière la torche : celle de Frankie DeLesseps. « Tu m'as mal parlé, aujourd'hui. En plus, tu m'as cogné et tu as fait mal à ma petite main. Alors que tout ce que j'ai fait, c'est ça. » Il lui empoigna de nouveau un sein.

Elle essaya de se dégager. Le rayon éclaira un instant le plafond puis redescendit rapidement. Une douleur lui explosa dans la tête. Il l'avait frappée avec sa lampe torche.

« *Aïe, aïe ! Ça fait mal ! Arrête ça !*

– Mais non, c'est rien, bordel. T'as déjà de la chance que je t'arrête pas pour vente de drogue. Tiens-toi tranquille si tu ne veux pas en avoir un deuxième.

– Cette came sent la cage aux singes », constata Mel d'un ton calme.

Il était derrière elle, tenant toujours le T-shirt relevé.

« Comme elle, dit Georgia.

– Faut qu'on te confisque ton herbe, ma cocotte, dit Carter. Désolé. »

Frankie s'en était de nouveau pris à son sein. « Bouge pas. » Il en pinça le bout. « Bouge surtout pas. » Sa voix devenait rauque. Sa respiration s'accélérait. Elle savait où cela conduisait. Elle ferma les yeux. *Pourvu que le bébé ne se réveille pas*, pensa-t-elle. *Et pourvu qu'ils n'aillent pas plus loin. Qu'ils ne fassent pas pire.*

« Vas-y, dit Georgia. Montre-lui ce qu'elle a manqué depuis que Phil est parti. »

Frankie indiqua le séjour d'un mouvement de la lampe torche. « Va sur le canapé. Et écarte-les.

– Tu veux pas lui lire ses droits, avant ? » demanda Mel – et il rit : *Nyuck-nyuck-nyuck.*

Sammy se dit que si elle devait encore entendre ce rire, sa tête allait éclater. Mais elle se dirigea vers le canapé, la tête basse, le dos voûté.

Carter l'attrapa au passage et braqua le rayon de sa lampe sur sa propre figure, ce qui lui fit une tête d'épouvantail. « T'as pas l'intention de raconter ça, Sammy ?

– N-n-non. »

L'épouvantail hocha la tête. « N'oublie pas. Parce que de toute façon, personne ne te croira. Sauf nous, évidemment, et on serait alors obligés de revenir, et cette fois-ci tu serais doublement baisée. »

Frankie la poussa sur le canapé.

« Baise-la, dit Georgia d'un ton excité, dirigeant son rayon sur Sammy. Baise-moi cette salope ! »

Les trois hommes passèrent l'un après l'autre. Frankie le premier. Il lui murmura : « T'as intérêt à la fermer sauf quand t'es à genoux », tandis qu'il s'enfonçait en elle.

Carter passa en second. Pendant qu'il la chevauchait, Little Walter se réveilla et commença à pleurer.

« La ferme, le môme, ou va falloir que je te dise tes droits ! » hurla Mel Searles avant de partir de son rire habituel.

Nyuck-nyuck-nyuck.

11

Il était presque minuit.

Linda Everett était profondément endormie dans sa moitié du lit ; elle avait eu une journée épuisante, elle devait se lever tôt demain matin (éva-cua-tion !) et même son inquiétude pour l'état de santé de Janelle n'avait pu la tenir éveillée. Elle ne ronflait pas, pas exactement, mais émettait un bruit léger, un peu sibilant, de respiration régulière.

Rusty avait eu lui aussi une journée épuisante, mais il ne pouvait pas dormir, et ce n'était pas seulement sa fille qui l'inquiétait. Il pensait qu'elle irait bien, au moins pendant un moment. Il était possible de juguler les crises, si elles en restaient à ce stade. S'il se trouvait à court de Zarontin au dispensaire de l'hôpital, il pourrait toujours s'en procurer à la pharmacie Sanders.

C'était au Dr Haskell qu'il pensait. Et au petit Rory Dinsmore, bien sûr. Rusty n'arrêtait pas de voir l'orbite déchiquetée, privée de son œil. N'arrêtait pas d'entendre Ron Haskell dire à Ginny, *Je ne suis pas mour... sourd, je veux dire.*

Sauf que mort, il l'était. Il se tourna dans le lit, s'efforçant de chasser ces images ; mais ce qui vint à la place fut Rory murmurant, *C'est Halloween.* Se mêlant à la voix de sa fille s'écriant, *C'est la faute de la Grande Citrouille ! Il faut arrêter la Grande Citrouille !*

Sa fille avait eu une crise d'épilepsie. Le petit Dinsmore, lui, avait pris le ricochet d'un fragment de balle en pleine tête. Comment interpréter cela ?

Je ne vois vraiment pas. Qu'est-ce que dit déjà l'Écossais, dans la série Les Disparus *? « Ne confonds pas une coïncidence avec le destin. »*

Possible. C'était peut-être ça. Mais *Les Disparus,* ça remontait à un bon moment. L'Écossais avait peut-être dit, *Ne confonds pas le destin avec une coïncidence.*

Il se tourna une fois de plus pour voir, cette fois-ci, la manchette en gros caractères noirs de l'édition spéciale du *Democrat* :

TIR D'EXPLOSIF CONTRE LA BARRIÈRE !

C'était sans espoir. Plus question de dormir pour le moment, et rien de pire, dans ce genre de situation, que de vouloir retourner à toute force au pays des rêves.

Il restait, dans la cuisine, une portion du célèbre pain aux airelles et à l'orange de Linda ; il l'avait vue sur le comptoir en arrivant. Rusty décida d'aller en manger un morceau tout en feuilletant le dernier numéro de l'*American Family Physician*[1]. Si un article sur la coqueluche n'arrivait pas à l'endormir, rien ne le pourrait.

Il se leva, grand et costaud dans la tenue d'hôpital bleue qu'il portait en guise de pyjama, et quitta la chambre sans bruit, pour ne pas réveiller Linda.

Au milieu de l'escalier il s'arrêta, tête inclinée.

Audrey gémissait, un grondement sourd et continu. Dans la chambre des filles. Rusty descendit et ouvrit la porte. Le golden retriever, simple forme entre les lits des deux filles, tourna la tête vers lui et poussa à nouveau un petit gémissement.

Judy était allongée sur le côté, une main sous la joue, la respiration profonde et lente. Jannie, ce n'était pas la même histoire. Elle roulait nerveusement d'un côté et de l'autre, donnait des coups de pied dans les draps et marmonnait. Rusty enjamba la chienne et s'assit sur le lit, sous le dernier poster de boys band de sa fille.

Elle rêvait. Un rêve qui n'était pas agréable, à voir la façon dont elle se débattait. À quoi s'ajoutaient des marmonnements qui faisaient penser à des protestations. Rusty essaya de distinguer ses paroles, mais elle s'arrêta avant qu'il l'ait pu.

Audrey gémit à nouveau.

La chemise de nuit de Jannie était tout entortillée. Rusty l'arrangea, remonta les couvertures et repoussa les cheveux du front de sa fille. Ses yeux bougeaient rapidement sous ses paupières closes, mais ses membres n'étaient pas agités, ses doigts ne pianotaient pas, elle ne claquait pas des lèvres de manière caractéristique. Un moment de sommeil

1. « Le médecin de famille américain. »

paradoxal plutôt qu'une crise, il en était à peu près certain. Ce qui soulevait une question intéressante : les chiens pouvaient-ils aussi sentir les mauvais rêves ?

Il se pencha et l'embrassa sur la joue. Les yeux de la fillette s'ouvrirent à cet instant, mais il eut l'impression qu'elle ne le voyait pas. On aurait pu considérer cela comme un symptôme du petit mal, mais il n'y croyait pas. Audi aurait aboyé, il en était sûr.

« Rendors-toi, ma chérie.

– Il a une balle de baseball en or, papa.

– Je sais ma chérie, rendors-toi.

– C'est une *mauvaise* balle.

– Non. Elle est bonne. Les balles de baseball sont bonnes, en particulier quand elles sont en or.

– Oh, dit-elle.

– Rendors-toi.

– Oui, papa. »

Elle se tourna sur le côté et ferma les yeux. Elle s'agita encore un peu pour s'installer sous les couvertures, puis ne bougea plus. Audrey, qui était restée couchée mais avait levé la tête pour les regarder, la posa de nouveau sur sa patte et se rendormit à son tour.

Rusty resta assis encore quelques instants, écoutant la respiration de ses filles, se disant qu'il n'y avait rien d'inquiétant, en réalité, qu'il était fréquent que les gens parlent en rêvant. Il tâcha de se convaincre que tout allait bien – il n'y avait qu'à voir la chienne endormie sur le sol, s'il en doutait – mais il était difficile d'être optimiste au beau milieu de la nuit. Lorsqu'on est à quelques heures de l'aube, les pensées angoissantes prennent chair et se mettent à aller et venir. Au milieu de la nuit, les pensées deviennent des zombies.

Il décida qu'en fin de compte il n'avait pas envie de pain aux airelles. Ce dont il avait envie, c'était de se glisser contre le corps tiède de sa femme endormie. Mais avant de quitter la chambre, il caressa la tête soyeuse d'Audrey. « Fais bien attention, ma fille », murmura-t-il. La chienne ouvrit brièvement les yeux et le regarda.

Il pensa, *golden retriever*, le chien « doré ». Et tout de suite après, *la balle de baseball dorée*. Une *mauvaise* balle de baseball.

Cette nuit-là, malgré le récent souci d'intimité des filles, il laissa leur porte entrouverte.

12

Lester Coggins était assis sur les marches du porche lorsque Rennie arriva chez lui. Il lisait sa bible à la lumière d'une lampe de poche. Ce qui, loin de remplir Big Jim de dévotion pour le révérend, ne fit que le rendre de plus méchante humeur encore qu'il n'était.

« Dieu te bénisse, Jim », dit Coggins en se levant. Lorsque Big Jim lui tendit la main, le pasteur la serra dans un poing fervent et l'agita longtemps.

« Qu'il te bénisse aussi », répondit courtoisement Rennie.

Coggins secoua sa main une dernière fois et la lâcha. « Je suis ici parce que j'ai eu une révélation, Jim. J'en ai demandé une la nuit dernière – ouais, parce que j'étais affreusement troublé – et elle est venue cet après-midi. Dieu m'a parlé, à travers Ses Écritures et par l'intermédiaire de ce jeune garçon.

– Le petit Dinsmore ? »

Coggins donna un baiser retentissant à ses mains jointes et les tendit vers le ciel. « Lui-même. Rory Dinsmore. Puisse Dieu l'avoir en Sa sainte garde pour l'éternité.

– Il dîne avec Jésus en cette minute même », répondit Big Jim automatiquement.

Il examinait le révérend à la lumière de sa lampe torche et ce qu'il voyait ne lui plaisait pas. Alors que la nuit fraîchissait rapidement, Coggins était couvert de sueur. Il avait les yeux exorbités et les cheveux dressés sur la tête en mèches et boucles hirsutes. Dans l'ensemble, il avait l'air d'un type en train de perdre les pédales, et même sur le point d'aller carrément au tapis.

Mauvais, ça, pensa Big Jim.

« Oui, dit Coggins, j'en suis sûr. Assis au grand festin… enveloppé dans les bras divins pour l'éternité… »

Big Jim pensa qu'il devait être difficile de faire les deux à la fois, mais ne fit pas part de ses doutes.

« Et cependant sa mort servait une intention, Jim. C'est ce que je suis venu te dire.

– Tu me raconteras ça à l'intérieur », répondit Big Jim qui ajouta, avant que le pasteur puisse répondre : « Tu n'aurais pas vu mon fils ?

– Junior ? Non.

– Depuis combien de temps es-tu ici ? » demanda Big Jim en allumant dans l'entrée, bénissant son générateur par la même occasion.

« Une heure. Peut-être un peu moins. Je suis resté assis sur les marches… j'ai lu… prié… médité… »

Rennie se demanda si quelqu'un ne l'aurait pas vu, mais il ne poussa pas plus loin son interrogatoire. Coggins était déjà bien assez bouleversé comme ça, et une telle question ne ferait que le bouleverser un peu plus.

« Allons dans mon bureau », dit-il en ouvrant la marche, tête baissée, avançant lentement en dépit de ses grandes enjambées. De dos, il avait un peu l'allure d'un ours habillé en homme, un ours qui serait vieux et lent mais encore dangereux.

13

Outre le tableau représentant le Sermon sur la Montagne derrière lequel se dissimulait le coffre, les murs du bureau de Big Jim s'ornaient de toute une collection de plaques commémoratives célébrant ses hauts faits au service de la communauté. Il y avait une photo encadrée du maître des lieux serrant la main de Sarah Palin, et une autre en compagnie du Grand Numéro 3, Dale Earnhardt, quand celui-ci avait organisé une collecte de fonds pour un organisme charitable s'occupant d'enfants, lors du Crash-A-Rama[1] annuel d'Oxford Plains. Il y en avait même une troisième où il serrait la main de Tiger Woods, qui lui avait paru un Nègre tout à fait sympathique.

1. Version moderne, en plus répugnant encore, des courses de stock-cars.

Le seul souvenir que l'on voyait sur son bureau était une balle de baseball plaquée or reposant sur un pied en Lucite. Dessous, sur une plaque (également en Lucite), on lisait cette dédicace : *À Jim Rennie, en remerciement pour son aide dans l'organisation du tournoi 2007 de softball de la Société de bienfaisance du Maine !* C'était signé ; *Bill « Spaceman » Lee.*

Une fois assis dans le fauteuil à haut dossier, derrière son bureau, Big Jim prit la balle et commença à la lancer d'une main à l'autre. C'était un geste machinal agréable à faire, en particulier quand on était un peu énervé : pesante, la belle balle dorée épousait agréablement la paume de la main. Big Jim se demandait parfois l'effet qu'elle ferait si elle avait été en or massif. Il s'intéresserait peut-être à la question quand l'affaire du Dôme serait terminée.

Coggins s'installa de l'autre côté du bureau, dans le fauteuil des clients. Le fauteuil des suppliants. Là où Big Jim voulait qu'il fût. Les yeux du révérend allaient et venaient comme s'il suivait un match de tennis. Ou peut-être le pendule d'un hypnotiseur.

« Bon, de quoi s'agit-il, Lester ? Mets-moi au courant. Mais tâche de faire court, hein ? J'ai besoin de me reposer. Va y avoir beaucoup à faire demain.

– Veux-tu prier d'abord avec moi, Jim ? »

Big Jim sourit. De son sourire féroce, mais le thermostat pas encore réglé sur *froid intense*. Pour le moment, du moins. « Pourquoi ne pas me raconter ça d'abord ? J'aime savoir pourquoi je prie, avant de m'agenouiller. »

Lester ne fit pas court, mais Big Jim s'en rendit à peine compte. Il l'écouta avec une consternation grandissante, de plus en plus proche de l'horreur. Les explications du révérend étaient erratiques et bourrées de citations bibliques, mais la teneur en était claire : il avait décidé que leur petite entreprise avait tellement déplu au Seigneur qu'Il avait retourné un grand bol de verre sur tout le territoire de la commune. Lester avait prié pour savoir ce qu'il devait faire, se flagellant pendant qu'il priait (Big Jim espéra qu'il parlait métaphoriquement) et le Seigneur l'avait conduit à un verset de la Bible sur la folie, l'aveuglement, les remords et ainsi de suite.

« Le Seigneur a dit qu'Il me manderait un signe, et…

– Qu'il te manderait ? »

Jim haussa ses sourcils broussailleux.

Mais Lester ignora l'interruption et plongea, transpirant comme dans un accès de malaria, les yeux suivant toujours la balle d'or. Droite… gauche.

« C'était comme quand j'étais ado et que j'éjaculais dans mon lit.

– Voyons, Les, c'est… un peut trop personnel, comme information. »

La balle changea de main.

« Dieu m'a dit qu'Il me montrerait l'aveuglement, mais pas *mon* aveuglement. Et cet après-midi, dans le champ, Il l'a fait ! N'est-ce pas ?

– Eh bien, c'est une interprétation…

– *Non !* » Coggins bondit sur ses pieds. Il se mit à tourner en rond sur le tapis, tenant sa bible d'une main. De l'autre, il se tirait les cheveux. « Dieu m'a dit que lorsque je verrais le signe, je devrais raconter à ma congrégation exactement tout ce que tu as fait…

– Juste moi ? » demanda Big Jim. Il avait parlé d'un ton méditatif.

La balle circulait un peu plus vite entre ses deux mains. *Tac. tac. tac.* Allant et venant entre deux paumes charnues mais encore dures.

« Non », grogna Lester. Il se mit à marcher un peu plus vite, ne regardant plus la balle. Il agitait la bible de la main qui n'était pas occupée à s'arracher les cheveux jusqu'à la racine. Il lui arrivait de faire la même chose quand il prêchait, les fois où il était vraiment lancé. C'était très bien à l'église, ce truc ; mais ici, c'était tout simplement exaspérant. « Il y avait toi, et moi, et Roger Killian, et les frères Bowie, et… » Il baissa la voix : « L'autre, là, le chef. Je crois que cet homme est fou. S'il ne l'était pas quand tout a commencé, au printemps dernier, il l'est certainement maintenant. »

Regarde donc qui parle, mon pote, pensa Big Jim.

« On est tous impliqués, mais c'est toi et moi qui devons nous confesser, Jim. C'est ce que m'a dit le Seigneur. C'était ce que voulait dire l'aveuglement du garçon ; c'est pour *cela* qu'il est mort. Nous nous confesserons et nous brûlerons cette Grange de Satan, derrière l'église. Alors Dieu nous laissera aller.

– Te laissera aller… sans aucun doute, Lester. Tout droit à la prison d'État de Shawshank.

– J'accepte le châtiment que Dieu m'infligera. Avec joie.

– Et moi ? Et Andy Sanders ? Et les frères Bowie ? Et Roger Killian ? Il a neuf gosses à nourrir, si je me souviens bien ! Et si ça ne nous rendait pas si joyeux que ça, Lester ?

– Je ne peux rien y faire. » Lester se mit à se frapper les épaules avec sa bible. D'un côté, puis de l'autre. Big Jim se surprit à lancer sa balle en or au même rythme que les coups que se portait le révérend. *Tac… tac… tac… tac.* « C'est triste, pour les petits Killian, bien sûr, mais… Exode, 20, verset 5 : *Car moi, ton Seigneur Dieu, je suis un Dieu jaloux, reportant l'iniquité des pères sur les enfants jusqu'à la troisième et la quatrième génération*. Nous devons nous incliner devant cela. Nous devons vider cet abcès, aussi douloureux que cela soit ; réparer ce que nous avons fait de mal. Ce qui signifie confession et purification. La purification par le feu. »

Big Jim leva la main qui, à cet instant-là, ne tenait pas la balle en or. « Houlà, houlà, houlà ! Pense un peu à ce que tu dis. Cette ville dépend de moi – et de toi, bien sûr – en temps ordinaire, mais en temps de crise, elle a *besoin* de nous. » Il se leva, repoussant son fauteuil. La journée avait été longue, avait été terrible, il était fatigué – et maintenant, ça. De quoi mettre quelqu'un en colère, non ?

« Nous avons péché », s'entêta Coggins en se frappant toujours avec sa bible. Comme s'il pensait que traiter le Saint Livre de Dieu ainsi était parfaitement convenable.

« Ce que nous avons fait, Lester, a été d'empêcher des milliers de petits Africains de mourir de faim. Nous avons même payé pour traiter leurs infernales maladies. Nous t'avons aussi bâti une nouvelle église et nous avons créé la station de radio chrétienne la plus puissante de la région.

– En nous remplissant les poches au passage, n'oublie pas ! » rétorqua Coggins d'une voix qui s'étranglait. Cette fois-ci, il se frappa en plein visage avec le Saint Livre. Un filet de sang suinta d'une de ses narines. « Nous les avons remplies avec l'argent immonde de la drogue ! (Il se frappa à nouveau.) Et la station de Radio-Jésus est entre les mains d'un cinglé qui fabrique le poison que les enfants injectent dans leurs veines !

– En réalité, je pense qu'ils le fument, pour la plupart.

– Essaierais-tu d'être drôle, Jim ? »

Big Jim fit le tour de son bureau. Une veine battait sur ses tempes tandis qu'une rougeur de brique envahissait ses joues. Il essaya cependant une fois de plus, parlant doucement, comme on s'adresse à un enfant qui pique une colère : « Lester, cette ville a besoin de moi pour la diriger. Si tu ouvres ta gueule, je ne pourrai plus assumer ce rôle. Même si je suis sûr que personne ne te croira…

– Ils me croiront tous ! cria Coggins. Quand ils verront quel atelier du diable je t'ai laissé installer derrière mon église, ils le croiront tous ! Et Jim, comment tu peux ne pas voir que lorsqu'on aura extirpé le péché… qu'une fois que ce chancre aura été nettoyé… Dieu enlèvera sa barrière ! La crise sera terminée ! Ils n'auront plus *besoin* que tu les diriges ! »

C'est à cet instant que James P. Rennie péta les plombs. « *Ils en auront toujours besoin !* » rugit-il, balançant son poing fermé – celui qui tenait la balle.

Elle entailla Lester à la tempe gauche au moment où celui-ci se tournait pour faire face à Big Jim. Du sang se mit à dégouliner sur tout le côté du visage du pasteur. Son œil gauche brillait au milieu. Il avança d'un pas vacillant, mains tendues. La bible vint s'abattre dans un bruissement de feuilles contre Big Jim, telle une bouche bavarde. Du sang tomba sur le tapis. Toute l'épaule gauche du chandail de Lester était déjà imbibée de sang. « *Non, ce n'est pas la volonté du Sei…*

– C'est *ma* volonté, espèce de casse-pompons ! »

Big Jim frappa à nouveau, atteignant cette fois le pasteur en plein front. Big Jim sentit l'impact remonter jusqu'à son épaule. Lester n'en continua pas moins à avancer de sa démarche vacillante, agitant sa bible. On aurait dit qu'il essayait de parler.

Big Jim baissa le bras qui tenait la balle. Son épaule lui faisait mal. À présent un flot de sang coulait sur le tapis et, cependant, ce fils de garce ne s'effondrait toujours pas ; il continuait à avancer, l'air de vouloir à tout prix parler en recrachant une écume de postillons écarlates.

Coggins heurta le devant du bureau – du sang vint maculer le buvard du sous-main, jusqu'ici intact – et se mit à glisser le long du meuble. Big Jim essaya de brandir de nouveau la balle mais n'en fut pas capable.

Je savais bien qu'un jour ou l'autre je serais rattrapé par tous ces lancers que j'ai fait au lycée, pensa-t-il.

Il prit la balle dans la main gauche et la balança de côté et vers le haut. Elle entra en contact avec la mâchoire de Lester et la lui déboîta, faisant jaillir un peu plus de sang dans la lumière incertaine qui tombait du lustre. Quelques gouttes atteignirent même le verre opaque.

« *Deu !* » gargouilla Lester. Il essayait toujours de contourner le bureau. Big Jim battit en retraite derrière le meuble.

« Papa ? »

Junior se tenait dans l'encadrement de la porte, les yeux écarquillés, bouche bée.

« *Deu !* » répéta Lester, qui entreprit de se tourner vers cette nouvelle voix. Il brandit sa bible. « *D-d-d-dieu !*

– Ne reste pas planté là ! Viens m'aider ! » rugit Big Jim à l'intention de son fils.

Lester partit en titubant vers Junior, agitant sa bible en grands moulinets extravagants. Son chandail était entièrement imbibé et poisseux ; son pantalon avait pris des nuances marron sale ; son visage avait disparu, noyé de sang.

Junior se précipita. Lorsque Lester commença à s'effondrer, il le rattrapa et le redressa. « Je vous tiens, révérend Coggins, je vous tiens, ne vous en faites pas. »

Sur quoi, Junior referma ses mains sur le cou ensanglanté du pasteur et se mit à serrer.

14

Cinq interminables minutes plus tard.

Big Jim était assis dans son fauteuil – *effondré* dans son fauteuil –, la cravate qu'il avait mise spécialement pour la réunion dénouée, sa chemise déboutonnée. Il massait son volumineux sein gauche. Dessous, son cœur galopait encore, se cabrait souvent (troubles du rythme), mais ne semblait pas vouloir passer au point mort.

Junior sortit. Rennie pensa tout d'abord que son fils allait chercher Randolph, ce qui aurait été une erreur, mais il était trop hors d'haleine pour le rappeler. Finalement il revint, portant la bâche du camping-car. Big Jim regarda Junior la déployer sur le sol – avec des gestes étrangement précis, comme s'il l'avait déjà fait des milliers de fois. *C'est tout ces fichus films policiers qu'il regarde à la télévision*, pensa Big Jim. Frottant toujours ses chairs molles jadis si fermes et dures.

« Je... je vais t'aider, dit-il d'une voix sibilante, sachant qu'il ne le pourrait pas.

– Reste assis où tu es et reprends ton souffle. »

Son fils, à genoux, lui adressa un regard sombre et indéchiffrable. Il y avait peut-être de l'amour dans ce regard – Big Jim l'espérait certainement – mais il dissimulait aussi autre chose.

Je te tiens maintenant ? Je te tiens maintenant, cela faisait-il partie de ce regard ?

Junior fit rouler Lester sur la bâche. La bâche craqua. Junior observa le corps, le roula un peu plus loin, puis rabattit un pan dessus. La bâche était verte. Big Jim l'avait achetée au Burpee's. En solde. Il se rappelait que Toby Manning lui avait dit, *Vous faites une sacrée bonne affaire avec celle-là, vous savez, Mr Rennie.*

« La bible », souffla Big Jim. Il haletait toujours mais il se sentait un peu mieux. Les battements de son cœur ralentissaient, grâce à Dieu. Qui aurait cru que la grimpette allait être aussi raide, passé cinquante ans ? Il pensa : *Il faut que je reprenne l'entraînement. Que je retrouve la forme. Dieu ne donne qu'un seul corps.*

« Ouais, très juste, bon plan », murmura Junior. Il prit la bible ensanglantée, la coinça entre les cuisses du révérend et commença à rouler le corps.

« Il a débarqué comme ça, fiston. Il était fou.

– Bien sûr. » Junior ne paraissait pas intéressé, ce qui paraissait l'intéresser était de rouler le corps... comme il fallait.

« C'était lui ou moi. Il va falloir… » Nouveau petit *bim-bada-boum* dans sa poitrine. Jim hoqueta, toussa, se cogna la poitrine. Son cœur se calma. « Il va falloir que tu le transportes à l'église du Christ-Rédempteur. Quand on le trouvera, il y a un type… peut-être… » C'était au Chef qu'il pensait, mais s'arranger pour faire porter le chapeau au Chef, dans cette histoire, était peut-être une mauvaise idée. Chef Bushey savait trop de choses. Bien entendu, il ne se laisserait sans doute pas arrêter comme ça. Auquel cas il ne serait peut-être pas pris vivant.

« J'ai un meilleur endroit », dit Junior. Il avait parlé d'un ton serein. « Et si tu cherches quelqu'un à qui faire porter le chapeau, j'ai une meilleure idée.

– Qui ça ?

– Dale Ducon Barbara.

– Tu sais que je n'approuve pas les écarts de langage… »

Le regardant par-dessus la bâche, l'œil brillant, Junior répéta : « *Dale… Ducon… Barbara.*

– Comment ?

– Je ne sais pas encore. Mais tu ferais mieux de nettoyer ta fichue balle en or si tu as l'intention de la garder. Et de te débarrasser de ton sous-main. »

Big Jim se leva. Il se sentait mieux. « Tu es un bon garçon, Junior. Aider ton père de cette façon…

– Si tu le dis », répondit Junior. Il y avait à présent un grand rouleau de printemps sur le tapis. D'où dépassaient des pieds. Junior rabattit la bâche dessus, mais elle ne voulait pas y rester. « Il me faudrait du ruban adhésif.

– Si tu ne veux pas le laisser à l'église, alors où…

– T'occupe. C'est sûr. Le révérend attendra qu'on ait trouvé comment introduire Barbara dans le tableau.

– Faut voir ce qui va se passer demain avant de faire quoi que ce soit. »

Junior le regarda avec une expression de mépris froid que Big Jim ne lui avait jamais vue. Il prit conscience que son fils disposait maintenant d'un grand pouvoir sur lui. Mais tout de même, son propre fils…

« Il va aussi falloir enfouir ton tapis. Heureusement, ce n'est pas la moquette que tu avais autrefois ici. L'avantage est qu'il a absorbé presque tout le sang. » Sur quoi il souleva le gros rouleau de printemps et le porta jusqu'à l'entrée. Quelques minutes plus tard, Rennie entendit le camping-car démarrer.

Big Jim contempla sa balle de baseball plaquée or. *Je devrais aussi me débarrasser de ça*, songea-t-il, sachant qu'il n'en ferait rien. Il s'agissait pratiquement d'un souvenir de famille.

Sans compter que… qu'est-ce qu'il risquait ? Qu'est-ce qu'il risquait, si elle était propre ?

Lorsque Junior revint, une heure plus tard, la balle plaquée or reposait à nouveau, bien brillante, sur son socle de Lucite.

FRAPPE DU MISSILE IMMINENTE

1

« ATTENTION ! ICI LA POLICE DE CHESTER'S MILL ! LA ZONE DOIT ÊTRE ÉVACUÉE ! SI VOUS M'ENTENDEZ, MARCHEZ DANS MA DIRECTION ! LA ZONE DOIT ÊTRE ÉVACUÉE ! »

Thurston Marshall et Carolyn Sturges s'assirent dans leur lit en entendant cette étrange annonce et se regardèrent en ouvrant de grands yeux. Ils étaient tous les deux enseignants au collège Emerson de Boston : Thurston en tant que maître de conférences d'anglais (et contributeur au dernier numéro de *Ploughshares*[1]) et Carolyn comme assistante dans le même département. Ils étaient amants depuis six mois et la rose de leur passion était encore loin d'avoir fini de s'épanouir. Ils se trouvaient dans le petit chalet de Thurston, près de Chester Pond, étang situé entre Little Bitch Road et le cours de la Prestile. Ils étaient venus pour un week-end prolongé admirer « le feuillage de l'été indien », mais l'essentiel du feuillage qu'ils avaient admiré, depuis vendredi, était de la variété pubienne. Il n'y avait pas la télé dans le chalet ; Thurston Marshall abominait la télé. Il y avait bien une radio, mais ils ne l'avaient jamais branchée. Il était huit heures trente, ce lundi 23 octobre. Aucun des deux n'avait eu la moindre

1. « Le Soc ». La revue existe vraiment.

idée de ce qui se passait jusqu'au moment où cette annonce les avait réveillés :

« ATTENTION ! ICI LA POLICE DE CHESTER'S MILL ! LA ZONE DOIT ÊTRE… » Plus proche, toujours plus proche.

« Thurston ! L'herbe ! Où t'as planqué l'herbe !

– Ne t'inquiète pas. »

Le chevrotement de la voix de Thurston laissait à penser qu'il était incapable de suivre ses propres conseils. Grand et mince, il grisonnait beaucoup et attachait en général ses cheveux en queue-de-cheval. Pour le moment, ils lui retombaient presque jusqu'aux épaules. Il avait soixante ans ; Carolyn vingt-trois. « Il n'y a personne dans ces chalets, en cette saison. Ils vont simplement passer pour rejoindre Little B… »

Elle lui donna une bourrade sur l'épaule – une première. « Mais la voiture est dans l'allée ! Ils vont la voir ! »

Un *oh, merde* se dessina sur son visage.

« …ÉVACUÉE ! SI VOUS M'ENTENDEZ, MARCHEZ DANS MA DIRECTION ! LA ZONE DOIT ÊTRE ÉVACUÉE ! ATTENTION ! ATTENTION ! » Toute proche, à présent. On distinguait d'autres voix, aussi – des gens utilisant des porte-voix, des *flics* utilisant des porte-voix – mais la première les dominait toutes. « LA ZONE DOIT ÊTRE ÉVAC… » Il y eut un instant de silence. Puis : « HÉ, LE CHALET ! SORTEZ DE LÀ ! BOUGEZ-VOUS ! »

Oh, c'était un cauchemar.

« Qu'est-ce que t'as foutu de l'herbe ? » répéta Carolyn en lui martelant la poitrine.

L'herbe était dans la pièce voisine. Dans un petit sac à présent à moitié vide, à côté d'une assiette qui contenait encore un reste de fromage et de crackers de la veille. Si quelqu'un entrait, ce serait la première chose qu'il verrait.

« ICI LA POLICE ! ON NE DÉCONNE PAS ! LA ZONE DOIT ÊTRE ÉVACUÉE ! SI VOUS ÊTES LÀ-DEDANS, SORTEZ AVANT QU'ON NE VOUS ÉVACUE DE FORCE ! »

Des porcs, pensa-t-il. *Des porcs de la cambrousse avec des cerveaux de porcs de la cambrousse.*

Thurston bondit du lit et traversa la pièce en courant, ses cheveux au vent, contractant ses fesses maigres.

C'était son grand-père qui avait construit ce chalet, avant la Seconde Guerre mondiale, et il ne comportait que deux pièces : une grande chambre donnant sur l'étang et un séjour/cuisine. L'électricité était produite par un vieux générateur Henske que Thurston avait arrêté quand ils s'étaient retirés dans la chambre ; ses crachotements poussifs n'étaient pas exactement romantiques. Les braises du feu de cheminée – pas vraiment nécessaire, mais *très** romantique – rougeoyaient encore faiblement dans le foyer.

Je me trompe peut-être, si ça se trouve, la dope est dans mon porte-documents...

Malheureusement, non. Elle était là, à côté d'un reste du brie dont ils s'étaient empiffrés avant la grande baise.

Au moment où il y courait, on frappa à la porte – non, on *cogna* à la porte.

« Une minute ! » cria Thurston, soudain follement joyeux. Carolyn se tenait à l'entrée de la chambre, enveloppée d'un drap, mais c'est à peine s'il la remarqua. Des pensées se bousculaient dans son esprit qui souffrait de séquelles de paranoïa dues aux excès de la veille – révocation, la police de la pensée dans *1984* d'Orwell, révocation, la réaction écœurée de ses trois enfants (avec deux épouses différentes) et, bien sûr, révocation. « Juste une minute, juste une seconde, le temps que je m'habi... »

Mais le battant explosa et, en violation directe de neuf droits environ garantis par la Constitution, deux jeunes hommes entrèrent sans attendre. L'un d'eux tenait un porte-voix. Tous deux portaient un jean et une chemise bleue. Les jeans étaient presque rassurants, mais les chemises avaient des épaulettes et s'ornaient d'un badge.

Nous n'avons pas besoin de vos conneries de badges, pensa bêtement Thurston.

« Sortez d'ici ! hurla Carolyn.

– Vise-moi un peu ça, Junior ! dit Frank DeLesseps. Le Grand Méchant Queutard et le Petit Saloperon Rouge ! »

Thurston s'empara du sachet d'herbe, le tint dans son dos et le laissa tomber dans l'évier.

Junior étudiait le service trois pièces qu'avait révélé ce mouvement. « Je crois bien que c'est l'engin le plus long et le plus mince que j'aie jamais vu », dit-il. Il paraissait fatigué, vraiment fatigué – il faut dire qu'il n'avait dormi que deux heures – mais il se sentait en pleine forme, absolument génial, pétant le feu. Pas la moindre trace de migraine.

Ce boulot lui allait très bien.

« BARREZ-VOUS D'ICI ! hurla Carolyn.

– Tu ferais mieux de la fermer, mon chou, et de t'habiller. On évacue tout ce côté de la ville.

– Nous sommes ici chez nous ! FOUTEZ-MOI LE CAMP D'ICI ! »

Frankie, jusqu'ici, avait souri. Son sourire disparut. Il passa à grands pas devant l'homme nu et maigre qui se tenait près de l'évier (qui *se faisait tout petit* près de l'évier aurait été une description plus juste) et attrapa Carolyn par les épaules. Il la secoua sans ménagement. « Ne me parle pas sur ce ton, mon chou. J'essaie simplement d'empêcher que tu te fasses rôtir les fesses. Toi et ton petit co...

– *Enlevez vos sales pattes ! Vous irez en prison pour ça ! Mon père est avocat !* »

Elle essaya de le gifler. Frankie – qui n'était pas du matin et ne l'avait jamais été – lui attrapa la main et la lui tordit. Sans forcer, mais Carolyn hurla. Le drap tomba par terre.

« Ouais ! Ça c'est une carrosserie, confia Junior à un Thurston Marshall bouche bée. Vous arrivez à rester à la hauteur, papi ?

– Habillez-vous tous les deux, ordonna Frankie. J'ai l'impression que vous êtes un peu idiots, peut-être même complètement, pour être encore ici. Vous ne savez donc pas... »

Il s'arrêta. Regarda tour à tour le visage de la femme et celui de l'homme. Terrifiés tous les deux. Et ayant l'air de ne rien y comprendre.

« Junior !

– Quoi ?

– J'ai l'impression que le Vieux Queutard et le Petit Saloperon ne savent pas ce qui se passe.

– Je vous interdis de tenir des propos sexistes comme… »

Junior leva les mains. « Madame, habillez-vous. Il faut sortir d'ici. Un avion de l'armée de l'air va tirer un missile vers cette partie de la ville dans… (il consulta sa montre)… un peu plus de cinq heures.

– VOUS ÊTES CINGLÉ ! » hurla Carolyn.

Junior laissa échapper un grand soupir et s'avança. Il se disait qu'il commençait à comprendre un peu mieux le boulot de flic ; un boulot génial, mais les gens se montraient parfois *tellement* stupides. « S'il rebondit, vous entendrez juste un grand bang. Vous ferez peut-être dans votre culotte – si par hasard vous en portez une – mais ça ne vous fera rien. Mais s'il passe au travers, vous avez toutes les chances de vous faire réduire en cendres, étant donné qu'il est vraiment très gros et que vous n'êtes qu'à trois kilomètres du point d'impact, d'après ce qu'ils disent.

– Et il pourrait rebondir sur quoi, gros malin ? » demanda Thurston. La dope cachée dans l'évier, il se servait d'une main pour dissimuler ses parties intimes… ou du moins, il essayait ; son brin d'amour était effectivement très long et très mince.

« Sur le Dôme, dit Frankie. Et je n'apprécie pas cette façon de parler. » Il fit une grande enjambée et donna un coup de poing dans le ventre au contributeur de *Ploughshares*. Thurston émit un bruit de ballon qui se dégonfle d'un coup, se plia en deux, vacilla sur place, réussit presque à garder l'équilibre, tomba à genoux et vomit l'équivalent d'une tasse à thé d'un magma blanc délayé qui sentait encore le brie.

Carolyn tenait son poignet gonflé. « Vous irez tous les deux en prison pour ça, promit-elle à Junior d'une voix basse et tremblante. Bush et Cheney, c'est terminé depuis un bon moment. Nous ne sommes plus aux États-Unis de Corée du Nord.

– Je sais », répondit Junior avec une admirable patience pour quelqu'un qui se disait qu'une petite strangulation de plus pourrait être sympa ; dans son cerveau, rôdait un monstre de Gila miniature, tout noir, qui estimait que rien ne valait une petite strangulation pour bien commencer la journée.

Mais non. Non. Il devait jouer son rôle dans l'évacuation. Il avait prêté serment, débité les conneries qu'il y avait à débiter.

« Je le sais parfaitement bien, répéta-t-il. Mais ce que vous ne savez pas, trouducs, c'est que vous n'êtes plus aux États-Unis *d'Amérique*, non plus. Vous êtes en ce moment dans le royaume de Chester, et si vous ne vous comportez pas correctement, vous allez finir dans les *oubliettes* de Chester. Je vous le promets. Pas de coup de téléphone, pas d'avocat, pas de procès en bonne et due forme. Nous, on essaie juste de vous sauver la vie. Seriez-vous trop cons et trop bouchés pour comprendre ça ? »

Elle le regardait, interloquée. Thurston essaya de se relever, n'y arriva pas et rampa vers elle. Frankie l'aida d'un coup de pied dans les fesses. Thurston poussa un cri de douleur indigné. « Ça, c'est pour nous faire perdre notre temps, papi, dit Frankie. J'admire ton goût en matière de nanas, mais on n'a pas que ça à faire.

Junior regarda la jeune femme. Une bouche superbe. Les lèvres d'Angelina. Il était prêt à parier qu'elle aurait pu faire bander un eunuque. « S'il n'est pas capable de s'habiller tout seul, aidez-le. Nous avons encore quatre chalets à visiter et quand nous repasserons par ici, nous voulons que vous soyez dans votre Volvo et déjà en route pour la ville, vu ?

– Je n'y comprends rien ! gémit Carolyn.

– Pas étonnant, dit Frankie en retirant le sachet de l'évier. Vous savez pas que ce truc-là rend idiot ? »

Carolyn se mit à pleurer.

« Ne vous inquiétez pas, reprit Frankie. Je ne fais que le confisquer et dans deux jours, ma jolie, tu vas péter la forme. »

– Vous ne nous avez pas dit nos droits », se lamenta Carolyn.

Junior parut étonné. Puis il éclata de rire. « Tu as le droit de foutre le camp d'ici et de fermer ta putain de gueule, pigé ? Dans cette situation, ce sont tes seuls droits. Est-ce que c'est clair ? »

Frankie examinait sa prise. « Hé, Junior, il n'y a pratiquement pas de graines, là-dedans. C'est du putain de premier choix. »

Thurston avait rejoint Carolyn. Il se remit debout, et l'effort le fit péter assez bruyamment. Junior et Frankie se regardèrent. Ils essayèrent de se retenir – ils étaient des représentants de la loi, tout de même – sans y arriver. Ils éclatèrent de rire en chœur.

« *Trombone Charlie est revenu parmi nous !* » s'exclama Frankie et les deux hommes se firent un *high five.*

Thurston et Carolyn se tenaient sur le seuil de la chambre, cachant leur nudité, serrés l'un contre l'autre, tournant des yeux ronds vers les deux intrus qui hurlaient de rire. En fond sonore, comme des voix dans un cauchemar, des haut-parleurs continuaient à annoncer que la zone devait être évacuée. La plupart des voix amplifiées battaient à présent en retraite vers Little Bitch.

« Je ne veux plus voir cette voiture quand je reviendrai, dit Junior. Sinon, vous allez sérieusement déguster ! »

Ils partirent. Carolyn s'habilla et aida Thurston – il avait tellement mal à l'estomac qu'il n'arrivait pas à se pencher pour mettre ses chaussures. Le temps qu'ils aient terminé, ils pleuraient tous les deux. Dans la voiture, sur le chemin du chalet par lequel on gagnait Little Bitch, Carolyn essaya de joindre son père par téléphone. Elle n'obtint que le silence.

Au carrefour de Little Bitch Road et de la 119, une voiture de police était garée en travers de la route. Une femme flic corpulente et rouquine leur désigna l'accotement, leur faisant signe de passer par là. Mais Carolyn s'arrêta et descendit de voiture. Elle brandit son poignet enflé.

« Nous avons été agressés ! Par deux types qui se prétendaient flics ! L'un d'eux s'appelle Junior et l'autre Frankie ! Ils…

– Bouge ton cul, ou c'est moi qui vais t'agresser, l'interrompit Georgia Roux. Je déconne pas, poulette. »

Carolyn la regarda, interloquée. Le monde entier avait dérapé pendant leur sommeil et ils devaient se trouver dans un épisode de *Twilight Zone.* C'était la seule explication raisonnable ; aucune autre n'aurait tenu debout, même marginalement. La voix off de la série allait retentir d'un instant à l'autre.

Elle remonta dans la Volvo (l'autocollant du pare-chocs était délavé mais encore lisible : OBAMA EN 2012 ! OUI, ON PEUT **TOUJOURS** !) et contourna le véhicule de patrouille. Un autre flic, plus âgé, était assis à l'intérieur, étudiant une liste sur sa planchette. Elle pensa un instant faire appel à lui, puis se dit qu'il ne valait mieux pas.

« Allume la radio, dit-elle. Essayons de savoir ce qui se passe vraiment. »

Thurston brancha la radio mais ne put trouver autre chose qu'Elvis Presley et les Jordanaires dans un laborieux « How Great Thou Art ».

Carolyn coupa le son, eut envie de dire, *cette fois, le cauchemar est complet*, mais n'en fit rien. Elle ne désirait plus qu'une chose, sortir de Dingoville le plus rapidement possible.

2

Sur la carte, la route du chalet de Chester Pond n'était qu'un fin cheveu presque invisible en forme de crochet. Après avoir quitté le chalet de Thurston Marshall, Junior et Frankie, assis dans la voiture, étudièrent la carte un moment.

« Y'a plus personne par là, c'est pas possible, dit Frankie. Pas pendant cette période de l'année. Qu'est-ce que t'en penses ? On dit ras le bol et on rentre en ville ? » Il montra le chalet du pouce. « Ils vont partir, mais s'ils le font pas, qu'est-ce qu'on en a à foutre, au fond ? »

Junior réfléchit quelques instants, puis secoua la tête. Ils avaient prêté serment. Sans compter qu'il n'était pas pressé de rentrer pour que son père le tanne afin de savoir ce qu'il avait fait du corps du révérend. Coggins tenait à présent compagnie à ses petites copines dans l'arrière-cuisine des McCain, mais son père n'avait pas besoin de l'apprendre. Au moins tant que ce gros plein de soupe n'aurait pas trouvé comment coller tout ça sur le dos de Barbara. Et Junior croyait que son père saurait comment s'y prendre. S'il y avait bien un domaine dans lequel son père était champion, c'était l'art de baiser les gens.

Ça n'a plus d'importance, maintenant, s'il découvre que j'ai abandonné mes études, pensa Junior, *parce que je sais quelque chose de plus grave sur lui. De bien plus grave.*

Sans compter qu'avoir abandonné ses études ne paraissait pas très important, à présent ; c'était une broutille, comparé à ce qui se passait à Chester's Mill. Mais il devait tout autant faire attention. Junior croyait son père tout à fait capable de le baiser, *lui*, son fils, si la situation lui paraissait l'exiger.

« Junior ? La Terre appelle Junior.

– Oui, j'suis là, répondit-il, un peu irrité.

– On retourne en ville ?

– Vérifions les autres chalets. Il n'y a même pas cinq cents mètres, et si nous rentrons tout de suite, Randolph va nous trouver quelque chose à faire.

– J'aurais bien mangé un morceau.

– Où ça ? au Sweetbriar Rose ? Tu veux de la mort-aux-rats dans tes œufs brouillés – cadeau de Dale Barbara ?

– Il n'oserait pas.

– T'en es sûr ?

– D'accord, d'accord. » Frankie lança le moteur et partit en marche arrière dans la courte allée. Des feuilles aux couleurs éclatantes pendaient des arbres, immobiles, et l'air était lourd. On se serait davantage cru en juillet qu'en octobre. « Mais les Trouducs ont intérêt à avoir décampé quand on repassera, sans quoi je risque d'être obligé de présenter le petit saloperon rouge à mon vengeur masqué.

– Je ne demanderai pas mieux que de la tenir pour toi, dit Junior. *Yippee-ki-yi-yai*, espèce de branleur. »

3

Les trois premiers chalets étaient manifestement vides ; ils ne prirent même pas la peine de descendre de voiture. Le chemin était à présent réduit à deux ornières de part et d'autre d'un terre-plein central envahi d'herbes. Les arbres l'enserraient des deux côtés et les branches basses touchaient presque la carrosserie.

« Je crois que le dernier est après le virage, dit Frankie. Le chemin ne va pas plus loin que cette petite cabane à bateau merdi…

– Attention ! » cria Junior.

Au sortir du virage sans visibilité ils venaient de tomber sur deux gamins, un garçon et une fille, qui se tenaient au milieu de la voie. Les enfants ne bougèrent pas. Ils avaient tous les deux une expression hébétée. Si Frankie n'avait pas craint d'endommager le pot d'échappement sur le terre-plein central (raison pour laquelle il roulait très lentement), il n'aurait pu les éviter.

« Oh, mon Dieu, il s'en est fallu de peu. Je crois que je vais avoir une crise cardiaque.

– Si mon père n'en a pas eu, ce n'est pas toi qui vas nous en faire une.

– Hein ?

– Laisse tomber. »

Junior descendit. Les deux gamins n'avaient toujours pas bougé. La fillette était la plus grande et la plus âgée. Neuf ans, peut-être. Le garçon devait avoir cinq ans. Ils étaient sales et pâles. La fillette tenait le petit garçon par la main. Elle leva les yeux vers Junior, mais le petit continua à regarder droit devant lui, comme s'il étudiait un détail intéressant sur le phare avant gauche de la Toyota.

Junior lut la terreur dans les yeux de la fillette et mit un genou à terre devant elle. « Ça va, ma chérie ? »

Ce fut le garçon qui répondit. Tout en continuant à examiner le phare. « Je veux ma maman. Et je veux mon petit 'jeuner. »

Frankie venait de les rejoindre. « Ils sont bien réels ? » demanda-t-il d'un ton qui signifiait *je plaisante, mais pas vraiment*. Il toucha le bras de la gamine.

Celle-ci sursauta légèrement et le regarda. « Maman n'est pas revenue, dit-elle à voix basse.

– Comment tu t'appelles, mon chou ? demanda Junior. Et qui est ta maman ?

– Je m'appelle Alice Appleton. Lui, c'est Aidan Patrick Appleton. Ma mère, c'est Vera Appleton. Mon père, c'est Edward Appleton, mais ils ont divorcé l'an dernier et il habite maintenant à Plano, au Texas. Nous, nous habitons à Weston, Massachusetts, 16, Oak Way. Notre numéro de téléphone est le… », elle récita le numéro avec la précision dépourvue d'intonation d'un enregistrement.

Junior pensa, *oh, nom d'un chien, encore des Masse-ma-chaussette*. Mais c'était logique : qui d'autre voudrait gaspiller de l'essence, au prix où elle était, rien que pour venir voir tomber les feuilles de ces putains d'arbres ?

Frankie s'était agenouillé, lui aussi. « Écoute-moi, Alice, mon cœur. Où est ta maman, maintenant ?

– Je sais pas. » Des larmes – de grosses larmes limpides – commencèrent à couler sur ses joues. « On est venus voir les feuilles. On devait aussi faire du kayak. On aime bien le kayak, pas vrai, Aidan ?

– J'ai faim », dit Aidan d'un ton funèbre, se mettant à son tour à pleurer.

Ce spectacle donna aussi envie à Junior de pleurer. Il dut se rappeler qu'il était flic. Les flics ne pleurent pas, en tout cas pas quand ils sont en service. Il demanda à nouveau à la fillette où était leur mère, mais ce fut le garçon qui répondit.

« Elle est allée chercher des Whoops.

– Il veut dire des tartes Whoops, expliqua Alice. Mais aussi d'autres choses. Parce que Mr Killian n'avait pas préparé le chalet comme il aurait dû. Maman a dit que je pouvais garder Aidan parce que j'étais assez grande et qu'elle n'en avait pas pour longtemps, qu'elle allait juste au Yoder's. Elle m'a juste dit de ne pas laisser Aidan s'approcher de l'étang. »

Junior commençait à se faire une idée de la situation. Apparemment, la maman s'était attendue à trouver des provisions dans le chalet – au moins quelques produits de base – mais si elle avait un peu connu Roger Killian, elle aurait su qu'il valait mieux ne pas compter sur lui. Le personnage était un abruti de première classe et toute sa descendance avait hérité de ses capacités intellectuelles réduites. Le Yoder's était un petit magasin minable, juste à l'entrée du territoire communal de Tarker's Mill, spécialisé dans la bière, les mauvais alcools et les raviolis en boîte. En temps normal, l'aller-retour prenait environ quarante minutes. Sauf que la maman n'était pas revenue, et Junior savait pourquoi.

« C'est samedi matin qu'elle est partie, c'est ça ? demanda-t-il. C'est bien ça, dis ?

– Je veux ma maman ! gémit Aidan entre ses larmes. Et je veux mon petit'jeuner ! J'ai mal au ventre !

– Oui, répondit Alice. Samedi matin. On a regardé des dessins animés, sauf que maintenant on peut plus rien regarder, y'a plus d'électricité. »

Junior et Frankie se regardèrent. Deux nuits passées dans le noir. Une fillette d'environ neuf ans, un garçon de cinq. Junior préférait ne pas y penser.

« Vous n'aviez rien à manger ? demanda Frankie à Alice Appleton. Dis, ma chérie ? Rien du tout ?

– Il y avait un oignon dans le bac à légumes. On en a mangé une moitié chacun. Avec du sucre.

– Oh, putain, s'exclama Frankie. J'ai rien dit, j'ai pas dit ça. Attendez une seconde. »

Il retourna à la voiture, ouvrit la portière côté passager et entreprit de fouiller dans la boîte à gants.

« Et où voulais-tu aller, Alice ? demanda Junior.

– En ville. Chercher maman et trouver quelque chose à manger. On voulait passer à côté du prochain chalet et couper par les bois, ajouta-t-elle avec un vague geste vers le nord. J'ai pensé que ça irait plus vite. »

Junior sourit, mais il avait froid, intérieurement. Ce n'était pas le bourg de Chester's Mill qu'elle avait indiqué, mais le TR-90. Rien que des kilomètres et des kilomètres de bois envahis de broussailles et de zones marécageuses. Sans parler du Dôme, bien sûr. En partant dans cette direction, Alice et Aidan seraient très certainement morts de faim ; Hänsel et Gretel, tournant mal et non bien à la fin.

Et dire que nous avons failli faire demi-tour. Bon Dieu.

Frankie revint. Il tenait un Milky Way à la main. La confiserie paraissait datée et avait été plus ou moins écrasée, mais elle était toujours dans son emballage. La manière dont les deux enfants la regardèrent faisait penser aux gosses affamés qu'on voyait parfois aux informations, se dit Junior. Cette expression sur des visages de petits Américains avait quelque chose d'irréel, de terrible.

« C'est tout ce que j'ai pu trouver, s'excusa Frankie en enlevant l'emballage. On vous donnera quelque chose de mieux en ville. »

Il rompit le Milky Way en deux, et en donna un morceau à chacun des enfants. La confiserie disparut en cinq secondes. Quand il eut terminé, le garçon s'enfonça les doigts dans la bouche jusqu'aux articulations. Ses joues se creusaient au rythme de ses mouvements de succion.

Un chien léchant la graisse sur un bâton, pensa Junior.

Il se tourna vers Frankie. « Pas la peine d'attendre d'être en ville. On va retourner au chalet du vieux et de sa poulette. On trouvera bien quelque chose et on le donnera à ces gosses. »

Frankie acquiesça et souleva le garçon. Junior prit la fillette. Il sentait l'odeur de sa sueur, de sa peur. Il lui caressa les cheveux, comme si ce geste pouvait en chasser la puanteur huileuse.

« Ça va aller, ma chérie, dit-il. Toi et ton frère, ça va aller. Vous ne risquez plus rien. Tout va bien.

– Vous promettez ?

– Oui. »

Les bras de la fillette lui étreignirent le cou. Ce fut l'une des meilleures choses que Junior ressentit de toute sa vie.

4

La partie occidentale de Chester's Mill était la moins peuplée de l'agglomération et, à neuf heures moins le quart, elle avait été presque entièrement évacuée. Il ne restait qu'un véhicule de police à la hauteur de la Little Bitch, la voiture de patrouille numéro 2. Jackie Wettington était au volant, Linda Everett à côté d'elle. Le chef Perkins, un flic de la vieille école, n'aurait jamais composé une patrouille de deux femmes ; mais évidemment, le chef Perkins n'était plus aux commandes, et les deux femmes, de plus, appréciaient la nouveauté. Les hommes, et en particulier les flics, avec leurs grosses (sinon grossières) plaisanteries, finissaient par être fatigants.

« Prête à repartir ? demanda Jackie. Le Sweetbriar va être fermé, mais on pourra toujours mendier une tasse de café. »

Linda ne répondit pas. Elle pensait à l'endroit où le Dôme coupait la Little Bitch. Elle avait trouvé déstabilisant d'aller là-bas, et pas seulement parce que les sentinelles se tenaient toujours le dos tourné et n'avaient pas bougé lorsqu'elle les avait saluées via le haut-parleur du véhicule. C'était déstabilisant parce qu'il y avait un grand X peint en rouge sur le Dôme, suspendu en l'air comme un hologramme de science-fiction. Il lui paraissait impossible qu'un missile tiré à plusieurs centaines de kilomètres puisse atteindre une cible aussi réduite, mais Rusty lui avait affirmé que si.

« Linda ? »

Elle reprit ses esprits. « Oui, oui, je suis prête si tu l'es. »

La radio se mit à crépiter. « Unité 2, unité 2, vous me recevez ? À vous. »

Linda décrocha le micro. « Base, ici 2. On te reçoit, Stacey, mais la réception n'est pas très bonne. À toi.

– Tout le monde dit la même chose, répondit Stacey Moggin. C'est pire près du Dôme, et ça s'améliore au fur et à mesure qu'on se rapproche du centre. Mais vous êtes toujours sur la Little Bitch ? À vous.

– Oui. On vient de vérifier les Killian et les Boucher. Tous partis. Si le missile passe au travers, Roger Killian va se retrouver avec un sacré lot de poulets rôtis. À toi.

– On organisera un pique-nique. Pete veut vous parler. Le chef Randolph, je veux dire. À vous. »

Jackie manœuvra la voiture et se gara un peu plus loin sur le bord de la route. Il y eut de la friture sur la ligne, puis Randolph prit la parole. Il ne s'embarrassa pas de formules codées – il ne l'avait jamais fait.

« Vous avez vérifié l'église, unité 2 ?

– L'église du Rédempteur ? À toi.

– C'est la seule du secteur, officier Everett. À moins qu'une mosquée hindoue ait poussé dans la nuit. »

Il semblait à Linda que ce n'était pas les hindous qui faisaient leurs dévotions dans des mosquées, mais quelque chose lui disait que le moment était mal choisi pour en faire la remarque. Randolph paraissait fatigué et de mauvaise humeur. « L'église du Christ-Rédempteur n'était pas dans notre secteur. Mais dans celui des deux petits nouveaux. Thibodeau et Searles, il me semble. À toi.

– Allez tout de même vérifier, dit Randolph, d'une voix plus irritée que jamais. Personne n'a vu Coggins, et deux de ses paroissiens veulent faire une de leurs petites fiestas de prières avec lui, j'sais plus comment ils appellent ça. »

Jackie porta l'index à sa tempe et fit le geste de se tirer une balle. Linda, qui n'avait qu'une envie, rentrer pour voir comment allaient ses filles qu'elle avait laissées chez Marta Edmund, acquiesça.

« Bien compris, chef. On y va. À vous.

– Vérifiez aussi le presbytère (il y eut une pause). Et la station de radio. Ce foutu machin continue de beugler, c'est donc qu'il y a quelqu'un.

– Entendu. » Elle était sur le point d'ajouter *Terminé*, lorsqu'elle pensa à quelque chose d'autre. « Chef, du nouveau, à la télé ? Le Président a-t-il donné des informations ? À vous ?

– J'ai pas le temps d'écouter toutes les conneries qui sortent de la bouche de cet idiot. Foncez, retrouvez-moi le *padre* et dites-lui de ramener ses fesses ici. Et ramenez aussi vos fesses. Terminé. »

Linda raccrocha le micro et regarda Jackie.

« Qu'on ramène nos fesses ? dit Jackie. Nos *fesses* ?

– C'est lui le trouduc », dit Linda.

La réplique se voulait drôle, mais elle tomba à plat. Elles restèrent un moment silencieuses, tandis que le moteur tournait au ralenti. Puis Jackie reprit d'une voix si basse qu'elle était presque inaudible : « C'est vraiment trop moche.

– Randolph au lieu de Perkins, tu veux dire ?

– Oui, ça et les nouveaux flics. » Elle avait mis des guillemets au mot *flics*. « Des gosses. Et tu sais quoi ? Quand je suis arrivée, Henry Morrison m'a dit que Randolph en avait engagé deux de plus, ce matin. Ils ont débarqué en compagnie de Carter Thibodeau et Peter les a fait signer sans leur poser une seule question. »

Linda connaissait le genre d'individus qui traînaient avec Thibodeau, au Dipper's ou au Gas & Grocery, où ils se servaient du garage pour customiser leurs motos achetées à crédit. « Deux de plus ? Et pourquoi ?

– Pete a dit à Henry que nous pourrions en avoir besoin si le missile ratait son coup. *Pour être sûr que la situation ne devienne pas incontrôlable,* il a dit. Et tu sais qui lui a fourré cette idée dans la tête ? »

Oui, Linda le savait. « Au moins, ils ne sont pas armés.

– Deux ou trois le sont. Pas avec des armes de service ; avec les leurs. Mais demain – sauf si tout se termine aujourd'hui – ils le seront. Et Pete les a laissés patrouiller ensemble au lieu de les mettre avec des vrais flics. Tu parles d'une période de formation, hein ? Vingt-quatre heures, à peu de chose près ! Tu te rends compte que ces gosses sont maintenant plus nombreux que nous ? »

Linda digéra cette information en silence.

« Les Jeunesses hitlériennes, reprit Jackie. C'est à ça que je n'arrête pas de penser. J'exagère sans doute, mais j'espère vraiment que ce truc-là finira aujourd'hui et ne pas avoir à vérifier.

– Je ne vois pas tellement Peter Randolph en Hitler.

– Moi non plus. C'est à Rennie que je pense quand je parle de Hitler. » Elle enclencha une vitesse, exécuta un demi-tour et prit la direction de l'église du Christ-Rédempteur.

5

L'église était vide mais pas fermée à clef. Le générateur ne tournait pas. Le presbytère était silencieux, la Chevrolet du révérend garée dans le petit garage. Quand elle y jeta un coup d'œil, Linda vit deux autocollants sur le pare-chocs arrière : SI JE RENTRE EN TRANSE PRENEZ LE VOLANT ! lisait-on sur l'un. MON AUTRE VOITURE EST À DIX VITESSES, lisait-on sur l'autre.

Linda attira l'attention de Jackie sur le deuxième : « Il a une bicyclette ; je l'ai déjà vu dessus. Comme elle n'est pas dans le garage, je me dis qu'il l'a peut-être prise pour aller en ville. Pour économiser l'essence.

– C'est possible, admit Jackie. Mais nous devrions peut-être vérifier la maison, des fois qu'il aurait glissé dans sa douche et se serait cassé le cou.

– Nous ne risquons pas de le voir nu ?

– Personne ne prétend que le boulot de flic soit toujours agréable. Allons-y. »

La maison était fermée à clef, mais dans une ville où les résidents temporaires constituent une bonne partie de la population, la police sait comment entrer, dans ces cas-là. Elles vérifièrent les cachettes habituelles de la clef de secours. Ce fut Jackie qui la trouva, accrochée à un clou, derrière le volet de la cuisine. Elle ouvrait la porte de derrière.

« Révérend Coggins ? » appela Linda en passant la tête à l'intérieur. « C'est la police, révérend Coggins. Vous êtes là ? »

Pas de réponse. Elles entrèrent. Ordre et propreté régnaient au rez-de-chaussée, mais l'endroit n'en donna pas moins une impression de malaise à Linda. Parce qu'elle se trouvait chez quelqu'un d'autre, songea-t-elle. Dans la maison d'un *religieux*, sans y être invitée.

Jackie monta au premier. « Révérend Coggins ? C'est la police. Si vous êtes là, veuillez nous le faire savoir. »

Linda était restée au pied de l'escalier et regardait vers le haut. La maison lui donnait la sensation que quelque chose clochait, sans qu'elle sache pourquoi, exactement. Cela lui fit penser à Janelle agitée de tremblements en pleine crise de petit mal. Il y avait aussi quelque chose qui clochait là-dedans. Une certitude bizarre l'envahit : si Janelle avait été ici maintenant, elle aurait eu une autre crise. Oui, et elle aurait commencé à raconter des choses bizarres. Halloween et la Grande Citrouille, peut-être.

L'escalier était parfaitement ordinaire, mais elle n'avait aucune envie de monter à l'étage ; elle voulait juste que Jackie lui dise que les pièces étaient vides afin qu'elles puissent se rendre à la station de radio. Néanmoins, lorsque sa collègue l'appela, Linda monta les marches.

6

Jackie se tenait au milieu de la chambre de Coggins. Une grande croix en bois toute simple ornait l'un des murs, une plaque gravée sur un autre. Sur la plaque, on lisait : IL N'EST MOINEAU QUI TOMBE AU SOL SANS QU'IL NE LE SACHE. Le lit était défait. Il y avait des traces de sang sur le drap du dessous.

« Et ça, dit Jackie. Viens voir par là. »

À contrecœur, Linda s'avança. Sur le sol en bois poli, entre le lit et le mur, elle vit une longueur de corde à nœuds. Les nœuds étaient ensanglantés.

« On dirait que quelqu'un l'a battu, dit Jackie, les sourcils froncés. Et peut-être assez fort pour l'assommer. Après quoi, il l'a allongé sur le… » Elle regarda sa collègue. « Non ?

– J'imagine que tu n'as pas grandi dans une famille religieuse, dit Linda.

– Mais si. On adorait la Sainte Trinité : le Père Noël, les cloches de Pâques et la Petite Souris. Et toi ?

– La bonne vieille eau du robinet baptiste, mais j'ai entendu raconter des choses. Je crois qu'il doit se flageller.

– Beurk… On fait ça quand on a péché, non ?

– Oui. Et je ne crois pas que la mode en soit définitivement passée.

– Alors c'est logique – d'une certain manière. Va dans la salle de bains et regarde sur le réservoir des toilettes. »

Linda ne bougea pas. La corde à nœuds, c'était déjà assez horrible comme ça et l'effet que lui faisait la maison – trop vide, d'une certaine manière – était pire.

« Vas-y. Ça ne va pas te mordre et je suis prête à parier que tu as vu pire. »

Linda passa dans la salle de bains. Il y avait deux revues posées sur le réservoir des toilettes. L'une était religieuse et s'intitulait *Le Paradis*. L'autre avait pour titre *Jeunes Salopes orientales*. Il lui parut douteux que cette dernière ait été vendue dans des librairies religieuses.

« Et donc, dit Jackie, on voit un peu le tableau, pas vrai ? Il s'assoit sur les chiottes, il s'astique la truffe…

– Il s'astique la *truffe* ? » Linda pouffa de rire en dépit de sa nervosité. Ou peut-être à cause d'elle.

« C'était comme ça que disait ma mère, reprit Jackie. Bref, une fois sa petite affaire faite, il ouvre une boîte de fouette-cul taille moyenne histoire d'expier ses péchés puis va au lit pour rêver des petites Orientales. Ce matin il se lève, tout ragaillardi et débarrassé de ses péchés, fait ses dévotions du matin et enfourche sa bicyclette pour aller en ville. Ça colle, non ? »

Ça collait. Sauf que cela n'expliquait pas vraiment pourquoi la maison lui faisait un tel effet. « Allons jeter un coup d'œil à la station de radio, dit Linda. Après quoi nous retournerons en ville prendre un café. C'est moi qui régale.

– Bon plan, répondit Jackie. Je veux le mien bien noir. Et en injection, de préférence. »

7

Le studio de WCIK, bâtiment sans étage tout en verre, était également fermé à clef ; mais des haut-parleurs installés sous l'avant-toit diffusaient « Good Night, Sweet Jesus » dans l'interprétation du célèbre chanteur *soul* Perry Como. Derrière le studio s'élevait la tour de l'antenne ; les éclairs rouges, à son sommet, étaient à peine visibles dans la lumière du matin. Au pied de la tour, les deux femmes virent une construction rappelant une grange qui devait contenir, estima Linda, le groupe électrogène et tout le matériel dont on avait besoin pour continuer à diffuser le miracle de Dieu sur tout le Maine occidental et le New Hampshire oriental, voire jusqu'aux planètes intérieures du système solaire.

Jackie frappa, puis cogna à la porte.

« J'ai l'impression qu'il n'y a personne », dit Linda… sauf que l'endroit avait aussi quelque chose qui n'allait pas. Et l'air avait une curieuse odeur, une odeur fade de renfermé. Elle lui rappelait celle qui régnait dans la cuisine de sa mère, même après une bonne aération. Parce que sa mère fumait comme une cheminée et considérait que les seules choses dignes d'être mangées étaient celle que l'on avait cuites dans une poêle brûlante avec plein de lard.

Jackie secoua la tête. « On a pourtant bien entendu quelqu'un, non ? »

Linda n'avait aucun commentaire à faire, car c'était vrai. Elles avaient écouté la station pendant qu'elles allaient du presbytère au studio de radio et avaient entendu un DJ à la voix onctueuse présenter le titre suivant comme « un autre message de l'amour de Dieu mis en chanson ».

Cette fois-ci, la chasse à la clef planquée prit plus de temps, mais Jackie la trouva finalement dans une enveloppe scotchée sous la boîte aux lettres. Elle était accompagnée d'un bout de papier sur lequel on avait griffonné **1 6 9 3**.

La clef, un double un peu collant, fonctionna après quelques essais. Dès qu'elles furent entrées, elles entendirent se déclencher les bips réguliers du système de sécurité. Le tableau était sur le mur. Jackie composa le code et les bips cessèrent. Il n'y avait plus que la musique. Perry Como avait laissé la place à une pièce instrumentale ; Linda lui trouva une ressemblance troublante avec le solo d'orgue de « In-A-Gada-Da-Vida ». Les haut-parleurs étaient ici d'une qualité cent fois supérieures à ceux placés dehors et la musique à plein volume donnait presque l'impression d'une chose vivante.

Il n'y a donc personne qui bosse dans ce boucan plus-saint-que-moi-tu meurs ? se demanda Linda. *Qui répond au téléphone ? Qui traite des affaires ? Comment font-ils ?*

Là aussi, quelque chose ne collait pas. Linda en était certaine. L'endroit avait une atmosphère carrément inquiétante ; l'impression de danger était palpable. Quand elle vit que Jackie avait défait l'attache de son automatique de service, elle en fit autant. La sensation de la crosse, dans la paume de sa main, était rassurante. *Et voici : ton bâton et ta crosse te rassurent*, pensa Linda.

« Y'a quelqu'un ? lança Jackie. Révérend Coggins ? »

Il n'y eut pas de réponse. Personne au bureau de la réception. Sur la gauche, deux portes fermées. Droit devant, un vitrage courait sur toute la longueur de la pièce principale. On y voyait clignoter des lumières. Le studio qui assurait la diffusion, supposa-t-elle.

Du pied, se tenant le plus loin possible, Jackie poussa les portes fermées. Derrière la première, il y avait un bureau. Derrière la seconde, une salle de conférences d'un luxe surprenant, dominée par un écran plat géant. Il était branché, le son coupé. Anderson Cooper, presque grandeur nature, paraissait faire son numéro sur Main Street à Castle Rock. Les bâtiments étaient ornés de drapeaux et de rubans jaunes. Linda vit un panneau, devant la quincaillerie, sur lequel on lisait : LIBÉREZ-LES. La sensation de bizarrerie devint plus forte que jamais. Sur la bande défilante, au bas de l'écran, on lisait : DES SOURCES DU DÉPARTEMENT DE LA DÉFENSE AFFIRMENT QUE LE LANCEMENT DU MISSILE EST IMMINENT.

« Mais pourquoi la télé est-elle branchée ? demanda Jackie.

– Parce que le type qui gardait la boutique l'a laissée lorsqu'il est… »

Une voix tonnante l'interrompit : « C'était l'interprétation par Raymond Howell de "Christ My Lord and Leader." »

Les deux femmes sursautèrent.

« Norman Drake à l'antenne, qui vous rappelle trois choses importantes : vous écoutez *Revival Time* sur WCIK, Dieu vous aime, et il a envoyé son fils mourir sur la croix pour vous. Avez-vous donné votre cœur à Jésus ? Je vous retrouve après ceci. »

Norman Drake laissa la place à un diablotin à la langue bien pendue qui vendait une édition intégrale de la Bible en DVD, que vous pouviez payer en mensualités et vous faire rembourser si vous n'en étiez pas aussi content qu'un cochon de sa bauge. Linda et Jackie s'approchèrent de la paroi vitrée du studio et regardèrent à l'intérieur. Ni Norman Drake ni le diablotin à la langue bien pendue ne s'y trouvaient, mais au moment où la pub prit fin et où le DJ vint présenter le chant de louanges suivant, une lumière verte devint rouge et une rouge devint verte. Quand la musique commença, une autre lumière rouge devint verte.

« C'est entièrement automatisé, s'exclama Jackie. Tout le foutu bidule !

– Alors comment se fait-il qu'on ait l'impression qu'il y a quelqu'un ? Et ne me raconte pas que tu ne le sens pas, toi aussi. »

Jackie ne le contesta pas. « Parce que ce n'est pas normal. Il y a toujours quelqu'un pour surveiller la boutique, dans ces trucs. Cette installation a dû coûter une fortune, mon chou. Parle-moi du fantôme dans la machine ! Pendant combien de temps ce truc va-t-il tourner, d'après toi ?

– Jusqu'à ce qu'il n'y ait plus de propane ou que le générateur s'arrête, sans doute. »

Linda repéra alors une autre porte fermée qu'elle ouvrit d'un coup de pied, comme l'avait fait Jackie… à ceci près qu'elle avait auparavant pris son arme et la tenait le long de sa cuisse, sûreté mise.

Des toilettes, vides. Il y avait cependant, sur le mur, une image d'un Jésus de type extrêmement caucasien.

« Je ne suis pas croyante, dit Jackie, alors il va falloir que tu m'expliques comment des gens peuvent avoir envie que Jésus les voie chier ? »

Linda secoua la tête. « Sortons d'ici avant que je pète les plombs, répondit-elle. Cet endroit est la version radiophonique de la *Marie-Céleste.* »

Jackie regarda autour d'elle, mal à l'aise. « Les vibrations fichent les boules, je suis d'accord avec toi. » Elle éleva si soudainement la voix, prenant un ton rude, que Linda sursauta. Elle aurait voulu dire à Jackie de ne pas crier comme ça, que quelqu'un pourrait les entendre et venir. Quelqu'un ou *quelque chose.*

« Hé ! Ho ! Y'a quelqu'un là-dedans ? Dernière chance ! »

Rien. Personne.

Dehors, Linda prit une profonde inspiration. « Une fois, quand j'étais adolescente, nous sommes allées en bande à Bar Harbor. Nous avons pique-niqué au point de vue panoramique, sur la côte. Nous étions une bonne demi-douzaine. Il faisait très beau et on voyait pratiquement jusqu'en Irlande. Après avoir mangé, j'ai dit que je voulais prendre une photo. Mes copines n'arrêtaient pas de se bousculer et de chahuter, et moi de reculer pour les avoir toutes dans le cadre. Puis l'une d'elles – Arabella, ma meilleure amie à l'époque – a soudain arrêté de donner des bourrades à sa voisine et a crié, *Stop, Linda, stop !* Je me suis arrêtée et j'ai regardé derrière moi. Et tu sais ce que j'ai vu ? »

Jackie secoua la tête.

« L'océan Atlantique. J'avais reculé jusqu'au bord de la falaise où se trouvait l'aire de pique-nique. Il y avait bien un panneau d'avertissement, mais pas de garde-fou ni de barrière, rien. Un pas de plus, et je dégringolais. Et ce que j'ai ressenti alors, c'est ce que je ressens maintenant.

« Il n'y avait personne, Linda.

– Je ne crois pas. Et je ne crois pas que tu le croies, toi non plus.

– C'était angoissant, c'est vrai. Mais nous avons visité les pièces…

– Pas le studio. Sans compter que la télé était branchée et la musique à plein volume. Ne me dis pas qu'ils la mettent tout le temps aussi fort, si ?

– Comment veux-tu que je sache ce que font les saints braillards du bon Dieu ? demanda Jackie. Ils attendent peut-être l'Apocalique.

– Lypse.

– Comme tu voudras. Tu veux qu'on aille voir dans la remise ?

– Certainement pas », répondit Linda.

Jackie réagit par un rire nerveux. « D'accord. Notre rapport c'est : *aucune trace du révérend Coggins*, d'accord ?

– D'accord.

– En route pour la ville. Et un café. »

Avant de remonter dans le véhicule de patrouille numéro 2, Linda jeta un dernier coup d'œil à la station de radio, baignée dans la blancheur douceâtre de sa joyeuse mièvrerie musicale. On n'entendait aucun autre son ; elle se rendit compte que pas un seul oiseau ne chantait et se demanda s'ils ne s'étaient pas tous tués en se jetant contre le Dôme. Ce n'était tout de même pas possible. Si ?

Jackie montra le micro. « Et si je lançais un avertissement avec ça ? Pour dire que s'il y a des gens qui se cachent, ils feraient mieux de se tirer en ville ? Parce que – je viens juste d'y penser – ils ont peut-être eu peur de nous.

– Ce que je veux que tu fasses, c'est arrêter de traîner et qu'on fiche le camp d'ici. »

Jackie ne discuta pas. Elle s'engagea en marche arrière dans la courte allée donnant sur Little Bitch Road et de là prit la direction de Chester's Mill.

8

Du temps passa. La musique religieuse continua. Norman Drake revint annoncer qu'il était neuf heures trente-quatre, Heure Aimée de Dieu Avancée de l'Est. Ce fut suivi d'une publicité pour *Jim Rennie's Used Cars*, faite par le deuxième conseiller lui-même. « Ce sont nos grands soldes d'automne et, les gars, c'est le trop-plein ! lança Big Jim d'un ton patelin. Nous avons des Ford, des Chevrolet, des Plymouth ! Nous avons des Dodge Ram si difficiles à trouver et des Mustang encore plus difficiles à dégoter ! Les gars, j'ai en stock non pas une Mustang, mais trois, comme neuves, dont la célèbre V6 décapotable, et chacune bénéficie de la célèbre garantie chrétienne de Jim Rennie. Nous assurons le service après-vente, nous finançons, et tout ça au meilleur prix. Et aujourd'hui (il partit d'un petit rire plus patelin que jamais) nous devons faire le grand MÉNAGE dans ce GARAGE ! Alors rappliquez ! Il y a toujours du café au chaud, voisins, vous allez adorer l'atmoSPHÈRE, quand Big Jim fait des afFAIRES ! »

Une porte qu'aucune des deux femmes n'avait remarquée s'ouvrit dans le fond du studio. À l'intérieur clignotaient d'autres lumières – une véritable galaxie. La pièce, guère plus grande qu'un placard, était remplie de câbles, de dérivations, de connexions, de boîtiers électroniques. On aurait cru qu'il n'y avait pas place pour un homme, là-dedans. Mais le Chef était plus que maigre : squelettique. Ses yeux se réduisaient à deux points brillants au fond d'orbites profondément enfoncées. Il avait une peau blême aux taches malsaines. Ses lèvres se repliaient vers l'intérieur sur des gencives presque dépourvues de dents. Sa chemise et son pantalon étaient sales et flottaient sur ses hanches saillantes ; quant à ses sous-vêtements, ils n'étaient plus qu'un souvenir. Sammy Bushey n'aurait probablement jamais reconnu son mari disparu. Il tenait un sandwich au beurre de cacahuètes et à la gelée (il ne pouvait plus manger que du mou) dans une main et un Glock 9 mm dans l'autre.

Il s'approcha de la fenêtre donnant sur le parking, avec l'idée de se précipiter dehors et d'abattre les intruses si elles étaient encore là ; il avait bien failli le faire pendant qu'elles exploraient le studio. Sauf qu'il avait eu peur. Car on ne peut pas vraiment tuer les démons. À la mort de leur corps humain, ils se contentent d'aller en occuper un autre. Entre deux corps, les démons ressemblent à des merles. Le Chef les avait vus dans les rêves intenses qu'il faisait quand il dormait, ce qui était de plus en plus rare.

Elles étaient parties, cependant. Son *atman* avait été trop puissant pour elles.

Rennie lui avait dit qu'il devait tout arrêter, là-derrière, et le chef Bushey l'avait fait, mais il allait peut-être devoir rallumer l'un des fours parce qu'il y avait eu une expédition importante pour Boston une semaine auparavant et qu'il allait être bientôt à court de produit. Il avait besoin de fumer. C'était de ça que se nourrissait son *atman*, ces temps-ci.

Mais pour le moment, il lui en restait encore assez. Il avait renoncé au blues, qui avait été si important pour lui dans sa période Phil Bushey – B.B. King, Koko & Hound Dog Taylor, Muddy & Howlin' Wolf, et même l'immortel Little Walter – et il avait renoncé à la baise ; il avait même largement renoncé à se vider les boyaux – il était constipé depuis le mois de juillet. Mais c'était très bien. Ce qui humiliait le corps alimentait l'*atman*.

Il parcourut une seconde fois des yeux le parking et ce qu'il voyait de la route pour s'assurer que les démons n'y rôdaient pas, puis il glissa l'automatique sous sa ceinture, dans son dos, et prit la direction de la remise, laquelle tenait davantage de l'usine, depuis un certain temps. Une usine qui était pour le moment fermée, mais il pourrait arranger ça, si nécessaire.

9

Rusty Everett se tenait à l'entrée de la remise, derrière l'hôpital. Il avait une lampe torche à la main parce que lui et Ginny Tomlinson – en tant que nouveaux responsables des services médicaux de Chester's Mill, aussi aberrant que cela fût – avaient décidé de n'utiliser le courant électrique que là où il était absolument indispensable. Sur sa gauche, dans son propre abri, il entendait ronronner le groupe électrogène occupé à grignoter inlassablement le contenu du grand réservoir de propane. *La plupart ont disparu*, avait dit Twitchell et, bon Dieu, c'était vrai. *D'après le relevé d'inventaire sur la porte, il aurait dû y avoir sept de ces bonbonnes, mais il n'en reste que deux.* Sur ce point, Twitchell s'était trompé. Il n'en restait qu'une. Rusty fit passer le rayon de sa torche sur l'inscription au stencil bleu, **CR HOSP**, qui courait le long du flanc argenté de l'énorme bonbonne, sous le logo du fournisseur, Dead River.

« Je te l'avais dit, fit Twitchell dans son dos, faisant sursauter Rusty.

– Sauf qu'il n'en reste pas deux, mais une.

– Tu déconnes ! »

Twitchell s'avança à son tour dans l'encadrement de la porte. Regarda pendant que Rusty promenait le rayon de sa torche et illuminait des caisses de fournitures qui entouraient une aire centrale vide pour l'essentiel.

« Tu déconnes pas.

– Non.

– Chef Suprême, quelqu'un nous vole notre propane. »

Rusty n'avait aucune envie d'y croire, mais impossible de faire autrement.

Twitch s'accroupit. « Regarde là. »

Rusty mit un genou à terre. On avait goudronné, l'été précédent, les mille mètres carrés de terrain situés derrière l'hôpital ; et en l'absence de grands froids pour le craqueler ou le déformer – pour le moment – toute la zone était un plan noir parfaitement lisse. Il était facile de voir des traces de pneus en face des portes coulissantes de la remise.

« Ça pourrait appartenir à un des camions de la ville, observa Twitch.

– Ou à n'importe quel gros camion.

– N'empêche, il serait peut-être bon d'aller jeter un coup d'œil dans le hangar, derrière l'hôtel de ville. Twitch pas confiance en Grand Chef Jim Rennie. Lui mauvaise médecine.

– Mais pourquoi prendrait-il notre propane ? Les conseillers en ont tant qu'ils veulent. »

Ils se rendirent jusqu'à la porte donnant dans la lingerie de l'hôpital. Là aussi, l'électricité était coupée, au moins pour le moment. Il y avait un banc près de la porte. Et une affiche, sur le mur de brique : FUMER ICI SERA INTERDIT À PARTIR DU 1er JANVIER. ARRÊTEZ MAINTENANT ET ÉVITEZ LA PRÉCIPITATION !

Twitch sortit son paquet de Marlboro et le tendit à Rusty. Celui-ci commença par refuser puis se ravisa et en prit une. Twitch lui donna du feu. « Comment le sais-tu ? demanda-t-il.

– Comment je sais quoi ?

– Qu'ils en ont plein ? Tu as vérifié ?

– Non. Mais s'ils ont décidé d'en piquer, pourquoi le nôtre ? Non seulement voler l'hôpital est considéré comme particulièrement condamnable par les gens normaux, mais le bureau de poste est pratiquement à côté ; et le bureau de poste doit en avoir aussi.

– Rennie et ses copains ont peut-être déjà pillé les réserves de la poste. De toute façon, à quoi s'éléveraient-elles ? Une bonbonne, deux ? Des clopinettes.

– Ce que je ne comprends pas, c'est qu'ils en aient *besoin*. Ça ne tient pas debout.

– Dans cette affaire, rien ne tient debout », répondit Twitch avec un tel bâillement que Rusty entendit sa mâchoire craquer.

« Tu as fini ta tournée, si je comprends bien ? » Rusty eut le temps de réfléchir à l'aspect surréaliste de sa question. Depuis la mort de Haskell, il était devenu le médecin-chef de l'hôpital et Twitch – hier encore simple infirmier – avait été promu au rang qu'occupait hier encore Rusty, assistant médical.

« Ouais, répondit Twitch avec un soupir. Mr Carty n'en a plus que pour quelques heures. »

Rusty avait pensé la même chose d'Ed Carty, atteint d'un cancer de l'estomac en phase terminale, il y avait une semaine, et l'homme tenait encore. « Comateux ?

– Tout juste, *sensei.* »

Ils pouvaient compter leurs patients sur les doigts d'une main – ce qui, comme le savait Rusty, était une chance exceptionnelle. Il se serait peut-être même considéré lui-même comme chanceux, s'il n'avait pas été aussi fatigué et inquiet.

« George Werner est stable, je dirais. »

Werner, résident d'Eastchester âgé de soixante ans et obèse, avait eu un infarctus le Jour du Dôme. Rusty estimait qu'il allait s'en sortir… pour cette fois.

« Quant à Emmy Whitehouse… (Twitch haussa les épaules)… ce n'est pas très bon, *sensei.* »

Emmy Whitehouse, quarante ans et pas un gramme de graisse en trop, avait eu son propre infarctus environ une heure après l'accident du petit Rory Dinsmore. Il avait été beaucoup plus violent que celui de George Werner parce que, inconditionnelle de la remise en forme, elle avait subi ce que le Dr Haskell appelait un « trauma de club de santé ».

« La petite Freeman va mieux, Jimmy Sirois tient le coup et Nora Coveland pète la forme. Elle sort après le déjeuner. Dans l'ensemble, c'est pas si mal.

– Non, mais ça va empirer, dit Rusty. Je te le garantis. Et si jamais tu étais victime d'un traumatisme crânien carabiné, tu aimerais que je t'opère ?

– Non, pas vraiment. Si seulement Gregory House pouvait venir. »

Rusty écrasa sa cigarette dans la boîte et regarda vers la remise presque vide. Il *devrait* peut-être aller jeter un coup d'œil au hangar de l'hôtel de ville. Ça ne pouvait pas faire de mal, hein ?

Cette fois-ci, ce fut lui qui bâilla.

« Combien de temps arriveras-tu à tenir la boutique ? » demanda Twitch. Il n'y avait pas la moindre trace d'humour dans sa voix. « Je te pose la question parce que pour le moment, tu es tout ce que la ville a.

– Tant qu'il faudra. Ce qui m'inquiète, c'est l'idée qu'à cause de la fatigue, je risque de faire une connerie. Et que je risque aussi d'être confronté à quelque chose de bien au-delà de mes capacités. » Il repensa à Rory Dinsmore… et à Jimmy Sirois. Penser à Jimmy était pire, parce que Rory ne pouvait plus être victime, maintenant, d'une erreur médicale. Jimmy, en revanche…

Rusty se revit dans la salle d'opération, écoutant les bips discrets du matériel. Se revit étudiant la jambe nue et pâle de Jimmy, avec la ligne noire là où il allait falloir la couper. Il pensa à Dougie Twitchell mettant à l'épreuve ses connaissances en anesthésie. Sentit le bistouri que Ginny Tomlinson faisait tomber dans sa main gantée en le regardant, par-dessus le masque, avec ses yeux bleus où il ne lisait que du calme.

Dieu m'en garde, pensa-t-il.

Twitch lui posa une main sur le bras. « Ne t'en fais pas, dit-il. À chaque jour suffit sa peine.

– Foutaises. À chaque *heure* suffit sa peine. » Il se leva. « Il faut que j'aille voir ce qui se passe au centre de soins. Encore heureux, bon Dieu, que ce ne soit pas arrivé pendant l'été ; on se serait retrouvés avec trois mille touristes et les sept cents mômes des camps de vacances

– Tu veux que je t'accompagne ? »

Rusty secoua la tête. « Va plutôt voir dans quel état est Ed Carty, tu veux bien ? S'il fait encore partie du monde des vivants. »

Il jeta un dernier coup d'œil à la remise de l'hôpital, puis partit d'un pas lourd, contournant l'angle du bâtiment pour suivre la diagonale qui le conduirait au centre de soins, de l'autre côté de Catherine-Russell Drive.

10

Ginny était à l'hôpital, bien entendu ; il lui restait à peser une dernière fois l'heureux événement de Mrs Coveland avant de les renvoyer à la maison. La réceptionniste de service, au centre de soins, était Gina Buffalino, dix-sept ans, qui avait exactement six semaines d'expérience dans le domaine médical. Celle d'une aide-soignante, en gros. Elle adressa à Rusty, à son arrivée, un regard de biche prise dans les phares qui lui serra le cœur, mais la salle d'attente était vide, ce qui était une bonne chose. Une *très* bonne chose.

« Des appels ? demanda-t-il.

– Oui, un de Mrs Venziano, qui habite sur Black Ridge Road. Son bébé s'était pris la tête entre les barreaux du parc. Elle voulait qu'on lui envoie une ambulance. Je… je lui ai dit de lubrifier la tête du bébé avec de l'huile d'olive et de voir si ça ne suffirait pas. Ça a marché. »

Rusty sourit. Il y avait peut-être de l'espoir, avec cette petite. Gina, l'air divinement soulagée, lui rendit son sourire.

« Au moins, il n'y a personne, dit Rusty. Ce qui est génial.

– Pas tout à fait. Mrs Grinnell est ici, Andrea Grinnell. Je l'ai installée dans la 3. » Gina hésita un instant. « Elle paraît drôlement bouleversée. »

Rusty, qui commençait à se sentir soulagé, sentit son cœur se serrer à nouveau. Andrea Grinnell. Et bouleversée. Ce qui signifiait qu'elle voulait un post-scriptum à son ordonnance d'OxyContin. Ce qu'en toute conscience il ne pouvait pas lui donner, même en supposant qu'Andy Sanders disposât d'un stock suffisant.

« Très bien. » Il se dirigea vers la salle d'examen numéro 3 puis s'arrêta et se retourna. « Tu ne m'as pas bipé. »

Gina rougit. « Elle m'a expressément demandé de ne pas le faire. »

Voilà qui intrigua Rusty, mais une seconde seulement. Andrea avait peut-être un problème de pilules, néanmoins elle n'était pas idiote. Elle savait que si Rusty se trouvait à l'hôpital, il était probablement en compagnie de Twitch. Or Dougie Twitchell était son petit frère qu'il fallait, en dépit de ses trente-neuf ans, protéger encore des horreurs de la vie.

Rusty s'arrêta un instant devant la porte numéro 3, essayant de se blinder contre ce qui allait se passer. La confrontation allait être difficile. Andrea n'était pas du genre de ces alcoolos provocateurs qui prétendent que l'alcool n'est absolument pas leur problème ; elle n'était pas non plus un de ces drogués à la méthadone qu'il voyait de plus en plus souvent débarquer, depuis un an environ. La responsabilité qu'avait Andrea dans son problème était plus difficile à évaluer, ce qui compliquait le traitement. Elle avait incontestablement souffert le martyre après sa chute. L'Oxy avait été sa planche de salut en lui permettant de supporter la douleur et donc de pouvoir dormir et commencer la thérapie. Ce n'était pas sa faute si la drogue qui lui avait permis de faire cela était aussi celle que les médecins surnommaient l'héroïne du péquenot.

Il ouvrit la porte et entra, répétant sa formule de refus. Il fallait être, se dit-il, *gentil, mais ferme. Gentil, mais ferme.*

Elle était assise sur la chaise, dans l'angle, sous l'affiche décrivant les ravages du cholestérol, jambes serrées, la tête inclinée sur le sac qu'elle tenait sur ses genoux. Une grosse femme qui paraissait maintenant petite. Diminuée, d'une certain façon. Quand elle leva les yeux sur lui et qu'il vit à quel point elle était hagarde – les plis entourant sa bouche profondément creusés, les cernes sous ses yeux presque noirs –, il changea d'avis et décida qu'il lui ferait son ordonnance sur le papier rose à en-tête du Dr Haskell, en fin de compte. Et lorsque la crise du Dôme serait terminée, il essaierait de la faire entrer dans un programme de désintoxication, et s'il le fallait, il la menacerait au besoin de tout raconter à son frère. Pour l'instant, cependant, il lui donnerait ce dont elle avait besoin. Parce qu'il avait rarement vu quelqu'un dans un tel état de manque.

« Eric… Rusty… j'ai des ennuis.

– Je sais. Je vais vous faire une ordo…

– Non ! » Elle le regarda avec une expression proche de l'horreur. « Même si je vous en supplie ! Je suis une droguée et il faut que je m'en sorte ! Je suis qu'une foutue *junkie* ! »

Son visage parut s'effondrer sur lui-même. Elle essaya de lutter pour lui redonner son apparence, sans succès. Elle le couvrit alors de ses mains et éclata en sanglots déchirants, terribles à entendre.

Rusty s'approcha d'elle, mit un genou à terre et passa un bras autour de ses épaules. « C'est une bonne chose de vouloir arrêter, Andrea. Une très bonne chose. Mais ce n'est peut-être pas le meilleur moment… »

Elle le regardait de ses yeux rougis, débordants de larmes. « Vous avez raison, Rusty, c'est même le pire moment, et pourtant il faut que ce soit maintenant ! Et pas question d'en parler à Dougie ou à Rose.

Pouvez-vous m'aider ? Est-ce seulement possible ? Parce que j'en ai été incapable jusqu'ici, pas toute seule. Ces abominables pilules roses ! Je les range dans mon armoire à pharmacie et je me dis, pas une de plus aujourd'hui, et une heure plus tard, j'y retourne ! Je ne me suis jamais trouvée dans une telle situation, jamais, de toute ma vie. »

Elle se mit à parler plus bas, comme si elle était sur le point de lui confier un grand secret.

« Je crois que le problème ne vient plus de mon dos – je crois que c'est mon *cerveau* qui dit à mon dos de me faire mal pour que je puisse continuer à prendre ces fichues pilules.

– Mais pourquoi maintenant, Andrea ? »

Elle se contenta de secouer la tête. « Pouvez-vous m'aider, oui ou non ?

– Oui, mais pas si vous envisagez d'arrêter brusquement, d'un coup. Pour commencer, vous risquez… » Un bref instant il revit Jannie, tremblant de tout son corps dans son lit, parlant de la Grande Citrouille. « Vous risquez d'avoir des crises d'épilepsie. »

Soit elle n'enregistra pas l'information, soit elle décida de ne pas en tenir compte. « Combien de temps ?

– Pour être débarrassée des symptômes physiques ? Deux semaines. Trois, peut-être. »

Et encore, dans le meilleur des cas, pensa-t-il.

Elle l'agrippa par le bras. Elle avait la main très froide. « Trop long. »

Une idée des plus déplaisantes vint à l'esprit de Rusty. Probablement un accès temporaire de paranoïa provoqué par le stress, mais une idée néanmoins convaincante. « Andrea ? Quelqu'un vous fait chanter ?

– Vous blaguez, ou quoi ? Tout le monde sait que je prends ces pilules. C'est une petite ville. » Ce qui, de l'avis de Rusty, ne répondait pas vraiment à la question. « Quel serait le minimum ?

– Avec des injections de B12 et un apport en thiamine et en vitamines, on pourrait y arriver en dix jours. Mais vous seriez sacrément mal en point. Impossible de dormir bien longtemps, et vous souffririez du syndrome de la jambe agitée. Et pas qu'un peu. De plus, il vous faudrait quelqu'un pour vous administrer les doses en diminuant – quelqu'un capable de garder les pilules, quelqu'un qui refuserait de vous en donner quand vous en demanderiez. Parce que vous en demanderez.

– Dix jours ? » Une lueur d'espoir apparut dans son regard. « Et ce truc pourrait être fini d'ici là, non ? Ce truc du Dôme ?

– Peut-être même dès cet après-midi. C'est ce que nous espérons tous.

– Dix jours…

– Dix jours. »

Et, pensa-t-il, *vous aurez envie de reprendre ces foutues saloperies jusqu'à la fin de votre vie.* Mais cela aussi, il le garda pour lui.

11

Le Sweetbriar Rose avait connu une affluence exceptionnelle pour un lundi matin… mais bien entendu, il n'y avait jamais eu de lundi matin comme celui-ci dans toute l'histoire de Chester's Mill. Les clients avaient cependant vidé les lieux sans protester lorsque Rose avait annoncé qu'elle éteignait ses feux et ne rouvrirait qu'à cinq heures de l'après-midi. « Et à cette heure-là, vous pourrez peut-être aller casser la croûte au Moxie's de Castle Rock ! » La formule avait provoqué des applaudissements spontanés, alors que le Moxie's était le type même du bouge graillonneux.

« Pas de déjeuner ? » demanda Ernie Calvert.

Rose regarda Barbie, qui leva les mains en un geste d'impuissance. *Voyez vous-même.*

« Des sandwichs, dit Rose. Jusqu'à ce qu'il n'y en ait plus. »

Réponse qui avait provoqué une nouvelle salve d'applaudissements. Les gens paraissaient étonnamment en forme, ce matin. Ils riaient, ils plaisantaient. Le meilleur indicateur de cet optimisme retrouvé était la reprise des activités de la table aux foutaises, dans le fond du restaurant.

La télé placée en hauteur – bloquée maintenant sur CNN – jouait un rôle important dans ce renouveau. Les gazetiers de comptoir n'avaient guère que des rumeurs à répandre, mais la plupart étaient dans la veine optimiste. Plusieurs des scientifiques interrogés avaient dit que le missile de croisière avait une bonne chance de faire sauter le Dôme et de mettre ainsi un terme à la crise. On estimait le taux de probabilité de réussite à « plus de quatre-vingts pour cent ». *Mais évidemment, ils se trouvent au Massachusetts Institute of Technology de Boston,* se dit Barbie. *Ils peuvent s'offrir le luxe d'être optimistes.*

Alors qu'il était en train de nettoyer son gril, on frappa à la porte. Barbie leva les yeux et vit Julia Shumway entourée de trois enfants. Du coup, elle avait l'air d'une prof de lycée en sortie scolaire. Barbie se dirigea vers elle en s'essuyant les mains à son tablier.

« Si on laisse entrer tous ceux qui veulent manger, on n'aura plus rien à servir le temps de le dire », râla Anson qui essuyait les tables dans un coin du restaurant. Rose était repartie au Food City pour essayer d'acheter un peu de viande.

« Je ne crois pas qu'elle veuille manger », répondit Barbie. Il avait vu juste.

« Bonjour, colonel Barbara, dit Julia avec son esquisse de sourire à la Joconde. Je n'arrête pas d'avoir envie de vous appeler major Barbara comme dans...

– Dans la pièce, oui, je sais. » Ce n'était pas la première fois qu'on la lui faisait. Plutôt la dix-millième. « C'est votre équipe ? »

Le premier des enfants était un garçon extrêmement grand, extrêmement maigre, avec une tignasse de cheveux châtain foncé ; le deuxième était au contraire du genre massif et portait un short ample et un T-shirt délavé 50 Cent ; le troisième était une jolie fille avec un éclair sur la joue. Décalqué plutôt que tatoué, mais qui lui donnait cependant une certaine allure. Il songea que, s'il lui disait qu'elle lui faisait penser à une jeune Joan Jett, elle ne saurait pas de qui il parlait.

« Norrie Calvert, dit Julia en touchant l'épaule de la petite délurée. Benny Drake. Et ce grand échalas est Joseph McClatchey. La manifestation de protestation hier était son idée.

– Sauf que je n'ai jamais voulu qu'il y ait des blessés, dit Joe.

– Mais ce n'est pas de ta faute s'il y en a eu, lui fit remarquer Barbie. Alors ne te sens pas coupable.

– C'est vraiment vous le patron dans cette histoire ? » voulut savoir Benny.

Barbie se mit à rire. « Non. Je ne vais même pas essayer de l'être, à moins d'y être absolument contraint.

– Pourtant, vous connaissez les soldats, là-dehors, non ? demanda Norrie.

– Pas personnellement, non. Tout d'abord, ce sont des marines. Moi j'étais dans l'armée de terre.

– Vous y êtes encore, si j'en crois le colonel Cox », dit Julia. Elle arborait toujours son petit sourire entendu, mais ses yeux brillaient d'excitation. « Est-ce qu'on peut vous parler ? Le jeune Mr McClatchey a eu une idée, et je la trouve brillante. Si ça marche.

– Ça marchera, dit Joe. Dans le domaine des ordinateurs de m… des ordinateurs, le patron, c'est moi.

– Entrez dans mon bureau », répondit Barbie en les escortant jusqu'au comptoir.

12

L'idée était certes brillante, mais il était déjà dix heures et demie et s'ils voulaient passer à l'action, ils allaient devoir faire vite. Il se tourna vers Julia. « Vous avez votre téléphone por… »

Elle le lui plaqua dans la main avant qu'il ait pu finir sa phrase. « Le numéro de Cox est dans le répertoire.

– Génial. Évidemment, il faudrait que je sache accéder au répertoire. »

Joe prit le téléphone. « D'où vous sortez ? Du Moyen Âge ?

– Exactement ! s'exclama Barbie. Quand les chevaliers étaient sans peur et sans reproche et que les gentes dames ne portaient pas de sous-vêtements. »

Norrie éclata de rire et quand elle leva son petit poing Barbie lui fit un high five.

Joe appuya sur deux boutons du minuscule clavier. Il écouta, puis tendit l'appareil à Barbie.

Cox devait toujours être assis avec une main sur le téléphone, car il avait décroché quand Barbie porta l'appareil de Julia à son oreille.

« Comment ça se passe, colonel ?

– En gros, ça va.

– Et ce n'est qu'un début. »

Facile à dire pour vous, pensa Barbie. « J'imagine que les choses ne vont pas fondamentalement changer tant que le missile n'aura pas, soit rebondi sur le Dôme, soit ravagé les bois et quelques fermes de notre côté. Ce qui ferait plaisir aux citoyens de Chester's Mill. Et vous, qu'est-ce que vous racontez ?

– Pas grand-chose. Personne ne se risque à faire des prédictions.

– Ce n'est pas ce qu'on a entendu à la télé.

– Je n'ai pas le temps d'écouter ce que racontent les gourous patentés. » Il y avait comme un haussement d'épaules dans le ton de Cox. « Nous avons de l'espoir. Nous pensons que nous avons une ouverture. Si je puis dire. »

Julia ouvrait et fermait les mains en un geste qui trahissait son impatience.

« Colonel Cox, je suis en compagnie de quatre amis. L'un d'eux est un jeune homme du nom de Joe McClatchey qui a eu une idée assez originale. Je vais vous le passer tout de suite… »

Joe secouait la tête si fort que ses cheveux volaient. Barbie n'en tint aucun compte.

« … pour qu'il vous l'explique. »

Il tendit le portable à Joe. « Vas-y, parle.

– Mais…

– On ne discute pas avec le patron, fiston. Parle. »

Joe s'exécuta, tout d'abord avec précaution et un tas de *euh, ah* et *vous savez,* mais lorsqu'il ne pensa plus qu'à son idée, il accéléra et devint cohérent. Puis il écouta. Au bout d'un moment, un sourire s'étala sur sa figure. Quelques instants plus tard, il s'exclama, « Oui, m'sieur ! Merci, m'sieur ! » et rendit le téléphone à Barbie. « Ils vont essayer d'augmenter la puissance de notre Wi-Fi avant de tirer leur missile ! Bordel, c'est génial ! » Julia le prit par le bras et Joe se reprit : « Désolé, Ms Shumway, je voulais dire *bon sang.*

– Hé, laisse tomber. Tu penses vraiment pouvoir faire marcher ce truc ?

– Vous blaguez ? Pas de 'blème.

– Colonel Cox ? dit Barbie. C'est vrai, pour la Wi-Fi ?

– Nous ne pouvons pas vous empêcher de faire ce que vous voulez, observa Cox. Il me semble c'est vous qui me l'avez fait remarquer le premier, non ? Alors autant vous aider. Vous allez avoir l'Internet le plus rapide au monde, au moins pour aujourd'hui. Sacrément brillant, ce gamin, au fait.

– Oui monsieur, c'est aussi mon impression », répondit Barbie en levant le pouce en direction de Joe.

Le gamin rayonnait.

« Si l'idée de ce jeune homme réussit et que vous l'enregistrez, reprit Cox, arrangez-vous pour nous en faire parvenir une copie. Nous ferons la même chose de notre côté, bien sûr, mais les scientifiques responsables de ce truc vont vouloir se rendre compte de ce que ça va donner, vu de votre côté du Dôme.

– Je crois que nous pouvons faire mieux que cela, dit Barbie. Si Joe peut monter ce projet, je crois que presque toute la ville pourra le voir en direct. »

Cette fois-ci, ce fut Julia qui brandit son poing. Avec un sourire, Barbie le heurta du sien.

13

« Bon Dieu ! » dit Joe. La stupéfaction émerveillée qu'on lisait sur son visage lui donnait l'air d'avoir huit ans et non treize. Le ton de confiance ironique avait disparu de sa voix. Il se tenait, en compagnie de Barbie, à une trentaine de mètres du point où le Dôme coupait Little Bitch Road. Ce n'était pas les soldats qu'il regardait, bien qu'ils se fussent retournés pour les observer ; ce qui le fascinait était le grand **X** rouge peint sur le Dôme.

« Ils ont déplacé leur bivouac – si c'est bien le mot –, observa Julia. Les tentes sont parties.

– Bien sûr. Dans environ… (Barbie consulta sa montre)… quatre-vingt-dix minutes, il va faire très chaud dans le coin. Fiston, autant t'y mettre tout de suite. »

Mais à présent qu'ils se retrouvaient sur la route déserte, Barbie commença à se demander si Joe serait capable de faire ce qu'il avait promis.

« Oui, mais… vous avez vu les arbres ? »

Sur le coup, Barbie ne comprit pas. Il regarda Julia, qui haussa les épaules. Joe montra alors quelque chose du doigt, et ils virent. Les arbres, du côté de Tarker's Mill, s'agitaient sous l'effet d'un vent modéré d'automne, laissant tomber en pluie leurs feuilles qui voletaient jusqu'au sol entre les sentinelles. Du côté de Chester's Mill, c'est à peine si les branches bougeaient et la plupart des arbres avaient encore toutes leurs feuilles. Barbie était à peu près certain que de l'air franchissait la barrière, mais sans aucune force. Le Dôme coupait le vent. Il se rappela comment, avec Paul Gendron, l'homme à la casquette des Sea Dogs, ils étaient arrivés au petit ruisseau et avaient vu l'eau s'accumuler.

« Ici, les feuilles ont l'air… comment dire… apathiques. Ramollies.

– C'est juste parce qu'il y a du vent de l'autre côté et que c'est à peine si nous avons un souffle d'air chez nous », répondit Barbie, se demandant néanmoins ce qu'il en était réellement. Si ce n'était *que* ça. Mais à quoi bon spéculer sur la qualité de l'air côté Chester's Mill, puisqu'ils ne pouvaient rien y faire ? « Vas-y, Joe. Au boulot. »

Ils étaient passés, dans la Prius de Julia, par le domicile des McClatchey où Joe avait récupéré son PowerBook. (Mrs McClatchey avait fait jurer à Barbie de veiller sur la sécurité de son fils, et Barbie avait juré.) Joe montra la route. « Ici ? »

Barbie fit le point avec les mains sur le **X** rouge. « Un peu à gauche. Est-ce qu'on peut essayer ? Voir ce que ça donne ?

– Ouais. »

Joe ouvrit le PowerBook et le brancha. La petite musique habituelle du Mac retentit, toujours aussi sympathique, et Barbie songea qu'il n'avait jamais rien vu d'aussi surréaliste que cet ordinateur argenté posé sur un coin d'asphalte de la Little Bitch, l'écran allumé. Voilà qui résumait parfaitement, semblait-il, les trois derniers jours.

« La batterie est neuve et il peut tenir six heures, dit Joe.

– Il ne va pas se mettre en veille ? » demanda Julia.

Joe lui adressa un regard indulgent genre *Enfin voyons, maman*. Puis il se tourna vers Barbie. « Si le missile bousille mon Pro, vous me promettez de m'en payer un neuf ?

– L'Oncle Sam s'en chargera, répondit Barbie. Je ferai moi-même le bon de commande.

– Super. »

Joe se pencha sur l'ordinateur. Il y avait une petite pièce argentée montée au-dessus de l'écran. Il s'agissait, leur avait expliqué Joe, d'encore un autre miracle de l'électronique, appelé iSight. Ses doigts coururent sur le clavier, puis il appuya sur ENTER et l'écran s'emplit soudain d'une image brillante de Little Bitch Road. Au niveau du sol, la moindre bosse et la plus petite irrégularité dans le revêtement faisaient l'effet d'une montagne. À mi-distance, on distinguait les marines, coupés à hauteur des genoux.

« *Sir*, est-ce qu'il prend une photo, *Sir* ? » demanda l'un d'eux.

Barbie leva les yeux. « Pour tout vous dire, si je faisais l'inspection, marine, vous seriez en train de vous taper des pompes avec mon pied sur le cul. Il y a une éraflure sur votre botte droite. C'est inacceptable en mission non combattante. »

Le marine regarda sa botte, laquelle était effectivement éraflée. Cela fit rire Julia. Mais pas Joe. Joe était trop absorbé. « C'est trop bas. Vous n'auriez pas quelque chose dans votre voiture, Ms Shumway, avec quoi on pourrait… ? » – Il tendit la main à environ un mètre du sol.

« Si, j'ai ce qu'il faut.

– Et prenez aussi mon petit sac de sport, s'il vous plaît. » Il fit quelques opérations de plus sur son ordinateur puis tendit la main. « Le portable ? »

Barbie le lui donna. Joe appuyait sur les touches à une vitesse incroyable. « Benny ? Oh, Norrie, OK. Vous êtes là tous les deux ? … Bien. Je parie que c'est la première fois que vous mettez les pieds dans un bar à bières, hein ? Vous êtes prêts ?… excellent. Ne bougez pas. » Il écouta, puis sourit. « Vous blaguez ? Eh, ma vieille, d'après ce que j'ai, le relais est sensationnel. Ils vont faire exploser la Wi-Fi. Bon, faut que j'y aille. » Il referma le téléphone et le rendit à Barbie.

Julia revint, tenant le sac de sport de Joe et un carton contenant des exemplaires de l'édition spéciale du *Democrat*. Joe posa son PowerBook sur le carton (le soudain changement de hauteur de l'image étourdit Barbie un bref instant), puis vérifia son installation et la déclara impec. Il fouilla ensuite dans son sac de sport et en sortit une boîte noire équipée d'une antenne et la brancha sur l'ordinateur. Les soldats s'étaient regroupés de l'autre côté du Dôme et suivaient les opérations avec intérêt. *Je sais maintenant ce que ressent un poisson dans un aquarium,* se dit Barbie.

« Ça m'a l'air d'aller, dit Joe. J'ai la diode verte.

– Est-ce que tu ne devrais pas appeler tes…

– Si ça marche, ils vont m'appeler, répondit Joe, ajoutant soudain, Aïe-aïe-aïe, les ennuis arrivent, on dirait. »

Barbie crut tout d'abord qu'il parlait de l'ordinateur, mais ce n'était pas vers l'appareil qu'était tourné le garçon. Barbie suivit son regard et vit la voiture verte du chef de la police. Elle ne roulait pas vite, mais son gyrophare était en marche. Pete Randolph descendit de derrière le volant. Débarquant du siège passager (ce qui fit légèrement osciller la voiture quand les ressorts furent soulagés de son poids) apparut alors Big Jim Rennie qui demanda : « Qu'est-ce que vous fabriquez ici, nom d'un chien ? »

Le téléphone vibra dans la main de Barbie. Il le tendit à Joe sans quitter des yeux le deuxième conseiller et le chef de la police qui approchaient.

14

On lisait, sur le panneau au-dessus de l'entrée du Dipper's, BIENVENUE DANS LA PLUS GRANDE SALLE DE DANSE DU MAINE ! et, pour la première fois dans l'histoire de l'établissement, il y avait foule avant midi. Tommy et Willow Anderson saluaient les gens à leur arrivée, tel des pasteurs accueillant des fidèles à la porte de leur église. Dans ce cas, c'était plutôt l'église de Tous les Saints du Rock & Roll, en direct de Boston.

Le public resta calme, au début, parce qu'il n'y avait rien à voir sur l'écran géant, sinon deux mots en grandes lettres bleues : EN ATTENTE. Benny et Norrie avaient installé leur matériel et branché la télé sur l'accès 4. Soudain, on vit apparaître Little Bitch Road, parée de ses nuances les plus vives, y compris celles des feuilles brillamment colorées qui tourbillonnaient autour des sentinelles.

La foule se mit à applaudir et à pousser des cris.

Benny et Norrie se firent un high five, mais cela ne suffisait pas à Norrie ; elle embrassa Benny sur la bouche, et avec vigueur. Ce fut le moment le plus heureux dans la vie du garçon, encore mieux que de rester bien droit lors d'un rouleau complet sur son skate.

« Appelle-le ! lui ordonna Norrie.

– Tout de suite. » Il avait l'impression que son visage était sur le point de s'embraser, mais il souriait. Il appuya sur la touche de rappel et porta le téléphone à son oreille. « Hé, vieux, c'est bon ! L'image est tellement… »

Joe le coupa : « Houston, nous avons un problème. »

15

« Je me demande si vous savez ce que vous êtes en train de faire, les gars, dit le chef Randolph. J'exige une explication et que vous arrêtiez ce machin en attendant. » Il montra le PowerBook.

« Excusez-moi, monsieur », dit l'un des marines. Il portait des galons de sous-lieutenant. « C'est au colonel Barbara que vous vous adressez, et il a l'approbation officielle du gouvernement pour cette opération. »

Big Jim réagit par son sourire le plus sarcastique. Une veine battait à son cou. « Cet individu est colonel de rien du tout, il n'est rien qu'une source d'histoires. Il est cuisinier au restaurant du coin.

– Monsieur, mes ordres sont… »

Big Jim agita son index en direction du sous-lieutenant. « À Chester's Mill, le seul gouvernement que nous reconnaissons en ce moment est le nôtre, soldat, et c'est moi qui le représente. » Il se tourna vers Randolph. « Chef, si ce gosse ne coupe pas cet appareil, débranchez-le.

– Je ne vois aucun branchement », dit Randolph.

Ses yeux allaient de Barbie au marine et du marine à Big Jim. Il s'était mis à transpirer.

« Dans ce cas, fichez-moi un bon coup de pied dans l'écran ! Démolissez-le ! »

Randolph s'avança d'un pas. Joe, l'air effrayé mais déterminé, se plaça devant le PowerBook posé sur le carton. Il tenait toujours le portable à la main. « Vous avez pas intérêt ! Il est à moi, et je n'enfreins aucune loi !

– En arrière, chef, dit Barbie. C'est un ordre. Si vous reconnaissez toujours le gouvernement du pays dans lequel vous vivez, obéissez. »

Randolph regarda autour de lui. « Jim, on devrait peut-être…

– Peut-être rien du tout, cracha Big Jim. Le pays dans lequel nous vivons, c'est *ici*, en ce moment. *Défonce-moi ce nom d'un chien d'ordinateur !* »

Julia s'avança alors, s'empara de l'ordinateur et le tourna de façon à braquer la caméra sur les nouveaux arrivants. Des mèches de cheveux s'étaient échappées de son chignon strict et retombaient sur ses joues roses. Barbie la trouva extraordinairement belle.

« Demande à Norrie s'ils les voient ! » dit-elle à Joe.

Le sourire de Big Jim se pétrifia en grimace. « Vous, là, posez ça !

– Demande-lui ! »

Joe dit quelques mots au téléphone. Écouta. Releva la tête. « Oui, ils les voient. Ils voient Mr Rennie et l'officier Randolph. Norrie dit que les gens veulent savoir ce qui se passe. »

On lisait de la consternation sur le visage de Randolph ; de la fureur sur celui de Rennie. « *Qui* veut le savoir ? demanda Randolph.

– Nous avons établi une liaison directe avec le Dipper's…

– Cet antre du péché ! » s'étrangla Big Jim.

Il serrait les poings. Barbie jugeait que le deuxième conseiller devait peser une petite quarantaine de kilos de trop et l'homme fit la grimace quand il agita son bras droit – comme s'il y ressentait une douleur ; mais il paraissait encore capable de frapper. Et en cet instant, il avait l'air assez furieux pour s'en prendre à quelqu'un… à Julia, à Joe ou à lui-même, Barbie ne le savait pas. Big Jim ne le savait peut-être pas, lui non plus.

« Les gens ont commencé à s'y rassembler dès onze heures moins le quart, dit Julia. Les nouvelles vont vite. » Elle sourit, la tête inclinée de côté. « Vous ne voulez pas saluer vos électeurs, Big Jim ?

– C'est du bluff, rétorqua le deuxième conseiller.

– Pourquoi voudriez-vous que je bluffe quand c'est si facile à vérifier ? » Elle se tourna vers Randolph. « Appelez donc l'un de vos flics et demandez-lui où a lieu le grand rassemblement en ville, ce matin. » Elle revint à Big Jim. « Si vous faites ce que vous avez dit, des centaines de personnes vont savoir que vous les avez empêchées d'assister à un évènement qui les concerne de manière vitale. Dont leur vie même peut dépendre, en fait.

– Vous n'avez aucune autorisation ! »

Barbie, qui en temps normal faisait preuve d'une grande maîtrise de soi, sentit la moutarde lui monter au nez. Non pas parce qu'il trouvait l'individu stupide ; il ne l'était manifestement pas. Et c'était précisément ce qui rendait Barbie furieux.

« Quel est votre problème, exactement ? Faisons-nous courir un risque quelconque, ici ? Je ne vois vraiment pas lequel. Notre idée est d'installer cet appareil, de le laisser diffuser son image et de dégager.

– Si le missile rate, cela pourrait provoquer une panique. Savoir que la tentative est un échec est une chose, mais l'avoir vu de ses propres yeux en est une autre, toute différente. Ils risquent de faire n'importe quoi.

– Vous avez une bien piètre opinion de vos électeurs, conseiller. »

Big Jim ouvrit la bouche pour répliquer – et *ils l'ont justifiée je ne sais combien de fois* était sans doute, de l'avis de Barbie, la réplique qu'il aurait aimé donner –, mais il se rappela à temps qu'une bonne partie de la population de la ville assistait à cette confrontation sur une télé grand écran. Peut-être même en haute définition. « J'aimerais que vous cessiez d'arborer ce sourire sarcastique, Barbara.

– Avons-nous maintenant une législation des expressions faciales ? » voulut savoir Julia.

Joe l'Épouvantail se cacha la bouche, mais Randolph et Big Jim avaient eu le temps de voir son sourire. Et d'entendre le ricanement qui s'échappa d'entre ses doigts.

« Dites-moi tous, lança alors le sous-lieutenant des marines, vous feriez bien de dégager la scène. Le temps passe.

– Julia, tournez la caméra vers moi, s'il vous plaît », dit Barbie.

Julia le fit.

16

Jamais le Dipper's n'avait connu une telle affluence, pas même pour la mémorable soirée du nouvel an 2009, quand s'étaient produits les Vatican Sex Kittens. Et il n'avait jamais été aussi silencieux. Plus de cinq cents personnes tournées vers l'écran, épaule contre épaule, hanche contre hanche, virent la caméra placée sur le PowerBook de Joe pivoter de cent quatre-vingts degrés pour venir s'arrêter sur Dale Barbara.

« C'est mon p'tit gars », murmura Rose Twitchell avec un sourire.

« Bonjour tout le monde », dit Barbie. L'image était tellement bonne que plusieurs personnes lui répondirent à mi-voix, *bonjour.* « Je m'appelle Dale Barbara et je viens d'être réintégré dans l'armée des États-Unis avec le grade de colonel. »

À cette annonce, une onde de surprise parcourut l'assistance.

« Cette retransmission vidéo faite depuis Little Bitch Road est entièrement sous ma responsabilité et, comme vous l'avez peut-être compris, il y a eu une divergence d'opinion entre le deuxième conseiller Rennie et moi-même sur la question de savoir s'il fallait ou non la poursuivre. »

Cette fois, l'onde de murmures fut plus forte. Légèrement mécontente.

« Nous n'avons pas le temps de discuter des détails de la chaîne de commandement telle qu'elle se présente, ce matin, poursuivit Barbie. Nous allons braquer la caméra sur le point que doit en principe frapper le missile. Il appartient à votre deuxième conseiller de décider si nous devons ou non poursuivre cette retransmission. S'il la fait cesser, vous n'aurez à vous en prendre qu'à lui. Merci de votre attention. »

Il sortit du champ. Pendant un instant, la foule rassemblée sur la piste de danse ne vit que les bois, puis l'image pivota de nouveau, vacilla, et se fixa finalement sur le **X** flottant dans l'air. Au-delà, les sentinelles rangeaient ce qui restait de leur matériel dans deux gros camions.

Will Freeman, concessionnaire Toyota à Chester's Mill et qui n'était guère des amis de James Rennie, s'adressa directement à la télé : « Touchez pas à ça, Jimmy, sans quoi il risque d'y avoir un nouveau deuxième conseiller à Chester's Mill d'ici la fin de la semaine. »

Il y eut un murmure général d'approbation. Les gens restèrent tranquillement debout, où ils étaient, attendant de voir si le programme annoncé – à la fois dépourvu d'intérêt et insupportablement excitant – allait se poursuivre. Ou si la retransmission allait cesser.

17

« Qu'est-ce que vous voulez que je fasse, Big Jim ? » demanda Randolph. Il sortit un mouchoir de sa poche-revolver et s'épongea la nuque.

« Et *vous*, qu'est-ce que vous voulez faire ? » rétorqua Big Jim.

Pour la première fois depuis qu'il avait pris les clefs de la voiture de patrouille du chef Perkins, Peter Randolph se dit qu'il les aurait volontiers restituées. Il soupira : « Je pense qu'il vaut mieux laisser tomber. »

Big Jim acquiesça comme pour dire, *T'en prends la responsabilité.* Puis il sourit – si l'on peut qualifier ainsi un simple étirement des lèvres. « Eh bien, c'est vous le chef il me semble, non ? » Puis il se tourna vers Barbie, Julia et Joe l'Épouvantail. « Nous nous sommes fait manœuvrer, n'est-ce pas, Mr Barbara ?

– Je vous assure qu'il n'y a eu aucune manœuvre ici, monsieur, lui répondit Barbie.

– Mes cou... du pipeau, oui. C'est un coup pour prendre le pouvoir, purement et simplement. J'en ai vu plus d'un dans ce genre, dans ma vie. Des fois ils réussissent... et des fois ils échouent. »

Il s'approcha de Barbie, tenant toujours son bras droit douloureux. À cette distance, Barbie sentait l'odeur de son eau de Cologne et de sa sueur. L'homme respirait avec peine. Il parla à voix basse. Julia n'entendit peut-être pas ce qu'il dit. Mais Barbie, si.

« Vous avez misé gros, fiston. Tout ce que vous avez en poche. Si le missile passe à travers, vous raflez la mise. S'il rebondit... *faites gaffe à moi.* » Un instant, ses yeux – qui disparaissaient presque dans les replis de la peau mais brillaient d'une intelligence claire et glaciale – fixèrent ceux de Barbie. Puis il se détourna. « Venez, chef Randolph. Cette situation est déjà assez compliquée comme ça grâce aux bons soins de Mr Barbara et de ses amis. Retournons en ville. Vous devez mettre vos troupes en ordre de marche au cas où il y aurait une émeute.

– C'est la chose la plus ridicule que j'aie jamais entendue dire ! » s'exclama Julia.

Big Jim lui adressa un geste désinvolte de la main, sans même la regarder.

« Vous voulez aller au Dipper's, Jim ? demanda Randolph. On a encore le temps.

– Pas question de mettre les pieds dans ce repaire de pu... », rétorqua Big Jim. Il ouvrit la portière passager de la voiture verte. « Ce que j'aimerais, c'est piquer un somme. Mais il y a trop à faire et je ne vais pas en avoir le temps. J'ai de grandes responsabilités. Je ne les ai pas demandées, mais je dois les assumer.

– "Certains hommes naissent grands, et la grandeur est imposée à certains hommes[1]" – c'est ça, Big Jim ? » lança Julia.

---

1. Shakespeare, *Comme il vous plaira*, II, V. Notre traduction.

Elle avait son sourire narquois.

Big Jim se tourna vers elle, et l'expression de haine absolue qu'il affichait la fit reculer d'un pas. Puis il eut un geste dédaigneux de la main. « Allons-y, chef. »

La voiture verte repartit pour Chester's Mill, ses lumières continuant à lancer leurs éclairs dans la lumière brumeuse et étrangement estivale.

« Ouf, fit Joe. Fout la trouille, ce type.

– Exactement mon sentiment », convint Barbie.

Julia étudiait Barbie. Son sourire avait entièrement disparu. « Vous aviez un ennemi, dit-elle, vous avez maintenant un ennemi *mortel*.

– J'ai bien peur que vous aussi, vous en ayez un. »

Elle hocha la tête. « Dans notre intérêt, j'espère bien que le missile marchera. »

Le sous-lieutenant intervint une dernière fois : « Nous partons, colonel Barbara. Je serais beaucoup plus tranquille si je vous voyais en faire autant. »

Barbie répondit d'un hochement de tête affirmatif et, pour la première fois depuis des années, fit le salut militaire.

18

Le B-52 qui avait décollé de la base de l'Air Force à Carswell tôt ce lundi matin attendait en tournant au-dessus de Burlington, dans le Vermont, depuis 10 h 40' (l'Air Force croyait beaucoup à l'idée qu'elle avait intérêt à afficher sa présence chaque fois que possible). La mission avait reçu pour nom de code GRAND ISLE. Le pilote et commandant de bord était le major Gene Ray, qui avait servi lors des deux guerres en Irak (faisant allusion, en privé, à la seconde comme au « plus grand foutoir à la con qu'il ait jamais vu »). Il disposait de deux missiles de croisière Fasthawk dans sa soute à munitions. Un bon engin, le Fasthawk, beaucoup plus fiable et puissant que l'ancien Tomahawk mais cela lui faisait une impression bizarre d'avoir à en tirer un bien réel sur le sol américain.

À 12 h 53', une lumière rouge du tableau de bord prit une couleur ambrée. Le COMCOM reprit le contrôle de l'avion et le mit en position. Loin dessous, Burlington disparut de sous ses ailes.

Ray parla dans son micro. « C'est presque l'heure du spectacle, monsieur. »

De Washington, le colonel Cox lui répondit : « Bien reçu, major. Bonne chance. Balancez-moi la saloperie.

– C'est parti », dit Ray.

À 12 h 54', la lumière ambrée se mit à clignoter. À 12 h 54'55', elle devint verte. Ray appuya sur l'interrupteur marqué 1. Il ne ressentit rien et n'entendit qu'un son feutré en provenance de la soute, mais il vit, sur son écran de contrôle, le Fasthawk commencer son vol. Il atteignit rapidement sa vitesse maximale, laissant derrière lui une fine traînée blanche comme si un ongle avait griffé le ciel.

Gene Ray se signa et embrassa la base de son pouce. « Que Dieu te guide, mon bonhomme », dit-il.

La vitesse maximale du Fasthawk était de trois mille cinq cents milles à l'heure, soit cinq mille six cent trente kilomètres à l'heure. À environ quatre-vingts kilomètres de sa cible – soit à un peu moins de cinquante kilomètres à l'ouest de Conway, New Hampshire, et sur le versant est des White Mountains –, son ordinateur calcula et autorisa l'approche finale. La vitesse du missile fut ramenée un peu en dessous de trois mille kilomètres à l'heure pendant la descente. Il se verrouilla sur la Route 302, qui est aussi la rue principale de Conway North. Les passants levèrent la tête avec inquiétude quand le missile passa au-dessus d'eux.

« Il ne vole pas trop bas ? » demanda une femme à son compagnon, en s'abritant les yeux, dans le parking du Settlers Green Outlet Village. Si le système de guidage du Fasthawk avait pu lui répondre, il aurait peut-être dit : *Et vous n'avez encore rien vu, ma puce.*

Il était à trois mille pieds d'altitude quand il franchit la frontière entre le Maine et le New Hampshire, laissant dans son sillage des bangs supersoniques qui firent claquer des dents et dégringoler des vitres. Lorsque le système de guidage eut repéré la Route 119, il descendit à mille pieds, puis à cinq cents. L'ordinateur tournait à présent à plein régime, ajustant la trajectoire, à partir des données du système de guidage, au rythme d'un millier de fois par minute.

À Washington, le colonel James O. Cox dit : « Approche finale, messieurs. Accrochez-vous à vos dentiers. »

Le Fasthawk trouva Little Bitch Road et descendit presque au ras du sol, fonçant toujours à une vitesse à peine inférieure à Mach 2, décryptant chaque colline et chaque virage, éjectant des flammes si brillantes qu'elles en étaient aveuglantes et laissant une puanteur toxique de kérosène brûlé dans son sillage. Le déplacement d'air arrachait les feuilles des arbres et les enflammait parfois. Il fit imploser une baraque de bord de route à Tarker's Hollow, expédiant en tous sens planches et citrouilles. Le bang qui s'ensuivit fit tomber les gens au sol, mains sur les oreilles.

Ça va marcher, se dit Cox. *Comment pourrait-il en être autrement ?*

19

Au Dipper's, c'était à présent quelque huit cents spectateurs qui s'entassaient. Personne ne parlait, mais les lèvres de Lissa Jamieson bougeaient en silence ; elle adressait ses prières à la super-âme New Age dont elle était actuellement entichée. Elle étreignait une boule de cristal dans une main. De son côté, la révérende Piper Libby embrassait la croix qu'elle tenait de sa mère.

« Il arrive, dit Ernie Calvert.

– Où ça ? demanda Marty Arsenault. Je ne vois...

– Écoutez donc ! » lui dit Brenda Perkins.

Ils l'entendirent approcher : un bourdonnement surnaturel qui allait croissant, en provenance des limites occidentales de la ville, un *mmm* qui se transforma en *MMMMM* en l'espace de quelques secondes. Sur le grand écran, on ne distingua presque rien pendant encore une demi-heure après l'échec du missile. Pour ceux qui étaient restés dans l'établissement, Benny Drake refit passer l'enregistrement image après image. Ils virent le missile déboucher de la courbe connue sous le nom de Little Bitch Bend. Il volait à moins de quatre pieds du sol, effleurant presque son ombre floue. Sur l'image suivante, le Fasthawk, qui était équipé d'une charge à fragmentation destinée à exploser au contact, se trouvait immobilisé en l'air juste à l'endroit où les marines avaient établi leur campement.

Les images suivantes étaient remplies d'une telle lumière que les gens durent s'abriter les yeux. Puis, lorsque l'éclat commença à s'atténuer, ils virent les fragments du missile – autant de taches noirâtres de plus en plus distinctes – et une énorme marque de calcination à l'endroit où avait été peint le **X** rouge. Le missile avait mis en plein dans le mille.

Les gens du Dipper's virent ensuite le bois prendre feu du côté Tarker's du Dôme. Ils virent aussi l'asphalte se déformer puis commencer à fondre.

20

« Tirez le second », dit Fox d'un ton sombre, et Gene Ray obéit. Il cassa d'autres vitres et fit peur à encore d'autres citoyens du New Hampshire oriental et du Maine occidental.

Mais le résultat fut le même.

PRIS AU PIÈGE

1

Au 19, Mill Street, domicile de la famille McClatchey, il y eut un moment de silence à la fin de l'enregistrement. Sur quoi Norrie Calvert éclata de nouveau en sanglots. Benny Drake et Joe McClatchey, après avoir échangé un regard qui disait, *bon qu'est-ce qu'on fait maintenant ?* par-dessus la tête inclinée de la jeune fille, passèrent les bras autour de ses épaules agitées de secousses et se prirent par les poignets, dans une sorte d'étreinte d'âmes.

« Et c'est tout ? » demanda une Claire McClatchey incrédule. La mère de Joe ne pleurait pas, mais les larmes n'étaient pas loin ; ses yeux brillaient. Elle tenait la photo de son mari entre ses mains depuis qu'elle l'avait décrochée du mur, peu après que Joe et ses amis étaient arrivés avec le DVD. « C'est *tout* ? »

Personne ne répondit. Barbie était perché sur le bras du gros fauteuil dans lequel Julia s'était assise. *Je pourrais avoir de sérieux ennuis*, pensait-il. Ce n'était cependant pas la première chose à laquelle il avait pensé. La première chose à laquelle il avait pensé était : *La ville risque de connaître de sérieux ennuis.*

Mrs McClatchey se leva. Elle tenait toujours la photo de son mari. Sam était parti pour le marché aux puces qui se tenait sur l'Oxford Speedway, tous les samedis jusqu'aux grands froids. Il avait pour passe-temps le retapage du vieux mobilier et il trouvait souvent des pièces intéressantes chez l'un ou l'autre des brocanteurs. Trois jours plus tard, il était toujours à Oxford, partageant un peu d'espace au Raceway Motel avec plusieurs bataillons de journalistes et de gens de la télé. Lui et Claire ne pouvaient se parler par téléphone, mais ils avaient pu rester en contact par courriels. Jusqu'ici.

« Qu'est-il arrivé à ton ordinateur, Joe ? demanda-t-elle. Il n'a pas explosé ? »

Joe, le bras toujours passé autour des épaules de Norrie et la main toujours agrippée au poignet de Benny, secoua la tête. « Je ne crois pas. Il a dû simplement fondre. » Il se tourna vers Barbie. « La chaleur a peut-être mis le feu aux bois, là-bas. Il faudrait que quelqu'un s'en occupe.

– Je crois qu'il n'y a plus une seule voiture de pompiers en ville, rappela Benny. Ou alors une ou deux vieilles.

– Voyons ce que nous pouvons faire », dit Julia. Mrs McClatchey la dominait d'une bonne tête ; il était facile de voir de qui Joe tenait sa taille. « Ce serait peut-être mieux si je m'occupais toute seule de ce problème, Barbie.

– Pourquoi ? » s'étonna Claire. Une larme finit par déborder et couler le long de sa joue. « Joe a dit que le gouvernement vous avait nommé comme responsable, Mr Barbara. Le Président lui-même !

– J'ai eu un désaccord avec Mr Rennie et le chef Randolph à propos de la retransmission vidéo, répondit Barbara. Le ton a un peu monté. Je doute que l'un comme l'autre apprécieraient mes conseils, en ce moment. Et Julia, je doute aussi qu'ils apprécieraient les vôtres. Du moins pour l'instant. Si Randolph a la moindre compétence, il aura envoyé une équipe d'adjoints sur place avec ce qui reste de la brigade des pompiers. Il y aura au moins des tuyaux et des pompes indiennes[1]. »

Julia réfléchit un instant. « Voulez-vous venir faire quelques pas dehors avec moi, Barbie ? »

Il se tourna vers la maman de Joe, mais celle-ci ne leur prêtait plus attention. Elle avait fait se lever son fils et pris sa place aux côtés de Norrie qui appuya sa tête contre son épaule.

---

1. Pompes manuelles se portant sur le dos, d'une capacité d'une vingtaine de litres.

« Mon vieux, le gouvernement me doit un ordinateur », lança Joe à Barbie et Julia quand ils se dirigèrent vers la porte.

– C'est noté, dit Barbie. Et merci, Joe. Tu as fait du bon boulot.

– Bien meilleur que leur foutu missile », marmonna Benny.

Une fois sous le porche des McClatchey, Barbie et Julia restèrent immobiles et silencieux, tournés vers la place de la petite ville, la Prestile et le Peace Bridge. Puis, parlant à voix basse mais d'un ton coléreux, Julia rompit le silence : « Il ne l'est pas, et c'est ça le bon Dieu de problème.

– Qui n'est pas quoi ?

– Peter Randolph n'est même pas à moitié compétent. Pas même un quart compétent. J'ai fait ma scolarité avec lui depuis la maternelle, depuis l'époque où il était champion du monde pour pisser dans ses culottes, jusqu'en dernière année, quand il faisait partie de l'équipe des tireurs d'élastiques de soutien-gorge. Il avait des capacité voisines de zéro mais il décrochait la moyenne parce que son père était membre de la commission scolaire, et ses aptitudes intellectuelles ne se sont pas améliorées depuis. Notre cher Mr Rennie s'est lui-même entouré d'abrutis. Andrea Grinnell est une exception, mais elle est aussi droguée et sérieusement accro. À L'OxyContin.

– Des problèmes de dos, dit Barbie. Rose m'en a parlé. »

Les arbres de la place avaient suffisamment perdu de feuilles pour que Barbie et Julia pussent apercevoir Main Street d'où ils se tenaient. La rue était déserte – la plupart des gens traînaient sans doute encore au Dipper's, discutant de ce qu'ils avaient vu – mais les trottoirs n'allaient pas tarder à être envahis par les habitants, hébétés et incrédules, retournant chez eux. Des hommes et des femmes qui n'oseraient pas se demander ce qui allait leur arriver.

Julia soupira et se passa une main dans les cheveux. Elle avait défait son chignon. « Jim Rennie s'imagine que s'il garde le contrôle de la situation, les choses se remettront finalement en place toutes seules. Pour lui et ses amis, au moins. C'est un politicien de la pire espèce qui soit : égoïste, trop égocentrique pour se rendre compte qu'il outrepasse largement son mandat, et un froussard, sous ses airs de bon apôtre désintéressé. Lorsque les choses commenceront à sérieusement mal tourner, il enverra cette ville à tous les diables s'il juge qu'il peut s'en sortir à ce prix. Un leader froussard est l'espèce d'homme la plus dangereuse. C'est vous qui devriez mener la danse.

– J'apprécie votre confiance…

– Mais ça ne risque pas d'arriver, et peu importent les ordres que peuvent donner le colonel Cox et le président des États-Unis. Ça n'arrivera pas, même si cinquante mille personnes descendent manifester dans la Cinquième Avenue à New York en agitant des panneaux avec votre tête dessus. Pas tant que cette connerie de Dôme restera sur nos têtes.

– À chaque fois que je vous écoute, vous me paraissez un peu moins républicaine », observa Barbie.

Elle lui donna un coup de poing étonnamment puissant dans le biceps. « Ce n'est pas une plaisanterie.

– Non, ce n'en est pas une. Il est temps de procéder à des élections. Et je vous invite à postuler vous-même au poste de deuxième conseiller. »

Elle eut pour lui un regard de pitié. « Parce que vous vous imaginez que Jim Rennie va organiser des élections tant que le Dôme restera en place ? Dans quel monde vivez-vous, mon ami ?

– Ne sous-estimez pas la force de l'opinion publique, Julia.

– Et vous, ne sous-estimez pas Jim Rennie. Il est le patron de la boutique depuis la nuit des temps et les gens ont fini par l'accepter. De plus, il est très fort quand il s'agit de trouver des boucs émissaires. Un étranger à la ville – et un vagabond, en plus –, voilà qui serait parfait dans la situation actuelle. Vous n'en connaîtriez pas un, par hasard ?

– J'attendais de vous des idées, pas une analyse politique. »

Un instant, il crut qu'elle allait le frapper à nouveau. Puis elle inspira, expira et sourit. « Avec votre petit air de pas y toucher, vous savez tout de même vous défendre, hein ? »

La sirène de l'hôtel de ville se déclencha, lançant une série de brefs appels dans l'air calme et chaud.

« On a fini par signaler un incendie, dit Julia. Je crois que nous savons où. »

Ils regardèrent vers l'ouest. De la fumée s'élevait, souillant le bleu du ciel. Barbie jugea qu'elle provenait pour l'essentiel du côté Tarker's Mill du Dôme, mais la chaleur avait dû provoquer aussi l'embrasement de petits foyers côté Chester's Mill.

« Ce sont des idées que vous voulez ? D'accord. J'en ai une. Je vais chercher Brenda – elle doit se trouver chez elle ou au Dipper's avec tout le monde – et suggérer qu'elle prenne la responsabilité de l'opération de lutte contre l'incendie.

– Et si elle dit non ?

– Je suis à peu près sûre qu'elle ne le fera pas. Au moins, nous n'avons pas de vent à craindre – de ce côté-ci du Dôme – et il ne doit s'agir que d'herbes et de broussailles, j'imagine. Elle va enrôler quelques types et elle saura lesquels choisir. Ceux qu'aurait sélectionnés Howie.

– Aucun des nouveaux policiers, je parie.

– Ce sera à elle de voir, mais je doute qu'elle fasse appel à Carter Thibodeau ou à Melvin Searles. Ou à Freddy Denton. Cela fait cinq ans qu'il est flic, mais je sais par Brenda que Duke envisageait de ne pas le garder. Freddy joue le Père Noël tous les ans dans la petite école et les gosses l'adorent – il a un gros rire communicatif. Mais il a aussi un côté méchant.

– Vous allez encore doubler Rennie.

– Exact.

– Sa réaction pourrait faire mal.

– Je peux faire mal moi aussi, quand il le faut. De même que Brenda, si elle se sent acculée.

– Alors allez-y. Et veillez à ce qu'elle fasse appel à ce type, Burpee. Pour ce qui est d'éteindre un feu de broussailles, j'aurais davantage confiance en lui que dans n'importe lequel des traîne-savates de ce patelin. Il a tout, dans son magasin. »

Elle acquiesça d'un signe de tête. « C'est une sacrée bonne idée.

– Vous êtes sûre que vous ne voulez pas que je vous accompagne ?

– Vous avez d'autre chats à fouetter. Brenda vous a-t-elle donné la clef de l'abri antiatomique ?

– Oui.

– Dans ce cas, le feu est peut-être juste ce qu'il vous faut pour détourner l'attention. Allez donc récupérer le compteur Geiger. » Elle partit en direction de sa Prius, puis s'arrêta et se retourna. « Trouver le générateur – en supposant qu'il y en ait un – est probablement la chose la plus importante pour la ville. C'est peut-être notre seule chance. Ah, et aussi, Barbie…

– Je suis tout ouïe, madame », dit-il, avec un léger sourire.

Mais Julia resta sérieuse. « Tant que vous n'aurez pas entendu le discours de candidature de Rennie, faites bien attention à lui. Ce n'est pas par hasard qu'il a duré aussi longtemps.

– Il est très fort quand il s'agit d'agiter une chemise pleine de sang, hein ?

– Oui, et cette fois, la chemise pourrait bien être la vôtre. »

Sur quoi elle partit à la recherche de Brenda Perkins et de Romeo Burpee.

2

Ceux qui avaient assisté à la tentative avortée de l'Air Force pour faire un trou dans le Dôme quittèrent le Dipper's exactement comme Barbie l'avait imaginé : à pas lents, tête basse et en silence. Beaucoup marchaient en se tenant par le bras ; quelques-uns pleuraient. Les voitures de la police étaient rangées de l'autre côté de la rue, en face du Dipper's, et une demi-douzaine de flics se tenaient adossés aux carrosseries, prêts à intervenir. Mais ils n'eurent pas la moindre raison de le faire.

La voiture verte du chef de la police était garée un peu plus loin, dans le parking du Brownie's Store (où un panneau rédigé à la main annonçait : FERMÉ JUSQU'À LA « LIBÉRATION » ! ET L'ARRIVÉE DE PRODUITS FRAIS). Le chef Randolph et Jim Rennie étaient dans le véhicule et observaient la scène.

« Eh bien voilà, dit Big Jim avec une satisfaction non dissimulée, j'espère qu'ils sont contents, maintenant. »

Randolph lui jeta un regard intrigué. « Pourquoi, vous n'auriez pas voulu que ça marche ? »

Big Jim grimaça à cause d'un élancement dans l'épaule. « Si, bien sûr, mais je n'y ai jamais cru. Et ce type avec ce nom de fille et sa nouvelle petite copine, Julia… ils se sont arrangés pour remonter tout le monde et leur faire espérer, pas vrai ? Tiens, pardi ! Sais-tu qu'elle ne m'a jamais soutenu pour les élections, dans son torchon ? Pas une seule fois. »

Il montra les piétons qui retournaient vers le centre.

« Regarde bien ce spectacle, Pete : voilà le résultat de l'incompétence, des faux espoirs et de trop d'informations. Ils ne sont que malheureux et déçus, pour le moment, mais lorsqu'ils auront surmonté ça, ils seront furieux. Nous allons avoir besoin de davantage de policiers.

– Davantage ? Nous en sommes déjà à dix-huit, en comptant les temps-partiels et les derniers engagés.

– Cela ne suffira pas. Et nous devons… »

À ce moment-là la sirène de l'hôtel de ville se mit à marteler l'air de ses bref appels. Il regardèrent vers l'ouest et virent la fumée qui montait.

« … Nous devons en remercier Barbara et Shumway, finit Big Jim.

– On devrait peut-être faire quelque chose.

– L'incendie est le problème de Tarker's Mill. Et du gouvernement américain, évidemment. Ils l'ont déclenché avec leur cueilleur de coton de missile, qu'ils se débrouillent avec.

– Oui, mais si la chaleur a provoqué un départ de notre côté…

– Arrête de faire ta femmelette et ramène-moi en ville. Il faut que je retrouve Junior. J'ai des choses à régler avec lui. »

3

Brenda Perkins et Piper Libby se trouvaient dans le parking du Dipper's, à côté de la Subaru de la révérende.

« Je n'y ai jamais cru, disait Brenda, mais je mentirais si je disais que je ne suis pas déçue.

– Pareil pour moi. Amèrement déçue, même. Je te proposerais bien de te ramener en ville, mais il faut que j'aille voir un de mes paroissiens.

– Pas du côté de Little Bitch Road, j'espère », dit Brenda.

Elle montra du pouce la fumée qui montait.

« Non, dans l'autre direction. Eastchester. Jack Evans. Il a perdu sa femme le jour du Dôme. Un accident absurde. Mais c'est toute cette affaire qui est absurde. »

Brenda hocha la tête. « Je l'ai vu, à la ferme Dinsmore, qui portait un panneau avec une photo de sa femme. Le pauvre, pauvre vieux. »

Piper s'approcha de la fenêtre ouverte de sa voiture, côté conducteur ; Clover était assis derrière le volant et regardait les gens qui s'éloignaient. Elle fouilla dans sa poche, lui donna une friandise et dit : « Allez, pousse-toi, Clover. Tu sais bien que tu as encore échoué à ton permis. » Et, sur le ton de la confidence, elle ajouta à l'intention de Brenda : « Il n'est pas fichu de faire un créneau convenablement. »

Le chien de berger sauta sur le siège du passager. Piper ouvrit sa portière tout en regardant la fumée. « Les bois du côté de Tarker's doivent brûler joyeusement, mais nous ne devrions pas être concernés. » Elle eut un sourire amer. « Le Dôme nous protège.

– Bonne chance, dit Brenda. Et dis à Jack qu'il a toute ma sympathie. Et mon amitié.

– Je le lui dirai », répondit Piper avant de démarrer.

Brenda sortait du parking à pied, les mains dans les poches de son jean, se demandant comment elle allait passer le reste de la journée, lorsque Julia Shumway arriva au volant de sa voiture et l'aida à régler la question.

4

L'explosion du missile contre le Dôme ne réveilla pas Sammy Bushey ; ce fut le bruit de planches qui craquaient et s'effondraient, suivi des hurlements de Little Walter, qui y parvint.

Carter Thibodeau et ses copains avaient barboté toute la dope qu'ils avaient trouvée dans le frigo, avant de partir, mais ils n'avaient pas fouillé le mobile home, si bien que la boîte à chaussures avec la tête de mort et les tibias grossièrement dessinés dessus se trouvait toujours dans le placard. Elle comportait aussi ce message, en lettres bâtons penchées à gauche, de la main de Phil Bushey : MON SHIT ! TU LE TOUCHES, T'ES MORT !

Elle ne contenait pas d'herbe (Phil n'avait que mépris pour ce qu'il appelait « la dope pour cocktails chic ») et Sammy n'avait aucun goût pour le crystal. Elle était sûre que « les adjoints » auraient eu le plus grand plaisir à le fumer, mais elle estimait que le crystal était un truc de dingue bon pour les dingues – qui, sinon des dingues, pouvait inhaler une fumée qui comprenait des résidus de frottoirs de boîtes d'allumettes marinés dans de l'acétone ? Il y avait cependant un deuxième sachet, plus petit, contenant une demi-douzaine de Dreamboats, et lorsque la bande de Carter était partie, elle en avait avalé un, le faisant passer avec l'une des bières tièdes rangées sous le lit dans lequel elle dormait maintenant seule… sauf quand elle prenait Little Walter avec elle. Ou quand Dodee venait.

Elle avait envisagé, pendant quelques instants, d'avaler tous les Dreamboats d'un coup et de mettre un terme, une bonne fois pour toute, à une existence merdique et malheureuse ; elle l'aurait même peut-être fait, s'il n'y avait eu Little Walter. Si elle disparaissait, qui allait s'occuper de lui ? Il risquait de mourir de faim dans son berceau, et c'était une pensée insupportable.

Le suicide était exclu, mais de toute sa vie elle ne s'était jamais sentie aussi déprimée, triste, blessée. Et sale. Elle avait déjà subi ce genre d'actes dégradant, parfois du fait de Phil (qui appréciait les bamboches à trois carburant à la dope, avant de perdre tout intérêt pour le sexe), parfois du fait d'autres, parfois de son propre fait – Sammy Bushey n'avait jamais bien saisi le concept d'être sa propre meilleure amie.

Les aventures d'une nuit, elle en avait connu pas mal, et une fois, alors qu'elle était en terminale, lorsque l'équipe de basket des Wildcats avait remporté le tournoi dans sa catégorie, elle s'était tapé quatre des joueurs, l'un après l'autre, lors de la fiesta qui avait suivi le match (le cinquième était dans les vapes, allongé dans un coin). Et dire que c'était elle qui en avait eu l'idée… Elle avait également vendu ce que Carter, Mel et Frankie DeLesseps avaient pris de force. La plupart du temps à Freeman Brown, propriétaire du Brownie's Store, où elle faisait la plupart de ses courses et où on lui faisait crédit. Brown était vieux et ne sentait pas très bon, mais c'était un excité, ce qui constituait en réalité un avantage. Avec lui, ça ne traînait pas. Six pompes sur le matelas de son arrière-boutique étaient sa limite habituelle, suivies d'un grognement et d'une petite secousse. Certes, ce n'était pas le meilleur moment de sa semaine, mais il était rassurant de savoir qu'elle avait un crédit ouvert là, en particulier lors des fins de mois difficiles et quand Little Walter avait besoin de couches.

Et Brownie ne lui avait jamais fait mal.

Ce qui s'était passé la nuit dernière était différent. DeLesseps n'avait pas été trop brutal, mais Carter lui avait fait mal (en haut) et l'avait fait saigner (en bas). Le pire s'était cependant produit après : lorsque Mel Searles avait baissé son pantalon, exhibant une matraque comme elle en avait vu parfois dans les films porno que Phil regardait, avant que son intérêt pour le crystal ne l'emporte sur celui qu'il avait pour le sexe.

Searles n'avait pas fait dans la dentelle et elle avait eu beau essayer d'évoquer ce qu'elle et Dodee avaient fait deux jours auparavant, ça n'avait pas marché. Elle était restée aussi sèche que par un mois d'août sans pluie. Jusqu'au moment où ce que Carter Thibodeau n'avait fait qu'irriter s'était complètement déchiré. Il y avait eu du lubrifiant, alors. Elle avait sentie une flaque se former sous elle, chaude et collante. Il y avait eu aussi de l'humidité sur son visage, celle des larmes qui coulaient sur ses joues pour aller se nicher dans ses oreilles. Durant l'interminable cavalcade de Mel, il lui était venu à l'esprit qu'il allait peut-être la tuer. Mais alors, qu'adviendrait-il de Little Walter ?

Et en contrepoint de tout ça, il y avait eu la voix criarde de Georgia Roux : *baise-la, baise-la, baise-moi cette salope ! Fais-la gueuler !*

Sammy avait gueulé, pas de doute. Elle avait beaucoup gueulé, et Little Walter aussi avait gueulé depuis son berceau, dans l'autre pièce.

Après, ils lui avaient dit qu'elle avait intérêt à la fermer et ils l'avaient laissée qui pissait le sang sur le canapé, blessée mais vivante. Elle avait vu les phares des voitures balayer le plafond de la pièce, puis s'estomper tandis qu'ils s'éloignaient vers la ville. Il n'y avait plus eu qu'elle et Little Walter. Elle l'avait promené dans ses bras, allant et venant, allant et venant, ne s'était arrêtée que le temps de mettre une petite culotte (et pas l'une des roses ; elle ne voulait plus jamais en porter) en la bourrant de papier-toilette. Elle avait des Tampax, mais la seule idée d'en mettre un là la faisait se recroqueviller.

Finalement, la tête de Little Walter était retombée lourdement sur son épaule et elle avait senti sa bave la mouiller – signe des plus fiables qu'il était bel et bien K-O. Elle l'avait recouché dans son berceau (priant pour qu'il dorme toute la nuit), après quoi elle avait été ouvrir la boîte à chaussures, au fond du placard. Le Dreamboat – un calmant puissant quelconque dont elle ne savait pas grand-chose – avait tout d'abord atténué la douleur là en bas, puis elle s'était retrouvée complètement assommée. Elle avait dormi plus de douze heures.

Et maintenant, ça.

Les cris de Little Walter étaient comme une lumière éclatante perçant un épais brouillard. Elle sortit pesamment du lit et courut dans la chambre du petit, ayant compris que le berceau, un assemblage bricolé par Phil alors qu'il était à moitié pété, avait fini par s'effondrer. Little Walter l'avait secoué tant et plus la veille, pendant que « les adjoints » étaient occupés avec elle. Les secousses avaient dû affaiblir la structure et ce matin, quand il avait de nouveau commencé à s'agiter…

Little Walter gisait par terre, au milieu de l'épave du berceau. Il rampa vers elle, du sang coulant d'une blessure qu'il avait au front.

« *Little Walter !* » hurla-t-elle en le prenant dans ses bras. Elle se tourna, trébucha sur une des planches cassées du berceau, mit un genou au sol, se releva et courut jusqu'à la salle de bains, le bébé continuant à geindre dans ses bras. Elle tourna le robinet mais, évidemment, pas une goutte ne coula : il n'y avait plus de courant pour faire fonctionner la pompe du puits. Elle s'empara d'une serviette et essuya le visage du bébé, dégageant la blessure – pas très profonde, mais longue et en zigzag. Il aurait une cicatrice. Elle appuya la serviette dessus aussi fort qu'elle osa, sans tenir compte des hurlements de Little Walter, des hurlements de douleur scandalisés. Des gouttes de sang de la taille d'une pièce tombèrent sur ses pieds. Lorsqu'elle baissa les yeux, elle constata que la petite culotte bleue qu'elle avait mise après le départ des « adjoints » était imbibée d'un liquide poisseux de couleur violacée. Elle crut tout d'abord que c'était le sang de Little Walter. Puis elle vit les filets rubis qui coulaient sur ses cuisses.

5

Elle parvint à faire rester Little Walter tranquille le temps de lui coller trois pansements Bob l'Éponge sur sa blessure, puis de lui enfiler un sous-vêtement propre et la seule salopette en état qui lui restait (proclamant, sur le devant : LE BON P'TIT DIABLE À SA MAMAN). Elle s'habilla à son tour pendant que Little Walter décrivait des cercles à quatre pattes sur le plancher de la chambre, ses pleurs frénétiques à présent réduits à quelques reniflements occasionnels. Elle commença par jeter la petite culotte imbibée de sang dans la poubelle et par en mettre une propre. Elle la rembourra cette fois avec un torchon de cuisine et en prit un deuxième pour pouvoir se changer. Elle saignait toujours. Non, ça ne coulait pas à flots, mais beaucoup plus, cependant, que dans ses pires règles. Et cela avait duré toute la nuit. Le lit en était imbibé.

Elle remplit le sac d'affaires de Little Walter, puis souleva le bébé dans ses bras. Il était lourd et un élancement douloureux monta de là, en bas : le genre de douleur sourde que l'on ressent quand on a mangé quelque chose qui ne passe pas.

« Nous allons au centre de soins, lui annonça-t-elle, et ne t'en fais pas, Little Walter, le Dr Haskell va nous remettre d'aplomb tous les deux. Et de toute façon, les cicatrices, c'est moins embêtant pour les garçons. Des fois, il y a même des filles qui les trouvent sexy. Je roulerai aussi vite que je pourrai, et on y sera le temps de le dire. » Elle ouvrit la porte. « Tout va très bien aller. »

Mais sa vieille Toyota toute pourrie, elle, n'allait pas bien du tout. Les « adjoints » ne s'étaient pas fatigués avec les pneus arrière, se contentant de crever les deux de devant. Sammy regarda sa voiture pendant un long moment, se sentant envahie par un sentiment de dépression plus fort que jamais. Une idée, passagère mais claire, lui vint à l'esprit : elle n'avait qu'à partager les Dreamboats restants avec Little Walter. Il suffirait de réduire les siens en poudre et de les mettre dans un de ses biberons, qu'il appelait des « boggies ». Du lait chocolaté masquerait le goût. Little Walter adorait le lait chocolaté. Avec cette idée, lui vint à l'esprit une chanson d'un vieil album de Phil : *Rien n'a d'importance, et puis quand bien même ?*

Elle repoussa l'idée.

« Je ne suis pas ce genre de maman », dit-elle à Little Walter.

Il la regarda, les yeux écarquillés, d'une manière qui n'était pas sans lui rappeler Phil, mais par ses bons côtés : l'expression, qui n'était rien de plus que de la stupidité intriguée sur le visage de son mari enfui, prenait une candeur touchante sur celui de son fils. Elle lui embrassa le bout du nez et il sourit. C'était chouette, un chouette sourire, mais les pansements devenaient rouges sur son front. Ça, c'était moins chouette.

« Il y a un petit changement », dit-elle, retournant à l'intérieur. Elle eut du mal à retrouver le porte-bébé qu'elle dénicha finalement derrière ce qu'elle ne voyait plus maintenant que comme le Canapé de la Tournante. Elle finit, en dépit de la douleur qui la reprenait, par y installer Little Walter, lequel n'arrêtait pas de se tortiller. Le torchon, dans sa petite culotte, lui donnait une inquiétante impression d'humidité ; elle jeta un regard à son entrejambe mais son pantalon de survêt était sec. C'était déjà ça.

« Prêt pour la balade, Little Walter ? »

Little Walter se contenta de fourrer sa joue dans le creux de l'épaule de sa mère. Par moments, voir qu'il parlait aussi peu l'inquiétait – elle avait des amies dont les bébés arrivaient à faire des phrases entières à seize mois, tandis que Little Walter n'avait qu'une dizaine de mots à sa disposition – mais pas ce matin. Ce matin, elle avait bien d'autres soucis en tête.

Il faisait une chaleur déconcertante pour une journée de la fin octobre ; le ciel, au-dessus d'elle, était du bleu le plus pâle et la lumière avait quelque chose de brouillé. Elle sentit presque tout de suite la sueur perler sur son visage et sur son cou ; son entrejambe l'élançait douloureusement et c'était pire à chaque pas, aurait-on dit, alors qu'elle venait à peine de partir. Elle pensa un instant retourner prendre de l'aspirine, mais ne lui avait-on pas dit que l'aspirine favorisait les saignements ? Sans compter qu'elle n'était pas sûre d'en avoir.

Il y avait aussi autre chose, une chose qu'elle avait du mal à s'avouer : si jamais elle retournait dans la maison, elle n'était pas sûre d'avoir le courage de ressortir.

Un bout de papier blanc était glissé sous l'un des essuie-glaces de la Toyota. Il avait **UN PETIT MOT DE SAMMY** imprimé en haut, entouré de pâquerettes. Arraché au bloc qu'elle gardait dans sa cuisine. Une offense de plus, se dit-elle, fatiguée. Griffonné sous les fleurs, on lisait ceci : *Parles-en à quelqu'un et il n'y aura pas que tes pneus de crevés*. Et dessous, d'une autre écriture : *La prochaine fois, on te foutra peut-être à l'envers pour essayer de l'autre côté.*

« Dans tes rêves, connard », dit-elle d'une voix faible, épuisée.

Elle roula le mot en boule et le laissa tomber à côté du pneu crevé – la pauvre vieille Toyota paraissait aussi au bout du rouleau et triste qu'elle se sentait elle-même – et alla jusqu'au bout de l'allée où elle fit une pause de quelques secondes, appuyée à la boîte aux lettres. Le métal était chaud contre sa peau, le soleil brûlant sur son cou. Et il y avait à peine un souffle d'air. Octobre, c'était en principe un mois frais, revigorant. *C'est peut-être à cause de cette histoire de réchauffement global*, pensa-t-elle. Elle fut la première à formuler cette hypothèse, mais pas la seule, et le mot finalement retenu ne fut pas *global*, mais *local*.

Motton Road s'étendait devant elle, déserte et dépourvue de charme. À un peu moins de deux kilomètres sur sa gauche se trouvaient les premières maisons d'Eastchester, un nouveau quartier chic où les papas bosseurs et les mamans bosseuses les plus huppés de Chester's Mill revenaient le soir de leur boutique, de leur bureau ou de leur banque de Lewiston-Auburn. À sa droite, il y avait le centre de Chester's Mill. Et le centre de soins.

« Prêt, Little Walter ? »

Little Walter ne dit pas s'il l'était ou pas. Il ronflait au creux de l'épaule de sa mère et bavait sur son T-shirt *Donna the Buffalo.* Sammy inspira à fond, essaya d'ignorer les pulsations qui montaient du Territoire-de-là-en-bas, assura le porte-bébé et prit la direction de la ville.

Lorsque la sirène se déclencha sur le toit de l'hôtel de ville, ses brefs appels répétés annonçant un incendie, sa première idée fut que cela se passait dans sa tête, car elle se sentait vraiment bizarre. Puis elle vit la fumée, mais loin, à l'ouest. Rien qui pouvait les concerner, elle et Little Walter… à moins que quelqu'un ne passe pour aller voir l'incendie de plus près. Dans ce cas-là, la personne serait sûrement assez aimable pour la déposer au centre de soins, puisque ce serait sur son chemin vers les réjouissances.

Elle commença à chanter la chanson de James McMurtry qui avait été à la mode l'été précédent, alla jusqu'à « on remballe les trottoirs à huit heures et quart, c'est une petite ville, peux pas vous servir de bière… », puis laissa tomber. Elle avait la bouche trop sèche pour chanter. Elle cligna des yeux et se rendit compte qu'elle allait tomber dans le fossé, et même pas celui à côté duquel elle marchait quand elle était partie. Elle avait traversé toute la chaussée en zigzag, excellente manière de se faire renverser au lieu d'être prise en stop.

Elle regarda par-dessus son épaule, avec l'espoir de voir un peu de circulation. La route d'Eastchester était vide, le goudron pas encore assez chaud pour faire trembler l'air.

Elle retourna du côté qui, dans son idée, était le bon, oscillant sur elle-même, se sentant les jambes molles. *Matelot ivre*, se dit-elle. *Qu'est-ce qu'on fait d'un matelot ivre, de bonne heure le matin ?* Mais ce n'était pas le matin ; on était l'après-midi, elle avait fait le tour du cadran et, lorsqu'elle baissa les yeux, elle vit que l'entrejambe de son survêt était à son tour devenu violacé, comme les sous-vêtements qu'elle avait avant. *Ça ne partira jamais, et je n'ai que deux autres pantalons de survêt qui me vont.* Puis elle se rappela que l'un des deux avait un grand trou mal placé et elle se mit à pleurer. Les larmes lui donnaient une impression de fraîcheur sur les joues.

« Ça va aller, Little Walter, dit-elle. Le Dr Haskell va nous arranger tous les deux. Impec. Impec de chez impec. Impec comme n… »

Sur quoi, une rose noire commença à s'épanouir devant ses yeux et ce qui lui restait de force dans les jambes l'abandonna. Sammy se sentit partir, se vider de ses muscles comme de l'eau par une fuite. Elle tomba, s'accrochant à une dernière pensée : *Sur le côté, il faut tomber sur le côté pour ne pas écraser le bébé !*

Au moins réussit-elle cela. Elle se retrouva gisant sur le bas-côté de Motton Road, immobile dans le soleil quasiment estival voilé de brume. Little Walter se réveilla et se mit à pleurer. Il essaya de sortir du porte-bébé mais n'y parvint pas ; Sammy l'avait attaché avec soin, il était ligoté sur place. Little Walter se mit à pleurer plus fort. Une mouche se posa sur son front, goûta le sang qui suintait au milieu des personnages de dessins animés qui décoraient les pansements, puis s'envola. Pour faire son rapport, peut-être, au QG des mouches et demander des renforts.

Les sauterelles stridulaient dans l'herbe.

La sirène de la ville hulula.

Little Walter, ficelé à sa mère inconsciente, continua à pleurer un moment dans la chaleur puis renonça et resta là, silencieux, regardant d'un air morne autour de lui tandis que la sueur coulait en grosses gouttes claires à travers ses cheveux fins.

6

Depuis le guichet de vente des tickets obturé de planches du cinéma (le Globe Theater avait fermé cinq ans auparavant), sous sa marquise affaissée, Barbie avait une bonne vue, à la fois de l'hôtel de ville et du poste de police. Son bon copain Junior était assis sur les marches de la Casa Flicos, se massant les tempes tandis que les hululements rythmiques de la sirène lui fendaient le crâne.

Al Timmons sortit de l'hôtel de ville et partit au petit trot dans la rue. Il portait sa salopette grise de concierge, mais des jumelles pendaient à son cou et il avait une pompe indienne sur le dos – apparemment vide, à en juger par l'aisance avec laquelle il se déplaçait. Barbie supposa que c'était Al qui avait déclenché la sirène.

Barre-toi donc, Al, pensa Barbie. *Qu'est-ce que t'en dis ?*

Une demi-douzaine d'utilitaires remontèrent la rue. Les deux premiers étaient des pick-ups, le troisième un fourgon. Ils étaient tous les trois d'un jaune si éclatant qu'il faisait presque mal aux yeux. On lisait SUPERMARCHÉ sur les portières des deux premiers. Le fourgon portait le slogan de Burpee's DES PETITS PRIX CHEZ BURPEE'S. Romeo lui-même était au volant du camion de tête. Sa tignasse, comme d'habitude, était coiffée dans le style tempête sur l'Atlantique. Brenda Perkins était à la place du mort. Sur la plate-forme du pick-up, il y avait des pelles, des tuyaux et une pompe flambant neuve portant encore ses étiquettes d'expédition.

Romeo s'arrêta à la hauteur d'Al Timmons. « Saute à l'arrière, collègue ! », et Al monta sur la plate-forme. Barbie se fit le plus invisible possible sous la marquise du cinéma abandonné. Pas question de se faire enrôler pour aller lutter contre l'incendie de Little Bitch Road ; il avait quelque chose à faire ici même.

Junior n'avait pas bougé des marches du poste de police et se frottait toujours les tempes, se tenait toujours la tête. Barbie attendit que le convoi eût disparu, puis traversa rapidement la rue. Junior ne leva pas les yeux et, en quelques instants, Barbie se trouva dissimulé par la masse couverte de lierre de l'hôtel de ville.

Il escalada les marches et s'arrêta, juste le temps de lire l'affiche sur le panneau des messages : GRANDE RÉUNION JEUDI À DIX-NEUF HEURES SI LA CRISE N'EST PAS TERMINÉE. Il repensa à Julia lui disant : *Tant que vous n'aurez pas entendu le discours de candidature de Rennie, faites bien attention à lui.* Il aurait peut-être une chance, jeudi soir ; Rennie allait certainement tout faire pour garder le contrôle de la situation.

Et pour se faire donner davantage de pouvoir, continua la voix de Julia dans sa tête. *Ça aussi, il va le vouloir, bien entendu. Pour le bien de la ville.*

La construction de l'hôtel de ville, bâti en pierres de taille, remontait à cent soixante ans ; il faisait frais et sombre dans le vestibule. Le générateur ne tournait pas ; inutile de le faire fonctionner quand il n'y avait personne.

Sauf qu'il y avait des gens. Barbie entendit des voix en provenance de la grande salle de réunion, des voix appartenant à des enfants. La grande porte de chêne à deux battants était entrouverte. Il jeta un coup d'œil dans la salle et vit un homme maigre avec une imposante masse de cheveux grisonnants assis à la table de conférences. En face de lui, il y avait une jolie petite fille d'une dizaine d'années. Un échiquier était posé entre eux ; Tignasse-grise, menton dans la main, étudiait son prochain coup. Un peu plus loin, dans l'allée entre les bancs, une jeune femme jouait au saut de grenouille avec un petit garçon de quatre ou cinq ans. Les joueurs d'échecs étaient studieux ; la jeune femme et le garçonnet riaient.

Barbie voulut se retirer, mais il était trop tard. La jeune femme avait levé les yeux. « Bonjour ? Salut ? » Elle souleva le petit garçon et vint vers lui. Les joueurs d'échecs levèrent aussi les yeux.

La jeune femme tendit la main qui ne soutenait pas l'enfant. « Je m'appelle Carolyn Sturges. Ce monsieur est mon ami, Thurston Marshall. Quant au petit bonhomme, c'est Aidan Appleton. Dis bonjour, Aidan.

– B'jour », dit Aidan d'une petite voix, en se mettant à sucer son pouce.

Il regardait Barbie avec des yeux bleus et ronds qui exprimaient un peu de curiosité.

La fillette courut le long de l'allée pour venir se tenir à côté de Carolyn Sturges. Tignasse-grise suivit, mais plus lentement. Il paraissait fatigué, secoué. « Je m'appelle Alice Rachel Appleton, dit la fillette. Je suis la grande sœur d'Aidan. Sors ton pouce de ta bouche, Aidan. »

Aidan n'obéit pas.

« Je suis ravi de vous rencontrer », répondit Barbie, qui ne leur donna pas son nom. C'était tout juste s'il ne regrettait pas de ne pas porter une fausse moustache. Mais c'était peut-être sans importance. Il lui paraissait presque certain que ces gens n'étaient pas de la ville.

« Vous êtes un officiel de Chester's Mill ? demanda Thurston Marshall. Parce que si c'est le cas, je veux déposer plainte.

– Je ne suis que le gardien, le concierge », répondit Barbie – qui se rendit compte, au moment où les mots sortirent de sa bouche, qu'ils avaient presque certainement vu Al Timmons partir. Qu'ils avaient sans doute même eu une conversation avec lui. « L'autre gardien. Vous avez sans doute déjà rencontré Al.

– Je veux ma maman, dit Aidan Appleton. Elle me manque *beaucoup*.

– Oui, nous l'avons rencontré, répondit Carolyn Sturges. Il prétend que le gouvernement a tiré un missile sur la chose, là, le truc qui nous retient, et que tout ce qui est arrivé, c'est qu'il a rebondi dessus.

– C'est exact, confirma Barbie, qui ne put en dire davantage car Marshall revenait à la charge :

– Je veux déposer plainte. En fait, il s'agit même d'une accusation. J'ai été agressé par un soi-disant officier de police. Il m'a donné un coup de poing à l'estomac. J'ai été opéré de la vésicule biliaire il y a quelques années, et je crains d'avoir des blessures internes. En outre, Carolyn a été agressée verbalement. On l'a traitée d'une manière sexuellement dégradante. »

Carolyn lui posa la main sur le bras. « Avant de déposer plainte, il ne faut pas oublier que nous avions de la D-O-P-E.

– De la dope ! s'exclama aussitôt Alice. Notre maman fume de la marijuana, des fois, ça l'aide quand elle a ses règles.

– Oh, fit Carolyn. Bon. »

Elle eut un sourire hésitant.

Marshall se redressa de toute sa taille. « La possession de marijuana est un simple délit. Ce qu'ils m'ont fait relève d'une agression physique criminelle ! Et j'ai *terriblement* mal ! »

Carolyn eut pour lui un regard d'affection mêlée d'exaspération. Barbie comprit soudain la nature de leur relation. Joli-Mois-de-Mai-Sexy avait rencontré Novembre-l'Érudit, et ils étaient à présent coincés ensemble, des réfugiés dans une version Nouvelle-Angleterre de *Huis clos*. « Je ne suis pas convaincue que cette notion de délit tiendrait devant un tribunal, Thurston. (Elle eut un sourire d'excuse pour Barbie.) On en avait beaucoup. Ils ont tout pris.

– Ils vont peut-être fumer leurs preuves matérielles », suggéra Barbie.

Si Carolyn rit, son ami aux cheveux gris garda son sérieux. Il fronçait ses sourcils broussailleux. « N'empêche, je tiens à déposer une plainte.

– À votre place j'attendrais, dit Barbie. La situation ici est… si vous préférez… disons qu'un coup de poing à l'estomac ne sera pas considéré comme une affaire sérieuse tant que nous resterons coincés sous le Dôme.

– Je considère que c'est une affaire sérieuse, moi, mon jeune ami concierge. »

Cette fois-ci, l'exaspération l'emporta sur l'affection dans l'expression de Carolyn. « Écoute, Thurs…

– Le bon côté de la chose est qu'on ne fera pas non plus toute une affaire pour un peu de marijuana, la coupa Barbie. Match nul, comme disent les sportifs. Et comment avez-vous récupéré les mômes ?

– Les flics sur lesquels nous sommes tombés dans le chalet de Thurston nous ont vus au restaurant, répondit Carolyn. La patronne nous a dit que c'était fermé jusqu'au dîner, mais elle a eu pitié de nous quand nous lui avons dit que nous étions du Massachusetts. Elle nous a donné des sandwichs et du café.

– Elle nous a donné du beurre de cacahuètes *et de la gelée avec le café*, oui, la corrigea Thurston. Il n'y avait pas le choix, même pas du thon en boîte. Je lui ai dit que le beurre de cacahuètes me restait collé au palais, mais elle m'a répondu qu'elle rationnait ses provisions. Avez-vous jamais entendu dire quelque chose d'aussi ridicule ? »

Barbie trouvait cela d'autant moins ridicule que l'idée était de lui ; il ne répondit rien.

« Quand j'ai vu les flics arriver, reprit Carolyn, je m'attendais à ce que nous ayons encore des ennuis, mais on aurait dit qu'Aidan et Alice les avaient amadoués. »

Thurston eut un reniflement de mépris. « Pas amadoués au point de nous présenter des excuses. À moins que cela m'ait échappé. »

Carolyn soupira, puis se tourna vers Barbie. « Ils nous on dit que peut-être le pasteur de l'église congrégationaliste pourrait nous trouver un logement vide que nous n'aurions qu'à occuper jusqu'à ce que ce soit terminé. J'ai bien l'impression que nous allons nous retrouver parents adoptifs, du moins temporairement. »

Elle caressa les cheveux du petit garçon. Thurston paraissait beaucoup moins enthousiaste à la perspective de devenir père adoptif, mais il passa un bras autour des épaules d'Alice et du coup Barbie le trouva plus sympathique.

« L'un des flics s'appelle Junior, dit alors la fillette. Il est gentil. Il est mignon, aussi. Frankie n'est pas aussi mignon. Il nous a donné un Milky Way. Maman dit qu'on ne doit pas accepter de confiseries d'un inconnu, mais... » Elle haussa les épaules pour montrer que les choses avaient changé, un fait qu'elle et Carolyn paraissaient avoir nettement mieux assimilé que Thurston.

« Ils ne se sont pas montrés si gentils que ça avant, observa Thurston. Et pas gentils du tout quand ils m'ont donné un coup de poing à l'estomac, Caro.

– Il faut prendre l'amer avec le sucré, lui fit remarquer Alice avec philosophie. C'est ce que dit toujours maman. »

Carolyn ne put s'empêcher de rire. Barbie l'imita et finalement Marshall aussi, même s'il dut se tenir l'estomac, regardant sa jeune compagne avec un léger air de reproche.

« J'ai remonté la rue et j'ai frappé à la porte de l'église, raconta Carolyn. Il n'y a pas eu de réponse, alors je suis entrée – ce n'était pas fermé à clef – mais il n'y avait personne. Avez-vous une idée de l'endroit où je peux trouver le pasteur ? »

Barbie secoua la tête. « À votre place, je prendrais mon jeu d'échecs et j'irais jusqu'au presbytère, répondit-il. C'est juste derrière. Le pasteur est une femme du nom de Piper Libby.

– *Cherchez la femme** », dit Thurston.

Barbie haussa les épaules, puis acquiesça. « C'est quelqu'un de bien et Dieu sait que les maisons vides ne manquent pas à Chester's Mill. Vous allez presque pouvoir choisir. Et vous trouverez probablement des provisions dans les placards, où que vous alliez. »

Ce qui lui fit penser, une fois de plus, à l'abri antiatomique.

Alice avait aussitôt fourré les pièces du jeu d'échecs dans ses poches et avait pris l'échiquier, qu'elle garda à la main. « Mr Marshall m'a battue à chaque fois, dit-elle à Barbie. Il dit que c'est faire preuve de mépris pour les enfants, de les laisser gagner juste parce que ce sont des enfants. Mais je fais des progrès, pas vrai, Mr Marshall ? »

Elle lui sourit. Thurston Marshall lui rendit son sourire. Barbie se dit que cet improbable quatuor allait peut-être fonctionner.

« Il faut que jeunesse se passe, Alice, et tu auras ta revanche. Mais pas tout de suite, ma chérie.

– Je veux ma maman, dit Aidan d'un ton morose.

– Si seulement on pouvait entrer en contact ave elle, dit Carolyn. Tu es sûre de ne pas te souvenir de son adresse courriel, Alice ? Leur mère, ajouta-t-elle à l'adresse de Barbie, a laissé son numéro de portable dans le chalet, mais ça ne sert à rien.

– Elle est sur hotmail. C'est tout ce que je sais, répondit Alice. Elle dit parfois qu'avant elle était sur hot-femelle, mais que papa s'est occupé de ça. »

Carolyn regarda son petit ami aux cheveux blancs. « On se tire d'ici ?

– Oui. Autant aller jusqu'au presbytère et espérer que cette dame revienne vite de la mission de miséricorde qu'elle vient d'être appelée à remplir.

– Le presbytère ne devrait pas être fermé à clef non plus, dit Barbie. Et s'il l'est, regardez donc sous le paillasson.

– Je n'ose supposer…, fit observer Thurston.

– Moi si », le coupa Carolyn en pouffant.

Cela fit sourire le petit garçon.

« *Sou*peser ! s'écria Alice Appleton en se précipitant dans l'allée centrale, bras écartés, l'échiquier pliable fouettant l'air. *Sou*peser, *sou*peser, allez venez tout le monde, allons *sou*peser ! »

Thurston soupira et suivit la fillette. « Si tu casses l'échiquier, Alice, tu ne pourras jamais me battre.

– Si, je vous battrai, parce qu'il faut que jeunesse se passe ! lui lança-t-elle par-dessus son épaule. De toute façon, on pourra toujours le scotcher ! Allez, venez ! »

Aidan se mit à s'agiter avec impatience dans les bras de Carolyn. La jeune femme le posa à terre pour qu'il puisse courir après sa sœur. Puis elle tendit la main à Barbie. « Merci beaucoup, Mr...

– Ce fut un plaisir », répondit Barbie en lui serrant la main.

Puis il se tourna vers Thurston. L'homme avait cette poignée de main en ventre de poisson que Barbie associait aux types dont le rapport activité intellectuelle/exercice physique est complètement déséquilibré.

Les deux adultes suivirent les enfants. Une fois à hauteur des portes battantes, Thurston se retourna. Un rayon de soleil, tombant des hautes fenêtres, vint éclairer son visage, le faisant paraître plus vieux qu'il n'était. Lui donnant l'air d'avoir quatre-vingts ans. « J'ai contribué au dernier numéro de *Ploughshares* », dit-il. L'indignation et le chagrin faisaient trembler sa voix. « C'est une excellente revue littéraire, l'une des meilleures du pays. Ils n'avaient aucun droit de me frapper ou de se moquer de moi.

– Non, en effet, dit Barbie. Bien sûr que non. Prenez bien soin de ces enfants.

– Nous le ferons », dit Carolyn. Elle prit le bras de l'homme et le serra. « Allons-y, Thurston. »

Barbie attendit d'entendre la porte d'entrée se refermer, puis il partit à la recherche de l'escalier conduisant à la salle de conférences de l'hôtel de ville et à la cuisine. Julia lui avait dit que l'accès à l'abri antiatomique était là.

7

Piper Libby crut tout d'abord qu'il s'agissait d'un sac de détritus jeté sur le bord de la route. En se rapprochant, elle vit que c'était un corps. Elle se gara et se précipita si vite hors de sa voiture qu'elle tomba sur un genou et s'écorcha. Lorsqu'elle se releva, elle se rendit compte qu'il n'y avait pas un corps, mais deux : ceux d'une femme et d'un bébé. L'enfant, au moins, était vivant, agitant faiblement ses bras.

Elle courut à eux et retourna la femme sur le dos. Elle était jeune et son visage lui disait quelque chose, mais elle n'était pas membre de sa congrégation. Elle présentait d'importantes ecchymoses au front et à la joue. Piper libéra l'enfant du porte-bébé et lorsqu'elle le tint contre elle et caressa ses cheveux humides de sueur, il se mit à geindre d'une voix rauque.

Les paupières de la jeune femme battirent et s'ouvrirent à ce bruit ; c'est alors que Piper vit que son pantalon était imbibé de sang.

« Li'l Walter », coassa la jeune femme. Piper comprit *water* (de l'eau).

« Ne vous inquiétez pas. J'ai de l'eau dans la voiture. Ne bougez pas. J'ai votre bébé, il va bien. » Même si elle n'en savait rien. « Je vais m'occuper de lui.

– Li'l Walter », répéta la femme au jean ensanglanté, puis elle referma les yeux.

Piper courut jusqu'à sa voiture, le cœur battant tellement fort qu'elle en sentait les pulsations jusque dans ses yeux. Elle avait un goût de cuivre dans la bouche. *Mon Dieu aide-moi*, pria-t-elle, incapable de penser à autre chose, si bien qu'elle le répéta dans sa tête : *Oh, mon Dieu aide-moi, oh, mon Dieu aide-moi, aide cette femme.*

La Subaru avait l'air conditionné, mais elle ne l'avait pas branché en dépit de la chaleur. Elle le faisait rarement. D'après ce qu'elle avait compris, ce n'était pas très écologique. Mais pour le coup, elle le mit. Plein pot. Elle déposa le bébé sur le siège arrière, remonta les vitres, ferma les portières et repartit vers la jeune femme gisant dans la poussière, puis fut frappée par une pensée terrible : et si le bambin arrivait à grimper par-dessus le siège et poussait le mauvais bouton, l'enfermant dehors ?

Seigneur, que je suis idiote. La femme la plus idiote au monde en cas de véritable crise. Mon Dieu, aide-moi à être moins idiote.

Elle revint en courant à la voiture, rouvrit la portière du conducteur, regarda par-dessus le dossier du siège et vit le petit garçon toujours allongé là où elle l'avait posé ; il suçait simplement son pouce. Ses yeux se tournèrent un instant vers Piper, puis revinrent au plafond, comme s'il y avait quelque chose d'intéressant là-haut. Des dessins animés mentaux, peut-être. La sueur assombrissait le devant de son T-shirt, sous sa petite salopette. Piper retira la clef électronique du tableau de bord puis repartit, toujours courant, vers la femme qui essayait de se relever.

« Non, ne bougez pas », lui dit Piper, s'agenouillant et lui passant un bras autour des épaules. Je crois que vous ne devriez pas...

– Little Walter », coassa de nouveau la femme.

Merde, j'ai oublié l'eau ! Mon Dieu, pourquoi m'avez vous laissée oublier l'eau ?

Et la femme qui essayait maintenant de se relever ! L'idée paraissait mauvaise au pasteur, elle allait à l'encontre de tout ce qu'elle savait des soins d'urgence, mais quel choix avait-elle ? La route était déserte et elle ne pouvait pas l'abandonner sous ce soleil de plomb, ce serait pire, bien pire. Si bien qu'au lieu de l'obliger à se rallonger, Piper l'aida à se mettre debout.

« Doucement, dit-elle, tenant à présent la femme par la taille et guidant ses pas vacillants du mieux qu'elle pouvait. Doucement... petit à petit, l'oiseau fait son nid. Il fait frais dans la voiture. Et il y a de l'eau.

– Li'l Walter ! » La femme se mit à osciller, reprit son équilibre, puis essaya de marcher un peu plus vite.

« De l'eau, dit Piper. Oui. Ensuite je vous emmène tout droit à l'hôpital.

– Non... au centre. »

Cette fois Piper comprit correctement et elle secoua la tête avec fermeté. « Pas question. Je vous emmène directement à l'hôpital. Vous et votre bébé.

– Li'l Walter », murmura la femme.

Elle resta à vaciller sur place, les cheveux retombant devant son visage, pendant que Piper ouvrait la portière du passager et l'aidait à s'installer.

Piper prit la bouteille de Poland Spring dans la console centrale et dévissa le bouchon. La femme la lui arracha avant que Piper puisse la lui tendre et but avidement ; l'eau lui coulait dans le cou et dégouttait de son menton, inondant le devant de son T-shirt.

« Vous vous appelez comment ? demanda Piper.

– Sammy Bushey. »

C'est alors, l'eau lui provoquant une crampe d'estomac, que la rose noire se rouvrit de nouveau devant ses yeux. La bouteille lui échappa des mains et tomba au sol, où elle se vida avec un gargouillis. Sammy s'évanouit.

Piper conduisit aussi vite qu'elle put, c'est-à-dire très vite, Motton Road restant déserte, mais lorsqu'elle arriva à l'hôpital, ce fut pour découvrir que le Dr Haskell était mort la veille et que l'assistant du médecin, Everett, n'était pas là.

Sammy fut donc admise et examinée par Dougie Twitchell, le célèbre expert médical.

8

Tandis que Ginny essayait d'arrêter l'hémorragie vaginale de Sammy Bushey et que Twitch installait une perfusion pour traiter l'état de déshydratation avancée dans lequel était Little Walter, Rusty Everett était tranquillement assis sur un banc du parc, côté hôtel de ville de la place centrale. Le banc était placé sous la vaste ramure d'une imposante sapinette bleue, et il pensait que l'ombre était assez profonde pour le rendre pratiquement invisible. Du moins, tant qu'il ne bougeait pas.

Car il y avait des choses intéressantes à observer.

Il avait prévu de gagner directement le hangar situé derrière l'hôtel de ville (Twitch avait parlé d'une grange, mais le long bâtiment de bois, qui abritait également les chasse-neige de Chester's Mill, était en réalité nettement plus grand que ça) pour vérifier quel était l'état des réserves de propane ; mais une voiture de police était arrivée à ce moment-là avec Frankie DeLesseps au volant. Junior Rennie était descendu du siège du passager. Les deux jeunes hommes avaient parlé un moment, puis DeLesseps était reparti.

Junior avait monté les marches conduisant au poste de police, mais au lieu d'y entrer, il s'était assis sur la dernière, se frottant les tempes comme s'il avait mal à la tête. Rusty avait décidé d'attendre. Il ne voulait pas être vu fouinant dans les réserves en énergie de la ville, en particulier par le fils du deuxième conseiller.

À un moment donné, Junior sortit son téléphone portable de sa poche, l'ouvrit, écouta, dit quelque chose, écouta encore un peu, dit de nouveau quelque chose puis referma l'appareil. Il se remit à se frotter les tempes. Le Dr Haskell avait fait une remarque à propos du jeune homme. Il avait parlé de migraines, non ? Cela faisait tout à fait l'effet d'une migraine. Pas seulement à cause du geste de se frotter les tempes ; aussi par la manière dont il gardait la tête baissée.

Pour atténuer l'éclat de la lumière, pensa Rusty. *Il doit avoir oublié son Imitrex ou son Zomig chez lui. En supposant que Haskell lui en ait prescrit.*

Rusty s'était déjà à moitié levé, avec l'intention de couper par Commonwealth Lane pour rejoindre l'arrière de l'hôtel de ville – la vigilance de Junior étant des plus réduites –, mais il repéra alors quelqu'un d'autre et se rassit. Dale Barbara, le cuistot qui aurait été élevé au rang de colonel (par le Président en personne, d'après certains), se tenait sous la marquise du Globe, encore plus enfoncé dans l'ombre que Rusty. Et Barbara paraissait aussi surveiller le jeune Mr Rennie.

Intéressant.

Barbara en arriva apparemment à la même conclusion que Rusty : Junior ne surveillait pas les lieux mais attendait. Peut-être quelqu'un qui devait venir le chercher. Le cuistot traversa rapidement la rue et – une fois caché à la vue (éventuelle) de Junior par l'hôtel de ville – s'arrêta pour parcourir des yeux le tableau d'information, à l'extérieur. Puis il entra.

Rusty décida de rester encore un moment sur son banc. On était très bien, sous l'arbre, et il était curieux de savoir qui Junior attendait. Des gens arrivaient encore en ordre dispersé du Dipper's (certains y seraient restés plus longtemps si l'alcool avait pu couler). La plupart, comme le jeune homme assis sur les marches, de l'autre côté, se tenaient tête baissée. Pas à cause de la douleur, estima Rusty, mais parce qu'ils étaient accablés. À moins que cela ne revienne au même. Voilà une idée qui aurait mérité qu'on s'y arrêtât.

C'est alors que se présenta un véhicule noir, aux formes cubiques et glouton en essence que Rusty connaissait bien : le gros Hummer de Big Jim Rennie. Il adressa un coup de klaxon agacé à trois citoyens qui marchaient dans la rue, les chassant vers le trottoir comme des moutons.

Le Hummer s'arrêta devant le poste de police. Junior leva les yeux mais resta assis. Les portières s'ouvrirent. Andy Sanders descendit de derrière le volant, Rennie du siège du passager. Rennie laissant Sanders conduire sa bien-aimée perle noire ? Rusty haussa les sourcils. Il ne se souvenait pas d'avoir jamais vu quelqu'un d'autre que Big Jim lui-même derrière le volant du monstre. *Il a peut-être décidé de donner une promotion à Andy – de souffre-douleur à chauffeur*, pensa-t-il. Mais lorsqu'il vit Big Jim monter les marches en direction de son fils, il changea d'avis.

Comme tous les vétérans des services médicaux, Rusty était un assez bon expert en matière de diagnostic à distance. Certes, il n'aurait jamais fondé un traitement sur une telle évaluation, mais il était capable de faire la différence entre un individu opéré de la hanche six mois auparavant et un autre souffrant d'une crise d'hémorroïdes rien qu'à leur démarche ; d'identifier un problème de cervicales à la façon dont une femme tournait tout son corps et pas seulement son cou pour regarder derrière elle ; de dire qu'un gosse avait attrapé des poux lors de son camp de vacances rien qu'à sa manière de se gratter tout le temps le crâne. Big Jim garda le bras droit posé sur la partie convexe de son volumineux abdomen, tandis qu'il escaladait les marches, attitude classique de quelqu'un qui vient de subir un claquage à l'épaule ou au bras, ou aux deux. Du coup, ce n'était pas si surprenant qu'il ait demandé à Sanders de piloter la bête à sa place.

Il y eut un dialogue entre les trois personnages. Junior ne se leva pas mais Sanders s'assit à côté de lui, fouilla dans sa poche et en sortit quelque chose qui scintilla un instant dans la lumière embrumée de l'après-midi. Rusty avait de bons yeux, mais il se trouvait au moins cinquante mètres trop loin pour distinguer ce qu'était l'objet. Du verre ou du métal ; c'était tout ce qu'il pouvait affirmer. Junior le mit dans sa poche, puis les trois hommes parlèrent encore un peu. Rennie fit un geste en direction du Hummer et Junior secoua la tête. Sanders montra à son tour le véhicule. Junior déclina l'offre une deuxième fois, laissant retomber la tête, et se remit à se masser les tempes. Les deux conseillers se regardèrent, Sanders, en position assise, se tordant le cou dans l'ombre de Big Jim – ce que Rusty trouva approprié. Big Jim haussa les épaules et ouvrit les mains en signe d'impuissance. Sanders se leva et les deux hommes entrèrent dans le poste de police, non sans que Big Jim eût tapoté l'épaule de son fils. Junior resta sans réaction. Il ne bougea pas d'où il était, comme s'il avait l'intention de rester assis là jusqu'à la fin des temps. Sanders tint la porte pour Big Jim et entra à sa suite.

À peine les deux conseillers avaient-ils quitté la scène que Rusty vit un quatuor sortir de l'hôtel de ville : un homme âgé et distingué, une jeune femme, une fillette et un petit garçon. La fillette tenait le petit garçon par une main et un échiquier de l'autre. Le gamin avait l'air presque aussi navré que Junior, trouva Rusty… et qu'il soit pendu s'il ne se frottait pas aussi la tempe de sa main libre. Le groupe coupa par le sentier qui traversait la pelouse, ce qui le fit passer directement devant le banc de Rusty.

« Bonjour, lui dit la fillette avec un grand sourire. Je m'appelle Alice. Et lui, c'est Aidan.

– Nous allons au *précitère* », déclara d'un ton sinistre le petit garçon qui s'appelait Aidan.

Il se frottait toujours la tempe et était très pâle.

« Ça va être passionnant, répondit Rusty. Des fois, je rêve moi aussi d'habiter un *précitère.* »

Les deux adultes venaient de rattraper les enfants. Ils se tenaient par la main. Le père et la fille, supposa Rusty.

« En fait, nous souhaitons seulement parler avec la révérende Libby, dit la jeune femme. Vous ne savez pas si elle est de retour, par hasard ?

– Aucune idée, répondit Rusty.

– Eh bien, nous allons l'attendre. Au *précitère.* » Elle sourit à son compagnon en disant cela. Rusty eut l'impression qu'ils n'étaient peut-être pas père et fille, en fin de compte. « C'est ce que le concierge nous a dit de faire.

– Al Timmons ? »

Rusty avait vu l'homme sauter dans le pick-up de Burpee.

« Non, l'autre, dit l'homme âgé. Il a dit que la révérende pourrait peut-être nous aider à nous loger. »

Rusty hocha la tête. « Celui qui s'appelle Dale ?

– Je ne me souviens pas qu'il nous ait donné son nom », dit la jeune femme.

Délaissant la main de sa sœur pour prendre celle de la jeune femme, le petit garçon s'écria : « Allez, venez ! Je veux jouer à l'autre jeu que vous avez dit. » Il donnait cependant l'impression d'être plus grognon qu'impatient de jouer. Un léger état de choc, peut-être. Ou bien un état fiévreux. Dans ce dernier cas, Rusty espéra que ce n'était qu'un rhume. La dernière chose dont Chester's Mill avait besoin, en ce moment, était bien une épidémie de grippe.

« Ils sont séparés de leur mère, du moins temporairement, dit la jeune femme à voix basse. Nous nous occupons d'eux.

– C'est bien de votre part, dit Rusty, puis sur un ton sérieux : Dis-moi, Aidan, tu as mal à la tête ?

– Non.

– Tu as mal à la gorge ?

– Non. » Le petit garçon étudiait l'homme qui l'interrogeait, l'air grave. « Tu sais quoi ? dit-il alors, si on fait pas blagues-ou-bonbons[1] cette année, je m'en fiche.

– Aidan Appleton ! » s'écria Alice d'un ton hautement scandalisé. Rusty sursauta légèrement sur son banc, sans pouvoir s'en empêcher. « Ah bon ? Et pourquoi ?

– Parce que maman nous a amenés avec elle et maman est partie faire des missions.

– Il veut dire des commissions, le corrigea avec indulgence Alice.

– Elle est allée chercher des Whoops », reprit Aidan. On aurait dit un petit vieux – un petit vieux inquiet. « J'aurais peur d'aller à Halloween sans ma maman.

– Allez, viens, Caro, dit son compagnon. Nous devons… »

---

1. *Trick-or-treat,* début de la comptine que les enfants chantent à Halloween pour avoir des friandises.

Rusty se leva. « Est-ce que je pourrais vous parler une minute, madame ? Faisons quelques pas par là. »

Carolyn parut intriguée et un peu sur ses gardes, mais l'accompagna près de la sapinette bleue.

« Le garçon n'a-t-il pas manifesté certains symptômes d'épilepsie ? demanda Rusty. Par exemple, s'arrêter soudain au milieu de ce qu'il est en train de faire… rester un moment immobile… avoir le regard fixe… claquer des lèvres –

– Non, non, rien de tel, intervint son compagnon, qui les avait rejoints.

– Non », confirma Carolyn. Cependant, elle avait l'air effrayé.

L'homme s'en rendit compte et adressa un regard soupçonneux à Rusty. « Vous êtes médecin ?

– Assistant médical. J'ai pensé que peut-être…

– Eh bien, nous apprécions certainement votre sollicitude, Mr… ?

– Eric Everett. Appelez-moi Rusty.

– Nous apprécions votre sollicitude, Mr Everett, mais je crois qu'elle est inutile. Souvenez-vous que ces enfants sont séparés de leur mère…

– Et qu'ils ont passé quarante-huit heures seuls, pratiquement sans rien à manger, ajouta Caro. Ils essayaient de regagner la ville par leurs propres moyens lorsque ces deux… *officiers* (elle plissa le nez comme si le mot sentait mauvais) les ont trouvés. »

Rusty acquiesça. « Voilà qui pourrait être une explication, admit-il. Même si la petite fille a, elle, l'air d'aller très bien.

– Les enfants réagissent différemment les uns des autres. On ferait mieux d'y aller. Ils nous distancent, Thurston. »

Alice et Aidan couraient à travers le parc, soulevant des tourbillons de feuilles multicolores, Alice agitant l'échiquier et criant à pleins poumons : « Précitère ! Précitère ! » Le petit garçon ne la quittait pas d'une semelle et criait lui aussi.

Ce gosse a eu une absence momentanée, c'est tout, se dit Rusty. *Le reste n'était qu'une coïncidence. Même pas : quel est le petit Américain qui ne pense pas à Halloween, fin octobre ?* Une chose était sûre : si on posait plus tard la question à ces gens, ils se rappelleraient exactement où et quand ils avaient rencontré Eric Everett, dit Rusty. Pour la discrétion, c'était fichu.

L'homme aux tempes grises éleva la voix : « Les enfants ! On se calme ! »

La jeune femme regarda Rusty, puis lui tendit la main. « Merci pour votre attention, Mr Everett. Rusty.

– Déformation professionnelle, probablement. Les risques du métier.

– Vous êtes tout à fait pardonné. Nous venons de vivre le week-end le plus dingue de toute l'histoire du monde. Attribuez-le à ça.

– Sûr. Et si vous avez besoin de moi, passez à l'hôpital ou au centre de soins. »

Il fit un geste en direction de Cathy-Russell, qui deviendrait visible lorsque les feuilles seraient tombées. Si jamais elles tombaient.

« Ou sur ce banc, dit-elle, souriant toujours.

– Ou sur ce banc, exact. »

Lui aussi souriait.

« Caro ! dit Thurston d'un ton impatient. Allez, on y va ! »

La jeune femme adressa un petit salut de la main à Rusty – juste du bout des doigts – puis s'élança pour rattraper les autres. Elle courait avec légèreté et grâce. Rusty se demanda si Thurston savait que les jeunes femmes capables de courir avec légèreté et grâce couraient aussi souvent loin de leurs vieux amant, tôt ou tard. Peut-être le savait-il. Peut-être cela lui était-il déjà arrivé.

Rusty les regarda couper par la pelouse en direction du clocher de la Congo. Finalement, ils disparurent, cachés par les arbres. Lorsqu'il se tourna de nouveau vers le poste de police, Junior Rennie était parti.

Rusty resta assis où il était pendant quelques instants, pianotant sur ses cuisses. Puis il prit une décision et se leva. Aller jeter un coup d'œil dans le hangar de la ville pour voir si les réserves de propane de l'hôpital ne s'y trouvaient pas – cela pouvait attendre. Il était plus curieux de savoir ce que le seul et unique officier de l'armée présent à Chester's Mill pouvait bien fabriquer dans l'hôtel de ville.

9

Ce que faisait Barbie, au moment où Rusty traversait la place pour rejoindre l'hôtel de ville ? Il poussait un sifflement admiratif entre ses dents. L'abri antiatomique était aussi long qu'un wagon-restaurant et ses étagères débordaient de produits alimentaires en boîte. La plupart de la variété halieutique : boîtes de sardines, rangées de saumon, et une énorme quantité d'un truc qui s'appelait *Clam Ry-ettes*, que Barbie espérait bien n'avoir jamais à goûter. Il y avait aussi des produits secs, y compris de grands contenants en plastique marqués RIZ, FARINE, LAIT EN POUDRE et SUCRE. Et des étagères de bouteilles étiquetées EAU POTABLE. Il compta dix grands cartons de US GV'T SURPLUS CRACKERS. Deux autres étaient marqués US GV'T SURPLUS CHOCOLATE BARS. Sur le mur, au-dessus de tout cela, s'étalait un panneau jaunissant : SEPT CENTS CALORIES PAR JOUR PERMETTENT DE VIVRE.

« Dans tes rêves », marmonna Barbie.

Il vit une porte à l'autre extrémité, qu'il ouvrit et se retrouva dans le noir. Il tâtonna, trouva un interrupteur. Une autre salle, pas aussi grande, mais loin d'être petite. Elle avait un côté abandonné. Sans être sale – Al Timmons devait connaître son existence et avait fait la poussière et balayé le sol – elle était incontestablement négligée. L'eau était en bouteilles de verre, et il n'en avait plus vu de ce genre depuis un bref séjour en Arabie Saoudite.

Cette seconde pièce contenait une douzaine de lits de camp pliés, ainsi que des couvertures bleues et des matelas emballés dans des sacs en plastique transparent. Il y avait aussi d'autres fournitures, dont une demi-douzaine de cartons étiquetés KITS D'HYGIÈNE INTIME et une autre douzaine étiquetés MASQUES À GAZ. Un petit générateur auxiliaire pouvait fournir un peu de courant. Il tournait ; il avait dû se déclencher quand Barbie avait allumé. Le générateur était flanqué de deux étagères. Sur l'une d'elles, il vit une radio qui avait dû être neuve à l'époque où Frank Sinatra faisait ses débuts. Sur l'autre attendaient deux plaques chauffantes et une boîte métallique d'un jaune brillant.

Le logo peint remontait à l'époque où les CD n'existaient pas encore. C'était cela qu'il était venu chercher.

Barbie prit la boîte et faillit la laisser tomber. Elle était lourde. Sur le devant, un cadran indiquait IMPULSIONS PAR SECONDE. Lorsqu'on pointait la sonde de l'instrument dans une direction, l'aiguille du cadran pouvait rester dans la zone verte, passer au milieu dans la jaune… ou aller jusque dans la rouge. Ce qui, supposa Barbie, devait être mauvais signe.

Il brancha l'appareil. Le voyant de marche ne s'alluma pas et l'aiguille resta tranquillement sur zéro.

« Plus de batterie », fit une voix masculine derrière lui. Barbie sursauta violemment. Il se retourna et vit un homme de haute taille, corpulent, aux cheveux blonds, dans l'encadrement de la porte donnant sur la pièce principale.

Pendant un instant, le nom de l'intrus lui échappa, alors qu'il le voyait au restaurant presque tous les dimanches matin, parfois avec sa femme, toujours avec ses deux petites filles. Puis il lui revint. « Rusty Evers, hein ?

– Presque. Everett. » Le nouveau venu lui tendit la main. Un peu inquiet, Barbie s'avança et la lui serra. « Je vous ai vu entrer. Et ça, dit Rusty avec un mouvement de tête vers le compteur Geiger, c'est probablement pas une si mauvaise idée. Il doit bien y avoir quelque chose qui le maintient en place. »

Il ne s'expliqua pas davantage, mais c'était inutile.

« Content que vous soyez d'accord. Vous avez failli me coller une foutue crise cardiaque. Vous vous seriez sans doute occupé de moi, je crois. Vous êtes toubib, non ?

– AM, répondit Rusty. Ça veut dire…

– Oui, je sais, assistant médical.

– Bravo. Vous avez gagné l'autocuiseur. » Rusty montra le compteur Geiger. « Cet appareil doit avoir besoin de batteries sèches de six volts. Je suis à peu près sûr d'en avoir vu au Burpee's. Mais moins sûr que quelqu'un garde la boutique en ce moment. Alors, on fait encore un peu de reconnaissance ?

– Et qu'y aurait-il à reconnaître ?

– Le hangar du matériel, là-derrière.

– Et nous souhaitons aller y jeter un coup d'œil parce que… ?

– Cela dépend de ce que nous allons trouver. Si c'est ce que nous avons perdu à l'hôpital, vous et moi pourrions échanger quelques petites informations.

– À propos de ce que vous avez perdu ?

– Du propane, mon frère. »

Barbie réfléchit un instant. « Et pourquoi pas… Allons voir ça. »

10

Junior se tenait au pied de l'escalier branlant qui montait le long de la pharmacie et se demandait s'il serait capable de le monter, tant sa tête lui faisait mal. Peut-être. Probablement. Il se disait aussi qu'arrivé à mi-chemin, son crâne risquait d'exploser comme un pétard du nouvel an. La tache était de retour devant son œil, avec ses pulsations hachées, battant au rythme de son cœur, mais elle n'était plus blanche. Elle était devenue d'un rouge éclatant.

Je serais mieux dans le noir, pensa-t-il. *Dans l'arrière-cuisine, avec mes petites copines.*

Si tout se passait bien, il pourrait y aller. En ce moment, l'arrière-cuisine de la maison McCain, sur Prestile Street, lui paraissait l'endroit le plus désirable de la Terre. Certes, Coggins s'y trouvait aussi – et alors ? Junior n'aurait qu'à pousser de côté ce trou-du-cul brailleur d'évangiles. Et Coggins devait rester caché, au moins pour le moment. Junior ne cherchait nullement à protéger son père (et n'avait été ni surpris ni consterné par ce qu'il avait fait ; il avait toujours su que Big Jim Rennie avait le meurtre en lui) ; ce qu'il cherchait, c'était à régler son compte à Dale Barbara.

Si nous menons bien notre barque, nous pourrons faire mieux que le sortir de notre chemin, lui avait dit Big Jim ce matin. *Nous pourrons nous servir de lui pour unifier la ville en cette période de crise. Lui et cette cueilleuse de coton de journaliste à la gomme. J'ai aussi mon idée pour elle*. Il avait posé une main chaude et charnue sur l'épaule de son fils. *Nous formons une équipe, fiston.*

Peut-être pas pour toujours, mais pour le moment, ils tiraient la même charrue. Et ils allaient s'occuper de *Baaarbie*. Junior en était même venu à se convaincre que Barbie était responsable de ses maux de tête. Si Barbie avait vraiment été à l'étranger – la rumeur parlait de l'Irak –, il était peut-être revenu au pays avec quelques souvenirs moyens-orientaux bizarroïdes. Du poison, par exemple. Junior avait souvent mangé au Sweetbriar Rose. Barbie avait pu très facilement verser un petit quelque chose dans sa nourriture. Ou dans son café. Et si Barbie n'avait pas été aux fourneaux, il avait pu convaincre Rose de le faire. Cette conne était sous le charme de son cuistot.

Junior attaqua l'escalier, montant lentement, s'arrêtant toutes les quatre marches. Sa tête n'explosa pas et, quand il atteignit le sommet, il tâta sa poche pour y prendre la clef qu'Andy Sanders lui avait confiée. Il ne la trouva pas tout de suite et crut qu'il l'avait perdue, puis ses doigts tombèrent dessus, au milieu de pièces de monnaie.

Il regarda autour de lui. Quelques personnes revenaient encore du Dipper's, mais personne ne leva les yeux vers le palier extérieur desservant l'appartement de Barbie. La clef tourna sans peine et il se glissa à l'intérieur.

Il n'alluma pas, même si le générateur de Sanders devait aussi donner du courant jusqu'à l'appartement. Dans la pénombre, la tache palpitante, devant son œil, était moins visible. Il regarda autour de lui avec curiosité. Il y avait des livres : des étagères et des étagères de livres. *Baaarbie* avait-il prévu de les laisser en quittant la ville ? Ou bien avait-il pris des dispositions – avec Petra Searles, par exemple, qui travaillait en bas dans l'officine – pour les faire expédier quelque part ? Dans ce cas, il avait dû prendre des dispositions semblables pour faire suivre aussi le tapis de son séjour – un machin de gardien de chameau que Barbie avait dû trouver dans un bazar local, quand il n'avait pas de suspect à passer à la gégène ou de petit garçon à tripoter.

Non, il n'avait pas dû prendre de dispositions pour se faire expédier ces trucs, décida Junior. Il n'en avait pas eu besoin, car il n'avait jamais envisagé de partir. Lorsque cette idée lui vint à l'esprit, Junior se demanda pourquoi il n'y avait pas pensé avant. *Baaarbie* aimait le coin ; jamais il ne le quitterait volontairement. Il y était aussi à l'aise qu'un asticot dans un dégueulis de clébard.

Trouve un truc dont il ne pourra pas nier être le propriétaire, lui avait dit Big Jim. *Quelque chose qui ne peut être qu'à lui. Tu as bien compris ?*

Pour qui tu me prends ? Pour un crétin ? songeait maintenant Junior. *Si je suis aussi crétin que ça, comment se fait-il que ce soit moi qui aie sauvé ton cul, hier au soir ?*

Mais son père avait un énorme pouvoir sur lui quand il se mettait en colère, c'était indéniable. Il n'avait jamais frappé ni fouetté Junior quand il était petit, il fallait lui rendre cette justice, même si Junior avait toujours pensé que la bonne influence de feu sa mère y avait été pour quelque chose. À présent, il soupçonnait que c'était parce que son père avait compris, tout au fond de lui, qu'une fois qu'il aurait commencé, il risquait de ne plus être capable de s'arrêter.

« Tel père, tel fils », dit Junior à haute voix, en pouffant de rire. Cela lui faisait mal à la tête, mais il rit néanmoins. N'y avait-il pas un ancien dicton qui prétendait que le rire était la meilleure des médecines ?

Il passa dans la chambre de Barbie, vit le lit fait au carré et songea brièvement que ce serait génial de couler un bon gros bronze au milieu. Oui. Et de s'essuyer avec la taie d'oreiller. *Ça te plairait pas, Baaarbie ?*

Au lieu de cela, il s'approcha de la commode. Trois ou quatre jeans dans le tiroir du haut, plus deux shorts kaki. Il y avait un téléphone portable sous les shorts et il pensa un moment que c'était ce qu'il cherchait. Mais non. Il s'agissait d'un modèle de supermarché à bas prix ; ce que les lycéens appelaient un jetable ou un *burner*. Barbie pourrait toujours prétendre qu'il ne lui appartenait pas.

Il y avait une demi-douzaine de slips et plusieurs paires de chaussettes de sport dans le tiroir du milieu. Et rien dans le troisième.

Il regarda sous le lit, tandis que ça cognait à tout-va dans sa tête – pas d'amélioration, en fin de compte. Et rien là-dessous, pas même des moutons. *Baaarbie* était un maniaque de la propreté. Junior eut envie de prendre un Imitrex, mais il s'abstint. Il en avait déjà pris deux sans que cela lui fasse le moindre effet, sinon de lui laisser un arrière-goût métallique au fond de la gorge. Il savait quel traitement il lui fallait : l'arrière-cuisine plongée dans la pénombre de Prestile Street. Et la compagnie de ses petites copines.

En attendant, il était ici. Et il devait bien y avoir quelque chose.

« Kék'chose, murmura-t-il. Faut bien qu'y ait un p'tit kék'chose. »

Il repartait déjà vers le séjour, essuyant l'eau qui coulait de son œil gauche (sans remarquer que les larmes étaient teintées de sang), quand il s'arrêta, frappé par une idée. Il retourna à la commode et rouvrit le tiroir des sous-vêtements. Les chaussettes étaient roulées en boule. Ado, Junior avait parfois caché un peu d'herbe ou des amphètes dans ses chaussettes roulées ; une fois, un ruban appartenant à Adriette Nedeau. Les chaussettes étaient une bonne cachette. Il prit les paires une à une et les tâta.

Il toucha le gros lot dès la troisième ; il eut l'impression qu'elle contenait une pièce métallique plate. Non, deux. Il déroula les chaussettes et secoua la plus lourde à l'envers sur la commode.

Il en tomba les deux plaques militaires de Dale Barbara. Et, en dépit de son terrible mal de tête, Junior sourit.

T'es pris au piège, Baaarbie, pensa-t-il. *T'es pris dans le foutu piège.*

11

Sur Little Bitch Road, côté Tarker's Mill, l'incendie déclenché par les missiles Fasthawk faisait rage, mais serait sous contrôle avant la nuit. Des unités de pompiers venues de quatre agglomérations, auxquelles s'étaient ajoutés des détachements spécialisés de l'armée et des marines, travaillaient dessus avec succès. Les pompiers auraient pu en venir à bout encore plus tôt, estima Brenda Perkins, s'ils n'avaient eu à lutter aussi contre un vent violent. Du côté Chester's Mill, ils n'avaient pas ce genre de problème. C'était une bénédiction, aujourd'hui. Plus tard, ce serait peut-être une malédiction. Il n'y avait aucun moyen de le savoir.

Cet après-midi, Brenda ne se laisserait pas obséder par la question parce qu'elle se sentait bien. Si, le matin même, on lui avait demandé quand elle pensait pouvoir se sentir de nouveau bien, elle aurait sans doute répondu, *peut-être l'année prochaine, peut-être jamais*. Elle avait suffisamment de jugeote, cependant, pour savoir que cette impression ne durerait probablement pas. Les quatre-vingt-dix minutes d'exercice qu'elle venait de prendre y étaient pour beaucoup ; qu'il consiste à courir ou à éteindre un feu de broussailles à coups de pelle, tout exercice physique libère des endorphines. Il y avait toutefois autre chose que les endorphines : le fait d'être responsable d'une tâche importante, une tâche qu'elle pouvait accomplir.

D'autres volontaires étaient venus, alertés par la fumée. Quatorze hommes et trois femmes se tenaient de part et d'autre de Little Bitch Road, certains encore armés de leur pelle ou des tapis en caoutchouc qu'ils avaient utilisés pour éteindre les flammes rampantes, certains s'étant soulagés du poids des pompes indiennes qu'ils avaient posées sur la terre battue du chemin. Al Timmons, Johnny Carver et Nell Toomey enroulaient des tuyaux et les jetaient à l'arrière du pick-up de Burpee. Tommy Anderson (employé au Burpee's), aidé de Lissa Jamieson – petite bonne femme style New Age forte comme un cheval –, ramenait dans l'un des autres véhicules la pompe d'appoint avec laquelle ils avaient tiré de l'eau du ruisseau de Little Bitch. Brenda les entendit rire et comprit qu'elle n'était pas la seule à marcher aux endorphines.

Les broussailles, de part et d'autres de la route, étaient carbonisées et fumaient encore, et plusieurs arbres avaient brûlé, mais c'était tout. Le Dôme avait non seulement intercepté le vent, mais les avait aussi aidés d'une autre façon : le barrage partiel du ruisseau avait transformé le secteur dans lequel il coulait en un début de marécage. L'incendie, de l'autre côté, c'était une tout autre histoire. Les hommes qui le combattaient, vus depuis Chester's Mill, étaient des fantômes qui miroitaient au milieu des vagues de chaleur et de la suie qui s'accumulait sur le Dôme.

Romeo Burpee s'approcha d'elle. Il tenait un balai d'une main et un tapis de sol en caoutchouc de l'autre. L'étiquette du prix figurait encore sur le tapis. Les mots du slogan étaient noircis mais encore lisibles :

SOLDES TOUS LES JOURS AU BURPEE'S ! Il le laissa tomber et tendit une main crasseuse.

Brenda fut surprise, mais elle la prit et la serra fermement. « En quel honneur, Rommie ?

– Pour le sacré bon boulot que vous avez fait ici. »

Elle rit, gênée mais ravie. « N'importe qui y serait arrivé, étant donné les conditions. Ce n'était qu'un feu de broussailles et le sol était tellement humide qu'il se serait probablement arrêté tout seul au coucher du soleil.

– C'est possible », répondit-il avec un geste en direction des arbres, jusqu'à une clairière traversée par les méandres d'une saillie rocheuse. « Mais il aurait pu aussi se communiquer à ces hautes herbes, puis aux arbres, de l'autre côté, et là, on l'avait dans le baba. Il aurait pu brûler pendant une semaine, ou même un mois. En particulier sans nos pompiers. » Il détourna la tête et cracha. « Même sans vent, le feu continue à se propager s'il a de quoi s'alimenter. Dans le Sud, ils ont des feux de mine qui durent vingt, trente ans. Je l'ai lu dans le *National Geographic*. Il n'y a pas de vent, sous terre. Et qui peut dire que le vent ne va pas se mettre à souffler ? Nous savons que dalle des effets que peut avoir ou non ce truc-là. »

Ils regardèrent tous les deux vers le Dôme. Les cendres et la suie l'avaient rendu visible – plus ou moins – sur une hauteur d'environ trente mètres. Elles avaient du coup aussi obscurci la vue qu'ils avaient du côté Tarker's, ce qui déplaisait à Brenda. Voilà une idée qu'elle n'avait pas envie d'explorer davantage, pas au moment où elle était encore sous la bonne impression du travail accompli cet après-midi – vraiment, ça ne lui plaisait pas du tout. L'encrassement du Dôme lui faisait penser à l'étrange coucher de soleil souillé de la veille.

« Dale Barbara va devoir appeler son ami à Washington, dit-elle. Pour lui dire que lorsqu'ils auront éteint l'incendie de leur côté, ils devront nettoyer ces… ces saletés au jet. Nous ne pouvons pas le faire depuis ici.

– Bonne idée, » dit Romeo. Mais il avait quelque chose d'autre en tête. « Y'a pas un truc qui vous frappe dans votre équipe, madame ? Parce que moi, si. »

Brenda parut étonnée. « Ce n'est pas mon équipe.

– Oh, que si ! C'est vous qui avez donné les ordres, ce qui fait que c'est votre équipe. Vous voyez des flics ? »

Elle regarda.

« Pas un seul, reprit Romeo. Ni Randolph, ni Henry Morrison, ni Freddy Denton, ni Rupe Libby, ni Georgie Frederick… ni aucun des nouveaux. Ces gosses.

– Ils sont probablement occupés à… »

La voix de Brenda mourut.

Romeo acquiesça. « Exact. Mais à quoi ? Vous ne le savez pas, et moi non plus. Mais quoi que ce soit, je doute que ça me plaise. Je doute même que ce soit une occupation importante. Il doit y avoir une réunion jeudi soir, et si ce truc-là doit continuer, je pense qu'il faudrait qu'il y ait quelques changements. » Il se tut un instant. « Je me mêle peut-être de ce qui ne me regarde pas, mais je crois que vous devriez vous présenter comme chef des pompiers et de la police. »

Brenda resta songeuse, pensant au dossier qu'elle avait trouvé sous l'intitulé VADOR, puis secoua lentement la tête. « C'est trop tôt pour une initiative de ce genre.

– Et seulement chef des pompiers ? Qu'en pensez-vous ? » Dans sa voix, l'accent *on parle*[1] de Lewiston était plus nettement audible, à présent.

Brenda parcourut des yeux le paysage de broussailles fumantes et de troncs calcinés. Hideux, certes, rappelant des photos des champs de bataille de la Première Guerre mondiale, mais ne présentant plus de danger. Les gens qui avaient fait acte de présence ici s'en étaient occupés. L'équipe. *Son* équipe.

Elle sourit. « C'est envisageable. »

1. Expression pour parler des intonations françaises (via le Québec) avec lesquelles on parle encore l'anglais dans certaines régions du Maine.

12

La première fois que Ginny Tomlinson passa dans le couloir de l'hôpital, c'était au pas de course, en réaction à des bips assourdissants qui n'annonçaient rien de bon, et Piper n'avait pas eu la possibilité de lui parler. N'avait même pas essayé. Cela faisait assez longtemps qu'elle patientait dans la salle d'attente pour se faire une idée du tableau : trois personnes, deux infirmières et une jeune volontaire du nom de Gina Buffalino, géraient à elles seules tout l'hôpital. Elles y arrivaient, mais tout juste. À son retour, Ginny marchait lentement. Elle se tenait les épaules baissées. Un graphique de températures pendait de sa main.

« Ginny ? demanda Piper. Ça va ? »

Piper craignait que Ginny ne lui rétorque quelque chose de bien senti, mais elle lui offrit un sourire fatigué au lieu de l'agresser. Et s'assit à côté d'elle. « Ça va. Juste fatiguée… Ed Carty vient de mourir. »

Piper lui prit la main. « Je suis tout à fait désolée de l'apprendre. »

Ginny lui serra les doigts. « Oh, il ne faut pas. Tu sais comment les femmes parlent des accouchements en termes de délivrance ? Celle-ci en a eu un facile, celle-là difficile ? »

Piper hocha la tête.

« La mort, c'est pareil. Le travail a duré longtemps, pour Mr Carty, mais à présent il est délivré. »

Piper trouva cette idée belle. Elle se dit qu'elle pourrait l'utiliser dans un sermon… pensant aussitôt que ses paroissiens n'auraient pas envie d'un sermon sur la mort, dimanche prochain. Pas si le Dôme était toujours en place.

Elles restèrent assises ainsi un moment, Piper essayant de trouver le meilleur moyen de poser la question qui lui brûlait les lèvres. Finalement, ce ne fut pas nécessaire.

« Elle a été violée, dit Ginny. Probablement plusieurs fois. J'ai craint à un moment donné que Twitch ne soit obligé de la suturer, mais j'ai pu finalement arrêter l'hémorragie avec un pack vaginal. » Elle se tut un instant. « Je pleurais. Heureusement, la fille était trop stone pour s'en rendre compte.

– Et le petit ?

– Un bébé de dix-huit mois en bonne santé, mais il nous a fait une de ces peurs ! Il a eu une sorte de mini-crise d'épilepsie. Probablement pour être resté trop longtemps au soleil. Sans compter la déshydratation… la faim… et il a lui aussi une blessure. »

Elle traça du doigt une ligne sur son front.

Twitch arriva à son tour et se joignit aux deux femmes. Il était à cent lieues de son personnage habituel de joyeux drille.

« Crois-tu que les hommes qui l'ont violée ont aussi fait mal au bébé ? » Piper avait parlé d'une voix calme, mais une sorte de fissure écarlate venait de s'ouvrir dans son esprit.

« Little Walter ? » Je crois qu'il est juste tombé, répondit Twitch. Sammy a vaguement fait allusion au berceau qui se serait effondré. Ce n'était pas très cohérent, mais je suis à peu près certain que c'était accidentel. Ce truc-là, au moins. »

Piper le regarda, amusée. « Alors c'était ça qu'elle disait ? Je pensais qu'il était question d'eau.

– Je suis sûre qu'elle avait soif, aussi, dit Ginny, mais le bébé de Sammy s'appelle vraiment Little, premier prénom et Walter, second prénom. D'après un joueur de blues à l'harmonica, je crois. Elle et Phil… », Ginny mima le geste de tirer sur un joint et de garder la fumée.

« Oh, si seulement Phil s'était contenté de fumer de l'herbe, observa Twitch. Question drogue, Phil était du genre multicartes.

– Il est mort ? » demanda Piper.

Twitch haussa les épaules. « On ne l'a pas vu dans le secteur depuis le printemps. Si c'est ça, bon débarras. »

Piper lui adressa un regard de reproche.

Twitch baissa un peu la tête. « Désolé, révérende. » Il se tourna vers Ginny. « Aucune nouvelle de Rusty ?

– Il avait besoin de souffler un peu et je lui ai dit de partir. Il ne devrait pas tarder. »

Assise entre eux, Piper paraissait calme. Mais à l'intérieur, la fissure écarlate s'agrandissait. Elle avait un goût amer dans la bouche. Elle se rappela un soir où son père lui avait interdit de sortir à la patinoire parce qu'elle avait répondu à sa mère. En faisant de l'esprit. (Adolescente, Piper Libby adorait faire de l'esprit.) Elle était montée dans sa chambre, avait appelé l'amie avec laquelle elle aurait dû sortir et lui avait expliqué, d'une voix parfaitement calme et sur un ton agréable, qu'elle avait un empêchement de dernière minute. La semaine prochaine ? Bien sûr, d'accord, j'y compte bien, passe une bonne soirée, non, ça ira. Salut. Après quoi elle avait saccagé sa chambre. En apothéose, elle avait arraché le poster d'Oasis (pourtant un trésor) du mur et l'avait déchiré. À ce moment-là elle pleurait à gros sanglots, non pas de chagrin, mais parce qu'elle était prise de l'une de ces rages qui l'avaient secouée comme un ouragan de force cinq pendant toute son adolescence. Son père était venu, à un moment donné pendant les festivités, et était resté dans l'embrasure de la porte. Quand elle s'était finalement aperçue de sa présence, elle l'avait fixé, le défiant du regard, haletante, se disant à quel point elle le haïssait. À quel point elle les haïssait tous les deux. S'ils mouraient, elle pourrait au moins aller vivre chez sa tante Ruth, à New York. Tante Ruth, elle, savait prendre du bon temps. Pas comme certains. Il avait tendu les mains vers elle, paumes ouvertes. Un geste dont l'humilité avait broyé sa colère et lui avait presque broyé le cœur.

Si tu ne contrôles pas ton mauvais caractère, ton mauvais caractère te contrôlera, avait-il dit. Puis il était reparti, marchant tête baissée dans le couloir. Elle n'avait pas claqué la porte dans son dos. Elle l'avait refermée, très doucement.

Ce fut cette année-là qu'elle avait fait de ses débordements souvent ignobles de colère sa priorité numéro un. En venir à bout serait détruire une part d'elle-même, mais elle pensait que si elle ne procédait pas à des changements fondamentaux, une importante partie d'elle-même resterait calée sur quinze ans pendant très, très longtemps. Elle avait commencé un travail sur soi pour se contrôler, et pour l'essentiel, elle y était parvenue. Quand elle sentait qu'elle risquait de nouveau perdre le contrôle d'elle-même, elle se rappelait ce que son père lui avait dit, son geste, mains tendues, ses pas lents dans le couloir, au premier étage de la maison dans laquelle elle avait grandi.

Elle avait parlé lors de ses funérailles, neuf ans plus tard, et déclaré : *Mon père m'a dit la chose la plus importante que personne m'ait jamais dite de ma vie.* Elle n'avait pas expliqué ce que c'était, mais sa mère avait compris ; elle était assise sur le premier banc de l'église dont sa fille était à présent le pasteur.

Au cours des vingt dernières années, quand elle avait ressenti le besoin d'agresser quelqu'un – et ce besoin était parfois presque incontrôlable, car les gens peuvent se montrer tellement stupides, tellement *volontairement* crétins –, elle évoquait la voix de son père. *Si tu ne contrôles pas ton mauvais caractère, ton mauvais caractère te contrôlera.*

Mais en ce moment, la fissure écarlate s'élargissait et elle ressentait à nouveau ce vieux besoin de tout casser. De se gratter jusqu'à se faire saigner.

« Tu lui as demandé qui lui a fait ça ?

– Oui, bien sûr, dit Ginny. Elle n'a pas voulu le dire. Elle a peur. »

Piper se souvint comment elle avait pris la jeune femme et son bébé allongés sur le bord de la route pour un sac de détritus. Exactement ce qu'elle était pour celui ou ceux qui l'avaient agressée. Elle se leva. « Je vais lui parler.

– Ce n'est peut-être pas une bonne idée, pour le moment, objecta Ginny. Je lui ai donné un sédatif, et…

– Laisse-la au moins essayer », intervint Twitch. Il était pâle. Il tenait ses mains serrées entre ses genoux, faisant craquer ses articulations. « Et réussissez votre coup, révérende. »

13

Sammy avait les yeux mi-clos. Ils s'ouvrirent lentement lorsque Piper s'assit à côté d'elle sur le lit. « C'est vous… c'est vous qui…

– Oui, dit Piper, lui prenant la main. Je m'appelle Piper Libby.

– Merci. »

Les paupières de Sammy commencèrent à s'abaisser à nouveau.

« Remercie-moi en me disant le nom des hommes qui t'ont violée. »

Dans la chambre faiblement éclairée – mais où il faisait chaud, la climatisation étant arrêtée – Sammy secoua la tête. « Ils ont dit qu'ils me feraient du mal. Si je parlais. » Elle jeta un coup d'œil à Piper. Un regard bovin, plein d'une résignation bovine. « Ils pourraient faire du mal à Little Walter aussi.

Piper acquiesça. « Je comprends que tu aies peur. Et maintenant, dis-moi qui c'était. Donne-moi les noms.

– Vous n'avez pas entendu ce que je vous ai dit ? » Sammy détourna les yeux. « Ils ont dit qu'ils me feraient du mal si... »

Piper n'avait pas le temps de l'écouter divaguer ; la fille risquait de tomber dans les vapes d'un moment à l'autre. Elle la saisit par le poignet.

« Je veux ces noms et tu vas me les donner.

– J'ose pas. »

Des larmes se mirent à grossir dans ses yeux.

« Tu vas le faire, parce que si je n'étais pas passée, tu serais peut-être morte, à l'heure actuelle. » Piper marqua une pause, puis finit d'enfoncer le clou. Piper allait peut-être le regretter, mais pas en cet instant. En cet instant, la jeune femme dans le lit était le seul obstacle entre elle et ce qu'elle avait besoin de savoir. « Sans parler de ton bébé. Lui aussi serait peut-être mort. Je t'ai sauvé la vie, j'ai sauvé la vie de ton bébé, *et je veux ces noms.*

– Non. »

Sammy faiblissait, cependant, et une partie de la révérende prenait plaisir à ce qui se passait. Plus tard, elle se sentirait dégoûtée ; plus tard, elle se dirait : *Au fond, tu n'es pas tellement différente de ces types, forcer est toujours forcer.* Mais en ce moment, oui, elle ressentait du plaisir, tout comme elle avait ressenti du plaisir à arracher du mur et à déchirer le poster qu'elle adorait.

J'aime ça parce que c'est plein d'amertume, pensa-t-elle. *Et parce que tel est mon cœur.*

Elle se pencha sur la fille en larmes. « Débouche-toi les oreilles, Sammy, parce qu'il faut que tu entendes bien ce que je vais te dire. Ce qu'ils t'ont fait, ils le referont. Et lorsqu'ils l'auront fait, lorsqu'une autre femme arrivera ici en sang et peut-être portant aussi l'enfant d'un violeur, je viendrai te voir et te dirai…

– Non ! Arrêtez !

– … que tu étais avec eux. Que tu étais là, que tu les encourageais.

– *Non !* cria Sammy. C'était pas moi, c'était Georgia ! C'est Georgia qui les encourageait ! »

Piper se sentit envahie d'une onde glacée de dégoût. Une femme. Une femme avait été là. Dans sa tête, la fissure écarlate s'agrandit encore. Elle n'allait pas tarder à cracher de la lave.

« Donne-moi les noms. »

Et Sammy les donna.

14

Jackie Wettington et Linda Everett étaient garées devant le Food City. Le magasin devait fermer à cinq heures au lieu de huit. Randolph les avait envoyées sur place, craignant que le changement d'horaire ne provoque des troubles. Une idée ridicule, car le supermarché était presque vide. Il y avait à peine une douzaine de voitures dans le parking et les quelques clients erraient lentement dans les allées, hébétés, comme si tous partageaient le même mauvais rêve. Les deux femmes ne virent qu'un seul caissier, un adolescent du nom de Bruce Yardley. Le gosse était occupé à ranger la monnaie et des notes diverses au lieu de faire tourner les cartes de crédit. Le comptoir de la boucherie paraissait presque vide, mais il y avait encore beaucoup de poulets et la plupart des étagères des aliments en conserve étaient réapprovisionnées.

Elles attendaient le départ du dernier client lorsque le téléphone de Linda sonna. Elle regarda qui l'appelait et sentit une petite bouffée de peur. C'était Marta Edmunds, la femme qui gardait Janelle et Judy quand Linda et Rusty travaillaient tous les deux – ce qui avait été presque tout le temps le cas depuis que le Dôme était apparu. Elle appuya sur le bouton de rappel.

« Marta ? » dit-elle, priant pour que ce ne soit rien de grave, du genre Marta lui demandant si elle pouvait aller jusqu'au parc avec les filles, par exemple. « Tout va bien ?

– Eh bien… oui. C'est-à-dire, je crois. » Linda détesta l'inquiétude qu'elle entendait dans la voix de Marta. « Mais… tu sais, cette histoire de crise ?

– Oh, mon Dieu ! Elle en a eu une ?

– Je crois », répondit Marta, ajoutant aussitôt, d'un ton précipité : « Mais elles vont parfaitement bien à présent, elles sont dans l'autre pièce, elles font des coloriages.

– Qu'est-ce qui s'est passé ? Dis-moi !

– Elles étaient sur les balançoires. Je m'occupais de mes plantes, pour les préparer pour l'hiver…

– Marta, *s'il te plaît !* » s'écria Linda. Jackie lui mit une main sur le bras.

« Désolée. Audi a commencé à aboyer, alors je me suis tournée. J'ai dit, ça va bien, ma chérie ? Elle n'a pas répondu, elle est juste descendue de la balançoire et s'est assise dessous – tu sais dans le petit creux ? Elle n'est pas tombée ni rien, elle s'est juste assise. Elle regardait droit devant elle et elle claquait des lèvres, comme Rusty a dit qu'elle pouvait faire. J'ai couru… Je l'ai un peu secouée… et elle a dit… attends que je réfléchisse… »

Je parie que c'est Arrêtez Halloween, pensa Linda. *Il faut arrêter Halloween.*

Mais non. C'était quelque chose d'entièrement différent.

« Elle a dit : *Les étoiles roses tombent. Les étoiles roses tombent en ligne.* Puis elle a dit : *Il fait tellement noir et tout le monde sent mauvais*. Puis elle s'est réveillée et maintenant tout va bien.

– Mon Dieu, merci, dit Linda, avec aussi une pensée pour la plus petite. Et Judy, ça va ? Ça ne l'a pas trop bouleversée ? »

Il y eut un long silence sur la ligne, puis Marta répondit : « C'était Judy, Linda. Pas Janelle. C'était Judy, cette fois. »

15

Je veux jouer à l'autre jeu que vous avez dit, avait demandé le petit Aidan à Carolyn lorsqu'ils s'étaient arrêtés dans le parc pour parler à Rusty. L'autre jeu auquel elle pensait était *Red Light*[1], même si Carolyn n'avait que le souvenir le plus confus de ses règles – ce qui n'était guère surprenant, étant donné qu'elle n'y avait plus joué depuis l'âge de six ou sept ans.

Mais une fois debout contre un arbre, dans le vaste jardin du « précitère », les règles lui revinrent aussitôt. Ainsi, de manière assez inattendue, qu'à Thurston, qui accepta non seulement de jouer, mais parut le faire avec un réel entrain.

« N'oubliez pas, dit-il aux enfants (qui paraissaient eux-mêmes n'avoir encore jamais été initiés au plaisir de *Red Light*), elle a le droit de compter jusqu'à dix aussi vite qu'elle peut et si elle en surprend un qui bouge quand elle se tourne, il doit retourner jusqu'à la ligne de départ.

– Moi, elle m'attrapera pas, affirma Alice.

– Moi non plus, dit fermement Aidan.

– C'est ce que nous verrons, dit Carolyn en se tournant vers l'arbre. Un, deux, trois, quatre… cinq, six, sept… huit-neuf-dix-*Red Light* ! »

Elle se retourna vivement. Alice, souriant de toutes ses dents, se tenait une jambe en extension après avoir fait un grand pas. Aidan se trouvait à dix pas derrière elle. Thurston, souriant lui aussi, avait les bras tendus et les mains en crochet comme *Le Fantôme de l'Opéra*. Elle détecta bien un léger mouvement d'Aidan, mais il n'était pas question de le renvoyer à la ligne de départ. Il avait l'air heureux et elle ne voulait surtout pas gâcher son plaisir.

« Bien, dit-elle, de bonnes petites statues. Attention, deuxième round. Elle se tourna de nouveau vers l'arbre, envahie par l'ancienne et délicieuse peur enfantine de savoir que des gens s'approchent pen-

1. *Feu rouge*, équivalent, comme on le verra, de « un, deux, trois, soleil ».

dant qu'on a le dos tourné. « Undeuxtroisquatrecinqsixsepthuitneufdix RED LIGHT ! »

Elle se retourna. Alice se tenait à présent à une vingtaine de pas. Aidan à une dizaine de pas derrière sa sœur, tremblant sur un pied, l'égratignure qu'il avait au genou bien visible. Thurston était derrière le petit garçon, une main sur la poitrine comme un orateur, souriant. C'était Alice qui allait l'attraper, mais c'était parfait ; dans la seconde partie, ce serait la fillette qui compterait et son frère qui gagnerait. Carolyn et Thurston y veilleraient.

Elle se tourna de nouveau vers l'arbre. « Undeuxtroisqu… »

C'est alors qu'Alice hurla.

Carolyn se tourna et vit Aidan allongé sur le sol. Elle crut tout d'abord qu'il essayait de continuer le jeu. Il avait un genou (celui à l'égratignure) en l'air, comme s'il s'efforçait de courir sur le dos. Ses yeux écarquillés regardaient le ciel. Ses lèvres étaient arrondies en un petit **O** plein de plis. Une tache plus sombre envahissait son short. Elle se précipita vers lui.

« Qu'est-ce qui lui arrive ? » demanda Alice. Toute la tension accumulée au cours de ce terrible week-end se lisait sur le visage de la fillette. « Il va bien ?

– Aidan ? dit Thurston. Tu vas bien mon grand ? »

Aidan continuait de trembler ; ses lèvres donnaient l'impression de tirer sur une paille invisible. Sa jambe pliée s'abaissa, puis se détendit en un coup de pied. Ses épaules s'agitèrent de mouvements saccadés.

« Il a une crise de quelque chose, dit Carolyn. C'est probablement dû à la surexcitation. Je crois que ça va s'arrêter tout seul si on lui laisse…

– Les étoiles roses tombent, dit Aidan. Elles font des lignes entre elles. C'est joli. Ça fait peur. Tout le monde regarde. Pas de bonbons, juste des blagues. Difficile de respirer. Il s'appelle le Chef. C'est sa faute. C'est lui. »

Carolyn et Thurston se regardèrent. Alice s'était agenouillée à côté de son frère et lui tenait la main.

« Des étoiles roses, reprit Aidan. Elles tombent, elles tombent, elles t…

– Réveille-toi ! lui cria Alice en plein visage. Arrête de nous faire peur ! »

Thurston la toucha à l'épaule. « Je ne crois pas que cela serve à quelque chose, ma chérie. »

Alice n'y fit pas attention. « Réveille-toi, espèce de… de… TÊTE DE NŒUD ! »

Et Aidan sortit de sa transe. Il regarda le visage strié de larmes de sa sœur, intrigué. Puis il se tourna vers Carolyn et sourit – le sourire le plus fichtrement doux et suave qu'elle ait vu de toute sa vie.

« J'ai gagné ? » demanda-t-il.

16

Le groupe électrogène, dans le hangar de l'hôtel de ville, était mal entretenu (on avait glissé dessous une antique bassine en tôle galvanisée pour récupérer l'huile qui en gouttait) et, se dit Rusty, il devait être aussi gourmand en énergie que le Hummer de Big Jim. Il s'intéressait davantage, cependant, au réservoir en métal argenté qui y était relié.

Barbie eut un bref coup d'œil pour la machine, grimaça devant l'odeur et s'approcha du réservoir. « Je m'étais attendu à ce qu'il soit plus gros », dit-il, même s'il l'était déjà beaucoup plus que les bonbonnes qu'ils utilisaient au Sweetbriar Rose ou que celle qu'il avait changée pour Brenda Perkins.

« C'est ce qu'on appelle la *taille municipale*, répondit Rusty. Il en a été question à la réunion du conseil municipal, l'an dernier. Sanders et Rennie ont fait tout un cirque pour nous expliquer que les réservoirs plus petits nous feraient faire des économies en ces temps d'énergie chère. Chacun contient trois mille litres. Ce qui fait un poids de presque trois tonnes. »

Rusty acquiesça. « Sans compter le réservoir lui-même. C'est un sacré poids à soulever. On a forcément besoin d'un Fenwick ou d'un monte-charge hydraulique. Mais pas d'un très gros camion pour le déplacer. Un pick-up Ram est autorisé à porter deux mille huit cents kilos, et il doit y avoir de la marge. Et l'un de ces réservoirs de taille moyenne tiendrait sur sa plate-forme. Il dépasserait peut-être un peu au bout, c'est tout. » Rusty haussa les épaules. « Accrochez un drapeau rouge, et vous pouvez y aller.

– C'est le seul, ici. Quand il sera vide, il n'y aura plus de jus dans l'hôtel de ville.

– Sauf si Rennie et Sanders savent où il y en a d'autres. Et je vous parie qu'ils le savent. »

Barbie passa la main sur les lettres bleues apposées au stencil sur le réservoir : **CR HOSP**. « C'est celui que vous avez perdu.

– Nous ne l'avons pas perdu. On nous l'a volé. Je m'en doutais. Sauf qu'il devrait y avoir cinq de nos réservoirs de plus ici, étant donné qu'il nous en manque six. »

Barbie parcourut des yeux le hangar tout en longueur. En dépit de la présence des chasse-neige et des cartons de pièces détachées, l'endroit donnait une impression de vide. En particulier autour du générateur. « Et indépendamment de ce qui a été piqué à l'hôpital, où sont *les autres* réservoirs de la ville ?

– Je ne sais pas.

– Et à quoi peuvent-ils bien leur servir ?

– Je ne sais pas non plus, répondit Rusty. Mais j'ai bien l'intention de le découvrir. »

LA CHUTE DES ÉTOILES ROSES

1

Barbie et Rusty sortirent du hangar et inspirèrent à fond. L'air sentait la fumée, à cause de l'incendie récemment éteint à l'ouest de la ville, mais paraissait d'une agréable fraîcheur à côté des vapeurs de gazole brûlées dans le hangar. Une petite brise nonchalante coulait sa patte de chat sur leur visage. Barbie transportait le compteur Geiger dans un sac à provisions qu'il avait trouvé dans l'abri antiatomique.

« Cette connerie ne va pas tenir », dit Rusty. Il avait le visage fermé, l'expression dure.

« Qu'est-ce que vous allez faire ? lui demanda Barbie.

– À présent ? Rien. Enfin si. Je vais retourner à l'hôpital voir les malades. Ce soir, cependant, j'ai bien l'intention d'aller frapper à la porte de Jim Rennie et de lui demander de me fournir une foutue explication. Il a intérêt à en avoir une bonne, et il a intérêt à avoir le reste de propane, sinon il y aura des morts à l'hôpital dès après-demain, même si l'on arrête tout ce qui n'est pas essentiel.

– Tout sera peut-être terminé avant.

– Vous y croyez, vous ? »

Au lieu de répondre à la question, Barbie fit remarquer : « Il pourrait être dangereux de faire pression sur le deuxième conseiller, par les temps qui courent.

– Seulement par les temps qui courent ? Voilà qui montre mieux que tout que vous venez de débarquer ici. J'ai déjà entendu ça depuis au bas mot dix mille ans qu'il dirige cette ville. Soit il dit aux gens d'aller se faire voir, soit il leur demande d'être patients. *Pour le bien de la ville*, c'est son leitmotiv. Le numéro un de sa liste des meilleurs clouages de bec. La réunion publique du conseil municipal, en mars dernier, a été une mascarade. Autoriser les travaux d'un nouveau tout-à-l'égout ? Désolé, la ville ne peut pas lever un impôt suffisant. Autoriser un nouveau zonage commercial ? Idée géniale, la ville a bien besoin de la taxe professionnelle, construisons un Walmart du côté de la 117. Le Service des études environnementales de l'université du Maine établit qu'il y a trop d'eaux usées qui se déversent dans Chester Pond ? Le deuxième conseiller recommande d'ajourner la discussion, parce que chacun sait bien que toutes ces études scientifiques sont faites par des athées socialistes au cœur saignant. Mais *l'hôpital*, c'est pour le bien de la ville – ce n'est pas ce que vous diriez ?

– Si », dit Barbie, quelque peu amusé par cette sortie.

Rusty se mit à contempler le sol, les mains dans les poches arrière de son pantalon. Puis il releva la tête. « J'ai cru comprendre que le Président vous avait désigné pour reprendre la baraque. Je crois qu'il est grand temps que vous vous y colliez.

– C'est une idée, admit Barbie avec un sourire. Mais il y a un hic… Rennie et Sanders disposent de leurs forces de police. Où sont les miennes ? »

Avant que Rusty ait pu répondre, son téléphone sonna. Il l'ouvrit et regarda le minuscule écran. « Linda ? Quoi ? »

Il écouta.

« Très bien. Je comprends. Si tu es sûre qu'elles vont bien maintenant. Et tu es certaine que c'était Judy ? Pas Janelle ? » Il écouta encore un peu. « Je crois que c'est en fait une bonne nouvelle. J'ai vu deux autres gosses, ce matin. Ils avaient eu tous les deux une crise passagère et c'était fini depuis longtemps quand je les ai examinés. Ils allaient tous deux très bien après. Et j'ai eu des appels pour trois autres. Ginny en a eu un elle aussi. Il pourrait s'agir d'un effet secondaire de la force qui maintient le Dôme. »

Il écouta.

« Parce que je n'en ai absolument pas eu le temps », dit-il. Il avait répondu d'un ton patient, sans agressivité. Barbie n'eut pas de mal à imaginer la question qui avait provoqué cette réaction : *je te dis que les gosses ont des crises d'épilepsie toute la journée et c'est tout ce que tu trouves à me dire ?*

« Tu vas passer prendre les petites ? » demanda Rusty. Il écouta. « D'accord. Très bien. Si tu trouves que ça ne va pas, appelle-moi. Je viendrai immédiatement. Et fais en sorte qu'Audi reste avec elles. Oui. Ouais. Moi aussi, je t'aime. » Il raccrocha le portable à sa ceinture et se passa les mains dans les cheveux avec une telle vigueur qu'il se fit un instant des yeux de Chinois. « Bon Dieu de bon Dieu de bonsoir !

– Qui est Audi ?

– Notre golden retriever.

– Parlez-moi un peu de ces crises. »

Ce que fit Rusty, sans omettre ce qu'avaient dit Jannie sur Halloween et Judy sur les étoiles roses.

« Le truc sur Halloween me fait penser à la manière dont le petit Dinsmore délirait, observa Barbie.

– Exact.

– Et les autres gosses ? Ont-ils parlé de Halloween ? Ou d'étoiles roses ?

– Les parents que j'ai vus aujourd'hui m'ont dit que leurs gamins avaient jacassé pendant leur crise, mais ils étaient trop paniqués pour y avoir fait attention.

– Et les gosses ? Ils ne se souviennent de rien ?

– Ils ne savent même pas qu'ils ont eu une crise.

– Et c'est normal ?

– Ce n'est pas anormal.

– Une chance que votre cadette ait voulu imiter sa sœur aînée ? Pour… je ne sais pas… attirer votre attention ? »

Rusty n'avait pas pensé à cette possibilité – il n'en avait pas eu le temps, en fait. « C'est possible, mais peu probable. » Il eut un mouvement de tête vers le sac que tenait Barbie. « Vous allez faire des recherches avec ce truc ?

– Pas moi. Cet appareil est propriété de la ville, et les puissances établies ne m'aiment pas beaucoup. Je ne tiens pas à être pris en l'ayant en ma possession. »

Il tendit le sac avec le compteur Geiger à Rusty.

« Peux pas. J'ai beaucoup de boulot, en ce moment.

– Je sais », dit Barbie qui expliqua alors ce qu'il attendait de Rusty.

L'assistant médical l'écouta attentivement, arborant un léger sourire.

« D'accord, répondit-il. Ça marche. Qu'est-ce que vous allez faire pendant que je me tape vos commissions ?

– La cuisine au Sweetbriar. Le plat du jour sera le poulet à la Barbara. Vous voulez que je vous en fasse parvenir à l'hôpital ?

– Génial », répondit Rusty.

2

En chemin vers le Cathy-Russell, Rusty s'arrêta au bureau du *Democrat* et confia le compteur Geiger à Julia Shumway.

Elle écouta les instructions que Barbie lui avait demandé de relayer et esquissa un sourire. « Notre homme sait comment déléguer, il faut lui rendre cette justice. Je vais m'occuper de cela avec plaisir. »

Rusty avait pensé lui demander de faire attention à ce qu'on ne la voie pas en possession du compteur Geiger, mais il n'en eut pas besoin. Le sac avait aussitôt disparu sous le bureau.

Il appela Ginny Tomlinson pendant le reste du trajet et l'interrogea sur la crise qu'on lui avait rapportée par téléphone.

« Un petit garçon, Jimmy Wicker. C'est son grand-père qui a appelé. Bill Wicker, je crois. »

Rusty le connaissait. Bill était le facteur.

« C'était lui qui gardait Jimmy pendant que sa mère allait faire le plein. Ils n'ont presque plus de super au Gas & Grocery, au fait, et Johnny Carver a eu le culot d'augmenter le prix à onze dollars le gallon ! *Onze dollars !* »

Rusty garda son calme, se disant qu'il aurait mieux fait d'avoir cette conversation une fois sur place. Il était presque arrivé à l'hôpital.

Quand l'infirmière eut fini de se plaindre, il voulut savoir si le petit Jimmy n'avait rien dit pendant sa crise.

– Si, en effet. D'après Bill, il a pas mal jacassé. Je crois que c'était une histoire d'étoiles roses. Ou de Halloween. À moins que je ne confonde avec ce qu'a dit Rory Dinsmore. Les gens en ont parlé. »

Bien sûr, qu'ils en ont parlé, pensa Rusty, lugubre. *Et ils vont aussi parler du reste, s'ils le découvrent. Ce qui arrivera probablement.*

« Très bien. Merci, Ginny

– Tu reviens quand, Rusty ?

– Je suis presque arrivé.

– Bon. Parce que nous avons une nouvelle patiente. Sammy Bushey. Elle a été violée. »

Rusty émit un grognement.

« Elle va mieux. C'est Piper Libby qui nous l'a amenée. Je n'ai pas pu lui faire dire qui lui a fait ça, mais je crois que Piper y est arrivée. Elle est sortie de là comme si elle avait le feu aux cheveux... » Elle se tut et bâilla assez fort pour que Rusty l'entende. « ... et qu'elle allait l'avoir aux fesses.

– Ginny mon amour, à quand remonte ta dernière nuit de sommeil ?

– Je vais bien.

– Rentre chez toi.

– Tu rigoles, non ? » dit-elle d'un ton stupéfait.

– Non. Rentre chez toi. Dors. Sans mettre le réveil. » Puis une idée lui vint à l'esprit. « Mais arrête-toi au Sweetbriar Rose en chemin, tu veux bien ? Il y aura du poulet. Je le tiens d'une source sûre.

– La petite Bushey...

– Je m'occupe d'elle dans cinq minutes. Toi, tu prends tes affaires et tu files. »

Il referma le téléphone avant qu'elle ait pu protester.

3

Big Jim Rennie se sentait remarquablement bien pour quelqu'un qui avait commis un assassinat la veille. Cela tenait en partie à ce qu'il ne considérait pas son acte comme un meurtre, pas plus qu'il n'avait considéré que la mort de sa femme en avait été un. Un cancer l'avait emportée. Inopérable. D'accord, il lui avait sans doute donné trop de pilules antidouleur au cours de la dernière semaine et il avait dû l'aider en lui mettant un oreiller sur la figure (n'appuyant que légèrement, très légèrement, ralentissant sa respiration, l'aidant juste à se glisser dans les bras de Jésus), mais il avait agi par amour et miséricorde. Ce qui était arrivé au révérend Coggins avait été un peu plus brutal – si l'on veut – mais le pasteur s'était montré tellement menaçant ! Totalement incapable de faire passer le bien de la ville avant le sien.

« Eh bien, il dîne avec le Seigneur Jésus, ce soir, dit Big Jim. Rôti de bœuf, purée au jus, pommes au four en dessert. » Il dégustait lui-même un grand plat de *fettucini Alfredo*, grâce aux bons soins de la société Stouffer. Plein de cholestérol, soupçonnait-il, mais le Dr Haskell n'était plus là pour lui casser les pieds avec ça.

« Je t'aurai survécu, vieux chnoque », dit Big Jim à son bureau vide, partant d'un rire bon enfant. L'assiette de pâtes et le verre de lait (Big Jim ne buvait pas d'alcool) étaient posés sur le sous-main. Il mangeait souvent dans son bureau et ne voyait pas de raison de changer ses habitudes parce que le pasteur Coggins avait fini ses jours ici. Sans compter que la pièce avait été rangée et nettoyée de fond en comble. Oh, il ne doutait pas que l'une de ces équipes de techniciens de la police comme on en voyait à la télé trouverait plein d'éclaboussures de sang avec leur Luminol, leurs lumières spéciales et tout leur bazar, mais ce n'était pas demain la veille qu'ils envahiraient son bureau. Quant à Peter Randolph menant une enquête sur la question… rien que l'idée était une plaisanterie. Randolph était un idiot.

« Sauf que, déclara Big Jim à la pièce d'un ton docte, c'est *mon* idiot. »

Il engloutit les derniers serpentins de pâtes, essuya son imposant menton avec une serviette puis se remit à prendre des notes sur le bloc de papier brouillon posé à côté du sous-main. Il avait pris des tas de notes, depuis dimanche ; il y avait tant à faire. Et si le Dôme restait en place, il y en aurait encore plus.

Big Jim espérait, d'une certaine manière, qu'il resterait en place, du moins pour un moment. Le Dôme lançait des défis qu'il était certain de relever (avec l'aide de Dieu, bien sûr). Il devait en premier lieu renforcer son emprise sur la ville. Pour cela, il avait besoin d'autre chose que d'un simple bouc émissaire ; il avait besoin d'un Père Fouettard. Le choix évident était Dale Barbara, l'homme que le coco en chef du parti démocrate avait nommé à la place de James Rennie.

La porte du bureau s'ouvrit. Big Jim leva les yeux et vit son fils debout devant lui. Son visage était pâle et sans expression. Quelque chose n'allait pas très bien chez Junior, depuis quelque temps. Aussi occupé qu'il ait été par les affaires de la ville (sans parler de son autre entreprise, cela aussi l'avait bien occupé), il s'en était rendu compte. Mais il n'en avait pas moins confiance en son fils. D'ailleurs, même si Junior essayait de le lâcher, Big Jim était sûr de pouvoir contrôler la situation. Il avait passé toute sa vie à tailler sa route ; ça n'allait pas changer aujourd'hui.

Sans compter que le garçon s'était chargé de le débarrasser du cadavre. Du coup, il était devenu partie prenante dans l'histoire. C'était bien. En fait, c'était l'essence de la vie dans une petite ville. Dans une petite ville, tout le monde doit être impliqué partout. Comment disait cette chanson idiote, déjà ? *Nous soutenons tous l'équipe*.

« Fiston ? Ça va ?

– Ça va », répondit Junior.

Non, ça n'allait pas, mais il se sentait mieux, les restes de poison de sa dernière migraine se dissipaient. Le moment passé avec ses petites copines l'avait aidé, comme il l'avait prévu. L'arrière-cuisine des McCain commençait à ne plus sentir très bon, mais au bout d'un certain temps passé à leur tenir la main, il s'y était habitué. Il avait l'impression qu'il finirait par aimer cette odeur.

« Tu as trouvé quelque chose dans son appartement ?

– Oui, répondit Junior en lui tendant les plaques militaires.

– Excellent, fiston. Vraiment excellent. Et es-tu prêt à me dire où tu as mis… où tu l'as mis ? »

Junior secoua lentement la tête de droite à gauche, mais ses yeux restèrent braqués sur le même endroit. Sur le visage de son père. L'effet avait quelque chose d'un peu inquiétant. « Tu n'as pas besoin de le savoir. Je te l'ai déjà dit. L'endroit est sûr, c'est tout ce qui compte.

– Ainsi, c'est maintenant *toi* qui me dis ce que je dois savoir ? »

Il avait cependant parlé sans sa hargne habituelle.

« Cette fois, oui. »

Big Jim étudia plus attentivement son fils.

« Je te trouve bien pâle. Tu es sûr que tu vas bien ?

– Très bien. Rien qu'un mal de tête. C'est presque fini.

– Tu ne veux pas manger quelque chose ? Il reste encore des *fettucini* dans le congélateur et le micro-ondes fait un excellent boulot. (Il sourit.) Autant en profiter tant que c'est encore possible. »

Les yeux sombres à l'expression réfléchie s'abaissèrent quelques instants sur la flaque de sauce blanche qui restait dans l'assiette de Big Jim, puis remontèrent jusqu'au visage de son père. « J'ai pas faim. Quand faut-il que je découvre les corps ?

– *Les corps ?* s'étonna Big Jim, fronçant les sourcils. Comment ça, *les corps ?* »

Junior sourit, ses lèvres ne s'écartant que pour laisser voir un peu de ses dents. « T'occupe pas. Tu seras d'autant plus crédible si tu es surpris comme tout le monde. Pour le dire autrement, une fois qu'on aura allumé la mèche, la ville sera prête à pendre *Baaarbie* haut et court. Alors ? Quand on le fait ? Ce soir ? Parce que ça va marcher. »

Big Jim réfléchit. Il regarda son carnet. La page était couverte de notes (et de quelques taches de sauce Alfredo), mais une seule était entourée : *la salope du journal.*

« Non, pas ce soir. Nous pouvons même augmenter la mise, si nous jouons bien notre coup.

– Et si le Dôme disparaît pendant que tu fais des manières ?

– Tout va bien se passer, répondit Big Jim. Et si jamais Mr Barbara parvient à se dégager du traquenard – peu probable, mais les cafards ont l'art de trouver des fissures quand on allume la lumière –, il y a toujours toi. Toi, et ces autres cadavres. Et maintenant, va manger quelque chose, même si ce n'est qu'une salade. »

Mais Junior ne bougea pas. « N'attends pas trop longtemps, papa.

– T'inquiète pas. »

Junior considéra la réponse, le considéra, *lui*, de ses yeux sombres qui semblaient étranges, maintenant, puis parut perdre tout intérêt. Il bâilla. « Je vais juste aller me coucher. Je mangerai plus tard.

– N'oublie pas. Tu deviens trop maigre.

– C'est la mode, aujourd'hui », répliqua Junior, adressant à son père un sourire vide encore plus inquiétant que ses yeux. Un sourire de tête de mort, telle fut l'impression de Big Jim. Cela lui fit penser au type qui se faisait maintenant appeler le Chef – comme si sa vie antérieure sous le nom de Phil Bushey avait été annulée. Lorsque Junior quitta la pièce, Big Jim laissa échapper un soupir de soulagement sans même s'en rendre compte.

Il prit son stylo : tellement de choses à faire. Il allait les faire, et bien. Il n'était pas impossible que, lorsque l'affaire serait terminée, sa photo parût en couverture du *Time*.

4

Son générateur en état de marche – ce qui ne durerait pas bien longtemps si elle ne trouvait pas de bonbonnes de propane –, Brenda Perkins put allumer l'ordinateur de son mari et imprimer tout ce que contenait le dossier VADOR. L'incroyable liste de délits établie par Howie, lequel était sur le point d'entrer en action, apparemment, au moment de sa mort, lui semblait prendre plus de réalité sur du papier qu'à l'écran. Et plus elle les étudiait, plus ils lui paraissaient cadrer avec le Jim Rennie qu'elle connaissait depuis presque toujours. Elle avait toujours su que c'était un monstre ; à présent, elle savait *à quel point* il en était un.

Jusqu'à l'histoire de l'église du Jésulâtre Coggins qui cadrait… à ce détail près que, si elle avait bien lu, il ne s'agissait pas d'une église, en réalité, mais d'une bonne grosse vieille machine à laver qui blanchissait de l'argent au lieu de linge. De l'argent en provenance d'une entreprise de fabrication de drogue qui était, selon les propres termes de son mari, « peut-être l'une des plus grandes dans l'histoire des États-Unis ».

Mais il y avait des problèmes, problèmes qu'avait identifiés le chef de la police Howard Perkins, dit « Duke », ainsi que le procureur général de l'État. Ces problèmes expliquaient pourquoi la phase de rassemblement des preuves matérielles avait pris autant de temps. Big Jim n'était pas seulement un monstre hors normes ; il était un monstre intelligent. Raison pour laquelle il s'était toujours contenté du poste de deuxième conseiller. Andy Sanders était là pour essuyer les plâtres à sa place.

Et pour servir de cible au cas où – oui, ça aussi. Pendant longtemps, Andy fut le seul contre qui Howie avait disposé de preuves matérielles. Il était homme de paille sans même le savoir, peut-être, en parfait imbécile joyeux et béat qu'il était. Andy était le premier conseiller, le premier diacre à l'église du Christ-Rédempteur, le premier dans le cœur de ses concitoyens, et en première ligne sur une piste de documents bancaires qui allaient se perdre dans les ténébreux marécages financiers de Nassau et des îles Caïmans. Si jamais Howie et le procureur général avaient agi trop tôt, Andy aurait été le premier à être photographié de face et de profil, un numéro de matricule à la main. Et peut-être même le seul, au cas où il aurait cru les inévitables promesses de Big Jim lui disant qu'il allait très bien s'en sortir s'il la fermait. Et sans doute l'aurait-il fait. Quoi de mieux qu'un homme de paille pour ne pas toucher aux allumettes ?

L'été précédent, les choses s'étaient précisées et Howie avait considéré que le bouclage de l'enquête était proche. Et cela grâce au fait que le nom de Rennie apparaissait dans certains documents obtenus par le procureur général, en particulier ceux d'une société du Nevada du nom de Town Ventures. L'argent de Town Ventures disparaissait vers l'ouest et non vers l'est, pour aller se retrouver non pas aux Caraïbes mais en Chine continentale, pays où l'on pouvait se procurer en gros les ingrédients clefs de certaines drogues sans qu'on vous pose la moindre question.

Pourquoi Rennie avait-il pris un tel risque ? Perkins n'y avait vu qu'une explication : il y avait eu trop d'argent et trop vite pour une seule machine à laver, aussi sainte qu'elle fût. Le nom de Rennie était donc apparu dans les documents relatifs à une demi-douzaine d'autres églises fondamentalistes du Nord-Est. Town Ventures et ces autres églises (sans parler d'une demi-douzaine d'autres stations de radio religieuses, mais aucune aussi importante que WCIK) furent la première véritable erreur commise par Big Jim. Tout cela laissait traîner des fils. Et on pouvait tirer sur les fils : tôt ou tard – tôt, en général – tout était rembobiné.

Tu étais incapable de t'arrêter, hein ? pensa Brenda, pendant qu'assise derrière le bureau de son mari, elle étudiait les documents. *Tu t'es fait des millions – peut-être même des dizaines de millions – et les risques étaient devenus énormes, mais tu ne pouvais pas renoncer. Tel un singe qui se fait prendre parce qu'il et ne veut pas lâcher la nourriture qu'il a volée dans la calebasse. Tu étais assis sur une fortune et tu continuais à vivre dans cette baraque, à vendre des voitures dans ce trou à rats sur la Route 119. Pourquoi ?*

Elle connaissait la réponse, cependant. Ce n'était pas l'argent ; c'était la ville. Ce qu'il voyait comme *sa* ville. Sur une plage du Costa Rica ou à la tête d'un domaine gardé par des hommes en armes en Namibie, Big Jim, le Grand Jim, serait devenu le Petit Jim. Parce qu'un homme qui ne poursuit pas de but, même assis sur des comptes bancaires bourrés d'argent, est toujours un petit homme.

Si elle provoquait une confrontation en s'appuyant sur tout ce qu'elle avait, pourrait-elle conclure un accord avec lui ? Le forcer à démissionner en échange de son silence ? Rien n'était moins sûr. Et elle redoutait une telle confrontation. Ce serait dur, et peut-être même dangereux. Il faudrait qu'elle ait Julia Shumway à ses côtés. Et Barbie. Sauf que Barbie était lui-même une cible à présent.

La voix de Howie, calme et ferme, s'éleva dans sa tête. *Tu peux te permettre d'attendre encore un peu – j'attendais moi-même quelques preuves essentielles mais je n'attendrais pas trop longtemps, ma chérie. Parce que plus ce siège durera, plus il deviendra dangereux.*

Elle revit son mari passant la marche arrière et commençant à descendre l'allée, puis s'arrêtant pour poser ses lèvres sur les siennes dans le soleil ; ces lèvres d'une bouche qu'elle connaissait aussi bien que la sienne et qu'elle aimait certainement autant. Son geste, quand il lui avait caressé le cou. Comme s'il avait su que la fin était proche et que cet ultime contact vaudrait pour solde de tout compte. Du romantisme à quatre sous, certes, mais elle y croyait presque et ses yeux se remplirent de larmes.

Soudain, ces papiers et toute cette machination qu'ils dévoilaient lui parurent moins importants. Le Dôme lui-même ne lui paraissait pas très important. Ce qui l'était ? Le trou qui s'était si soudainement creusé dans sa vie, le trou qui avait englouti tout le bonheur qu'elle avait considéré comme acquis. Elle se demanda si ce pauvre crétin d'Andy Sanders ressentait la même chose. Probablement que oui.

Je vais lui donner vingt-quatre heures. Si le Dôme est toujours là demain soir, j'irai voir Rennie avec ces trucs – des copies *de ces trucs – et lui dirai qu'il doit démissionner en faveur de Dale Barbara. Que sinon, il lira dans le journal les détails de son trafic de drogue.*

« Demain », murmura-t-elle en fermant les yeux.

Deux minutes plus tard, elle était endormie dans le fauteuil de Howie. À Chester's Mill, c'était l'heure du repas du soir. Certains cuisinèrent leurs plats (y compris les poulets à la royale pour une centaine de personnes) sur des plaques électriques ou des gazinières, grâce aux générateurs qui fonctionnaient encore, mais d'autres rallumèrent leur cuisinière à bois, soit pour économiser leur générateur, soit parce que le bois était tout ce qu'ils avaient. La fumée s'élevait de centaines de cheminées dans l'air calme.

Et se répandait.

5

Après avoir livré le compteur Geiger – le récipiendaire l'avait pris très volontiers, avec enthousiasme, même, promettant qu'il commencerait à prospecter dès mardi matin –, Julia partit pour le Burpee's, Horace en laisse. Romeo lui avait dit avoir deux photocopieurs Kyocera flambant neufs en réserve. Ils étaient toujours dans leur emballage d'origine. Elle prit les deux.

« J'ai aussi un peu de propane en stock, dit-il en caressant la tête d'Horace. Je veillerai à ce que vous ayez tout ce dont vous avez besoin

– tant que je pourrai, du moins. Il faut bien que notre journal puisse continuer à sortir, non ? Et c'est même plus important que jamais, vous ne croyez pas ? »

Si, c'était exactement ce qu'elle pensait, et Julia le lui avait dit. Elle lui avait aussi planté un gros bécot sur la joue. « Voilà que je suis votre obligée, Rommie.

– Je m'attends à un solide rabais sur ma publicité hebdomadaire, quand tout cela sera fini. »

Sur quoi, il s'était frotté le nez de l'index, comme s'ils partageaient un grand secret. Ce qui était peut-être le cas.

Au moment où elle partait, son téléphone se mit à sonner et elle le sortit de sa poche. « Bonjour, Julia à l'appareil.

– Bonsoir, Mrs Shumway.

– Oh, colonel Cox, comme c'est merveilleux d'entendre votre voix, dit-elle, tout sourire. Vous n'imaginez pas combien pour nous, pauvres souris des champs, c'est excitant de recevoir des coups de fil du reste du monde. Comment va la vie, à l'extérieur du Dôme ?

– D'une manière générale, bien, j'imagine, répondit Cox. Là où je me trouve, c'est pas terrible. Vous êtes au courant, pour les missiles ?

– Je les ai même vus exploser. Et rebondir. Ils ont allumé un bel incendie de votre côté.

– Ce n'est pas mon…

– Et un autre non négligeable du nôtre.

– Je voudrais parler au colonel Barbara, dit Cox. Il devrait tout de même avoir son fichu téléphone sur lui, maintenant.

– Fichtrement vrai ! s'exclama-t-elle, toujours sur le ton de l'humour. Et les gens en enfer devraient fichtrement avoir de la glace ! »

Elle s'arrêta devant le Gas & Grocery. La boutique était fermée. Sur un panneau écrit à la main, dans la vitrine, on lisait : **HORAIRES POUR DEMAIN 11-14 HEURES. VENEZ TÔT !**

« Ms Shumway…

– Nous reviendrons sur le colonel Barbara dans une minute, le coupa Julia. Pour l'instant, je voudrais savoir deux choses. Un, quand est-ce que la presse sera autorisée à s'approcher du Dôme ? Parce que les citoyens américains méritent tout de même un peu mieux que la version du gouvernement, vous ne croyez pas ? »

Elle s'attendait à ce qu'il réponde qu'il ne le pensait justement pas, qu'on ne verrait aucun journaliste de CNN ou du *New York Times* près du Dôme dans un avenir proche, mais Cox la surprit. « Probablement vendredi si aucun des autres tours que nous avons dans notre manche ne marche. Quelle est l'autre chose que vous voulez savoir, Ms Shumway ? La version courte, je ne suis pas attaché de presse. Ce n'est pas la même fonction.

– C'est vous qui avez appelé, alors vous n'avez pas trop le choix. Faite-vous une raison, colonel.

– Ms Shumway, avec tout le respect que je vous dois, votre téléphone portable n'est pas le seul dans Chester's Mill que je puisse appeler.

– Je n'en doute pas un instant, mais quelque chose me dit que Barbie ne voudra pas vous parler si vous me snobez. Il n'est pas particulièrement content d'avoir été bombardé commandant du futur camp de prisonniers. »

Cox soupira. « Quelle est votre question ?

– Je voudrais savoir quelle est la température au sud ou à l'est du Dôme – la vraie température, c'est-à-dire à bonne distance de l'incendie que vous avez provoqué.

– Pourquoi…

– Avez-vous cette information, oui ou non ? Je crois que oui, ou que vous pouvez l'obtenir. Quelque chose me dit que vous devez être assis devant un écran d'ordinateur, en ce moment même, et que vous avez accès à tout, y compris à la taille de mes soutiens-gorge… Et si vous dites quatre-vingt-dix B, je coupe.

– Me faites-vous une démonstration de votre sens de l'humour, Ms Shumway, ou bien êtes-vous toujours aussi mal lunée ?

– Je suis fatiguée et j'ai peur. Attribuez-le à ça. »

Il y eut un silence, côté Cox. Elle crut entendre cliqueter des touches d'ordinateur. « Quarante-sept degrés Fahrenheit, soit environ huit degrés Celsius, à Castle Rock. Ça vous va ?

– Oui. » La disparité était inférieure à celle qu'elle craignait, mais néanmoins considérable. « Je suis devant le thermomètre de la supérette locale, reprit Julia. Il fait quatorze degrés Celsius. Six degrés de différence alors que nous sommes à moins de trente kilomètres. À moins qu'il n'y ait un sacré front chaud en train de traverser le Maine occidental, je dirais que ce n'est pas tout à fait normal. Vous êtes d'accord ? »

Il ne répondit pas à la question, mais ce qu'il dit la lui fit aussitôt oublier : « Nous allons essayer autre chose. Vers vingt et une heures. C'est ce que je voulais dire à Barbie.

– On peut toujours espérer que le Plan B marchera mieux que le Plan A. En ce moment, je crois que le protégé du Président nourrit les foules au Sweetbriar Rose. Du poulet à la royale, à ce qu'on dit. » Elle voyait les lumières, au bout de la rue, et se sentit soudain affamée.

« Voulez-vous bien m'écouter et lui transmettre le message ? » Julia entendit aussi ce qu'il n'avait pas ajouté : *espèce d'emmerdeuse.*

« Je ne demande pas mieux », répondit-elle. Avec un sourire. Parce qu'elle était une emmerdeuse. Quand il le fallait.

« Nous allons essayer un acide expérimental. Un composé fluorhydrique qui n'existe pas dans la nature.

– Ah, la chimie pour vivre heureux.

– D'après ce qu'on m'a dit, on pourrait en théorie creuser un trou de trois kilomètres dans la roche-mère avec ce truc.

– Vous collaborez avec des gens qui ont un sens remarquable du comique, colonel.

– Nous allons procéder à l'endroit où la Motton Road (il y eut un froissement de papier) passe dans Harlow. Je devrais y assister.

– Alors je vais dire à Barbie qu'il fasse faire la vaisselle à quelqu'un d'autre.

– Aurons-nous aussi le plaisir de votre compagnie, Ms Shumway ? »

Elle ouvrait déjà la bouche pour répondre que pour rien au monde elle ne voudrait rater ça, lorsqu'il se produisit un brusque vacarme un peu plus loin dans la rue.

« Qu'est-ce qui se passe ? » demanda le colonel Cox.

Julia ne répondit pas. Elle referma le téléphone, le glissa dans sa poche, courant déjà vers des voix qui appelaient. Et quelque chose d'autre. Quelque chose qui lui fit l'effet d'un fauve qui grondait.

Le coup de feu partit alors qu'elle était encore à une cinquantaine de mètres.

6

À son retour au presbytère, Piper découvrit Carolyn, Thurston et les petits Appleton qui l'attendaient. Elle fut contente de les voir, car ils l'obligeaient à ne plus penser à Sammy Bushey. Du moins temporairement.

Elle écouta le récit que Carolyn lui fit de la crise d'Aidan Appleton, mais l'enfant paraissait aller parfaitement bien à présent, très occupé qu'il était à ronger une barre de Fig Newtons. Lorsque Carolyn demanda s'il ne serait pas prudent qu'un médecin examine le garçon, Piper répondit : « Si cela ne recommence pas, on peut l'attribuer à la faim et à l'excitation du jeu. »

Thurston eut un sourire mélancolique. « Nous étions tous excités. Nous nous amusions bien. »

Quand ils abordèrent la question du logement, Piper pensa tout d'abord à la maison McCain, qui était toute proche. Si ce n'est qu'elle ignorait où ils cachaient leurs clefs.

Alice Appleton était assise par terre et donnait des miettes de la barre aux figues à Clover. Le chien de berger faisait le vieux numéro de *je pose ma truffe sur ta cheville pour te montrer que je suis ton meilleur ami* entre deux offrandes. « C'est le chien le plus génial que j'aie jamais vu, dit-elle à Piper. J'aimerais bien que nous ayons un chien, nous aussi.

– J'ai un dragon », intervint Aidan, qui était confortablement installé sur les genoux de Carolyn.

Alice eut un sourire indulgent. « C'est son A-M-I invisible.

– Je vois », dit Piper.

Elle se disait qu'ils pourraient toujours casser une des vitres des McCain ; aux grands maux les grands remèdes.

Mais alors qu'elle se levait pour vérifier ce qui lui restait de café, elle eut une meilleure idée. « La maison des Dumagen. J'aurais dû y penser tout de suite. Ils sont allés à Boston pour une conférence. Coralee Dumagen m'a demandé d'arroser ses plantes pendant leur absence.

– Je suis enseignant à Boston, dit Thurston. À Emerson. Je suis le contributeur du dernier numéro de *Ploughshares.* »

Il poussa un soupir.

« La clef est sous le pot de fleurs, à gauche de la porte, reprit Piper. Je ne crois pas qu'ils aient de générateur, mais il y a une cuisinière à bois dans la cuisine. » Elle hésita, c'étaient *des citadins*... « Saurez-vous faire la cuisine sur une cuisinière à bois sans mettre le feu à la maison ?

– J'ai passé mon enfance dans le Vermont, répondit Thurston. J'étais chargé d'entretenir tous les poêles – de la maison *et* de la grange – jusqu'à ce que j'aille à l'université. On revient toujours sur les lieux de son crime, hein ? »

Il soupira de nouveau.

« Il doit y avoir des provisions dans l'arrière-cuisine, dit Piper. »

Carolyn acquiesça. « C'est ce que nous a dit le concierge de l'hôtel de ville.

– Et aussi Junior, ajouta Alice. C'est un flic. Il est mignon. »

Thurston fit la grimace. « Le flic si mignon d'Alice m'a agressé. Lui ou l'autre. Je suis incapable de dire qui était qui. »

Piper haussa les sourcils.

« Il a donné un coup de poing dans l'estomac à Thurston, dit calmement Carolyn. Ils nous ont traités de Masse-ma-chaussette ce que nous sommes, techniquement – et ils se sont moqués de nous. Pour moi, ç'a été le pire, la manière dont ils se sont moqués de nous. Ils se sont mieux comportés quand il y a eu les enfants, mais... (elle secoua la tête)... ils étaient incontrôlables. »

Et juste comme ça, Piper se reprit à penser à Sammy. Elle sentit une veine commencer à battre à son cou, lentement mais violemment, ce qui ne l'empêcha pas de garder un ton calme. « Et quel était le nom de l'autre policier ?

– Frankie, répondit Carolyn. Junior l'a appelé Frankie D. Vous les connaissez ? Forcément, vous les connaissez.

– Oui, je les connais », dit Piper.

7

Elle expliqua où se trouvait la maison des Dumagen à la famille improvisée ; elle avait l'avantage de se trouver tout près de l'hôpital, au cas où le garçon aurait une autre crise. Puis elle resta à la table de sa cuisine après leur départ, à boire du thé. Ce qu'elle fit lentement. Elle buvait une gorgée et reposait la tasse. Buvait une gorgée et reposait la tasse. Clover gémissait. Il était réglé sur la même longueur d'onde qu'elle et, supposait-elle, il sentait sa rage.

Elle change peut-être mon odeur. Elle doit devenir plus acide, un truc comme ça.

Un tableau se formait dans son esprit. Pas joli-joli. Beaucoup de nouveaux flics, de jeunes flics, engagés dans les quarante-huit heures précédentes, et qui ne se contrôlaient déjà plus. Le genre d'abus de pouvoir dont ils avaient fait preuve avec Sammy Bushey et Thurston Marshall ne contaminerait pas des flics aguerris comme Henry Morrisson et Jackie Wettington – il ne lui semblait pas, en tout cas – mais Fred Denton ? Toby Whelan ? Pas impossible. *Probable.* Avec Duke à leur tête, ces type avaient été à peu près bien. Pas plus. Du genre à vous engueuler inutilement pour une histoire de stop non respecté, mais acceptables. Sans aucun doute ce qu'on pouvait s'offrir de mieux avec le budget de la ville. *On en a toujours pour son argent.* Mais avec Peter Randolph…

Il fallait faire quelque chose.

Elle devait pourtant, et avant tout, contrôler son mauvais caractère. Avant qu'il ne la contrôle.

Elle prit la laisse au portemanteau, près de la porte. Clover bondit aussitôt sur ses pattes, agitant la queue, les oreilles dressées, les yeux brillants.

« Amène-toi, mon petit père. Nous allons porter plainte. »

Le berger léchait les dernières miettes de Fig Newton quand elle le conduisit dehors.

8

Lorsqu'elle traversa la pelouse de la place principale, Clover trottinant allègrement à sa droite, Piper avait le sentiment qu'elle se contrôlait. Et elle garda ce sentiment jusqu'au moment où elle entendit des rires, en approchant du poste de police. Là, elle découvrit exactement l'équipe dont Sammy Bhushey lui avait donné les noms : DeLesseps, Thibodeau, Searles. Georgia complétait le tableau, Georgia qui les avait encouragés, d'après Sammy : *Baise-moi cette salope*. Freddy Denton était présent, lui aussi. Ils étaient assis en haut des marches du poste, buvant des sodas et blaguant entre eux. Duke Perkins n'aurait jamais toléré un tel comportement, et Piper se fit la réflexion que s'il assistait à la scène d'où il était, son cadavre devait se retourner si vite dans sa tombe qu'il allait prendre feu.

Mel Searles dit quelque chose et tous éclatèrent à nouveau de rire, se donnant des claques dans le dos. Thibodeau avait un bras passé autour des épaules de Georgia, le bout de ses doigts lui effleurant le sein. Elle dit à son tour quelque chose et tous s'esclaffèrent de plus belle.

Il vint à l'esprit de Piper qu'ils riaient à l'évocation du viol – ah, le putain de pied qu'ils s'étaient pris. Après quoi, le conseil de son père n'eut plus aucune chance. La Piper qui prenait soin des pauvres et des malades, qui officiait aux mariages et aux enterrements, qui prêchait la tolérance et la charité tous les dimanches matin – cette Piper-là fut brutalement repoussée jusqu'au fond de son esprit, d'où elle ne put qu'assister à la suite des événements, comme si elle la voyait à travers une vitre trouble. Ce fut l'autre Piper qui se retrouva aux manettes, celle qui avait saccagé sa chambre à quinze ans, pleurant des larmes de rage et non de chagrin.

Il y avait un petit espace dallé, connu sous le nom de place du Monument aux morts, entre l'hôtel de ville et le bâtiment plus récent du poste de police. La statue de Lucien Calvert, le père d'Ernie, s'élevait en son centre. Lucien Calvert avait reçu la Silver Star à titre posthume pour actes de bravoure pendant la guerre de Corée. Les noms des autres morts pour la patrie de Chester's Mill, remontant jusqu'à la guerre de Sécession, étaient gravés sur le socle de la statue. Il y avait également deux mâts, le drapeau des États-Unis flottant à l'un et celui de l'État, avec son fermier, son marin et son orignal, à l'autre. Ce qui est une façon de parler, car ils retombaient mollement dans la lumière rougeoyante du crépuscule. Piper Libby passa entre les mâts comme une somnambule, Clover toujours à côté d'elle, oreilles dressées.

En haut des marches, les prétendus « officiers » éclatèrent de rire une fois de plus, de fort bon cœur, ce qui lui fit penser à des trolls dans un des contes de fées que son papa lui avait parfois lus. Des trolls dans une grotte, vautrés sur des tas d'or acquis lors de rapines. Puis ils la virent et se calmèrent.

« Bonsoir, rév'rende », dit Mel Searles en se levant – non sans remonter sa ceinture d'un coup sec et viril. *On se lève devant une dame*, se dit Piper. *Est-ce que c'est sa mère qui le lui a appris ? Probablement. C'est probablement ailleurs qu'il a été initié à l'art délicat du viol.*

Il souriait toujours lorsqu'elle arriva au bas des marches, puis son sourire devint incertain et hésitant ; sans doute avait-il vu l'expression qu'elle arborait. Laquelle exactement, elle l'ignorait. De l'intérieur, elle avait l'impression d'avoir les traits pétrifiés. Figés.

Elle vit les plus costauds de la bande l'observer. À commencer par Thibodeau, dont le visage était aussi immobile que l'impression que lui donnait le sien. *Il est comme Clover,* songea-t-elle. *Il la sent sur moi. La rage.*

« Rév'rende ? demanda Mel. Tout va bien ? Y'a un problème ? »

Elle monta les marches, ni vite ni lentement, Clover toujours à côté d'elle. « Vous pouvez le dire, qu'il y a un problème, répondit-elle en le regardant.

– Qu'est –

– *Vous*, dit-elle. Vous êtes le problème. »

Elle lui donna une bourrade. Mel ne s'y attendait pas. Il tenait encore son gobelet de soda à la main. Il dégringola sur les genoux de Georgia Roux, essayant vainement de se raccrocher et, pendant un instant, le soda devint une raie manta suspendue dans le ciel rougeoyant.

Georgia poussa un cri de surprise lorsque Mel atterrit sur elle. Elle s'étala sur le dos, renversant son propre soda. Il se mit à couler sur la grande dalle de granit, devant les doubles portes. Piper sentit une odeur de whisky ou de bourbon. Ils avaient ajouté à leur Coca ce que le reste de la ville n'avait plus le droit de se procurer. Pas étonnant qu'ils se soient esclaffés de cette façon.

La fissure écarlate s'élargit dans sa tête.

« Vous n'avez pas le d... », commença Frank, faisant mine de se lever. Elle le repoussa. Dans une galaxie lointaine, Clover – d'ordinaire le plus gentil des chiens – grondait.

Frankie tomba à son tour sur le dos, écarquillant des yeux stupéfaits, avec un instant l'air du gosse du catéchisme qu'il aurait pu être autrefois.

« C'est le *viol*, le problème ! cria Piper. *Le viol !*

– La ferme », dit Carter. Il était toujours assis et, en dépit de Georgia qui se collait peureusement contre lui, il gardait son calme. Les muscles de ses bras roulaient sous les manches de sa chemisette bleue. « Fermez-la et fichez le camp tout de suite, si vous ne voulez pas passer la nuit dans une de nos cellul...

– C'est vous qui irez en prison ! aboya Piper. Vous tous !

– Fais-lui fermer sa gueule », dit Georgia. D'un ton pas vraiment geignard, mais pas loin. « Fais-lui fermer sa gueule, Carter.

– Madame... »

Fred Denton, chemise à moitié sortie du pantalon, haleine parfumée au bourbon. Duke l'aurait vu ainsi qu'il l'aurait immédiatement viré de la police. Ils auraient *tous* été virés à coups de pompe. Il commença à se lever et, cette fois, ce fut lui qui s'étala avec une expression de surprise sur la figure qui, en d'autres circonstances, aurait été comique. Bien agréable qu'ils aient été tous assis alors qu'elle-même était debout. Ça facilitait les choses. Mais avec quelle force le sang battait à ses tempes ! Elle tourna son attention vers Thibodeau, le plus dangereux de tous. Il l'observait toujours avec ce même calme exaspérant. Comme si elle avait été un monstre de foire dans une baraque et qu'il venait de payer pour la voir. Mais il était obligé de lever la tête pour la regarder, et c'était à l'avantage de Piper.

« Mais ce ne sera pas dans une cellule ici en bas, reprit-elle, s'adressant directement à Thibodeau. Ce sera à Shawshank, là où ils font aux salopards comme vous ce que vous avez fait à cette pauvre fille.

– Écoutez-moi les conneries que raconte cette salope », dit Carter. Il avait parlé comme s'il commentait la météo. « Nous n'avons jamais été près de sa maison.

– C'est vrai », dit Georgia en se rasseyant. Elle avait du soda sur l'une des joues, à l'endroit où combattait encore l'arrière-garde d'une acné juvénile qui avait dû être virulente et n'avait pas dit son dernier mot. « Sans compter que tout le monde sait que Sammy Bushey n'est qu'une gouine, une sale petite conne de menteuse. »

Les lèvres de Piper s'étirèrent en un sourire peu engageant qu'elle tourna vers Georgia. Celle-ci eut un mouvement de recul devant cette folle qui venait de débarquer sans prévenir pendant qu'ils sifflaient tranquillement un apéro ou deux. « Par quel miracle connaissez-vous le nom de la gouine conne et menteuse ? Je ne l'ai jamais prononcé. »

La bouche de Georgia s'arrondit en un **O** de consternation. Et, pour la première fois, il y eut comme un frémissement derrière le calme apparent de Carter Thibodeau. De la peur ou de l'agacement, Piper n'aurait su dire.

Frank DeLesseps se mit debout avec précaution. « Vous feriez mieux de ne pas aller répandre partout des accusations sans fondement, révérende Libby.

– Et de ne pas agresser des officiers de police, poursuivit Freddy Denton. Je veux bien passer l'éponge, pour cette fois – tout le monde est stressé –, mais vous devez changer d'attitude et retirer immédiatement ces accusations. » Il se tut une seconde, avant d'ajouter maladroitement : « Et vous excuser pour la bousculade, évidemment. »

Les yeux de Piper n'avaient pas quitté Georgia, mais sa main droite étreignait si fort la poignée en plastique de la laisse de Clover qu'elle en tremblait. Le chien se tenait pattes avant écartées et tête baissée, sans cesser de gronder. On aurait dit un puissant moteur hors-bord tournant au ralenti. La fourrure de son cou était tellement hérissée qu'on ne voyait plus son collier.

« Comment se fait-il que vous sachiez son nom, Georgia ?

– Je… je… j'ai juste pensé… »

Carter empoigna Georgia par l'épaule et serra. « Ferme-la, ma cocotte. » Puis il s'adressa à Piper, restant toujours assis (*ce froussard ne veut pas se faire bousculer*) : Je ne sais pas quel genre de mouche de bénitier vous a piquée, mais nous étions ensemble hier au soir à la ferme d'Alden Dinsmore. Pour essayer de voir si on ne pourrait pas tirer quelque chose des petits gars en sentinelle sur la 119. Mais ils n'ont rien lâché. C'est de l'autre côté de la ville, par rapport au mobile home de Sammy Bushey. »

Il regarda ses amis, autour de lui.

« Exact, dit Frank.

– Exact, confirma Mel avec un regard méfiant vers Georgia.

– Ouais ! » s'exclama celle-ci.

Le bras de Carter était posé sur ses épaules et son moment de doute était passé. Elle jeta un regard de défi à Piper.

« La petite Georgia a supposé que c'était à cause de Sammy que vous gueuliez, déclara Carter avec toujours ce même calme exaspérant, vu que cette salope de Sammy est la plus grande inventeuse de bobards de toute la ville. »

Mel Searles partit d'un rire hennissant.

« Sauf que vous ne vous êtes pas protégés », lança Piper. Sammy le lui avait dit et, lorsqu'elle vit les traits de Thibodeau se figer, elle comprit que c'était vrai. « Vous ne vous êtes pas protégés, et l'hôpital a fait des prélèvements. » Elle n'avait aucune preuve de ce qu'elle avançait et s'en moquait. Elle voyait, à leurs yeux écarquillés, qu'ils la croyaient, et qu'ils la croient suffisait. « Quand on comparera votre ADN à ce qu'on a trouvé…

– Ça suffit, la coupa Carter. La ferme. »

Elle lui adressa son sourire furieux. « Non, Mr Thibodeau. Nous ne faisons que commencer, mon fils. »

Freddy Denton tendit une main vers elle. Elle le repoussa, puis sentit qu'on la prenait par le bras gauche et qu'on le tordait. Elle se tourna et se retrouva yeux dans les yeux avec Carter Thibodeau. Des yeux qui avaient perdu leur calme et brûlaient de colère, maintenant.

Salut, mon frère, pensa-t-elle, de façon incohérente.

« Va te faire foutre, sale pute ! » cracha-t-il. Et cette fois, c'est elle qui fut poussée.

La révérende tomba à la renverse sur les marches. Elle essaya instinctivement de se rouler en boule pour dégringoler, redoutant de heurter un angle de pierre car elle savait qu'elle pourrait s'y fracturer le crâne. Se tuer ou, pire encore, rester à l'état de légume. Mais c'est son épaule gauche qui porta. Un soudain hululement de douleur s'éleva. Elle connaissait cette douleur. Elle s'était déjà démis cette même épaule en jouant au football quand elle était en terminale, vingt ans auparavant, et qu'elle soit pendue si elle ne venait pas de recommencer.

Puis elle roula cul par-dessus tête, exécutant une sorte de saut périlleux arrière après lequel elle retomba sur ses genoux, les entaillant tous les deux. Et, finalement, elle se retrouva à plat ventre. Elle avait dégringolé presque tout l'escalier. Sa joue saignait, son nez saignait, ses lèvres saignaient, elle avait le cou douloureux mais, Seigneur, c'était son épaule le pire, son épaule de travers et déformée par une bosse d'une manière dont elle se souvenait très bien. La dernière fois, elle était vêtue d'un maillot de sport rouge, celui des Wildcats. Elle se remit malgré tout debout, péniblement, remerciant Dieu d'être encore capable de se servir de ses jambes ; elle aurait pu aussi être paralysée.

Dans sa chute elle avait lâché la laisse et Clover s'était jeté sur Thibodeau, ses dents s'attaquant à son buste et à son ventre, déchirant sa chemisette, le renversant sur le dos – cherchant à atteindre ses parties génitales.

« *Virez-moi ce chien !* » hurla Thibodeau. Ce n'était plus Mister Calme, à présent. « Il va me tuer ! »

Et indéniablement, Clover essayait. Ses pattes avant, plantées sur les cuisses de Carter, étaient agitées de mouvements de piston tant le policier se débattait. On aurait dit un berger allemand sur une bicyclette. Il changea alors d'angle d'attaque et mordit avec force Carter à l'épaule, provoquant un nouveau hurlement. Puis il chercha à atteindre la gorge. Carter repoussa le chien juste à temps, lui plaquant les mains sur la poitrine pour l'éloigner de son cou.

« *Arrêtez !* »

Frank se précipita pour attraper la laisse. Clover se tourna et tenta de lui mordre la main. Frank battit en retraite et Clover revint à l'homme qui avait poussé sa maîtresse sur les marches. Sa gueule s'ouvrit, révélant une double rangée de crocs blancs brillants et visa la gorge de Thibodeau. Celui-ci leva la main et poussa un cri de douleur, lorsque Clover la saisit puis commença à la secouer comme il le faisait avec ses jouets de chiffon bien-aimés. Sauf que les jouets de chiffon ne saignaient pas ; la main de Carter, si.

Piper arriva en titubant en haut des marches, tenant son bras gauche serré contre elle. Elle avait tout le visage ensanglanté. Une de ses dents était restée plantée au coin de sa bouche comme un débris d'aliment.

« VIREZ-MOI CE CHIEN, BORDEL, VIREZ-MOI CE PUTAIN DE CLÉBARD ! »

Piper ouvrait la bouche pour ordonner à Clover de s'asseoir, lorsqu'elle vit Fred Denton tirer son pistolet.

« *Non,* cria-t-elle, *non, je vais l'arrêter !* »

Fred se tourna vers Mel Searles, montrant le chien de sa main libre. Mel s'avança et donna un coup de pied dans le flanc de l'animal. Il le frappa violemment à la hanche, comme il l'avait fait (il n'y avait pas si longtemps) quand il jouait au football. Clover fut balayé de côté et lâcha prise ; déchiquetée, en sang, la main de Thibodeau présentait deux doigts qui pointaient dans des directions inhabituelles, tels des poteaux de signalisation plantés de travers.

« NON ! » hurla à nouveau Piper, avec une telle violence que le monde devint gris devant ses yeux. « NE FAITES PAS DE MAL À MON CHIEN ! »

Fred ne prêta aucune attention à elle. Lorsque Peter Randolph fit brusquement irruption par la double porte, chemise sortie du pantalon, braguette encore ouverte, avec à la main l'exemplaire d'*Outdoors* qu'il lisait sur les chiottes, Fred ne fit pas davantage attention. Il pointa son arme de service sur le chien et fit feu.

Le bruit fut assourdissant dans l'espace clos de la place. Le sommet du crâne de Clover explosa en un magma de sang et d'os. Il fit un pas vers sa maîtresse qui hurlait, puis un autre, et s'effondra.

Fred, l'arme toujours à la main, s'approcha en deux grandes enjambées de Piper et la saisit par son bras blessé. La bosse de son épaule émit presque un rugissement de protestation. Piper n'en continua pas moins à regarder le cadavre de son chien, ce chien qu'elle avait élevé.

« Vous êtes en état d'arrestation, cinglée, salope ! » lui dit Fred en la serrant de si près – son visage était pâle, en sueur, ses yeux avaient l'air prêts à jaillir de leur orbite – qu'elle reçut ses postillons. « Tout ce que vous déclarerez pourra être retenu contre vos fesses de dingue ! »

De l'autre côté de la rue, les clients sortaient en masse du Sweetbriar Rose, Barbie au milieu d'eux, portant toujours son tablier et sa casquette de baseball. Julia Shumway arriva la première.

Elle saisit le sens de la scène, non pas tant par ses détails que dans son ensemble : le chien abattu ; le groupe des flics ; la femme qui saignait et hurlait, une épaule plus haute que l'autre ; du sang sur les marches, suggérant que Piper y était tombée. Ou qu'on l'y avait poussée.

Julia fit quelque chose qu'elle n'avait jamais fait de toute sa vie : elle fouilla dans son sac et grimpa les marches, brandissant son portefeuille ouvert et en criant : « Presse ! Presse ! »

Ce qui fit au moins cesser son tremblement.

9

Dix minutes plus tard, dans le bureau qui était encore celui de Duke Perkins peu de temps auparavant, Carter Thibodeau se retrouva assis sur le canapé, sous la photo encadrée et les diplômes de l'ancien chef, l'épaule bandée, la main emmaillotée de papier absorbant. Georgia était à côté de lui. De grosses gouttes de sueur perlaient au front de Thibodeau, trahissant sa douleur, mais après avoir dit : « Non, je ne pense pas qu'il y ait de fracture », il garda le silence.

Fred Denton était assis sur une chaise, dans un coin. Son arme était posée sur le bureau du chef. Il l'avait restituée sans faire d'histoires, se contentant de dire, « Je devais le faire. Vous n'avez qu'à regarder la main de Carter. »

Quant à Piper, elle occupait aussi une chaise dans ce qui était à présent le bureau de Randolph. Julia avait essuyé le sang sur son visage avec du papier absorbant. La révérende tremblait encore, en état de choc, souffrant beaucoup, mais elle était aussi silencieuse que Thibodeau. Elle avait l'œil clair.

« Clover ne l'a attaqué, dit-elle finalement avec un coup de menton vers Carter, qu'après qu'il m'a fait tomber sur les marches. Sa bourrade m'a fait lâcher la laisse. Ce qu'a fait mon chien était justifié. Il me protégeait d'une agression caractérisée.

– C'est *elle* qui *nous* a attaqués ! s'écria Georgia. Cette dingue, cette salope s'est jetée sur nous ! Elle a escaladé l'escalier en gueulant toutes ces conneries…

– Fermez-la, dit Barbie. Fermez-la tous, vous entendez ? » Il regarda Piper. « Ce n'est pas la première fois que vous avez l'épaule déboîtée, n'est-ce pas ?

– Vous allez devoir sortir d'ici, Mr Barbara, dit Randolph sans beaucoup de conviction.

– Je peux lui arranger ça, reprit Barbie. Vous en êtes capable, vous ? »

Randolph ne répondit pas. Mel Searles et Frank DeLesseps se tenaient à la porte du bureau, à l'extérieur. Ils paraissaient soucieux.

Barbie se tourna à nouveau vers Piper. « Vous avez une subluxation. Le déboîtement n'est que partiel. C'est pas trop grave. Je peux remettre votre épaule en place avant que vous n'alliez à l'hôpital…

– À l'hôpital ? s'étrangla Denton. Elle est en état d'arres…

– La ferme, Freddy, dit Randolph. Personne n'est en état d'arrestation. En tout cas, pas pour le moment. »

Barbie soutint le regard de la révérende. « Mais il faut que je le fasse tout de suite, avant que l'inflammation ne s'étende. Si on doit attendre qu'Everett s'en occupe à l'hôpital, vous aurez besoin d'une anesthésie. » Il s'approcha de son oreille et murmura : « Pendant que vous seriez dans le coaltar, ils iraient raconter leur version des faits sans que vous puissiez raconter la vôtre.

– Qu'est-ce que vous lui avez dit ? demanda sèchement Randolph.

– Que ça allait lui faire mal, répondit Barbie. Pas vrai, révérende ? »

Elle répondit d'un hochement de tête. « Allez-y. C'est Gromley, notre entraîneur, qui l'a fait sur la touche la première fois, et pourtant elle n'était pas douée, je peux vous le dire. Faites vite, c'est tout. Et je vous en prie, ne ratez pas votre coup.

– Julia, dit Barbie, prenez une écharpe dans la trousse de secours et aidez-moi à l'allonger sur le dos. »

Julia, très pâle et l'estomac retourné, fit ce qu'on lui demandait.

Barbie s'assit sur le sol à la gauche de Piper, enleva une de ses chaussures et prit à deux mains l'avant-bras du pasteur, juste au-dessus du poignet. « Je ne connais pas la méthode de l'entraîneur Gromley, dit-il, mais je vais faire comme faisait un toubib que j'ai connu en Irak. Vous allez compter jusqu'à trois et crier quelque chose – *wishbone*[1], par exemple.

– *Wishbone*, répéta Piper, amusée en dépit de la souffrance. Eh bien d'accord, c'est vous le médecin. »

Non, pensa Julia – Rusty Everett était à présent tout ce qu'ils avaient en guise de médecin. Elle avait voulu contacter Linda avec son portable mais l'appel avait été tout de suite répercuté sur la messagerie vocale.

Le silence régnait dans la pièce. Même Carter Thibodeau regardait ce qui se passait. Barbie adressa un signe de tête à Piper Libby. Elle aussi était en sueur, mais elle arborait une expression ferme et décidée, et Barbie ressentit un grand respect pour elle. Il glissa son pied en chaussette sous l'aisselle de la femme, le calant soigneusement. Puis, tout en tirant lentement mais régulièrement sur le bras, il contrecarra la pression avec le pied.

« Bon. On y va. Je vous écoute.

– Un… deux… trois… WISHBONE ! »

Barbie tira au moment où Piper criait. Tout le monde entendit le claquement sourd avec lequel l'articulation se remit en place. La bosse qui déformait la blouse de Piper disparut comme par magie. Elle cria, mais ne s'évanouit pas. Barbie passa l'écharpe autour du cou et sous le bras de la révérende, immobilisant celui-ci du mieux qu'il put.

« Ça va mieux ? demanda-t-il.

---

1. Bréchet. Celui du poulet qui est utilisé pour faire un vœu.

– Oui, mieux. Mieux, grâce à Dieu. Ça fait toujours mal, mais pas autant.

– J'ai de l'aspirine, dit Julia.

– Donnez-lui votre aspirine et sortez tous, dit Randolph. Tous sauf Carter, Freddy, la révérende et moi. »

Julia le regarda, incrédule. « Vous blaguez, non ? La révérende doit aller à l'hôpital. Vous allez pouvoir marcher, Piper ? »

Piper se releva avec difficulté. « Je crois. Un peu.

– Asseyez-vous, révérende Libby », ordonna Randolph.

Mais Barbie savait qu'elle était déjà partie. Il l'entendait rien qu'à la voix de Randolph.

« Eh bien, faites-moi asseoir de force », répliqua Piper en soulevant avec précaution son bras en écharpe. Le bras trembla, mais obéit. « Je ne doute pas que vous pourriez me le déboîter une deuxième fois, et très facilement. Allez-y. Montrez donc à ces... à ces garçons... que vous êtes exactement comme eux.

– Et je publierai un papier dans le journal ! intervint Julia d'un ton mordant. Je vais doubler mon tirage !

– Je vous suggère d'ajourner cette affaire à demain, chef, dit alors Barbie. Permettez à cette dame de prendre des analgésiques plus puissants que de l'aspirine, et qu'Everett puisse traiter les plaies de ses genoux. Avec le Dôme, il n'y a guère de risque qu'elle s'échappe.

– Son chien a essayé de me tuer », protesta Carter.

En dépit de la douleur, il paraissait avoir retrouvé son calme.

« Chef Randolph, DeLesseps, Searles et Thibodeau sont coupables de viol. » Piper oscillait sur elle-même mais parlait d'une voix ferme et claire. Julia lui passa un bras autour des épaules. « Roux en a été le témoin passif.

– C'est pas vrai ! s'étrangla Georgia.

– Ils doivent être immédiatement suspendus, intervint Barbie.

– Elle ment », dit Thibodeau.

Randolph avait l'air d'assister à un match de tennis. Il finit par s'arrêter sur Barbie. « Vous me dites ce que je dois faire, jeune homme ?

– Non monsieur. Ce n'est qu'une suggestion fondée sur mon expérience dans les forces de l'ordre en Irak. C'est vous qui prenez les décisions. »

Randolph se détendit. « D'accord, alors. D'accord. » Il baissa les yeux, sourcils froncés. Tous le virent remarquer que sa braguette était toujours ouverte et régler ce petit problème. Puis il releva la tête. « Julia ? Conduisez la révérende Libby à l'hôpital. Quant à vous, Mr Barbara, peu m'importe où vous allez, pourvu que vous sortiez d'ici. Je vais prendre les déclarations de mes officiers ce soir et la déposition de la révérende Libby demain.

– Attendez », dit Thibodeau. Il tendit ses doigts de travers vers Barbie. « Vous pouvez pas faire quelque chose ?

– Je ne sais pas trop », répondit Barbie, s'efforçant de prendre un ton aimable.

L'aspect le plus moche de l'histoire était derrière eux ; restaient les conséquences politiques, chose dont il avait parfaitement conscience pour avoir eu affaire à des flics irakiens qui n'étaient pas tellement différents de l'homme assis sur le canapé et de ses comparses. Cela revenait à se montrer charmant avec des gens sur qui on aurait volontiers craché.

« Pouvez-vous dire *wishbone* ? »

10

Rusty avait coupé son téléphone portable avant de frapper à la porte de Big Jim. Big Jim était assis dans son vaste fauteuil, Rusty sur la chaise devant le bureau – la chaise des suppliants et des postulants.

La pièce (qui devait jouir du statut de « bureau à domicile » dans les déclarations de revenus de Rennie) avait une agréable odeur de résine, comme si on l'avait récemment bien récurée, mais elle ne plut pas à Rusty. Non pas à cause du Jésus de type agressivement caucasien délivrant le Sermon sur la Montagne, ni des plaques commémoratives (autant de brevets d'autosatisfaction) sur les murs, ni du plancher auquel il manquait la protection d'un tapis ; c'était tout cela plus quelque chose d'autre. Rusty Everett n'avait aucun goût pour le surnaturel, auquel il ne prêtait pas foi, mais cette pièce lui faisait l'effet d'être presque hantée.

C'est parce que ce type te fait un peu peur, pensa-t-il. *C'est tout.*

Espérant que son expression ou sa voix ne trahiraient pas ce qu'il éprouvait, Rusty parla à Rennie de la disparition des bonbonnes de propane de l'hôpital. Et raconta comment il en avait retrouvé une dans le hangar derrière l'hôtel de ville, bonbonne qui alimentait en ce moment même le groupe électrogène dudit hôtel de ville. Ajoutant qu'il n'en avait vu qu'une.

« J'ai donc deux questions, continua Rusty. Comment se fait-il qu'une bonbonne appartenant à l'hôpital aille se balader dans le centre ? Et où se trouvent les autres ? »

Big Jim se renversa dans son fauteuil, croisa les mains derrière la tête et étudia le plafond d'un air méditatif. Rusty se mit à examiner le trophée de baseball posé sur le bureau de Rennie. Devant, il y avait un mot de Bill Lee, qui avait joué autrefois dans les Red Sox de Boston. Note que Rusty pouvait lire, vu qu'elle était tournée vers lui. Bien entendu. Elle était destinée à être vue par les personnes en visite pour qu'elles s'en émerveillent. Comme les photos sur les murs, le trophée proclamait que Big Jim avait fréquenté les Riches et Célèbres : *Regardez mes autographes, mesurez ma puissance et désespérez !* Aux yeux de Rusty, tout cet étalage semblait résumer les sentiments désagréables que lui inspirait la pièce. De la déco Potemkine, témoignage dérisoire du prestige et du pouvoir qu'on pouvait obtenir dans un patelin perdu.

« Je ne savais pas que vous étiez autorisé à aller fouiller dans notre remise », déclara Big Jim au plafond. Ses doigts charnus étaient toujours croisés derrière sa nuque. « Vous faites peut-être parti des élus de la ville sans que je le sache. Dans ce cas, c'est de ma faute – mon *tort*, comme dit Junior. Je croyais que vous étiez avant tout un infirmier armé d'un ordonnancier. »

Rusty estima que ces considérations purement techniques n'avaient pour but que de l'énerver. De lui faire penser à autre chose.

« Non, je ne suis pas un élu, mais je suis un employé de l'hôpital. Et un contribuable.

– Et alors ? »

Rusty sentit qu'il s'empourprait.

« Alors, ces choses m'appartiennent aussi en partie. » Il attendit de voir si Big Jim allait réagir, mais l'homme installé derrière le bureau resta impassible. « Sans compter que ce n'était pas fermé à clef. Ce qui n'entre pas en considération, de toute façon – n'est-ce pas ? J'ai vu ce que j'ai vu et j'aimerais une explication. En tant qu'employé de l'hôpital.

– Et en tant que contribuable. N'oubliez pas ça. »

Rusty continua de le regarder sans même un hochement de tête.

« Je n'en ai aucune à vous donner », dit Rennie.

Rusty souleva un sourcil. « Vraiment ? Moi qui croyais que vous aviez toujours le doigt sur le pouls de cette ville… N'est-ce pas ce que vous avez affirmé, la dernière fois que vous vous êtes présenté au poste de conseiller ? Et à présent, vous seriez incapable de m'expliquer où sont passées les réserves de propane de la ville ? Je n'y crois pas. »

Pour la première fois, Rennie parut piqué. « Je m'en fiche que vous le croyiez ou non. Le fait est que je n'en sais rien. »

Mais ses yeux dévièrent un bref instant, comme pour vérifier si la photo autographe de Tiger Woods était toujours à sa place ; manière classique de se trahir pour un menteur.

« L'hôpital va être bientôt à court de propane. Sans énergie, ce qui reste de notre équipe devra travailler dans les mêmes conditions que sur un champ de bataille pendant la guerre de Sécession. Nos patients actuels – y compris une personne relevant d'un infarctus et un diabétique dont l'état risque de nécessiter une amputation – courront des risques très graves si nous n'avons plus de courant. Le risque d'amputation concerne Jimmy Sirois. Sa voiture est dans le parking. J'ai vu sur son pare-chocs un autocollant sur lequel on lit : VOTEZ BIG JIM.

– Je vais faire une enquête », répondit Big Jim. Il avait parlé sur le ton de celui qui fait une faveur. « Le propane de la ville doit sans doute se trouver dans une autre des remises de la ville. Quant au vôtre, je ne peux vraiment pas vous dire.

– Quelles autres remises de la ville ? Il y a celle du baraquement des pompiers, et la réserve de sel et de sable de God Creek Road – où il n'y a même pas un toit. À ma connaissance, ce sont les seules.

– Mr Everett, je suis quelqu'un de très occupé. Vous allez devoir m'excuser. »

Rusty se leva. Il avait une envie folle de serrer les poings, mais il se retint. « Je vais vous poser la question une dernière fois. Sans détour. Savez-vous où se trouvent ces bonbonnes manquantes ?

– Non. » Ce coup-ci, ce fut vers la photo de Dale Earnhardt que partit son coup d'œil. « Et je ne vais pas chercher de sous-entendus dans cette question, fiston, car je pourrais mal les prendre. Vous feriez mieux de filer voir comment va Jimmy Sirois. Dites-lui que Big Jim lui envoie ses meilleurs vœux et que j'irai le voir dès que tout cet embrouillamini se sera un peu calmé. »

Rusty luttait toujours pour contenir sa colère, mais c'était un combat qu'il était en train de perdre. « Vous voulez que je *file* ? Je crois que vous oubliez que vous êtes un simple élu, et pas un dictateur. Pour le moment, je suis le premier responsable médical de cette ville, et j'exige une vraie rép… »

Le téléphone portable de Big Jim sonna. Il l'empoigna. Écouta. Les plis qui cernaient sa bouche déjà étirée se creusèrent. « Bon sang de bon sang de bois ! Dès que j'ai le dos tourné… » Il écouta encore un peu. « S'il y a des gens avec toi dans ton bureau, Pete, tu fermes ta gueule avant de trop l'ouvrir et de dire ce qu'il faut pas. Appelle Andy. J'arrive. À nous trois, nous allons régler ça. »

Il coupa la communication et se leva.

« Je dois aller au poste de police. Soit c'est une urgence, soit c'est encore un embrouillamini et je ne pourrai le dire qu'une fois sur place. Il semble qu'il y ait un problème avec la révérende Libby.

– Pourquoi ? Qu'est-ce qui lui est arrivé ? »

Du fond de leurs petites orbites dures, les yeux froids de Big Jim l'étudièrent. « Je suis certain que vous allez en entendre parler. Je ne sais pas ce qui est vrai là-dedans, mais vous serez mis au courant. Alors allez faire votre boulot, jeune homme, et laissez-moi faire le mien. »

Rusty sortit à grands pas de la maison. Ses tempes battaient. À l'ouest s'étalait l'hémorragie d'un coucher de soleil criard. Il n'y avait pratiquement pas un souffle, mais la puanteur de la fumée n'en était pas moins très présente dans l'air. Une fois au pied des marches, Rusty tendit l'index vers l'agent public qui attendait qu'il soit parti pour rentrer chez lui. Le doigt tendu fit froncer les sourcils à Rennie, mais Rusty ne l'abaissa pas.

« Personne n'a à me dire de faire mon boulot. Et dans mon boulot, il y aura dorénavant la recherche de ce propane. Si je le trouve au mauvais endroit, c'est quelqu'un d'autre qui fera votre boulot, conseiller Rennie. C'est une promesse. »

Rennie eut un geste méprisant de dédain. « Fichez le camp d'ici, fiston. Allez bosser. »

11

Au cours des cinquante-cinq premières heures d'existence du Dôme, plus de deux douzaines d'enfants souffrirent de crises d'épilepsie. Certaines, comme dans le cas des deux petites Everett, furent remarquées. Mais la plupart ne le furent pas et, au cours des jours qui suivirent, ces symptômes se réduisirent rapidement à rien. Rusty en vint à les comparer aux chocs mineurs qu'éprouvaient les personnes s'approchant de trop près du Dôme. La première fois, on éprouvait un *frisson** de nature électrique qui vous raidissait les cheveux sur la nuque ; après quoi, la plupart des gens ne ressentaient plus rien. Comme s'ils avaient été vaccinés.

« Est-ce que tu prétends que le Dôme est comme la varicelle ? lui demanda plus tard Linda. On l'attrape une fois et on est protégé pour le reste de sa vie ? »

Janelle eut deux crises, ainsi qu'un petit garçon du nom de Norman Sawyer ; dans les deux cas, la seconde fut moins importante que la première et ne fut pas accompagnée de divagations. La plupart des enfants que vit Rusty n'eurent qu'une crise du second genre et aucun ne lui parut souffrir d'effets secondaires.

Seulement deux adultes eurent des crises semblables pendant les cinquante-cinq premières heures. Elles se produisirent le lundi soir au moment du coucher de soleil, à peu près, l'une et l'autre ayant des causes faciles à identifier.

Dans le cas de Phil Bushey, alias le Chef, la cause était avant tout de son fait. À peu près au moment où Rusty et Big Jim se séparaient, Chef Bushey était assis devant la remise, à l'arrière de WCIK, regardant rêveusement le coucher de soleil (à cette distance, relativement proche du point d'impact des missiles, la suie qui couvrait le Dôme assombrissait encore un peu plus les lueurs du couchant), tenant mollement sa pipe à shit à la main. Il était shooté aux amphètes au moins jusqu'à l'ionosphère, sinon à mille kilomètres plus loin. Au sein des quelques nuages bas qui flottaient dans la lumière ensanglantée, il voyait les visages de sa mère, de son père, de son grand-père ; il voyait aussi Sammy et Little Walter.

Tous ces visages nuageux saignaient.

Lorsque son pied droit se mit à tressaillir, bientôt imité par son pied gauche, il n'y prêta pas attention. On tressaillait quand on se shootait, tout le monde savait ça. Puis ses mains commencèrent à trembler et sa pipe tomba dans l'herbe (jaunie et atrophiée, résultat des activités qui se déroulaient dans le secteur). L'instant suivant, sa tête se mettait à osciller de droite à gauche.

Ça y est, pensa-t-il avec un calme mêlé de soulagement. *J'ai fini par trop tirer sur la corde. Je passe l'arme à gauche. C'est probablement aussi bien.*

Mais il ne passa pas l'arme à gauche ; il ne tomba même pas dans les pommes. Il glissa lentement de côté, agité de tressaillements, tandis qu'il voyait une bille noire s'élever dans le ciel rouge. Elle prit la taille d'une boule de bowling, puis d'un énorme ballon de plage. Elle continua à grandir jusqu'à ce qu'elle ait dévoré le ciel rouge.

C'est la fin du monde, pensa-t-il. *C'est probablement aussi bien.*

Un moment, il crut qu'il se trompait car les premières étoiles étaient apparues. Sauf qu'elles n'étaient pas de la bonne couleur. Elles étaient roses. Et alors, oh, Seigneur, elles commencèrent à tomber, laissant une longue traîne rose derrière elles.

Puis vint le feu. Une fournaise rugissante comme si venait de s'ouvrir une trappe cachée, déchaînant l'enfer lui-même sur Chester's Mill.

« C'est nos bonbons », marmonna-t-il. Il pressait sa pipe contre son bras mais ce n'est que plus tard qu'il vit la marque de la brûlure. Il gisait dans l'herbe jaune, tressaillant de tout son corps, ses yeux révulsés n'exhibant plus qu'un blanc laiteux qui reflétait le coucher de soleil criard. « Nos bonbons de Halloween. Tout d'abord la bonne blague… et ensuite les bonbons. »

L'incendie devenait un visage, une version orangée des faces ensanglantées qu'il avait vues dans les nuages juste avant que la crise ne lui tombe dessus. Le visage de Jésus. Jésus lui faisait les gros yeux.

Et parlait. *Lui* parlait. Lui disait que l'incendie était de sa faute. Sa responsabilité. La sienne. L'incendie et le… le…

« La pureté, marmonna-t-il, toujours allongé dans l'herbe. Non… la purification. »

Jésus n'avait plus l'air aussi furieux, maintenant. Et son visage se défaisait. Pourquoi ? Parce que le Chef avait compris. Il y avait eu tout d'abord les étoiles roses ; puis le feu purificateur ; et le procès allait se terminer.

Chef Bushey cessa de trembler ; la crise se terminait. Il sombra dans son premier véritable sommeil depuis des semaines, peut-être depuis des mois. Quand il se réveilla, il faisait nuit noire – il n'y avait plus la moindre trace rouge dans le ciel. Il était glacé jusqu'aux os, mais pas mouillé.

Sous le Dôme, la rosée ne tombait plus.

12

Tandis que le Chef observait le visage de Jésus dans les couleurs malsaines du coucher de soleil, le troisième conseiller Andrea Grinnell, assise sur son canapé, essayait de lire. Son générateur était tombé en panne – avait-il seulement tourné ? Elle ne savait plus. Elle possédait cependant un gadget appelé Mighty Bright, une lampe qu'elle avait trouvée dans sa chaussette de Noël l'an dernier. Mise là par sa sœur Rose. Elle n'avait jamais encore eu l'occasion de l'utiliser, mais elle fonctionnait très bien. On la fixait au livre par une pince et on la mettait en marche. Simple comme bonjour. Si bien que l'éclairage n'était pas un problème. Les mots, malheureusement, si. Les mots n'arrêtaient pas de se tortiller sur les pages, échangeaient même parfois leur place, et la prose sentimentale de Nora Roberts, d'ordinaire limpide comme le cristal, n'avait pas le moindre sens. Andrea s'entêtait néanmoins, parce qu'elle ne voyait pas ce qu'elle pouvait faire d'autre.

La maison empestait, même avec les fenêtres ouvertes. Andrea était atteinte de diarrhée et la chasse des toilettes ne fonctionnait plus. Elle avait faim mais était incapable de manger. Elle avait mangé un sandwich vers cinq heures de l'après-midi – un sandwich au fromage des plus inoffensifs – et l'avait vomi dans la poubelle de la cuisine quelques minutes après. C'était d'autant plus dommage que l'avaler n'avait pas été facile. Elle transpirait abondamment ; elle s'était déjà changée une fois et allait probablement devoir se changer à nouveau (si elle y arrivait) et ses pieds ne cessaient de tressauter.

Ce n'est pas pour rien qu'on dit qu'il faut sacrément se secouer pour perdre ce genre d'habitude, pensa-t-elle. *Et jamais je ne pourrai aller à une réunion d'urgence ce soir, si jamais Jim a l'intention d'en convoquer une.*

Si elle songeait à la manière dont s'était déroulée la dernière conversation qu'elle avait eue avec Big Jim et Sanders, il valait peut-être mieux ; si jamais elle se montrait, ils ne se priveraient pas de la rudoyer un peu plus. L'obligeraient à faire des choses qu'elle n'aurait aucune envie de faire. Il valait mieux rester loin d'eux tant qu'elle n'aurait pas réglé ce… ce…

« Cette merde, dit-elle à haute voix, repoussant une mèche humide qui lui tombait dans les yeux. Cette foutue merde qui coule dans mes veines. »

Une fois qu'elle serait redevenue elle-même, elle pourrait s'opposer à Jim Rennie. Voilà longtemps qu'elle aurait dû le faire. Elle lui tiendrait tête en dépit de son pauvre dos douloureux, une vraie catastrophe sans l'OxyContin (mais pas l'horreur absolue à laquelle elle s'était attendue – ce qui avait été une heureuse surprise). Rusty aurait préféré qu'elle prenne de la méthadone. De la *méthadone*, pour l'amour du Ciel ! De l'héroïne sous un faux nom !

Si vous envisagez d'arrêter brusquement, d'un coup, surtout pas, lui avait-il dit. *Pour commencer, vous risquez d'avoir des crises d'épilepsie.*

Il avait ajouté que, de cette façon, cela lui prendrait dix jours ; mais elle ne pensait pas pouvoir attendre aussi longtemps. Pas avec cet affreux Dôme au-dessus de leurs têtes. Autant en finir tout de suite. Étant arrivée à cette conclusion, elle avait balancé toutes ses pilules – pas seulement celles de méthadone, mais celles d'OxyContin qui lui restaient et qu'elle avait retrouvées au fond du tiroir de sa table de nuit – dans les toilettes. Cela remontait à deux tirages de chasse avant que les toilettes ne tombent en panne et maintenant elle était là, assise et tremblante, cherchant à se convaincre qu'elle avait eu raison.

C'était la seule issue, se dit-elle. *La solution radicale.*

Elle voulut tourner la page de son livre et heurta le lampe Mighty Bright au passage. Le gadget tomba par terre. Son rayon de lumière s'éleva jusqu'au plafond. Andrea le regarda et, soudain, s'éleva elle-même. Et vite. Comme si elle avait pris un ascenseur express invisible. Elle eut juste le temps de regarder vers le bas et de voir son corps toujours sur le canapé, pris de tremblements incoercibles. Une bave écumeuse coulait de sa bouche sur son menton. Elle vit une tache humide s'étendre à l'entrejambe de son jean et pensa *Eh ouais, je vais devoir me changer encore, c'est clair. Si je survis à ça, évidemment.*

Puis elle passa à travers le plafond, à travers la chambre au-dessus, à travers le grenier et ses piles de caisses sombres et ses lampes hors d'usage, et de là dans la nuit. La Voie lactée se déployait au-dessus d'elle, mais quelque chose clochait. La Voie lactée était devenue rose.

Et les étoiles commencèrent à tomber.

Quelque part, loin, très loin au-dessous, Andrea entendit le corps qu'elle avait abandonné derrière elle. Il hurlait.

13

Barbie avait imaginé que Julia et lui allaient parler de ce qui était arrivé à Piper Libby dans sa voiture, pendant qu'ils quittaient la ville, mais ils gardèrent presque tout le temps le silence, chacun perdu dans ses pensées. Aucun des deux ne le dit, mais ils furent l'un et l'autre soulagés de voir s'achever ce coucher de soleil aberrant.

À un moment donné, Julia voulut mettre la radio, mais ne trouva rien en dehors de WCIK claironnant une hymne et elle coupa aussitôt.

Barbie ne parla qu'une fois, juste après qu'ils eurent quitté la Route 119 pour la voie en dur plus étroite de Motton Road, qui s'enfonçait au milieu des arbres. « Est-ce que j'ai fait ce qu'il fallait ? »

De l'avis de Julia, il avait fait beaucoup de choses remarquables pendant la confrontation dans le bureau du chef, y compris le traitement d'une épaule démise et de deux doigts déboîtés, mais elle avait compris à quoi il faisait allusion.

« Oui. Le moment était vraiment mal choisi pour essayer d'asseoir son autorité. »

Il était d'accord, mais il se sentait fatigué, démoralisé, pas à la hauteur de la tâche qu'il commençait à voir se profiler devant lui. « Je suis convaincu que les ennemis de Hitler ont dû dire la même chose. Ils l'ont dite en 1934, et ils avaient raison. En 36, et ils avaient encore raison. Et en 38 : ce n'est pas le bon moment pour l'affronter. Et quand ils se sont rendu compte que le moment était enfin venu, ils protestaient depuis Auschwitz ou Buchenwald.

– Ce n'est pas pareil.

– Ah, vous croyez ? »

Elle ne répondit pas, mais elle avait compris ce qu'il voulait dire. Hitler avait commencé, paraît-il, comme peintre en bâtiment ; Jim Rennie était vendeur de voitures d'occasion. Bonnet blanc et blanc bonnet.

Devant eux s'infiltraient des doigts de lumière entre les arbres. Ils imprimaient des intailles d'ombre sur la chaussée rapetassée de Motton Road.

Un certain nombre de camions militaires étaient garés de l'autre côté du Dôme – là où commençait la commune de Harlow – et entre trente et quarante soldats allaient et venaient, l'air très affairés. Tous avaient des masques à gaz à leur ceinture. Un camion-citerne argenté, portant l'avertissement **PRODUIT HAUTEMENT DANGEREUX NE PAS APPROCHER**, avait été garé à cul à une très courte distance d'une silhouette de porte que l'on avait peinte à la bombe sur la surface du Dôme. Un tuyau de plastique était branché sur une vanne à l'arrière du camion. Deux hommes étaient en charge de la manipulation du tuyau, dont l'extrémité à connecter n'était pas plus grosse que la pointe d'un stylo Bic. Ces hommes étaient casqués et entièrement enfermés dans une tenue brillante. Ils portaient des bouteilles d'oxygène sur le dos.

Côté Chester's Mill, il n'y avait qu'une spectatrice. Lissa Jamieson, la bibliothécaire de la ville, se tenait à côté d'une antique bicyclette équipée d'un panier sur le porte-bagage arrière. Sur le panier, il y avait un autocollant qui proclamait : QUAND LE POUVOIR DE L'AMOUR SERA PLUS FORT QUE L'AMOUR DU POUVOIR, LE MONDE CONNAÎTRA LA PAIX – JIMI HENDRIX.

« Qu'est-ce que vous fabriquez ici, Lissa ? » lui demanda Julia en descendant de voiture. Elle devait lever la main pour s'abriter les yeux, tant les lumières étaient fortes.

Lissa tripotait nerveusement le symbole égyptien qu'elle portait autour du cou, au bout d'une chaîne en argent. Son regard alla de Julia à Barbie puis revint à Julia. « Je vais faire un tour en bicyclette à chaque fois que je suis inquiète ou bouleversée par quelque chose. Il m'arrive de rouler jusqu'à minuit. Ça calme mon *pneuma*. J'ai vu des lumières et je me suis approchée. » Elle avait parlé d'un ton incantatoire, lâchant son bijou assez longtemps pour tracer un symbole compliqué dans l'air. « Et vous, qu'est-ce que vous fabriquez ici ?

– Nous sommes venus assister à une expérience, répondit Barbie. Si elle réussit, vous serez peut-être la première à quitter Chester's Mill. »

Lissa sourit. Un sourire qui paraissait un peu forcé, mais Barbie ne l'en aima que davantage pour cela. « Dans ce cas, je raterai le spécial du mardi soir au Sweetbriar Rose. C'est du pain de viande, en général, non ?

– C'est ce qui est prévu », confirma Barbie, sans ajouter que si jamais le Dôme était encore en place le mardi suivant, la *spécialité de la maison** pourrait bien être la quiche à la courgette.

« Ils ne veulent pas parler, dit Lissa. J'ai essayé. »

Un homme trapu à l'allure pète-sec sortit de derrière le camion-citerne et s'avança dans la lumière. Il était en treillis, avec un blouson, et portait un chapeau avec le logo des Maine Black Bears. La première chose qui frappa Barbie fut de constater que James O. Cox avait pris du poids. La seconde, qu'il portait un blouson épais, dont la fermeture était remontée presque jusqu'à ce qui commençait à ressembler dangereusement à un double menton. Personne d'autre – ni Barbie, ni Julia, ni Lissa – ne portait de veste. C'était inutile de ce côté-ci du Dôme.

Cox salua. Barbie lui rendit son salut, et ça lui fit du bien d'exécuter ce geste.

« Salut, Barbie, dit Cox. Comment va Ken ?

– Ken va bien, répondit Barbie. Et moi, je suis toujours la garce qui ramasse la mise.

– Pas cette fois, colonel. Cette fois, on dirait bien que vous vous êtes fait baiser dans les grandes largeurs. »

14

« Qui est-ce ? » murmura Lissa. Elle manipulait toujours son bijou. Julia se dit qu'elle allait finir par casser la chaîne, si elle continuait. « Et qu'est-ce qu'ils font là ?

– Ils essaient de nous faire sortir, répondit Julia. Et après l'échec plutôt spectaculaire de la fin de la matinée, je trouve qu'ils ont raison de faire ça en douce. » Elle s'avança. « Bonsoir, colonel Cox. Je suis votre rédactrice en chef préférée. »

Le sourire de Cox ne fut – il fallait lui reconnaître ça – que légèrement amer. « Ms Shumway. Vous êtes encore plus jolie que je l'avais imaginé.

– Je dois dire en votre faveur que vous ne vous débrouillez pas si mal avec… »

Barbie l'intercepta à trois mètres de l'endroit où se tenait Cox et la prit par les bras.

« Quoi ? demanda-t-elle.

– L'appareil photo. » Elle avait presque oublié qu'elle l'avait autour du cou jusqu'à ce qu'il lui ait montré. « Il est numérique, non ?

– Bien sûr. C'est l'appareil de rechange de Pete Freeman. » Elle était sur le point de demander ce qu'il avait, lorsqu'elle comprit toute seule. « Vous craignez qu'il soit grillé par le Dôme, hein ?

– Ça, ce serait le meilleur scénario. Rappelez-vous ce qui est arrivé au pacemaker du chef Perkins.

– Merde ! s'exclama Julia. *Merde !* J'ai peut-être mon vieux Kodak dans le coffre. »

Lissa et Cox se regardaient avec, de l'avis de Barbie, une égale fascination. « Qu'est-ce que vous allez faire ? voulut savoir la bibliothécaire. Il va y avoir encore une explosion ? »

Cox hésita. Barbie prit la parole : « Autant dire la vérité, colonel. Si vous ne le faites pas, je le ferai, moi. »

Cox soupira. « Vous tenez vraiment à une transparence totale, n'est-ce pas ?

– Et pourquoi pas ? Si jamais votre idée réussit, les gens de Chester's Mill vont chanter vos louanges. C'est uniquement par la force de l'habitude que vous nous faites des cachotteries.

– Non. Ce sont les ordres de mes supérieurs.

– Ils sont à Washington, lui fit remarquer Barbie. Et la presse est à Castle Rock, la plupart des journalistes en train de regarder un film porno sur une chaîne payante. Il n'y a que nous, pauvres cloches, ici. »

Cox soupira à nouveau et montra la silhouette de porte peinte à la bombe. « C'est là que nos hommes en tenue spéciale vont appliquer notre composé expérimental. Si nous avons de la chance, l'acide agira et nous pourrons détacher un morceau de… paroi comme on détache un morceau de vitre dans une fenêtre avec un diamant.

– Et si nous n'avons pas de chance ? demanda Barbie. Si le Dôme se décompose et dégage un gaz toxique qui nous tue tous ? C'est la raison de ces masques ?

– En réalité, répondit Cox, les scientifiques pensent qu'il y a davantage de chances que le contact avec le Dôme engendre une réaction chimique et lui fasse prendre feu. » Il vit l'expression affligée de Lissa et ajouta : « Ils considèrent ces deux possibilités comme étant d'une très faible probabilité.

– Ils peuvent toujours, dit Lissa, faisant tournoyer son bijou. Ce ne sont pas eux qui vont se faire gazer ou rôtir.

– Je comprends vos inquiétudes, madame…

– Melissa », intervint Barbie. Il lui paraissait soudain important que Cox prenne conscience qu'il y avait des *gens,* sous le Dôme, pas seulement quelques milliers de contribuables anonymes. « Melissa Jamieson. Lissa pour ses amis. Elle est la bibliothécaire de la ville. Elle est aussi conseillère d'orientation scolaire et enseigne le yoga, si je ne me trompe.

– J'ai dû laisser tomber le yoga pour le moment, dit Melissa avec un sourire nerveux. Trop d'autres choses à faire.

– Très heureux de faire votre connaissance, Ms Jamieson, dit Cox. Écoutez, c'est un risque qui mérite d'être couru.

– Si nous n'étions pas d'accord, cela vous arrêterait-il ? » demanda-t-elle.

À cette question, Cox ne répondit pas directement. « Rien n'indique que cette chose, quoi qu'elle soit, donne des signes d'affaiblissement ou de dégradation. Si nous n'arrivons pas à l'entamer, nous craignons que vous ne soyez prisonniers là-dedans pour longtemps.

– Avez-vous une idée de son origine ? Une hypothèse quelconque ?

– Non, rien », dit Cox.

Mais les yeux du colonel bougèrent d'une manière qu'aurait reconnue Rusty Everett depuis sa conversation avec Big Jim.

Barbie pensa : *Pourquoi ment-il ? Juste le vieux réflexe conditionné ? Les civils sont comme les champignons, il faut les laisser dans le noir et leur faire bouffer de la merde ?* L'affaire ne se réduisait sans doute à rien de plus. Mais cela le rendait nerveux.

« Il est puissant ? demanda Lissa. Votre acide… il est puissant ?

– Le plus corrosif qui puisse exister, pour autant que nous le sachions », répondit Cox.

Sur quoi, Melissa recula de deux grandes enjambées.

Cox se tourna vers les hommes en combinaison spatiale. « Vous êtes prêts, les gars ? »

Ils tendirent vers lui deux pouces gantés. Derrière eux, toute activité avait cessé. Les soldats, immobiles, suivaient la scène des yeux, la main sur leur masque à gaz.

« On y va, dit Cox. Barbie ? Je vous suggère d'escorter ces deux ravissantes dames à au moins cinquante mètres de…

– Regardez les étoiles », dit soudain Julia.

Elle avait parlé d'une voix douce, émerveillée. Elle était tournée vers le ciel et, sous ce visage où on lisait de l'enchantement, Barbie devina l'enfant qu'elle avait été trente ans auparavant.

Il leva aussi la tête et vit la Grande Ourse, Orion, les Pléiades. Toutes à leur place… sauf qu'elles étaient brouillées et de couleur rose. La Voie lactée avait été transformée en une longue traînée lait-framboise coupant le grand dôme de la nuit.

« Voyez-vous ce que nous voyons, Cox ? » demanda Barbie.

Le colonel leva la tête.

« Il s'agit de voir quoi ? Les étoiles ?

– Quel aspect ont-elles, pour vous ?

– Eh bien, elles sont très brillantes – nous n'avons pratiquement pas de pollution lumineuse dans le secteur. » Puis une idée le frappa et il claqua des doigts. « Et vous, qu'est-ce que vous voyez ? Elles ont changé de couleur ?

– Elles sont belles », dit Melissa. Elle ouvrait de grands yeux brillants. « Mais elles font peur, aussi.

– Elles sont roses, dit Julia. Qu'est-ce qui se passe ?

– Rien, dit Cox, mais il paraissait étrangement mal à l'aise.

– Quoi ? demanda Barbie. Videz votre sac. » Et sans réfléchir, il ajouta : « Monsieur.

– Nous avons eu un compte rendu météo à dix-neuf heures, répondit Cox, qui mettait l'accent sur les vents. Juste au cas où… Juste au cas – laissons tomber. Actuellement, le jet-stream vient de l'ouest depuis le Nebraska ou le Kansas, plonge au sud et remonte au nord vers l'océan. C'est un schéma habituel pour la fin du mois d'octobre.

– Quel rapport avec les étoiles ?

– Quand il remonte ainsi, il passe au-dessus de beaucoup d'agglomérations et de villes industrielles. Ce qu'il ramasse au passage se dépose sur le Dôme au lieu d'être emporté vers le nord, c'est-à-dire le Canada et l'Arctique. Il y en a actuellement assez pour créer une sorte de filtre optique. Je suis sûr que ce n'est pas dangereux…

– Pas *encore* dangereux, dit Julia. Mais dans une semaine, dans un mois ? Allez-vous nettoyer ce truc au jet d'eau à trente mille pieds, quand il va commencer à faire noir là-dedans ? »

Avant que Cox ait pu répondre, Lissa Jamieson poussa un cri et montra le ciel. Puis elle se cacha le visage dans les mains.

Les étoiles roses tombaient, laissant des traînées brillantes derrière elles.

15

« Encore un peu de dope, sivousplaît », dit Piper d'une voix rêveuse pendant que Rusty l'auscultait.

Il lui tapota la main droite – la gauche était sérieusement écorchée. « Non. Je vous en ai donné assez. Vous êtes officiellement shootée.

– Jésus exige que j'aie davantage de dope, insista-t-elle de la même voix rêveuse. Je veux être shootée au max.

– Bon, je vais peut-être prendre ça en considération. »

Elle s'assit. Rusty essaya de l'obliger à se rallonger, mais il ne pouvait appuyer que sur son épaule droite et ça ne suffisait pas. « Est-ce que je pourrai sortir d'ici demain ? Il faut que je retourne voir le chef Randolph. Ces petits salauds ont violé Sammy Bushey.

– Et ils auraient pu vous tuer, dit Rusty. En dépit de votre épaule déboîtée, vous avez eu beaucoup de chance en tombant. Laissez-moi m'occuper de Sammy.

– Ces flics sont dangereux. » Elle posa la main sur le poignet de Rusty. « Ils ne peuvent pas rester dans la police. Ils vont s'en prendre à quelqu'un d'autre (elle se passa la langue sur les lèvres). J'ai la bouche tellement sèche.

– Ça peut s'arranger, mais il faut vous allonger.

– Est-ce que vous avez fait des prélèvements de sperme, sur Sammy ? Pouvez-vous les comparer à l'ADN des garçons ? Parce que dans ce cas, je vais tanner Peter Randolph jusqu'à ce qu'il les oblige à donner des échantillons. Je vais le tanner jour et nuit.

– Nous n'avons pas le matériel pour faire les tests comparatifs », dit Rusty. *Sans compter que nous n'avons pas fait de prélèvements de sperme. Parce que Gina Buffalino l'a lavée, à la demande de Sammy elle-même.* « Je vais vous chercher quelque chose à boire. Tous les frigos sont arrêtés, sauf ceux des labos, pour économiser le courant, mais il y a une glacière au poste des infirmiers.

– Du jus, dit-elle en fermant les yeux. Oui, du jus me fera du bien. Orange ou pomme. Pas de jus de légumes. Trop salé.

– Ce sera pomme de toute façon. Vous êtes aux liquides clairs, ce soir.

– Mon chien me manque », murmura-t-elle.

Puis elle détourna la tête. Rusty pensa qu'elle serait probablement endormie le temps qu'il aille chercher la boisson.

Il n'avait parcouru qu'une courte distance dans le couloir que Twitch apparaissait à l'angle, jaillissant comme un diable du poste des infirmiers. Il écarquillait les yeux, le regard fou. « Viens voir dehors, Rusty !

– Dès que j'aurai donné son jus à la rév…

– Non, tout de suite ! Faut que tu voies ça ! »

Rusty revint rapidement chambre 29 et jeta un coup d'œil. Piper ronflait de manière fort peu féminine – rien d'étonnant, vu l'état de son nez.

Il suivit Twitch dans le couloir, presque obligé de courir pour ne pas se laisser distancer par les longues foulées de l'ambulancier. « Qu'est-ce que c'est ? Qu'est-ce qui se passe encore ?

– Peux pas te l'expliquer ! de toute façon tu ne me croirais sans doute pas si j'essayais. Il faut que tu voies ça par toi-même. »

Il enfonça littéralement les portes du vestibule.

Debout dans l'allée, sous la marquise qui protégeait les ambulances à leur arrivée, il y avait déjà Ginny Tomlinson, Gina Buffalino ainsi qu'Harriet Bigelow, une amie de Gina que celle-ci avait recrutée pour donner un coup de main à l'hôpital. Les trois femmes se tenaient par le bras, comme pour se réconforter mutuellement, et contemplaient le ciel.

Il était rempli d'étoiles roses éclatantes ; beaucoup paraissaient tomber en laissant de longues traînées fluorescentes derrière elles. Un frisson remonta le long du dos de Rusty.

Judy avait prédit ça, se dit-il. *Les étoiles roses tombent en lignes. Et c'était ça. Exactement ça*

À croire que le ciel lui-même dégringolait autour d'eux.

16

Alice et Aidan Appleton dormaient quand les étoiles commencèrent à tomber, mais pas Thurston Marshall ni Carolyn Sturges. Ils regardaient descendre les longues traînées roses et brillantes depuis le jardin de leur maison d'emprunt. Certaines traces s'entrecroisaient et, quand cela se produisait, on avait l'impression que des runes roses venaient s'inscrire dans le ciel avant de s'estomper.

« C'est la fin du monde ? demanda Carolyn.

– Pas du tout, dit-il. Il s'agit d'une simple pluie de météorites. C'est le plus souvent à l'automne qu'on observe ce phénomène en Nouvelle-Angleterre. Je crois qu'il est trop tard dans l'année pour que ce soit les Perséides ; il s'agit donc sans doute d'un évènement exceptionnel, des poussières et des débris rocheux provenant d'un astéroïde qui se sera désintégré il y a un milliard d'années. Pense un peu à ça, Caro ! »

Elle n'en avait pas trop envie. « Les pluies de météorites sont toujours roses ?

– Non. Je crois qu'elles doivent paraître blanches de l'autre côté du Dôme ; mais nous, nous les voyons à travers une pellicule de poussière et de particules. À travers la pollution, en d'autres termes. C'est ce qui change la couleur. »

Elle pensa à ce qu'il venait de lui dire tandis qu'ils regardaient, silencieux, la débauche lumineuse dans le ciel. « Dis-moi, Thurston, le petit garçon… Aidan… quand il a eu sa crise ou je ne sais quoi, il a dit…

– Je me souviens de ce qu'il a dit. "Les étoile roses tombent, et elles font des lignes derrière elles."

– Comment pouvait-il le savoir ? »

Thurston se contenta de secouer la tête.

Carolyn se serra plus fort contre lui. En de tels moments (même si, en réalité, elle n'avait jamais connu de moments semblables de toute sa vie), elle était contente que Thurston fût assez âgé pour être son père. En ce moment, elle aurait même été ravie qu'il *fût* son père.

« Comment a-t-il pu savoir que le phénomène allait se produire ? Comment ? »

17

Aidan avait dit autre chose, pendant son moment de prophétie : *Tout le monde regarde.* Et à neuf heures et demie, ce lundi soir, au moment où la pluie d'étoiles filantes atteignait son paroxysme, c'était vrai.

La nouvelle se répand via les téléphones portables et les courriels, mais surtout à l'ancienne mode – par le bouche-à-oreille. À dix heures et quart la foule a envahi Main Street et contemple le feu d'artifice silencieux. La plupart des gens gardent eux aussi le silence. Quelques personnes pleurent. Leo Lamoine, fidèle membre de l'Église du Christ-Rédempteur du révérend Coggins, hurle que c'est l'Apocalypse, qu'il a vu les Quatre Cavaliers dans le ciel, que le Ravissement va commencer et ainsi de suite. Sam Verdreaux le Poivrot – de retour dans la rue depuis trois heures de l'après-midi, à jeun mais de mauvaise humeur – rétorque à Leo que, s'il ne la ferme pas avec son Apocamachin, il va voir trente-six chandelles en plus des étoiles. Rupert Libby, la main sur la crosse de son pistolet en tant que membre de la police de Chester's Mill, déclare aux deux hommes de la fermer parce qu'ils flanquent la frousse à tout le monde. Comme si tout le monde n'avait pas déjà la frousse. Willow et Tommy Anderson sont dans le parking du Dipper's, Willow pleurant contre l'épaule de son frère. Rose Twitchell se tient à côté d'Anson Wheeler devant le Sweetbriar Rose ; tous deux ont encore leur tablier et se tiennent par l'épaule. Norrie Calvert et Benny Drake sont avec leurs parents et, lorsque la main de Norrie se glisse dans celle de Benny, il est pris d'une excitation que les étoiles filantes ne pourront jamais battre. Jack Cale, le gérant du Food City, est sorti dans le parking du magasin. Jack a appelé son prédécesseur, Ernie Calvert, un peu plus tôt dans l'après-midi, pour lui demander s'il ne pouvait pas lui donner un coup de main ; il voulait faire l'inventaire complet des stocks dont il dispose. Ils étaient en plein boulot, espérant en avoir terminé à minuit, lorsque la rumeur furieuse s'est mise à gronder dans Main Street. Ils se tiennent à présent côte à côte et regardent tomber les étoiles roses. Stewart et Fernald Bowie sont aussi devant leur salon funéraire, la tête levée. Henry Morrison et Jackie Wettington se trouvent en face du salon funéraire en compagnie de Chaz Bender, lequel est prof d'histoire au lycée. « C'est simplement une pluie de météorites vue à travers une brume de pollution », explique Chaz à Jackie et Henry… non sans une note d'émerveillement inquiet dans la voix.

Le fait que l'accumulation de particules de matière soit responsable du changement de couleur des étoiles fait prendre conscience de la situation aux gens d'une manière nouvelle, et ils sont progressivement de plus en plus nombreux à pleurer. C'est un bruit doux, presque comme la pluie.

Big Jim, lui, s'intéresse moins à un paquet de lumières dépourvues de sens dans le ciel qu'à la façon dont la population va *interpréter* le phénomène. Il espère que ce soir, ils se contenteront de rentrer chez eux. Demain, toutefois, les choses risquent d'être différentes. Et la peur qu'il lit sur tant de visages n'est pas forcément une mauvaise chose. Les gens qui ont peur ont besoin d'un chef énergique et s'il y a bien une chose que Big Jim sait pouvoir leur fournir, c'est un leadership énergique.

Il se trouve devant les portes du poste de police avec Peter Randolph et Andy Sanders. En contrebas, se tiennent ses enfants à problèmes : Thibodeau, Searles, la petite Roux et l'ami de Junior, Frank. Big Jim descend les marches sur lesquelles Piper Libby a dégringolé un peu plus tôt (*Elle aurait pu nous faire une fleur et se rompre le cou*, pense-t-il) et tape sur l'épaule de Frankie. « Le spectacle te plaît, Frankie ? »

Les grands yeux effrayés du jeune homme lui donnent l'air d'avoir douze ans et non vingt-deux ou vingt-trois. « Qu'est-ce que c'est, Mr Rennie ? Vous le savez ?

– Une pluie de météorites. Juste le bon Dieu qui envoie un petit bonjour aux siens. »

Frank DeLesseps se détend un peu.

« Nous allons rentrer », dit Big Jim avec un geste du pouce en direction de Randolph et d'Andy, qui regardent toujours le ciel. « Nous allons discuter un petit moment, ensuite je vous ferai venir, tous les quatre. Je veux que vous me racontiez tous la même bon sang d'histoire de cueilleurs de coton. C'est bien compris ?

– Oui, Mr Rennie. »

Mel Searles regarde Big Jim en ouvrant des yeux grands comme des soucoupes, bouche bée. Big Jim se dit que son QI doit laborieusement stagner autour de soixante-dix. Ce qui n'est pas forcément plus mal, non plus. « On dirait la fin du monde, Mr Rennie.

– Mais non, c'est absurde. Es-tu sauvé, au moins, fiston ?

– Je crois, répond Mel.

– Alors, tu n'as rien à craindre. » Big Jim les parcourt tous les quatre des yeux, s'arrêtant finalement sur Carter Thibodeau. « Et le chemin du salut, ce soir, c'est que vous racontiez tous la même chose. »

Les morts ne voient pas, eux non plus, à moins qu'ils ne regardent d'un lieu plus éclatant que cette plaine obscure où des armées ignorantes s'affrontent de nuit. Myra Evans, Duke Perkins, Chuck Thompson et Claudette Sanders sont rangés dans le sous-sol du salon funéraire Bowie ; le Dr Haskell, Mr Carty et Rory Dinsmore attendent dans la morgue de l'hôpital Catherine-Russell ; Lester Coggins, Dodee Sanders et Angie McCain sont toujours entassés dans l'arrière-cuisine des McCain. Avec Junior. Il s'est glissé entre Dodie et Angie et leur tient la main. Il a mal à la tête, mais pas trop. Il se dit qu'il pourrait passer la nuit ici.

Sur Motton Road, à Eastchester (non loin de l'endroit où se poursuivent, sous l'étrange ciel rose, les tentatives pour ouvrir une brèche à l'acide dans la paroi du Dôme), Jack Evans, le mari de feu Myra, se tient dans son jardin, une bouteille de Jack Daniel's dans une main, son arme de défense privée préférée (un Ruger SR9) dans l'autre. Il boit et regarde tomber les étoiles. Il sait de quoi il retourne et à chacune il émet un vœu, et ce vœu est de mourir, car sans Myra, sa vie a perdu tout son sens. Il pourrait vivre sans elle, il pourrait aussi vivre comme un rat dans une cage de verre, mais pas les deux à la fois. Quand la chute des météores commence à devenir intermittente – vers les dix heures et quart, soit trois quarts d'heure après le début – il avale la dernière rasade de Jack D., jette la bouteille sur le gazon et se fait sauter la cervelle. Il est le premier suicidé officiel de Chester's Mills.

Il ne sera pas le dernier.

Tout le monde ne voit pas la pluie d'étoiles roses. Comme les petits Appleton, les deux filles des Everett dorment à poings fermés. Piper aussi. Ainsi qu'Andrea Grinnell. Et le Chef, étalé sur l'herbe desséchée à côté de ce qui est peut-être le plus grand atelier de fabrication de méthamphétamine de tous les États-Unis. Pareil aussi pour Brenda Perkins, qui a pleuré jusqu'à ce que le sommeil l'emporte. Elle est allongée sur le canapé, les feuilles imprimées du dossier VADOR éparpillées autour d'elle.

18

Barbie, Julia et Melissa Jamieson regardèrent en silence les deux hommes en tenue spatiale retirer la fine extrémité du tuyau. Ils le déposèrent dans un sac en plastique opaque à fermeture à glissière, puis mirent le sac fermé dans une caisse métallique sur laquelle était écrit au pochoir **MATÉRIEL DANGEREUX**. Puis ils fermèrent la caisse avec deux clefs différentes et retirèrent enfin leur casque. Ils paraissaient fatigués, démoralisés, et avoir trop chaud.

Deux hommes plus âgés – trop âgés pour être des soldats – éloignèrent une machine compliquée montée sur roues du lieu de l'expérience à l'acide, laquelle avait été renouvelée trois fois. Barbie supposa que les deux hommes plus âgés, peut-être des scientifiques de la NSA, avaient procédé à une analyse spectrographique. Ou essayé. Ils avaient repoussé haut sur leur front les masques à gaz (portés pendant la tentative) qui leur faisaient maintenant un chapeau bizarre. Barbie aurait pu demander à Cox quel était le but de l'expérience et Cox lui aurait peut-être répondu franchement, mais Barbie aussi était démoralisé.

Au-dessus de leurs têtes, les dernières météorites striaient le ciel.

Lissa montra la direction d'Eastchester. « J'ai cru entendre quelque chose comme un coup de feu, dit-elle.

– Sans doute un pot d'échappement ou un gosse qui a lancé un pétard », dit Julia.

Elle aussi était fatiguée et abattue. À un moment donné, quand il était devenu clair que l'expérience – la tentative de dissolution à l'acide – allait échouer, Barbie l'avait surprise qui s'essuyait les yeux. Ce qui ne l'avait pas empêchée de continuer à prendre des photos, même si c'était avec son Kodak.

Cox s'avança alors vers eux, précédé de deux ombres portées à cause des projecteurs. Il eut un geste en direction de l'endroit où on avait peint une porte sur le Dôme. « Je dirais que cette petite aventure a coûté environ un quart de million de dollars aux contribuables américains, sans compter les dépenses en recherche et développement pour mettre l'acide au point. L'acide qui a bouffé la peinture mais qui pour le reste n'a rien branlé.

– Votre langage, colonel, dit Julia avec un fantôme de son ancien sourire sur les lèvres.

– Merci, madame la rédactrice en chef, répliqua Cox d'un ton amer.

– Avez-vous vraiment cru que cela pourrait marcher ? s'enquit Barbie.

– Non, mais je ne croyais pas non plus vivre assez longtemps pour voir un homme sur Mars, et les Russes prétendent qu'ils vont y envoyer un équipage de quatre personnes en 2020.

– Oh, je comprends tout, intervint Julia. Les Martiens en ont entendu parler et ils sont furieux.

– Si c'est le cas, ils se sont trompés de pays pour leurs représailles », dit Cox sans se démonter.

Barbie crut voir quelque chose dans son regard.

« Degré de certitude, Jim ? demanda-t-il doucement.

– Pardon ?

– Sur le fait que le Dôme a été mis en place par des extraterrestres ? »

Julia s'avança de deux pas. Elle était pâle, mais ses yeux lançaient des éclairs. « Dites-nous ce que vous savez, nom d'un chien ! »

Cox leva la main. « Stop. Nous ne savons *rien*. Nous avons formulé une vague hypothèse, c'est tout. Approchez-vous, Marty. »

L'un des deux gentlemen plus âgés qui avaient conduit le test s'approcha du Dôme. Il tenait son masque à gaz par la sangle.

« Votre analyse ? » demanda Cox. Comme l'homme hésitait, il ajouta : « Vous pouvez parler librement.

– Eh bien… », commença Marty. Il haussa les épaules. « Des traces de minéraux. Venues du sol, portées par l'air, comme les polluants. Sinon, rien. Si l'on en croit l'analyse spectrographique, ce truc n'est pas là.

– Et le HYC-908 ? L'acide, ajouta Cox à l'intention de Barbie, Julia et Lissa.

– Disparu. Le truc qui n'est pas là l'a bouffé.

– Et c'est possible, en fonction de ce que vous savez ?

– Non. Mais le Dôme non plus n'est pas possible, en fonction de ce que nous savons.

– Et cela vous conduit-il à supposer que le Dôme serait l'œuvre d'une forme de vie ayant une connaissance plus avancée que la nôtre des lois de la physique, de la chimie, de la biologie, de tout ce que vous voudrez ? » Comme Marty hésitait, une nouvelle fois, Cox répéta ce qu'il avait déjà dit : « Vous pouvez parler librement.

– C'est une possibilité. Il se peut aussi qu'un super-méchant tout à fait humain ait concocté ce truc. Un Lex Luthor bien réel. Ou cela pourrait être encore l'œuvre d'un pays renégat, comme la Corée du Nord.

– Qui ne l'a pas encore revendiqué, hein ? demanda un Barbie sceptique.

– Je pencherais plutôt pour des extraterrestres », répondit Marty. Il donna un léger coup sur le Dôme sans grimacer ; il avait déjà eu droit à son petit choc. « Comme la plupart des scientifiques qui travaillent en ce moment sur la question – si l'on peut dire qu'on y travaille, dans la mesure où nous ne faisons *rien*, en fait. C'est la règle Sherlock Holmes : quand on a éliminé l'impossible, la réponse, aussi improbable qu'elle soit, est ce qui reste.

– Quelqu'un – ou quelque chose – a-t-il débarqué d'une soucoupe volante et exigé de parler à notre chef ? demanda Julia.

– Non, dit Cox.

– Le sauriez-vous, si ç'avait été le cas ? »

Tout en posant sa question, Barbie se dit : *Avons-nous vraiment cette discussion ? Ou est-ce que je rêve ?*

« Pas nécessairement, admit Cox.

– Il pourrait encore s'agir d'un phénomène météorologique, reprit Marty. Fichtre, biologique, même. Une chose vivante. Il y a même une école de pensée pour laquelle ce truc est une sorte d'hybride d'*E. coli.*

– Colonel, intervint à son tour Julia, sommes-nous l'objet d'une expérience ? Parce que c'est l'impression que cela nous donne. »

Melissa Jamieson, pendant ce temps, s'était tournée dans la direction du hameau d'Eastchester et de ses belles maisons. La plupart étaient maintenant sans lumières, soit faute de générateur, soit pour économiser le carburant.

« C'était un coup de feu, dit-elle. Je suis certaine que c'était un coup de feu. »

SENTIR LE TRUC

1

En dehors de la politique au niveau local, Big Jim Rennie n'avait qu'un vice – une passion pour le basket-ball scolaire féminin en général et pour l'équipe des Lady Wildcats en particulier. Il prenait chaque année un abonnement pour la saison depuis 1998 et assistait au moins à douze parties dans l'année. En 2004, année où les Lady Wildcats avaient remporté le championnat d'État classe D, il avait assisté à tous les matchs. Et si les autographes que remarquaient ses visiteurs, quand il les invitait dans le bureau de son domicile, étaient inévitablement ceux de Tiger Woods, Dale Earnhardt et Bill « Spaceman » Lee, celui dont il était le plus fier – celui qui lui était le plus précieux – restait l'autographe de Hanna Compton, la petite avant qui avait conduit les Lady Wildcats au seul et unique Ballon d'Or dans l'histoire de l'équipe.

Lorsqu'on est abonné, on finit par connaître les autres abonnés et les raisons pour lesquelles ils sont des fans du sport. Beaucoup étaient des proches des joueuses (et souvent les chevilles ouvrières du Booster Club, organisateurs de ventes de pâtisseries maison et autres manifestations de collecte de fonds destinées à financer les déplacements de plus en plus onéreux de l'équipe). D'autres étaient des puristes du basket-ball capables de vous affirmer – justifications à l'appui – que ce sport était beaucoup mieux quand il était pratiqué par les femmes. Les jeunes joueuses s'investissaient dans l'esprit d'équipe à un degré que n'atteignaient que rarement les garçons (lesquels aimaient aussi aller faire la bringue en ville). La cadence du jeu était moins rapide, permettant de mieux suivre la partie, de mieux apprécier le jeu de balle et les passes. Les fans de basket féminin appréciaient la faible quantité de points marqués, ce que méprisaient au contraire les amateurs de basket masculin, observant que les filles mettaient trop l'accent sur la défense et les faux tirs, ce qui était la définition même de la stratégie de la vieille école.

Et il y avait aussi des types qui, tout simplement, adoraient regarder des adolescentes aux longues jambes courir en short sur un parquet.

Big Jim partageait toutes ces raisons d'aimer le basket féminin, mais sa passion avait une origine entièrement différente, une chose dont il ne faisait jamais état quand il discutait d'une partie avec les autres fans. Il aurait été peu politique de le faire.

Les filles prenaient le sport plus à cœur et cela faisait d'elles de meilleures « haïsseuses ».

Certes, les garçons voulaient gagner et il arrivait qu'une partie dégénère en pugilat, en particulier quand ils affrontaient un rival traditionnel (les Castle Rock Rockets, dans le cas précis, pour lesquels les Wildcats n'avaient que mépris) ; mais pour les garçons, il s'agissait avant tout de réussite personnelle. De faire leur numéro de machos, en d'autres termes. Et quand c'était fini, c'était fini.

Les filles, en revanche, détestaient perdre. Elles repartaient tête basse dans les vestiaires et ruminaient leur défaite. Plus important, elles la méprisaient et la haïssaient en tant qu'équipe. Big Jim avait une antenne pour ce genre de choses ; pendant une dispute brouillonne autour du ballon, en deuxième mi-temps, alors qu'il y avait égalité ou presque, il sentait cette vibration particulière – *bouge-toi, espèce de garce, ce ballon est pour MOI.* Il la sentait et s'en repaissait.

Avant 2004, les Lady Wildcats n'avaient réussi à accéder au tournoi d'État qu'une fois en vingt ans, accession qui s'était résumée à une seule apparition-élimination. Puis Hanna Compton était arrivée. La plus grande « haïsseuse » de tous les temps, de l'avis de Big Jim.

En tant que fille de Dale Compton, un ouvrier du bois efflanqué de Tarker's Mill, la plupart du temps ivre et tout le temps querelleur,

Hanna avait eu une excellente formation dans l'art du *tire-toi de mon chemin.* Alors qu'elle n'était pas encore en terminale, le coach lui avait fait jouer les deux dernières parties de la saison dans l'équipe *junior varsity* (JV) des Lady Wildcats ; elle avait marqué plus de points que tout le monde et avait séché son opposante des Richmond Bobcats (laquelle s'était retrouvée par terre, se tordant de douleur) lors d'une manœuvre défensive rugueuse mais non fautive.

À la fin de la partie, Big Jim avait coincé le coach : « Si vous ne prenez pas cette fille l'année prochaine, c'est que vous êtes cinglé.

– Je ne suis pas cinglé », avait répondu le coach.

Hanna avait commencé sur les chapeaux de roues et terminé encore plus sur les chapeaux de roues, laissant derrière elle une piste éclatante dont les fans des Wildcats parlaient encore des années après (moyenne de points de la saison : 27,6 par match). Elle était capable de repérer à tout moment l'occasion d'un lancer à trois points – et de le réussir – mais là où Big Jim la préférait, c'était quand elle enfonçait la défense adverse et fonçait vers le panier, son visage de dogue plissé dans un ricanement de concentration, ses yeux noirs brillants défiant quiconque de se mettre sur son chemin, sa courte queue-de-cheval pointant derrière sa tête comme un majeur dressé. Le deuxième conseiller et premier vendeur de voitures d'occasion de Chester's Mill était tombé amoureux.

Au cours du championnat universitaire 2004, les Lady Wildcats menaient les Rock Rockets de dix points lorsque Hanna avait fait une faute qui l'avait envoyée sur le banc de touche. Heureusement, il ne restait que dix minutes à jouer. Les Wildcats avaient gagné, mais seulement d'un point. Sur les quatre-vingt-six points de la victoire, Hanna en avait marqué à elle seule le total faramineux de *soixante-trois.* Ce printemps-là, son grincheux de père avait acquis une Cadillac flambant neuve, vendue avec un rabais de quarante pour cent par James Rennie père. Les voitures neuves n'étaient pas la spécialité de Big Jim, mais quand il en voulait une « tombée du train » il y parvenait toujours.

Installé dans le bureau de Pete Randolph, alors que s'estompaient les dernières traînées roses laissées par la pluie de météorites et que ses enfants à problèmes attendaient (avec anxiété, espérait Big Jim) d'être convoqués pour apprendre le sort qui leur était réservé, Big Jim évoqua la fabuleuse partie, la partie quasi mythique sur laquelle s'était terminé le championnat 2004. Elle avait mal commencé pour les Lady Wildcats, qui accumulèrent jusqu'à neuf points de retard.

Hanna s'était lancée dans la partie avec la détermination obtuse d'un Joseph Staline prenant le pouvoir en Russie, ses yeux noirs lançant des éclairs (et apparemment braqués sur quelque nirvana du basket invisible pour le reste des mortels), visage figé dans cet éternel ricanement qui disait *je suis plus forte que toi, je suis la meilleure, tire-toi de mon chemin ou tu vas te retrouver le cul par terre.* Tout ce qu'elle avait lancé pendant les huit premières minutes ayant suivi son entrée était tombé dans le panier, y compris un tir du milieu du terrain effectué alors qu'elle s'emmêlait les pieds et ne s'était débarrassée du ballon que pour ne pas encourir de pénalité.

Il y avait des expressions pour décrire ce genre d'action, la plus courante étant se trouver *dans la zone.* Mais celle que préférait Big Jim était *sentir le truc* comme dans « elle sent vraiment le truc, maintenant ». À croire que le jeu aurait possédé une texture matérielle inaccessible aux joueurs ordinaires (même s'il pouvait arriver que des joueurs ordinaires *sentent le truc,* un bref instant transformés en dieux ou déesses, tous leurs défauts abolis pendant ce passage transitoire par la divinité), une texture que l'on pouvait toucher, certains soirs particuliers : une merveilleuse et somptueuse draperie comme celles qui devaient orner les boiseries du Walhalla.

Hanna Compton ne put jamais aller jouer dans l'équipe junior ; le championnat scolaire avait été son chant du cygne. Cet été-là son père, ivre au volant, s'était tué et avait tué sa femme et ses trois filles en revenant à Tarker's Mill du Brownie's où ils étaient allés en famille déguster des crèmes glacées. La Cadillac vendue par Big Jim à prix d'ami avait été leur cercueil.

L'accident aux cinq victimes avait fait les manchettes dans le Maine Occidental – *The Democrat* de Julia Shumway avait publié une édition entourée d'un bandeau noir cette semaine-là – mais Big Jim n'avait pas été frappé de chagrin. Hanna n'aurait jamais pu jouer une fois au collège, à son avis ; les filles étaient plus grandes et elle se serait trouvée ravalée au rang d'utilité. Statut qu'elle n'aurait jamais accepté. Sa haine carburait à l'action permanente sur le parquet. Big Jim comprenait cela parfaitement. Il sympathisait entièrement. Telle était la raison principale pour laquelle il n'avait jamais seulement envisagé de quitter Chester's Mill. Il aurait pu se faire davantage d'argent dans le vaste monde, mais la richesse était la petite bière de l'existence. Le pouvoir en était le champagne.

En temps ordinaire, être le patron de Chester's Mill, c'était déjà bien ; en temps de crise, c'était sensationnel. En de tels moments, on volait sur les ailes pures de l'intuition, certain de ne pouvoir se planter, de ne pouvoir *absolument pas* se planter. On savait ce qu'allait être la défense adverse avant même que celle-ci se soit constituée et on marquait un point chaque fois qu'on avait le ballon. On *sentait le truc*, et il n'y avait jamais meilleur moment pour que cela se produise que dans un match de championnat.

Or c'était *sa* partie de championnat, et il avait tous les atouts. Il avait le sentiment – la conviction absolue – que rien ne pouvait mal tourner pendant ce passage magique ; ce qui apparaissait comme un obstacle devenait une occasion à saisir, semblable en cela au lancer désespéré d'Hanna depuis le milieu du terrain – lancer qui avait soulevé tout le centre civique de Derry, fait hurler les fans de Chester's Mill et délirer d'incrédulité ceux de Castle Rock.

Et il sentait le truc. Raison pour laquelle il n'était pas fatigué, alors qu'il aurait dû être épuisé. Raison pour laquelle il ne s'inquiétait pas pour Junior, en dépit des réticences de son fils, de sa pâleur, de son attitude méfiante. Raison pour laquelle il ne s'inquiétait pas pour Dale Barbara et son agaçante petite clique d'amis, notamment cette garce de journaliste. Raison pour laquelle lorsque Peter Randolph et Andy Sanders le regardèrent, estomaqués, Big Jim se contenta de sourire. Il pouvait se permettre de sourire. Il *sentait le truc.*

« Fermer le supermarché ? demanda Andy. Est-ce que ça ne risque pas de rendre beaucoup de gens furieux, Big Jim ?

– Le supermarché *et* le Gas & Grocery », le corrigea Big Jim sans se départir de son sourire. « Le Brownie's, ce n'est pas la peine de s'en occuper, il est déjà fermé. Ce qui n'est pas plus mal – un sale petit endroit comme ça. » *Qui vend de sales revues cochonnes*, ajouta-t-il *in petto*.

« Voyons, Jim, il y a encore des stocks importants au Food City, objecta Randolph. J'en ai parlé à Jack Cale juste cet après-midi. Pas beaucoup de viande, mais pour le reste, il y a ce qu'il faut.

– Je le sais, dit Big Jim. Je sais ce qu'est un inventaire et Jack aussi. Normal, il est juif.

– Eh bien..., poursuivit Randolph, je dis simplement que les choses se sont plutôt bien passées, jusqu'ici, parce que les gens ont des réserves de nourriture dans leurs placards. » Son visage s'éclaira. « Ce qu'on peut faire, c'est réduire les heures d'ouverture du Food City. Je crois qu'on pourrait demander à Jack de faire ça. Il y a probablement déjà pensé. »

Big Jim secoua la tête, souriant toujours. Encore un exemple que les choses tournaient bien pour vous quand on *sentait le truc*. Duke Perkins aurait considéré comme une erreur de mettre la ville un peu plus sous pression, en particulier après l'évènement céleste déstabilisant de cette nuit. Duke était mort, à présent, ce qui était plus que commode : divin.

« Fermés, cadenassés, répéta Big Jim. Tous les deux. Comme des coffres-forts. Et quand ils rouvriront, c'est *nous* qui procéderons aux distributions. Les stocks tiendront plus longtemps et la répartition sera plus juste. J'annoncerai le plan de rationnement à la réunion de jeudi prochain. » Il marqua une pause. « Si le Dôme n'a pas disparu d'ici là, bien sûr. »

C'est d'un ton hésitant qu'Andy parla : « Je ne suis pas certain que nous ayons l'autorité légale pour fermer des commerces, Big Jim.

– Dans une crise comme celle-ci, non seulement nous avons l'autorité, mais c'est même notre responsabilité. » Il donna une solide tape dans le dos du nouveau chef de la police de Chester's Mill. Randolph ne s'y attendait pas et poussa un petit couinement surpris.

« Et si ça déclenche une panique ? dit Andy, sourcils froncés.

– D'accord, c'est une possibilité, répondit Big Jim. Quand on donne un coup de pied dans un nid de souris, il y a des chances pour qu'elles se mettent à courir partout. Nous allons devoir sérieusement renforcer nos forces de police si cette crise ne se termine pas rapidement. Oui, sérieusement. »

Randolph parut interloqué. « On en est à vingt officiers, à l'heure actuelle. Y compris… » Il eut un mouvement de la tête en direction de la porte.

« Ouais, et puisque nous parlons de ces gaillards, autant les faire venir tout de suite, chef, qu'on puisse finir le boulot et les envoyer se coucher. Je crois qu'ils vont avoir une journée chargée, demain. »

Et s'ils se font passer un bon petit savon, ce sera encore mieux. C'est ce qu'ils méritent pour ne pas avoir laissé leur matraque dans leur pantalon.

2

Frank, Carter, Mel et Georgia entrèrent en traînant des pieds, tels des suspects alignés par la police. Visage fermé, ils arboraient une expression provocante qui n'était pas très convaincante ; elle aurait fait rire Hanna Compton. Ils avaient les yeux baissés et étudiaient leurs chaussures. Il était clair, pour Big Jim, qu'ils s'attendaient à être virés, sinon pire, ce qui lui convenait parfaitement bien. La peur était l'émotion la plus facile à manier.

« Eh bien, dit-il, voici nos courageux policiers. »

Georgia Roux marmonna quelque chose.

« Parle plus fort, ma jolie, dit Big Jim en mettant une main en cornet à son oreille.

– J'ai dit qu'on n'avait rien fait de mal, répondit-elle, toujours sur le ton *pourquoi le prof est méchant avec moi ?*

– Dans ce cas, qu'avez-vous fait, exactement ? » Comme Georgia, Frank et Carter se mettaient tous à parler ensemble, il montra Frankie. « Toi. » *Et arrange-toi pour être crédible, pour l'amour du Ciel !*

« Nous étions devant chez elle, dit Frank, et elle nous a invités à entrer.

– Tout juste ! s'écria Georgia, croisant les bras sous sa formidable poitrine. Elle…

– Toi, la ferme. » Big Jim tendit un index charnu vers Georgia. « Il n'y en a qu'un qui parle au nom de tout le monde. C'est comme ça, quand on travaille en équipe. Vous n'êtes pas une équipe ? »

Carter Thibodeau vit où Rennie voulait en venir. « Si, monsieur.

– Content de te l'entendre dire. »

Big Jim fit signe à Frank de continuer.

« Elle a dit qu'elle avait des bières au frais, reprit Frank. C'était pour ça qu'on était dehors. On peut plus en acheter en ville, comme vous savez. Bref, nous étions tranquillement assis, à boire nos bières – juste une boîte chacun, on était pratiquement plus en service…

– Plus en service *du tout*, intervint le chef. C'est bien ça que tu veux dire, hein ? »

Frank hocha respectueusement la tête. « Oui, monsieur, c'est ce que j'ai voulu dire. On a fini nos bières et on a dit qu'on devrait peut-être y aller, mais elle a dit qu'elle appréciait ce qu'on faisait, tous, et elle voulait nous remercier. Sur quoi elle a plus ou moins écarté les cuisses…

– Elle nous a même montré sa chatte », précisa Mel avec un grand sourire d'abruti.

Big Jim grimaça, soulagé qu'Andrea Grinnell ne fût pas là. Droguée ou pas, elle aurait pu lui faire une crise de politiquement correct, dans une telle situation.

« Elle nous a fait passer dans sa chambre un par un, poursuivit Frankie. Je sais que nous n'aurions pas dû le faire, et nous sommes tous désolés, mais c'était purement volontaire de sa part.

– Je n'en doute pas, dit le chef Randolph. Cette fille a déjà une sacrée réputation. Son mari aussi. Vous n'avez pas trouvé de drogue chez elle, n'est-ce pas ?

– Non monsieur, répondirent les quatre d'une seule voix.

– Et vous ne lui avez pas fait de mal ? demanda Big Jim. J'ai cru comprendre qu'elle se plaignait d'avoir été frappée, ou je ne sais quoi.

– Personne ne l'a frappée, dit Carter. Est-ce que je peux donner ma version des faits ? »

Big Jim, de la main, lui fit signe de parler. Il commençait à se dire que ce Thibodeau avait du potentiel.

« Elle a dû tomber après notre départ. Et peut-être plusieurs fois. Elle était en état d'ivresse avancé. L'Aide sociale à l'enfance devrait lui prendre son bébé avant qu'elle ne le tue… »

Personne ne releva la remarque. Dans la situation actuelle de la ville, l'Aide sociale à l'enfance de Castle Rock aurait tout aussi bien pu se trouver sur la lune.

« Si bien qu'en dernière analyse, vous êtes tous parfaitement clean ?

– Clean de chez clean, confirma Frank.

– Bon, je pense que nous voilà satisfaits par vos explications. » Big Jim se tourna vers Andy et Randolph. « Et vous, messieurs, satisfaits ? »

Ils hochèrent la tête. Ils paraissaient soulagés.

« Bien. La journée a été longue – et riche en évènements – et nous avons tous besoin d'un peu de sommeil, j'en suis sûr. Vous, les jeunes, vous allez d'autant plus en avoir besoin que vous devez être présents au poste à sept heures, demain matin. Le supermarché et le Gas & Grocery vont être fermés pour la durée de la crise et le chef Randolph pense que vous êtes tout désignés pour assurer la garde du Food City, au cas où les clients qui vont s'y présenter n'apprécieraient pas le nouvel ordre des choses. Pensez-vous que vous serez à la hauteur de la tâche, Mr Thibodeau ? Avec votre… votre blessure de guerre ? »

Carter fléchit le bras. « Ça ira. Les tendons n'ont pas été touchés par le chien.

– On pourrait mettre Fred Denton avec eux, suggéra Randolph », se projetant dans l'esprit de la situation. « Wettington et Morrison devraient suffire, au Gas & Grocery.

– Jim ? intervint Anders. Est-ce qu'il ne vaudrait pas mieux mettre les officiers les plus expérimentés au Food City et les moins expérimentés à des endroits plus petits…

– Je ne crois pas », le coupa Big Jim. Souriant. *Sentant le truc.* « Ces jeunes gens sont ceux-là mêmes que nous souhaitons voir au Food City. Précisément ceux-là. Encore autre chose. Mon petit doigt me dit que certains d'entre vous se promènent avec des armes dans leur véhicule, et que même un ou deux en auraient porté en patrouille. »

Un silence accueillit la remarque.

« Vous êtes officiers à titre *probatoire*, reprit Big Jim. C'est votre droit de posséder des armes de poing en tant que citoyens américains. Mais si j'entends dire que l'un d'entre vous est armé pendant qu'il monte la garde devant le Food City demain et doit faire face aux braves gens de cette ville, ses jours comme policier seront comptés.

– Tout à fait », ajouta Randolph.

Big Jim regarda tour à tour Frank, Carter, Mel et Georgia. « Cela vous pose-t-il un problème ? À l'un ou à l'autre ? »

Ils ne paraissaient pas très contents. Big Jim ne s'était pas attendu à ce qu'ils le soient, mais ils étaient trop nerveux. Thibodeau ne cessait d'exercer les muscles de son épaule et ses doigts pour les tester.

« Et s'ils n'étaient pas chargés ? demanda Frank. S'ils étaient là juste, euh, à titre d'avertissement ? »

Big Jim leva un index professoral. « Je vais te dire une chose que mon père m'a apprise, Frank. Une arme non chargée n'existe pas. Notre ville est une bonne ville. Ils sauront se tenir, voilà sur quoi je compte. Si *eux* changent d'attitude, *nous* en changerons. Pigé ?

– Oui m'sieur, Mr Rennie. »

Frank semblait loin d'être ravi.

Cela convenait très bien à Big Jim. Il se leva. Sauf qu'au lieu de les entraîner vers la sortie, il tendit les mains. Il les vit qui hésitaient, et il hocha la tête, toujours souriant. « Allez. Une grosse journée nous attend et nous ne voulons pas que celle-ci se termine sans quelques mots de prière. Alors on s'y met. »

Ils s'y mirent. Big Jim ferma les yeux et inclina la tête. « Seigneur… »

Cela dura un certain temps.

3

Barbie escalada les marches conduisant à son appartement quelques minutes avant minuit, épaules voûtées par la fatigue, se disant que la seule chose au monde dont il avait envie était six heures d'oubli – avant que ne sonne son réveil et qu'il aille au Sweetbriar Rose préparer les petits déjeuners.

Mais il ne sentit plus sa fatigue à l'instant même où il alluma la lumière, qui fonctionnait toujours grâce au générateur d'Andy Sanders.

Quelqu'un s'était introduit chez lui.

L'indice était tellement subtil qu'il eut du mal à l'identifier. Il ferma les yeux, puis les rouvrit et les laissa errer tranquillement sur son séjour-kitchenette, s'efforçant de s'imprégner de tous les détails. Les livres qu'il avait prévu d'abandonner derrière lui n'avaient pas été déplacés sur les étagères ; les chaises étaient toujours à la même place, une sous le lampadaire et l'autre à côté de la seule fenêtre de la pièce, avec sa vue grandiose sur l'allée voisine ; la tasse à café et sa soucoupe étaient dans l'égouttoir à côté du minuscule évier.

Puis le déclic se fit, comme cela se produit en général lorsqu'on laisse venir les choses. C'était le tapis. Le tapis qu'il appelait son pas-Lindsay.

Mesurant environ un mètre cinquante de long sur moins d'un mètre de large, le pas-Lindsay présentait un motif répétitif en pointe de diamant bleu, rouge, blanc et brun. Il l'avait acheté à Bagdad, mais un policier irakien qu'il connaissait lui avait assuré qu'il était de fabrication kurde. « Très vieux, très beau », lui avait dit le policier qui s'appelait Latif abd al-Khaliq Hassan. Un bon soldat. « On dirait turc, mais non-non-non. » Grand sourire. Dents très blanches. Une semaine après cette journée au souk, la balle d'un tireur isolé avait traversé de part en part le crâne de Latif abd al-Khaliq Hassan. « Pas turc, irakien ! »

Le marchand de tapis portait un T-shirt jaune avec l'inscription NE ME TIREZ PAS DESSUS, JE SUIS JUSTE LE PIANISTE. Latif l'écoutait, hochait la tête. Les deux hommes rirent ensemble. Puis le marchand avait fait un surprenant geste obscène, typiquement américain, et ils avaient ri de plus belle.

« De quoi s'agit-il ? avait demandé Barbie.

– Il dit, un sénateur américain acheter cinq pareils. Lindsay Graham. Cinq tapis, cinq cents dollars. Cinq cents dollars sur la table, pour la presse. Et plus, sous la table. Mais tous les tapis du sénateur, faux. Oui-oui-oui. Celui-là pas faux, celui-là vrai. Moi Latif Hassan, je vous le dis, Barbie. Pas un Lindsay Graham. »

Latif avait levé la main et Barbie et lui avaient échangé un high five. La journée avait été agréable. Chaude, mais agréable. Il avait acheté le tapis pour deux cents dollars et un lecteur de DVD universel Coby. Le pas-Lindsay était l'un de ses souvenirs d'Irak et il ne marchait jamais dessus. Il avait prévu de l'abandonner, comme les livres, au moment de quitter Chester's Mill – sans doute, au plus profond de lui, c'était l'Irak qu'il voulait laisser derrière lui à Chester's Mill, mais pas de chance. Où qu'on allât, on trimbalait les choses avec soi. Une vérité zen qui se confirmait.

Donc il n'avait jamais marché dessus, il en avait toujours fait le tour par superstition, comme si le piétiner eût déclenché, à Washington, un ordinateur qui l'aurait renvoyé à Bagdad ou dans l'enfer de Falludjah. Mais quelqu'un avait posé le pied dessus, car il était plissé. Ridé. Et un peu de travers. Il était parfaitement droit lorsqu'il était parti, ce matin, il y a mille ans.

Il passa dans la chambre. Le lit était toujours aussi impeccablement fait, mais l'impression que quelqu'un était entré ici était tout aussi forte. Était-ce un reste d'odeur de transpiration ? Quelque vibration psychique ? Barbie l'ignorait et s'en moquait. Il alla jusqu'à la commode, ouvrit le tiroir du haut et constata que le jean délavé qui était sur le sommet de la pile était à présent en dessous. Et que la fermeture Éclair du short kaki qu'il avait laissée remontée était maintenant baissée.

Il passa immédiatement au deuxième tiroir, celui des chaussettes. Il lui fallut moins de cinq secondes pour vérifier que ses plaques d'identification avaient disparu et il ne fut pas surpris. Non, pas surpris du tout.

Il s'empara du téléphone portable (encore un objet qu'il avait prévu d'abandonner derrière lui) et retourna dans le séjour. L'annuaire téléphonique Chester's Mill-Tarker's était posé sur la petite table, près de la porte, tellement mince qu'on l'aurait pris pour un dépliant publicitaire. Il chercha un certain numéro, ne s'attendant pourtant pas à le trouver ; les chefs de la police n'ont pas pour habitude de divulguer leur numéro privé.

Sauf, apparemment, dans les petites villes, en fin de compte. À Chester's Mill, en tout cas, même si l'intitulé était des plus discrets : **H et B Perkins, 28, Morin Street**. Bien qu'il fût à présent minuit passé, Barbie composa le numéro sans hésiter. Il ne pouvait se permettre d'attendre. Quelque chose lui disait qu'il ne disposait peut-être que de très peu de temps.

4

Son téléphone sonnait. Howie, très certainement, qui appelait pour lui dire qu'il allait être en retard, elle n'avait qu'à fermer la maison et se coucher…

Puis la vérité s'abattit sur elle, comme un affreux cadeau dégringolant d'une *piñata* empoisonnée : la prise de conscience que Howie était mort. Du coup, elle ne voyait pas qui pouvait – elle consulta sa montre – l'appeler à minuit vingt, puisque ce n'était pas Howie.

Elle grimaça quand elle se redressa, se massa le cou et se maudit de s'être endormie sur le canapé, maudissant aussi celui, quel qu'il fût, qui l'avait réveillée à une heure aussi peu chrétienne et lui avait rappelé, par la même occasion, son étrange et nouveau statut de femme seule.

Puis elle se dit soudain que l'appel ne pouvait avoir qu'une seule raison : le Dôme avait disparu ou avait été forcé. Elle se cogna le genou contre la table basse, assez fort pour déranger les papiers qui s'y trouvaient éparpillés, boitilla jusqu'au téléphone placé à côté du fauteuil de Howie (qu'il était douloureux de le voir vide) et décrocha sans ménagement. « Quoi ? Quoi ?

– C'est Dale Barbara.

– Barbie ! Ça y est, c'est fini ?

– Non. J'aurais préféré vous appeler pour ça, mais le Dôme est toujours là.

– Alors pourquoi ? Il est presque minuit et demi !

– Vous m'avez dit que votre mari enquêtait sur Jim Rennie. »

Brenda resta sans rien dire, comprenant les implication de la question. Elle avait posé la main sur son cou, là où Howie l'avait caressé pour la dernière fois. « En effet, mais comme je vous l'ai dit aussi, il n'avait pas la preuve absolue…

– Je me souviens de ce que vous m'avez dit, la coupa Barbie. Il faut m'écouter, Brenda. Vous pouvez faire cet effort ? Vous êtes bien réveillée ?

– Oui, maintenant, oui.

– Votre mari devait avoir un dossier, des notes, non ?

– Oui. Dans son ordinateur. Je les ai imprimées. »

Elle regardait le dossier VADOR dont les feuilles étaient répandues sur la table basse.

« Bien. Demain matin, vous allez mettre tous ces documents dans une enveloppe et les apporter à Julia Shumway. Dites-lui de les cacher en lieu sûr. Dans un coffre-fort, si elle en a un, ou sinon un meuble qui ferme à clef. Dites-lui qu'elle ne doit ouvrir ce dossier que s'il nous arrive quelque chose, à vous ou à moi, ou à tous les deux.

– Vous me fichez la frousse.

– Sinon, qu'elle ne l'ouvre surtout pas. Si vous lui demandez ça, vous pensez qu'elle le fera ? Mon instinct me dit que oui.

– Bien sûr, qu'elle le fera. Mais pourquoi ne pas les lui montrer ?

– Parce que si la patronne du journal local voit ce que votre mari détenait sur Big Jim et que Big Jim l'apprenne, nous perdons pour l'essentiel le moyen de pression que nous avons sur lui. Vous me suivez ?

– Heu, oui… »

Elle se prit à regretter, à regretter amèrement, que ce ne soit pas Howie qui tienne cette conversation au milieu de la nuit avec Barbie.

« Je vous ai dit que je serais peut-être arrêté aujourd'hui si les missiles ne marchaient pas – vous vous en souvenez ?

– Oui, bien sûr.

– Eh bien, je suis encore libre. Cette espèce de gros salopard sait prendre son temps. Mais ça ne va pas durer. Je suis pratiquement certain que c'est pour demain – c'est-à-dire pour aujourd'hui, en fait, dans quelques heures. Sauf si vous pouvez l'empêcher en menaçant de diffuser toute la merde qu'a pu découvrir votre mari.

– Pour quel motif vont-ils vous arrêter, d'après vous ?

– Aucune idée, mais ce ne sera pas pour vol à l'étalage. Et une fois que je serai en prison, je risque d'avoir un accident. J'ai vu des tas d'accidents de ce genre se produire dans les prisons, en Irak.

– C'est dément. »

Oui, c'était dément, mais avec l'horrible vraisemblance qu'elle avait parfois éprouvée en faisant un cauchemar.

« Pensez-y, Brenda. Rennie a quelque chose à dissimuler, il a besoin d'un bouc émissaire, et il tient le nouveau chef de la police dans la paume de sa main. Les étoiles sont dans le bon alignement.

– J'avais de toute façon prévu d'aller le voir. Et j'avais l'intention de me faire accompagner de Julia, par sécurité.

– Non, pas par Julia, dit-il, mais n'y allez pas seule.

– Vous ne pensez tout de même pas qu'il…

– J'ignore ce qu'il serait capable de faire, jusqu'où il serait capable d'aller. En qui avez-vous confiance, en dehors de Julia ? »

Elle repensa à l'après-midi où ils avaient presque fini d'éteindre l'incendie de broussailles et où elle s'était retrouvée sur Little Bitch Road, se sentant presque bien, grâce aux endorphines, en dépit de son chagrin. Romeo Burpee lui disant qu'elle devrait au minimum se présenter au poste de chef des pompiers.

« Rommie Burpee, dit-elle.

– Très bien. Lui, alors.

– Est-ce que je lui explique ce que Howie avait découvert sur…

– Non, la coupa Barbie. Burpee, pour le moment, c'est votre police d'assurance. Ah, et en voici une seconde : mettez l'ordinateur de votre mari sous clef.

– D'accord… mais si je planque l'ordinateur et confie le dossier papier à Julia, qu'est-ce que je vais montrer à Jim ? Je pourrais peut-être imprimer un deuxième exemplaire…

– Non. Qu'un seul se balade dans la nature suffit. Pour l'instant, du moins. Lui flanquer une sainte frousse est une chose. Lui faire péter les plombs, ce serait le rendre imprévisible. Croyez-vous sincèrement qu'il soit mouillé ?

– Je le crois de toute mon âme », répondit-elle sans hésiter. *Parce que Howie le croyait – et ça me suffit.*

« Et vous vous souvenez bien de ce qu'il y a dans le dossier ?

– Pas des chiffres précis, ni les noms de toutes les banques par lesquelles passait l'argent, mais suffisamment.

– Alors, il vous croira, conclut Barbie. Avec ou sans un double du dossier, il vous croira. »

5

Brenda rangea le dossier VADOR dans une enveloppe en papier kraft. Elle inscrivit dessus, en grands caractères, le nom de Julia. Elle laissa l'enveloppe sur la table de la cuisine, puis alla dans le bureau de Howie et boucla l'ordinateur portable dans le coffre-fort. Le coffre-fort était petit et elle dut mettre l'ordinateur en travers, mais il finit par tenir. Elle donna ensuite non pas un, mais deux tours à la combinaison, suivant en cela les instructions de son défunt mari. À ce moment-là, les lumières s'éteignirent. Sur le coup, l'être primitif au fond d'elle-même imagina que c'était la conséquence du deuxième tour qu'elle venait de donner au cadran.

Puis elle se rendit compte que le générateur venait de s'arrêter.

6

Lorsque Junior entra dans la cuisine à six heures cinq le mardi matin, mal rasé, les cheveux en bataille, Big Jim était déjà assis à la table dans une robe de chambre blanche de la taille approximative d'une grand-voile de clipper. Il buvait un Coca.

Junior eut un mouvement du menton vers la boisson. « Une bonne journée commence par un bon petit déjeuner », dit-il.

Big Jim souleva la boîte, but une gorgée, la reposa. « Il n'y a pas de café. Enfin, si, mais pas d'électricité. Il n'y a plus de propane pour le générateur. Prends donc la même chose, les canettes sont encore bien fraîches et, à te voir, je dirais que ça ne te fera pas de mal. »

Junior ouvrit le frigo et étudia l'intérieur plongé dans le noir. « Voudrais-tu me faire croire que tu ne peux pas te procurer une bonbonne de gaz quand ça te chante ? »

Big Jim sursauta légèrement, puis se détendit. La question était raisonnable et ne signifiait pas que Junior était au courant de quoi que ce fût. *Le coupable s'enfuit même s'il n'est pas poursuivi*, se rappela Big Jim à lui-même.

« Disons simplement que ce ne serait pas très politique, dans la période que nous vivons. »

Junior répondit par un grognement, referma le frigo et s'assit de l'autre côté de la table. Il regarda son paternel avec, dans l'œil, un certain amusement vide que Big Jim prit pour de l'affection.

La famille qui assassine en famille reste en famille, pensa Junior. *Enfin, pour le moment. Tant que…*

« La politique », dit Junior.

Big Jim hocha la tête et étudia son fils qui accompagnait sa boisson matinale d'un morceau de viande séchée.

Il ne lui demanda pas où il était allé, il ne lui demanda pas ce qui n'allait pas, même si c'était évident qu'il n'était pas bien du tout, dans l'impitoyable lumière matinale qui inondait la cuisine. Il avait cependant une question à lui poser.

« Il y a *des* cadavres. Au pluriel. Correct ?

– Oui. »

Junior prit une bouchée de viande et la fit passer avec une gorgée de Coca. Un silence étrange régnait dans la cuisine en l'absence du ronronnement du frigo et du glouglou de la machine à café.

« Et on peut déposer tous ces corps sur le paillasson de Mr Barbara ?

– Oui. Tous. »

Une nouvelle bouchée. Une nouvelle gorgée. Junior soutenait le regard de son père tout en se frottant la tempe gauche.

« Peux-tu retrouver ces corps de manière plausible aujourd'hui vers midi ?

– Pas de problème.

– Avec les preuves incriminant Mr Barbara, bien entendu.

– Bien entendu. » Junior sourit. « Ce sont des preuves solides.

– Ne te présente pas au poste de police ce matin, fiston.

– Il vaudrait mieux, non ? Ça aurait l'air bizarre, sinon. Sans compter que je ne suis pas fatigué. J'ai dormi avec… (il secoua la tête). J'ai dormi, un point c'est tout. »

Big Jim ne demanda pas à son fils en compagnie de qui il avait dormi. Il avait d'autres soucis en tête que de savoir avec qui son fils s'envoyait en l'air ; il était déjà bien content que Junior n'ait pas été avec ses copains quand ils avaient fait leur petite affaire avec cette traînée, cette salope de fille dans son mobile home de Motton Road. Faire sa petite affaire avec ce genre de déchet était le plus sûr moyen d'attraper une saleté et de tomber malade.

Il est déjà malade, murmura une voix dans la tête de Big Jim. Un écho, peut-être, de la voix de sa défunte épouse. *Il suffit de le regarder.*

Cette voix avait probablement raison, mais il avait des soucis plus importants, ce matin, que les désordres alimentaires de son fils ou quoi que ce soit d'autre.

« Je ne t'ai pas dit d'aller te coucher. Je veux que tu partes en patrouille motorisée et que tu fasses un petit boulot pour moi. Simplement, ne t'approche pas du Food City pendant tout ce temps. Ça va sans doute dégénérer, là-bas, à mon avis. »

Une petite lueur s'alluma dans les yeux de Junior. « Dégénérer ? »

Big Jim ne répondit pas à la question. « Peux-tu me trouver Sam Verdreaux ?

– Sans problème. Il doit nicher dans son espèce de cabanon, sur God Creek Road. En temps ordinaire, il serait en train de cuver son vin, mais aujourd'hui il y a davantage de chances pour qu'il ait la tremblote et une bonne crise de delirium tremens. » L'image fit ricaner

Junior ; puis il grimaça et se mit de nouveau à se frotter la tempe. « Tu crois vraiment que je suis la bonne personne pour lui parler ? Il ne me porte pas dans son cœur, en ce moment. Je parie qu'il a dû effacer ma photo de sa page Facebook.

– Je ne comprends pas.

– C'est une blague, p'pa. Laisse tomber.

– Et tu ne crois pas qu'il va devenir plus conciliant, si tu lui offres une bouteille de whisky ? Et une autre un peu plus tard, quand il aura fait le boulot comme il faut ?

– Cette espèce de vieux débris deviendrait très conciliant pour un simple demi-verre de n'importe quoi.

– Tu n'auras qu'à prendre du whisky au Brownie's », dit Big Jim. En dehors des débits de boissons et des petites épiceries, le Brownie's était l'un des trois établissement ayant une licence de vente d'alcool à Chester's Mill, et le département de police avait la clef des trois. Big Jim fit glisser celle du Brownie's sur la table. « Porte de derrière. Arrange-toi pour que personne ne te voie.

– Et qu'est-ce que Sam le Poivrot est supposé faire, en échange de la gnôle ? »

Big Jim expliqua. Junior écouta, impassible… si ce n'est que ses yeux injectés de sang dansaient. Il n'avait plus qu'une question : est-ce que ça allait marcher ?

Big Jim hocha la tête. « Oui. *Je sens le truc.* »

Junior prit une autre bouchée de viande, une autre gorgée de Coca. « Moi aussi, p'pa. Moi aussi. »

7

Junior parti, Big Jim se rendit dans son bureau, sa robe de chambre ondulant majestueusement autour de lui. Il ouvrit le tiroir central de son bureau et y prit son téléphone portable ; il le laissait là autant que possible. Ces appareils étaient pour lui des objets impies qui ne servaient à rien, sinon à encourager les bavardages inutiles – combien d'heures de bon travail avaient été perdues en parlotes sans fin à cause d'eux ? Et est-ce qu'ils n'envoyaient pas des rayons néfastes dans le cerveau pendant qu'on parlait à tort et à travers ?

Ils pouvaient être pratiques, cependant. Il était à peu près sûr que Sam Verdreaux ferait ce que Junior lui dirait de faire, mais il aurait été bien peu prudent de ne pas prendre une assurance.

Il sélectionna un numéro figurant dans son répertoire « caché », accessible seulement avec code. L'appareil sonna une demi-douzaine de fois avant que quelqu'un décroche. « Quoi ? » aboya le père de la nombreuse progéniture des Killian.

Big Jim grimaça et écarta un instant l'appareil de son oreille. Lorsqu'il le reprit, il entendit des gloussements affaiblis en fond sonore. « Tu es dans ton poulailler, Roger ?

– Euh… Oui, m'sieur, Big Jim, oui, je suis là. Faut nourrir les poulets, qu'il tonne ou qu'il vente, hein ? »

Virage à cent quatre-vingts degrés, de l'irritation au respect. Et Roger Killian se *devait* d'être respectueux ; Big Jim avait fait de lui un bon Dieu de millionnaire. S'il perdait le temps qu'il aurait pu consacrer à mener la belle vie, sans le moindre souci financier, en continuant à se lever à l'aube pour nourrir un bataillon de poulets, c'était la volonté de Dieu. Roger était trop abruti pour s'arrêter. Telle était sa nature, nature voulue par le Ciel, et elle servirait fort bien Big Jim, aujourd'hui.

Et aussi la ville, pensa-t-il. *C'est pour la ville que je fais cela. Pour le bien de la ville.*

« Roger ? J'ai un boulot pour toi et tes trois aînés.

– Sauf qu'y en a qu'deux à la maison, répondit Roger. Ricky et Randall sont ici, mais Roland était parti à Oxford acheter du mélange quand le bon Dieu de Dôme est tombé. » Il se tut, repensant à ce qu'il venait de dire. En fond sonore, les gloussements continuaient. « Pardon d'avoir blasphémé.

– Je suis sûr que Dieu te pardonne, répondit Big Jim. Toi et tes deux aînés, alors. Peux-tu venir en ville vers… » Big Jim fit le calcul. Ça ne lui prit pas longtemps. Quand on *sentait le truc*, peu de choses prenaient du temps. « … disons neuf heures, neuf heures et quart au plus tard.

– Faudra que je les réveille mais sûr, oui. Qu'est-ce qu'on doit faire ? Ramener quelques bonbonnes de propa…

– Non, dit Big Jim, et tu ne parles de ça à personne, hein ? Dieu te bénisse. Écoute-moi. »

Big Jim parla.

Roger Killian, Dieu le bénisse, écouta.

En fond sonore, les huit cents poulets gloussaient tout en se bourrant d'un mélange enrichi aux stéroïdes.

8

« Quoi ? *Quoi ? Pourquoi ?* »

Jack Cale était à son bureau, dans le petit réduit encombré d'où il gérait les affaires du Food City. Le bureau était jonché des listes d'inventaires que lui et Ernie Calvert avaient fini d'établir à une heure du matin, tout espoir d'en terminer avant aboli par la pluie de météorites. Il en ramassa une poignée – de longues pages de papier brouillon jaunâtre où tout était écrit à la main – et les brandit en direction de Peter Randolph qui se tenait dans l'encadrement de la porte. Le nouveau chef s'était mis en grand uniforme pour cette visite. « Regarde ça, Pete, avant de faire un truc idiot.

– Désolé, Jack. La boutique est fermée. Elle rouvrira jeudi, en tant que dépôt alimentaire. Distribution équitable. Tout sera noté et le Food City ne perdra pas un centime, je vous le promets…

– Ce n'est pas la question », répliqua Jack.

Âgé d'un peu plus de trente ans, il arborait une tignasse épaisse de rouquin qu'il torturait en ce moment de la main qui ne tenait pas les feuilles jaunes… feuilles que Randolph ne faisait pas mine de vouloir prendre.

« Mais regardez donc ! Regardez donc ! Au nom de Jésus-Jack-Sprat-la-Perche[1], qu'est-ce que vous me racontez, Peter Randolph ? »

1. Personnage de comptine.

Ernie Calvert arriva à toute vitesse de la zone de stockage, au sous-sol. Corpulent, rubicond, ses cheveux gris coupés en brosse depuis toujours, il avait enfilé la salopette verte du Food City pour travailler.

« Il veut me faire fermer la boutique ! lui lança Jack.

– Au nom du Ciel, pourquoi vouloir faire ça, alors qu'on croule sous les stocks ? demanda Ernie avec colère. Pourquoi vouloir faire peur aux gens de cette façon ? Ils auront tout le temps d'avoir la frousse si cette histoire continue. Qui a eu cette idée stupide ?

– Les conseillers ont voté, répondit Randolph. Si vous avez des problèmes avec ce plan, il faudra les en faire part à la réunion spéciale de jeudi prochain. Si tout cela n'est pas terminé avant, bien sûr.

– Quel plan ? rétorqua Ernie. Allez-vous prétendre qu'Andrea Grinnell a voté pour un truc pareil ? C'est pas son genre !

– J'ai cru comprendre qu'elle était grippée, dit Randolph. Couchée. C'est Andy qui a décidé. Big Jim a approuvé. »

Personne ne lui avait demandé de présenter les choses sous cet angle ; cela n'avait pas été nécessaire. Randolph savait très bien comment Big Jim aimait qu'on les présente.

« Il pourrait être logique de rationner, à partir d'un certain stade, dit Jack, mais pourquoi maintenant ? » Il agita de nouveau les feuilles, ses joues presque aussi rouges que ses cheveux. « Pourquoi, alors qu'il reste tant de choses à vendre…

– C'est justement le bon moment pour commencer à faire attention, fit remarquer Randolph.

– Elle est bien bonne, répliqua Jack, venant d'un type qui a un gros hors-bord sur le lac Sebago et un Winnebago Vectra dans sa cour.

– Et n'oublie pas le Hummer de Big Jim, ajouta Ernie.

– Ça suffit, dit Randolph. Les conseillers ont décidé…

– Seulement deux d'entre eux, dit Jack.

– Tu veux dire un seul d'entre eux, le corrigea Ernie. Et nous savons lequel.

– … et je ne fais que transmettre le message, alors c'est pas la peine de discuter. Mettez un panneau dans la vitrine. FERMÉ JUSQU'À NOUVEL ORDRE. C'est ce que m'ont demandé les conseillers et je ne fais que faire passer leurs ordres. Sans compter que les mensonges reviennent toujours vous mordre au cul.

– Ouais, tiens, pardi ! Duke Perkins leur aurait dit de prendre leur ordre et de s'essuyer le cul avec, oui, répliqua Ernie. Vous devriez avoir honte, Peter Randolph, de porter les valises de ce gros lard. Il vous dit de sauter et vous demandez à quelle hauteur, hein ?

– Vous, vous allez la fermer maintenant, si vous ne voulez pas avoir des ennuis », dit Randolph en pointant l'index sur Ernie. Le doigt tremblait légèrement. « Si vous ne voulez pas passer le reste de la journée en prison pour outrage à magistrat, vous allez la fermer et suivre les ordres. Nous sommes en situation de crise… »

Ernie le regardait, incrédule. « Outrage à magistrat ? D'où vous me sortez cet animal ?

– Il existe à présent. Si vous ne le croyez pas, testez-moi un peu pour voir. »

9

Plus tard – beaucoup trop tard pour y changer quelque chose –, Julia Shumway reconstituerait, pour l'essentiel, ce qui avait déclenché l'émeute au Food City ; elle n'eut cependant jamais la possibilité de l'imprimer. Et même dans ce cas-là, elle aurait rédigé son article comme la froide relation journalistique d'un simple fait divers : les cinq W et le H[1]. Lui aurait-on demandé de s'exprimer sur les émotions qui avaient provoqué l'évènement qu'elle aurait été perdue. Comment expliquer que des gens qu'elle avait connus toute sa vie, des gens qu'elle respectait, des gens qu'elle aimait, se soient transformés en une meute hurlante ? Elle se disait qu'elle aurait sans doute mieux saisi les choses de l'intérieur si elle s'était trouvée sur place dès le début, mais c'était de la pure rationalisation, le refus de regarder en face la bête désordonnée et dépourvue de raison qui peut se réveiller quand on

1. Expression consacrée : *Who ? Where ? What ? When ? Why ? & How ?* : Qui ? Où ? Quoi ? Quand ? Pourquoi ? Comment ?

provoque des personnes effrayées. Elle avait vu surgir de telles bêtes aux informations télévisées, en général dans d'autres pays. Elle ne se serait jamais attendue à en voir une dans sa propre ville.

D'autant que tout cela avait été inutile. Voilà à quoi elle ne cessait de revenir. Il n'y avait que soixante-dix heures que Chester's Mill était coupé du reste du monde, et la ville regorgeait de provisions de toutes sortes ou presque ; il n'y avait que de gaz propane qu'on était mystérieusement à court.

Plus tard, elle se dirait : *C'est à ce moment-là que la ville a pris vraiment conscience de ce qui arrivait.* Idée certainement juste, mais qui ne la satisferait pas. Tout ce qu'elle pourrait affirmer avec certitude (et qu'elle garderait pour elle), c'était qu'elle avait vu sa ville perdre l'esprit et qu'elle ne serait plus jamais la même.

10

Les deux premières personnes à voir le panneau sont Gina Buffalino et son amie Harriet Bigelow. Les deux jeunes filles portent l'uniforme blanc d'infirmière (une idée de Ginny Tomlinson, qui estime que le blanc inspire davantage confiance aux malades que le sarrau d'aide-soignante) et elles sont vraiment craquantes. Elles ont aussi l'air fatigué, en dépit de la vigueur de leur jeunesse. Elles viennent de vivre deux journées difficiles et une troisième s'annonce, après une courte nuit. Elles sont venues chercher des confiseries – elles ont prévu d'en prendre pour tout le monde, sauf pour ce pauvre diabétique de Jimmy Sirois – et elles parlent de la pluie de météorites. La conversation s'arrête quand elles tombent sur le panneau.

« Ça ne peut pas être fermé, proteste une Gina incrédule. On est mardi matin ! » Elle colle son visage contre la vitre, mettant les mains en visière pour lutter contre l'éclat du grand soleil matinal.

Pendant ce temps, arrive Anson Wheeler avec Rose Twitchell comme passagère. Ils ont laissé à Barbie la charge de finir le service du petit déjeuner, au Sweetbriar. Rose descend de la fourgonnette avant même que le moteur ne soit coupé. Elle a établi une longue liste de denrées à acheter et souhaite en prendre le plus possible et le plus vite possible. C'est alors qu'elle voit le panneau FERMÉ JUSQU'À NOUVEL ORDRE.

« C'est quoi, ce truc ? J'ai encore vu Jack Cale hier au soir, et il ne m'en a pas dit un mot ! »

Elle s'est adressée à Anson, qui halète dans son sillage, mais c'est Gina Buffalino qui répond. « C'est pourtant encore bourré de marchandises. Toutes les étagères sont pleines. »

D'autres personnes arrivent. Normalement, le supermarché doit ouvrir dans cinq minutes et Rose n'est pas la seule à avoir prévu de faire ses courses en début de matinée ; un peu partout, les gens se sont réveillés en voyant que le Dôme était toujours en place et ont décidé qu'il était temps de faire des provisions. Quand on lui demanda plus tard ce qui avait pu provoquer cet afflux soudain de clients, Rose répondit : « C'est la même chose tous les hivers, lorsque la météo fait grimper ses prévisions d'une simple chute de neige à un blizzard. Sanders et Rennie n'auraient pas pu choisir un pire jour pour faire cette connerie. »

Parmi les premiers arrivants il faut compter aussi les unités 2 et 4 du département de police de Chester's Mill. Tout de suite après arrive Frank DeLesseps dans sa Nova (il a arraché l'autocollant AU CUL, À L'HERBE OU AU PÉTROLE, PERSONNE NE ROULE GRATOS de son pare-chocs, sentant que ça ne convenait pas à un officier de police). Carter et Georgia sont dans la 2 ; Mel Searles et Freddy Denton dans la 4. Ils se sont garés un peu plus loin, devant *La Maison des fleurs**, la boutique de LeClerc, par ordre du chef Randolph. « Inutile de vous présenter trop tôt, leur a-t-il dit en guise d'instructions. Attendez qu'il y ait au moins une douzaine de voitures dans le parking. Hé, ils vont peut-être juste lire le panneau et rentrer chez eux. »

Ce n'est évidemment pas ce qui arrive, comme l'a très bien anticipé Big Jim Rennie. Et l'arrivée de policiers – en particulier de policiers aussi jeunes et inexpérimentés, pour la plupart – ne fait qu'augmenter la tension au lieu de calmer les esprits. Rose est la première à les interpeller. Elle s'en prend à Freddy, brandissant sous son nez sa longue liste de courses, puis lui montre le magasin, dans lequel la plupart des denrées qu'elle veut sont visibles à travers la vitrine, bien rangées sur les étagères.

Freddy commence par être poli, conscient que les gens (pas encore une foule, pas tout à fait) les regardent, mais il est difficile de garder son calme quand on se fait apostropher par une pécore à la langue aussi bien pendue que Rose Twitchell. Ne comprend-elle donc pas qu'il ne fait que suivre les ordres ?

« D'après toi, qui fait manger les gens dans ce patelin, Fred ? » demande Rose. Anson lui pose une main sur l'épaule. Rose s'en débarrasse d'une secousse. Elle se rend compte que Freddy voit de la rage dans ses yeux et non la profonde détresse qu'elle ressent, mais elle n'y peut rien. « Est-ce que tu t'imagines qu'un camion de livraison bourré de marchandises va nous être parachuté, va nous tomber du ciel ?

– Madame…

– Oh, ça va, avec tes *madame* ! Depuis quand tu me dis *madame* ? Cela fait vingt ans au bas mot que tu manges mes crêpes aux myrtilles et cet ignoble bacon ramolli que tu adores quatre ou cinq jours par semaine, et d'habitude tu m'appelles Rosie. Mais tu ne mangeras pas de crêpes demain si tu m'empêches d'acheter de la farine, des œufs et tout le bazar… » Elle s'interrompt brusquement. « Enfin ! Un peu de bon sens ! Je vous en prie, mon Dieu ! »

Jack Cale ouvre l'une des doubles portes. Mel et Frank se sont postés devant, et il a tout juste la place de se glisser entre eux. Les acheteurs en puissance – ils sont à présent une vingtaine, bien que l'ouverture officielle du supermarché, neuf heures, ne soit que dans une minute – s'avancent comme un seul homme mais s'arrêtent lorsqu'ils voient Jack prendre une clef au gros trousseau de sa ceinture et fermer derrière lui. Un gros soupir collectif s'élève.

« Mais pourquoi diable tu fais ça ? lui lance Bill Wicker. Ma femme m'a envoyé chercher des œufs !

– Adresse-toi aux conseillers et au chef Randolph », réplique Jack. Il a les cheveux en désordre. Il jette un regard noir à Frank DeLesseps et un autre plus noir encore à Mel Searles, lequel s'efforce en vain de retenir un sourire, peut-être même son célèbre *nyuck-nyuck-nyuck*.

« Moi, en tout cas, je vais le faire. Mais, pour le moment, j'en ai ras la casquette de ces conneries. Je me barre. »

Il fonce au milieu de la foule, tête baissée, les joues en feu, des joues plus rouges encore que ses cheveux. Lissa Jamieson, qui arrive à ce moment-là à bicyclette (tout ce qui figure sur sa liste tiendrait sans peine dans le panier de son porte-bagages ; elle a des besoins réduits, tendance infimes), doit faire une embardée pour l'éviter.

Carter, Georgia et Freddy sont alignés devant la grande vitrine de la façade, là où Jack aurait disposé des brouettes et des fertilisants en temps ordinaire. Carter a les doigts bandés et un pansement plus gros déforme sa chemise. Freddy a la main sur la crosse de son pistolet tandis que Rose Twitchell continue de l'abreuver de ses sarcasmes, et Carter lui collerait bien une mandale. Ses doigts ne lui font plus mal, mais son épaule est encore très douloureuse. Le petit groupe d'acheteurs potentiels est devenu une vraie foule et les voitures ne cessent de s'engager dans le parking.

Avant que Carter Thibodeau ait pu étudier la foule, cependant, Alden Dinsmore fait irruption dans son espace personnel. Alden a l'air hagard, comme sonné, et il donne l'impression d'avoir perdu sept ou huit kilos depuis la mort de son fils. Il porte un brassard de deuil noir au bras gauche.

« Faut que j'entre, fiston. Ma femme m'a envoyé chercher des conserves. » Alden ne précise pas des conserves de quoi. Probablement des conserves de tout. Ou peut-être n'arrive-t-il pas à penser à autre chose qu'au petit lit vide dans la chambre du premier, le lit qui ne sera plus jamais occupé, et au poster de kung-fu que plus personne ne regardera, et au modèle réduit d'avion sur le bureau qui ne sera jamais achevé et sombrera dans l'oubli.

« Désolé, Mr Dimmesdale, dit Carter. On ne peut pas entrer.

– Non, Dinsmore », dit Alden de sa voix hébétée.

Il s'avance vers les portes. Elles sont fermées, il n'aurait de toute façon pas pu entrer, mais Carter repousse néanmoins le fermier sans ménagement, en y allant de bon cœur, même. Pour la première fois, Carter éprouve de la sympathie pour les profs qui le punissaient, quand il était au lycée ; il est irritant que l'on ne fasse pas attention à vous.

Sans compter qu'il fait chaud et que son épaule lui fait mal, en dépit des deux Percocet que sa mère lui a donnés. Les températures supérieures à vingt degrés sont rares, en octobre, et le bleu délavé du ciel laisse à penser qu'il fera plus chaud à midi, et encore plus à trois heures.

Alden perd l'équilibre, part en arrière et heurte Gina Buffalino ; tous deux seraient tombés s'il n'y avait eu Petra Searles – pas exactement un poids plume elle-même – pour les retenir. Alden n'a pas l'air en colère, seulement intrigué. « Ma femme m'a envoyé chercher des conserves », explique-t-il à Petra.

Un murmure monte de la foule qui continue à grossir. Ce n'est pas un murmure de colère – pas encore. Ils sont venus chercher des produits alimentaires, les produits alimentaires sont là, mais la porte est fermée. Et un homme vient d'être bousculé par un jeune type qui a raté ses études et était encore apprenti mécanicien la semaine dernière.

Gina regarde Carter, Mel et Frank DeLesseps les yeux écarquillés. Elle tend le doigt vers eux : « Ce sont les types qui l'ont violée ! dit-elle à son amie Harriet sans baisser la voix. Ce sont les types qui ont violé Sammy Bushey ! »

Le sourire disparaît du visage de Mel ; son envie de *nyuck-nyucker* l'a aussi quitté. « La ferme », dit-il.

À l'arrière de la foule, Ricky et Randall Killian viennent d'arriver dans un pick-up Chevrolet Canyon. Sam Verdreaux n'est pas loin derrière, mais il arrive à pied. Sam a définitivement perdu son permis de conduire en 2007.

Gina fait un pas en arrière, fixant toujours Mel de ses yeux écarquillés. À côté d'elle, Alden Dinsmore se tient voûté, tel un robot des champs les batteries à plat. « Et c'est vous qui êtes supposé faire la police ? Hé ?

– Cette histoire de viol n'est rien que l'invention d'une pute ! dit Frank. Et vous avez intérêt à la fermer si vous ne voulez pas être arrêtée pour trouble à l'ordre public.

– Foutrement vrai », ajoute Georgia.

Elle s'est légèrement rapprochée de Carter. Il l'ignore. Il étudie la foule. Car c'en est une, maintenant. Si cinquante personnes forment une foule, c'est une foule. Et d'autres arrivent. Carter regrette de ne pas avoir son arme. Il n'aime pas l'hostilité palpable qui monte.

Velma Winter, la gérante du Brownie's (ou qui l'était, avant sa fermeture), arrive alors en compagnie de Tommy et Willow Anderson. Velma est une grande femme corpulente qui arbore une banane dans le style de Bobby Darin et qu'on verrait bien en reine guerrière à la tête de la Nation Lesbo, sauf qu'elle a enterré deux époux et que, d'après ce qu'on peut entendre dire à la table aux foutaises du Sweetbriar Rose, c'est non seulement à force de baiser qu'elle les a tués, mais elle cherche le numéro trois au Dipper's, les mercredis ; c'est la soirée karaoké country et elle attire une clientèle plus âgée. À présent, elle se plante solidement devant Carter, mains calées sur ses hanches charnues.

« C'est fermé, hein ? dit-elle d'un ton calme. On aimerait voir votre ordre écrit. »

Carter est perdu et se sentir perdu le met en colère. « Tire-toi, sale garce ! J'ai pas besoin d'un bout de papier. C'est le chef qui nous a envoyés ici. Ordre des conseillers. On va en faire un dépôt alimentaire.

– Rationnement ? C'est ce que vous voulez dire ? aboie-t-elle avec un reniflement. Pas dans ma ville. » Elle se fraie un chemin entre Mel et Frank et commence à cogner à la porte. « Ouvrez ! *Ouvrez là-dedans !*

– Y'a personne, dit Frank. Vous feriez mieux d'arrêter. »

Mais Ernie Calvert n'est pas parti. Il s'avance dans l'allée réservée aux farines, au sucre et aux pâtes. Velma l'aperçoit et se met à cogner encore plus fort. « Ouvre, Ernie ! Ouvre-moi ça !

– Ouvrez ! » font d'autres voix dans la foule.

Frank regarde Mel et hoche la tête. Ensemble, ils saisissent Velma et éloignent de force ses quatre-vingt-dix kilos de la porte. Georgia Roux s'est retournée et fait signe à Ernie de s'en aller. Ernie ne bouge pas. Cette pauvre cloche reste plantée sur place.

« *Ouvre !* rugit Velma. *Ouvre ça ! Ouvre ça !* »

Tommy et Willow se joignent à elle. De même que Bill Wicker, le facteur. Et que Melissa Jamieson, l'expression ravie : toute sa vie, elle a rêvé de participer à une manifestation spontanée, et elle en a enfin l'occasion. Elle dresse son poing et commence à l'agiter en scandant les mots : deux petits coups pour *ou-vrez* et un grand pour *ça*. D'autres l'imitent. Ouvrez ça devient *ou-vrez ÇA ! ou-vrez ÇA ! ou-vrez ÇA !* Tout le monde, bientôt, brandit le poing sur la même mesure à trois temps – soixante personnes, peut-être soixante-dix, peut-être quatre-vingts, d'autres arrivant tout le temps. La fine ligne des chemises bleues, devant le supermarché, paraît plus fine à chaque instant. Les quatre jeunes flics se tournent vers Freddy Denton en espérant qu'il aura une idée, mais Freddy n'en a pas l'ombre d'une.

Il a cependant quelque chose : une arme. *Tu ferais mieux de tirer en l'air, Boule de Billard*, pense Carter, *sans quoi on va se faire piétiner.*

Deux autres flics, Rupert Libby et Toby Whelan, qui viennent de sortir du poste de police où ils ont bu du café en regardant CNN, remontent Main Street en voiture, doublant au passage Julia Shumway qui court, un appareil photo en bandoulière.

Jackie Wettington et Henry Morrison veulent aussi prendre la direction du supermarché, mais le talkie-walkie à la ceinture de Henry se met à crépiter. C'est le chef Randolph, qui leur dit qu'ils doivent rester devant le Gas & Grocery.

« Mais nous avons entendu..., commence à protester Henry.

– Ce sont vos ordres », le coupe Randolph sans préciser que ce sont des ordres qu'il ne fait que leur transmettre – venant d'un pouvoir supérieur.

« *Ou-vrez ÇA ! ou-vrez ÇA ! ou-vrez ÇA !* » scande la foule, tandis que les poings s'agitent haut dans l'air tiède. Toujours effrayée, mais aussi excitée. Commençant à se prendre au jeu. Si le Chef avait été là, il aurait vu une bande de shootés à la méthadone n'ayant plus besoin que de la bande-son d'un morceau des Grateful Dead pour que le tableau soit complet.

Les fils Killian et Sam Verdreaux s'ouvrent laborieusement un chemin au milieu de la foule. Ils scandent aussi la formule, non pas tant pour passer inaperçus que parce qu'il est impossible de résister à la vibration qui monte d'un rassemblement se transformant en émeute, mais ils ne prennent pas la peine d'agiter le poing ; ils ont autre chose à faire. Personne ne leur prête particulièrement attention. Plus tard, seules quelques personnes se souviendront de les avoir vus.

L'infirmière Ginny Tomlinson s'efforce elle aussi d'avancer au milieu de la foule. Elle est venue dire aux deux filles qu'elles doivent revenir de toute urgence à l'hôpital ; de nouveaux patients ont été admis, dont un cas sérieux. Il s'agit de Wanda Crumley, d'Eastchester. Les Crumley sont les voisins des Evans, et habitent non loin de la ligne séparant Chester's Mill de Motton. Lorsque Wanda est allée voir ce matin comment allait Jack, elle l'a trouvé raide mort à quelques mètres de l'endroit où le Dôme avait coupé la main de sa femme. Jack était allongé sur le dos, une bouteille à côté de lui, sa cervelle séchant sur l'herbe. Wanda avait couru jusqu'à chez elle en hurlant le nom de son mari, mais à peine l'avait-elle rejoint qu'elle s'effondrait, victime d'un infarctus. Wendell Crumley eut de la chance de ne pas avoir d'accident pendant le trajet jusqu'à l'hôpital, dans sa petite Subaru – il avait roulé la plupart du temps à plus de cent vingt à l'heure. Rusty s'occupe de Wanda, en ce moment, mais Ginny ne pense pas que Wanda – cinquante ans, obèse et fumeuse invétérée – pourra s'en sortir.

« Les filles ! on a besoin de vous à l'hôpital !

– Ce sont eux, Mrs Tomlinson ! » lui répond Gina, obligée de crier pour se faire entendre. Elle montre les flics et commence à pleurer – en partie à cause de la fatigue, mais surtout parce qu'elle est scandalisée. « Ce sont les types qui l'ont violée ! »

Cette fois-ci, Ginny regarde qui se trouve sous les uniformes et se rend compte que Gina a raison. Ginny Tomlinson n'a pas un caractère aussi épouvantable que Piper Libby, en principe, mais elle a du caractère, sans compter qu'il y a un facteur aggravant, dans son cas : elle a vu la jeune Bushey sans son pantalon. Son vagin lacéré et enflé. Les énormes ecchymoses sur ses cuisses, qui n'étaient devenues visibles qu'une fois le sang lavé. Tellement de sang.

Ginny oublie qu'on a besoin des filles à l'hôpital. Elle oublie qu'elle devrait les extraire d'une situation dangereuse et volatile. Elle oublie même la crise cardiaque de Wanda Crumley. Elle fonce, bousculant quelqu'un au passage (il s'agit de Bruce Yardley, le caissier et homme à tout faire, qui agite le poing comme tout le monde) et s'approche de Mel et Frank. Ils étudient tous les deux la foule de plus en plus hostile et ne la remarquent pas.

Ginny lève les deux mains et a l'air un instant du méchant qui se rend au shérif, dans un western. Puis elle les abat simultanément et donne une claque magistrale aux deux hommes. « Petits salopards ! hurle-t-elle. Comment avez-vous pu être aussi minables ? Comment avez-vous pu vous montrer aussi dégueulasses ? Vous irez en prison pour ça, toute la b… »

Mel ne réfléchit pas : il réagit. Il frappe l'infirmière en plein visage, lui explose ses lunettes, lui casse le nez. Elle part à la renverse, en hurlant. Sous l'impact, sa coiffe d'infirmière-chef à l'ancienne se décroche de ses cheveux, encore maintenue par une barrette. Bruce Yardley, le jeune caissier, essaie de la rattraper mais la manque. Ginny heurte une rangée de Caddies. Ils se mettent à rouler comme un petit train. Elle tombe à quatre pattes, pleurant de douleur et sous le choc. Des gouttes d'un sang brillant coulent de son nez – il n'est pas seulement cassé, mais réduit en miettes – et tombent sur la grosse ligne jaune délimitant la zone PARKING INTERDIT.

La foule reste un instant silencieuse, elle aussi sous le choc, tandis que Gina et Harriet se précipitent vers Ginny, toujours accroupie.

C'est alors que s'élève la voix de Melissa Jamieson, une voix à la clarté parfaite de soprano : « *VOUS N'ÊTES QU'UNE BANDE DE PORCS ET DE SALOPARDS !* »

C'est à ce moment que vole le bloc de pierre. Le premier lanceur n'a jamais pu être identifié. Sans doute le seul crime pour lequel Sam Verdreaux n'ait jamais été puni.

Junior l'a laissé à la sortie de la ville et Sam, des visions de bouteilles de whisky dansant devant ses yeux, est allé prospecter sur la rive est de la Prestile à la recherche du bon caillou. Il doit être gros, mais pas trop, sans quoi il ne pourrait le lancer avec suffisamment de précision, même si jadis – il y a un siècle, lui semble-t-il parfois ; c'était hier lui semble-t-il à d'autres moments – il a été le premier lanceur des Chester's Mill Wildcats dans la première partie du grand tournoi du Maine. Il a fini par trouver ce qu'il cherchait, non loin du Peace Bridge ; un caillou qui doit peser à peine moins d'un kilo, aussi lisse qu'un œuf d'oie.

« Encore une chose… », avait dit Junior lorsqu'il avait fait débarquer Sam le Poivrot. La chose en question ne venait pas de Junior, mais Junior ne le dit pas à Sam, pas plus que le chef Randolph ne l'avait dit à Wettington et Morrison, quand il leur avait donné l'ordre de rester à leur poste. Ça n'aurait pas été très politique.

Vise la fille. Telle avait été la dernière consigne donnée par Junior à Sam le Poivrot. *Elle ne mérite que ça, alors ne la rate pas.*

Tandis que Gina et Harriet s'agenouillent, dans leur uniforme blanc, à côté de leur infirmière-chef qui sanglote et saigne, toujours à quatre pattes (et pendant que l'attention générale se porte sur cette scène), Sam se prépare exactement comme il l'avait fait en ce jour lointain de 1970 et lance son premier coup depuis plus de quarante ans.

Un coup à plus d'un sens. Le lourd bloc de granit atteint Georgia Roux en pleine bouche, lui casse la mâchoire en cinq endroits différents et fait sauter toutes ses dents, sauf quatre. Elle s'effondre contre la vitrine, le bas de son visage pendant de manière grotesque presque jusqu'à sa poitrine tandis que du sang coule du trou béant de sa bouche.

L'instant suivant, deux autres cailloux volent, le premier lancé par Ricky Killian, le deuxième par Randall. Celui de Ricky vient frapper Bill Allnut à la nuque et fait tomber le concierge par terre, non loin de Ginny Tomlinson. *Merde !* pense Ricky. *Je devais toucher un de ces enfoirés de flics !* Non seulement c'était ses ordres, mais c'était aussi ce qu'il avait toujours rêvé de faire.

Randall vise mieux. Il atteint Mel Searles en plein front. Mel dégringole comme un sac de patates.

Il y a une brève accalmie, un instant où tout le monde retient sa respiration. Pensez à une voiture roulant en équilibre sur deux roues, hésitant à se retourner complètement. Voyez Rose Twitchell regardant autour d'elle, affolée et effrayée, ne comprenant pas très bien ce qui se passe, sachant encore moins ce qu'il faut faire. Voyez Anson lui passer un bras autour de la taille. Écoutez Georgia Roux hurler par sa bouche éclatée, ses cris rappelant de manière étrange le bruit que fait le vent quand il joue dans les fils cirés retenant les boîtes de conserve d'un chasse-orignal. Du sang coule sur sa langue lacérée. Voyez arriver les renforts. Toby Whelan et Rupert Libby (le cousin de Piper, lien de parenté dont Piper ne se vante pas) sont les premiers sur la scène. Ils la jaugent… et restent en retrait. Vient ensuite Linda Everett, à pied, accompagnée d'une des nouvelles recrues, Marty Arsenault, qui souffle comme un phoque dans son sillage. Linda commence par vouloir se frayer un chemin dans la foule mais Marty – lequel n'a même pas pris le temps de passer son uniforme, ce matin, ayant juste roulé du lit pour enfiler un vieux jean – l'empoigne par l'épaule. Il s'en faut de peu qu'elle ne s'arrache à sa prise, puis elle pense à ses filles. Honteuse de sa couardise, elle laisse Marty l'entraîner vers l'endroit d'où Rupert et Toby observent la suite des évènements. Sur les quatre flics, un seul est armé ce matin, Rupert – et va-t-il tirer ? Il le ferait bien ; il voit sa propre femme dans la foule, tenant sa mère par la main (tirer sur sa belle-mère n'aurait pas déplu à Rupert). Voyez Julia qui arrive juste derrière Linda et Marty, hors d'haleine, mais prenant déjà son appareil photo en main, perdant le cache de l'objectif dans sa précipitation. Voyez Frank DeLesseps s'agenouiller à côté de Mel juste à temps pour éviter une troisième pierre, laquelle passe en sifflant au-dessus de sa tête et fait exploser un panneau de verre de la porte du supermarché.

Et alors…

Alors, quelqu'un pousse un cri. Qui, on ne le saura jamais, et même le sexe du pousseur de cri fera l'objet d'une controverse, bien que la plupart pensent que c'était une femme et que Rose ait dit à Anson être presque sûre qu'il s'agissait de Lissa Jamieson.

« *ON SE SERT !* »

Quelqu'un d'autre hurle à son tour « *L'ÉPICERIE !* » et une vague pousse de l'avant.

Freddy Denton tire en l'air, une fois. Puis il abaisse son arme et, dans sa panique, est sur le point de tirer sur la foule. Il n'en a pas le temps : quelqu'un lui arrache brutalement son pistolet. Freddy tombe, criant de douleur. C'est alors que la pointe d'une grosse botte de fermier – celle d'Alden Dinsmore – entre en contact avec sa tempe. Ce n'est pas le noir total, pour Freddy, mais la lumière a considérablement baissé pour lui et, le temps qu'il retrouve ses esprits, la Grande Émeute du Supermarché est terminée.

Du sang suinte du pansement de Carter Thibodeau, à son épaule, et de petites rosettes fleurissent sur sa chemise bleue ; mais pour le moment, du moins, il n'a pas conscience de la douleur. Il ne cherche pas à fuir. Il se campe sur ses pieds et frappe la première personne qui passe à sa portée. Il se trouve que c'est Charles Norman, dit Stubby (le Mal Rasé), le brocanteur qui tient boutique sur la 117, aux limites du bourg. Stubby tombe, agrippant sa bouche sanglante.

« *Reculez, bande d'enfoirés !* éructe Carter. *Reculez, fils de putes ! Pas de pillage ! Reculez !* »

Marta Edmunds, la baby-sitter des Everett, essaie d'aider Stubby à se relever, ce qui lui vaut un coup de poing sur la pommette de la part de Frank DeLesseps. Elle manque tomber et se tient le côté du visage tout en regardant, incrédule, le jeune homme qui vient de la frapper… sur quoi la voilà renversée sur Stubby par la vague d'acheteurs frustrés qui chargent.

Carter et Frank distribuent des coups de poing, mais à peine ont-ils atteint par trois fois une cible qu'ils sont distraits par un cri étrange, une sorte de hululement modulé. C'est la bibliothécaire de la ville. Ses cheveux retombent en désordre autour de son visage à l'expression habituellement si douce, et elle pousse un lot de Caddies ; on s'attend presque à ce qu'elle crie *Banzaï !* Frank bondit hors de la trajectoire, mais les chariots ne loupent pas Carter qui part en vol plané. Il agite les bras, essayant de se redresser ; il aurait pu y parvenir s'il n'y avait eu les pieds de Georgia. Il trébuche dessus, atterrit sur le dos et se fait piétiner. Il roule à plat ventre, croise les mains sur sa tête et attend que ce soit fini.

Julia Shumway mitraille la foule. Les photos lui révéleront peut-être des gens qu'elle connaît, mais ce ne sont que des inconnus qu'elle voit dans son viseur. Une foule déchaînée.

Rupert Libby prend son pistolet et tire par quatre fois en l'air. Les détonations claquent dans la chaleur matinale, sèches, déclamatoires, telles une série de points d'exclamation sonores. Toby Whelan plonge dans le véhicule de patrouille, se cogne la tête au passage et perd sa casquette (ADJOINT DE POLICE – CHESTER'S MILL, est-il écrit sur le bord en jaune). Il s'empare du porte-voix, sur le siège arrière, le porte à sa bouche et crie : « ARRÊTEZ ! RECULEZ ! POLICE ! ARRÊTEZ ! C'EST UN ORDRE ! »

Julia le prend en photo.

La foule ne fait attention ni aux coups de feu, ni aux ordres du porte-voix. Elle ne fait pas davantage attention à Ernie Calvert quand il arrive par le côté du bâtiment, sa salopette verte battant ses genoux pendant qu'il court. « *Passez par-derrière !* crie-t-il. *Pas besoin de tout casser, vous pouvez passer par-derrière, c'est ouvert !* »

Mais la foule n'a qu'un but, forcer les portes et entrer. Elle frappe les battants marqués ENTRÉE et SORTIE, au-dessus d'une annonce : LES MEILLEURS PRIX TOUS LES JOURS. Les battants résistent, tout d'abord, puis la serrure lâche sous le poids combiné des assaillants. Ceux du premier rang sont écrasés contre la porte et blessés ; on compte des côtes cassées, une cheville foulée, deux bras fracturés.

Toby Whelan lève de nouveau le porte-voix, puis se résigne à le reposer, avec un soin exquis, sur le capot de la voiture dans laquelle il est arrivé avec Rupert. Il ramasse sa casquette d'adjoint, en chasse la poussière et la remet. Lui et Rupert s'approchent du magasin mais s'arrêtent au bout de quelques pas, impuissants. Linda et Marty Arsenault les rejoignent. Linda aperçoit Marta et la ramène vers le petit groupe des policiers.

« Qu'est-ce qui s'est passé ? demande Marta, sonnée. On m'a frappée ? J'ai la joue toute brûlante. Qui s'occupe de Judy et Janelle ?

– C'est ta sœur qui les a prises ce matin, lui rappelle Linda en la serrant dans ses bras. Ne t'inquiète pas.

– Cora ?

– Non, Wendy. »

Cora, la sœur aînée de Marta, habite à Seattle depuis des années. Linda se demande si Marta n'a pas subi un traumatisme. Elle pense que le Dr Haskell devrait l'examiner, puis elle se rappelle que le Dr Haskell se trouve soit à la morgue de l'hôpital, soit dans le salon funéraire des frères Bowie. Et que Rusty est tout seul, à présent, alors que la journée va être terrible.

Carter porte plus qu'il ne traîne Georgia jusqu'à l'unité 2. Elle pousse toujours ces cris étranges de sifflet à orignal. Mel Searles a repris en partie conscience mais reste dans le brouillard. Frankie le conduit jusqu'à Linda, Marta et les autres flics. Mel essaie de relever la tête, elle retombe sur sa poitrine. Le sang coule de sa plaie au front et sa chemise en est imbibée.

Les gens s'engouffrent dans le supermarché. Ils courent le long des allées, poussant des chariots ou s'emparant des paniers empilés à côté des sacs de charbon de bois (OFFREZ-VOUS UN BARBECUE D'AUTOMNE ! propose l'affiche). Manuel Ortega, l'ouvrier agricole d'Alden Dinsmore, et son vieil ami Dave Douglas vont tout droit vers les caisses, se mettent à taper sur le bouton PAS D'ACHAT, et quand le tiroir s'ouvre, s'emparent des billets et s'en bourrent les poches en riant comme des fous.

Le supermarché est à présent plein de monde ; on croirait la période des soldes. Au rayon des produits congelés, deux femmes se disputent une pâtisserie (*Pepperidge Farm Lemon Cake*) dont il ne reste qu'un exemplaire. Au rayon charcuterie, un homme en frappe un autre avec une saucisse polonaise en lui disant d'en laisser pour les autres, bon Dieu ! L'accapareur de charcuterie se retourne et balance son poing dans le nez du brandisseur de saucisse. Ils ne tardent pas à rouler sur le sol, et les coups pleuvent.

D'autres bagarres éclatent. Rance Conroy (propriétaire et seul employé de Conroy's Western Maine Electrical Service & Supplies « sourire est notre spécialité ») frappe Brendan Ellerbee, professeur de sciences à la retraite de l'université du Maine, quand Ellerbee barbote sous son nez le dernier grand sac de sucre. Ellerbee tombe au sol, mais reste agrippé au sac de dix livres de Domino et, lorsque Conroy se penche pour le lui arracher, il le frappe en pleine figure avec, grognant : « *Tiens, prends ça !* » Le sac de sucre n'y résiste pas et un nuage blanc poudreux se répand sur Rance Conroy. L'électricien retombe contre une étagère, le visage aussi blanc que celui d'un mime, hurlant qu'il ne voit plus rien, qu'il est aveugle. Carla

Venziano, son bébé écarquillant les yeux depuis le porte-bébé dans son dos, repousse Henrietta Clavard du présentoir de Texmati Rice. Le petit Stevens adore le riz, il adore aussi jouer avec les sachets vides, et Carla a bien l'intention d'en prendre le plus possible. Henrietta, qui a fêté son quatre-vingt-quatrième anniversaire en janvier dernier, s'étale sur les chairs noueuses et tendineuses qui furent autrefois ses fesses. Lissa Jamieson donne une bourrade à Will Freeman (le concessionnaire Toyota qui ne porte pas Rennie dans son cœur) pour avoir accès au dernier poulet du congélateur. Mais avant qu'elle ait pu s'en saisir, une adolescente portant un T-shirt PUNK RAGE s'en empare, tire la langue à Lissa et s'esquive gaiement.

Puis il y a un grand bruit de verre brisé, suivi de cris de joie majoritairement masculins, mais pas seulement. Les bières au frais sous clef sont devenues accessibles. De nombreux « clients » ayant sans doute dans l'idée de s'offrir un chouette BARBECUE D'AUTOMNE se précipitent dans cette direction. Ils n'entonnent plus : « *Ou-vrez ÇA !* » mais : « *Des bières ! des bières ! des bières !* »

D'autres poussent jusque dans les réserves du sous-sol et de l'arrière-boutique. Bientôt, hommes comme femmes récupèrent du vin par cubis ou caisses complètes. Certains transportent des cartons de bibine sur la tête, tels les porteurs indigènes dans un vieux film de jungle.

Julia, dont les chaussures font crisser les débris de verre, continue à mitrailler à tout-va.

Dehors, ce qui reste des flics de la ville se regroupe ; Jackie Wettington et Henry Morrison ont même quitté, par consentement mutuel, leur poste devant le Gas & Grocery. Ils rejoignent leurs camarades en un petit attroupement inquiet, sur un côté du magasin, et se contentent de regarder. Jackie voit le visage désolé de Linda Everett et la prend dans ses bras. Ernie Calvert se joint à eux, s'écriant, « C'est tellement inutile ! Si complètement inutile ! » Des larmes coulent sur ses joues rebondies.

« Qu'est-ce qu'on fait, maintenant ? » demande Linda, la joue appuyée à l'épaule de Jackie. Marta se tient à côté d'elles, bouche bée devant la vision qu'offre le magasin, appuyant sa paume contre le bleu en train de se colorer, de s'élargir et d'enfler sur sa joue. Du Food City leur parviennent des hurlements, des rires, quelques cris de douleur. Des objets volent ; Linda voit un rouleau de papier-toilette se dérouler et décrire un arc, comme un serpentin de fête, au-dessus de l'allée des produits ménagers.

« Je n'en sais tout simplement rien, ma chérie », répond Jackie.

11

Anson s'empara de la liste de commissions de Rose et fonça dans le supermarché avant que sa patronne eût le temps de le retenir. Rose resta hésitante, à côté de la fourgonnette du restaurant, ouvrant et fermant les mains, se demandant si elle devait ou non le suivre. Elle venait à peine de décider de rester lorsque quelqu'un passa un bras autour de ses épaules. Elle sursauta, tourna la tête et vit Barbie. Son soulagement fut tellement profond qu'elle sentit ses genoux sur le point de la trahir. Elle agrippa le bras de son cuistot, en partie pour se réconforter, mais surtout pour ne pas s'évanouir.

Barbie souriait, mais d'un sourire sans humour. « Alors, ma grande, on s'amuse bien ?

– Je ne sais pas quoi faire, répondit-elle. Anson vient d'entrer… tout le monde vient d'entrer… et les flics restent dans leur coin.

– Ils n'ont sans doute pas envie de prendre encore des coups, ils ont eu leur dose. On ne peut pas leur en vouloir. Tout ça a été bien planifié et parfaitement exécuté.

– Qu'est-ce que tu veux dire ?

– Laisse tomber. Veux-tu essayer d'arrêter tout cette affaire avant qu'elle ne dégénère ?

– Comment ? »

Il brandit le porte-voix qu'il avait pris là où Toby Whelan l'avait laissé, sur le capot d'une des voitures de police. Lorsqu'il voulut le lui donner, Rose eut un mouvement de recul et porta les mains à sa poitrine. « Fais-le toi, Barbie.

– Non. C'est toi qui les fais manger depuis des années, c'est toi qu'ils connaissent, c'est toi qu'ils écouteront. »

Elle prit le porte-voix, hésitant encore. « Je ne sais pas ce que je pourrais leur dire. Je ne vois vraiment pas ce qui pourrait les arrêter. Toby Whelan a déjà essayé. Ils n'y ont même pas fait attention.

– Toby a voulu donner des ordres, observa Barbie. Donner des ordres à une foule d'excités, c'est donner des ordres à une fourmilière.

– Oui, mais je ne sais toujours pas...

– Je vais te le dire. »

Barbie avait répondu avec calme, et ce calme fut communicatif. Il s'interrompit, le temps de faire signe à Linda Everett. Elle s'approcha avec Jackie, les deux femmes se tenant mutuellement par la taille.

« Pouvez-vous prendre contact avec votre mari ? demanda-t-il à Linda.

– Si son portable est branché, oui.

– Dites-lui de venir ici – avec l'ambulance, si possible. S'il ne répond pas au téléphone, prenez une voiture de police et foncez à l'hôpital.

– Mais il a ses patients...

– Ici aussi il a des patients. Simplement, il ne le sait pas. » Barbie montra Ginny Tomlinson, à présent adossée au mur de parpaings du supermarché, appuyant la main contre sa joue en sang. Gina Buffalino et Harriet Bigelow se tenaient accroupies de chaque côté de l'infirmière-chef, mais lorsque Gina voulut étancher le sang qui coulait du nez radicalement déplacé de Ginny avec un mouchoir roulé en boule, cette dernière cria de douleur et détourna la tête. « À commencer par l'une des deux seules infirmières confirmées restantes, si je ne m'abuse.

– Mais comment comptez-vous vous y prendre, vous ? demanda Linda en prenant le téléphone à sa ceinture.

– Rose et moi allons les arrêter. N'est-ce pas, Rose ? »

12

Rose s'immobilisa de l'autre côté des portes, hypnotisée par le chaos qui régnait devant elle. L'odeur piquante du vinaigre emplissait l'air, mélangée à des arômes de saumure et de bière. De la moutarde et du ketchup, rappelant un dégueulis trop coloré, maculait le linoléum de l'allée 3. Un nuage de sucre glace mélangé à de la farine s'élevait au-dessus de l'allée 5. Les pillards poussaient leur chariot au milieu et beaucoup toussaient et s'essuyaient les yeux. Certains chariots dérapaient sur une dune de haricots secs éparpillés.

« Bouge pas d'ici », dit Barbie à Rose, bien que celle-ci ne fît pas mine de s'avancer davantage. Elle restait plantée, comme hypnotisée, le porte-voix serrée contre sa poitrine.

Barbie trouva Julia qui prenait des photos des caisses. « Laissez tomber et suivez-moi, lui dit-il.

– Non, je dois continuer, il n'y a personne d'autre. Je ne sais pas où est passé Pete Freeman, mais...

– On n'a pas à photographier ça, on a à *l'arrêter*. Avant que quelque chose de bien pire n'arrive. »

Il lui désigna Fern Bowie qui passait, tenant un panier débordant d'une main et une bière de l'autre. Il avait le front ouvert et du sang lui coulait sur la figure, mais dans l'ensemble, Fern semblait tout à fait satisfait.

« Comment ça ? »

Il l'amena jusqu'à Rose. « Prête, Rose ? En piste !

– Je... euh...

– Rappelle-toi bien. Sereine. N'essaie pas de les arrêter. Il faut seulement faire baisser la température. »

Rose prit une profonde inspiration, puis porta le porte-voix à sa bouche. « SALUT TOUT LE MONDE, C'EST ROSE TWITCHELL, DU SWEETBRIAR ROSE. »

On lui en sera éternellement reconnaissant : elle donnait l'impression d'être sereine. Les gens regardèrent autour d'eux en entendant sa voix – non pas parce que le ton était pressant mais, comme Barbie le savait, justement parce qu'il ne l'était pas. Il avait déjà vu ça à Bagdad, à Tikrit, à Falludjah. La plupart du temps après l'explosion d'une bombe dans un endroit public plein de monde, quand arrivait la police et les renforts militaires. « S'IL VOUS PLAÎT, FINISSEZ VOS COURSES AUSSI VITE ET AUSSI CALMEMENT QUE POSSIBLE. »

À ces mots quelques personnes partirent d'un petit rire, puis regardèrent autour d'elles comme si elles se réveillaient. Dans l'allée 7, Carla Venziano, rouge de honte, aida Henrietta Clavard à se remettre debout. *Il y a bien assez de Texmati pour nous deux,* pensa Carla. *Qu'est-ce qui m'a pris, au nom du Ciel ?*

Barbie adressa un hochement de tête à Rose et articula en silence : *café.* Au loin, il entendit le doux hululement d'une ambulance qui approchait.

« QUAND VOUS AUREZ TERMINÉ, VENEZ PRENDRE UN CAFÉ AU SWEETBRIAR. IL EST TOUT FRAIS ET C'EST LA TOURNÉE DE LA MAISON. »

Quelques personnes applaudirent. Un petit rigolo lança : « *Hé, pourquoi du café ? On a des bières !* » Des rires et des cris saluèrent cette saillie.

Julia tira sur la manche de Barbie. Elle fronçait les sourcils d'une manière que Barbie trouva très républicaine. « Ils ne font pas des courses, ils volent !

– Qu'est-ce que vous préférez ? Préparer un éditorial ou les faire sortir avant que quelqu'un soit tué pour du café Blue Mountain ? » rétorqua-t-il.

Elle prit le temps de réfléchir et hocha la tête, son froncement de sourcils faisant place au sourire tourné vers l'intérieur qu'il commençait à beaucoup aimer. « Un point pour vous, colonel », dit-elle.

Barbie se tourna vers Rose, fit un geste de relance et elle reprit le porte-voix. Il accompagna alors les deux femmes le long des allées, en commençant par celles qui avaient été le plus dépouillées (charcuterie et produits laitiers), mais en restant aux aguets, au cas où ils tomberaient sur quelqu'un de très remonté voulant s'interposer. Il n'y eut personne. Rose prenait confiance en elle et les choses se calmaient dans le magasin. Les gens partaient. Beaucoup poussaient des chariots qui débordaient de produits pillés, mais Barbie préférait y voir un bon signe. Plus vite les lieux seraient vidés, mieux cela vaudrait. Et peu importait la quantité de merdes qu'ils emportaient… l'astuce avait consisté à les traiter non pas en voleurs mais en clients. Rendez à quelqu'un son amour-propre et, la plupart du temps – pas tout le temps, mais souvent –, vous lui rendez sa capacité à penser avec au moins un minimum de clarté.

Anson Wheeler les rejoignit, poussant un chariot plein de produits alimentaires divers. Il avait l'air d'avoir un peu honte et il saignait du bras. « On m'a balancé un pot d'olives, expliqua-t-il. J'ai l'impression d'être un sandwich italien. »

Rose confia le porte-voix à Julia, qui se mit à diffuser le même message du même ton d'hôtesse de l'air : finissez vos courses, chers clients, et sortez calmement.

« On ne peut pas prendre ces trucs, dit Rose avec un geste vers le Caddie.

– Mais nous en avons besoin, Rosie », lui fit observer Anson. Sur un ton d'excuse, certes, mais il tenait bon. « Vraiment besoin.

– Alors on va laisser de l'argent. Si personne ne nous a piqué le porte-monnaie. Je l'ai oublié dans la fourgonnette.

– Hum… J'ai bien peur que ce soit pas un bon plan. Il y a des types qui ont piqué l'argent dans les caisses. »

Il avait vu lesquels, mais il ne voulait pas les nommer. Pas devant la rédac'chef du journal local.

Rose fut horrifiée. « Mais qu'est-ce qui nous arrive ? Au nom du Ciel, qu'est-ce qui nous arrive ?

– Je ne sais pas », répondit Anson.

Dehors, l'ambulance venait d'arriver et son hululement diminua progressivement pour se transformer en bourdonnement. Une minute ou deux plus tard, tandis que Barbie, Rose et Julia arpentaient encore les allées avec le porte-voix et que la foule se dispersait, une voix s'éleva derrière eux. « Ça suffit. Donnez-moi ça. »

Barbie ne fut pas surpris de voir le patron de la police lui-même, le chef Randolph, tiré à quatre épingles dans son uniforme. Voilà qu'il débarquait, comme les carabiniers, juste après la bagarre. Pile-poil.

Rose avait repris le porte-voix et célébrait les vertus d'un café gratuit dans son restaurant. Randolph le lui arracha des mains et se mit aussitôt à donner des ordres et à émettre des menaces.

« PARTEZ TOUT DE SUITE ! C'EST LE CHEF RANDOLPH QUI VOUS PARLE ET QUI VOUS DONNE L'ORDRE DE PARTIR

IMMÉDIATEMENT ! LAISSEZ CE QUE VOUS AVEZ PRIS ET SORTEZ IMMÉDIATEMENT ! SI VOUS ABANDONNEZ CE QUE VOUS AVEZ PRIS, VOUS POURREZ PEUT-ÊTRE ÉVITER L'INCULPATION ! »

Rose regarda Barbie, consternée. Il haussa les épaules. Ça n'avait plus d'importance. La frénésie qui s'était emparée de la foule était retombée. Les flics encore en état de marcher – y compris Carter Thibodeau, boitillant mais debout – commencèrent à pousser les gens vers la sortie. Certains « clients », qui refusaient de lâcher leurs paniers pleins à craquer, furent frappés et jetés à terre et Frank DeLesseps renversa un Caddie bien rempli. Son expression était dure et coléreuse, son visage blême.

« Vous n'allez pas retenir ces gosses ? demanda Julia à Randolph.

– Non, Ms Shumway, répondit le chef de la police. Ces gens sont des pillards et traités comme tels.

– Et c'est la faute à qui ? Qui donc a fait fermer le supermarché ?

– Sortez de mon chemin. J'ai du boulot.

– Quel dommage que vous n'ayez pas été là quand tout a commencé », fit remarquer Barbie.

Randolph le regarda. D'une manière glaciale mais satisfaite. Un compte à rebours avait commencé quelque part. Barbie le savait, Randolph aussi. L'alarme allait bientôt retentir. S'il n'y avait eu le Dôme, il aurait pu s'enfuir. Mais bien entendu, si le Dôme n'avait pas été là, rien de tout cela ne serait arrivé.

Vers la sortie, Mel Searles essayait de reprendre son panier bien garni à Al Timmons. Comme Al ne se laissait pas faire, Mel le lui arracha… puis donna une bourrade au vieil homme. Celui-ci tomba, cria de douleur et de honte, outré. Randolph rit. Trois éclats de rire brefs, sans joie. Barbie pensa qu'il entendait ce qu'allait rapidement devenir la situation de Chester's Mill si le Dôme ne disparaissait pas.

« Venez, mesdames, dit-il. Fichons le camp d'ici. »

13

Rusty et Twitch étaient occupés à aligner les blessés, environ une douzaine, le long du mur du supermarché lorsque Barbie, Rose et Julia sortirent. Anson se tenait près de la fourgonnette du Sweetbriar, appuyant une compresse de papier absorbant contre son bras en sang.

Rusty affichait une mine sévère, mais son expression se détendit un peu lorsqu'il vit Barbie. « Hé, l'ami, tu es avec moi ce matin. En fait, tu es même mon nouvel infirmier qualifié.

– Tu surestimes dangereusement mes capacités », répondit Barbie, qui alla néanmoins le rejoindre.

Linda Everett passa en courant devant Barbie et se jeta dans les bras de son mari. Il la serra un bref instant contre lui. « Je peux t'aider, chéri ? » demanda-t-elle. Mais c'était Ginny qu'elle regardait, horrifiée. Ginny vit son expression et ferma les yeux, l'air épuisé.

« Non, répondit Rusty. Fais ce que tu as à faire. J'ai Gina et Harriet, et je viens d'engager l'infirmier Barbara.

« Je ferai de mon mieux », dit Barbie, manquant de peu d'ajouter : *jusqu'à ce que je sois arrêté, bien entendu.*

« Tu t'en sortiras très bien. » Puis, à voix plus basse, l'assistant enchaîna : « Gina et Harriet sont pleines de bonne volonté, mais en dehors de donner des pilules et de poser un pansement adhésif, elles ne sont pas bonnes à grand-chose. »

Linda se pencha sur Ginny. « Je suis absolument désolée, dit-elle.

– Je survivrai », répondit Ginny, mais elle n'ouvrit pas les yeux.

Linda donna un baiser à son mari, lui adressa un regard inquiet et alla rejoindre Jackie Wettington qui se tenait un peu plus loin, carnet de notes à la main, prenant la déposition d'Ernie Calvert. À plusieurs reprises, Ernie s'essuya les yeux pendant qu'il parlait.

Rusty et Barbie travaillèrent côte à côte pendant plus d'une heure, tandis que les flics tendaient leur cordon jaune autour du supermarché. À un moment donné, Andy Sanders vint se rendre compte en personne de l'étendue des dégâts, émettant de petits *tss-tss-tss* et secouant la tête. Barbie l'entendit qui demandait si le monde n'était pas devenu fou, pour que de simples citoyens se comportent de cette façon. Il serra aussi la main du chef Randolph et lui déclara qu'il faisait un boulot d'enfer.

Un boulot *d'enfer*.

14

Quand vous *sentez le truc*, il n'y a pas de foutus temps morts. La bagarre est permanente. Les mauvais coups du sort se transforment en jackpot. On n'en éprouve pas de gratitude (émotion réservée aux chochottes et aux éternels perdants, de l'avis de Jim Rennie), car on estime que ces choses vous sont dues. *Sentir le truc*, c'est comme être sur un tapis volant et on se doit (toujours de l'avis de Big Jim) de rester impérial en le chevauchant.

S'il n'était pas sorti de la grande baraque prétentieuse de la famille Rennie, sur Mill Street, à l'heure précise où il en était sorti – mais un peu avant ou un peu après –, il aurait pu traiter Brenda Perkins de manière entièrement différente. Mais voilà, il était sorti juste au bon moment. Typique de ce qui arrivait quand on *sentait le truc* : les défenses s'effondraient et on fonçait par l'ouverture magique qui venait de se créer, les deux doigts dans le nez.

C'était le slogan répété *Ou-vrez ÇA ! Ou-vrez ÇA !* qui l'avait fait sortir de son bureau où il prenait des notes en vue de ce qu'il avait prévu d'appeler l'« administration du désastre »... administration dont le guilleret et souriant Andy Sanders serait le titulaire officiel et Jim Rennie l'éminence grise. *Tant que c'est pas cassé, on répare pas*, telle était la règle numéro 1 dans le guide pratique du parfait politicien de Big Jim, et avoir Andy en première ligne opérait comme un charme. La plupart des gens, à Chester's Mill, savait que le premier conseiller était un imbécile, mais peu importait. On pouvait faire et refaire le coup aux gens parce que quatre-vingt-dix-huit pour cent d'entre eux étaient encore plus crétins. Et même si Big Jim n'avait jamais préparé de campagne politique de cette ampleur – il ne s'agissait de rien de moins que d'établir une dictature municipale –, il ne doutait pas qu'elle réussirait.

Il n'avait pas inclus Brenda Perkins dans sa liste de sources de complications possibles, mais peu importait. Quand on *sentait le truc*, les sources de complications avaient une façon bien à elles de disparaître. Ce que l'on acceptait aussi comme un dû.

Il s'avança à pied jusqu'à l'angle de Mill et Main Street, soit une distance d'une centaine de pas à peine, son gros ventre se balançant placidement devant lui. La place principale était directement en face de lui. Un peu plus loin, vers le bas de la colline, il y avait l'hôtel de ville et le poste de police, séparés par la petite place du monument aux morts.

Il ne voyait pas le Food City d'où il était, mais il avait toute la partie commerçante de Main Street en perspective. C'est alors qu'il aperçut Julia Shumway. Elle sortait d'un pas pressé du bureau du *Democrat*, un appareil photo à la main. Elle partit au petit trot en direction du tumulte, essayant de passer la courroie de l'appareil sur son épaule tout en courant. Big Jim l'observa. C'était marrant, vraiment, de voir à quel point elle était anxieuse d'aller assister au dernier désastre.

Et ça devint encore plus marrant. Elle s'arrêta soudain, fit demi-tour et repartit dans l'autre sens, toujours courant ; elle essaya la poignée du bureau, constata qu'elle s'ouvrait et la ferma à clef. Puis elle repartit, plus pressée et anxieuse que jamais de voir ses amis et ses voisins perdre les pédales.

Elle commence à comprendre pour la première fois que lorsque la bête est sortie de la cage, elle peut mordre n'importe qui, n'importe où, pensa Big Jim. *Mais ne t'en fais pas, Julia, je m'occuperai de toi, comme je l'ai toujours fait. Il faudra peut-être que tu la mettes en veilleuse dans ton casse-pieds de torchon, mais n'est-ce pas un bien petit prix à payer pour ta sécurité ?*

Bien sûr que si. Et si elle s'entêtait…

« Parfois, il arrive des trucs », dit Big Jim. Il se tenait au coin de la rue, mains dans les poches, souriant. Et quand il entendit les premiers cris… puis le bruit du verre brisé… les coups de feu… son sourire s'agrandit. *Il arrive des trucs* n'était pas exactement l'expression qu'avait employée Junior, mais elle était assez proche de…

Son sourire se transforma en froncement de sourcils lorsqu'il repéra Brenda Perkins. La plupart des gens qu'il apercevait sur Main Street se dirigeaient vers le Food City pour voir à quoi rimait tout ce tapage, mais Brenda, elle, *remontait* Main Street. Peut-être même avait-elle l'intention de pousser jusqu'à la maison Rennie... ce qui ne présageait rien de bon.

Qu'est-ce qu'elle pourrait bien me vouloir, ce matin ? qu'est-ce qui pourrait être si important qu'elle en néglige une émeute au supermarché local ?

Il était parfaitement possible que cela fût la dernière chose que Brenda eût à l'esprit, mais le radar de Big Jim émettait ses bips tandis qu'il la surveillait attentivement.

Brenda et Julia étaient sur des trottoirs opposés. Julia essayait de courir tout en remontant la courroie de son appareil photo. Brenda étudiait la masse rouge inélégante du Burpee's, le « Grand Magasin » de Chester's Mill. Un sac à commissions en toile lui battait le genou.

Une fois à la hauteur du Burpee's, Brenda essaya la porte, qu'elle trouva fermée. Elle recula de quelques pas et regarda à droite et à gauche, comme font les gens se heurtant à un obstacle inattendu les obligeant à changer de plan, et qui se demandent ce qu'ils doivent faire. Elle aurait encore pu voir Julia Shumway si elle s'était retournée, mais elle ne le fit pas. Brenda regarda donc à droite et à gauche, puis de l'autre côté de Main Street, vers les bureaux du *Democrat*.

Après un dernier coup d'œil au Burpee's, elle traversa la rue et essaya la porte du *Democrat*, qu'elle trouva évidemment fermée – Big Jim avait vu Julia donner un tour de clef. Brenda insista, secouant même la poignée. Elle frappa. Tenta de regarder à l'intérieur. Puis elle recula, mains sur les hanches, le sac pendant à son poignet. Quand elle reprit son chemin sur Main Street – d'un pas plus lent, ne regardant plus autour d'elle –, Big Jim battit en retraite jusqu'à chez lui d'un pas vif. Il ignorait pourquoi il n'avait pas envie d'être vu en train d'observer Brenda Perkins... mais il fallait qu'il sache. On n'avait plus qu'à agir par instinct quand on *sentait le truc*. C'était la beauté de la chose.

Ce qu'il savait, en revanche, était que si Brenda venait frapper à sa porte, il serait prêt à la recevoir. Peu importait ce qu'elle voulait.

15

Barbie lui avait demandé d'apporter le dossier papier, dès le lendemain matin, à Julia Shumway. Mais les bureaux du *Democrat* étaient fermés. Julia devait très certainement se trouver au supermarché où régnait elle ne savait quelle pagaille, ainsi que Pete Freeman et Tony Guay, probablement.

Du coup, que devait-elle faire du dossier ? S'il y avait eu une boîte aux lettres, elle aurait pu y glisser l'enveloppe de papier kraft – mais il n'y en avait pas.

Brenda arriva à la conclusion que, soit elle essayait de trouver Julia au supermarché, soit elle retournait chez elle en attendant que les choses se calment et que Julia revienne dans ses bureaux. N'étant pas dans un état d'esprit particulièrement logique, aucune des deux solutions ne lui plaisait. D'un côté, elle n'avait pas envie de se retrouver au milieu de ce qui ressemblait de plus en plus à une émeute à grande échelle. De l'autre…

Oui, c'était clairement la meilleure solution. La solution intelligente. *Tout vient à point à qui sait attendre* n'avait-il pas été l'un des proverbes favoris de Howie ?

Si ce n'est qu'attendre n'avait jamais été le fort de Brenda. Et sa mère, elle aussi, avait eu un proverbe qu'elle aimait bien : *Ne remettez pas au lendemain ce que vous pouvez faire le jour même.* C'était ce qu'elle avait envie de faire maintenant. Se confronter à lui, l'écouter raconter n'importe quoi, nier, se justifier – puis lui donner le choix : démissionner en faveur de Dale Barbara, sinon ses faits et gestes criminels apparaîtraient dans *The Democrat.* Cette confrontation avait tout de la potion amère pour elle, et quand on doit prendre une potion amère, autant l'avaler aussi vite que possible puis se rincer la bouche. Elle avait dans l'idée de se rincer la sienne avec un double bourbon et elle n'attendrait même pas midi pour cela.

Sauf que…

N'y allez pas seule. Barbie lui avait aussi dit cela. Et quand il lui avait demandé en qui d'autre elle avait confiance, elle avait répondu : Romeo Burpee. Mais Burpee aussi avait fermé boutique. Qu'est-ce qui lui restait ?

La question était de savoir si Big Jim oserait ou non s'en prendre physiquement à elle ; Brenda pensait que la réponse était non. Elle se croyait à l'abri d'une agression physique de la part de Big Jim, en dépit des inquiétudes que nourrissait Barbie – des inquiétudes qui étaient, au moins en partie, très certainement la conséquence de son expérience de soldat. Terrible erreur de calcul de sa part, mais erreur compréhensible ; elle n'était pas la seule à s'accrocher encore à l'idée que le monde n'avait pas changé depuis le jour où le Dôme était tombé.

16

Ce qui ne résolvait toujours pas le problème du dossier VADOR.

Si Brenda avait davantage peur de la langue acérée de Big Jim que de ses poings, elle aurait été folle de se présenter à son domicile avec le dossier encore en sa possession. Il pouvait le lui arracher, même si elle lui disait que ce n'était qu'une copie. De *ça*, elle ne le croyait pas incapable.

À mi-chemin de Town Common Hill, elle arriva à Prestile Street en coupant par le parc. La première maison de la rue était celle des McCain. La suivante, celle d'Andrea Grinnell. Et Andrea avait beau subir la domination des deux hommes du conseil municipal, Brenda savait qu'elle n'aimait pas Big Jim. Assez bizarrement, c'était plutôt devant Andy Sanders qu'Andrea avait tendance à se faire toute petite ; pourtant, qu'on puisse prendre le premier conseiller au sérieux dépassait l'entendement de Brenda.

Il a peut-être une certaine emprise sur elle, fit la voix de Howie dans sa tête.

Brenda faillit éclater de rire. C'était ridicule. L'important, en ce qui concernait Andrea, était qu'elle s'était appelée Twitchell avant d'épouser Tommy Grinnell et que les Twitchell étaient réputés coriaces, même les plus timides. Brenda se dit qu'elle pouvait laisser l'enveloppe contenant le dossier VADOR chez Andrea... si du moins la maison n'était pas fermée et vide. Elle ne le pensait pas : il lui semblait avoir entendu dire qu'Andrea était couchée chez elle avec la grippe.

Brenda traversa Main Street, répétant ce qu'elle allait lui dire : *Pouvez-vous garder ces documents pour moi ? Je reviens d'ici une demi-heure. Si jamais je ne reviens pas, confiez-les à Julia Shumway, au journal. Et veillez bien à ce que Dale Barbara soit au courant.*

Et si Andrea lui demandait ce que c'était que ce mystère, Brenda serait franche avec elle. Apprendre que Brenda Perkins avait la ferme intention d'arracher sa démission à Jim Rennie lui ferait plus de bien qu'une double de dose de Theraflu.

En dépit de son désir d'en terminer au plus vite avec cette désagréable corvée, elle s'arrêta un moment devant la maison des McCain. Elle paraissait inoccupée, ce qui n'avait en soi rien d'étonnant, car de nombreuses familles n'étaient pas sur le territoire du Dôme quand celui-ci s'était mis en place. Il y avait autre chose. Une faible odeur, pour commencer, comme s'il s'y trouvait de la nourriture avariée. Tout d'un coup, la journée lui parut plus chaude, l'air plus étouffant, et les bruits de ce qui se passait au Food City plus lointains. Puis elle comprit à quoi cela tenait : elle avait l'impression d'être épiée. Elle resta là, se disant que ces fenêtres aux stores baissés ressemblaient à des yeux fermés. Mais pas complètement. Des yeux qui *épiaient*.

Arrête un peu, ma grande. Tu as autre chose à faire.

Elle poussa jusqu'à la maison d'Andrea, s'arrêtant toutefois pour regarder par-dessus son épaule. Elle ne vit qu'une maison aux stores baissés qui macérait, morose, au milieu de la puanteur douceâtre d'aliments en décomposition. Seule la viande sentait aussi rapidement mauvais. Le congélateur de Henry et LaDonna avait dû être bien plein, pensa-t-elle.

17

C'était Junior qui observait Brenda, Junior à genoux, Junior en sous-vêtements, tandis que ça cognait et frappait dans sa tête. Il la regardait depuis le séjour, derrière l'un des stores baissés. Quand elle fut partie, il retourna dans l'arrière-cuisine. Il devrait bientôt renoncer à ses petites copines, il le savait, mais pour le moment il voulait les garder. Et rester plongé dans l'obscurité. Il désirait même sentir la puanteur que dégageaient leurs chairs en train de noircir.

N'importe quoi, n'importe quoi qui puisse le soulager de son féroce mal de tête.

18

Après avoir donné trois tours stridents à la sonnette démodée en forme de timbre d'hôtel, Brenda se résigna finalement à rentrer chez elle. Elle se détournait déjà lorsqu'elle entendit des pas traînants, lents, approcher de la porte, et elle commença à afficher un petit sourire *Bonjour voisine* sur son visage. Sourire qui se pétrifia lorsqu'elle vit Andrea – les joues pâles, des cercles noirs autour des yeux, les cheveux en désordre, resserrant la ceinture de sa robe de chambre sur son pyjama. Et la maison sentait, elle aussi – non pas la viande en décomposition, mais le vomi.

Le sourire d'Andrea était aussi pâlot que l'étaient son front et ses joues. « Je sais de quoi j'ai l'air, dit-elle d'une voix complètement éraillée. Il vaut mieux que je ne t'invite pas à entrer. Je suis sur la bonne pente, mais il se peut que je sois encore contagieuse.

– As-tu vu le Dr Has… » Non, évidemment. Le Dr Haskell était mort. « As-tu vu Rusty Everett ?

– Oui, bien sûr. Je vais me remettre rapidement, paraît-il.

– Tu transpires.

– J'ai encore un peu de fièvre, mais c'est presque fini. En quoi puis-je te rendre service, Brenda ? »

Brenda faillit dire *en rien*, ne voulant pas charger d'une telle responsabilité une femme aussi manifestement souffrante, mais Andrea dit alors quelque chose qui changea le cours des choses. Les grands évènements avancent souvent à coups de petits détails.

« Je suis tellement désolée pour Howie. Je l'aimais vraiment beaucoup.

– Merci, Andrea. » *Et pas seulement pour la sympathie que tu exprimes, mais pour l'avoir appelé Howie et non pas Duke.*

Pour Brenda, il avait toujours été Howie, son cher Howie, et le dossier VADOR était son dernier travail. Probablement son travail le plus important. Brenda décida soudain qu'il était temps de passer à l'action, sans plus tarder. Elle plongea la main dans son sac à commissions et en retira l'enveloppe de papier kraft qui portait dessus le nom de Julia en gros caractères. « Peux-tu conserver ces documents pour moi, Andrea ? Juste pour un petit moment ? J'ai une course à faire et je ne veux pas les garder avec moi. »

Brenda aurait répondu à toutes les questions qu'aurait pu lui poser Andrea, mais apparemment aucune ne lui vint à l'esprit. Elle se contenta de prendre la volumineuse enveloppe avec une sorte de courtoisie distraite. Et c'était très bien. Autant de temps de gagné. De plus, Andrea ne se trouverait pas impliquée dans l'affaire, et cela pourrait lui épargner des conséquences politiques, par la suite.

« Bien volontiers, dit-elle. Et maintenant, si tu veux m'excuser… Je crois que je ferais mieux de m'allonger… mais pas pour dormir ! ajouta-t-elle comme si Brenda avait soulevé une objection. Je t'entendrai quand tu reviendras.

– Merci. As-tu pensé à prendre des jus de fruits ?

– J'en bois des litres. Prends tout ton temps, ma chère – je vais garder ton enveloppe. »

Brenda s'apprêtait à la remercier de nouveau, mais le troisième conseiller refermait déjà la porte.

19

L'estomac d'Andrea avait commencé à se soulever vers la fin de son entretien avec Brenda. Elle avait lutté contre la nausée, mais c'était un combat qu'elle savait perdu d'avance. Elle avait répondu n'importe quoi à propos des jus de fruits, dit à Brenda de prendre son temps puis avait refermé la porte au nez de la pauvre femme pour courir jusqu'à sa salle de bains puante, tandis que des bruits gutturaux remontaient du fond de sa gorge.

Il y avait, à côté du canapé du séjour, une table d'angle sur laquelle elle jeta l'enveloppe de papier kraft plus ou moins à l'aveuglette, lorsqu'elle passa au pas de course à côté. L'enveloppe glissa sur la surface polie de la table et tomba de l'autre côté, dans l'espace sombre de l'angle du mur.

Andrea réussit à atteindre la salle de bains, mais pas les toilettes… ce qui n'était pas plus mal ; elles étaient pratiquement pleines du magma stagnant et puant qu'avait rejeté son corps au cours de l'interminable nuit qu'elle avait passée. Elle se pencha sur le lavabo, vomissant et crachant avec des spasmes qui lui donnèrent l'impression que bientôt son œsophage allait se détacher et atterrir, encore chaud et agité de pulsations, sur la porcelaine maculée de dégueulis.

Ce qui n'arriva pas, bien sûr, mais le monde devint gris devant ses yeux, basculant au loin sur des talons hauts, devenant plus petit et de moins en moins tangible, cependant qu'elle vacillait sur place en essayant de ne pas s'évanouir. Quand elle se sentit un petit peu mieux, elle revint à pas lents par le couloir, marchant sur des jambes caoutchouteuses, faisant courir sa main sur le mur lambrissé pour garder l'équilibre. Elle frissonnait et s'entendait claquer des dents, bruit horrible qu'elle avait l'impression de percevoir non pas avec ses oreilles, mais avec le fond de ses yeux.

Elle n'envisagea même pas de gagner sa chambre au premier ; au lieu de cela, elle se rendit sous le porche fermé de moustiquaires, à l'arrière de la maison. Il aurait dû faire trop froid pour y être bien, fin octobre, mais le temps était encore chaud et humide. Elle se laissa tomber plutôt qu'elle ne s'allongea sur la vieille chaise longue et ne résista plus, enveloppée d'une odeur de moisi qui avait quelque chose de réconfortant.

Je vais me lever dans une minute. Prendre la dernière bouteille d'eau minérale du frigo et m'enlever ce goût ignoble de la bouche.

Puis ses pensées se délitèrent. Elle tomba dans un sommeil profond dont même les tressaillements de ses pieds et de ses mains ne purent la tirer. Elle fit beaucoup de rêves. Dans l'un d'eux, des gens fuyaient un incendie terrible, toussant et pris de spasmes, à la recherche d'air encore frais et respirable. Dans un autre, Brenda Perkins se présentait à sa porte et lui donnait une enveloppe. Quand Andrea l'avait ouverte, il en était sorti un flot de pilules roses d'OxyContin qui paraissait ne jamais vouloir tarir. Le temps qu'elle s'éveille, c'était le soir et il ne lui restait rien de tous ces rêves.

Pas même le souvenir de la visite de Brenda Perkins.

20

« Venez dans mon bureau, dit Big Jim d'un ton joyeux. À moins que vous ne préfériez boire quelque chose avant ? J'ai du Coca, mais j'ai bien peur qu'il ne soit tiède. Le générateur s'est arrêté hier au soir. Plus de propane.

– J'imagine que vous savez très bien où vous en procurer », dit-elle.

Il souleva les sourcils, interrogatif.

« Cette méthamphétamine que vous fabriquez, expliqua-t-elle d'un ton patient, si j'ai bien compris, en me fondant sur les notes de Howie, c'est par bacs entiers que vous la faisiez chauffer. *Des quantités qui donnent le tournis*, pour reprendre son expression. Pour ça, il vous a fallu beaucoup de propane. »

Maintenant qu'elle était lancée, découvrit-elle, ses appréhensions avaient disparu. Elle prenait même un certain plaisir froid à voir des couleurs monter aux joues puis au front du deuxième conseiller.

« Je ne vois vraiment pas de quoi vous parlez. Sans doute votre chagrin… » Il soupira. « Entrez. Nous allons discuter de ça et je vais vous rassurer. »

Elle sourit. Qu'elle pût seulement sourire fut une sorte de révélation et l'aida à mieux imaginer Howie qui l'observait – l'observait d'ailleurs. Lui disant aussi de faire attention. Un conseil qu'elle avait bien l'intention de suivre.

Sur la pelouse, devant la maison de Rennie, deux fauteuils Adirondack étaient abandonnés au milieu des feuilles mortes. « Cela me va très bien ici, dit Brenda.

– Je préfère parler affaires à l'intérieur.

– Et vous retrouver avec votre photo en première page du *Democrat* ? Parce que je peux toujours arranger ça. »

Il grimaça comme si elle l'avait frappé et, un bref instant, elle lut de la haine dans ses petits yeux porcins profondément enfoncés dans leurs orbites. « Duke ne m'a jamais aimé et je suppose qu'il est normal que ses sentiments se soient communiqués à…

– Il s'appelait *Howie* ! »

Big Jim leva les mains en l'air comme pour dire qu'il y avait des femmes avec lesquelles on ne pouvait discuter et la conduisit jusqu'aux deux fauteuils tournés vers Mill Street.

Brenda Perkins parla pendant presque une demi-heure, de plus en plus froide, de plus en plus en colère. Le labo de méthadone avec Andy Sanders et – presque certainement – Lester Coggins comme associés muets. La taille démesurée de l'entreprise. Son emplacement probable. Les intermédiaires à qui on avait promis l'immunité en échange de leurs informations. L'itinéraire suivi par l'argent. Comment l'affaire avait pris de telles proportions que le pharmacien local n'avait pu continuer à fournir les ingrédients sans mettre leur sécurité en danger, les obligeant à les faire venir de l'extérieur du pays.

« Les produits arrivaient en ville dans des camions marqué *Gideon Bible Society*[1], reprit Brenda. *Vraiment trop fort*, d'après Howie. »

1. Association ayant pour but le promotion de la lecture de la Bible, connue pour en avoir fait mettre dans toutes les chambres d'hôtel aux États-Unis.

Big Jim, immobile, regardait en direction de la rue résidentielle silencieuse. Brenda sentait la colère et la haine mijoter en lui. Comme de la chaleur qui serait montée d'un plat sortant du four.

« Vous n'avez aucune preuve, finit-il par dire.

– L'important, ce n'est pas que le dossier de Howie paraisse dans *The Democrat.* Ce n'est pas une procédure légale. Mais s'il y a quelqu'un qui peut comprendre ce genre de manipulation, c'est bien vous. »

Il agita une main. « Oh, je suis sûre que vous détenez un dossier, dit-il, mais mon nom n'apparaît nulle part.

– Nulle part ? Il figure en bonne place sur les documents de Town Ventures. » Big Jim vacilla dans son siège comme si elle venait de lui porter un violent coup de poing à la tempe. « Town Ventures, société dont le siège social est à Carson City dans le Nevada. De là, l'argent suit une piste qu'on peut remonter jusqu'à Chongqing, la capitale des produits pharmaceutiques en Chine. (Elle sourit.) Vous vous êtes cru intelligent, hein ? Tellement intelligent…

– Où est ce dossier ?

– J'en ai laissé une copie chez Julia ce matin. »

Mêler Andrea à cette affaire était la dernière chose qu'elle souhaitait faire. Et croire les documents entre les mains de la journaliste le forcerait à battre en retraite beaucoup plus vite. Sinon, il pourrait s'imaginer que lui ou Andy Sanders seraient capables de museler Andrea.

« Il y a d'autres copies ?

– D'après vous ? »

Il resta quelques instants songeur. « J'ai laissé la ville complètement en dehors de ça. »

Brenda ne répondit rien.

« C'était pour le bien de la ville.

– Vous avez tellement fait pour la ville, Jim. Nous avons des égouts qui datent des années 1960, l'étang est une mare puante, le quartier des affaires est moribond… » Elle était assise bien droite, à présent, agrippée aux bras du fauteuil de bois. « Vous n'êtes qu'une ordure d'asticot dans une merde. Et bien-pensant, avec ça.

– Qu'est-ce que vous voulez ? »

Il regardait droit devant lui, vers la rue vide. Une veine battait à sa tempe.

« Que vous annonciez votre démission. Barbie prendra la direction des affaires, selon le vœu du Président…

– Je ne démissionnerai jamais pour laisser la place à ce cueilleur de coton. » Il se tourna pour la regarder. Il souriait. Un sourire terrifiant. « Vous n'avez rien laissé à Julia, parce que Julia est au supermarché pour assister à la bagarre pour la nourriture. Vous avez peut-être le dossier de Duke sous clef quelque part, mais vous n'avez laissé de copie à personne. Vous avez essayé d'en laisser une à Romeo, puis à Julia, puis vous êtes venue ici. Je vous ai vue remonter Town Common Hill.

– Non, je l'ai donné à quelqu'un », dit-elle. Et si elle lui révélait à qui ? Ce serait un mauvais coup pour Andrea. Elle commença à se lever. « Vous avez eu votre chance. Je m'en vais, maintenant.

– La deuxième erreur que vous avez commise a été de penser que vous seriez en sécurité en étant visible de la rue. Une rue déserte. »

Il avait parlé d'une voix presque douce et, quand il lui toucha le bras, elle se retourna pour le regarder. Il la prit par la tête. Et tordit.

Brenda Perkins entendit un craquement sec, semblable à celui d'une branche qui casse sous le poids de la glace, et s'engouffra à la suite du bruit dans une profonde obscurité, essayant de crier le nom de son mari.

21

Big Jim entra dans la maison et prit l'une des casquettes publicitaires *Jim Rennie's Used Cars* dans le placard de l'entrée. Et des gants. Puis il alla chercher une citrouille dans l'arrière-cuisine. Brenda était toujours dans son fauteuil Adirondack, le menton sur la poitrine. Il regarda autour de lui. Personne. Le monde lui appartenait. Il mit la casquette sur la tête de Brenda, très bas sur le front, lui passa les gants et posa la citrouille sur ses genoux. Voilà qui ira parfaitement bien, songea-t-il, jusqu'à ce que Junior revienne et l'ajoute à la liste de la boucherie de

Dale Barbara. En attendant, elle ne sera qu'un mannequin de Halloween de plus.

Il vérifia ce qu'il y avait dans son sac à commissions. Il contenait son portefeuille, un peigne et un livre de poche. Parfait. Tout cela serait très bien au sous-sol, à côté de la chaudière éteinte.

Il la laissa, la casquette enfoncée sur la tête, la citrouille sur les genoux, et alla ranger le sac en attendant que son fils arrive.

AU TROU

1

Le conseiller Rennie ne s'était pas trompé en estimant que personne n'avait vu Brenda Perkins venir chez lui ce matin-là. Cependant, elle avait été *vue* au cours de ses allées et venues matinales, non pas par une personne, mais par trois, y compris une habitante de Mill Street. Si Big Jim l'avait su, cela l'aurait-il retenu ? On pouvait en douter ; à ce moment-là, il était déjà lancé sur sa trajectoire et il était trop tard pour faire demi-tour. Et s'il avait réfléchi (car à sa manière, il était homme de réflexion), il aurait médité sur la similitude du meurtre avec les chips. C'est difficile de s'arrêter à une seule.

2

Big Jim n'avait pas vu ceux qui l'avaient vu quand il s'était rendu jusqu'au carrefour de Mill et Main Street. Pas plus que Brenda ne les avait vus pendant qu'elle remontait Town Common Hill. Car les voyeurs ne voulaient pas être vus. Ils s'étaient planqués à l'intérieur du Peace Bridge, le pont étant une structure condamnée. Mais ce n'était pas le pire. Si Claire McClatchey avait vu les cigarettes, elle en aurait chié une brique. Et peut-être même deux. Et en tout cas, elle n'aurait plus jamais laissé Joe copiner avec Norrie Calvert, pas même si le sort de la ville en avait dépendu, parce que c'était Norrie qui avait fourni les sèches – des Winston à moitié écrasées et tordues qu'elle avait trouvées sur une étagère du garage. Son père avait arrêté de fumer depuis un an, et une fine couche de poussière recouvrait le paquet, mais dedans les cigarettes avaient l'air très bien. Il y en avait juste trois, mais trois, c'était parfait : une chacun. « Voyez ça comme un rite porte-bonheur, leur avait-elle dit.

– On va les fumer comme les Indiens quand ils prient leurs dieux pour que la chasse réussisse. Après, on se mettra au boulot.

– Ça me va », dit Joe.

Cela faisait longtemps qu'il avait envie de savoir l'effet que ça faisait. Il ne voyait pas quel plaisir on y prenait, mais il devait y en avoir un, puisque des tas de gens fumaient encore.

« Quels dieux ? demanda Benny Drake.

– Ceux que tu veux », lui répondit Norrie en le regardant comme s'il était la créature la plus stupide de l'univers. « Le dieu Dieu, si ça te chante. » Avec son short en jean délavé, son débardeur rose, ses cheveux encadrant pour une fois son petit visage rusé au lieu d'être tirés en arrière, dans son habituelle queue-de-cheval, elle faisait beaucoup d'effet aux garçons. Elle était trop craquante, en fait. « Moi, je prie Wonder Woman.

– Wonder Woman n'est pas une déesse », fit remarquer Joe en prenant une des vieilles Winston qu'il essaya de redresser. « Wonder Woman est un super-héros. » Il réfléchit. « Non, une super-héroïne, plutôt.

– Pour moi, c'est une déesse », répliqua Norrie avec une sincérité et une gravité qui ne pouvaient être ni contredites, ni moquées.

Elle redressait aussi sa cigarette. Benny laissa la sienne telle qu'elle était, estimant qu'une cigarette torsadée avait un certain chic. « J'ai porté les bracelets de pouvoir Wonder Woman jusqu'à neuf ans, quand je les ai perdus. Je crois que c'est cette garce d'Yvonne Nedeau qui me les a piqués », poursuivit Norrie.

Elle fit craquer une allumette et donna du feu tout d'abord à Joe l'Épouvantail, puis à Benny. Lorsqu'elle voulut allumer sa cigarette, Benny souffla dessus.

« Pourquoi t'as fait ça ? demanda-t-elle.

– Une allumette pour trois cigarettes, ça porte malheur.

– Et tu crois un truc pareil ?

– Pas beaucoup, admit Benny, mais aujourd'hui, on va avoir besoin d'un maximum de chance. » Il jeta un coup d'œil au sac à commissions, dans le panier de sa bicyclette, puis tira sur sa cigarette. Il inhala un peu puis recracha la fumée en toussant, les larmes aux yeux. « Ça a un goût de merde de panthère, ce truc !

– Parce que t'en as déjà fumé beaucoup ? » demanda Joe, tirant lui aussi sur sa cigarette.

Il ne voulait pas avoir l'air de se dégonfler, mais il n'avait pas non plus envie de se mettre à tousser, ou pire, à dégobiller. La fumée le brûlait, mais d'une manière en quelque sorte agréable. C'était peut-être pas si mal, au fond. Sauf que la tête lui tournait un peu.

Vas-y mollo, n'avale pas trop de fumée, se dit-il. *Tomber dans les pommes serait encore moins cool que dégobiller*. Sauf que, rêvons toujours, s'il tombait dans les pommes sur les genoux de Norrie, ce qui serait vachement cool.

Norrie plongea la main dans l'une des poches de son short et en retira le bouchon d'une bouteille de jus de fruits. « Ça va nous servir de cendrier. Je veux bien qu'on fasse le rituel indien, mais j'ai pas envie de mettre le feu au Peace Bridge. » Sur quoi, elle ferma les yeux. Ses lèvres se mirent à bouger. Sa cigarette se consumait entre ses doigts.

Benny regarda Joe, haussa les épaules et ferma à son tour les yeux. « Tout-puissant GI Joe, dieu des soldats, écoute la prière de ton humble serviteur le deuxième classe Drake… »

Norrie lui donna une bourrade sans ouvrir les yeux.

Joe se leva (la tête lui tournait un peu, mais pas trop ; il prit le risque d'une deuxième bouffée quand il fut debout) et passa devant les bicyclettes pour aller au bout du pont couvert donnant sur la place principale.

« Où tu vas ? lui demanda Norrie sans ouvrir les yeux.

– Je prie mieux face à la nature », répondit Joe ; mais en réalité, il voulait juste respirer un peu d'air frais.

Ce n'était pas la fumée du tabac ; elle ne lui déplaisait pas. C'était les autres odeurs, à l'intérieur du pont, qui le gênaient : bois pourri, vieille gnôle, et des relents de produits chimiques qui paraissaient monter de la Prestile, en dessous (une odeur, aurait pu lui dire le Chef, qu'on pouvait finir par aimer).

Mais même l'air de l'extérieur n'était pas si merveilleux ; il avait quelque chose *d'usé* qui évoqua dans l'esprit de Joe le voyage qu'il avait fait à New York avec ses parents, l'année précédente. Le métro avait une odeur dans ce genre, en particulier en fin de journée, quand les rames étaient pleines des gens qui rentraient chez eux.

Il fit tomber la cendre dans le creux de sa main. Lorsqu'il la dispersa, il aperçut Brenda Perkins qui remontait la colline.

Un instant plus tard, une main le toucha à l'épaule. Trop légère et délicate pour être celle de Benny. « Qui c'est ? demanda Norrie.

– J'ai déjà vu sa tête, mais je ne connais pas son nom », répondit Joe.

Benny vint les rejoindre. « C'est Mrs Perkins, la veuve du shérif. »

Norrie lui donna un coup de coude. « Le chef de la police, idiot. »

Benny haussa les épaules. « Comme tu voudras. »

Ils la regardèrent, avant tout parce qu'il n'y avait personne d'autre à voir. Le reste de la ville se trouvait au supermarché, lancé dans ce qui était apparemment la plus grande bagarre pour la bouffe au monde. Les trois gamins avaient mené leur enquête, mais de loin ; ils n'avaient pas eu besoin qu'on leur dise de rester au large, vu le matériel qu'on leur avait confié.

Brenda traversa Main Street pour gagner Prestile Street, s'arrêta un instant à la hauteur de la maison des McCain, puis alla à celle de Mrs Grinnell.

« Bon, on y va, dit Benny.

– On ne peut pas bouger d'ici tant qu'elle n'est pas partie », objecta Norrie.

Benny haussa les épaules. « C'est quoi, l'affaire ? Si elle nous voit, on est juste trois mômes qui font les idiots sur la pelouse de la place principale. Et tu sais quoi ? Elle ne nous verra pas, même si elle regarde droit sur nous. Les adultes ne remarquent *jamais* les enfants. » Il réfléchit. « Sauf quand ils sont sur un skate.

– Ou quand ils fument », ajouta Norrie. Tous trois regardèrent leur cigarette. Joe, du pouce, montra le sac à commissions que Benny avait ficelé au porte-bagages de sa Schwinn High Plains. « Et ils ont aussi tendance à remarquer les enfants qui font les idiots avec des appareils de valeur appartenant à la commune. »

Norrie colla sa cigarette au coin de sa bouche. Cela lui donna, d'un coup, un air merveilleusement crâne, merveilleusement adorable, merveilleusement *adulte*.

Les garçons se remirent à surveiller les lieux. La veuve du chef de la police parlait maintenant à Mrs Grinnell. La conversation, en haut des marches, ne dura pas longtemps. Mrs Perkins retira une grande enveloppe épaisse en papier kraft de son sac, et ils la virent la donner à Mrs Grinnell. Quelques secondes plus tard, Mrs Grinnell claqua cavalièrement la porte au nez de sa visiteuse.

« Houlà, c'était malpoli, dit Benny. Une semaine au trou. »

Joe et Norrie voulurent bien rire.

Mrs Perkins resta un instant où elle était, l'air perplexe, puis redescendit les marches. Elle était maintenant face à la place et, instinctivement, les enfants battirent en retraite dans l'ombre du pont. Du coup, ils ne pouvaient plus la voir, mais Joe trouva un trou bien pratique, dans la paroi en bois, et regarda au travers.

« Elle retourne sur Main Street… Elle continue à monter… elle retraverse la rue… »

Benny brandit un micro imaginaire. « La vidéo de onze heures. »

Joe l'ignora. « À présent, elle entre dans *ma* rue. » Il se tourna vers Norrie et Benny. « Vous croyez qu'elle va voir ma mère ?

– Hé, la rue est longue, Toto. Quelles sont les chances qu'elle aille chez toi ? »

Joe se sentit soulagé, même s'il ne voyait pas en quoi une visite éventuelle de Mrs Perkins chez sa mère devrait l'inquiéter. Sauf que sa mère était dans tous ses états de savoir son père coincé hors de la ville, et Joe n'avait aucune envie de la voir encore plus bouleversée qu'elle ne l'était déjà. Elle avait failli lui interdire cette expédition. Grâce au Ciel, Ms Shumway l'avait convaincue de renoncer à cette idée, surtout parce que Dale Barbara avait spécifiquement désigné Joe pour ce boulot (boulot que Joe, comme Benny et Norrie, préférait appeler « leur mission »).

« Mrs McClatchey, avait dit Julia, si quelqu'un est capable de faire fonctionner ce gadget, Barbie pense que c'est probablement votre fils. Ça pourrait être très important. »

Voilà qui avait fait plaisir à Joe, mais la vue du visage de sa mère, les traits tirés, l'expression inquiète, l'avait, en revanche, chagriné. Cela ne faisait même pas trois jours que le Dôme était tombé et elle avait déjà perdu du poids. Et cette façon qu'elle avait de toujours tenir la photo de son père à la main le chagrinait aussi. Comme si elle pensait qu'il était mort et non pas coincé quelque part dans un motel, sans doute en train de boire de la bière en regardant HBO.

Elle avait cependant accepté le point de vue de Ms Shumway. « Question gadgets, il est brillant, c'est vrai. Il l'a toujours été. » Elle avait regardé son fils de la tête aux pieds. « Comment as-tu fait pour grandir comme ça, Joe ?

– Je ne sais pas, avait-il répondu, on ne peut plus sincère.

– Si je te donne mon autorisation, tu feras attention, n'est-ce pas ?

– Et fais-toi accompagner de tes amis, avait dit Julia.

– Benny et Norrie ? Bien sûr.

– Et, avait encore ajouté Julia, montre-toi discret. Tu vois ce que je veux dire, Joe ?

– Oui, madame, très bien. »

Cela voulait dire ne pas se faire prendre.

3

Brenda disparut derrière le rideau d'arbres qui bordaient Mill Street. « Très bien, dit Benny. Allons-y. » Il écrasa soigneusement sa cigarette dans le cendrier improvisé, puis dégagea le sac à commissions du porte-bagages de la bicyclette. À l'intérieur, se trouvait le compteur Geiger ancien modèle de couleur jaune, lequel était passé des mains de Barbie à celles de Rusty, puis à celles de Julia… pour finir par se retrouver dans celles de Joe.

Joe prit le bouchon et écrasa à son tour son mégot, se disant qu'il aimerait bien renouveler l'expérience le jour où il aurait le temps de se concentrer davantage dessus. En même temps, il valait peut-être mieux s'abstenir. Il était déjà drogué aux ordinateurs, aux roman de Brian K. Vaughan et au skate. Cela faisait peut-être assez de singes pour un seul dos.

« Les gens vont commencer à rentrer, dit-il à ses amis. Des tas de gens, probablement, une fois qu'ils en auront marre de faire les idiots au supermarché. Il faut juste espérer qu'ils ne feront pas attention à nous. »

Il repensa à Ms Shumway disant à sa mère combien cela pouvait être important pour la ville. Elle n'avait pas eu besoin de le dire à Joe – lui qui comprenait peut-être mieux que tout le monde de quoi il pouvait retourner.

« Mais si jamais des flics se pointent… », dit Norrie.

Joe hocha la tête. « On remet l'appareil dans le sac et on sort le Frisbee.

– Tu penses sérieusement qu'il y a une sorte de générateur extraterrestre enterré quelque part sous la place principale ? demanda Benny.

– J'ai dit que c'était *possible*, répliqua Joe sur un ton un peu plus sec que ce qu'il avait voulu. *Tout* est possible. »

En réalité, Joe croyait la chose plus que possible : probable. Si le Dôme n'était pas d'origine surnaturelle, il s'agissait alors d'un champ de force. Un champ de force, pour être actif, a besoin d'un générateur. Présenté comme ça, on aurait dit un vulgaire syllogisme, mais il préférait ne pas trop leur donner d'espoir. Ni s'en donner trop à lui-même, d'ailleurs.

« Allez, on s'y met, dit Norrie en se coulant sous le bandeau jaune de la police qui commençait à pendouiller. J'espère que vous avez prié comme il faut, tous les deux. »

Joe ne croyait pas aux prières pour les choses qu'il pouvait faire lui-même, mais il en avait tout de même expédié une, brève, sur un sujet n'ayant rien à voir : que s'ils trouvaient le générateur, Norrie Calvert lui donne un autre baiser. Un long et chouette baiser.

4

Un peu plus tôt ce même matin, pendant la réunion préparatoire qui s'était tenue dans le séjour des McClatchey, Joe l'Épouvantail avait enlevé sa tennis droite, puis sa chaussette de sport blanche.

« Blague ou bonbon, sens mes arpions, donne-moi à manger kék'chose de bon ! s'exclama joyeusement Benny.

– La ferme, idiot, dit Joe.

– Ne traite pas ton ami d'idiot », intervint Claire McClatchey, adressant toutefois un regard de reproche à Benny.

Norrie n'y mit pas son grain de sel, se contentant de regarder avec intérêt Joe qui posait sa chaussette sur le tapis et la lissait du plat de la main.

« C'est Chester's Mill, dit-il. Même forme, non ?

– Tout juste de chez tout juste, confirma Benny. Notre destin est de vivre dans un patelin qui ressemble à une des chaussettes de sport de Joe McClatchey.

– Ou à un soulier de vieille femme[1], ajouta Norrie.

– *Il y avait une vieille femme qui habitait dans un soulier* », entonna Mrs McCain. Elle était assise sur le canapé, la photo de son mari sur les genoux, dans la même attitude que la veille, lorsque Ms Shumway était venue, l'après-midi, apporter le compteur Geiger. « *Elle avait tellement d'enfants qu'elle ne savait que faire.*

– Très bien, mm'an », dit Joe en essayant de ne pas sourire.

La version de la petite école avait été révisée en : *Elle avait tellement d'enfants qu'elle en avait le con pendant.*

Il regarda de nouveau sa chaussette. « La question est : est-ce qu'une chaussette a un milieu ? »

Benny et Norrie se mirent à réfléchir. Joe les laissa faire. Qu'une telle question pût les intéresser était une des choses qui lui plaisaient chez eux.

---

1. Ce passage fait allusion à une comptine anglaise célèbre : « *There was an old woman who lived in a shoe/She had so many children she didn't know what to do...* »

« C'est pas comme un cercle ou un carré, dit finalement Norrie. Qui sont des formes géométriques.

– On pourrait dire qu'une chaussette est aussi une forme géométrique, observa Benny. Techniquement. Mais je ne vois pas comment on pourrait l'appeler. Un chaussagone ? »

Norrie éclata de rire. Même Claire esquissa un sourire.

« Sur une carte, la forme la plus proche de Chester's Mill est l'hexagone, dit Joe. Mais peu importe. C'est juste une question de bon sens. »

Norrie pointa l'endroit où la forme du pied cède la place à la partie montante tubulaire. « Là. Le milieu est là. »

Joe apposa un point avec son stylo.

« Je ne suis pas sûre que ça partira au lavage, mon garçon, soupira Claire. De toute façon, tu vas en avoir besoin de nouvelles, j'en ai peur. » Et, avant qu'il ne pose sa question suivante, elle ajouta : « Sur une carte, ce serait dans le secteur de la place principale. C'est là que vous allez chercher ?

– C'est là que nous allons chercher *en premier* », répondit Joe, quelque peu mortifié de se voir frustré du moment culminant de ses explications.

« Parce que s'il y a un générateur, continua Mrs McClatchey d'un ton songeur, tu estimes qu'il doit se trouver au milieu de la ville. Ou aussi proche du milieu que possible. »

Joe acquiesça d'un hochement de tête.

« Génial, Mrs McClatchey », dit Benny, levant une main paume ouverte. « Claquez-m'en cinq, mère de mon âme frère. »

Affichant un sourire peu convaincu, la photo de son mari toujours sur ses genoux, Claire McClatchey échangea un high five avec Benny. Puis elle dit : « Au moins, la place est un endroit sûr. » Elle marqua un temps de réflexion, fronçant légèrement les sourcils. « Je l'espère, en tout cas, mais qui peut vraiment savoir ?

– Ne vous inquiétez pas, dit Norrie. Je vais les surveiller.

– Promettez-moi simplement que si vous trouvez quelque chose, vous laisserez les experts s'en occuper. »

J'ai bien peur, m'man, que ce soient nous, les experts, pensa Joe. Mais il ne le dit pas. Il savait que cela ne ferait que la déprimer un peu plus.

« Bien vu, Mrs McClatchey ! s'exclama Benny en levant de nouveau la main. Cinq de plus, oh, mère de mon… »

Cette fois-ci, Claire continua à tenir la photo à deux mains. « Je t'aime beaucoup, Benny, mais tu m'épuises, par moments. »

Il sourit tristement. « Ma mère me dit exactement la même chose. »

5

Joe et ses amis se rendirent jusqu'au kiosque à musique qui se dressait au centre de la place. Derrière eux, la Prestile murmurait. Son niveau avait baissé depuis que le Dôme l'avait coupée à l'endroit où elle entrait dans Chester's Mill, par le nord-ouest. Si le Dôme était encore en place demain, Joe estima qu'elle ne serait plus qu'un bourbier.

« D'accord, dit Benny. On a assez déconné comme ça. L'heure a sonné de sauver Chester's Mill, pour les rois du skate. Faisons démarrer ce bidule. »

Avec soin (et avec un véritable respect) Joe sortit le compteur Geiger. Les piles qui le faisaient fonctionner étaient mortes depuis longtemps, et les pôles étaient recouverts d'un dépôt noirâtre, mais un peu de bicarbonate de soude était venu à bout de la corrosion, et Norrie avait trouvé non pas une mais trois piles sèches de six volts dans l'atelier de son père. « C'est un dingue du bricolage et des batteries, avait-elle confié, et un jour il va se tuer en essayant d'apprendre le skate, mais je l'aime. »

Joe posa le pouce sur le bouton de commande et regarda ses amis, la mine sévère. « Vous savez, ce truc pourrait aussi bien trouver que dalle, même si on le trimbale partout, ce qui n'empêcherait pas qu'il y ait un générateur, un générateur d'un genre qui n'émettrait pas d'ondes alpha ou bêta –

– Vas-y, bon Dieu ! le coupa Benny. Le suspense me tue.

– Il a raison. Vas-y », ajouta Norrie.

Il se passa cependant quelque chose d'intéressant. Ils avaient testé le compteur Geiger un peu partout dans la maison de Joe et l'appareil avait parfaitement fonctionné – ils l'avaient même essayé sur unc ancienne montre dont les chiffres du cadran étaient au radium, et l'aiguille avait nettement oscillé. Ils en avaient fait l'essai chacun à leur tour. Mais à présent, alors qu'ils se trouvaient en conditions réelles, en somme, Joe se sentait pétrifié. De la sueur perlait à son front. Il la sentait prête à couler.

Il aurait pu rester longtemps paralysé si Norrie n'avait posé sa main sur celle de Joe. Puis Benny ajouta la sienne. Finalement, c'est à eux trois qu'ils enclenchèrent l'interrupteur. L'aiguille des IMPULSIONS PAR SECONDES bondit à + 5, et Norrie agrippa l'épaule de Joe. Puis elle revint se stabiliser sur + 2, et la gamine se détendit. Ils n'avaient aucune expérience de ce genre de phénomène, bien entendu, mais ils supposèrent que ce qu'ils voyaient était un niveau normal de radioactivité résiduelle.

Lentement, Joe fit le tour du kiosque à musique, tendant devant lui le capteur Geiger-Müller relié à l'appareil par un cordon torsadé comme celui d'un téléphone. La lampe témoin brillait d'une vive couleur ambrée et l'aiguille bougeait légèrement de temps en temps, mais restait cependant presque tout le temps proche de zéro. Les petites oscillations qu'ils constataient devaient être provoquées par leurs propres mouvements. Joe ne fut pas surpris ; quelque chose en lui se doutait que ce ne serait pas aussi facile. Mais en même temps, il était amèrement déçu. C'était stupéfiant, en vérité, que déception et absence de surprise puissent ainsi cohabiter en lui ; elles étaient comme des jumelles en émotion.

« Laisse-moi essayer, dit Norrie. J'aurai peut-être plus de chance. »

Il lui confia l'appareil sans protester. Au cours de l'heure qui suivit ils sillonnèrent la place principale, maniant le compteur Geiger chacun à son tour. Ils virent une voiture s'engager dans Mill Street, sans remarquer que c'était Junior Rennie (lequel se sentait de nouveau mieux) qui se trouvait au volant. Lui ne les remarqua pas non plus. Une ambulance descendait Town Common Hill à toute vitesse, en direction du Food City, gyrophares clignotants, sirène branchée. Ils levèrent un instant la tête, mais ils étaient de nouveau absorbés par leur tâche lorsque Junior repassa peu après, cette fois au volant du Hummer de son père.

Ils n'eurent à aucun moment l'idée d'utiliser le Frisbee qu'ils avaient apporté en guise de camouflage ; ils étaient bien trop occupés. Ce qui était sans importance. Bien peu de ceux qui retournaient chez eux prirent la peine de regarder vers la place. On comptait une poignée de blessés. La plupart transportaient des aliments soustraits à l'embargo, et quelques-uns poussaient même des chariots pleins. Presque tous avaient l'air honteux.

À midi, Joe et ses amis étaient près de renoncer. Et ils avaient faim. « Allons chez moi, dit Joe. Ma mère va nous faire quelque chose à manger.

– Génial, dit Benny. J'espère que ce sera du chop-suey. Le chop-suey de ta mère est super.

– Est-ce qu'on ne pourrait pas d'abord aller voir de l'autre côté du Peace Bridge ? » demanda Norrie.

Joe haussa les épaules. « Si tu veux, mais il n'y a que des bois, de l'autre côté. Et ça nous éloigne du centre.

– Oui, mais... »

Elle n'acheva pas sa phrase.

« Mais quoi ?

– Rien. Juste une idée. C'est probablement idiot. »

Joe regarda Benny. Benny haussa à son tour les épaules et tendit le compteur Geiger à Norrie.

Ils retournèrent au Peace Bridge et se glissèrent sous les rubans jaunes de la police. Il faisait sombre sur la passerelle, mais pas au point que Joe ne puisse pas voir, par-dessus l'épaule de Norrie, l'aiguille du compteur Geiger bouger un peu quand ils furent au milieu ; ils marchaient en file indienne pour ne pas trop en demander aux vieilles planches à moitié pourries, sous leurs pieds. Une fois de l'autre côté, un panneau informait : VOUS QUITTEZ LA PLACE PRINCIPALE DE CHESTER'S MILL, INAUGURÉE EN 1808. Un chemin encore bien marqué remontait le long d'une pente couverte de chênes, de hêtres et de bouleaux. Le feuillage d'automne pendait mollement aux branches, donnant une impression plus morne que gaie.

Le temps de rejoindre le début du sentier, l'aiguille, derrière la vitre du cadran des IMPULSIONS PAR SECONDE, s'était portée entre + 5 et + 10. Au-delà de + 10, la croissance devenait exponentielle et passait à + 500 et à + 1 000. Venait ensuite une zone rouge. L'aiguille en était encore bien loin, mais Joe avait la conviction que sa position actuelle indiquait autre chose qu'une radioactivité résiduelle.

Benny observait l'aiguille, agitée de légères oscillations, mais Joe regardait Norrie.

« À quoi pensais-tu ? lui demanda-t-il. N'aie pas peur de lâcher le morceau, parce que n'est peut-être pas une idée si idiote, en fin de compte.

– C'est vrai », ajouta Benny en tapotant le cadran des IMPULSIONS PAR SECONDE.

L'aiguille bondit puis se stabilisa autour de + 7 ou 8.

« Je me suis dit qu'un générateur et un émetteur, c'était pratiquement la même chose. Et qu'un émetteur n'a pas besoin d'être au milieu, seulement en hauteur.

– Celui de la WCIK n'est pas spécialement en hauteur, observa Benny. Il est juste au milieu d'une clairière, à nous pomper avec Jésus. Je l'ai vu.

– Ouais, mais ce truc-là, il est superpuissant, répliqua Norrie. Mon père dit qu'il émet à cent mille watts, ou un truc comme ça. Ce qu'on cherche a peut-être un rayon d'action plus faible. Alors je me suis dit, quel est le point le plus haut de la ville ?

– Black Ridge, répondit Joe.

– Black Ridge, tout juste », dit-elle en brandissant son petit poing.

Joe le heurta du sien, puis montra une direction. « Par là, c'est à au moins trois kilomètres, peut-être quatre. » Il braqua le Geiger-Müller et ils virent tous les trois, fascinés, l'aiguille bondir à + 10.

« Que je sois baisé, dit Benny.

– Quand t'auras quarante balais, ouais », rétorqua Norrie.

Toujours aussi crâne… mais rougissant néanmoins. Un peu.

« Il y a un ancien verger non loin de la Black Ridge Road, dit Joe. De là, on peut voir tout Chester's Mill et jusqu'au TR-90. C'est ce que dit mon père. Il pourrait être là, ton émetteur. Norrie, tu es un génie. » Il n'eut pas attendre plus longtemps, en fin de compte, pour recevoir un baiser. Même si ce fut du coin des lèvres qu'il lui fit honneur.

Norrie paraissait contente, mais elle avait toujours un petit froncement de sourcils. « Ça ne veut peut-être rien dire. L'aiguille ne s'est pas vraiment affolée. On ne pourrait pas aller là-bas à bicyclette ?

– Bien sûr ! dit Joe.

– Après le déjeuner », ajouta Benny.

Il se considérait comme l'esprit pratique de l'équipe.

6

Pendant que Joe, Benny et Norrie déjeunait chez les McClatchey (Mrs McClatchey avait préparé un chop-suey, effectivement) et que Rusty Everett, assisté de Barbie et des deux adolescentes, traitait les blessés de l'émeute du supermarché à l'hôpital, Big Jim Rennie, dans son bureau, parcourait à nouveau sa liste de choses à faire.

Il vit le Hummer réapparaître dans l'allée et raya une des choses à faire de sa liste : Brenda Perkins alla rejoindre celles qui l'étaient déjà. Il estima qu'il était prêt – aussi prêt que possible, de toute façon. Et même si le Dôme disparaissait dans l'après-midi, il avait, pensait-il, assuré ses arrières.

Junior entra et laissa tomber les clefs du Hummer sur le bureau de son père. Il était pâle et avait plus que jamais besoin de se raser, mais au moins il n'avait plus l'air d'un cadavre ambulant. Il avait l'œil gauche un peu rouge, sans plus.

« Tout est paré, fiston ? »

Junior hocha la tête. « On va aller en prison ? » Il avait parlé avec une sorte de curiosité presque désintéressée.

« Non », répondit Big Jim. L'idée qu'il puisse aller en prison ne l'avait jamais effleuré, pas même quand cette sorcière de Perkins s'était pointée ici et avait commencé à lancer ses accusations. Il sourit. « Mais Dale Barbara, sûr.

– Personne ne croira qu'il a tué Brenda Perkins. »

Big Jim continua de sourire. « Mais si. Ils ont la frousse, alors ils le croiront. C'est comme ça que ça marche.

– Comment peux-tu le savoir ?

– Parce que j'étudie l'histoire. Tu devrais t'y mettre, un jour. »

Il était sur le point de demander à Junior comment il se faisait qu'il eût quitté l'université : avait-il abandonné ses études, raté ses examens, été mis à la porte ? Mais ce n'était ni le lieu ni l'heure. Il lui demanda à la place s'il voulait bien faire une autre course pour lui.

Junior se frotta la tempe. « Ouais, pourquoi pas. Ça ou peigner la girafe…

– Tu vas avoir besoin d'aide. Tu pourrais prendre Frank, je suppose, mais je préférerais ce costaud, Thibodeau, s'il est capable de se bouger aujourd'hui. Mais pas Searles. Un bon gars, mais stupide. »

Junior ne dit rien. Big Jim se demanda une fois de plus ce qui n'allait pas chez son fils. Mais avait-il vraiment envie de le savoir ? Quand cette crise serait terminée, peut-être. En attendant, il avait bien trop de casseroles sur le feu et le dîner n'allait pas tarder à être servi.

« Et qu'est-ce que tu veux que je fasse ?

– Laisse-moi vérifier quelque chose avant. »

Big Jim prit son portable. Chaque fois qu'il l'ouvrait, il s'attendait à ce qu'il soit aussi inutile que des tétons sur un taureau, mais il fonctionnait toujours. Au moins pour les appels locaux, ce qui était la seule chose qui l'intéressait. Il sélectionna DP, le département de police. Stacey Moggin décrocha à la troisième sonnerie. Elle paraissait harassée, pas du tout comme la Stacey courtoise et efficace habituelle. Big Jim n'en fut pas surpris, étant donné les festivités qui s'étaient déroulées le matin même. Le bruit de fond trahissait beaucoup d'agitation.

« Police, dit-elle. Si ce n'est pas une urgence, veuillez raccrocher et rappeler plus tard. Nous sommes absolument débor…

– C'est Jim Rennie, mon chou. » Il savait pertinemment que Stacey avait horreur qu'on l'appelât mon chou. Raison pour laquelle il le faisait. « Passe-moi le chef. Tout de suite.

– Il essaie de séparer deux types qui se bagarrent à la réception, répondit-elle. Pourriez-vous rappeler plus…

– Non, je ne peux pas rappeler plus tard, la coupa Big Jim. Croyez-vous que j'appellerais, si ce n'était pas important ? Allez donc donner un bon coup de lacrymo au plus agressif de vos deux énergumènes. Et que Peter se rende dans son bureau… »

Elle ne le laissa pas terminer, le téléphone heurta le bureau avec un bruit mat. Cela ne désarçonna nullement Big Jim ; quand il portait sur les nerfs à quelqu'un, il aimait autant le savoir. Au loin, il entendit une voix masculine traiter quelqu'un d'autre de fils de pute et de voleur. Cela le fit sourire.

Quelques instants plus tard, il fut placé en attente sans que Stacey prît la peine de l'en avertir. Big Jim eut droit à la musique de *McGruff the Crime Dog* pendant un moment. Puis quelqu'un prit la ligne. C'était Randolph, apparemment hors d'haleine :

« Fais vite, Jim, parce que c'est une maison de fous, ici. Ceux qui ne sont pas à l'hôpital avec des côtes cassées sont furieux comme des frelons. Tout le monde accuse tout le monde. J'essaie de ne pas remplir les cellules, en bas, mais on dirait qu'ils *veulent* tous y aller.

– Est-ce que l'idée d'augmenter les forces de police ne te semble pas meilleure, aujourd'hui ?

– Bordel, si ! On a pris notre raclée. J'ai l'un des nouveaux – la fille Roux – à l'hôpital avec toute une moitié de la figure démolie. On dirait la Fiancée de Frankenstein. »

Le sourire de Big Jim s'agrandit. Sam Verdreaux avait réussi son coup. Mais c'était encore une des conséquences de *sentir le truc* ; quand on était obligé de passer le ballon, en ces rares occasion où on ne pouvait pas lancer soi-même, on le passait toujours à la bonne personne.

« On lui a balancé une pierre. À Mel Searles aussi. Il est resté un moment évanoui, mais on dirait qu'il va mieux. Sauf que c'est pas joli à voir. Je l'ai envoyé se faire rafistoler à l'hôpital.

– C'est vraiment un scandale, dit Big Jim.

– Il y a quelqu'un qui visait mes officiers. *Plusieurs* quelqu'un, je crois. Est-ce qu'on va pouvoir engager d'autres volontaires, Big Jim ?

– Je pense que tu trouveras plein de volontaires parmi la belle jeunesse de cette ville, dit Big Jim. En fait, j'en connais plusieurs, qui vont au Christ-Rédempteur. Les frères Killian, par exemple.

– Les frères Killian sont plus bêtes que leurs pieds, Jim !

– Je sais, mais ils sont costauds et ils obéissent aux ordres… Et ils savent tirer.

– Est-ce qu'on va armer les nouveaux officiers ? demanda Randolph d'un ton où se mêlaient crainte et espoir.

– Après ce qui est arrivé aujourd'hui ? Bien sûr. Je pensais à dix ou douze braves jeunes gens de confiance, pour commencer. Frank et Junior pourront t'aider à les choisir. Et il en faudra davantage si tout ça n'est pas réglé la semaine prochaine. Paie-les sur le papier. Donne-leur la priorité sur les denrées, si jamais on commence à rationner. À eux et à leur famille.

– D'accord. Envoie-moi Junior, tu veux bien ? Frank est là, Thibodeau aussi. Il a pris pas mal de coups au supermarché et il a fallu changer son pansement à l'épaule, mais il est plutôt en forme. » Randolph se mit à parler plus bas. « Il dit que c'est Barbara qui lui a changé son pansement. Et qu'il a fait du bon boulot.

– C'est très bien, mais notre Mister Barbara ne va pas continuer bien longtemps à changer des pansements. Et j'ai un autre boulot pour Junior. Et pour l'officier Thibodeau. Envoie-le-moi.

– Pour quoi faire ?

– Si tu avais besoin de le savoir, je te le dirais. Envoie-le-moi. Junior et Frank feront plus tard la liste des nouvelles recrues potentielles.

– Bon… si tu le dis… »

Randolph fut interrompu par une brusque recrudescence du tapage. Un objet tomba, ou fut lancé. Il y eut le craquement de quelque chose qui se brise.

« *Arrêtez ça !* » rugit Randolph.

Avec un sourire, Big Jim écarta le téléphone de son oreille. Il entendait parfaitement bien, néanmoins.

« *Attrapez-moi ces deux-là – non, pas eux, idiots, les deux autres… NON, je ne veux pas qu'on les arrête ! Je veux qu'ils me foutent le camp d'ici ! Sur le cul, si y'a pas moyen de faire autrement !* »

Un instant plus tard, Randolph revenait en ligne. « Rappelle-moi pourquoi j'ai voulu ce boulot, parce que je commence à l'oublier.

– Ça va s'arranger tout seul, tu vas voir, rétorqua Big Jim d'un ton apaisant. Tu auras cinq nouveaux à ta disposition dès demain – de jeunes étalons en pleine forme – et cinq autres jeudi. Au moins cinq. Et maintenant, envoie-moi Thibodeau. Et vérifie bien que la cellule tout à fait au fond, au sous-sol, reste libre pour accueillir quelqu'un. Mr Barbara va l'occuper cet après-midi.

– Il sera accusé de quoi ?

– Qu'est-ce que tu dirais de quatre inculpations pour meurtre, plus incitation à l'émeute au supermarché local ? Ça t'irait ? »

Il raccrocha avant que Randolph eût le temps de répondre.

« Qu'est-ce qu'on doit faire, avec Carter ? demanda Junior.

– Cet après-midi ? Tout d'abord, un peu de reconnaissance et de préparation. Ensuite, tu feras partie de ceux qui arrêteront Barbara. Ça devrait te plaire, non ?

– Et comment !

– Une fois Barbara au trou, toi et Thibodeau vous allez faire un bon repas, parce que votre vrai boulot, c'est pour cette nuit.

– Et ce sera quoi ?

– Mettre le feu au local du *Democrat*. Qu'est-ce que t'en dis ? »

Les yeux de Junior s'agrandirent. « Mais pourquoi ? »

Que son fils eût besoin de le demander fut une déception pour Big Jim. « Pourquoi ? Parce que, dans un avenir immédiat, il n'est pas dans l'intérêt de la ville d'avoir un journal. Des objections ?

– Dis-moi, P'pa… ça ne t'est jamais venu à l'esprit que tu puisses être cinglé ? »

Big Jim hocha la tête. « Comme un renard », répondit-il.

7

« Quand je pense au temps que j'ai passé dans cette salle, dit Ginny Tomlinson de sa nouvelle voix enrouée, sans imaginer un seul instant que je me retrouverais sur la table…

– Et même si cette pensée vous avait effleurée, vous n'auriez probablement jamais été jusqu'à imaginer que ce serait le type qui vous sert votre petit déjeuner qui officierait », répondit Barbie.

Il s'efforçait de garder un ton léger, mais il n'avait pas arrêté de soigner et panser des plaies depuis qu'il était arrivé à l'hôpital avec la première rotation d'ambulances, et il était fatigué. Cela devait tenir en bonne partie au stress, supposait-il : il avait une peur bleue de faire empirer l'état d'un de ses patients au lieu de l'améliorer. Il lisait la même inquiétude sur les visages de Gina Buffalino et de Harriet Bigelow, bien que celles-ci n'aient pas, en plus, un compte à rebours signé Jim Rennie égrenant les secondes dans leur tête.

« Je crois que c'est pas demain la veille que je pourrai manger un steak », marmonna Ginny.

Rusty lui avait remis le nez en place avant de voir les autres patients. Barbie l'avait assisté, immobilisant l'infirmière en lui tenant la tête aussi doucement que possible, lui murmurant des encouragements. Rusty lui avait auparavant bouché les narines avec de la gaze imbibée de cocaïne médicinale. Il avait laissé dix minutes à l'anesthésique pour faire effet (profitant de ce laps de temps pour soigner un poignet méchamment foulé et poser un bandage élastique autour du genou enflé d'une femme obèse), puis il avait retiré la gaze à la pince et pris un scalpel. Son geste technique fut d'une admirable rapidité. Avant que Barbie ait eu le temps de demander à Ginny de dire *wishbone*, Rusty avait glissé le manche du scalpel dans la plus dégagée des narines de Ginny, pris appui sur le septum et effectué un mouvement de levier.

Comme quand on fait sauter l'enjoliveur d'une roue, avait pensé Barbie lorsqu'il avait entendu le craquement, faible mais audible, du nez de Ginny reprenant à peu près sa position d'origine. Elle ne cria pas, mais ses ongles déchirèrent le papier de protection de la table d'examen et des larmes roulèrent sur ses joues.

Si elle était calme, à présent – Rusty lui avait donné deux Percocet –, des larmes coulaient encore de son œil le moins enflé. Barbie trouva qu'elle ressemblait assez à Rocky Balboa après son homérique combat de l'Apollo Creed.

« Voyez le bon côté des choses, lui dit Barbie.

– Pourquoi, il y en a un ?

– Incontestablement. La petite mère Roux est bonne pour un mois de soupes et de milkshakes.

– Georgia ? J'ai entendu dire qu'elle a reçu quelque chose sur la figure. C'est si grave ?

– Elle survivra mais c'est pas demain la veille qu'elle redeviendra jolie.

– De toute façon, elle n'avait aucune chance de devenir Miss Chester's Mill. (Ginny baissa la voix :) C'est elle que j'ai entendue crier ? »

Barbie acquiesça. Les hurlements de Georgia avaient rempli tout l'hôpital, semblait-il. « Rusty lui a bien donné de la morphine, mais il a fallu un temps fou avant que ça la calme. Elle doit avoir une constitution de cheval.

– Et la conscience d'un alligator, ajouta Ginny de sa voix embrumée. Je ne souhaiterais à personne ce qui lui est arrivé mais ça prouve que parfois le karma se venge. Depuis combien de temps je suis ici ? Ma fichue montre est cassée. »

Barbie consulta la sienne. « Quatorze heures trente. Autrement dit, dans environ cinq heures et demie, vous serez sur pied. » Il pivota sur ses hanches, entendit son dos craquer puis le sentit se détendre un peu. Il arriva à la conclusion que Tom Petty, le rocker, avait raison, quand il disait que le plus dur, c'était d'attendre. Au point qu'il en venait à penser que ce serait plus facile une fois qu'il serait dans une cellule. Sauf s'il était mort. Il s'était demandé s'il ne vaudrait pas mieux pour lui se faire tuer en résistant à l'arrestation.

« Qu'est-ce qui vous fait sourire ? demanda-t-elle.

– Rien. » Il lui montra la pince à épiler qu'il tenait. « Et maintenant silence, que je puisse travailler. Plus vite je m'y mets, plus vite ce sera fini.

– Je devrais me lever et me foutre au boulot.

– Si vous vous levez, c'est par terre que vous allez vous foutre, oui. »

Elle regarda la pince. « Vous allez savoir vous servir de ça ?

– Vous plaisantez ? J'ai décroché la médaille d'or aux olympiades de retrait d'échardes.

– Votre quotient de connerie est encore plus élevé que celui de mon ex-mari. »

Elle avait esquissé un sourire en disant cela. Barbie supposa qu'elle avait mal, en dépit des analgésiques, et la trouva d'autant plus touchante.

« Vous n'allez pas me faire le numéro de celle qui, sous prétexte qu'elle est médecin ou infirmière, devient le pire casse-pieds qui soit quand c'est à son tour d'être soignée, hein ?

– Non. Là, vous parlez du Dr Haskell. Il s'était planté une grosse écharde sous l'ongle du pouce, un jour, et quand Rusty lui a proposé de l'enlever, le Sorcier a dit qu'il voulait un spécialiste. »

Elle rit, grimaça, puis grogna.

« Si cela peut vous faire du bien, sachez que le flic qui vous a tabassée a pris une pierre en pleine tête.

– Encore le karma. Il est sur ses jambes ?

– Oui. »

Mel Searles avait même quitté l'hôpital deux heures auparavant, un bandage autour de la tête.

Lorsque Barbie se pencha sur elle avec les pinces, Ginny ne put s'empêcher de détourner instinctivement la tête. Il la lui redressa, appuyant – très délicatement – sur celle de ses joues qui n'était pas enflée.

« Je sais bien qu'il faut le faire, dit-elle. Mais quand il s'agit des yeux, je deviens un vrai bébé.

– Vu la violence du coup qu'il vous a porté, vous avez de la chance que les éclats soient autour et non pas dedans.

– Je sais. Essayez juste de ne pas me faire mal, d'accord ?

– D'accord. Vous serez debout le temps de le dire, Ginny. Je vais faire vite. »

Il se sécha les mains (il n'avait pas voulu des gants, craignant que sa prise soit plus incertaine) et se pencha sur l'infirmière. Il devait y avoir une demi-douzaine de petits éclats de verre environ, éparpillés sur son front et autour de ses yeux ; mais celui qui l'inquiétait le plus était l'écharde minuscule, affilée comme une dague, qui s'était fichée juste au coin de son œil gauche. Barbie était sûr que Rusty l'aurait retirée, s'il l'avait vue, mais il s'était concentré sur le nez de sa patiente.

Fais vite, se dit-il. *C'est quand on hésite qu'on loupe son coup.*

Il saisit l'écharde dans sa pince, la retira et la laissa tomber dans le bassin en plastique, à côté de lui. Une petite goutte de sang perla sur la plaie. Il poussa un soupir de soulagement. « Bon. Le reste, c'est de la gnognotte. Vent arrière.

– Dieu vous entende, matelot », dit Ginny.

Il venait de retirer le dernier éclat de verre lorsque Rusty ouvrit la porte de la salle d'examen et demanda à Barbie s'il ne pourrait pas lui donner un coup de main. L'assistant médical promu chef tenait une boîte de sucrettes à la main.

« Pour quoi faire ? demanda Barbie.

– Une hémorroïde ambulante qui se prend pour un homme, répondit Rusty. Ce trou-du-cul veut ficher le camp avec ses biens mal acquis. En temps normal, je serais ravi de le voir prendre la porte, cette enflure, mais il pourrait nous être utile.

– Ginny ? Ça va aller ? » demanda Barbie.

Elle agita la main en direction de la porte. Barbie y avait déjà rejoint Rusty, lorsqu'elle le rappela. « Hé, beau gosse ! » Il se tourna et elle lui souffla un baiser.

Barbie l'attrapa.

8

Il n'y avait qu'un seul dentiste à Chester's Mill. Il s'appelait Joe Boxer. Son cabinet était situé au bout de Strout Lane et jouissait d'une vue panoramique sur la Prestile et le Peace Bridge. Très chouette, quand on était assis. Sauf que la plupart des personnes qui visitaient ledit cabinet étaient en position allongée, sans rien d'autre à contempler qu'une douzaine de photos du chihuahua de Boxer que ce dernier avait collées au plafond.

« Sur l'une d'elles, on dirait que le foutu clébard est en train de chier, avait dit Dougie Twitchell à Rusty, après une visite. C'est peut-être la façon qu'a cette race de s'asseoir, mais je ne crois pas. J'ai bien dû passer une demi-heure à contempler ce torchon à vaisselle avec des yeux couler son bronze pendant que le Box m'enlevait deux dents de sagesse. Avec un tournevis, on aurait dit. »

Un panneau était suspendu devant le cabinet du Dr Boxer ; il était découpé comme un boxer-short démesuré, qui aurait convenu à un géant de conte de fées, et peint des couleurs criardes – vert et doré – des Wildcats de Chester's Mill. Dessus, on lisait : JOSEPH BOXER, accompagné de cette devise : **BOXER EST RAPIDE** ! Et c'était vrai qu'il opérait vite, tout le monde en convenait, mais il n'acceptait aucune assurance médicale et exigeait d'être payé en liquide. Qu'un malheureux entrât chez lui les gencives suppurantes et les joues gonflées comme un écureuil qui fait ses provisions et se mette à parler de son assurance, Boxer lui disait d'aller chercher l'argent d'abord auprès d'Anthem ou de la Blue Cross et de revenir le voir ensuite.

Un peu de concurrence l'aurait sans doute obligé à adoucir cette politique draconienne, mais la demi-douzaine de confrères qui avaient essayé de s'établir à Chester's Mill depuis le début des années 1990 avaient tous jeté l'éponge. Il y avait bien quelques bruits qui couraient sur le fait que Jim Rennie, l'excellent ami de Joe Boxer, était pour quelque chose dans ce manque de concurrence, mais personne n'en avait apporté la preuve. En attendant, on pouvait voir tous les jours le Dr Boxer se balader dans sa Porsche affublée d'un autocollant, sur son pare-chocs, qui disait : MON AUTRE VOITURE EST AUSSI UNE PORSCHE !

Au moment où Rusty arrivait dans l'entrée, Barbie sur ses talons, Boxer se dirigeait vers la sortie. Ou du moins, essayait ; Twitch le retenait par la manche. Au bout de sa main libre, Boxer tenait un panier rempli de gaufres Eggo. Rien d'autre : seulement des paquets et des paquets de gaufres. Barbie se demanda – et pas pour la première fois – s'il n'était pas en réalité prostré au fond du fossé qui courait derrière le parking du Dipper's, battu à mort et victime d'un cauchemar dû à de terribles blessures à la tête.

« Pas question que je reste ! aboyait Boxer. Il faut que j'aille mettre ça dans mon congélateur ! Sans compter que ce que vous proposez n'a pratiquement aucune chance de réussir, alors bas les pattes ! »

Barbie étudia le pansement en forme de papillon qui barrait l'un des sourcils de Boxer et le gros bandage qu'il avait autour du bras. Le dentiste s'était rudement bien battu pour ses gaufres congelées, semblait-il.

« Dites à cet abruti de me lâcher ! s'écria-t-il quand il vit Rusty. On m'a soigné, et maintenant je rentre chez moi !

– Non, pas encore, dit Rusty. On vous a soigné gratis, et nous nous attendons à ce que vous nous remboursiez. »

Boxer était un petit bonhomme qui ne mesurait pas plus d'un mètre soixante-deux ou trois, ce qui ne l'empêcha pas de se redresser de toute sa faible taille. « Vous pouvez toujours attendre et aller au diable ! Une telle chirurgie buccale – spécialité pour laquelle je ne suis pas certifié par l'État du Maine, soi dit en passant – en échange de deux pansements, ce n'est pas sérieux ! Je travaille pour gagner ma vie, Everett, et je m'attends à être payé pour ça.

– Vous serez remboursé au Ciel, dit Barbie. N'est-ce pas ce que dirait votre ami Rennie ?

– Il n'a rien à voir avec… »

Barbie se rapprocha d'un pas et regarda ostensiblement dans le panier en plastique vert que tenait Boxer. **PROPRIÉTÉ DU FOOD CITY**, lisait-on sur la poignée. Boxer essaya, sans grand succès, de dissimuler son butin.

« Puisque vous parlez de paiement, avez-vous payé ces gaufres ?

– Ne soyez pas ridicule. Tout le monde s'est servi. Moi, j'ai juste pris ça. » Il lança un regard de défi à Barbie. « J'ai un très gros congélateur, et il se trouve que j'adore les gaufres.

– Que tout le monde se soit servi, voilà un système de défense qui ne vous servira pas à grand-chose quand vous serez inculpé pour pillage », dit doucement Barbie.

Il semblait impossible à Boxer de se faire plus grand, mais il y parvint tout de même. Son visage déjà rouge virait au violet. « Alors traînez-moi devant le tribunal ! Mais *quel* tribunal ? Affaire classée ! ah ! »

Il tenta à nouveau de tourner les talons. Barbie l'arrêta, non pas en le prenant par le bras, mais en attrapant le panier. « Dans ce cas, je confisque les gaufres, voyez-vous.

– Vous n'avez pas le droit !

– Ah non ? Alors traînez-moi devant le tribunal, répondit Barbie avec un sourire. Oh, j'oubliais – *quel* tribunal, hein ? »

Le Dr Boxer le fusilla du regard, ses lèvres grimaçantes découvrant de petites dents parfaitement alignées.

« Nous allons tout simplement faire griller ces gaufres à la cafét' de l'hôpital, dit Rusty. Humm, j'en salive déjà.

– Oui, pendant qu'il nous reste un peu de jus pour les faire griller, marmonna Twitch. Après quoi, on pourra toujours les planter sur des fourchettes et les faire rôtir sur l'incinérateur, là-derrière.

« Vous n'avez pas le droit ! »

Barbie commençait à en avoir assez. « Je vais être très clair. À moins que vous ne fassiez ce que Rusty vous a demandé, je n'ai aucune intention de vous laisser partir avec vos gaufres. »

Chaz Bender, qui avait un pansement en travers du nez et un autre sur le cou, éclata de rire. Pas très gentiment. « À la caisse, Doc ! lança-t-il. C'est pas ce que vous dites toujours ? »

Boxer adressa un regard furieux à Bender, puis un autre à Rusty. « Ce que vous voulez que je fasse n'a pratiquement aucune chance de réussir. Vous devez le savoir. »

Rusty ouvrit la boîte de sucrettes et la tendit vers le dentiste. À l'intérieur, il y avait six dents. « C'est Torie McDonald qui les a ramassées devant le supermarché. Elle s'est mise à genoux et a fouillé les flaques de sang de Georgia Roux pour les trouver. Et si vous voulez avoir des gaufres pour votre déjeuner demain, Doc, vous allez les replacer dans la mâchoire de Georgia.

– Et si je m'en vais ? »

Chaz Bender, le prof d'histoire, avança d'un pas. Il serrait les poings. « Dans ce cas, monsieur le mercenaire, je vous démolis dans le parking.

– Je lui donnerai un coup de main, dit Twitch.

– Pas moi, mais je compterai les points », ajouta Barbie.

Il y eut de rires et quelques applaudissements. Barbie se sentait à la fois amusé et écœuré.

Les épaules de Boxer s'affaissèrent. Tout d'un coup, il ne fut plus qu'un petit homme prisonnier d'une situation qui le dépassait. Il prit la boîte à sucrettes et regarda Rusty. « Un spécialiste en chirurgie dentaire travaillant dans les meilleures conditions arriverait peut-être à réimplanter ces dents, et elles pourraient peut-être se réenraciner, mais il opérerait sans donner la moindre garantie à son patient. Si je le fais, moi, on aura de la chance si j'arrive à en faire tenir une ou deux. Il y a bien plus de risques pour qu'elles tombent dans sa gorge et qu'elle s'étouffe avec. »

Une femme corpulente à la chevelure d'un rouge flamboyant s'avança, bousculant Chaz au passage. « Je veillerai sur elle et je ferai tout pour que ça n'arrive pas, dit-elle. Je suis sa mère. »

Le Dr Boxer soupira. « Elle est inconsciente ? »

Avant qu'on lui donne une réponse, deux véhicules de la police de Chester's Mill, dont la verte du chef, vinrent s'arrêter devant les portes. Freddy Denton, Junior Rennie, Frank DeLesseps et Carter Thibodeau descendirent de la voiture de tête. Le chef Randolph et Jackie Wettington descendirent de la seconde, ainsi que la femme de Rusty, assise à l'arrière. Tous étaient armés et tous sortirent leur arme en approchant des portes de l'hôpital.

La petite foule qui avait assisté à la confrontation avec Joe Boxer murmura et recula, certaines personnes s'attendant sans aucun doute à être arrêtées pour vol.

Barbie se tourna vers Rusty Everett. « Regarde-moi !

– Qu'est-ce que...

– Regarde-moi bien ! » Barbie leva les bras, les tournant pour qu'ils soient visibles des deux côtés. Puis il remonta son T-shirt, exhibant tout d'abord son estomac plat, puis son dos. « Est-ce que tu vois des marques ? Des ecchymoses ?

– Non...

– Fais bien en sorte qu'ils le sachent. »

C'est tout ce qu'il eut le temps de faire. Randolph entra dans l'établissement à la tête de ses officiers. « Dale Barbara ? Veuillez vous avancer. »

Avant que Randolph ait le temps de braquer son arme sur lui, Barbie obéit. Parce que les accidents, ça arrive.

Barbie lut de l'étonnement sur le visage de Rusty et l'aima d'autant plus pour sa candeur. Il vit Gina Buffalino et Harriet Bigelow écarquiller les yeux. L'essentiel de son attention, cependant, se concentrait sur Peter Randolph et son équipe. Ils arboraient tous une expression figée, mais on voyait, sur les visages de Thibodeau et de DeLesseps, une indéniable satisfaction. Pour eux, c'était la monnaie de sa pièce pour l'affaire du Dipper's. Fichue monnaie.

Rusty vint se placer devant Barbie, comme pour lui faire un bouclier.

« Non, fais pas ça, lui dit Barbie entre ses dents.

– Rusty, non ! » cria Linda.

Rusty n'y fit pas attention. « Peter ? Qu'est-ce que ça signifie ? Barbie nous a aidés, et il a fait un sacré bon boulot. »

Barbie craignait de repousser l'imposant assistant, craignait même de le toucher. Il se contenta de lever les bras, très lentement, paumes ouvertes.

Lorsqu'ils virent qu'il avait les bras levés, Junior et Freddy Denton se jetèrent sur lui. Junior heurta même Randolph en passant et le Beretta que le chef tenait à la main partit. La détonation fut assourdissante dans le hall d'entrée. La balle s'enfonça dans le sol à dix centimètres du pied droit de Randolph, creusant un trou impressionnant. L'odeur âcre de la poudre se répandit immédiatement.

Gina et Harriet hurlèrent et filèrent vers le couloir principal, sautant adroitement au-dessus de Joe Boxer qui rampait sur le sol, les mains sur la tête, ses cheveux d'ordinaire si soigneusement peignés pendant devant ses yeux. Brendan Ellerbee, qui venait d'être soigné pour une mâchoire partiellement déboîtée, donna un coup de pied dans l'avant-bras du dentiste dans sa précipitation. La boîte à sucrettes alla valser, heurta le meuble de la réception et s'ouvrit, répandant partout les dents que Torie McDonald avait pris tellement de peine à ramasser.

Freddy et Junior attrapèrent Rusty, qui ne fit aucun effort pour les repousser. Il paraissait en proie à une totale confusion. Quand les deux policiers le bousculèrent, il partit en trébuchant ; Linda voulut le rattraper, mais elle ne réussit qu'à s'étaler par terre avec lui.

« *Qu'est-ce que c'est que ce bordel* ? rugit Twitch. *Qu'est-ce que c'est que ce bordel ?* »

Boitant légèrement, Carter Thibodeau s'approcha de Barbie, lequel avait compris ce qui allait arriver mais gardait les mains levées. S'il les abaissait, il risquait de se faire tuer. Et d'autres aussi, peut-être. Maintenant qu'il y avait eu un premier coup de feu, les chances qu'en partent d'autres avaient considérablement augmenté.

« Salut, raclure, dit Carter. En voilà un garçon très occupé, ouais. » Il lui donna un coup de poing à l'estomac.

Barbie s'y était attendu et avait bandé ses abdominaux, mais il se plia néanmoins en deux. Ce fils de pute était costaud.

« *Arrêtez ça !* » s'égosilla Rusty. Il avait toujours son air hébété, mais il paraissait aussi gagné par la colère. « *Arrêtez-moi ça tout de suite, bon sang !* »

Il essaya de se lever, mais Linda l'encercla de ses bras et le maintint au sol. « Ne bouge pas, lui dit-elle. Ne bouge pas, il est dangereux.

– *Quoi ?* » Rusty tourna la tête et la regarda, incrédule. « T'es cinglée, ma parole ! »

Barbie avait gardé les mains levées en direction des flics. Plié en deux comme il l'était, on aurait dit qu'il se livrait à des salamalecs.

« Recule-toi, Thibodeau, dit Randolph. Ça suffit.

– Et toi, imbécile, range ce pétard ! cria Rusty à Randolph. Tu veux peut-être tuer quelqu'un ? »

Randolph lui adressa un bref regard méprisant, puis se tourna vers Barbie : « Redresse-toi, mec. »

Barbie se redressa. Cela lui faisait mal, mais il y parvint. Il n'ignorait pas que s'il ne s'était pas préparé au coup de poing de Thibodeau, il serait par terre, se tordant de douleur, cherchant sa respiration. Et Randolph n'aurait-il pas essayé de le faire relever à coups de pied ? Et est-ce que les autres flics ne se seraient pas joints à lui, en dépit des spectateurs du hall dont certains revenaient en douce pour mieux voir ce qui se passait ? Bien sûr que oui, parce qu'ils étaient complètement remontés. C'est ainsi que se passent ces choses.

Randolph reprit la parole : « Je vous arrête pour les meurtres d'Angela McCain, Doreen Sanders, Lester Coggins et Brenda Perkins. »

Chacun de ces noms fut une gifle pour Barbie, mais la dernière fut la plus forte. Cette femme délicieuse. Elle avait oubliée d'être prudente. Barbie ne pouvait lui en vouloir – elle était encore sous le coup de la mort brutale de son mari – mais lui-même pouvait s'en vouloir de l'avoir laissée aller voir Rennie. De l'avoir encouragée.

« Qu'est-ce qui s'est passé ? demanda-t-il à Randolph. Qu'est-ce que vous avez fait, au nom du Ciel ?

– Comme si tu le savais pas, répondit Freddy Denton.

– Quel genre de dingue vous êtes ? » demanda Jackie Wettington.

Son visage était un masque révulsé de mépris et la rage lui étrécissait les yeux.

Barbie les ignora tous les deux. Les mains toujours levées au-dessus de la tête, il étudiait le visage de Randolph. Au moindre prétexte, ils se jetteraient tous sur lui. Y compris Jackie, d'ordinaire la plus charmante des femmes, même si ce ne serait pas sur un prétexte, mais pour une bonne raison. Ou peut-être pas. Même les plus charmantes personnes pètent parfois les plombs.

« J'ai une meilleure question, dit-il à Randolph. Qu'est-ce que vous avez laissé faire à Rennie ? Parce que tout ce bordel est le sien, et vous le savez. Ses empreintes sont partout.

– La ferme. » Il se tourna vers Junior. « Les menottes. »

Junior tendit la main vers Barbie, mais avant qu'il ait pu toucher un de ses poings levés, Barbie s'était tourné, mains dans le dos. Rusty et Linda Everett étaient toujours par terre, Linda continuant à retenir son mari en l'encerclant de ses bras dans une étreinte d'ours.

« N'oublie pas », dit Barbie à Rusty, tandis que les menottes en plastique se refermaient… et étaient ensuite serrées sur le peu de chair qui entourait ses poignets, jusqu'à ce qu'elles mordent dedans.

Rusty se releva. Lorsque Linda essaya une fois de plus de le retenir, il la repoussa et lui adressa un regard qu'elle ne lui avait jamais vu auparavant. Il contenait de la dureté et du reproche, mais aussi de la pitié. « Peter ! » dit-il. Et comme Randolph ne se tournait pas vers lui, il éleva la voix : « *Je te parle, Peter !* Et tu me regardes quand je t'adresse la parole ! »

Randolph se tourna. Son visage était de marbre.

« Il savait que tu venais le chercher.

– Bien sûr, qu'il le savait, intervint Junior. Il est peut-être cinglé, mais il n'est pas idiot. »

Rusty ne prêta aucune attention à lui. « Barbie m'a montré ses bras et son visage et il a soulevé son T-shirt pour me montrer son buste et son dos. Il n'a aucune trace de blessure, sauf celle qu'a dû laisser le coup de poing que lui a donné cet enfoiré de Thibodeau. »

Carter se rebiffa. « Trois femmes ? Trois femmes et un pasteur ? Il le méritait. »

Rusty ne quittait pas Randolph des yeux. « C'est un coup monté.

– Avec tout le respect que je te dois, Rusty, ce n'est pas ton domaine », répondit Randolph.

Il avait rengainé son arme, ce qui était un soulagement.

« C'est exact, lui répondit Rusty. Je répare les gueules cassées et je ne suis ni flic ni avocat. Ce que je te dis, c'est que si j'ai l'occasion de le voir pendant qu'il sera en détention et que je constate qu'il présente des tas de coupures et d'ecchymoses, que Dieu te vienne en aide.

– Et qu'est-ce que vous ferez ? Vous allez appeler le Syndicat américain pour les libertés civiles ? » demanda Frank DeLesseps. Il avait les lèvres décolorées de rage. « Votre ami a battu trois femmes à mort. Brenda Perkins a eu le cou brisé. Une des filles était ma fiancée et elle a été en plus sexuellement agressée. Probablement après avoir été tuée et *avant*, pour ce qu'on a pu voir. »

La plupart de tous ceux qui s'étaient égaillés lors du coup de feu étaient revenus et un grondement horrifié monta de la foule.

« Et c'est ce type que vous défendez ? Vous devriez être en prison, vous aussi !

– Frank, la ferme ! » lui lança Linda.

Rusty regarda Frank DeLesseps, ce gamin qu'il avait soigné quand il avait eu la varicelle et la rougeole ; quand il avait ramené des poux d'un camp d'été, quand il s'était cassé le poignet pendant un match de base-ball ; et une fois, alors qu'il avait douze ans, lorsqu'il avait été sévèrement brûlé par du sumac vénéneux. Il trouva peu de ressemblance entre le petit garçon dont il se souvenait et le jeune adulte en face de lui. « Et si tu me colles derrière les barreaux, Frankie ? Alors quoi ? Si ta mère a encore une crise de colique néphrétique, comme l'an dernier ? Je vais attendre les heures de visite en prison pour la soigner ? »

Frank s'avança, levant la main pour le gifler ou lui donner un coup de poing. Junior s'en saisit. « Il aura son compte, t'en fais pas. Comme tous ceux qui sont du côté de Barbara. Le moment venu.

– Du *côté* ? » rétorqua Rusty, l'air sincèrement stupéfait. Pourquoi tu parles de *côtés* ? On n'est pas dans une foutue partie de football. »

Junior sourit, comme s'il était au courant d'un secret.

Rusty se tourna vers Linda : « Ce sont tes collègues qui parlent. Ça te plaît, ce qu'ils racontent ? »

Pendant quelques instants, elle ne put se résoudre à regarder son mari. Puis, faisant un effort, elle leva les yeux sur lui. « Ils sont fous furieux, c'est tout, et je peux les comprendre. Moi aussi, je suis furieuse. Quatre personnes, Eric, tu n'as pas entendu ? Il les a tuées, et il a presque certainement violé au moins deux de ces femmes. J'ai aidé à les placer dans le corbillard des Bowie. J'ai vu les taches. »

Rusty secoua la tête. « Je viens de passer la matinée avec lui à le voir soigner les gens, et pas à leur faire du mal.

« Lâchez-le, dit Barbie. Recule-toi, grand costaud. Ce n'est pas le mo... »

Junior lui envoya un coup dans les côtes. Sèchement. « Tu as le droit de garder le silence, ordure.

– Il l'a fait », dit Linda. Elle tendit une main vers Rusty, comprit qu'il n'allait pas la prendre et la laissa retomber. « On a trouvé ses plaques militaires dans la main d'Angie McCain. »

Rusty resta sans voix. Il resta paralysé devant le spectacle de Barbie entraîné sans ménagement dehors, puis jusqu'à la voiture du chef, où on l'enferma à l'arrière, mains toujours menottées dans le dos. Un instant, le regard de Barbie croisa celui de Rusty. Barbie secoua la tête. Une fois, mais avec fermeté et conviction.

Puis les voitures partirent.

Le silence était retombé dans le hall de l'hôpital. Junior et Frank étaient montés avec Randolph. Carter, Jackie et Freddy Denton se dirigèrent vers le second véhicule. Linda s'attarda, adressant à son mari un regard à la fois suppliant et plein de colère. Puis la colère disparut. Elle se dirigea vers lui, les bras levés, pour qu'il la serre contre lui, ne fût-ce que quelques secondes.

« Non », dit-il.

Elle s'immobilisa. « Mais enfin, qu'est-ce qui ne va pas chez toi ?

– Et qu'est-ce qui ne va pas chez toi ? Tu n'as pas compris ce qui vient de se passer ?

– Mais voyons, Rusty, elle tenait ses plaques militaires à la main ! »

Il acquiesça solennellement. « Bien pratique, tu ne trouves pas ? »

Le visage de Linda, sur lequel on pouvait lire peine et espoir mêlés, se pétrifia. Elle parut alors remarquer qu'elle avait toujours les bras tendus, elle les abaissa.

« Quatre personnes, dit-elle, trois qui ont été battues au point d'être presque méconnaissables. Oui, il y a des *côtés*, et tu devrais réfléchir pour savoir où tu te tiens.

– Toi aussi, ma chérie. »

De l'extérieur, Jackie appela : « Allez, Linda, viens ! »

Rusty prit soudain conscience qu'il avait un public et que dans ce public, nombreux étaient ceux qui votaient depuis toujours pour Jim Rennie. « Réfléchis à ce que je t'ai dit, Lin. Et pense à celui pour qui travaille Peter Randolph.

– Linda ! » cria Jackie.

Linda Everett partit, tête baissée. Elle ne se retourna pas. Rusty resta impassible jusqu'à ce qu'elle fût montée dans la voiture. Puis il se mit à trembler. Il eut l'impression que s'il ne s'asseyait pas rapidement, il allait tomber.

Une main s'abattit sur son épaule. Celle de Twitch. « Ça va, patron ?

– Oui. » Comme si le fait de dire *oui* allait y changer quelque chose.

On venait d'arrêter Barbie pour le jeter en prison et il venait d'avoir sa première véritable dispute avec sa femme en… combien ? Quatre ans ? Plutôt six. Non, ça n'allait pas du tout.

« J'ai une question, dit alors Twitch. Comment se fait-il, si ces personnes ont été assassinées, qu'elles aient été conduites au salon funéraire et non pas à la morgue de l'hôpital pour une autopsie ? Qui a eu cette idée ? »

Avant que Rusty eût le temps de répondre, les lumières s'éteignirent. Le générateur venait finalement de tomber en panne de propane.

9

Quand ils eurent nettoyé leur assiette de chop-suey (dans la composition duquel étaient entrés ses derniers hamburgers), Claire McClatchey rassembla les trois enfants devant elle, dans la cuisine. Elle les regarda, l'air grave, et ils soutinrent son regard – si jeunes, si déterminés en dépit de leur frayeur. Puis, avec un soupir, elle tendit son sac à dos à Joe. Benny ne put s'empêcher d'y jeter un coup d'œil et y vit trois sandwichs au beurre de cacahuètes et à la gelée, trois œufs durs, trois bouteilles de Snapple et une douzaine de cookies aux raisins de Corinthe. En dépit du copieux déjeuner qu'il venait de faire, son visage s'éclaira. « Absolument excellent, Mrs McClatchey ! Vous êtes une vraie… »

Elle ne l'écoutait pas, toute son attention était tournée vers Joe. « Je comprends que ce que vous faites pourrait être important et c'est pourquoi j'ai accepté. Je veux bien même vous conduire jusqu…

– C'est pas la peine, m'man. Ce n'est pas bien loin.

– Et c'est sans danger, ajouta Norrie. Il n'y a pratiquement personne sur les routes. »

Les yeux de Claire ne quittaient pas ceux de son fils, style regard-maternel-mortel. « Mais j'exige que vous me fassiez deux promesses. La première, que vous soyez de retour avant la nuit… Et quand je dis *avant*, c'est pas à la fin du crépuscule, mais quand on voit encore le soleil. La seconde, c'est que si jamais vous trouvez quelque chose, vous marquiez l'emplacement et que vous n'y touchiez pas. *Absolument* pas. Je veux bien que vous soyez les trois personnes le mieux à même de chercher ce je-sais-pas-quoi, mais pour le reste, c'est le boulot des grandes personnes. Alors, est-ce que j'ai votre parole ? Donnez-la-moi, sinon je serai obligée de jouer les chaperons. »

Benny paraissait dubitatif. « Je n'ai jamais pris la Black Ridge Road, Mrs McClatchey, mais je suis passé pas loin. Je ne suis pas certain que votre Civic serait, euh, à la hauteur.

– Alors faites-moi ces deux promesses ou vous restez ici. Vu ? »

Joe promit. Les deux autres aussi. Norrie alla même jusqu'à se signer.

Joe enfila son sac à dos, dans lequel Claire glissa son téléphone portable. « Ne le perds pas, mon grand.

– J'y ferai attention, m'man. »

Joe dansait d'un pied sur l'autre tant il lui tardait de partir.

« Norrie ? Est-ce que je peux te demander de serrer les freins si ces ceux-là commencent à faire n'importe quoi ?

– Oui madame », répondit Norrie Calvert, comme si elle-même n'avait pas défié mille fois la mort sur son skate au cours de l'année écoulée. « Je crois que je pourrai.

– J'espère bien, j'espère bien. »

Claire se frotta les tempes comme si elle sentait monter une migraine.

« Génial, le déjeuner, Mrs McClatchey, s'enthousiasma derechef Benny, levant la main. On s'en claque cinq !

– Seigneur Dieu, qu'est-ce qu'il ne faut pas faire ! » soupira Claire. Et elle lui en claqua cinq.

10

Derrière le comptoir à hauteur d'homme, dans l'entrée du bâtiment de la police – là où les gens venaient se plaindre de choses comme le vol, le vandalisme ou le chien du voisin qui n'arrêtait pas d'aboyer –, se trouvait une salle de service contenant des bureaux, des armoires métalliques et une machine à café au-dessus de laquelle un panneau grognon précisait : LE CAFÉ ET LES DONUTS *NE SONT PAS* GRATUITS. C'était aussi là que se faisaient les admissions. Et c'est donc là que Barbie fut photographié par Freddy Denton, là que ses empreintes furent prises par Henry Morrison pendant que Peter Randolph et Denton se tenaient à côté de lui, l'arme au poing.

« Mous ! Gardez-les doigts mous ! » grogna Henry. Ce n'était plus l'homme qui avait pris plaisir à parler avec Barbie de la rivalité entre les Yankees de New York et les Red Sox de Boston pendant le déjeuner, au Sweetbriar Rose (toujours un *BLT* – Bacon, laitue, tomate – avec un cornichon planté dedans par un cure-dents). C'était un type qui paraissait prêt à balancer un coup de poing dans le nez de Dale Barbara. En y mettant le paquet. « C'est pas toi qui les roules, c'est moi, alors reste mou ! »

Barbie aurait eu envie de lui rétorquer qu'il était difficile de ne pas se raidir quand on était coincé entre deux types l'arme à la main, en particulier quand on savait que les deux types en question n'hésiteraient pas un instant à en faire usage. Il garda cependant le silence et s'efforça de rendre ses mains aussi molles que possible pour que Henry pût lui relever ses empreintes. Il s'y prenait d'ailleurs bien et, en d'autres circonstances, Barbie aurait pu lui demander pourquoi il se donnait tout ce mal, mais, une fois de plus, il tint sa langue.

« Très bien », dit Henry, quand il estima avoir des empreintes claires. « Amenez-le en bas. Je vais me laver les mains. J'ai l'impression d'être sale rien que de l'avoir touché. »

Jackie et Linda se tenaient sur le côté. Lorsque Randolph et Denton rengainèrent leur arme pour prendre Barbie par les bras, elles sortirent la leur, canon pointé vers le sol, mais prêtes.

« Je dégueulerais bien tout ce que tu m'as donné à bouffer si je pouvais, reprit Henry. Tu me débectes.

– Ce n'est pas moi qui ai fait ça, Henry. Réfléchis un peu. »

Morrison se détourna sans répondre. *La réflexion est une denrée devenue rare ici, aujourd'hui*, se dit Barbie. Ce qui correspondait exactement, il en était sûr, à ce que voulait Rennie.

« Linda, dit-il, Mrs Everett…

– Ne me parlez pas. »

Elle était d'une pâleur à faire peur, ce qui soulignait les demi-lunes mauves qu'elle avait sous les yeux. On aurait dit des ecchymoses.

« Ramène-toi, l'artiste, dit Freddy en enfonçant sèchement une articulation dans le bas du dos de Barbie, juste au-dessus des reins. Ta suite t'attend. »

11

Joe, Benny et Norrie partirent à bicyclette par la Route 119 en direction du sud. Il faisait une chaleur estivale, cet après-midi-là, et l'air était brumeux et chargé d'humidité. Il n'y avait pas un souffle de vent. Les criquets stridulaient paresseusement dans les hautes herbes, de part et d'autre de la route. À l'horizon, le ciel présentait une nuance jaunâtre que Joe prit d'abord pour des nuages. Puis il se rendit compte que c'était un mélange de pollens et de pollution qui s'était déposé sur la surface du Dôme. La route longeait ici le cours de la Prestile et ils auraient dû percevoir son babillage tandis qu'ils pédalaient vivement vers Castle Rock ; il leur tardait d'entendre gronder la puissante Androscoggin, mais il n'y avait toujours que les criquets et quelques corbeaux qui croassaient sans conviction dans les arbres.

Ils franchirent le carrefour de la Deep Cut Road et arrivèrent à la Black Ridge Road, à un peu moins de deux kilomètres de là. La route était en terre, pleine de nids-de-poule et signalée par deux panneaux inclinés que le gel avait soulevés. Sur celui de gauche on lisait : QUATRE ROUES MOTRICES RECOMMANDÉES. Sur celui de droite, on avait ajouté : PONT LIMITÉ À QUATRE TONNES INTERDIT AUX POIDS LOURDS. Les deux panneaux étaient criblés d'impacts de balles.

« J'aime bien cette ville où les gens s'entraînent régulièrement au tir, commenta Benny. Je me sens mieux protégé contre El Klyder.

– Al-Qaida, idiot », le corrigea Joe.

Benny secoua la tête, souriant avec indulgence. « Je te parle d'El Klyder, le terrible bandit mexicain qui s'est réfugié dans le Maine occidental pour éviter de…

– Essayons le compteur Geiger », l'interrompit Norrie en descendant de bicyclette.

L'appareil était placé dans le panier du porte-bagages, sur la Schwinn High Plains de Benny. Ils l'avaient niché au milieu de vieilles serviettes prises dans le panier des réformées de Claire. Benny le dégagea et le tendit à Joe ; son boîtier jaune était la chose la plus lumineuse de tout ce paysage embrumé. Le sourire de Benny avait disparu. « Fais-le, toi. Je me sens trop nerveux. »

Joe étudia le compteur Geiger puis le tendit à son tour à Norrie.

« Poules mouillées », leur lança-t-elle, mais sans méchanceté, en branchant l'appareil. L'aiguille bondit aussitôt à + 50. Joe regarda le cadran et sentit son cœur se mettre à battre soudain dans sa gorge et non dans sa poitrine.

« Houlà ! s'exclama Benny. Ça décolle sec ! »

Norrie quitta l'aiguille (qui restait immobile à mi-chemin de la zone rouge) des yeux pour se tourner vers Joe. « On continue ?

– Bon sang, oui. »

12

Au poste de police l'électricité n'était pas coupée – pas encore, en tout cas. Un corridor carrelé de vert courait dans le sous-sol du bâtiment, éclairé par des néons qui jetaient une lumière à la constance déprimante. Matin ou après-midi, c'était toujours l'aveuglante clarté de midi tapant, ici. Le chef Randolph et Freddy Denton escortèrent (ce qui est une façon de parler, vu les poignes qui lui encerclaient les biceps) Barbie jusqu'au bas de l'escalier. Les deux policières, leur arme toujours dégainée, suivaient.

Sur la gauche se trouvait la salle des archives. Sur la droite, on comptait cinq cellules, deux face à face et une au fond. Cette dernière était la plus petite, son étroite couchette surplombant presque les toilettes sans siège ; c'était vers celle-ci qu'on le poussait.

Sur ordre de Peter Randolph – ordre qui émanait en fait de Big Jim –, on avait relâché sur parole tous les émeutiers, même ceux qui s'étaient montrés les plus violents au supermarché (de toute façon, où auraient-ils pu aller ?), et toutes les cellules auraient dû être libres. Ce fut donc une surprise lorsque Melvin Searles jaillit de la 4, où il s'était planqué. Le bandage qui entourait sa tête avait glissé, et il portait des lunettes de soleil pour cacher deux yeux au beurre noir exceptionnels dans leur genre. Il tenait à la main une longue chaussette de sport contenant quelque chose de lourd : une matraque faite maison. La première impression de Barbie, brouillée, fut qu'il allait être attaqué par l'Homme invisible.

« Salopard ! » hurla Mel, balançant son casse-tête. Barbie plongea. L'engin passa au-dessus de sa tête et frappa Freddy Denton à l'épaule. Freddy poussa un mugissement et lâcha Barbie. Derrière eux, les femmes crièrent.

« Putain d'assassin ! Qui t'a payé pour me casser la tête ? Hein ? » Mel balança de nouveau sa matraque et atteignit cette fois Barbie au biceps gauche. Son bras lui fit l'effet de s'être engourdi d'un seul coup. Ce n'était pas du sable, dans la chaussette, mais un objet dur, genre presse-papier. En verre ou en métal, mais du moins rond. Dans le cas contraire, il aurait saigné.

« Espèce de putain d'enculé ! » rugit Mel, balançant une fois de plus sa chaussette lestée. Le chef Randolph eut un mouvement de recul, lâchant à son tour Barbie. Barbie attrapa la chaussette par le haut et grimaça quand le poids s'enroula autour de son poignet. Puis il tira brusquement dessus, réussissant à arracher la matraque improvisée à Mel Searle. Sur quoi, le bandage qui entourait la tête du flic dégringola un peu plus bas, faisant un bandeau devant ses lunettes.

« Ne bougez pas ! Ne bougez pas ! cria Jackie Wettington. Plus un mouvement, détenu, il n'y aura pas d'autre avertissement ! »

Barbie sentit un petit cercle froid se poser entre ses omoplates. Il ne pouvait pas le voir, mais il savait que Jackie lui plantait son arme de service dans le dos. *Si elle tire, c'est là que je prendrai la balle. Et elle en est capable, parce que dans une petite ville où les grosses affaires sont pratiquement inexistantes, même les professionnels sont des amateurs.*

Il laissa tomber la chaussette. L'objet qu'elle contenait résonna contre le lino. Puis il leva les mains. « Je l'ai laissé tomber, madame ! Je ne suis pas armé, je vous en prie, baissez votre arme ! »

Mel repoussa le bandage, qui se déroula dans son dos comme l'extrémité d'un turban de pandit. Il donna deux coups de poing à Barbie, un au plexus solaire, l'autre au creux de l'estomac.

Cette fois, Barbie n'avait pas eu le temps de se préparer et l'air jaillit de ses poumons avec un bruit rauque étranglé. Il se plia en deux et tomba à genoux. Mel abattit son poing sur sa nuque – à moins que ce ne fût Freddy ; pour ce qu'en savait Barbie, c'était peut-être même leur intrépide patron – et il s'étala, tandis que le monde devenait gris et indistinct. Mis à part un éclat qui avait sauté du lino. Celui-ci, il le distinguait très bien. Avec une clarté à couper le souffle, même. Et pour cause, il n'en était qu'à trois centimètres.

« Arrêtez, arrêtez, *arrêtez de le frapper !* » La voix venait de très loin, mais Barbie était à peu près certain qu'elle appartenait à la femme de Rusty. « *Il est à terre, vous ne voyez pas qu'il est à terre ?* »

Il y eut un ballet compliqué de pieds bottés autour de lui. L'un des flics lui marcha sur les fesses, dit « Oh, merde ! », sur quoi il reçut un coup de pied à la hanche. Tout cela se produisait très loin. Il aurait certainement mal plus tard, mais pour le moment, ce n'était pas trop dur.

Des mains l'empoignèrent et le soulevèrent. Il essaya de relever la tête, mais il trouva plus facile, en fin de compte, de la laisser retomber. Il fut propulsé le long du couloir jusqu'à la dernière cellule, le lino vert glissant sous ses pieds. Qu'est-ce que Denton lui avait dit, déjà ? *Ta suite t'attend.*

M'étonnerait qu'il y ait des bonbons sur l'oreiller et un service de chambre, pensa Barbie. Ce dont il se fichait. Pour l'instant, il n'avait qu'une envie : se retrouver seul pour pouvoir lécher ses blessures.

À l'entrée de la cellule, un pied vint se poser sur ses fesses pour le faire aller un peu plus vite. Il partit en vol plané, levant le bras droit pour ne pas s'écraser tête la première contre les parois de béton peintes en vert. Il essaya bien de soulever aussi le bras gauche, mais il était encore complètement engourdi jusqu'au coude. Il réussit cependant à se protéger la tête, ce qui n'était déjà pas si mal. Il rebondit, vacilla sur place, tomba de nouveau à genoux, cette fois à côté de la couchette, comme s'il s'apprêtait à faire sa prière avant de se coucher. Derrière lui, la porte se referma avec un grincement.

S'appuyant des mains sur la couchette, Barbie se releva, son bras gauche reprenant un peu vie. Il se tourna à temps pour voir, à travers les barreaux, Randolph qui repartait d'une démarche agressive, poings serrés, tête baissée. Un peu plus loin, Denton défaisait ce qui restait du bandage de Searles tandis que celui-ci fronçait férocement les sourcils – l'effet quelque peu gâché par les lunettes de soleil de travers sur son nez. Les deux femmes flics se tenaient derrière leurs collègues masculins, au pied de l'escalier. Elles arboraient une même expression de confusion consternée. Le visage de Linda Everett était plus pâle que jamais et Barbie crut deviner des larmes brillant dans ses cils.

Barbie mobilisa toute son énergie et lança : « Officier Everett ! »

Elle eut un léger sursaut. Quelqu'un l'avait-il déjà appelée ainsi ? Les petits écoliers, peut-être, quand elle leur faisait traverser la rue, ce qui avait sans doute dû être sa plus grosse responsabilité en tant qu'employée à mi-temps. Jusqu'à cette semaine.

« Officier Everett ! Madame, je vous en prie, madame !

– La ferme ! » lui lança Freddy Denton.

Barbie n'y fit pas attention. Il craignait, sinon de s'évanouir complètement, du moins d'avoir un étourdissement ; pour le moment, il s'accrochait de toutes ses forces.

« Dites à votre mari d'examiner les corps ! Celui de Mrs Perkins, en particulier ! Il *doit* examiner les corps, madame ! Ils ne sont pas à l'hôpital ! Rennie n'a pas voulu qu'ils... »

Peter Randolph arriva à grands pas. Barbie vit ce que le chef avait pris à la ceinture de Freddy Denton et voulut se protéger la figure avec ses bras, mais ils étaient tout simplement trop lourds.

« Ça commence à bien faire, mon gars », dit Randolph. Il passa la bombe lacrymo entre les barreaux et appuya sur la détente.

13

Au milieu du Black Ridge Bridge, Norrie s'arrêta et mit un pied à terre, regardant devant elle.

« On ferait mieux de continuer, lui lança Joe. Il faut profiter de la lumière du jour.

– Je sais, mais regarde », répondit Norrie avec un geste.

Sur l'autre berge, au pied d'une pente très raide et allongés dans la boue en train de sécher de ce qui était le lit de la Prestile avant que le Dôme ne vienne presque interrompre son cours, se trouvaient les corps de quatre cerfs : un mâle, deux femelles et un petit d'un an. Tous étaient d'une bonne taille ; il avait fait un bel été dans la région et ils étaient bien nourris. On voyait des nuages de mouches virevolter au-dessus des carcasses et on entendait même leur bourdonnement lancinant. En temps ordinaire, le bruit aurait été couvert par celui de la rivière.

« Qu'est-ce qui leur est arrivé ? demanda Benny. Vous croyez que c'est en rapport avec ce que nous cherchons ?

– Si tu penses aux radiations, répondit Joe, je ne crois pas que l'effet puisse être aussi rapide.

– Sauf si ce sont des radiations d'une très haute intensité », observa Norrie, mal à l'aise.

Joe eut un geste vers le compteur Geiger. « C'est possible, mais pour le moment, elles ne sont pas très fortes. Même si l'aiguille était complètement dans le rouge, je ne crois pas qu'elles pourraient tuer des animaux de cette taille en trois jours.

– Le mâle a une patte brisée, dit Benny. On le voit d'ici.

– Et moi je suis à peu près sûre qu'une des biches en a deux de cassées, ajouta Norrie, s'abritant les yeux de la main. Celles de devant. Vous ne voyez pas l'angle qu'elles font ? »

Joe pensa que la biche avait l'air de s'être tuée en essayant de faire un dangereux exercice de gymnastique.

« Je crois qu'ils ont sauté, dit Norrie. Ils ont sauté de la rive, comme il paraît que font ces espèce de pauvres rats.

– Des lémons, dit Benny.

– Lem-*mings*, tête de piaf ! dit Joe.

– En fuyant devant quelque chose, peut-être ? demanda Norrie. Ce ne serait pas ça, par hasard ? »

Aucun des garçons ne répondit. Ils paraissaient l'un et l'autre plus jeunes qu'une semaine auparavant, tels des scouts qui auraient écouté, le soir autour du feu, une histoire beaucoup trop angoissante. Le trio restait immobile, chacun tenant sa bicyclette, regardant les cerfs morts et écoutant le bourdonnement lancinant des mouches.

« On continue ? demanda Joe.

– Je crois qu'on n'a pas le choix », répondit Norrie.

Elle passa la jambe par-dessus le cadre de sa bicyclette de garçon et remonta en selle.

« D'accord, dit Joe.

– C'est encore un joli merdier dans lequel tu me fais mettre les pieds, dit Benny.

– Quoi ?

– Pas important. Roule mon âme frère, roule. »

De l'autre côté du pont, ils constatèrent que les autres animaux avaient les pattes brisées. Le faon avait aussi le crâne écrasé, probablement pour avoir heurté un gros rocher qui aurait été couvert par l'eau, un jour ordinaire.

« Essaie encore le compteur Geiger », dit Joe.

Norrie le brancha. Cette fois-ci, l'aiguille dansa un peu en dessous de +75.

14

Peter Randolph exhuma un vieux magnétophone de l'un des tiroirs du bureau ayant appartenu à Duke Perkins, vérifia qu'il fonctionnait ; les batteries étaient encore opérationnelles et il y plaça une cassette. Lorsque Junior entra, Randolph appuya sur le bouton *enregistrement* et posa le petit Sony sur le bord du bureau, où le jeune homme pouvait le voir.

La dernière migraine de Junior était en ce moment réduite à un simple bruit de fond sur le côté gauche de son crâne, et il se sentait tout à fait calme ; il avait répété sa déposition avec son père et il savait ce qu'il avait à dire.

« Comme une lettre à la poste, avait dit Big Jim. Une simple formalité. »

Une formalité, donc.

« Comment as-tu découvert les corps, mon gars ? » demanda Randolph en s'enfonçant dans le fauteuil pivotant, derrière le bureau. Il avait retiré tous les objets personnels de Perkins et les avait mis dans un des classeurs, à l'autre bout de la pièce. À présent que Brenda était morte, il pouvait aussi bien les jeter à la poubelle, supposait-il. Les objets personnels ne servent à rien, quand il n'y a pas de proches.

« Eh bien, commença Junior, je revenais de la patrouille sur la 117 – j'ai raté toute l'affaire du supermarché...

– Tu as eu de la chance, mon gars. Si tu savais le bordel que ç'a été – excuse mon vocabulaire. Du café ?

– Non merci, monsieur. Je suis sujet aux migraines et le café ne fait que les aggraver, apparemment.

– De toute façon, c'est une mauvaise habitude. Pas autant que la cigarette, mais mauvaise tout de même. Savais-tu que je fumais jusqu'au moment où j'ai été sauvé ?

– Non monsieur, je ne le savais pas. » Il tardait à Junior que ce crétin arrête de débiter ses âneries et le laisse raconter son histoire, pour qu'il puisse sortir d'ici.

« Ouais, par Lester Coggins. » Randolph appuya une main, doigts écartés, sur sa poitrine. « Par immersion complète dans la Prestile. J'ai donné mon cœur à Jésus sur-le-champ. Je n'ai pas été à l'église aussi souvent que je l'aurais dû, je n'ai certainement pas été à la hauteur de ton père, là-dessus, mais le révérend Coggins était un homme de bien (il secoua la tête). Dale Barbara a beaucoup de choses sur la conscience. À supposer qu'il en ait une.

– Oui, monsieur.

– Et il aura à en répondre, aussi. Je lui ai balancé un coup de gaz lacrymo en guise d'avance. Bon. Tu revenais de patrouille et ?

– Je me suis souvenu que quelqu'un m'avait dit avoir vu la voiture d'Angie dans le garage. Vous savez, le garage des McCain.

– Qui t'a dit ça ?

– Frank ? (Il se frotta la tempe.) Je crois que c'était Frank.

– Continue.

– Bon, donc j'ai regardé par l'une des vitres du garage et sa voiture était bien là. Je suis allé à la porte de devant et j'ai sonné, mais personne n'a répondu. J'ai alors fait le tour, parce que j'étais inquiet. Il y avait… une odeur. »

Randolph hocha la tête avec sympathie. « En d'autres termes, tu as suivi ton nez. C'est du bon travail de policier, mon gars. »

Junior regarda attentivement Randolph, se demandant si c'était une plaisanterie ou quelque sournois coup de sonde, mais les yeux du chef ne trahissaient qu'une sincère admiration. Junior se rendit compte que son père avait peut-être trouvé un assistant (le premier mot qui lui était venu à l'esprit, en réalité, était *complice*) encore plus bête qu'Andy Sanders. Il n'aurait pas cru cela possible.

« Continue, qu'on en finisse. Je sais que c'est pénible pour toi. C'est pénible pour nous tous.

– Oui, monsieur. C'est en gros comme vous avez dit. La porte n'était pas fermée, à l'arrière, et j'ai suivi mon nez jusque dans l'arrière-cuisine. J'avais du mal à croire à ce que je voyais.

– As-tu vu les plaques militaires, à ce moment-là ?

– Oui, non – si l'on veut. J'ai vu qu'Angie tenait quelque chose à la main… au bout d'une chaîne… Mais je ne voyais pas ce que c'était et je ne voulais rien toucher (Junior baissa modestement les yeux). Je sais que je ne suis qu'un bleu.

– Un joli coup, dit Randolph. Un coup brillant. Tu sais, en temps normal, on aurait eu toute une équipe de légistes du bureau du procureur général de l'État, histoire de clouer définitivement Barbara au poteau, mais les circonstances ne sont pas ordinaires. Je crois que nous avons une preuve irréfutable, cependant. Quel fou, tout de même, de ne pas avoir fait attention à ses plaques.

– J'ai pris mon portable et j'ai appelé mon père. Étant donné que c'était une vraie ruche, ici, j'ai pensé que j'aurais du mal à vous joindre…

– Une vraie ruche, oui ! dit Randolph en levant les yeux au ciel. Tu n'en as même pas idée, mon gars. Tu as bien fait d'appeler ton père. Sans compter qu'il est pratiquement membre du département.

– Papa a pris deux officiers, Fred Denton et Jackie Wettington, et ils sont venus ensemble à la maison McCain. Linda Everett nous a rejoints pendant que Freddy photographiait la scène du crime. Puis Stewart

Bowie et son frère sont venus avec leur corbillard. Mon père a pensé que c'était le mieux, car ils étaient débordés à l'hôpital avec l'émeute et tout le bazar. »

Randolph hocha la tête. « Tout juste. Aider les vivants, remiser les morts. Qui a trouvé les plaques militaires ?

– Jackie. Elle a déplié les doigts d'Angie avec un crayon et elles sont tombées par terre. Freddy a pris des photos de tout.

– Très utile à un procès. Que nous devrons tenir nous-mêmes, si cette histoire de Dôme ne s'arrange pas. C'est possible. Dans la Bible, il est dit que la foi peut déplacer des montagnes. À quelle heure as-tu trouvé les corps, mon gars ?

– Vers midi. » *Après avoir pris le temps de faire mes adieux à mes petites copines.*

« Et tu as appelé ton père tout de suite ?

– Non, pas tout de suite, répondit Junior en adressant un regard plein de franchise à Randolph. J'ai dû sortir pour vomir. Ils avaient tous été battus si sauvagement ! Je n'avais jamais rien vu de pareil de toute ma vie. » Il laissa échapper un long soupir, prenant bien soin de faire chevroter légèrement sa voix. Le magnétophone n'enregistrerait sans doute pas le tremblement mais Randolph s'en souviendrait. « Quand les nausées ont cessé, j'ai appelé mon père.

– Parfait, je crois que c'est tout ce dont j'ai besoin. »

Randolph ne posa pas d'autres questions sur la chronologie ou la prétendue « patrouille matinale » ; il ne demanda même pas à Junior de faire un rapport écrit (ce qui était d'autant mieux qu'écrire donnait mal à la tête à Junior, ces temps-ci). Il se pencha sur le bureau pour arrêter l'enregistrement. « Merci, Junior. Tu devrais prendre le reste de la journée. Rentre chez toi et repose-toi. Tu n'as pas bonne mine.

– J'aimerais être ici quand vous l'interrogerez, monsieur. Barbara, je veux dire.

– Oh, tu n'as pas à t'inquiéter, ce n'est pas pour aujourd'hui. Nous allons le laisser mijoter vingt-quatre heures dans son jus. C'est une idée de ton père et je pense qu'elle est bonne. Nous l'interrogerons demain après-midi ou demain soir, et tu seras présent. Je t'en donne ma parole. Nous allons l'interroger *vigoureusement*.

– Oui, monsieur. Très bien.

– On va pas s'amuser à lui réciter ses droits, hein ?

– Non, monsieur.

– Et grâce au Dôme, impossible de le confier au shérif du comté. » Randolph regarda Junior avec un air entendu. « Mon gars, ce sera un exemple parfait que ce qui se passe à Vegas se règle à Vegas. »

Junior ne savait trop s'il devait répondre oui ou non, car il n'avait aucune idée de ce que racontait le crétin derrière le bureau.

Randolph le fixa encore quelques instants de son regard entendu, comme pour s'assurer qu'ils s'étaient bien compris, puis frappa dans ses mains et se leva. « Rentre chez toi, Junior. Tu dois être un peu secoué.

– Oui, monsieur, c'est vrai. Et je crois que je vais faire ça. Me reposer.

– J'avais un paquet de cigarettes dans ma poche quand le révérend Coggins m'a plongé dans l'eau », reprit Randolph, sur le ton de celui qui évoque un souvenir cher à son cœur. Il passa un bras autour des épaules de Junior pour l'accompagner jusqu'à la porte. Junior conserva son attitude respectueuse et attentive, mais se sentit pris de l'envie de hurler sous le poids de ce bras. Comme s'il avait une cravate de chair. « Elles étaient fichues, bien sûr. Et je n'ai jamais acheté un autre paquet depuis. Sauvé de l'herbe du diable par le Fils de Dieu. Ce n'est pas la grâce, ça ?

– Stupéfiant, réussit à répondre Junior.

– Brenda et Angie vont retenir l'attention générale, et c'est normal – une des personnalités de la ville et une jeune fille avec toute sa vie devant elle. Mais le révérend Coggins avait ses fans, lui aussi. Sans parler d'une congrégation importante et aimante. »

Du coin de l'œil, Junior apercevait les doigts au bout carré de Randolph qui pendaient sur son épaule. Il se demanda ce que ferait le chef s'il se tournait brusquement et les mordait. S'il lui arrachait un doigt avec les dents, d'un seul coup, peut-être, et le recrachait par terre.

« N'oubliez pas Dodee. » Il ignorait ce qui l'avait poussé à répondre cela, mais ce fut efficace. La main de Randolph quitta son épaule. L'homme paraissait sidéré. Junior comprit qu'il avait *oublié* Dodee.

« Oh, mon Dieu, Dodee ! dit Randolph. Dodee ! Est-ce qu'on a appelé Andy pour le lui dire ?

– Je ne sais pas, monsieur.

– Ton père l'aura fait certainement ?

– Il a été terriblement occupé. »

Ce qui était vrai. Big Jim était chez lui, dans son bureau, et mettait au point le discours qu'il comptait faire lors de la réunion municipale de jeudi. Le discours qui devait précéder le vote des citoyens de Chester's Mill pour savoir si l'on confiait des pouvoirs exceptionnels aux conseillers pour la durée de la crise.

« Il vaut mieux que je l'appelle, dit Randolph. Mais je devrais peut-être prier pour elle, d'abord. Veux-tu t'agenouiller avec moi, mon gars ? »

Junior aurait encore mieux aimé verser de l'essence sur son pantalon et se faire griller les couilles, mais il ne dit rien. « *Adresse-toi à Dieu dans la solitude de ton cœur et tu entendras sa réponse plus clairement.* C'est ce que mon père dit toujours.

– Très bien, mon gars. C'est un bon conseil. »

Avant que Randolph ait le temps d'ajouter autre chose, Junior sortit du bureau, puis du poste de police. Il rentra chez lui à pied, profondément plongé dans ses pensées, déplorant la perte de ses petites copines et se demandant s'il ne pourrait pas s'en trouver une autre. Plus d'une, peut-être.

Sous le Dôme, toutes sortes de choses devenaient possibles.

15

Pete Randolph essaya bien de prier, mais trop de choses se bousculaient dans sa tête. Sans compter que le Seigneur aide ceux qui s'aident. Il ne pensait pas que l'adage se trouvait dans la Bible, mais il n'en était pas moins vrai. Il appela Andy Sanders lorsqu'il eut trouvé le numéro de son portable sur la liste punaisée au panneau d'information, sur le mur. Il espéra qu'il ne répondrait pas, mais le premier conseiller décrocha dès la première sonnerie – c'était toujours comme ça, non ?

« Bonjour, Andy. Le chef Randolph à l'appareil. J'ai une très mauvaise nouvelle à t'annoncer, mon ami. Il vaudrait mieux que tu t'assoies. »

Ce fut une conversation difficile. Ahurissante, même. Quand elle fut terminée, Randolph se retrouva en train de pianoter sur son bureau. Il se prit à penser – une fois de plus – que si c'était Duke Perkins qui se trouvait assis là, et non lui, il n'en serait pas entièrement désolé. Il n'en serait peut-être même pas désolé du tout. Le boulot s'avérait beaucoup plus dur et sordide que ce qu'il avait imaginé. Bénéficier d'un bureau privé était une bien maigre compensation. Même la voiture verte du chef n'y suffisait pas. Chaque fois qu'il se glissait derrière le volant et que son cul se posait dans le creux formé par l'arrière-train considérable de Duke, la même pensée lui venait à l'esprit : *T'es pas à la hauteur*.

Sanders allait venir ici. Il tenait à affronter Barbara. Randolph avait essayé de l'en dissuader, mais Andy avait coupé la communication pendant que Pete lui expliquait qu'il vaudrait peut-être mieux se mettre à genoux et prier pour les âmes de sa femme et de sa fille – sans parler de demander la force de porter sa croix.

Randolph soupira et composa un autre numéro. Au bout de deux sonneries, la voix d'un Big Jim mal luné aboya : « Quoi ? Quoi ?

– C'est moi, Jim. Je sais que tu détestes qu'on te dérange quand tu travailles, mais est-ce que tu pourrais venir ici ? J'ai besoin d'un coup de main. »

16

Les trois enfants se tenaient dans la lumière de l'après-midi, une lumière faisant l'effet d'être sans profondeur, sous un ciel qui avait à présent une nuance incontestablement jaunâtre, et regardaient le cadavre de l'ours gisant au pied du poteau téléphonique. Le poteau penchait de travers. À un bon mètre du sol, le bois traité était fendillé et éclaboussé de sang. D'une autre matière aussi. Blanche, sans doute un fragment d'os, pensa Joe. Et d'une substance molle grisâtre qui ne pouvait être que de la cer…

Il se tourna, essayant de contrôler sa nausée. Il y était presque arrivé, mais alors Benny dégueula – avec un répugnant gargouillis humide –, imité aussitôt par Norrie. Joe ne put que rejoindre le club.

Quand ils se sentirent mieux, Joe enleva son sac à dos, prit les bouteilles de Snapple et les répartit entre eux. Il se servit de la première gorgée de la sienne pour se rincer la bouche, puis la recracha. Norrie et Benny firent de même. Et ils burent. Le thé sucré était chaud, mais Joe ne lui trouva pas moins un goût céleste quand il coula dans sa gorge irritée.

Norrie avança de deux pas prudents en direction de la masse noire au pied du poteau, sous son essaim de mouches bourdonnantes. « Comme les cerfs, dit-elle. Le pauvre vieux n'avait pas de berge de rivière d'où sauter, alors il s'est fait éclater la tête sur un poteau de téléphone.

– Il avait peut-être la rage, dit Benny d'une petite voix. Et les cerfs aussi. »

C'était techniquement possible, se dit Joe, mais il n'y croyait pas. « J'ai déjà pensé à ces histoires de suicide. » Il détestait le tremblement qu'il entendait dans sa voix, mais il ne pouvait rien y faire, apparemment. « Cela arrive aux baleines et aux dauphins – ils s'échouent tout seuls sur les plages, je l'ai vu à la télé. Et mon père dit que les pieuvres le font aussi.

– Les poulpes, dit Norrie.

– C'est pareil. Mon père dit que lorsque leur milieu devient trop pollué, elles dévorent leurs propres tentacules.

– Dis, vieux, tu veux encore me faire dégobiller ? demanda Benny d'un ton querelleur et fatigué.

– Et tu crois que c'est ce qui arrive ici ? voulut savoir Norrie. La pollution de l'environnement ? »

Joe eut un coup d'œil pour le ciel jaunâtre. Puis il montra la direction du sud-ouest où le résidu noirâtre laissé par l'explosion des missiles décolorait l'air. Le barbouillage s'élevait à près d'une centaine de mètres et s'étalait sur près de deux kilomètres en largeur.

« D'accord, concéda-t-elle, mais le cas est différent ici. Non ? »

Joe haussa les épaules.

« Si jamais on risque de ressentir un puissant besoin de se suicider, on ferait peut-être mieux de repartir, suggéra Benny. J'ai encore beaucoup de choses à vivre. J'ai toujours pas réussi à battre *Warhammer*.

– Si on essayait le compteur Geiger sur l'ours ? » proposa Norrie.

Norrie braqua l'embout du détecteur vers la carcasse de l'animal. L'aiguille ne bougea pas.

Norrie dirigea alors le compteur Geiger vers l'est. Devant eux, la route sortait d'une large bande de chênes noirs, les arbres qui donnaient son nom à la hauteur. Une fois qu'ils les auraient dépassés, Joe pensa qu'ils verraient le verger de pommiers, sur le sommet.

« Allons au moins jusque de l'autre côté des arbres, dit Norrie. On fera un relevé et, si ça monte toujours, nous retournerons en ville et nous raconterons tout ça au Dr Everett ou à ce type, Barbara, ou aux deux. Qu'ils se débrouillent avec, ensuite. »

Benny paraissait dubitatif. « Je me demande…

– Si nous sentons quelque chose de bizarre, on fera tout de suite demi-tour, dit Joe.

– Si ça doit être utile, nous devrions le faire, insista Norrie. Je veux pouvoir quitter Chester's Mill avant d'être atteinte de folie carcérale. »

Elle sourit pour montrer qu'elle plaisantait, mais cela n'avait rien d'une plaisanterie et Joe ne prit pas cela pour tel. Les gens blaguaient sur Chester's Mill, qui n'était qu'un petit patelin paumé – raison pour laquelle la chanson de James McMurtry y avait été si populaire – et c'était vrai, techniquement, que la bourgade était un trou. Sur un plan démographique, aussi. On n'y comptait qu'un seul Américain d'origine asiatique, une femme, Pamela Chen, qui donnait parfois un coup de main à Lissa Jamieson, à la bibliothèque, et il n'y avait aucune famille afro-américaine depuis le départ des Laverty pour Auburn. On n'y trouvait pas de McDonald's, et encore moins de Starbucks, et l'unique cinéma avait fermé ses portes. Mais jusqu'à aujourd'hui, Chester's Mill avait fait à Joe l'impression d'être vaste, géographiquement, avec beaucoup de place pour se balader. Stupéfiant, à quel point le territoire s'était rétréci, une fois qu'il eut pris conscience qu'il ne pouvait plus monter dans la voiture familiale avec son père et sa mère pour aller à Lewiston manger des praires frites et des crèmes glacées au Yoder's. Et si la ville ne manquait pas de ressources, elles n'allaient pas durer éternellement.

« Tu as raison, dit-il. C'est important. Ça vaut la peine de prendre le risque. C'est ce que je crois, en tout cas. Tu peux rester ici si tu veux, Benny. Cette partie de la mission est strictement volontaire.

– Non, je vous accompagne. Si jamais je vous laissais y aller sans moi, vous me ravaleriez au rang des tarés.

– Tu y es déjà ! » crièrent Joe et Norrie à l'unisson, avant d'échanger un regard et d'éclater de rire.

17

« C'est ça, pleure ! »

La voix venait de loin. Barbie fit un effort pour s'en approcher, mais ses yeux le brûlaient et c'était dur de les ouvrir.

« T'as plein de raison de pleurer ! »

La personne qui faisait ces déclarations donnait l'impression qu'elle-même pleurait. Et c'était une voix qu'il connaissait. Barbie essaya de voir, mais il avait les paupières gonflées et lourdes. Ses globes oculaires, dessous, battaient au rythme de son cœur. Il avait les sinus tellement pleins que ses oreilles craquaient dès qu'il déglutissait.

« Pourquoi tu l'as tuée ? Pourquoi tu as tué ma petite ? »

Y'a un fils de pute qui m'a balancé du gaz lacrymo. Denton ? Non, Randolph.

Barbie réussit à ouvrir les yeux en repoussant de la paume de la main ses sourcils vers le haut. Il vit Andy Sanders qui se tenait devant la grille, les larmes roulant sur ses joues. Et qu'est-ce que voyait Sanders ? Un type dans sa cellule, et un type dans une cellule a toujours l'air coupable.

« *Elle était tout ce que j'avais !* » hurla Sanders.

Randolph se tenait à côté de lui, l'air embarrassé et se dandinant comme un gamin qui depuis vingt minutes a envie d'aller aux toilettes. En dépit de ses yeux qui le brûlaient et de ses sinus encombrés, Barbie ne fut pas surpris que Randolph eût laissé Sanders descendre ici. Non pas parce que Sanders était le premier conseiller de la ville, mais parce que Peter Randolph avait toujours le plus grand mal à dire non.

« Écoute, Andy, ça suffit comme ça. Tu voulais le voir et j'ai accepté, même si ça ne me paraissait pas une bonne idée. Il est sous les verrous et il paiera pour ce qu'il a fait. Alors remontons, maintenant, et tu vas prendre une tasse de… »

Andy saisit Randolph par le devant de son uniforme. Il mesurait dix centimètres de moins, mais c'était Randolph qui paraissait avoir peur. Barbie le comprenait. Certes, il voyait le monde à travers un épais film rougeâtre, mais la fureur d'Andy était des plus manifestes.

« Donne-moi ton arme ! Un procès, c'est trop beau pour lui ! Il serait capable de s'en tirer, en plus ! Il a des amis haut placés, c'est Jim qui l'a dit ! Je veux avoir *satisfaction* ! Je *mérite* d'avoir satisfaction, *alors donne-moi ton arme !* »

Barbie ne pensait pas que l'envie de plaire à Andy pousserait Randolph à aller jusqu'à lui prêter son arme pour que le premier conseiller puisse l'abattre dans sa cellule comme un rat tombé dans un tonneau d'eau de pluie, mais il n'en était pas entièrement certain ; une autre raison que le simple désir de lui faire plaisir pouvait avoir poussé Randolph a amener Sanders au sous-sol, et à l'amener seul.

Il se mit laborieusement debout. « Mr Sanders… » Un peu de gaz lacrymogène était entré dans sa bouche. Il avait la langue et la gorge enflées, et sa voix était réduite à un nasillement peu convaincant. « Je n'ai pas tué votre fille, monsieur. Je n'ai tué personne. Si vous y réfléchissez, vous comprendrez que votre ami Jim Rennie a besoin d'un bouc émissaire et que je suis le mieux placé… »

Mais Andy n'était pas en état de penser à quoi que ce fût. Il porta une main au holster de Randolph et voulut en arracher le Glock. Inquiet, Randolph se débattit pour l'en empêcher.

À ce moment-là, une silhouette corpulente descendit l'escalier, se déplaçant avec une certaine grâce en dépit de sa masse. « Andy ! fit la voix tonnante de Big Jim. Andy, mon vieux, viens ici ! »

Il ouvrit les bras. Andy cessa de se préoccuper de l'arme de Randolph et se précipita sur lui comme un enfant en larmes dans les bras de son papa. Et Big Jim le prit dans les siens.

« Je veux un pétard ! » bafouilla Andy, levant son visage strié de larmes et gluant de morve vers celui de Big Jim. « Donne-moi une arme, Jim ! maintenant ! Tout de suite ! Je veux le tuer pour ce qu'il a fait ! C'est mon droit de père ! Il a tué ma petite fille !

– Et peut-être pas seulement elle, dit Big Jim. Pas seulement Angie, Lester et la pauvre Brenda aussi. »

Voilà qui arrêta le flot de paroles. Andy se mit à regarder fixement le visage massif de Big Jim, stupéfait. Fasciné.

« Peut-être aussi ta femme, Andy. Duke. Myra Evans. Tous les autres.

– Qu'est-ce…

– Il y a bien quelqu'un de responsable pour le Dôme, mon vieux, tu crois pas ?

– Tu… »

Andy fut incapable d'ajouter quoi que ce fût, mais Big Jim hocha la tête d'un air benoît.

« Et je me dis que les gens qui ont fait ce coup avaient forcément au moins un homme à eux à l'intérieur. Quelqu'un pour touiller la soupe. Et qui de mieux pour touiller la soupe qu'un cuistot, hein ? » Il passa un bras autour des épaules d'Andy et le conduisit jusqu'au chef Randolph. Puis le deuxième conseiller jeta un coup d'œil à la figure gonflée et rouge de Barbie, par-dessus son épaule, comme s'il regardait une variété d'insecte. « Nous trouverons des preuves. Je n'ai aucun doute là-dessus. Il a déjà fait la démonstration qu'il n'était pas assez malin pour effacer ses traces. »

Barbie concentra toute son attention sur Randolph. « C'est un coup monté », dit-il de son timbre nasal de corne de brume. « Tout a peut-être commencé parce que Rennie avait besoin de se couvrir les fesses, mais à présent, c'est juste une prise de pouvoir non déguisée. Vous lui êtes peut-être indispensable pour le moment, chef, mais quand vous ne le serez plus, vous sauterez, vous aussi.

– La ferme », dit Randolph.

Rennie caressait les cheveux d'Andy. Ce qui rappela sa mère à Barbie, et la manière dont elle caressait son épagneul, Missy, alors que Missy était devenue vieille, stupide et incontinente. « Il paiera le prix, Andy – tu en as ma parole. Mais tout d'abord, il nous faut tous les détails. Quoi, comment, pourquoi et qui d'autre est impliqué. Parce qu'il n'est pas seul, tu peux parier ta chemise là-dessus. Il paiera le prix, mais nous allons tout d'abord lui extorquer toutes les informations.

– Quel prix ? » demanda Andy. Il avait toujours les yeux levés vers Big Jim, mais avec une expression de l'ordre du ravissement, à présent. « Quel prix va-t-il payer ?

– Eh bien, s'il sait comment faire disparaître le Dôme – et ça ne me paraît pas impossible –, je crois que nous aurons la satisfaction de le voir enfermé à Shawshank. À vie.

– Ça suffit pas », murmura Andy.

Rennie caressait toujours la tête d'Andy. « Mais si le Dôme tient ? (Il sourit.) Dans ce cas, nous lui ferons nous-même un procès. Et quand on l'aura déclaré coupable, nous l'exécuterons. Tu n'aimes pas mieux ça ?

– Bien mieux, murmura Andy.

– Moi aussi, mon vieux. »

Il lui caressait toujours les cheveux.

« Moi aussi. »

18

Ils sortirent ensemble du bois, roulant de front, et s'arrêtèrent pour étudier l'ancien verger.

« Il y a un truc, là-haut ! s'écria Benny. Je le vois ! » Il y avait de l'excitation dans sa voix, mais elle paraissait à Joe bizarrement lointaine.

« Moi aussi, dit Norrie. On dirait une... une... »

Une balise radio, voilà ce qu'elle voulait dire, mais les mots ne sortirent jamais de sa bouche. Elle émit un bruit de gorge, *rrr-rrr-rrr*, comme un bambin jouant à la petite voiture dans son bac à sable. Puis elle tomba de sa bicyclette et resta allongée sur le sol, les membres agités de soubresauts.

« Norrie ? » dit Joe, la regardant avec un air plus amusé qu'inquiet. Puis il se tourna vers Benny. Leurs regards se croisèrent un instant, puis Benny bascula à son tour, sa bicyclette tombant sur lui. Il se mit lui aussi à se convulser, repoussant la High Plains à coups de pied. Le compteur Geiger voltigea jusque dans le fossé, cadran vers le bas.

Joe s'en approcha en chancelant, et le bras qu'il tendit vers le compteur lui parut s'étirer comme du caoutchouc. Il retourna le boîtier jaune. L'aiguille venait de bondir à + 200, tout près de la limite rouge. Il eut le temps d'en faire le constat, puis il tomba dans un trou noir plein de flammes orange. Avec l'impression qu'elles provenaient d'un tas de citrouilles, un bûcher funéraire de flamboyantes *jack-o-lanterns* – les citrouilles évidées pour Halloween. De loin lui provenaient des appels désespérés, terrifiés. Puis les ténèbres l'engloutirent.

19

Lorsque Julia entra dans les locaux du *Democrat* après avoir quitté le supermarché, Tony Guay, l'ex-chroniqueur sportif (qui constituait maintenant à lui seul toute son équipe de rédacteurs) tapait quelque chose sur son ordinateur portable. Elle lui tendit l'appareil photo. « Arrête ce que tu fais et imprime-moi ça », lui dit-elle.

Elle s'assit devant son ordinateur pour rédiger son article. Elle avait répété l'attaque dans sa tête pendant tout le chemin : *Ernie Calvert, l'ancien gérant du Food City, a crié à tout le monde que la porte était ouverte, à l'arrière, et de passer par là. Mais il était déjà trop tard. Le pillage avait commencé.* Un bon début. Le problème était qu'elle n'arrivait pas à l'écrire. Elle n'arrêtait pas de faire des fautes de frappe.

« Monte donc t'allonger, lui suggéra Tony.

– Non, il faut que j'écrive…

– Tu ne vas rien écrire du tout, dans ton état. Tu trembles comme une feuille. C'est le choc. Allonge-toi une heure. Je vais imprimer les photos et les envoyer sur ton ordinateur. Je peux aussi retranscrire tes notes, si tu veux. Monte. »

Tout cela ne lui plaisait pas trop, mais elle devait reconnaître qu'il avait raison. Sauf qu'une heure n'y suffit pas. Elle avait très mal dormi depuis vendredi dernier – un siècle avant, aurait-on dit – et à peine avait-elle posé la tête sur l'oreiller qu'elle s'endormit profondément.

Elle se réveilla pour se rendre compte, paniquée, que les ombres s'étaient allongées dans sa chambre. La fin de l'après-midi. Et Horace ! Il avait dû faire pipi dans un coin et allait prendre son air le plus penaud, comme si ce n'était pas de sa faute à elle.

Elle enfila ses tennis, se précipita dans la cuisine et trouva son corgi non pas à côté de la porte, gémissant pour sortir, mais paisiblement endormi sur sa couverture entre la cuisinière et le réfrigérateur. Un mot était posé sur la table de la cuisine, contre la salière.

15 heures.

Julia,

Pete F. et moi, on a travaillé ensemble sur l'article pour le supermarché. Il n'est pas génial, mais il le sera quand tu l'auras arrangé. Tes photos ne sont pas si mal, non plus. Rommie Burpee est passé et il dit qu'il lui reste encore plein de papier, on est donc OK sur ce plan. Il dit aussi que tu dois écrire un édito sur ce qui s'est passé. « Totalement inutile » sont ses propres mots. Et aussi : « Une totale incompétence. Sauf s'ils ont voulu que ça arrive. Ça ne m'étonnerait pas complètement de ce type, et ce n'est pas de Randolph que je parle. » Pete et moi sommes d'accord pour dire qu'un édito serait bien, mais nous devons faire attention à ce que nous disons tant que tous les faits ne sont pas connus. Nous sommes aussi tombés d'accord pour dire que tu avais besoin de récupérer pour pouvoir l'écrire comme il fallait. C'est des valises que tu avais sous les yeux, patronne ! Je vais chez moi passer un moment avec ma femme et mes gosses. Pete est allé au poste de police. Il paraît qu'un « gros truc » s'est produit et il veut savoir quoi.

Tony G.

P-S : J'ai fait faire sa promenade à Horace. Il est allé à ses petites affaires.

Julia, ne voulant pas que son chien oublie qu'elle faisait partie de sa vie, réveilla Horace le temps de lui faire avaler une demi-boîte de bouffe canine, puis descendit taper son nouvel article et écrire l'éditorial, comme l'avaient suggéré Tony et Pete. À peine s'y était-elle mise que le téléphone sonnait.

« Shumway, *The Democrat*.

– Julia ! » C'était Pete Freeman. « Je crois qu'il vaut mieux que tu viennes. Marty Arsenault tient la boutique et il ne veut pas me laisser entrer. Il m'a dit d'attendre dehors, bon Dieu ! C'est pas un flic, c'est rien qu'un foutu bûcheron à la gomme qui se fait un peu d'argent de poche à la circulation l'été, mais voilà-t'y pas qu'il se prend maintenant pour le Sachem Longue-Queue des Montagnes bandantes !

– Écoute, Pete, j'ai plein de boulot ici, alors, sauf si…

– Brenda Perkins est morte. Et aussi Angie McCain et Dodee Sanders…

– *Quoi ?* »

Elle se leva si brutalement qu'elle renversa son fauteuil.

« Et Lester Coggins. Ils ont tous été tués. Et écoute-moi ça : c'est Dale Barbara qui a été arrêté pour ces meurtres. Il est sous les verrous au sous-sol.

– J'arrive tout de suite.

– Ah, merde, dit Pete. Voilà Andy Sanders qui arrive, et il pleure comme une Madeleine. Est-ce que tu veux que je lui…

– Non. On n'interroge pas un homme qui vient de perdre sa fille trois jours après avoir perdu sa femme. On n'est pas au *New York Post*. J'arrive tout de suite. »

Elle coupa la communication sans attendre de réponse. Sur le coup, elle s'était sentie relativement calme ; elle avait même pensé à fermer son local à clef. Mais une fois dans la chaleur de la rue, sous le ciel couleur nicotine, son calme disparut et elle se mit à courir.

20

Julia grimpa les marches du poste de police quatre à quatre, la figure encore gonflée de sommeil, les cheveux dressés sur l'arrière de son crâne. Lorsque Pete fit mine de se joindre à elle, elle secoua la tête. « J'aime autant que tu restes ici pour le moment. Je t'appellerai peut-être si je décroche une interview.

– Retiens bien ta respiration, je t'ai pas tout dit : Andy venait à peine d'arriver, devine qui se pointe ? » répondit Pete avec un geste vers le Hummer garé juste devant une borne d'incendie.

Linda Everett et Jackie Wettington se tenaient à côté du véhicule, en grande conversation. Les deux femmes paraissaient sérieusement secouées.

Dans le poste, Julia fut d'abord frappée par la chaleur qui régnait ; on avait coupé la climatisation, sans doute pour économiser le propane. Puis par le nombre de jeunes hommes assis ici et là, y compris elle ne savait combien de frères Killian – impossible de se tromper, à voir ces longs nez pointus et ces crânes épais. Tous ces jeunes gens paraissaient remplir des formulaires. « Qu'est-ce qu'on écrit sous *dernier emploi*, quand on n'en a jamais eu ? » demanda l'un des frères à un autre.

Des cris larmoyants montèrent du sous-sol : Andy Sanders.

Julia prit la direction de la salle de service, dont elle était devenue une habituée, avec les années, au point même qu'elle versait son obole au collecteur de fonds (un panier d'osier) pour le café et les beignets. Jamais on ne l'avait empêchée de passer, mais cette fois-ci, Marty Arsenault intervint : « Vous ne pouvez pas entrer ici, Ms Shumway. Les ordres. » Il avait parlé sur un ton conciliant, un ton d'excuse, qu'il n'avait sans doute pas utilisé avec Pete Freeman.

C'est à cet instant que Big Jim et Andy Sanders émergèrent de l'escalier conduisant à ce que les officiers de la police de Chester's Mill appelaient les cages à poules. Andy pleurait. Big Jim avait passé un bras autour de ses épaules et lui parlait sur un ton apaisant. Peter Randolph fermait la marche. L'uniforme de Randolph était resplendissant, mais la tête qui le surmontait était celle d'un type qui venait d'échapper à un attentat.

« Jim ! Pete ! leur lança Julia. Je voudrais vous parler pour *The Democrat* ! »

Big Jim se tourna le temps de lui adresser un regard qui disait qu'en enfer les gens veulent de l'eau, eux aussi. Puis il commença à entraîner Sanders vers le bureau du chef. Rennie parlait de prier.

Julia essaya de franchir le bureau. Ayant toujours l'air de s'excuser, Marty la saisit par le bras.

« Lorsque vous m'avez demandé de ne pas dire mot dans le journal de votre petite altercation avec votre femme, l'an dernier, j'ai accepté. Sans quoi vous auriez perdu votre boulot. Alors si vous avez ne serait-ce qu'une once de gratitude, *lâchez-moi.* »

Marty la lâcha. « J'ai essayé de vous arrêter et vous n'avez pas écouté, marmonna-t-il. Ne l'oubliez pas. »

Julia traversa la salle de service d'un pas vif. « Rien qu'une petite minute, dit-elle à Big Jim. Vous et le chef Randolph, vous faites partie des autorités de la ville, et vous devez me répondre. »

Cette fois-ci, Big Jim ajouta la colère au mépris, dans le regard qu'il lança à Julia. « Non, il n'en est pas question. Et vous n'avez rien à faire ici.

– Et lui, il a quelque chose à y faire ? rétorqua-t-elle avec un coup de menton en direction d'Andy Sanders. Si ce que m'on a dit sur Dodee est vrai, il est la *dernière personne* qu'on aurait dû autoriser à descendre au sous-sol.

– *Ce fils de pute a tué ma fille chérie !* brailla Andy.

– Vous aurez votre interview quand *nous* serons prêts à la donner. Pas avant.

– Je veux voir Barbara.

– Il est en état d'arrestation pour quatre meurtres. Vous êtes folle ?

– Si le père de l'une de ses victimes supposées peut descendre le voir, pourquoi pas moi ?

– Parce que vous n'êtes ni une victime ni la proche d'une victime », répliqua Big Jim, retroussant sa lèvre supérieure et exhibant ses dents.

– Est-ce qu'il a un avocat ?

– Je n'ai plus rien à vous dire, espèce de…

– *Il n'a pas besoin d'un avocat, il a besoin d'être pendu ! IL A TUÉ MA FILLE CHÉRIE !*

– Allez, mon vieux, viens, dit Big Jim. Allons nous adresser au Seigneur par la prière.

– Quelles sont vos preuves ? Il a avoué ? S'il n'a pas avoué, quel alibi a-t-il présenté ? quelle est la correspondance entre son emploi du temps et l'heure de la mort des victimes ? Connaissez-vous seulement l'heure de leur mort ? Si les corps viennent juste d'être découverts, comment pouvez-vous le savoir ? Ont-elles été abattues à coups de revolver, ou bien poignardées ? Ou…

– Pete, débarrasse-nous de cette rime-avec-galope », dit Big Jim sans se retourner. « Et si elle refuse de partir d'elle-même, flanque-la dehors. Et dis à celui qui est à la réception qu'il est viré. »

Marty Arsenault grimaça et se passa une main sur les yeux. Big Jim escorta Andy jusque dans le bureau du chef et referma la porte derrière eux.

« Il est inculpé ? demanda Julia à Randolph. Vous ne pouvez pas l'inculper sans la présence d'un avocat, vous le savez. C'est illégal. »

Et même s'il n'avait pas encore l'air dangereux, seulement hébété, le chef Randolph lui répondit quelque chose qui glaça les sangs de la journaliste : « Tant que le Dôme sera là, Julia, j'ai l'impression que c'est nous qui déciderons de ce qui est légal ou pas.

– Quand les victimes ont-elles été tuées ? Dites-moi au moins cela.

– Eh bien, on dirait que les deux filles ont été les prem… »

La porte du bureau s'ouvrit, et elle fut certaine que Big Jim était resté collé derrière, tendant l'oreille. Andy s'était assis derrière ce qui était à présent le bureau de Randolph, le visage dans les mains.

« Fiche-la-moi dehors ! gronda Big Jim. Ne m'oblige pas à te le répéter.

– Vous n'avez pas le droit de le garder au secret, et vous ne pouvez refuser de donner des informations aux gens de cette ville ! protesta Julia.

– Faux dans les deux cas, rétorqua Big Jim. Est-ce que vous n'avez jamais entendu dire que si vous n'êtes pas la solution du problème, c'est que vous faites partie du problème ? Eh bien, vous ne résolvez rien en restant ici. Vous n'êtes qu'une fouineuse qui nous casse les pieds. Vous l'avez toujours été. Et si vous ne partez pas, vous serez arrêtée. Vous aurez été avertie !

– Parfait ! Arrêtez-moi ! Collez-moi dans une cellule, en bas ! »

Elle tendit les mains, poignets joints, comme pour qu'on la menotte.

Un instant, elle crut bien que Rennie allait la frapper, tant le désir de le faire se lisait clairement sur son visage. Au lieu de cela, il s'adressa à Pete Randolph : « Pour la dernière fois, fiche-moi cette fouineuse dehors. Si elle résiste, jette-la dehors *manu militari* ! » Et il claqua la porte.

Évitant de croiser le regard de Julia, les joues de la couleur de briques sorties du four, Randolph la prit par le bras. Cette fois-ci, Julia ne résista pas. En passant devant le bureau de la réception, Marty Arsenault lui lança : « Regardez, maintenant. J'ai perdu mon boulot pour l'un de ces crétins qui sont pas foutus de faire la différence entre leur tête et leur cul.

– Tu perdras pas ton boulot, Marty, lui dit Randolph. Je le ferai changer d'avis. »

Elle se retrouva dehors, clignant des yeux dans la lumière du soleil.

« Alors, ça s'est passé comment ? » lui demanda Pete Freeman.

21

Benny fut le premier à reprendre ses esprits. Et s'il était brûlant – son T-shirt collait à son étroite poitrine –, il se sentait cependant très bien. Il rampa jusqu'à Norrie et la secoua. Elle ouvrit les yeux et le regarda, hébétée.

« Qu'est-ce qui est arrivé ? demanda-t-elle. J'ai dû m'endormir. J'ai fait un rêve, mais je l'ai oublié. Sauf que c'était un mauvais rêve. J'en suis sûre. »

Joe McClatchey roula sur lui-même et se redressa sur ses genoux.

« Jo-Jo ? » dit Benny. Il n'avait pas appelé son ami ainsi depuis l'école primaire. « Tu vas bien ?

– Ouais. Les citrouilles étaient en feu.

– Quelles citrouilles ? »

Joe secoua la tête. Il ne s'en souvenait plus. Pour l'instant, il n'avait qu'une envie, se mettre à l'ombre pour boire le reste de son Snapple. Puis il pensa au compteur Geiger. Il alla le récupérer dans le fossé et se rendit compte, avec soulagement, qu'il fonctionnait toujours. On fabriquait des trucs costauds au vingtième siècle, aurait-on dit.

Il montra à Benny le cadran indiquant + 200, puis voulut le montrer à Norrie, mais celle-ci regardait la pente de Black Ridge et le verger, à son sommet.

« Qu'est-ce que c'est ? » demanda-t-elle avec un geste.

Sur le coup, Joe ne vit rien. Puis il y eut un puissant éclair violacé. Si puissant qu'il en était presque insoutenable. Peu après, il y en eut un autre. Il voulut vérifier l'intervalle des éclairs sur sa montre, mais celle-ci s'était arrêtée sur 04:02.

« Je crois que c'est ce que nous cherchions », dit-il en se relevant. Il pensait avoir les jambes en coton, mais non. En dehors de la sensation de chaleur, il allait plutôt bien. « Et maintenant, fichons le camp d'ici avant que ça nous rende stériles ou je sais pas quoi.

– Enfin, vieux, dit Benny, qui peut avoir envie d'avoir des enfants ? Ils pourraient devenir comme moi. »

Il enfourcha néanmoins sa bicyclette.

Ils repartirent par où ils étaient venus, ne s'arrêtant pour se reposer et boire qu'après avoir traversé le pont et regagné la Route 119.

FIN DU PREMIER TOME...

OUVRAGES DE STEPHEN KING

Aux Éditions Albin Michel

CUJO
CHRISTINE
CHARLIE
SIMETIERRE
L'ANNÉE DU LOUP-GAROU
UN ÉLÈVE DOUÉ – DIFFÉRENTES SAISONS
BRUME
ÇA (deux volumes)
MISERY
LES TOMMYKNOCKERS
LA PART DES TÉNÈBRES
MINUIT 2
MINUIT 4
BAZAAR
JESSIE
DOLORES CLAIBORNE
CARRIE
RÊVES ET CAUCHEMARS
INSOMNIE
LES YEUX DU DRAGON
DÉSOLATION
ROSE MADDER
LA TEMPÊTE DU SIÈCLE
SAC D'OS
LA PETITE FILLE QUI AIMAIT TOM GORDON
CŒURS PERDUS EN ATLANTIDE
ÉCRITURE
DREAMCATCHER
TOUT EST FATAL
ROADMASTER
CELLULAIRE
HISTOIRE DE LISEY

DUMA KEY
JUSTE AVANT LE CRÉPUSCULE
DÔME, tomes 1 et 2

SOUS LE NOM DE RICHARD BACHMAN

LA PEAU SUR LES OS
CHANTIER
RUNNING MAN
MARCHE OU CRÈVE
RAGE
LES RÉGULATEURS
BLAZE

Composition Nord compo
Impression CPI Firmin-Didot en février 2011
Éditions Albin Michel
22, rue Huyghens, 75014 Paris
www.albin-michel.fr

ISBN : 978-2-226-22058-5
N° d'édition : 18632/A01 – N° d'impression : 103764
Dépôt légal : février 2011
Imprimé en France